文
景
———
Horizon

夏志清
夏济安书信集

王洞 主编 季进 编

卷三

1955
～
1959

上海人民出版社

门诺教会，伊利诺伊州艾尔克特郡，1955

夏济安，洛杉矶，1955

左：程靖宇；右：夏济安，香港，1948

左：夏志清；右：夏济安，纽黑文，1955

左：马逢华；中：夏志清；右：张桂生，密歇根大学校园，1955

夏志清与三岁女儿夏建一（1956 年出生），
纽约州波茨坦郡，1959

夏志清抱女儿，纽约州波茨坦自宅前，1959

后排：左二，卡洛；左三，罗久芳
前排：左二，夏志清；左三，马逢华，安娜堡，1955

左：卡洛；右：夏济安，纽约州立师范学院波茨坦分校校园，1959

罗夫人（张维桢），罗家伦，
台北阳明山，1955

於梨华与夏志清，西雅图，1959

罗家伦，罗久芳，台北，1955

左二：夏济安；中：胡适，台北，1959

左：夏济安；中：金承艺；右：余光中，台北，1958

夏济安，威克岛，1959

《文学杂志》封面，1956

左：夏济安；右：陈世骧，加州伯克利，1959

左：夏志清；中：张婉莘；右：陈文星，纽约夏宅，1962

胡世桢与女儿，洛杉矶，1959

吴鲁芹夫人（吴葆珠），西雅图，1959

目 录

1956 年

*1957*年

1958 年

1959 年

卷三中的人与事

王　洞

　　1955 年济安先生由美国国务院资助来美在印第安纳大学（以下简称"印大"）进修半年。六月学期结束后，即至伊利诺伊州艾尔克特（Elkhart）县拜访心仪已久的同学露丝小姐。然后到纽黑文（New Haven）市探望阔别近八年的弟弟，兄弟相聚约二月有余。济安完成了英文短篇小说《耶稣会教士的故事》（*The Jesuit's Tale*）。8 月束装返台，直到 1959 年 3 月再度来美担任西雅图华盛顿大学（以下简称"华大"）英文系访问教授。第三卷涵盖了兄弟间四年多的通信，始自信件编号 281，济安 1955 年 6 月 10 日于艾尔克特发出的信，终至编号 390，济安 1959 年 7 月 15 日于西雅图发出的信，共110 封。

　　济安于 1955 年 6 月 16 日从艾尔克特乘灰狗公交车（Greyhound Lines），两天后到达纽黑文，与弟弟相聚。志清所住公寓狭小，只好安排哥哥住在耶鲁大学研究院宿舍，请同学哈利·纳德尔登（Harry Nettleton）照顾哥哥。志清住在宿舍时，常与哈利同桌吃饭，哈利有时背些劣诗，供大家取笑。哈利记性好、爱文学，对其专业化学却兴趣缺缺，1955年还没有毕业。哈利金发碧眼、身材修长，大学本部即在耶鲁就读，是名副其实"耶鲁人"（Yale Man）。哈利文学修养极高，出口成章，所以济安在1955年8月26日（编号288）的信里提到，他读《纽约时报》克劳瑟（Crowther）的文章好像在听Nettleton说话。哈利得到博士学位后，到孟山都（Monsanto）担任研究工作。因学非所长，每遇公司裁人，即不能幸免，1975年又失业，感恩节后一星期举枪自戕。志清1976年初写过一篇文章，《岁除的哀伤——纪念亡友哈利》（收入2006年江苏文艺出版社出版的《岁除的哀伤》）。志清常说，如果哈利读英国文学，一定会出人头地，不知他为什么要读化学。也许美国也跟中国一样重理轻文吧！

济安初见卡洛，觉得卡洛温柔娴静，很为志清娶到这样的妻子高兴。卡洛订婚后即与济安通信，见了济安，感到非常亲切，一直视济安为最知心的朋友。志清的独子树仁（英文名Geoffrey）出生六个星期时，卡洛产后体力尚未恢复，又得照料婴儿，无法驾车带济安出游，兄弟二人就在图书馆用功。当时志清的办公室就在图书馆里，他正在写《中国现代小说史》，济安即续写其印大未完成的作业——《耶稣会教士的故事》。前者于1961年出版，备受好评，使志清获得了哥伦比亚大学的教职；后者于1955年刊登在美国《宗派杂志》（*Partisan Review*）秋季号刊首页，一偿济安凭借英文创作成名的夙愿。可惜后来济安专心教书、编杂志、做研究，再没有余力从事英文创作。

1955年6月，志清的同学大半已毕业。除哈利外，另有一位政治系的同学陈文星，浙江人，正在写论文，虽然不住宿舍，但讲上海话，是志清最好的朋友，志清自然也请他照顾济安。陈文星获得博士学位后，在纽黑文阿尔贝图斯－马格纳学院（Albertus-Magnus College）教书，追求济安的高足张婉莘小姐，当时婉莘在纽约福坦莫大学（Fordham University）攻读哲学博士。二人结婚后双双到纽约圣约翰大学教书，与志清来往频繁。1954年志清与卡洛结婚时，"义务照相师"是陈文星，文星当时尚无女友。1969年志清与我结婚时，"义务照相师"也是陈文星，那时他和婉莘已有一个两岁的男孩。他们的女儿米雪儿比小女自珍大一岁，常来我家。志清戒烟屡屡失败，1983年在文星家做客抽烟，被米雪儿晓以吸烟之害，终于把烟戒了。婉莘注重健康，推荐阿黛尔·戴维斯（Adelle Davis）的《让我们吃得对以保健康》（*Let's Eat Right to Keep Fit*）。从此志清不吸烟，饮食清淡，服维他命，勤于运动，保养身体。文星长志清四岁，2006年文星去世后，婉莘搬去波士顿，就很少见面了。

济安于1955年8月25日告别纽黑文。在纽约逗留四日访友购物，后飞洛杉矶，乘泛美航空公司飞机，经东京，于9月1日抵台，仍住台湾大学（以下简称"台大"）教职员宿舍。济安在台大外文系教授高级课程，很受学生爱戴、上级器重，又创办了《文学杂志》，俨然文坛领袖。为避免遭人物议，济安决定不追求女子。除了志清不时提醒哥哥多与女子接触，这 110 封信里很少谈论追求女友之事，大半互通家庭琐事、读书心得，评论电影及台湾文坛。20 世纪 50 年代，台湾局势渐趋安定，生活日益改善。直到 1959 年再度来美，济安度过了四年安定的日子。相反地，志清换了三个工作，搬了三次家：1955 年秋搬到安娜堡（Ann Arbor）市，在密歇根大学（以下简称"密大"）教授中国文化；次年搬到德州奥斯汀（Austin）市的休斯顿 - 特罗森学院（Huston-Tillotson College）教英美文学；1957 年搬回美国东部，在纽约州立大学波茨坦（Potsdam）分校教英美文学。1956 年 6 月，志清的独子树仁夭折，无论在事业上、生活上，志清都受到很大的创伤。

1955 年 8 月，志清在纽黑文火车站送别济安。三个星期后，他也离开居住了七年半的城市，去安娜堡开始教学生涯，到密大教授中国文化。上"中国现代思想史"时，志清发现两位中国学生坐在后排，课后才知男生是济安的朋友马逢华，女生是罗久芳——罗家伦（字志希）先生的女公子。志清颇感汗颜，原来他正讲"五四运动"。志希先生是"五四健将"，志清初次涉猎中国文史，所知有限，竟在志希先生的女公子前搬门弄斧。不久逢华带久芳、张桂生来看志清，志清以为久芳是逢华的女友，其实逢华是受托照顾久芳的。久芳甫自澳大利亚悉尼大学（Sidney University）毕业，只身来美攻读历史，父母不放心，辗转请马逢华、张桂生照顾久芳。马、张二人均受托照顾久芳，他们恰巧都是河南人。逢华 1955 年 2 月才到密大，只比久芳早来半年，对安娜堡及密大不熟。桂生已是讲师，又有汽车，带久芳找住所、上街购物都方便得多。久芳从未在台湾上过学，没有来自台湾的同学，先认识逢华，由逢华引见其表哥的同学张桂生，可能被"照顾得紧"，就常与比她大十岁以上的两位学长在一起。

卡洛不会做中国菜，想吃中国饭时，只好由志清亲自下厨。有时会请逢华、久芳，他俩总带桂生一起来。桂生会唱京戏，饭后来一段清唱助兴，其乐融融。志清在耶鲁时，总觉得"北派同学"虚伪、合不来。来密大后，倒觉得这三位朋友诚恳，很谈得来，马、张、罗加上耶鲁的陈文星是志清一生最要好的朋友。1955 年济安来华大时，志清仅识耶鲁同学张琨。逢华 1961 年才应聘为华大经济系助理教授，1966 年桂生也去华大教地理，杨牧任教华大已是 1970 年左右的事。他们 1981 年联合推荐志清来华大演讲。志清见到许多好友，受到热情招待，非常高兴。

我第一次见逢华大约是 1974 年，他趁在纽约开会之便来看我们，抱了一个很大的洋娃娃送给自珍，给人一种慷慨、真诚的印象。因他正值失婚期间，我邀了几位朋友，包括未婚小姐来家便饭，希望帮他找位合适的伴侣。他不是那种风流倜傥、令人一见倾心的人，自然没有结果。1976 年夏，我回台探亲，恰巧逢华在台北开会，那时他已和丁健女士结婚，请我在峨眉餐厅吃午饭，谈了很多话，真像老友重逢，不像只见过一次面的朋友。饭后我权充老台北带他去给太太买了两个皮包，一个白色、一个灰色斜条，都是长方形的，跟我自己买的一模一样。

逢华虽然专攻经济，实是一位"文学青年"，在北京大学（以下简称"北大"）读书时即常请益于沈从文教授，又参加九叶诗社，与袁可嘉是好友。逢华与哈利·纳德尔登不同，他对自己的专业很感兴趣，在经济学界亦有所建树，著有《中国大陆对外贸易》，也经常在英文学术刊物上发表论文。济安1960年在加州大学伯克利分校（以下简称"加大"）研究时，逢华也在加大。两人都是单身，需找工作、学开汽车，真是难兄难弟。济安又常去西雅图。他1960年后的信中常提到逢华，其中涉及逢华的隐私，对逢华的前妻也有不利的描述。逢华用功认真、对朋友忠心，可是也有固执的一面。顺便讲个小故事，与2009年志清得病有些关联。

2009年1月29日，我出去买电视。志清一人在家，接到一位女士的电话，约时间来访，志清听着声音很熟悉，不好意思问对方是谁即答应对方来访。如我在家接电话就会婉拒，因为我早已答应画家司徒强下午6点半来看志清。自2008年起，志清体力不如以前，通常一天只能会客一次，约两三个小时。后来弄清打电话的女士是袁可嘉的大女儿咪咪，打过电话后她很快就来了。她送来北京纪念袁可嘉追思会的磁盘。她说："爸爸想念马伯伯，不知为什么马伯伯不回信？"志清非常热心，拿起电话就找逢华，没人接，志清每隔几分钟就打一次。志清不断地打电话，咪咪就讲她父亲婚前的风流韵事。志清也请久芳在西雅图打电话找逢华，直到傍晚6时，还没有消息。志清留咪咪吃饭。司徒先生8点多钟才来，还带来几位年轻朋友，一同到附近的"哥大小馆"吃饭。外面冰雪满地，志清又饿又冷，第二天就发烧，得了肺炎。咪咪总觉得是她把夏伯伯累病了，很感歉疚，怕我责怪，以后就不再来我家了。

逢华第二天打电话来，说是一个下午都在医院里。逢华晚年有眼疾，小疾微恙不断，丁健也体弱多病，夫妇俩常光顾医院。逢华说袁可嘉太好名，托他在台湾出书，他无法帮忙，故未复信。可嘉1949年写过一些文章，新中国建立后，即调离北大到中国科学院服务。改革开放后，女儿咪咪来美学习计算机，毕业后即在纽约一家公司担任计算机设计师，接父母来美。袁夫人难忘"文革"时所受惊恐，即留美长住。可嘉却认为根在中国，北京有朋友、有工作，一直住在北京，偶而来美省亲，直到年老才来纽约与家人团聚。他寂寞多病，常思念老友，至终不知为何接不到逢华的回信。

逢华集结历年所写文章，出版了《忽值山河改》（台北：风云时代出版社，2006），书写其辗转来美求学谋职的经过。书中提到许多良师益友，对桂生和久芳相恋、成婚、家庭都有详细的描写，对自己的婚姻却讳莫如深。据久芳说，逢华1963年在美国开经济学年会，被一位同行看中，便托桂生为其姨妹做媒。桂生义不容辞，即介绍双方通信认识，不久即订婚。翌年逢华趁赴港开会之便，至台北完婚。婚后，接太太来美。太太过不惯美国清苦的生活，逢华又发现太太没有文采，原来所写情书是姐姐代笔的。夫妻时常争吵，终至仳离。1975 年逢华与丁健结婚，丁健原在斯坦福胡佛图书馆工作，夫妻鹣鲽情深。晚年丁健因癌症早逝，逢华搬进疗养院，无子女，幸有桂生夫妇等好友常去探望。逢华于 2013 年 10 月去天堂与爱妻相聚。

桂生 1922 年出生，今年也九十四岁了，非常爱国，1938 年曾从军抗日，中弹受伤。退役时还是中学生，高中毕业后保送中央大学，攻读经济学，来美改学地理。2015 年双十节，久芳传来西雅图桂生与另一老兵获奖的电子照片，桂生胸佩红锦带，精神矍铄。桂生毕竟上了年纪，不便远行，去秋久芳只身来纽约会见老友，也包括我。久芳虽年过八十，但仍体态矫健，秀丽如昔。1970 年我婚后回台省亲，正值志希先生仙逝未久，久芳带着两个女儿，留台陪伴母亲。志清带我去看望罗伯母和久芳。久芳给我的印象是漂亮大方，温文可亲。久芳在纽约有位很亲近的表妹，她和桂生常来纽约看望表妹，每次也会来看我们。他们来纽约的次数，随年龄增长渐次减少。2010 年春，桂生和久芳一同来看志清，还带来他们与好友汪珏、程明玲三家合购的礼券，庆贺志清大病康复。

志清从在耶鲁读书起就有散步的好习惯，早晚各一次。我们家住纽约西区 113 街，他每次沿着百老汇大道走到 96 街折返，因年老体力衰退，后来走到 106 街、110 街。这三条街是与百老汇交叉的较宽的街道，是以为界。志清自 2009 年大病后，出入靠轮椅，我推着轮椅不能走远，又不愿很快折返，每日在外午餐。常去的是位于百老汇在 112 街与 113 街的两家西餐馆：法国餐馆叫"世界"（Le Monde），坐西；意大利餐馆叫"坎坡"（Campo），坐东。久芳带来的就是这两家餐馆的礼券，供志清和我吃了大半年。

礼券用完了，志清却频频进医院。我们发现是奶油吃得太多，便转移阵地，去坐落在阿姆斯特丹（Amsterdam）大道与西 114 街的一家叫"斯特洛克"（Strokos）的快餐店。三明治实在不好吃，我们每天合吃一碗汤、一片批萨及色拉，可是批萨上的奶酪太多，有损健康。志清 2013 年 9 月中接受纽约中文电视台（Sinovision）的英文访谈，10 月底又接受了纽约《世界日报》的访问，从此一病不起，住进医院，再也没有回过家。我常想如果志清不吃这许多馆子、不接受访问，应该多活几年，是我太大意，没有把他照料好。可是他爱美食、好热闹，常有亲友来看他，不时见报、上电视。他是快快乐乐、安安静静地走的，凡事难两全，我也就不再自责了。

每次与久芳见面，都是吃顿饭、看个博物馆，共度短暂的一刻，从不谈及过往。这次久芳来看我，也只一个下午，我们除了在世界餐厅吃了一顿简便午餐，就在家聊天。我趁机问了她许多事，特别是 1955 年她在安娜堡与志清的交往，我们光顾着说话，竟忘了合影留念。她告诉我她常去志清家吃饭，以及志清的儿子是多么地活泼可爱！还告诉了我树仁得病去世的经过，志清、卡洛对此非常悲痛。暑假逢华去外地打工，桂生和她留校，常去安慰志清和卡洛。1956年8月1日，他俩帮志清把行李塞进车厢、捆上车顶，目送卡洛挺着大肚子开着一辆小车，车后连接一个小拖车，颤巍巍地离开了安娜堡，很是不忍。幸亏卡洛驾驶技术高，他们平安抵达奥斯汀。9月18日女儿建一（英文名Joyce）出生，冲淡了丧子之痛。

1949年，志希先生任职驻印度大使，久芳和母亲、妹妹去了澳大利亚。久芳从悉尼大学毕业后即来密大，攻读历史。她送给我一本近作《薪传》（天津：百花文艺出版社，2004），集结其历年写的文章，书写双亲及编书序跋。母亲张维桢女士也是了不起的新女性，毕业于沪江大学，并获得密歇根大学政治系硕士，出国前因参加"五四运动"与志希先生相识、相爱，经不起志希先生的催促，放弃了博士学位，返国成婚。

志清常叹久芳放弃了学位，与桂生结婚，随夫搬去威斯康星州（Wisconsin）居住。原来她是效法母亲，牺牲自己，成就丈夫。志希先生大去后，久芳接母亲至西雅图奉养，协助母亲将所藏珍贵字画全数捐给台北故宫博物院，真是慷慨无私之壮举。退休后她整理父亲的文物，出版了《罗家伦与张维桢——我的父亲母亲》《五四飞鸿——罗家伦珍藏师友书简集》《辛亥革命人物画传》，并为《罗家伦先生文存》提供未发表的资料。仅只《文存》一书即十五册，比起我整理志清的书信，工程不可同日而语。

志清在 1963 年 12 月 7 日（编号 617，见卷五）给济安的信中写道："我在 Ann Arbor 时，张、马同时追罗久芳，后来久芳嫁了张桂生后，他们一直感到 guilty，要给逢华做媒。"想来这是志清的臆测，为朋友做媒基本上出于关心，不一定因"guilty"。如前所述，桂生是受托将同学之姨妹介绍给逢华的，至于"张、马"有没有"同时追罗久芳"，我不便向久芳求证。我读《忽值山河改》第三章"密歇根的岁月"的结论是：当年逢华只是刚来半年的研究生，功课繁重，人生地不熟。虽然喜欢久芳，但自认无资格追求。而桂生，既有学位又有工作，是女生可付托终身的"单身贵族"，知道桂生追求久芳，即有"让贤"之倾向。久芳选择了桂生，他为好友祝福，不仅参加了婚礼，还忙里忙外，做婚礼的义务照相师。后来他们都在华大教书，朝夕相见，是难得的终身挚友。

　　济安感情丰富，落笔快，读书、交友都告诉弟弟。可惜提到的外国朋友，通常有姓无名或有名无姓，苦了作注人季进教授。幸赖王德威教授转请其同事代查，感谢康达维（Knechtges）、韩倚松（Hamm）及安道（Jones）教授提供了当年华大、加大东亚系学者的资料，久芳也给了我地理系教授的简历。华大没有保存 1965 年前的教职员档案；英文系极大，教师至少有二百名，我请教了当年在英文系就读的一位朋友，不得要领。济安提到的朋友，如 Davis、Redford、Weiss 等，都是极普通的姓氏，没有全名，无法查到，因此不注，敬请读者鉴谅。

编著说明

季　进

　　从 1947 年底至 1965 年初，夏志清先生与长兄夏济安先生之间鱼雁往返，说家常、谈感情、论文学、品电影、议时政，推心置腹，无话不谈，内容相当丰富。精心保存下来的六百多封书信，成为透视那一代知识分子学思历程的极为珍贵的文献。夏先生晚年的一大愿望就是整理发表他与长兄的通信，可惜生前只整理发表过两封书信。夏先生逝世后，夏师母王洞女士承担起了夏氏兄弟书信整理出版的重任。六百多封书信的整理，绝对是一项艰巨的工程。虽然夏师母精神矍铄，但毕竟年事已高，不宜从事如此繁重的工作，因此王德威教授命我协助夏师母共襄盛举。我当然深感荣幸，义不容辞。

　　经过与夏师母、王德威反复讨论，不断调整，我们确定了书信编辑整理的基本体例：

　　一是书信的排序基本按照时间先后排列，但考虑到书信内容的连贯性，为方便阅读，有时会把回信提前。少量未署日期的书信，则根据邮戳和书信内容加以判断。

　　二是这些书信原本只是家书，并未想到要发表，难免有别字或欠通的地方，凡是这些地方都用六角括号注出正确的字。但个别字出现得特别频繁，就直接改正了，比如"化费""化时间"等，就直接改为"花费""花时间"等，不再另行说明。凡是遗漏的字，则用方括号补齐，比如：图 [书] 馆。信中提及的书名和电影名，中文的统一加上书名号，英文的统一改为斜体。

三是书信中有一些书写习惯，如果完全照录，可能不符合现在的文字规范，如"的""地""得"等语助词常常混用，类似的情况就直接改正。书信中喜欢用大量的分号或括号，如果影响文句的表达或不符合现代汉语规范，则根据文意，略作调整，删去括号或修改标点符号。但是也有一些书写习惯尽量保留了，比如夏志清常用"只"代替"个""门"或"出"，这些都保留了原貌。

四是在书信的空白处补充的内容，如果不能准确插入正文相应位置，就加上〔又及〕置于书信的末尾，但是信末原有的附加内容，则保留原样，不加〔又及〕的字样。

五是书信中数量众多的人名、电影名、篇名、书名等都尽可能利用各种数据，百科全书、人名辞典、互联网工具等加以简要的注释。有些众所周知的名人，如莎士比亚、胡适等未再出注。为避免重复，凡是卷一、卷二中已出注的，卷三中不再作注。

六是书信中夹杂了大量的英文单词，考虑到书信集的读者主要还是研究者和有一定文化水平的读者，所以基本保持原貌。从卷二开始，除极个别英文名词加以注释外，不再以圆括号注出中文意思，以增强阅读的流畅性。

书信整理的流程是，由夏师母扫描原件，考订书信日期，排出目录顺序；由学生进行初步的录入；然后我对照原稿一字一句地进行复核修改，解决各种疑难问题，整理出初稿。夏师母再对初稿进行全面的审阅，并解决我也无法解决的问题。在此基础上，再进行相关的注释工作，完成后再提交夏师母审阅补充，从而最终完成整理工作。书信整理的工作量十分巨大，超乎想象。夏济安先生的字比较好认，但夏志清先生的中英文字体都比较特别，又写得很小，有的字迹已经模糊或者字迹夹在折叠处，往往很难辨识。有时为了辨识某个字、某个人名、某个英文单词，或者为了注出某个人名、某个篇名，往往需要耗时耗力，查阅大量的数据，披沙拣金，才能有豁然开朗的发现。遗憾的是，注释内容面广量大，十分庞杂，还是有少数地方未能准确出注，只能留待他日。由于时间仓促，水平有限，现有的整理与注释，错误一定在所难免，诚恳期待能得到方家的指正，以便更好地完成其余各卷的整理。

参与卷三初稿录入的研究生有姚婧、王宇林、许钇辰、王爱萍、胡闽苏、曹敬雅、周立栋、彭诗雨、张雨，特别是姚婧和王宇林付出了很大的心血，在此一并致谢！

2016 年 4 月

1955年

281. 夏济安致夏志清

1955 年 6 月 10 日

志清弟：

附上明信片一张，预计到了 Elkhart 要发的，结果第一天发展就很好，免得使你和 Carol 提心吊胆，索性附在信里一起寄给你吧。

下午两点三十五分到 Elkhart，在火车站看见一个女人，服饰和头发都和 Ruth 相仿，我心一跳，追上前去，原来不是；而且她的车是 Kansas 照会，并非印第安那 GG245，她似乎来接一个教士（圆硬领 shirt）和另一男人。后来 Ruth 告诉我，女的可能是她的堂嫂嫂（她的打扮是像 Ruth），而且车子是 Kansas 照会，男的是她的 cousin Roy Roth。预计今天要来开 Mennonite 教会全国大会的。

在火车站叫了一辆 taxi，车夫说旅馆只有北城有，南城没有，我叫他先到南城去看看，一下子就到了 Ruth [家] 门口。她竟然有一幢很漂亮的小洋房（平房），门前玫瑰盛开，车子（GG245）停在花园里。我去打门，没有人应，Taxi 司机说，garage 里有人，我就转到 garage 那边，看见 Ruth。她

3

脸似乎一红，说道：I did not expect to see you so soon. 我只叫 Hello，没有叫她名字，她也没有叫我名字。我说我先要找旅馆，她说："我车子在这里，我开〔载〕你去好了。"我说不必（其实 Taxi 司机下车预备把行李给我搬下来了），还是坐原车去好了。她说下午有空，晚上无空，我就把她的电话抄下来。她说这里顶好的旅馆是 Elkhart Hotel，我说我预备住 YMCA，那是芝加哥 YMCA 介绍的，她说也好，我说房间开好再打电话联络。

到 YMCA[发现]房租可以按星期计，但是要从星期一算起，柜上问我要不要本星期 Fri. Sat. Sunday 也算进去，结果我付了十天房租（约十二元），住到二十日才走。

到了房间里（不比 New Haven YMCA 差，比芝城的 YMCA 房间还大些），我只换了一条法兰绒裤（这几天阴雨不定，天气很凉），把已有一两个月未洗的 Macy 裤子换掉，上身仍是 Tweed，连衬衫领带都没有换，就去打电话。你说我慌不慌？刚才的电话号码竟然会抄错的（抄错一个字）！结果打到 Mennonite 教会去问讯，才把号码问到。

她说这几天正逢 Mennonite 全国教士大会，她很忙，晚上还要开会，但是她愿意到 uptown 和我来见面。我不知道 uptown 什么地方最好，又怕耽误她时间，就说仍旧由我去找她。又叫了一辆 taxi，再度到她家。

她最近完成了一篇著作"Ruth 氏家谱考"（她家的历史和她的教的发展有大关系），原来她家从上代（瑞士）就是

[信]Mennonite 教，从瑞士到 Alsace-Lorraine 一带，来美国已有一百二十年。全文计打字纸几十页，她已复印好了几百份，她在车房里正在把油印文章中的一部分按次序叠好（我带了一本回来，她英文很好）。我说我不会洗汽车，不会修汽车，叠纸头总会的（我本不知道她在 garage 忙些什么）。我就帮她叠，criss-cross，我叠的直放，她叠的横放，garage 里搁了一块板，我们两人就在板周围走来走去，达一小时之久（从四点到五点），我很快乐。她不谢我，也不倒一杯冷水给我喝，我又不敢抽烟。我一点也不紧张，还不断 wise-crack。她说这工作好像 treadmill，我说中国人叫 slave labor 闻名世界（我就表现了一点 Dickens 和 treadmill 的小学问），我说反正这几天我天天走路，描写给她听在芝加哥走路的情形。我说肌肉已经练好，不怕走路。她说道："You've got prepared."她又问我台湾有 family 吗，我把家里的人背给她听一遍。但没有告诉她 Carol 是美国人——这种 surprise 留在以后，不是更好吗？我是会做文章的。

她在叠文章时，忽然说了这么一句话："Summer, it's nice to have you here."今天她就称呼了我这么一次，这句话大约表示她是真心欢迎我的。

她 [所在的]Goshen College 有台湾来的学生一人（她也不认识他），问我要不要托人介绍认识一下。我说我 prefer to travel incognito——你想我到 Elkhart 来，全世界只有你同 Carol 知道（树仁 too young to know），假如碰见一个 Taiwan

熟人，一则怕把我的追求故事往外传扬（我在 Rogers Center 所以不追，就是怕人议论——美国人不议论，中国人是一定会议论的——即使他们的动机是善意的）；再则我在此，时间要由我全部控制，我不愿意把时间浪费在和台湾来的学生敷衍上。我对 Ruth 说，我怕 embarrassment，她似乎也了解。

到五点钟，她开会时间快到，她说要去"砌丽"一下，可以 more presentable，我问"砌丽"要多少时间，她说半个钟头。我说："你去好了，我继续替你叠纸。"我一人又叠了半个钟头。

她"砌丽"好了，预备把我送回 uptown。（预备好的赞美之辞，一句也说不出来。）我本来说要继续叠下去（她也肯让我留下），但是一想：她的房间若由我看守，我可负不了这个责任，还是坐她[的]车进城吧。她的会在 Goshen 开。车上她怕没有空陪我玩（会要到星期二才开完），预备叫她姐姐、姐夫陪我，我说我要住十天呢（她听见一笑），不必忙。我自愿星期日去做他们的礼拜，星期六的节目，明天再通电话决定。

她说 Main street 有家中国馆子，她很喜欢的，我说我不妨去试试。她把我送下车，车子回头往 Goshen，我一下[车]就在中国馆子（叫做 Mark's cafe）吃了一顿晚饭，花了一元五角，所谓 Chow Mien 也者，恶劣不堪，远不若在 Drug-store 吃山〔三〕明治。他们有"点菜"，下星期至少要 date Ruth 来吃一次，点菜大约可以好吃一点。

晚饭后一人看了一场电影，*SAC*。故事等等，在意料之中。June Allyson 的脸似乎臃肿，远不若 Ruth 清秀。Technicolor 摄影很美，胜过 Fox 的 Lux color 和 MGM 的 Eastman color。电影预告 *Violent Saturday*，我可能有机会请 Ruth 去看。

我现在心情很轻松愉快。Ruth 待我很好，不搭架子，不骨头轻，完全拿我当自己人一般看待，因此我这个最会 nervous 的人，也觉得相处得很自然、很舒服。

她的小洋房真很漂亮，可是我不敢多赞美，免得有"贪图财产"的嫌疑。这两天有个牧师的女儿（也是来开会的）在陪她住，此人我没有见到。她以〔一〕单身小姐，独住一宅洋房，真是好像预备做老处女了。

我的态度从现在看来，也可以说是一贯 consistent 的：爱她，但绝不麻烦她。今天没有说"爱她"（何必说呢？来了就是爱），但是我说不愿意 take up 她任何时间，她忙她的好了，她反而很过意不去。我给她充分自由——在 Rogers Center 如此，现在还是如此。

好久没有接到你的信了，希望来信。信寄 Tsi-an Hsia, Room 420, YMCA, 227 W. Franklin, Elkhart, Ind。

别人给我的信（如有）也请附下。我要在此住十天，这件事是瞒不了人的。目前只请对人说，济安离[开] Bloomington 后去各处旅行，行踪不定，没有问就不必提。但是我为人很 secretive，尤其现在，情场失败次数太多，不愿意让人知道又有新的发展，只怕将来不成，又多一个笑柄留在人间（人家未必笑，但是我也不都〔指〕望人家的 pity）。我不 trust 任何朋友，也不愿意让父母知道，免得他们空欢喜一场。给父亲的信，两三日后当写好寄上。再在这里住几天，得意忘形了，我还是会自己讲出去的。

十天之内，要发生些什么？我会受洗礼吗？我不知道，也不去想它。我只是糊里糊涂地随事情自己演变。她父亲也来了，在 Goshen，她一家人都来了。很凑巧的是今年 Mennonite 大会在 Elkhart，假如在别处开（去年在 Oregon，一年换一个地方），我就要扑一个空了。这点我也对 Ruth 说了。

照片已给她，那两张我得意的，她也很满意。我指她走的那天拍的两张照片说道："Sad day." 她说："The day I was leaving?" 她又说两位泰国小姐中之一位，真的落了几滴眼泪的。但是她们没有信来。

我虽暂不能到 New Haven 来，但是听听我的 pilgrimage 的报道，恐怕也很 exciting 吧。希望 Carol 也发表一些意见。信很乱，但是我很快乐。专颂

近安

Loving regards to Carol & Geoffrey.

济安 顿首

六月十日晚 11:30

[附未寄出的邮简]

志清弟：

现在距火车启行（12:40）时间约五分钟（车上可抽烟），约两小时后可抵 Elkhart。此行发展如何，当随时报道。

今天上午还去 National History Museum 和 Aquarium 两处参观了一下，Museum 颇为壮观，所藏中国东西很有趣，见面再谈。有中国宝塔数十座之模型，包括苏州北寺塔。Jeannette 处未去电话，只好写信道歉了。

今天精神很好，又去过了一下体重，得 132 磅。照我的体高（这几天天气很好），能维持 130lb 就算正常，请不要担心为要。余续谈，专颂

近安

Best regards to Carol &Geoffrey.

济安

六月十日

282. 夏济安致夏志清

1955 年 6 月 11 日

志清弟：

　　这两天休息谈爱情精神大好，在 Bloomington 和 Chicago 的疲乏，已一扫而空。昨日一信想已收到。今天的心情没有昨天轻松。但是 Ruth 实在是个很好的女子，今天的谈话，显得她做老处女的倾向已非常之强，但她仍是十分 sweet sensible，诚恳、坦白。和她相比，中国女子实在太多 silly。她所讲的话，有些地方还相当 pathetic。这种与我私生活有关的事情，大约不会入我小说，将来假如你要写我 [的] 传记，倒是很好的材料。

　　上午我小小恶作剧一下。上午没有和她通电话，在街上闲逛，问到有一路公共汽车，向她家方向去的。公共汽车的关系重大，否则天天叫 Taxi，我可负担不了。公共汽车下来，走了五六个 blocks 到她家。她家静极了，窗帘都还没有卷起来。我没有打门，径自进入 garage，把昨天未叠完的论文稿叠完。叠完之后又悄悄地溜走。

　　下午稍微休息一下之后，给她通电话，问她是什么时候起来的，她说是七点多钟（她是讲明几十分钟的，但我已忘），我说你到车房去看过没有，我已替你都叠好了。我说我又要来了。她说很好。

再坐公共汽车前去，到时她坐在 garage 等候，见我来了，站了起来，耳朵上夹了一支铅笔。我说你倒真 business like，耳朵上还夹了铅笔，她就把它拿下来。不久又夹了上去。

今天叠的几张中，有作者肖像，我现在寄上一张，请你和 Carol 看看。这张相片一望而知是照相馆所照的 glamor type，不大天真自然。但是她似乎仍很清秀，你们意见如何？嘴部稍差，是不是？关于这张相片，我开她几次玩笑，不妨记下，足见我对她实在并不紧张：

一、她把印刷模糊的剔出，当废纸填箱子角落；我说别的几张你拿去填，我无所谓，可是有你相片的那一张，我可不答应你随便糟蹋，那简直是 amount to sacrilege（手边没有字典，英文可能拼错）——她向我妙目一瞪，似乎很高兴。

二、叠到后来，我说今天工作特别愉快，都是面对佳人照片之故。

三、最后我要来几张回去，她说："你要拿回去 distribute 吗？反正书出版了，有你一本的。"我说我站了这么久，这就是我的 reward。她说我一定好好 pay 你，我说这就是 reward enough。

今天我从三点半到五点钟陪她工作，时间过得仍很愉快，同昨天一样。只是我已渐渐走入正题，所以话有时变得 pathetic。两人一起工作实在比 date 愉快得多。我不习惯 date，四周闲人一多（如咖啡馆），我会变得很 nervous。人家根本不在注意我，我会以为双双眼睛都在朝我看，但是现在两人在 garage 里，四周环境寂静，两人无所拘忌，谈所欲谈，实在比 date 还要快乐。

Pathetic 的话，我摘要记录如下：

一、我先赞美她的书的内容丰富，英文漂亮，她说写完这本东西，头发都白了几根（several grey hairs）。我从来不注意她有 grey hairs，这个问题只好搁下了。

二、讲起 *Violent Saturday*，我说快到 Elkhart 来上演了。她说她从来不看电影的（说的时候，态度是 apologetically sweet，并无半点 self-righteous 的神气），她说两个泰国女生常 tease 她，要她去看电影，说道：“这场电影没有 men，也没有 women，不妨一看。”但她还是婉谢。她说她还是在做 high school 学生时看过电影，后来就不看了。她书里 quote 过 Peter Marshall[1] 的话，我说：“*A Man Called Peter*[2] 看过没有？”“No.”“*Vanishing Prairie*[3] 看过没有？”“No.”她说

---

1. Peter Marshall（彼得·马歇尔，1902—1949），传教士，下文提到的自传性质小说《情圣》（*A Man Called Peter*）初版于 1951 年，1955 年被搬上银幕。

2. *A Man Called Peter*（《情圣》，1955），亨利·科斯特（Henry Koster）导演，理查德·托德（Richard Todd）、珍·皮特斯（Jean Peters）主演，20 世纪福克斯发行。

3. *Vanishing Prairie*（《原野奇观》，1954），音乐剧，保罗·斯密斯（Paul J. Smith）作乐，詹姆斯·阿尔格（James Algar）导演，迪斯尼出品。

在她[的]教会里，看电影是带有 stigma（这是她[用]的字）的，可能"cost me my job"。她说音乐会 concert recital 等她是去的，她很欣赏 Berlin 乐队，看 opera 也是壮了胆才去的。我说你为什么不 relax 一点呢？她苦笑说："I've got to the bottom of it." 她说有些电影的确与〔于〕年轻人有害，我问："What harm can they do to you?" 她答不出来。

三、她昨天送了我一份晚报（*Elkhart Truth*——我当时的 wise-crack："世界上只有两份报叫 *Truth*，一份出在莫斯科，一份出在贵邑。"），里面有篇社论讲起最近统计，Goshen College 毕业生大多是 family men，生儿育女之多，在美国各大学中占前十名。我今天先问："Goshen 毕业生是否大多 Mennonite？"她说只占少数。我问："昨天那份报上的社论你看了没有？"她说不知道。她所以把报送我，就是因为没有工夫看，从信箱里拿出来，就送了给我。她问是不是讨论她们的"大会"的？我说："不是，是根据什么统计 in certain respect，Goshen 是美国各大专学校前十名之一。"她说："知道了，是这个——有这么一回事情。"她不敢往下谈。我又接问一句："贵教会对于 marriage 态度如何？"我问的时候，眼睛看定了她，但她答复时，始终不敢抬头："我们教会是鼓励'encourage'同教会人结婚，不同教会的人，顶好先把问题解决了再结婚。"我说："一个非教友要是同 Mennonite 结婚，either 贵教会添一 new member，or lose an old member，对不对？"她说："对的。理由是假如父母信仰不一致，做孩子的要 suffer 的。为孩子起见，顶好父母信仰一致。"

我也讲了些我的宗教信仰，如何成为 Buddhist，如何崇拜 Cardinal Newman[4] 与 T. S. Eliot，以及我父亲、母亲的信仰等。

我们的话还讲了不少，关于她的前途计划等等，有如下述：

一、她可能星期五去 Illinois 看她父亲，她说 Illinois 才真是她家。她假如星期五走，我也要星期五走了，所以要写回信，顶好星期二发出，迟了我恐收不到。我很想 6/19 日赶到 New Haven 来庆祝你的 Father's Day，这一下也赶得上了。行程如何，可能在 Elkhart 或 Springfield Mass 跟你通长途电话告诉你。

二、她 1955 秋不回"印大"去，1956 春才去，再读一个学期，可得 M.A.。

三、她现在的职务是 Bethany 中学的英文教员兼图书馆主任（？，librarian），职务摆脱不开。她的"家谱考"尚未写完，写完后还要帮该中学造〔做〕预算，定买书计划，还

---

4. Cardinal Newman（John Henry Newman，约翰·亨利·纽曼，1801—1890），英国天主教著名领袖与作家，出生于英国国教，1845 年改宗加入罗马天主教，后被封为枢机主教，代表作有《论基督教教义的发展》（*An Essay on the Development of Christian Doctrine*）、《信仰的逻辑》（*The Grammar of Assent*）、《大学的理念》（*The Idea of a University*）等。

要帮该中学做 registrar。[她] 又是 Mennonite Board of Mission & Charities 的 treasurer 兼 receptionist，支票出入很多，还要招待各处代表，所以事情很忙。你不是说起劝她去传教吗？我因此又问她对于做 missionary 的兴趣为何？她说她本来是想 "consecrate myself" 去传教的，但是现在既然去攻图书馆，图书馆本身也是一桩有意义的工作，恐怕无力兼顾传教了。我只能同意她的主张。

总之她的谈话很是温婉动人，没有半点老处女的 sourness，真是难能可贵。这样一个小姐，假如真要做老处女，真是上帝太不仁慈了。我假如是个 Full blooded，extrovert pagan 还可拼命大力救她一下，但是我虽然态度很大方，但终究我是 lukewarm，diffident，多顾忌而不敢拼命的人，只能看她沉沦下去了。现在还有好几天可以见面（她说星期一、星期二较忙，也许不容易见到她），我当有更积极的求爱表达，决不使你和 Carol 失望。

五点钟她又去"砌丽"，五点半驾车送我进城，她去开会。车里飞进了两只小虫，她捉住了把它们掷出去。我说："A Buddhist 绝不做这种事，他绝不 harm 任何动物，因此佛教主张 non-violence 比较 Mennonite 更为彻底。"她说："我并没有弄死它们，只是送它们出去而已。"我说："我可并不想 convert 你呀！"她说："我倒想 convert 你呢。"（这是她第一次表示。）我说："可能性的确非常之大，否则我也不会到这里来了。"

15

明天约定她早晨驾车到 YMCA 来接我去 Goshen 做"大礼拜",参加她们的盛会。礼拜做完,她恐怕还有别的会要开,她预备介绍别人(到中国来传过教的人)来陪我玩,明天如何,明晚再详细报告。

总之,Ruth 和我关系真的已是好朋友,两人可以无话不谈,想不到在 Bloomington 这几个月,知己朋友竟会是 Ruth。我告诉她我离 Bloomington 前有几天我的 mood 非常之坏。

信他们的教,我不抽烟(看了这期 *Time*,见了烟更怕),不喝酒都愿意,不打 Bridge 也愿意(这点尚未同她讨论),不穿漂亮衣服也无所谓,就是不看电影受不了。今天晚上又一个人去看了一场电影:*Run for Cover*[5]。

Ruth 对我虽好,但只是温柔坦白大方,并未有"in love"的表示,所以请你们不要太乐观。事情不会有急剧的发展,一个人已经预备做老处女,另一个人做老处男的倾向也非常之强,两人都有智慧和同情心和 wit,可是都是 resignation 很厉害的人,讲恋爱只是在 garage 谈呀谈的,就像 Henry James 小说里的人物一样,心头不胜怅惘,只是一场无结果。

看 Ruth 的表示,她还是个"吃教"的人。那幢漂亮洋房

---

5. *Run for Cover*(《荒城荡寇战》,1955),西部片,尼古拉斯·雷(Nicholas Ray)导演,詹姆士·贾克奈(James Cagney)、维维卡·林德佛斯(Viveca Lindfors)、约翰·德里克(John Derek)主演,派拉蒙影业发行。

恐怕也是教会给她住的。假如生活另有保障，她未始不可能
改变作风，她实在是个很活泼而兴趣多方面的人，可是这保
障哪里来呢？再谈 专颂

近安

Affectionate regards to Carol & Geoffrey.

济安

六月十一日晚十二时

283. 夏济安致夏志清

1955 年 6 月 12 日

志清弟：

抵 Elkhart 后曾发两信，想均收到。今日为抵 Elkhart 之第三日，心情较恶劣，所以恶劣之故，因为 Ruth 太忙，我又在 miss 她。而且此事前途茫茫，你曾经说过"我 Elkhart 之行可能是我生命史上一大关键，希望我好自为之"，现在看来，我的生命史恐怕还要走老路子，一时很难有所改变。

上午很愉快。新西装 Saks 5th Avenue 在 Bloomington 从未穿过，今天穿起来了，黑皮鞋，藏青袜子，深青领带（淡青小花），白衬衫，配以玄灰色的西装，打扮很大方而"虔诚"（！）。Ruth 驾车来接我到 Goshen 去，一路很愉快。她指路旁的 Trailers 说 Elkhart 有 Trailer 厂十几家，在美国可算 Trailer 制造中心，我就把 *The Long, Long Trailer* 里的笑话讲给她听，我说："你电影看不得，听听电影的内容总没有关系吧。"我讲的东西她很 enjoy，我说："你瞧，You have missed so many jokes。"

上午做礼拜，听了三天 sermon，这些在我意料之中，倒不觉其讨厌。只是那些 sermon 的 style 并无特色，文章上显不出好处。假如文章好一点，我或者还可满意一点。礼拜完后，我请她吃中饭，cafeteria 规定饭票 75 ¢ 一客。

吃饭前排队，她把我介绍给很多人，饭后我们又在 campus 稍微走了一下（照了两张相，天气阴而且凉）。她把我介绍给她的父亲，她父亲就是 seed corn salesman，样子很像华德白里南[1]，西装不大挺，黑领带酒糟鼻，背微驼，戴华德白里南式的眼镜，说起话来嘴似乎一努一努的，脸上神情带点可怜相，也有点心不在焉的样子。父女之间似乎很少 attachment，父亲心不在焉，女儿也不大理他，只讲了两三分钟话。Ruth 的母亲死了两年，老头子晚年丧偶，神经恐怕受了些刺激。

下午一点半我又去开会，听阿根廷、阿比西尼亚、日本传教士关于传教的报告，开始觉得沉闷。早晨起来一直到下午四点多钟，没有抽过一支烟。上午的礼拜，下午的开会 Ruth 都是坐在我边上，我们合用一本赞美诗，合看《圣经》，陪我的时间总算不少了，但我还是嫌不够。

我在 Elkhart 发出的第一封信中不是说"我要给 Ruth 最大的自由"吗，今天我还是维持这个原则，故作大方，我对 Ruth 说："你假如还有事情，可以不必管我，只要替我找辆

---

1. 华德白里南（沃尔特·布伦南，Walter Andrew Brennan, 1894—1974），美国著名的西部片明星，代表影片有《侠骨柔情》（*My Darling Clementine*）、《赤胆屠龙》（*Rio Bravo*）等，曾三次获得奥斯卡男配角奖。

便车送我回 Elkhart 好了。"她还有很多会要开，晚上是什么 panel discussion（干部会议？），她真的替我找到一辆便车，把我送回 Elkhart 来了。一路之上以及回到 Elkhart 后我一肚子不痛快，甚至想明天就到 New Haven 来了。你看看，我的脾气多么坏！我在 Bloomington 说过，即使 Ruth snub 我，我也不会生气。今天她并没有 snub 我，对待我之亲热，远胜于对待她的父亲或任何教友；送我回 Elkhart，是我自己出的主意，她不过照办而已，可是我已经气得不得了（表面上当然我是不动声色的），a man in love 的脾气恐怕自己都不能预知、不能控制的。

我们行前约定：明天我不去找她（她替我出主意："你可以读读书，反正我已经借了东西给你读了。"她上午、下午、晚上都要在 Goshen），后天下午我去找她，她再驾车送我去 Goshen，后天有两篇演讲，题目是：

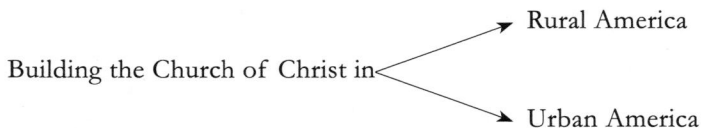

Building the Church of Christ in ⟨ → Rural America
　　　　　　　　　　　　　　　　　　→ Urban America

她说我恐怕会发生兴趣，我说"是的"。其实我今天上午听了三大 sermon，下午三篇演讲，已经对她的教会讨厌得不得了，但是我表面上如此虔诚专心，她虽然聪明，如何能看得出我的虚伪呢？

明天假如我负气一走，恐怕要大大的 wound 她的 feelings，你说对不对？明天我决计留在 Elkhart，续写我的小说（我可怜的 neglected 小说！），后天再去开会，同时要把老实话告诉她：假如她不能送我回 Elkahart，我是要感觉痛苦的。她们的会星期二开完，星期三我预备约时间同她长谈一次，星期四离开 Elkhart，星期五可到 New Haven 来和你聚首了。

今天上午、下午的"疲劳开会"，使我对 Mennonite 教的兴趣大减。星期二再去一次，兴趣恐怕更要减退。我恐怕绝对不会信她的教的，呜呼 Ruth！ Woe is me！她所介绍我认识的男女教友，人似乎都很善良（而且也不虚伪），但是没有一个人有天才的样子，都是些"庸人"，比起天主教的人才济济，实在相差甚远，和他们那些教友相处，我是不会觉得 at home 的。

Mennonite 教的范围很窄，今天 sermon 里他们已经强调要 evangelizing，多多扩充。就现状而论，他们的教实在很像中国的"宗法社会"，只是几宗几姓的人在撑场面。Ruth 的堂兄 Roy Roth 是 Kansas 的牧师，她的姐姐在 Goshen College 做 nurse。Ruth 的母亲姓 Yoder，今天我就知道有三个 Yoder：一个是 Sanford C. Yoder，Goshen 区的 Bishop；一个是 Walter Yoder，也是在教会里担任要职，一个是 Samuel Yoder，Goshen 英文教授，下学期得 Fulbright 奖金要去希腊。其他别姓的人我都认识好几个。这样一个小圈子，我假如挤进去做 Ruth 家的女婿，你想我会快乐吗？假如我是个"庸人"，自己别无办法，靠了教会，一辈子也许可以衣食无忧，而且可能娶到一个贤淑美丽的太太，但是这一辈子，我的行动和言论要受多少限制？

1955

我这样一个酷爱自由"天才横溢"的人，能受得了吗？

　　但是我对 Ruth 的爱，一定要好好表白一番。倒并不是希望她 return 我的爱——要叫她来 return 我的爱，她要付出多大的代价！我的爱 Ruth 是出于至诚，她应该有权利知道；知道之后如你所说的，可以增加她的"自信，活力和骄傲"。美国女子不像中国女子那么忸怩作态，假如知道我如此爱她，她也许会觉到我有很大的 gratitude，至少会同我维持很好的友谊关系。我希望你移居 Ann Arbor 后，离 Elkhart 较近，不妨于假期有暇，由 Carol 驾车，携带树仁，到 Elkhart 来拜访 Ruth 一次。她一个人住一幢洋房，其苦寂可想。她今天替我介绍时，把你和 Ann Arbor 也一齐搬了出来。我假如找不到别的女朋友（我不相信会再对中国女子发生好感），有一天我有了办法，也许设法去救她脱离这苦闷的生活。不一定使她脱教，只要离开这个小地方小圈子，她便可阳奉阴违，过一个比较自由的生活了。目前我只好"撤退"了，我相信你和 Carol 一定会原谅我的。我岂是 great lover，能够使一个善良的女子背弃她的宗教、亲友、community、安定的生活、peace of mind 和她在瑞士和法国被 persecute 的祖宗，跟我跑了呢？

　　可怜的 Ruth，她还以为今天带我去做礼拜，是十分成功的（今天我在她面前表现得十分温顺，在她教友前我很是谦恭）。一则她可以表示她传教的成功，能够引动一个中国人来参加她的教会活动（她们的教现在正注重扩充，evangelizing，标语是 Build the Church of Christ）；再则如你所说的，也许 proud of 有这样一个男朋友。顶使她快乐的，恐怕还是我的伪装的虔诚。我中午的时候，mood 很好，为了 please Ruth 起见，的确想要买两本他们的书本或小册子回去，可是今天是 Sabbath，不做生意，书只陈列，不出售。我临走的时候，她还说："星期二你来就可以买到书了。"照我现在的 mood，我真不想买了，但既然话出在先，星期二只好去买两种。（我给她照的照片，她带在身边 hand-bag 里。）

我对于她的教的种种不满的意见，恐怕也不能对她全部表露。她如此善良，我岂忍伤她之心？假如我把她现在的生活攻击得体无完肤，同时不能积极的提出一种更好的生活代替之，岂非徒然增加她的痛苦而于事无补？我既然不能给她多少安慰，再去剥夺她从宗教上所获得的安慰——假如我真这么做了，那才是世界上 worst scoundrel 的作风。

我虽然上面说了这许多反对 Mennonite 教会的话，但现在想想，加入她的教的可能性仍旧存在，那就是：来一个 romantic gesture，为了使 Ruth 快乐我就牺牲自己（反正日后可以脱离的），糊里糊涂加入了再说。当然此事可能性是微乎其微的，但是我研究自己的个性，这种事情我还是 capable of 的。

这几天信上都是讲我自己的事情，很少讲到你的事情，很是抱歉。我离开 Bloomington 之前，去邓嗣禹和 Work 处辞行，他们对于你的事情都很关心，虽然事情并不具体，也不妨记下：

邓嗣禹说"印大"的 comparative literature 系里有一 Oriental

Literature 课程，已经虚悬五六年，无人担任。一系开一个课程，要经过 trustees 通过，很麻烦，既经通过，长此虚悬，终非善策。担任该 course 之人，应该要懂日文，再要知道一点印度波斯文学（second-hand 就够）。你假如有兴趣，不知道有没有工夫开始研读日文？照你当年读拉丁的精神用以对付日文，半年之后必能看日文之书，印度波斯等 second-hand 智〔知〕识很容易应付。假如你来 apply "印大" 这个讲座而能成为事实，我将要觉得非常高兴。我为了 Ruth 之故，假如重来美国，也将去 "印大"，不去别处。

Work 说：去年 X'mas 在纽约开 Modern Language Association，你写了张便条给他，他当即回复你说很希望跟你谈谈。但是你没有去，恐怕会里转信的人办事不力，你回 New Haven 又早了一点，没有看见他的信。他说今年 X'mas Modern Language Association 在芝加哥开会，他一定要同你谈谈。照我看来，你进印大英文系的可能性仍然存在，否则 Work 何必如此再三解释？你同他谈一次话，给他的 impression 当比瞎写 application letter 好多了。

我的行踪到 Springfield Mass 后再和你通电话，又要麻烦 Carol 到车站来接我了。树仁希望坐了车子一起来。星期二晚上也许再写一封信。再谈 专颂
近安

Most affectionate regards to Carol & Geoffery.

济安 顿首

六月十二日

284. 夏志清致夏济安

1955 年 6 月 14 日

济安哥：

离 Bloomington 前寄出两信，芝加哥一信及今天收到，于 Elkhart 发出的信，都已看到。去 Elkhart 前，你 mood 不断变动，是可 predict 到的；到 Elkhart 后，一个下午，你表现得如此之好，Ruth 待你毫无虚伪做作，一片蕴藏着的真心欢迎，我读后非常代你快活。几小时内你们已建设了很 natural 的关系了，这几天内这关系可以搞得更好，我想这样的 adventure，你生命 [中] 还是第一次，目前不论后果，准是个极 delightful 的经验。Ruth 初见到你时的脸红，及叠文章时那句话，表示她没有一般美国女子故意装讨人欢喜的作风（美国父母从小训练女儿如何招待应付男友，恐怕她们嫁不出去。结果小姐们待人非常 nice，男人反多被 pampered 了，还是小姐们自己吃亏。情形正和中国男青年专讲献殷勤，抬高小姐们身价相反），并且表示她已看出你对她一番意思。她在 Elkhart 这几天要开会，这对你的 courtship 很有帮忙（信到时 convention 恐已开完，我想你是一定去开好几次会的），男女在一起，最怕没事做。

中国留美青年往往摆阔，请小姐吃饭看戏，结果关系一点也搭不上，你代 Ruth 叠文章，在情感的增加上就比看一场电影好得多。Mennonite 教会全国大会，是 Ruth 兴趣所在，在这样许多亲戚朋友之间，她有你在身边，她的 morale 一定大增。她的 cousins、嫂嫂之类，你也应当多交际交际，留下一个好印象，对你的追求不无好处。你这次在 Elkhart，不仅见到 Ruth，并且见到她家里人，是非常 lucky 的事。（六月十三日）

　　写到此地，已夜一点钟，树仁做声，同他换尿布喂奶。他再入睡时，已两点多了。今是收到你两封信，看到 Mennonite 教会规矩如此之严，会员皆极庸庸，你一时无法挽救 Ruth，颇有 retreat 之意。此事如生活习惯方面要强烈改动，也无法勉强，如非你有本领在一两天内使她感到不受宗教束缚生活的好处。Ruth 的背景使我想到 Ninotchka 内的嘉宝，茂文陶格拉斯处境较你优越，几杯香槟、几番甜言蜜语，就把她对苏维埃的信仰动摇了。假如你手边有钱，最好带她到芝加哥去，show 她 a good time，night club、好菜馆、跳舞等等，使她在酒色的陶醉下，感到对以往生活 rigor 的不满，无形 [之中] 对美国市民布尔乔亚生活兴起向往。她内心有冲突后，加上你 instantly 求爱，她可能会屈服的。可是引她到这个 mood 上，非有特别 suave 工夫不少〔可〕，你目前还不能使她理智的控制松懈下来。星期五她离开 Elkhart，你约她同去芝加哥，玩一两天如何？假如她肯答应，在芝加哥的节目你可以控制，可是她烟酒不碰，此事很难办。

　　Ruth 相貌很美，看不出有做老处女的苦相。她比一般好莱坞女星漂亮得多，五六年前她一定很像你在北京时所崇拜的 Joan Leslie（附上 Joan Leslie 近照一张，可看得出相似处，目前 Ruth 比 Joan Leslie 美），可是 Ruth 面部表情 elegant 处，的确像 Grace Kelly。你能追到她是极福气的事，她的 sensibility wit，聪明已极够标准，你用不着改造她，只要把她的生活 reorientate 一下。她对音乐有兴趣，可见她对艺术文学，并非抱一笔抹杀 [的] 清教徒的态度。她从小在 Mennonite 环境下长大，自己的 sensibilities 不能自由发展，不能过一般美国女子的生活，她对她父亲（and her church）可能有 antagonism（她同她父亲感情极淡，即是明证），你如能把这个 antagonism 在她的 conscious mind 变得明朗化起来，你的追求就成功了。她每个下午"砌丽"半小时，可能有了美化，不能得到男子的赞赏，已发生了 narcissistic 自怜的倾向，你这两天有机会得特别称赞她的美。

　　Mennonite 教会，我想，已走上了末〔没〕落之路，将来可能变成 extinct。它的 dynamism 可能在二百年前是极强的。一个新兴的 evangelical church 的兴起，要有生活上的不满足或争取 compensation 的欲望作根据。目前美国最红的新教会，无疑是 Jehovah's Witnesses[1]，它的会员却是下等和比较

---

1. Jehovah's Witnesses，"耶和华见证人"，兴起于 19 世纪 70 年代之美国，由查尔斯·罗素（Charles Taze Russell）创办，会众逾 800 万。

贫贱等级的人。每年夏季在 Yankee Stadium 大受洗礼的盛况，在 *Life*、*Time* 上你想都看到过。Mennonite 会员都是瑞士种，在美国已 fully 被 accepted 了，已钻入中产阶级了，所以它的传教力量不会再扩大。十八世纪末叶、十九世纪初 Wesley 兄弟 [2] 向美国宣传 Mennonite，声势大盛，因为当时的 Anglican Church 完全是代表资产阶级的流放〔派〕。目前在美国的 Methodist Church，财力很雄厚，almost as respectable as the Episcopal Church，早年的精神也就失掉了。

　　谢谢你代我在 Indiana U. 问询关于 job 的事，假如我在东方系钻下去，日文是要学的。MLA 开会，黑板六七块，写满了名字，我看了两次我的名字不在，就 discouraged 了。Work 已有信给 Pottle，很客气地回绝了他的 request，这是一两月前的事。两张卡片已收到，谢谢，我这里你的信很多，现在先寄上两封宋奇的，你可能要先知道香港护照的事。要讲的话很多，可是发信要紧，不多写了，在 Ruth 前务必要做求爱表示，她一定会感动的，你同她在芝加哥玩一两天最好。你到 Springfield 后，当等候你的电话。匆匆祝好。

弟 志清 上

六月十四日

---

2. Wesley 兄弟，指约翰·卫斯理（John Wesley，1703—1791）和查尔斯·卫斯理（Charles Wesley，1701—1788）。约翰·卫斯理，神学家，著有《圣经注释》（*Notes on the New Testament*），参与创建了卫理宗（Methodism，也称循道宗）。

285. 夏济安致夏志清

1955 年 6 月 14 日

志清弟：

两天没有写信给你，这两天心情变化很多，现在可以说心平气和，也有点惆怅，但并无 bitterness。Ruth 待我"真是再好也没有"，这句话是抄你描写 Carol 的；Carol 待你是 as wife to husband，Ruth 待我是 as a friend（而且是素昧平生，并不是很熟的 friend），她能够待我如此，我应该心满意足了。

昨天（一天说了不满十句话）阴雨而冷（只有五十几度），我一天没有打电话给 Ruth，也没有继续写小说，只是遵照她的嘱咐，闭门读书。把她的尚未完成的"家谱研究"仔细读了一遍，结果对于 Ruth 的家世当然知道得非常之多，远胜于我所知道关于我们夏家或其他任何一家的。发现 Ruth 的英文不大好（粗看看觉得很好），有几句句子写得很"蹩脚"，还不如我交给 Edel 的那些 papers。（关于 style 问题，我们已讲好，明天再讨论。）

另外一本书是她借给我的：*Goshen College, 1894–1954: A Mennonite Venture into Christian Higher Education*，by 他们的一个

退休老教授John Umble[1]。我初以为这是一本很沉闷的书（即使《哈佛大学沿革》《耶鲁大学发展史》之类的书，一定也很沉闷的，可能只是些事实记录，加上了一些 complacent 自我鼓颂，一点 nostalgia 怀旧，一点"教育为百年大计""上帝领导着我们"之类的 commonplace），可是这本书竟然非常有趣，竟然很有 drama 成分在内，若改编为电影故事，由 Robt. Donat[2] 之类主演可列入十大巨片。Drama 哪里来的呢？一方面是 Goshen 的教育家，他们苦心孤诣地要适应潮流，提高教会的文化水准，一方面是教会方面，他们固步自封，除了《圣经》外不相信任何书本，反对文化，反对和教外的人混杂（"separation"是他们一大 tenet）。那些开明的教育家，处处受到教会的掣肘，开头几十年（我现在看到 1924 年），校长换了很多人，没有一个人能做得长，而且他们内心都很苦闷（Robt. Donat 可以发挥精湛的演技了）。该书作者态度很坦白，关于批评教会的话，我可以抄几句在下面：

Most of the Amish & Mennonite immigrants from
Switzerland & Germany to the U.S. were of the peasant

---

1. John Umble（John S. Umble，约翰·阮波，1881—1966），著有 *Goshen College, 1894-1954: A Venture in Christian Higher Education*（Goshen, Ind., Goshen College, 1955）。

2. Robt. Donat（Robert Donat，罗伯特·多纳特，1905—1958），英国电影及舞台演员，代表影片有《国防大秘密》（*The 39 Steps*，1935）、《万世师表》（*Goodbye, Mr. Chips*，1939），曾获奥斯卡最佳男演员奖。

class; they were farmers & small tradesmen, suspicious of the arts & of the refinements of city life. Many of them came to America poor; they settled on the frontier, won their living with their bare hands, carved a farm out of the woods, attained economic independence, & built their churches without the aid of books. They were thrifty, moral, god-fearing, & loyal to their church. But even as late as 1884 the Indiana Mennonite conference passed a resolution condemning certain cultural practices especially with regard to the use of tobacco in the meetinghouse. Industry, thrift, attending church services regularly, & observing church regulations...were among the major virtues. When young people of Mennonite & Amish Mennonite families attended school or dressed in the more conventional form they were considered "dressy", this marked them as "worldly". Many of them became discouraged & united with other denominations. Thus the school came under suspicion & the instructors of the Elkhart institute（Goshen 之前身）were accused of misleading the young people, leading them away from the church.（p. 7）

From the beginning（in 1525）of that branch of the Anabaptist movement from which the later Mennonite church emerged, the leaders had emphasized scriptural concepts like

nonresistance & nonconformity to the world order. Later
their adherence to their concepts took the form of resistance
to change. After the lapse of centuries, this devotion to the old
established order to preserve certain Biblical principles became
an outstanding Mennonite &Amish characteristic. A striking
example of this resistance to change survives in present-day
Amish congregations. (p. 105)

其实我参加了 3 [次]M 教大会，加上看了这些材料，可
以替 *New Yorker* 来一篇 "A Report At Large"，只怕写来太吃力，
时间又不够。

我看到这种地方，对于 M 教大起反感，同时相形之下对
于天主教大起好感。天主教传统上是 "learned class" 的教，
新教不过是 "不学无术" 之人对于天主教的一种反动。若说
天主教的教会专制，M 教的教会可能更专制，而且专制得更
不近情理。女人戴帽子（[允]许戴 Bonnet），任何人保了
寿险，都有被开除教籍的可能：In that year (1923) The Indiana
Michigan Conference by a large majority adopted a regulation that
"sisters who wear hats or members who carry life insurance...forfeit
their membership..." (p. 108)

被开除教籍的人，再去另立一会。所以韦氏大字典里，
Mennonite 一条下，列有不少教会的名称。M 教如此浅陋，除
了做礼拜、读《圣经》之外，不知何谓人生，何谓文化；教

的规模如此之小，还要门户对立。我的眼光见解已经算是很开阔的了，岂能自己锁进这个小圈子里，作茧自缚？那时我对于 M 教的反感很深，因此 Ruth 的可爱也大打折扣。

今天阳光很好，上午我送去金鱼四尾。这几天天天逛百货公司，金鱼和鸟（parakeet 长尾小鹦鹉），我决定要买一种送给 Ruth。动机并不很好，一方面当然是想讨 Ruth 好，一方面也表示 pity，"你这个老处女，让我来送些小动物来陪陪你吧！"结果买了鱼，没有买鸟。因为鸟较贵（parakeet ＄1.77 一头，好种——能训练说话者——要四元多一头，鸟笼也要四五元一个）；再则我想起来了：星期天有一篇 sermon 讲"鱼"是教会的象征（好像是某一 verse 开头几个字拼在一起，在希腊文的意义便是"鱼"），和 Ruth 身份很合；第三点：金鱼是中国特产，由我送也很好。

鱼也相当贵：两尾黑色龙种 35 ¢，两尾金色假龙种（眼睛不鼓）50 ¢，缸 59 ¢，goldfish kit（包括鱼食、养育法等）59 ¢，水草一束 10 ¢，鱼网 15 ¢。我相当肉痛（你知道我星期一下午的不愉快心情尚未完全消失），不过自己安慰道："反正这是前世欠的债，还清了也好。"（我的思想很容易走入佛教一路，你恐怕是没有这种倾向。）

上午也没有打电话，径自坐公共汽车送去。门口有一张条子："今日上午有要务，非去 Goshen 不可，但一点半必赶返，接你同去，你如来得较早，可在 back porch 小憩。"我现在想想，Ruth 待我真是再好也没有，这样一个约会，她也绝不

1955

33

失信（想想吃中国女孩子不守信用之苦，真不知多少次了！），宁可长途跋涉，来回地跑。但是那时我并不感激，只觉得她neglect我，而且条子开头，把我的名字拼成 Mr. Shia，心里更气。她连我的名字都不会拼，再会对我发生什么兴趣吗？（她在"家谱研究"中说：她祖辈对于姓名的拼法很随便的。想起这一点，我也该心平气和了。）我把鱼缸的水灌满，鱼缸放在 back porch 的茶几上，写了一张卡片（没有别的纸，但身边有空白明信片）：

To Ruth

"The fish is a symbol of the church."

J. D. Graber（此即星期天讲道之牧师，她已把他介绍给我）

With the best compliments of the Pilgrim from Formosa（call him "summer"）

回到城里，吃了午饭，换了"行头"再去，从那时起到下午四点止，我的态度很坏。但是好在四点以后，我大彻大悟，态度好转，变得很是可爱。也许受了圣灵感动之故。假如态度不改，那是我真还对不起 Ruth，成了罪人，以后追悔莫及了。她向我道谢金鱼，我说："The bowl will some day break the fish will die..."

你以前曾经批评过我，我很有点 Othello 式"自以为是"的骄傲，年来阅世渐多，已经力改前非，但有时仍露马脚。Ruth 为了我，耽误很多公务，抽出时间陪我，但是她见了我还道歉："很对不起，不能多陪你。"你猜我怎么答复的？"反正我讲在前面，决不多耽搁你的时间；你瞧，我连电话都不打，就怕耽搁你的时间。"这种话说得真是岂有此理！

我到时一点十分，Ruth 正在厨房吃午饭。其实 Goshen 有 cafeteria 可以吃饭，她明明是为了我才赶回来，自己弄饭吃的。可是我那时并不感激。她说星期三要忙写文章，而且"大会"结束，家里要住几个客人，非得招待不可。可是她说："我们星期三同进 supper 如何？"我说："此事由我请客。我考虑此事已久，只是不敢启齿，你提起了正好。"但是她要另外约一位小姐——即去过中国传教的，我心里又有点不痛快。星期四要洗衣服、packing 等，星期五非走不可，我说："你刚刚见过你父亲，还有什么要紧事情找他的？"她说："还有一个约会：高中同学的 reunion，早答应人家，非去不可。"

我那时觉得事情很是拂逆，心里不高兴。到了 Goshen，听了两个钟头讲演，没有听进去几句话。把事情前前后后想个明白，到后来气愤渐消，心头充满了 sweetness & light。

我对她的气愤，其实是我对你的失信。我说过："她即使 snub 我，我也不生气。"我贸然来到 Elkhart，Ruth 待我如此好法，是出乎我意料之外的。但她既然待我好，我就拿她的"好"take for granted，求更进一步的"好"，因此就失望，容易生气。我仔细一想，我到 Elkhart 来 expect 些什么东西？现在得到没有？我所 expect 者是 Ruth 的 good will，我明明已经得到 plenty，为什么现在又要自己作怪，把已经得到的再丧失，徒然留一个不愉快的印象给 Ruth 呢？

　　想到这里，大彻大悟，态度立刻变得很可爱。她晚上在 Goshen 还有干部聚餐，抽空送我回 Elkhart，同时领我去参观她做事的 Bethany 中学。在车子上我说 I am very grateful for your kindness。我本来已经不预备把我的小说给她看了，但是现在仍旧提起此事，希望明天交给她，她如没有工夫看，可以带到 Illinois Morton 去看，看完后寄回纽海文。我说："你看了我的小说，便可知道我是很 serious 的一个人：一则小说的 theme 是 serious 的，再则我的英文用功如此之苦，也是非十分 serious 的人莫办。"我又说："你对于我的为人恐怕不大了解。"她说："真的，我们只是在最后几个礼拜才认识，对于你的 personality 的确不大了解。"我说我很 lonely，否则不会一个人躲到 Elkhart 来住了一个星期的。我说我又很 shy，早想同她讲话，可是总提不起勇气。她也想起了 Easter 假期之后，我坐上去和她同桌"闷声不响"的情形。她也讲起到 Bloomington 读书的情形，她说这是她第一次"on her own"，远离她的亲戚朋友。人家也觉得她的行动怪僻，但是她考虑好久，决定照自己认为"对"的去做，决不从俗，不顾人家的批评（她的 adjustment 也很吃力）。我说虽然天主教对我有很大的 fascination，但 so long as you a member of Mennonite church，我的心总是向往 Mennonite 的。的确我对她的教已经毫无反感了，但是她倒并不希望我成为 Mennonite，最要紧还是成为 Christian。我来的第一天她就说：

"他们的 mission 只是替基督传教，不替 Mennonite 传教。"她说今天的演讲，就是反对"小圈子主义"，主张部〔不〕分 denomination，建立 Church of Christ；我说这是很好的倾向。我读了她的书和 Umble 的书，也深觉得早年的 Mennonite 的门户之见如此之深是不对的。

车子上那段谈话，相当温柔，我相信我们的友谊又进了一步。我说我要送她茶叶，可是只剩了一小罐了（在去 Goshen 路上，和才听演讲时我是不预备送她茶叶的了）。她喜欢喝茶，我早已知道，我说我到了台湾之后，我可担保她不在〔再〕run short of tea 了。她笑道："你可不要 overdo yourself，浪费金钱送东西给我。"我说："我是个 sensible man，同时又是个 pessimist，一个 sensible pessimist 决不会 overdo himself 的。"她说："那就好了。"

她送我到 YMCA，我上楼拿茶叶给她，她很是喜欢。但是她的车子发动了两三下，都不动，我说："有我可效劳之处乎？"她说："这种事情，没有办法，只有 patience。"我就趁她搬〔扳〕动机关的时候，替她照一张相。她说："又要照了？"我说："这张相片的题目就叫 patience。"我快门按下，她的车子也开动了，她笑道："希望这张相片能够得到 prize。"说罢车子又往 Goshen 开去。

明天的节目是她下午四点半来找我，我们找个地方谈谈，假如没有地方，就只好在车子里谈了。到吃夜饭的时候，再去找某小姐一起吃夜饭。

1955

我到回来路上，才知道她 [住] 的洋房不是她的。她和一位 Esther Graber 同住，Esther（星期天 Ruth 亦已介绍给我）是 Graber 老牧师的妹子，真正是位老处女了，这几天"大会"事忙，Esther 身居"秘书"要职，住在 Goshen 照料，明天就要搬回来，而且还带了客人同来，所以我去不大方便。我至此误会全释。我已经答应她星期四离开 Elkhart，不再替〔给〕她添麻烦。我说的时候态度很诚恳，并无半点 bitterness。

　　明天我不预备再多说"爱情"的话，你说过：在美国，一个男人要存心追求，才送礼物给女人。我已送了她金鱼、茶叶，明天还预备送她不值钱的台湾别针。这样殷勤，加上我的自始至终的态度，就够 speak for themselves 了。我现在的原则：尽量留下一个好的印象，预备他日重见的余地。（我说："我弟弟去 Ann Arbor 后，距离 Elkhart 较近，假期可能来看你。"她很高兴。）

　　今天上午送罢金鱼归来，到火车站和公共汽车站问明班期和票价。火车票太贵，要三十二元，加以晚上六点开，早晨到 Springfield Mass；一大半时间在黑夜里，也看不到什么风景（本来想看看大湖区和 Catskills 的风景），决定坐 Greyhound，星期四中午开车，要换两次车，先停在 Toledo 或 Cleveland，转纽约（仍旧走 Pennsylvania，Turnpike 老路），再转纽海文。星期五可以见面。（Greyhound 票价约二十元）。So the next stop after Elkhart is either Toledo, Ohio or Cleveland, Ohio. The same old humdrum journey.

余面谈，专颂

近安

Affectionate regards to Carol & Geoffrey.

济安 上

六月十四日

286. 夏济安致夏志清

1955 年 6 月 15 日

志清弟：

今天很高兴收到你的信。Carol 和树仁均在念中，见面相近，很是高兴。见面期近，这封信本来是可以不写了，但趁我印象还新鲜的时候，再写一封，否则两天之后，所讲的话同现在所想说的可能又不同了。

你把我这次 Elkhart 之行，总括成为 delightful adventure，很为确当。明天就要走了，我现在心境总算轻松愉快，此行可算 delightful。所以如此者，Ruth 待人的确很温柔大方，而我也能不枉此行使命——建立一个友谊关系，要求定得低，就容易满足。假如我拼命追求，或她态度冷淡，两者有其一，我此行可能就失败了。

今天下午四点半她到 YMCA 来找我，我在 lobby 等她（刚刚读完你的信，心里很轻松）。她今天下午一色大红打扮（她在 Bloomington 从未穿过如此鲜艳之衣服），衣服料子可能是 cotton，但袖子较短，总算断在肘的上面（她通常的服装是袖子断在腕口的），胸口一只泰国银圆别针（可能是泰国小姐送她的），上面雕的是泰国dancer，very pagan（异教徒的）。今天她总算不是以虔诚的姿态出现了。

　　我们在她车子里讨论过她的文章。（在汽车里"做世界"，我尚无此经验。）我指出她十余处rhetoric和style上的毛病。她当然took it graciously，但我想她心里总不大快活。因为她为了这本书已经烦了四年，现在出版期近，已经写好的部分怕去动它了，我这么一讲，害得她又要增添工作，我心也为之不安。但是我现在的目的不仅是想please her，我仍想建立我的superiority，而且as an Oriental，我的英文功力也该让她认识一下。因此我就残酷地指出她英文上的毛病。但是我说我是admire她的作品的，反正我的小说也交给了她，她〔一〕看便知道我的东西里错误更多，多到该打手心的程度。她很着急，她说："这种错误，请你千万不要对人讲，否则更没有人来买了。"我说："我对谁去讲呢？我只会替你说好话的。"她现在只有80名定户，我说我算第81名好了。书出版后她会寄给你，全书定价（共两百页）将在五元到十元之间，届时请你代付书款为荷。（我们在纽海文的五彩照片及树仁的照片，我都给她看了。）

　　在车子里我送了她三个台湾别针。文章看完，她就驾车到某医院去接那位在中国传过教的（在四川待过四年）"柯佩文"（Christine Weaver）小姐，那位小姐已很老，但人极沉默寡言而retiring。我总以为她要坐到前座，三个人挤在一起，但她乖乖地坐在后座。

1955

41

吃晚饭的地方，我颇费斟酌，因为 cafeteria 太不隆重，人太挤，也不便久坐；downtown 那些餐馆都是卖酒的，绅士淑女荟萃之区，她恐怕也不愿意在那种地方抛头露面（注意：Mennonite 很注意舆论，很检点小节的）。那家中国餐馆，东西实在太恶劣。我反正一向贪懒，遇事不作主张，索性由 Ruth 决定。她早已胸有成竹，车子开到一个地方叫做 Jefferson's Dining Room，那是一座家庭式的洋房，环境幽静，吃客很少（除了我们好像没有别人），似乎也不卖酒，只有两个老太婆服侍我们，那个地方真是很理想。Ruth 点了 Roast Beef，柯小姐点了 shrimp，我点了 T-Bone Steak。我今天胃口大好，一块厚实无比的 steak 之外，还有冰激凌和 pie（pecan pie）、grape-fruit juice 等等，好久没有吃这么多东西了，连小账一共吃了七元钱。付账[的]时候，柯小姐还说要她来付呢，真是学了中国脾气了。我因为心情愉快，这点钱也不在乎了。她有句口头禅，叫做"oh dear！"，以前从来没有听见她说过，今天她用了近十次之多。

　　我的态度很好。入座之前，先对 Ruth 说："Etiquette（餐桌礼仪）如有不周之处，要请多指教。"她说："Etiquette 很简单，就是 common sense。"我说："common sense—that's what I'm most in need of."她一笑。

　　她开始 tease 我。我问她要 Morton, Illinois 的地址（Morton 人口才三千余，她的圈子愈来愈小了，但她七月五日将返 Elkhart）。她说不给了。我对柯小姐说："She is afraid of I'll be chasing her all over the earth." 忠厚的柯小姐就同我讨论我回国的行程，我列举一串地名，她听说有"东京"，就说要把东京他们教会的地址抄给我。我对 Ruth 说道："你瞧，人家给人抄地址多么 generous！"柯小姐写地址时，我对 Ruth whisper 说道："她写后，就该你写了。"她只是笑，不置可否。等到柯小姐写完，我一声不响，就把那张纸连笔在 Ruth 面前一放，自顾自同柯小姐说话，Ruth 看了我一下，就把 Morton[的] 地址写下。她写好后，我说："这一下你上当了，下星期我将在 Morton 出现。"她那时不好意思，只好说："很欢迎你来 visit。"我说："我只怕在美国不能多停留了。"（她跟我提起过纽约有一出歌剧 *Plain & Fancy*[1] 是描写 Amish 教友小姑娘进大城市闹笑话的情形，我说我如有机会当去看后报告给她听。）

　　她今天很活泼，几乎"骨头轻"。恐怕柯小姐是她的好朋友，至少她是不必怕惧她的。我不是说过（以前一封信中）她的手势很多吗，今天她就做了很多手势。驾车去餐馆路上，恰逢五六点钟汽车 jam，员警手忙脚乱地指挥，Ruth 居然车子停下，也学起员警的手势来了。进餐时，我们讨论中国毛笔写字之困难，她扮了鬼脸，手在空中挥舞，算是在学毛笔写字。老太婆 waitress 搬餐具，一不小心，掉在地上，"倾灵光浪"。

----

1. *Plain and Fancy*，音乐剧，改编自约瑟夫·斯坦（Joseph Stein）和威尔·格里克曼（Will Glickman）合著同名小说，莫顿·达科斯塔（Morton DaCosta）导演，1955 年在百老汇上演。

我对 Ruth 说："That reminds me of Rogers Center."她大乐，向柯小姐解释道："Rogers Center 每顿吃饭，总有东西掉在地上的，于是大家就笑，就鼓掌。"说时，她真鼓起掌来了。餐后兜风，她看见某家人家门前一个小孩戴了印第安人的大羽毛帽子，她又大乐，指道："看呀，看呀！他恐怕还要学印第安人的叫呢！"说时，她自己的手在嘴角上拍几下，学印第安人叫，当然没有叫出声来。她哪里像老处女呢？简直是 sweet 17 了。

我在 Bloomington 所拍最后一卷照片和芝加哥所拍一卷照片，都在 Elkhart 冲出，今天带给她看。她看得很有兴趣，老太婆把小菜搬上来，她说："我顶好一面吃，一面看，可是要做 good girl，只好吃东西时不看东西了。"

吃完晚饭约七点半，她驾车送我们回去。想不到三四分钟就到了 YMCA，我说："我这样就下去吗？不行，不行。我今天要做 naughty boy，决不下车，宁可开得远一点，再步行回来。"结果她就驾车兜风，在 Greenleaf Boulevard、Beardsley Ave（那两〔俩〕地方我从未走过），四周看了一下。那两条马路，都是富人所居，有新式立体式洋房，也有 mansions，树木很多，环境非常之好。她对于每幢洋房似乎都有很大的兴趣，尤其对玫瑰花。还有一幢 for sale 的，她更停留了一两分钟。兜了恐怕不到一个钟头，回到 N. Main Street，[她]说道："你说要步行回去，现在可要 drop 你了。"我就乖乖地下车，我说明天早晨还要去 say good bye，她说这样就算了吧。

我虽然半途被"放生"，心里一点也不气。因为今天我和她都在开玩笑的mood，我只有欣赏她的sense of humor。（再则，N. Main Street 离开 YMCA 的确不远，步行也很 pleasant 的。）

我明天早晨是否去辞行，现尚未定。可能不去（时间很充裕，Greyhound 中午才开），因为留点缺陷似乎可以给她一个更深的印象。明天早晨如去看她，我既不能再拿出这种潇洒的态度，临时恐怕"做工"又恶劣，又不会 emotional，左右不是。不如不去，让她空等一下也好。或者打个电话给她，或者连电话也不打，就此不告而别。让她猜不透我的心思。

你的战略，我并未全部采用。主要的 realization：在此短期内，绝不可能 win her heart，索性使关系尽量地愉快，至少今天的 evening，她是非常快乐，值得使她追念的了。今天有 chaperone 陪伴，她的 inner check 反见放松。她今天几乎是 inordinately gay，其变化之大几乎相当于 Garbo laughs[2]（用你的比喻），但她在 Rogers Center 也常笑的。

这一次停留，替她照的照片不多（前几天太冷太阴，后几天太匆忙），但她已嫌多了，她说："横照竖照做啥？不是已够了吗？"我说我拿她的照片真要去卖钱的，卖来了钱

---

2. Garbo laughs，典出刘别谦导演的《妮诺契卡》（*Ninotchka*，1939），女主角葛丽泰·嘉宝（Greta Garbo，1905—1990）的首部喜剧，她在剧中的笑虽有些许扭捏，但是以其真诚而广为人知。

可以明年 defray 印第安那大学的 expenses，照片就是替 the loveliest girl of the world 照的。她听见大笑。我正式赞美她的美，就今天这么一次。

爱情也未正式表示，就得"哭出胡拉"；我想不表示也等于已经表示过了。她吃了我的晚饭，都没有道谢。但是那天 Goshen 的中饭，她是道谢的。吃时未谢，我上车时她才谢。我当然不在乎她谢不谢，她不谢，似乎更显得两人的关系已超过"客气"以上。

去接柯小姐前，我在车子中说：我很希望能替她续写"Yoder 氏家谱"，但她已经写怕了。Yoder 氏家谱考是她母亲的遗命（她对母亲的 attachment 似乎胜过对父亲的），Yoder 氏人比 Ruth 氏更多，她很怕再弄。我既然表示想代她完成她母亲的遗志，这不是已够表示的了？我又说：我又希望能够到法国 Montbéliard 等处走走，在她祖宗旧地亲自考察一下。其实叫我来写早期 Mennonite 的历史，一定非常精彩，四年时间必可完成一部巨著。可是我要做的事情太多，未必有余暇及此吧。（我不告而别，她读我的小说可以更用心。）

我又问她："Roth 氏和 Rothschild 氏有什么关系？"她也不知道。我说："怎么 Rothschild 成了犹太人呢？"她说："即使我是犹太种，也不在乎，我是主张对各种族一视同仁的。"我说："That is very heartwarming to me." 她在 Bloomington 体重增加了十磅，但她向 [来] 不吃牛奶。

Delightful adventure 就此告一段落。以后如想起什么有趣的事，当面再谈。

我心目中有一个美女的印象，这是我的 dream，Joan Leslie 符合这个条件，Ruth 无疑也符合的。谢谢你对她美丽姿容的夸奖。这两天来往较熟，反而不大觉得她的美了。不过她的美在 Bloomington 已深入我心，她为人之好，无疑也远在中国一般女子之上。

香港入境证应该赶紧办，应该在 Chicago 办最为妥当，现在只有到纽约去办了。又邓教授和 Work 的话，他们都是自动讲的，我的 tact 相当好，并不曾替你瞎热心瞎出主意。别的面谈，到纽约时当有电话给你，在纽约不多停。专颂
近安

济安 顿首
六月十五日

287. 夏济安致夏志清

1955 年 8 月 25 日

志清弟：

　　今晨承蒙帮忙包扎行李，减少我不少麻烦，甚为感激。火车走得很快，想不到在 125 街停几分钟，我灵机一动，匆匆把行李搬下火车，这一聪明的举动至少省了我几块 taxi 钱。从 125 街车站到 International House，taxi 只有 85 ¢。

　　到 International House 正十二点。房间改为 322 号，老许已走。Janet Beh 尚在，但打电话未打通。一人在 cafeteria 吃午饭：ham & eggs Sandwich 加 fruit salad。以前吃过的 fruit salad 都是罐头水果，太甜，今天纯是鲜果：西瓜、cantaloupe、梨、香蕉等，很好吃。

　　下午走了一个下午。先去航空公司，把时间改了。8/27 晨 10:30 从 Long Island 的 Idlewild（懒野机场）起飞，non stop 下午四点多钟到 Los Angeles。29 晨 11 点再飞，31 晨 8 时到东京。到了东京后，我要求（PAA）于十时（休息两个钟头）换 CAT（Chennault's line）机续飞，下午六点多钟到台北。东京后的行程未定，我的要求：除非航空公司负担膳宿，我在东京不拟停留。

有一桩事情使我的心稍为宽松一下：行李限制为 66 磅，我的机票他们还要多退我 26 元，可抵 "excessive baggage" 六磅，一共可带 72 磅行李，相差不多，似乎还是简单得多了。

出境前一定要备妥手续：即 "Income Fax" clearance 证书。今天忘了带"护照"，明天上午还要去 Revenue Office 去申请 Sailing Permit。

买了一本 Aldrich[1] 的《论小说》，送给宋奇，由你我两人出面署名，托 Scribner's 代包代寄。

下午回 Int. house，在 Time Square 站坐错一部 subway，在 7th Ave. 125 街下车，结果走了一大段路才摸回来。（回哥伦比亚的 subway 叫做 7th Ave Broadway Express，不是 7th Ave Express。）所走过的地方想不到就是 Harlem（有 Harlem opera house——演电影；那区域的电影院大多演三片，3 big attractions）。在 Woolworth 买了些牛皮纸和麻绳，那里的 Woolworth 都是黑人，Soda fountain 柜台内（职员）外（顾客）都是黑人。

回 I. H. 后，打电话给 Janet，打通了。她请我吃晚饭，另外请了两个中国小姐作陪，在上海饭店（Shanghai café），叫了四个菜：青菜炒肉片，炒腰花，鸡块（红烧），虾子炒

---

1. Aldrich，可能指 Thomas Bailey Aldrich（托马斯·贝雷·阿尔德里奇，1836—1907），美国诗人、小说家，代表作有《顽童故事》(The Story of a Bad Boy)。

笋（Florida 所产据说）。

另外两位中国小姐：一位叫 Frances，在 Michigan 从大一读到大四毕业，主系似乎是 forestry，上海人，在上海中西和香港 St. Mary's 读的中学。人长得小眉小眼，颇"小有样"，嘴很会说。

Janet 白真能干，居然在 Michigan 拿到英文 M.A. 了（论文题目："Robert Frost"）。她明天搬出，和 Frances 林合租一个 Apt，119 元一月。在纽约预备半工半读，"工"和"读"的地点都未定。

她们两位饭后去 downtown shopping（因为 Apt 需要布置）。我陪另一位 Lily 走回来，居然还在 Hudson 河边散步谈天。那位 Lily 是三位中长得最不美的一个，是广东人，生在纽约，后回中国多年，重来美国已有四年，家在 Huston Texas。她在 University Huston 读 Commercial Art，得 B. A.，想到纽约来深造，计划尚未定。

我没有请小姐们，居然有小姐请我，可以叫老许之流羡煞了。纽约中国小姐如此之少，她们三位小姐还是"女轧女淘，男轧男淘"，中国留学男生无怪要苦闷了。

Janet 和 Frances 明天要写两个地址给我，介绍一两位 Ann Arbor 的中国能干学生，你要搬家也许用得着他们。

今天晚上还预备略事整理行李，看看有什么东西可以寄走的，有些不重要的信件纸张，预备撕掉一部分。72 磅的限制很宽，我明天预备重新称一下。预备不超过 65 磅——留点

margin。

Janet 讲起另一位"高足"，就是在 Sarah Lawrence 的 Betty Lee（就是我说像 Lauren Bacall 的），那位小姐居然能在 NBC 兼职，真是神通广大。

忙了一天，走了一下午路，现在脑筋糊里糊涂，感情很平静。同三位小姐吃饭时，觉得自己老了——因为她们都很尊敬我，而我就索性摆起老师架子。同那位 Lily 黄一起散步回来，觉得自己对女孩子们还有点办法。至少还可以像 Wm Holden[2] 那样做一个"阴阳怪气"的"大情人"。

明天晚上再有信给你。这一暑假承你和 Carol 热烈招待，十分感激。树仁实在是个十分可爱的小孩子，再看见他时一定长得很大了。明天再谈 专颂

近安

Carol 前均此。

济安

8/25

---

2. Wm Holden（William Holden，威廉·霍尔登，1918—1981），美国演员，曾获奥斯卡最佳男演员奖，代表影片有《战地军魂》（*Stalag 17*，1953）。

288. 夏济安致夏志清

1955 年 8 月 26 日

志清弟:

昨发一信,想已收到。今天糊里糊涂过掉,7:30 有 cinerama 一场,要去看时间还来得及,但是我只怕跑来跑去,"失头忘脑",耽误正事,还是在宿舍里缝补你那只旅行袋吧(针线已买到)。

箱子没有买,好箱子太贵,坏箱子走一次也就坏掉,糟蹋钱。下午我把行李好好整理一下,结果皮箱 35lb,帆布袋和红绿小箱三件一起 30lb;也许还有些零碎东西,但超出也不会很多了。纸盒子可以不必带,少一件行李。

掷掉不少"纸头纸脑",衬衫里面那块硬纸都抽掉了,寄掉 2lb 20g 东西到台湾,晚上再整理一遍,也许还可以掷掉些东西。本来想再寄些衣服给你(pajamas 和法兰绒裤),但是自己好带就不再麻烦了。你就拿大衣和西装一身打包寄台北吧。(寄台大英文系。那身 pajamas 他们代保管,未遗失。)

下午 1:30 范宁生来长途电话,还是从 St. Louis 来的,而我行期已改,心里因此很难过,觉得对不起朋友。他的长途电话我未接到（上午出去了，尚未回来），晚上我预备打一个给他。

航空公司可以让我再把时间更改，即在 St. Louis stop-over 也可。但是我还是预备直飞，只好对不起朋友了。直飞的原因有二：1. 如在 St. Louis 耽搁则 Los Angeles 来不及观光。如又在 St. Louis 耽搁，又要观光 Los Angeles，只怕钱不够用。2. 飞 Los Angeles 的飞机 10:30 起飞，时间较充裕，飞 St. Louis 的飞机 8:30 起飞，我只怕早晨"碌碌乱"，弄得神经太紧张。明天早晨八点邮局开门，我如要寄东西，还可以寄掉一些。

今天上午去航空公司再 double check 一下，Revenue Office 的 Sailing Permit 也已拿到。又去 shopping。34 号 [在] 街上看了几家箱子店，都没有买。在 Mary's 买了些便宜的 swank cuff links 和领带别针（定价 $1.50、$2.50、$3.50 的都只卖 80 ¢），可以带到台湾去送人。Swank 的皮夹子（wallet leather）定价五元，减价二元一只，我也买了两只。Parker 的液体铅笔也买了一支，预备送英千里。纽约不敢多住，再住下去 shopping 的钱花起来也很可观。今天晚上要去买一听 79 号烟叶，这是自己享受的——台湾所买不到者。其他礼物到了台湾斟酌情形再买——台湾也有美国货。Rahv 处信已写。胡适之那里也许打个电话去。今天晚上还要写封信给英国领事馆，告诉他们香港不去了。

Janet Beh 已搬走，地址也未留。打了两个电话给 Lily 未打通。她的地址也许留在 Lily 处。

寄上简报一则。我今天一读 Crowther[1] 的影评的第一句就觉到好像 Harry Nettleton[2] 在说话。愈读下去愈像，所以剪下来，请你一起欣赏。

　　这次在纽约，什么都没有玩。旅行真苦，请把下列成〔俗〕语译成英文告诉 Carol："在家千日好，出门一时（？）难。"我只有几十磅行李，已经大伤我脑筋，弄得心绪紊乱。玩都不敢玩。想想你们要搬向〔去〕Michigan，这么多东西，gee whiz，我的天哪！

　　明天早晨飞，下午到 Los Angeles，到后当再有信。Carol 和 Geoffrey 都在念中，我不能来做 baby sitter，以致 Carol 和你不能一起去看 *Many-Splendored Thing*[3]，这是我最感遗憾的。再谈，专颂

近安

济安　顿首

八·二十六

---

1. Crowther（Bosley Crowther，伯斯利·克劳瑟，1905—1981），美国专栏作家，《纽约时报》电影批评的撰稿人。

2. Harry Nettleton，耶鲁大学化学博士，文学造诣很高，出口成章，1975 年自戕身亡。夏志清曾撰文《岁除的哀伤——悼念亡友哈利》（台北《中华日报》，1978 年 1 月 27 日）纪念。

3. *Many-Splendored Thing*（全名 *Love Is a Many-Splendored Thing*，《生死恋》，1955），浪漫剧情电影，据韩素音（Han Suyinó）同名小说改编，亨利·金（Henry King）导演，詹妮弗·琼斯（Jennifer Jones）、威廉·霍尔登主演，20 世纪福克斯发行。

289. 夏济安致夏志清

1955 年 8 月 27 日

（Postcard）

Dear Jonathan Carol & Geoffrey

    Leaving now !

    Bye-Bye !

10:30AM

August 27, 1955

290. 夏济安致夏志清

1955 年 8 月 29 日

志清弟：

现在时间是 1 点 20 分，午饭吃完，有点"混〔浑〕淘淘"（tipsy），但是并不 drowsy。所以写这一封信。

早晨没有吃早饭。今天是我的四十岁生日。三十岁生日（在昆明过的）36 小时没有吃东西，今天绝食一顿也无所谓。昨天晚上吃的广东菜，相当丰盛，可以维持到今天中午十二点。今天早晨 Int. House 的 Cafeteria 不开门（因修理休息一天），出去吃又怕时间来不及，整理行李匆匆赶往 38 号街（1st Ave）的 Airline Terminal。

早晨七点多钟就起来，仍旧相当狼狈。行李整理好，又怕叫不到 taxi。Int. House 的 Information Desk 介绍给我 Yellow Taxi 和 Checkers Taxi 两家，Yellow 电话簿上无其名，Checkers 的公司名字不叫 Checkers，电话叫不到车子，在 Riverside Drive 等 taxi，神经很紧张，只怕等不到，误了时间。Information Desk 劝我到百老汇去等，但我这许多行李如何搬到百老汇去，是不可能的。侥幸在 Riverside Drive 等了不久，有一部 taxi 走过，叫住了开到 airline terminal。如要赶轮船飞机，还是住 YMCA 方便。Int. House 作为度假游玩的地方很好，但是交通不便。纽约恐怕很少人电话雇 taxi 的。没有上海"祥生""云飞"（40000，30189）那样方便。

行李仍有 70 磅，规定 66 磅，超过 4 磅，我在航空公司有 26 元存款，飞到 Los Ang 扣掉 3 元多钱，余钱已够飞台北，请不要挂念。我丢掉不少东西：一字纸篓的纸张，你送我的鞋楦、头发油、鞋油、鞋刷等等。纸盒子没有带，离 New Heaven 时已少了一件行李。

TWA 的 Super G Constellation（这一期 *Time* 上有介绍）相当富丽，头等舱享受丰富，但不飞长距离也不能享受。今天午饭上前先来 cocktail，Martini 和 Manhattan 任选一种，我选了 Manhattan，空心肚子吃酒，吃下去就"浑淘淘"，午饭时再有香槟，一人一瓶！（比 PAA 还要阔，PAA 是一人一杯。）他那一瓶只抵你的半瓶，可是倒是法国 Reims 地方 G. H. Mumm 公司出品。我把那一瓶喝完，头颈略混〔晕〕，但神经很清爽，并没有醉。今天空心肚子喝酒之外，还空心肚子抽烟——这都是生平第一次——Life Begins at Forty，Begins with Tobacco & Manhattan。

飞机上有很多杂志，这一期 *Newsweek*[1] 的封面人物是

---

1. *Newsweek*（《新闻周刊》），创建于 1933 年，有多种语言版本。《新闻周刊》以卢阿克为封面的这一期于 1955 年 8 月 29 日出刊。

Ruark[2]，很有趣。Ruark 的 *Something of Value*[3] 销了八万本，版税六万元；Book of the Month Club[4] 版税五万元，reprint rights 又可拿到五万元，米高梅买他 [的] 版权，预备出三十万到四十万元，他本人改编剧本又可拿到十余万元——使我不胜羡慕。

两位空中小姐，一位是 Ohio 人，一位是 Michigan 人，她们都互称自己的 State 好。在飞机上（总要一万尺以上吧？）用 Parker 笔写信一点不漏墨水，Parker 公司真可自豪。（照物理原理，天空空气稀薄，外面压力小，容易漏墨水。）

下午睡了半个钟头午觉，三点多钟又来 snack——choice between Scotch & Bourbon。我点了 Scotch（with soda），今天大喝其酒，总算 quite a celebration 了。

地下的风景没有多少兴趣。纽约天气 hazy，但中西部都很晴朗（印第安那大约在我午睡中飞过了）。飞机飞在云的

---

2. Ruark（Robert Ruark，罗伯特·卢阿克，1915—1965），美国作家，代表作有《猎人号角》（*Horn of the Hunter*）、《毛毛喋血记》（*Something of Value*）等。

3. 《毛毛喋血记》（1957），改编自卢阿克的同名小说，理查德·布鲁克斯（Richard Brooks）导演，洛克·哈德森（Rock Hudson）、达娜·温特（Dana Wynter）主演，米高梅公司发行。

4. Book of the Month Club，1926 年由哈里·谢尔曼（Harry Scherman）、马克斯·萨克汉（Max Sackheim）和罗伯特·哈斯（Robert Haas）在美国成立的读书俱乐部。俱乐部采用邮购（mail-order）的形式，每个月向其订阅者提供一定数量的由专门委员会选定的书籍。读书俱乐部发展迅速，其选择标准也极具声誉，一度被视为大众阅读的风向标。后来 Book of the Month Club 成为 Bookspan 公司的一部分，Bookspan 又几经转手，2012 年被 Pride Tree Holdings 公司收购。

上面，so-called stratosphere，天总是青的，不怕 atmospheric disturbance。

今天穿法兰绒裤，上身轧别丁，cord 已送入箱子，这样行李也可减轻些。

有一个 joke，我没有充分发挥，希望写信给 Mary & Derricks 时补充一句。我答复 Paul 蔡的"相对论"，我说"只有两样东西是绝对的：time + the speed of light"。我是套用 Yale motto：Lux & Veritas[5]。

时间快到五点钟了。太阳还在"头顶心上"，我忘了太平洋那边太阳落山要比东岸来得晚。时间应该重新拨过，但我也懒得去问几点钟。总之，Rockies 还没有过。

飞机上人不多，也不像有什么大明星之流的人。

到五点多钟，飞过 New Mexico，天气较恶劣，穿过两三处 thunderstorm（窗外闪电），但每处只有几分钟。空中小姐送来点心时，恰逢一处乌云，飞机的颠簸虽远不如船，但已经使胃很不舒服，pastry 我一点也咽不进，只喝了一杯咖啡，吃了一只桃子（发现有一位空中小姐的脸很像桃子，非但红红的像桃子，脸上白色茸毛也像桃子上的毛。美国小姐脸上汗毛长的长得都像桃子）。进 California 附近天气好转，人也舒服。快到 Los Angeles 时，先看见许多油井铁塔和白色饼形油库，又飞过许多住宅房子（不见一座 skyscraper），着落〔陆〕

---

5. Lux & Veritas：拉丁文，耶鲁大学的校训"光明与真理"。

时约八点（Los Angeles 的时间是五点），天气〔空〕仍很亮。把行李寄在 check box 里，身上大为轻松。但是 check box 仍有点麻烦。我先放在 TWA 附近的 box 里，后来想起我后天是坐 PAA 机走，后天早晨又怕碌碌乱，先把行李搬到 PAA Office 附近的好。因此打开铁箱门，再搬到 PAA Office，从 TWA 到 PAA 之间路也有不少。

坐 Limousine 进城（也有去 Hollywood 的 Limousine，但我怕住在 Hollywood 太贵，再则住在 downtown 和航空公司联络比较方便；星期一早晨还可能去日本领事馆办一点手续。决定还是往 L.A. downtown）。公路两旁很多棕树——久违了。L.A. 气温同纽约差不多，约 70 度左右。但海风比较有劲，纽约这几天没有风。

L.A. 给我的印象很好，希望你同 Carol & Geoffrey 能来此度假。

Skyscraper 不多，街道很静，有点像 small town，但是范围很大，公路（叫做 Blvd）很多，设备很好（lanes 很多），有汽车的人在这里附近兜风，一定非常有趣。

L.A. 生活也便宜。我住的是小旅馆，＄1.75 一天，但是房间宽大（比纽约 Int. House 房间两间还大），床是双人床，没有 private bath，但是有 private 脸盆，最使我觉得安慰者是房间里有私人电话分机——这一只电话分机无形使得旅客的身份提高了。我查看 L.A. 游览指南，那些"上得了台榭"的高级旅馆单人房间也不过 ＄2.50 起码。吃东西也便宜，我今天晚上在距旅馆数步之遥的中国馆子吃晚饭，点了一个 Pork Noodles。奉送 tea or coffee，只有 50￠；我还再点了一份 cake（算是中西合璧的庆祝生日），15￠，但其分量抵 New Heaven House Johnson's 的双倍。Southern California 是度假的好地方——吃住便宜，公路畅通，设备好，气候温和，山明水秀，celebration 多。我住的地方算是顶热闹的地方，就在 Statler 大旅馆的斜对过，即航空公司 downtown terminal。Miami，Florida 恐较俗气，这里有赫胥黎，又有 Grace Kelly，他们就是文化。

上床时间是纽约时间十二点多，L.A. 时间九点多。

星期天的计划是打电话给 Gray Lines，坐他们的游览车游好莱坞，拍五彩相（来美后还没有照过五彩相）。如游览专车也兼玩别处，顺便也可一起参观。下午或晚上也许去看 cinerama——心还不死。（实在不愿使台湾的朋友们失望，做有些事情不一定为了自己的兴趣。）

回忆过去，瞻望前途，只有一项计划，写一本 humorous sketches，类似 *Mr. Roberts*[6]，*Anything Can Happen*[7]，及 Otio

6. *Mr. Roberts*（*Mister Roberts*，《罗伯茨先生》，1955），喜剧电影，据托马斯·黑根（Thomas Heggen）1948 年同名小说和黑根与乔舒亚·罗根（Joshua Logan）1948 年合著之戏剧改编，约翰·福特（John Ford）导演，亨利·方达（Henry Fonda）、詹姆士·贾克奈（James Cagney）、威廉·鲍惠（William Powell）主演，华纳影业发行。

7. *Anything Can Happen*（《地久天长》，1952），喜剧，据海伦（Helen）与乔治（George Papashvily）1945 年合著同名畅销小说改编，乔治·薛顿（George Seaton）导演，

Skinner[8]和Cornelia[9]合写的很多书（派拉蒙都[已]搬上银幕），甚至于像 *My Sister Eileen*[10] 那样。从我在印第安那大学宿舍开不开窗子开始（回忆录里的Kathie Neff，将是个金发美人），旁及美国日常生活各种gadgets。穿插很多人物——one of them，出口成章的Harry Nettleton。老许把车子开到slope上去，也是很好的一节episode。总之humorous touches和humor如丰富，也许有变成best seller的希望。不写best seller很难来美国，即使来了也苦，写一本best seller，赚一两万元钱，在美国可以安心住两三年，然后再努力写sympathetic novels——莎翁也是comedy和tragedy合写的。游好莱坞后当再有信。

Most affectionate regards to Carol &Geoffrey.

济安

8/29

（接上页）若泽·弗雷（José Ferrer）、汉特（Kim Hunter）主演，派拉蒙影业发行。

8. Otis Skinner（奥兹·斯金纳，1858—1942），美国演员，代表影片有《温莎的风流妇人》（*The Merry Wives of Windsor*，1928）。

9. Cornelia（Cornelia Otis Skinner，科妮莉亚，1899—1979），美国作家、演员，奥兹·斯金纳的女儿，代表作有《家族交往》（*Family Circle*）等。

10. *My Sister Eileen*（《红杏初开》，1955），理查德·奎因（Richard Quine）导演，珍妮特·利（Janet Leigh）、杰克·林蒙（Jack Lemmon）、贝蒂·加兰特（Betty Garrett）主演，哥伦比亚影业发行。

291. 夏志清致夏济安

1955 年 8 月 30 日

济安哥：

　　纽约寄出两信一卡，洛杉矶下飞机后寄出一信都已收到。在纽约有三美奉陪吃饭，在飞机上名酒不断，生日过得很好，甚慰。

　　半小时内（2:10）我即将去纽约，乘夜车去 Ann Arbor，normal trip 约五十元左右。搬场期近，想想这样许多家具、书籍、杂物，如何搬动，心中不免生畏。美国有 movers，包装一 truck，代为搬家，可是价极贵，我们东西又不多，不上算。最好办法只有大小包裹由 Railway Express 和邮局寄送。现在先去找了房子再说。

　　送你上车后，我即返 grad. school，由 Harry 帮忙，把你留下的东西，送到门口，再乘 taxi 返家，费时不多。星期五晚上，Carol 看了 *Many-Splendored Thing*；星期六晚上，我也看了，Jennifer Jones 演技认真，她听到 Holden 死的消息时，我不免落泪。她以前在一张英国五彩片 *The Wild Heart* [1]，饰一个爱小动物的 gypsy 女郎，我也为之泪下，不知你见过否？

　　Liggett's 五彩照片取还，恶劣无比，底片上加了一条 scratch，以后添印，也不会有好成绩，一并附还。Sidney Phillips[2] 来信，对编译小说事，颇感兴趣："It sounds like a very interesting idea, and I would very much like to see the mss when it is ready...Look forward to hearing from you soon about your own project." 此事以后再讨论。Rahv 把 "Birth of a Son" 退回，我等 *New World Writing* [3] 有回音后，再作定夺，如何？今天父亲来信，附上信及照片两帧。

　　好莱坞之游想好，不知有没有参观 DeMille 摄制 *10 Commandents* [4]，星期六 Studio 恐怕不开门。Carol 同祝一路平安。

弟 志清 上

八月三十日

---

1. *The Wild Heart*（《野性之心》，1952，原名 *Gone to Earth*，1950 年在英国首映），迈克尔·鲍威尔、艾默里克（Emeric Pressburger）导演，詹妮弗·琼斯、戴维·法拉尔主演，英狮电影（UK）、塞尔兹尼克国际影片公司（US）发行。

2. Sidney Phillips，《标准丛书》（*Criterion Books*）的编辑。

3. *New World Writing*（《新世界写作》），文学选刊杂志，由"新美国文库"（New American Library）刊行。

4. 即 *The Ten Commandments*（《十诫》，1956），由著名导演地密尔（Cecil B. DeMille）执导的史诗电影，查尔顿·赫斯顿（Charlton Heston）、尤尔·伯连纳（Yul Brynner）等主演，派拉蒙影业出品，曾获最佳影片等多项奥斯卡提名。

292. 夏济安致夏志清

1955 年 8 月 28 日

志清弟：

今天又是瞎走了一天。上午一个人坐公共汽车（83 路），过 Beverly Hills，到 Santa Monica Beach。Beverly Hills 并无山，Beverly Hilton 只是在公路边上（Wilshire Blvd），并不在山上。Santa Monica Beach 不大干净，早晨很多人在钓鱼，游泳的人很少。那地方简直有点 Coney Island 的神气，不大高级。有一 Mme. Adriana 挂牌算命：Egyptian Tarot Carol Reading，时间下午 2:30 开始，假如上午开始，我倒要去请教一下外国算命。外国算命似乎 California 还流行，我上次在旧金山，公路上有好几家 Palmist，还装有 Neon 灯，在印第安那和别处就没有见到过。Santa Monica 没有杂耍，但"海鲜"（sea food）店很多。Santa Monica 回来，换车去 Hollywood，公共汽车是 91 路，先过 Sunset Blvd 后过 Hollywood Blvd，Sunset Blvd 的西头是高级住宅区，东头也有很多小店，并不全是高级住宅区。Hollywood Blvd 是一条路，没有什么特别，电影院有很多家，有头轮的，也有二轮的；也有银行和别种店铺，同 New

Haven 的 Church Street 也差不多，不过 Hollywood Blvd 特别长罢了。电影公司都不在那条路上。

公共汽车回到 downtown，下午想再去 Hollywood Blvd 拍照，因为上午公共汽车把那条 Blvd 走完了，没有机会拍照。午饭之后，我正步行在报馆附近拍照，忽然有一个青年自动 offer 要代我拍照留恋〔念〕，我就叫他代我拍一张，我们就攀谈起来了。我听见那人的英文有点"弯舌头"，问他是哪里人，他说是加拿大 Montreal 人，我就用法文说一句："Parlez-vous Français？"[1] 两人边走边谈，他大讲法文，我也半英文半法文地同他谈。

那个加拿大青年（在火车站做事）名叫 Andre Turner，倒是个热心好人（还没有 married），可是有了他陪我，反而耽误我时间，没有一个人瞎摸的好。他先介绍我到 Clifton Cafeteria，我们去喝了一杯咖啡。那家 cafeteria 是个怪地方，全部布置像大舞台西游记的布景，五彩灯光，怪石嶙峋，花果山水帘洞一般。

我们往西边走，我发现时间不够了，就同那人告别，坐上公共汽车一个人再去 Hollywood Blvd，我的那卷五彩照片一定要拍完，离开美国之前可以寄回 Kodak 公司，顶理想的地方还是 Hollywood Blvd。结果在 Hollywood 也没有多少好题材，并没有拍完（成绩难言，经验不够）。明天早晨还要拍。

---

1. 意为"你会说法语？"——编辑注

Cinerama 没有看。Cinerama 在好莱坞的 Warner 大戏院演，我本来想看下午五点钟的一场。但是时间给那人一耽搁，我来不及回旅馆穿 coat，只穿 shirt 一件（中午较热），怕戏院里冷气太冷，散戏时总要下午七点，那时太阳下山，气候转冷，身体怕受不住。如再回 [旅] 馆穿 coat，Hollywood 离 Los Ang. 相当远，长途跋涉也犯不着，结果决定不看了。

回到旅馆，再拿游览指南看一遍，原来 Gray Line Tours 可以领游客参观环球公司摄影场的，我没有早同他们联络，这个机会错过了。但是参观环球公司，你大约不会很起劲的。今天星期天，也未必有戏拍。

纽约有汽车很不方便，Los Ang. 有汽车则大方便。因为 Los Ang. 的 downtown 区域（同美国别的城市差不多）不大，近郊好玩的地方多。

Los Ang. 的高级 beach，叫作 Long Beach，这次也来不及参观了。但是看了 New Haven 的 Beach 和 Santa Monica Beach 之后，我觉得香港的 beaches 可以列入世界第一流。香港还有一点好处：天的颜色很青。Los Ang. 的 smog 我没有经验到，但今天早晨有 fog，后来雾散天晴，但是天色似乎没有香港的青。

Grauman's Chinese Theatre 的布置是卖野人头的假中国玩意，很丑陋。里面的男女职员都穿中国服装（似是而非）：男是右衽，如短的长衫（蓝色）；女是对胸短袄（红色）。门前水泥地上的签名不断地有很多人参观，我上午没有停，下午再去看一下。留名的明星不多，最老的是 Swanson[2]，Constance[3] 和 Norma Talmadge[4]、Mary Pickford[5] 都是 20's 的人。有 Jean Harlow。有两个老牌明星都是近年才去签名的：Bette Davis[6]（'50 十一月）和 Cary Grant[7]（'51）。Adolph Zukor[8] 是 '53 去留的痕迹，那是庆祝他服务五十周年（？）。也有被人遗忘了的明星如唐阿曼契[9]，也有根本不成其为明星的 William Lundigan[10]。最可爱的手印是 Jean Simmons[11] 的，她的手很

---

2. Swanson（Gloria Swanson，葛洛莉亚·斯旺森，1899—1983），美国女演员、歌手、导演，代表影片有《落日大道》（*Sunset Boulevard*，1950）。

3. Constance（Constance Talmadge，康斯坦丝·塔尔梅奇，1898—1973），美国无声电影演员，参演了超过 80 部电影。

4. Norma Talmadge（诺玛·塔尔梅奇，1894—1957），美国女演员、电影制片人，姐姐是康斯坦丝·塔尔梅奇，代表影片有《温柔的微笑》（*Smilin' Through*，1922）。

5. Mary Pickford（玛丽·毕克馥，1892—1979），美国默片女演员，联美影业创办人之一，"默片艺术与科学学院奖"（Academy of Motion Picture Arts and Sciences）的三十六位创办人之一。

6. Bette Davis（贝蒂·戴维斯，1908—1989），美国电影、电视和戏剧女演员，曾两次获得奥斯卡最佳女主角奖。

7. Cary Grant（加里·格兰特，1904—1986），美国演员，曾担纲演出数部区柯克执导影片。

8. Adolph Zukor（阿道夫·朱克，1873—1976），好莱坞著名电影工业家、制片人，派拉蒙影业创始人。

9. 唐阿曼契（Don Ameche，1908—1993），美国演员，代表影片有《世事无常》（*Things Change*）。

10. William Lundigan（威廉·卢迪根，1914—1975），美国演员，参演了超过 125 部电影，代表影片有《海上霸王》（*The Sea Hawk*，1940）。

11. Jean Simmons（简·西蒙斯，1929—2010），美国演员，代表影片《王子复仇记》（*Hamlet*，1948）。

小，很 dainty，那是献映 *The Robe* 时留下的。Grace Kelly 等很多你我很崇拜的明星都没有留，但是有 Marilyn Monroe。

好莱坞是个镇（？），但我只是在镇上的大街上逛来逛去，当然看不到什么东西。但是在好莱坞和 Los Ang. 所见到的美女倒是不少，按人口比例而讲，Los Ang. 可以说是美女荟萃之区。假如今天下午到 Long Beach 去走一遭，一定可以大开眼界。

爱尔兰型的美女也有不少。如 Clifton Cafeteria 柜台里管端菜的有一个小姑娘，长得就像 Virginia Mayo（但是冷若冰霜，不善表情）。最奇怪的是西班牙型的女人大多很美，远胜她们的拉丁姐妹——New Haven 的意大利小姐。程靖宇的 snobbery 也有点道理！New England 的意大利人大多穷苦出身，派头先恶劣。加利福尼亚的西班牙小姐大多还是贵族的后裔呢。这里有很漂亮的黑发（黑得发乌）小姐。

西班牙人的文化遗产颇为珍贵。那些街道的名称不必说，最明显的是 Los Ang. 的建筑。这里西班牙建筑是 dominant feature，西班牙建筑的特点：屋顶是赤红色的，如红土；墙壁是淡黄色的，如黄土；红土、黄土配合棕榈树，很调和而鲜明。西班牙建筑同近代立体式建筑也很像：线条都很简单，很少触目的讨厌的装饰。西班牙房屋的屋顶坡度很缓，平平盖上一层瓦，很 modest；New England 的 House of the Seven Gables 实在难看，那许多三角形凑在一起算是什〔怎〕么一回事呢？墙壁颜色可能是淡黄或白色，也很单纯，看不见红

69

砖和那些 colonial colonnades。窗子的 design 分两种，一种是细长方形 ▯，一种是圆顶长方形 ▯。圆顶长方形是最能代表西班牙建筑的，不限窗的形式是如此，门也可以，拱门（有洞无门）也可以。这里的建筑师很聪明，设计房子大多用西班牙式，连 Methodist、Episcopal Christian Science 那些各宗各派的教堂都造的像 Alhambra（大食故宫），圆顶长方形的 motif 层出不穷。

讲起宗教，我今天早晨又一次奇遇，真是同美国的教会有缘。早晨在公共汽车上研究地图，忽然有一个人问我："我能帮助你吗？"问话的不是美女，而是丑陋的青年男子。其人手里拿了四本书，一本是《圣经》，一本是 *Bhagavad Gita*[12]，一本是 *The Mysteries of St. John's Gospel* [13]，一本是印度什么宗教书。他的教派叫作 Self-Realization Fellows，他说他同时是 Hindu（他是美国人），又是 Christian。我问他："你认识 Christopher Isherwood[14] 吗？"他说 Mr. Isherwood 就住在附近的什么旅馆，上星期还跟他们演讲呢。他说 Jesus Christ 也 taught yoga 的。他们教会的牧师称为 Swami，不东不西，

---

12. *Bhagavad Gita*（《薄伽梵歌》），古印度梵文宗教诗，共有 700 节诗句，原为著名史诗《摩诃婆罗多》的一部分，大约作于公元前 1000 年到公元 4 世纪之间。作者不详。

13. *The Mysteries of St. John's Gospel*，不详。

14. Christopher Isherwood（克里斯托弗·伊舍伍，1904—1986），英国小说家，代表作有《柏林故事》（*The Berlin Stories*）和《独身男人》（*A Single Man*），他的作品多次被搬上银幕，并获大奖。

真是奇怪。我问他们信徒有多少人，他说已经数不清了，他们的教已经 well-established。我那时一心想去 Santa Monica Beach，不能同他多谈，也不能跟他去做礼拜。假如时间充裕，我真想去研究一下"印度为体，基督为用"的怪教。

从 Santa Monica 回来，公共汽车上看见一个人，我至今怀疑是不是赫胥黎。此人过了 Beach 才上的车，不到 Beverly Hills 就下车，在车上也有十几分钟，我很有机会同他说话，但还是没有冒昧去请教尊姓大名。因为即使真是赫胥黎，我又有什么话同他去谈呢？让我来把此人描写一下，你可以决定一下是不是赫胥黎。此人的头非常之圆，后脑凸出，头发灰白，但仍很多，往后直梳，中间分开。戴了一副墨绿色太阳眼镜——这是最使我奇怪的，因为早晨有雾，雾散了太阳也不老辣，为什么要戴太阳眼镜呢？只有一个解释：此人是戴惯太阳眼镜的。脸色是黄褐色的，脸上肌肉很紧张，绷紧得犹如雷门·麦塞 [15]。嘴平，下巴尖。行动潇洒，白衬衫，纯白丝领带，藏青西装。上身很宽，是一种 sports jacket，下摆左右各有扣子两枚，前胸敞开。还有一点值得注意的，手里拿了一叠深黄色 file 纸夹子。此人的相貌一定是 intellect 很发达之人，服装不俗，很可能是赫胥黎。

明天就要离开美国，此刻的心情倒很平和，虽然很多事

---

15. 雷门·麦塞（Raymond Massey, 1896—1983），美国演员，代表作有《伊利诺伊州的林肯》（*Abe Lincoln in Illinois*，1940）。

情未能尽如人意，但来美国一次总比没有来好多了。

你快要忙着搬家，一定是大伤脑筋的。铁路公司可以代搬行李，但是搬运费一定很可观。旅行是乐事，行李是累赘。我行前似乎 Carol 还预备开车直达 Ann Arbor，可是这么长的路程，一路还要喂 baby，不知道是否太劳神？我看还是坐大车的好。

Carol 前请多多问候，我要到了台湾才会写信给她。总之谢谢她的接待和行前的礼物。树仁如此快乐和 contented，真心是少见的。再谈 专颂
近安

济安 顿首

八月二十八日

今天卸软片时不小心，我们在 Yale Bowl 照的相，恐怕漏光了。

1. Marlboro 烟印第安那卖＄23，New Haven ＄25，纽约＄26，波士顿＄27，芝加哥＄28，Los Angeles 卖＄22。

2. 给父母亲大人的信飞机上再写了，到 Hawaii 再寄给你。

3. Los Angeles 的风景明信片，平信寄上。

〔又及〕在东京机场只预备停两小时，换机飞台北。到东京时，美金要登记，如要兑换，照官价结成日币，钱不值钱，所以日本的生活比美国还要贵。

293. 夏济安致夏志清

1955 年 8 月 29 日

志清弟：

在 Los Angeles 发出两信，想均收到为念。机行很稳，胃口很好。

此刻正在飞渡太平洋，底下一片碧海，茫茫无际，抵檀香山约下午六时（L.A. 时间下午九时，纽约时间半夜十二时）。

邻座是一位退伍上校，主持对俄国的广播宣传（Director, Radio Liberation Network），此去台北将和台湾的广播电台合作对西伯利亚广播（他在日本将停留）。他曾横渡大西洋十六次，太平洋十三次。名字是苏格兰名字，叫作麦克 XX（Col. S. Y. MacGiffert），红脸白发，凤眼很敏锐，笑容满面，有点像海明威。他带了两本新书，一本是赫胥黎的 *The Genius & the Goddess*，一本是 Wouk[1] 的 *Marjorie Morningstar*。

空中小姐名叫 Dorothy Olsen，上校说她是瑞典种。但她

---

1. Wouk（Herman Wouk，赫尔曼·沃克，1915— ），曾获普利策奖，代表作有《战争风云》（*The Winds of War*）、《战争与回忆》（*War and Remembrance*）、《马乔里辰星》（*Marjorie Morningstar*）。

不是 Mid-West 人，她是纽约人。飞机上有一个少妇带了婴孩，空中小姐也去服侍，预备牛奶瓶等。

上校对空中小姐说："The flying hostess is the nearest thing in the US to a geisha girl." 空中小姐听见了也不以为忤。我赶快去改他，我说："The flying hostess is the nearest thing to an angel."

上午在去机场的公交汽车上，把几张剩余的五彩照片照完，已寄 Kodak 公司。我照五彩，本来经验缺乏，这次又是为了拍完而拍，对于光线题材都未加研究，成绩一定一塌糊涂。Kodak 公司冲好了会寄到 New Haven 来的。

身边还剩 35 元，即使在日本耽搁一两天，也不致窘迫了。但是我还是希望直飞台北。Carol 和 Geoffrey 均在念中。东京如不停也许要到台北再写信了，再谈 专颂

近安

济安 顿首

八月二十九日

294. 夏济安致夏志清

1955 年 9 月 2 日

志清弟：

一路平安，已抵台北，现住旅馆，尚未开始拜会朋友。

八月二十九日晚过了生平顶长的一晚，天亮已是八月三十一日了。八月二十九晚九时抵檀香山，但当地时间只算六点，过了两个钟头重又起飞，那是算八点。到威克岛是上午五点，但当地时间算深夜两点——刚刚是下半夜。到东京是八月卅一日上午十一点（威克岛时间）——当地时间是九点。东京在机场停留了一个钟头，换 CAT 机飞台北。晚八时到。

飞机上的中国人我看上去似乎大多讨厌 —— 西装 outlandish（用你的字眼）不必说，但〔且〕脸型都长得有些反派。欧美人常有偏见，以为中国人 cunning，想不到离开中国半年，我也会有这个印象。

台北机场秩序混乱，印象也至劣。中国人到了中国都争先恐后，台北的检查也特别麻烦。"护照""入境证""身份证"（上面都有照片的）之外，还要填张什么表（人人如此），还要贴两张照片。我身边未备照片，日后补缴。表格这么多，管 file 的人就得多，国家就多养一批公务员。

行李没有给我多麻烦。我这点东西在 N.Y. 称 70lb，在 L.A.，PAA 人员马马虎虎算我 66lb（免费限度），到了东京没有重新过磅，平安到达台北。

唱片暂被扣留——这也是法令如此，过两天就可去领回。他们要听听"内容"是什么东西，如"意识纯正"，就可以去取回。（凡是唱片进口，都是如此。）

台北昨日小雨，今晨（九月一日）大雨，本拟去台大，现在要等雨停了再说。昨日东京和 Okinawa 都有小雨。此外一路天气都很好。东京和台北都比美国两岸热。

檀香山机场，花香扑鼻（很多人都围着 Leis），风光旖旎，机场上不见一个兵、一个员警，和台北情形大不相同。我们那架 PAA 机到达不久，United Airlines 的 Douglas D. C. F. 载了一批牧师，一到之后，就有很多人上去替他们围花圈。黑 coat 白硬领外面，厚厚的绕着很多粉红色的花。他们都是圣公会牧师。Episcopal Conference 一年一度在檀香山举行。

台北给我最好的印象是物价便宜（半年内很少变动）。Taxi（Chev. Station Wagon——相当新）从机场到旅馆不到一元钱（U.S.）。晚饭在四川馆子吃的，吃了不到 20 ¢。旅馆一晚上也不到一元钱，旅馆当然脏（厕所很臭），名叫"华侨之家"。但一切 welfare 都由"下女"照顾，下女笑靥迎人，体贴入微（tip 要等迁出时一起给），和美国旅馆的

impersonal 不同。一到之后，就送上一壶热茶，喝得很过瘾。

我住的地方是西门町，即 downtown 电影院区。主要的电影：《独孤里桥之役》[1]（翻译越来越坏了）和《情圣》（*A Man called Peter*）。在街上走走，未遇熟人。

我以前在上海家里，老是想离开，先是想到"内地"去。从北平逃返上海后，又天天嚷着要去香港。现在重返台湾，心里只是想去美国久住。Really, where do I belong?

你的 Ann Arbor 地址定后请即赐告。我的地址暂定台大外文系转。你如搬家忙碌，少写信也可。等到大家地址定了再说。

我现在倒很替你的搬家操心——因为日期一天一天迫近，没法拖了。搬家方式定了没有？Carol 盼多保重，搬家是需要很大的 energy 的。有几家大车公司备有 baby sitter（我的根据：八月份 Holiday 杂志），你可以打听一下。如能坐火车走，恐怕是顶省力的办法。吃力的只是 packing 和 unpacking，路上可以少吃力。如走公路，路上还要吃力。

胡世桢和 New Haven 的许多朋友都请代 [问] 候。陈文星兄如已返校，搬家时当可替你分劳，他如尚未开课，请他一路护送如何？他帮你照顾行李，你和 Carol 就可服侍树仁了。彼此老朋友，他也许会赞成这个办法。你以介绍女朋友作为

1.《独孤里桥之役》(*The Bridges at Toko-Ri*, 1954)，据詹姆斯·米切纳（James Michener）小说改编，马克·罗布森（Mark Robson）导演，威廉·霍尔登、米基·鲁尼（Mickey Rooney）、弗德立·马治主演，派拉蒙影业发行。

交换条件。

Most affectionate regards to Carol & Geoffrey.

专颂

近安

济安

九·一

（九月二日晨续写）

在台北已过掉一天，过得可以说很快乐。老朋友们的友谊使我很觉得人情的温暖。我因此想，在台北再住两年（假如一切维持正常状态的话）也不为多。

台北不断地下雨，据说下了五天。

台大要到九月二十六日才上课。我的宿舍还没有定，可能还是住到温州街58巷去。这两天住在旅馆里也很方便。搬进宿舍去，要搬动家具，也很吃力。

这两天还是很忙——拜客，谈天，吃饭。还没有工夫写作，也没有工夫细细地回忆美国的生活。你在美国亏得结了婚，有太太陪你，可以抱抱孩子，否则生活一定寂寞得可怕。我在台北是不可能寂寞的。

还没有去找算命先生。树仁生下时，我当把八字抄到台湾去，托朋友拿去算命，那位朋友糊里糊涂一直没有写回信。但是树仁的命好极了——不是professional的路子，如你所想象的，而是"将军兼部长"的命。这点我也不大相信。大约台湾是"军政"界为最respected的class，算命先生有此

preconceived 的先人之见，把好命都往军政方面去想。树仁在中国可能在军政方面打天下，在美国我不相信他会进军校，立战功，登台拜将，入阁为相。详细情形候我同算命先生研究后再说。总之，树仁有很好的八字。

1955

295. 夏志清致夏济安

1955 年 9 月 13 日

济安哥：

　　到台北的信已收到。今天是在 New Haven 的最后一晚，明晨即要由 Carol 驾驶汽车开往 Ann Arbor，不预备赶早，预备星期六抵 Ann Arbor。星期五晚上留宿舍在 Pittsburg 的朋友 Blumberg（同我通过信的）的家里。上次去 Ann Arbor 前寄出一信想已看到，一夜火车，晨八时半抵 Ann Arbor。下午看报找房子，第一家看到觉得还满意，就 take 了，免得东找西寻麻烦，是二楼 furnished flat，较 Humphy Street 的 apt. 好 [得] 多，租费是 125 一月。Ann Arbor 的房租都在 100 元以上，所以也不算太贵。Yamagiwa[1] 没有找到，当晚乘夜车赶回 New Haven。 "917 Greenwood Street, Ann Arbor, Mich."

1.　Yamagiwa（Joseph K. Yamagiwa，约瑟夫·K. 山际，1906—1968），密歇根大学教授，1953 年至 1964 年长期担任远东语言文学系主任，编著有《昭和时期日本语言研究》（*Japanese Languages Studies in the Showa Period*）、《昭和时期的日本文学》（*Japanese Literature of the Showa Period*）等。

一两星期来为了搬家，不出所料，忙碌异常，把一套沙发，及 Floor Lamps 等大件都廉价出卖（Reporter 分类广告效力甚好）；买了两件大号 trunks，再把放在 graduate school basement 的 trunk 搬出；书和杂物，由邮寄的，大小包裹凡二十五件，Railway Express 搬送七件。粗事情 Carol 可帮忙的有限，一切捆扎、包裹箱子皆亲自动手。你一定会不知如何对付。

Kodak chrome 的 slides 已收到，都拍得很好，不日寄上。*New World Writing* 已把文稿退回，"The Birth of a Son"我预备 The Jesuit's Tale 刊出后再投杂志，你以为如何？怎〔这〕样 editors 可另眼相看，rejection 的机会较少？返台后情形想好，宿舍已弄定当否？范宁生还没有信来，要不要我写封信去通知我的新地址？到 Ann Arbor 后再写信了。Carol、树仁都很好，fit for the journey。

　祝

近安

　　　　　　　　　　　　　　　　弟　志清　上

　　　　　　　　　　　　　　　　九月十三日

296. 夏济安致夏志清

1955 年 9 月 11 日

志清弟：

　　来信收到已有多日，知道你已去 Michigan，开始为搬家作准备，这几天想必非常忙碌。我来台后，心绪一直不宁，什么事情都没有做。旅馆已迁出，现住温州街 58 巷宿舍，换了一间房间，但我预备再搬一次家，改住榻榻米的日式宿舍。恐怕要两三星期以后那边才有房间空出，才可以搬定当。在搬定之前，工作效率一定很低。现在我身边的行李还只是飞机上带来的那一些，样样东西不趁手，东西摊了一地。没有壁橱，东西没有地方放，我的家具还寄存在朋友处，索性等房间分配定了再搬动大件的。台湾天气很坏，起初天天下雨，现在又热得可怕，much worse than New Haven's worst days。开始生香港脚，已涂用药水，想不致溃烂。唯一可告慰者，大约体重已增加。看见我的人，人人都说我"长胖了，红光满面"。气色大约不坏，腰围也在增粗中——栓〔拴〕裤带时觉得出来的。这里的生活只好算是 vegetating，人容易发胖没有什么稀奇。近日几无"精神生活"可言。下学期的功课（九月廿六上课）：小说之外，是"英国文学史"。我可以教"批评"，但我觉得教"文学史"可以强迫我对英国文学史彻底温习一遍，也许比"批评"更得益，"批评"还是让英千里去教吧。宋奇对我不去香港大为失望，这是可以想象得到的。他已替我代向香港 USIS 接洽妥当，翻译 H. James 的 Screw。这个加上 Essays，已经够我忙半年的了。Criterion 的小说选大致可以成事，闻之甚为欣慰，这个还是请你全权主持，我从旁协助可也。树仁的 horoscope，上次语焉不详（因为没有看见那张 Analysis），现在那位朋友已经把"命书"找出来，下次当全文抄录寄上，总之：一生平安，名利双收，23 岁后即飞黄腾达（大约是 Ph.D. 了），寿至七十余岁，应该读自然科学。没有提做"部长"的事，大约还是如你的理想走 professional 的路子。我们在运动场上所拍的照，都漏光了，非常遗憾，但下半卷——即[在] Los Angeles 所照的——成绩都很好，下次当择优寄上。我在 L.A. 时，气温只有七八十度——你记得我不穿 coat 还不敢进冷气戏院，但是走了没有两天，L.A. 气温猛升至 110 度，真是怪事。在纽约所照的"Splendored Things"广大银幕，也在漏光之列，也很遗憾，但也许有一张还可以一看。父亲的信和照片都已看到，我从檀香山发出的一封信，有便请代寄。我到了台北，经济上即少感恐慌，等到两本翻译的稿费拿到，当可以代你接济家用几个月。宋奇说他有熟悉的 Literary Agent，如 "The Birth of a Son" 不为 *New World Writing* 所录取，请他代找 Literary Agent，如何？ New Haven 和美国东北一带，气候如何，甚念？如也同台北一样的热，搬家真是苦事。你是否决定坐火车搬家？如自己开车，Carol 太苦了，我不赞成。这次搬家，费用多少？如地址未定，暂缓写信也可。Carol 和树仁在念中。Carol 真是你的贤内助，没有她，你在美国一个人生活，非但太寂寞，而且 [这] 几年是孤立无助的。我已经算过一次命，明年非但可能结婚，而且以后三年内可以大发其财，可以发到五十万美金以上——你信不信？我不大信，且拭目以待可也。别的再谈。

　　专颂

旅安

济安 顿首

九月十一日

　　〔又及〕看了两场电影：Toko-Ri [1] 和 S. Mangano [2] 的 Anna [3]，后者摄影很美。

1. 即 The Bridge at Toko-Ri，见页 77 注 1。
2. Silvana Mangano（肖瓦娜·曼加诺，1930—1989），意大利影星，1948 年当选"罗马小姐"。
3. Anna（《欲海慈航》，1951），迪诺·德·劳伦提斯制片，阿伯特·拉图尔达（Alberto Lattuada）导演，肖瓦娜·曼加诺饰安娜，由一夜总会歌女变成虔诚的修女。

297. 夏济安致夏志清

1955 年 9 月 21 日

志清弟：

　　接离 New Haven 前夕一信，知 packing 已告一段落，全家首途履新，想必一路平安为念。新居较前宽大，想必很快就可安定下来，开始新工作。我的住所还没有安定，现在的房间同以前所住的一间一样大，但我觉得太小。总务处答应另外分配一间较大的房屋，我懒得搬动，因此寄存朋友处的箱子、书籍、家具，都还没有搬来，预备房间定当了，索性一起搬动。现在我的房间很乱，西装都放在箱子里（没有地方挂），做事的效率不大，但比起初一两个星期已经好多了。天气很热，据说今年台北夏天不热，而近日秋老虎特别可怕（你记得我在 New Haven 热天还常常穿 coat，在台湾 coat 根本穿不上），我想躲开台北的酷热，结果仍旧没有躲掉，亦定数也。功课，开小说两班、英国文学史一班，尚未上课（定 26 日上课），英国文学史略需时间准备，但应付不难。在台北混日子很容易，但是人像 Lotus-eaters 似的，志气变得很小。练习英文写作几乎为不可能之事，中国神话等等也不知何时开始动手。敷衍台大的功课，替 USIS 翻译书，赚些稳有把握的稿费，再跟朋友们瞎谈天——这样做人，假如天下太平的话，也该很快活了。但是你知道我的野心还远不止此。明年"印大"的奖学金都不想申请，因为一则怕"Visa"有问题（美国政府可能 require 我在台湾服务两年）；再则怕在美国太穷了，做人没有意思。最要紧的还是如你所说，能有一本书在美国出版，打好"底子"后再来。但人在台湾，杂务很多，我做事勇往直前的精神很差，可是兴趣很广，又重面情，耳朵又软，虚荣心又大，人家有杂事找上门来，很少推辞得掉，所以在台湾的时间，浪费掉很多。我在今年出国以前，不知道你的生活情形，现在才发觉你的生活真不宽裕。Michigan 给你 4000[元] 一年，想必还要扣去所得税，每月不过三百余元，你还要负担家用一百 [元]，这样你每月实际收入比之我在 Bloomington 时 $ 240 一月好不了多少。而我在 Bloomington 有那样便宜的膳宿（你的房租 $ 125 真太可怕了），也并不觉得手头如何宽裕，你的"量入为出"紧缩的情形也可想而知。美国是好地方，可是手头窘迫就使人不痛快，真亏你维持 [得] 下去。范宁生已说定把钱汇寄给你，如尚未收到，我当去信催询，他的信用很好，请你稍为等候可也。"The Birth of A Son"暂存你处亦可，这篇文章恐怕还需修改。最近看了一部台湾新出的 popular historical novel《古瑟哀弦》[1]，里面亦有一段"踏雪寻梅"，

1.《古瑟哀弦》，武侠小说，郎红浣之名著。

它的描写就比我的高明：起先天气很好，大家玩得很起劲，后来"天容徒〔陡〕变，云隐山晖，北风一阵紧似一阵，看样子又要下雪了"，于是大家再上轿子。我的描写：一出轿子，主角二人就怕冷缩了回去，似乎"诗意"不够。

接宋奇信，云张爱玲日内将来美国，他说张女士亦深感美国卖文之难，她除卖掉一个长篇之外，短篇也没有出路。我现在的心情同光华大学毕业前后差不多，那时我（一）很肯用功；（二）野心很大；（三）对现实环境（如嫌住房大小等）不满；（四）对女人不加理会。不料15年后，做人还是那样子，真是愈活愈回去了。去年前年有时还有点安居乐业，想 settle down 之感，现在的想法当然大不相同了。算命先生所 promise 的东西，其实我并不期待；我的气质还是属于肯"要好、向上"的那一种，不会变成 Micawber[2] 那样等待 something to turn up 的。如算命先生说我今年（所剩已没有几个月了）或明年结婚，若果能如此，那真是 miracle 了。现在对于交女朋友就没有兴趣；即使我银行里能有一万元美金存款（此事如能实现，也几乎是 miracle），我也必设法到美国来读书游历，不会转结婚的念头的。我在光华读书时，女孩子能使我动心者不是没有，但我很能抵拒 temptation，对任何女子不加考虑。现在年近中年，对于女色的 desire 只会减退，不会增加，而对于现状的不满意，较光华那时，却并无逊色，

---

2. 米考伯尔（Micawber）是狄更斯小说《戴维·考伯菲尔》的人物。

所以你想我结婚的 prospects 是不是很 slim 了？这种话可以对你说，却不愿意告诉父母，使二老担忧。但是我找过这许多算命先生，都没有一位预言家说我这一生没有老婆，他们都还 promise 我有儿子（one or two），所以婚恐怕还是要结的，只是不知道是哪一年了。miracle 并非不可能，如今年之能来美国同你聚首，我认为就几乎是 miracle；我既不喜钻营，而曾患 T.B.，有 curse 在身，出国对我固然是很大的诱惑，但我认为与我恐怕是无缘的了。今年居然鬼使神差的能来美国住上半年，已经是 far better than I dared to expect。别的 miracle 可能还有，但是我不会 count on miracle 的。

　　Kodak chrome 居然成绩不差，闻之甚慰。Los Angeles 的风景你同 Carol 也可以借此多欣赏一下。我于八月十八日寄到 U. S. Color Mart（Box 2222，Hartford，Conn...）添加的五彩相片迄今尚无回信，有便请去信查询，否则我觉得很对不起张和钧。（寄 Color Mart 的 postal money order 是 1-94207707 号，款项为＄3.40，汇票开发日期为八月十七日。）

　　台湾情形大致同我出国前差不多，政治安定，物价也几乎没有上涨，而且当局对留学生特别优待。留学生可以优先分发到高尚职业，如"外交部"不添人但留学生如自愿进"外交部"，却可以很容易成功。这点请告诉陈文星兄，他如要回来，政府还可津贴旅费。

　　专颂

近安

济安

九·二十一

〔又及〕英文系 Marvin Felheim[3] 已见到否？他没有破坏丁先生的名誉——我现在问清楚了——他只是闲谈中偶然谈起而已，非正式的，而且并无恶意。

---

3. Marvin Felheim（马文·弗雷明，1914—1979），学者，1948 年起即在密歇根大学任教，曾任戴维美国文化研究杰出教授（Joe Lee David Distinguished Professor of American Culture），代表作有《喜剧：戏剧、理论与批评》（*Comedy: Plays, Theory, and Criticism*）等。

298. 夏志清致夏济安

1955 年 10 月 6 日

济安哥：

九月十一日、二十一日两信都已收到，知道台湾情形还稳定，你任教文学史，外加两笔翻译，生活可以很好，甚慰。新宿舍已找定否？甚念。

抵 Ann Arbor 已两个多星期，一直抽不出空来写信，想你已望眼欲穿。你很担忧 Carol 一路开车，路上会出毛病，结果一路很安全，树仁在车上，睡觉的时候多，也很乖。现在住在较像样的 apt，space 较大，furniture 较好，精神上的确比在 Humphrey St. 时好得多。

动身前，我把书和一切礼物都由 parcel post 寄出，包扎二十五个 cartons，双手粗糙异常，至今方渐复原。除碗盘（都是不值钱的）稍有破裂外，都于一星期内安抵 Ann Arbor。另买了两只特大 trunks，外加中国带来 [的] 那只旧铁箱，衣服和较贵重的东西都放得下。写字台的台面，用三条 blankets 裹好，外加一个大 carton，一路上也没有受损伤。Railway Express 运费七八十元，邮费三四十元，卖去家具九十五元，两只 trunks 六十元，所以搬场的用费，不算太大。一切杂物都没有遗失，却把一张 check（八月底 Yale 寄给我的 pay check ＄333）丢了，真是不巧。这张 check Yale 大概可以补寄的，可是付了一月半的房租后，手边余款不多，连父亲的二百元也不能汇出，明天拿到 U. of Mich. 九月份的薪金后，再可汇寄。家中停寄了一月，因为有你上半年的补助，经济方面还不至于窘迫。昨日接家信，谓父亲双腿乏力，没有全部复原，玉瑛暑期休息，再回学校后，身体不如春天时结实，都使我很挂念。

定九月十四日上午出发，可是预备装车的杂物还是很多（大件头如 baby carriage、bathinette 等），结果弄了大半天下午五时才出发。车子装得满满的，车后的 view 全都 block，驶车相当危险，亏得 Carol 技术很好，驶过 New Haven——New York 的 pkway，没有出毛病。在 N.J. Turnpike 第一站的 Howard Johnson 吃了晚饭后，宿在 Pennsylvania 公路附近的 motel。翌晨再出发，一路 Penn. Turnpike Traffic 很清，晚上六时许抵达 Pittsburg，宿友人 Blumberg 家。星期五再出发，Ohio Turnpike 只开放了一小部分。一路在老式公路上行驶，那天天气很热，树仁在车上已颇感 uncomfortable，睡得不太好。抵 Ann Arbor 一小时前，吃了晚饭，九时半安抵 Ann Arbor。以后四五天，东西渐渐到全，又要 unpack，忙了一大阵。

住在楼下的房东 Mrs. Hathaway 人很和气，她是寡妇，同儿子 John 住在一起，他在 Mich 读法学院，去年去过香港，对中国稍有认识，Greenwood St. 是 one way 的小路，很幽静的住宅区。星期六日，街道上小孩很多，所以环境比 Humphrey St. 好得多。Apt 图样上次已寄上，那第二寝室现在是我的书房，东西由我乱堆，不再要 Carol 整理，晚上关了房门，着实可以做一些事，不比在 Humphrey St. 时人碰人、脚碰脚那样的 crowded，所以房租确实增加了五十元，我觉得是 well worth it。

　　二十六号开学上课，暑期时我什么都没有准备，为了开参考书目，又大忙了一阵。我开的课有 Reading in Chinese Thought，现在正在读四书，学生四人；Modern Chinese Ways of Thought，学生六人。上星期 lecture 了一些清末背景，昨天 lecture 了康梁变法，这门功课好在参考书很少，全由我 lecture，学生对中国情形不熟，听我吹牛，颇感兴趣。中国哲学那课，要我一星期来三次 lecture，一定吃不消，我注重读原文，上课时由学生发问，keep it informal，所以我对付得也很好。另外一课"高级中文"，学生程度不齐，有的要读文言，有的读白话，上课时间较多，可是不用准备，所以上一课书，精神上没有什么消耗。第一星期为预备 lecture，比较紧张，现在同学之间已建立好感，已颇驾轻就熟。目前苦的是我自己参考书看得不多，有的书以前看过的，没记 notes，得再从新看，我已 order 了几本较重要的书，不必去图 [书] 馆同学生抢书看，一月之内，当可一切有条不紊了。

　　去年一年 morale 很坏，因家居太久之故。现在天天上

office，精神反而很好，你说的很对，我需要"紧张"。做 stimulus，效率反而好，一松懈下来，疑神疑鬼，对自己身体、智力发生怀疑，就有 melancholia 的倾向。目前我觉得 intellectual 很 fit。树仁日间由 Carol 一人照顾，使她忙了不少，可是现在生活较正常，同普遍美国小夫妇，丈夫去 office、太太照顾小孩的一样。

你给 Carol 的信写得很幽默轻松，可是这种书面上的 elegance，外国小姐吃，中国小姐不一定太欣赏。相面先生说，你明年可结婚，我很高兴，可是还得靠自己努力；发洋财的 prediction，我不大信，五十万美金谈何容易？相面人总免不了 flattery，可以 bolster ego，但不必全信。树仁的命很好，大概他一生用不到像我们那样的吃苦，二十三岁，拿 Ph.D. 是可能的。昨天树仁去看医生，种了牛痘。他身重十八磅半，牙齿已渐出现，身体极好，新房子 space 多，他脾气也更好。只是他精力充沛，日间睡眠的时间很少，Carol 不能有充分休息。

一星期前，PR 寄来了 Jesuit's Tale 的 galley proof，大约该小说 fall number 即可发表，来信说叫我立刻寄还，很匆忙的样子。我仔细校对了两遍，发现五六个错字。Editors 把你的文字修改的地方很少，拼法方面，kidnapping 变成 kidnaping，这是 *Time* 的 style，PR 也采用了。*New World Writing* 已把你的两篇小说退回，我待"Jesuit's Tale"发表后，再把"Birth of a Son"寄 *Hudson Review*、*Atlantic*、*Harper's Bazaar* 如何？ Wm

Wilson 不久前有信来，把你的 part II 退回，他知道你小说发表后，非常高兴，见附信。张和钧的五彩照片已收到，印得都很不错。我不知道张和钧香港的地址，你给我地址后我可以直接航寄给他。Meanwhile，你可以给他封信，说照片已洗出了。

张爱玲来美，想住纽约，见面不大容易。Ann Arbor 中国学生很多，我都不认识。见到的中国人有一位是管中国书籍的，1945 年时曾在 Yale 读过历史，同李田意认识。Owen〔James I.〕Crump[1] 现在香港，我即用他的写字台，他墙上有一幅对联，字很功正〔工整〕秀气，带褚遂良体，上款（？）写着"润璞（Crump）同学雅正"，题字的想不到是王岷源。

你在 California 所摄的 slides，自己要不要保存，我可以寄你，西装大衣早已寄出，不知已收到否？范宁生那里还没有信来。要写的话很多，只要〔能〕下次写了。来 Ann Arbor 还没有看过一次电影，忙碌可想。

---

1. Crump（James Irving Crump，柯润璞，1921—2002），美国汉学家、翻译家。1950 年获耶鲁大学博士学位，后长期执教于密歇根大学安娜堡分校。柯润璞以研究白话文学与元杂剧见长，代表作有《〈新编五代史平话〉语言中的一些问题》（*Some Problems in the Language of the Shin-bian Wuu-day Shyy Pyng-huah*）、《计策：〈战国策〉研究》（*Intrigues: Studies of the Chan-kuo ts'e*）、《忽必烈汗时期的中国剧场》（*Chinese Theater in the Days of Kublai Khan*）、《上都乐府：元散曲研究》（*Songs from Xanadu: Studies in Mongol-Dynasty Song-Poetry*）等，译有《战国策》《搜神记》《战国策读本》以及不少元杂剧。

匆匆即颂

近安

弟 志清 上

十月六日

1955

299. 夏济安致夏志清

1955 年 10 月 17 日

志清弟:

PR 如出版，请航空寄下一本，又要你破费邮票了。

接读来信，知道"密大"已经开课，生活已上正轨，Carol 与树仁都很平安，甚慰。我生活亦已渐恢复常态，仍住温州街 58 巷，不过换了一间房间，一切大致如旧。在台湾糊里糊涂过日子很容易，人亦很快乐（很胖）。近来生活并不豪华，但是经济还不用愁，花钱不大用脑筋，想花就花，应付人事也容易，需要 struggle 或操心思的地方很少，若就此知足，未尝不可安居乐业。但是偶然想起英文尚未练好，真正的事业尚未建立，未免有点胆战心惊。Wilson 的信多少引起了我的一点 nostalgia（我已经不大想起美国的生活，好像没有去过美国一样），他对我的"success"的高兴和 pride，更使我觉得惭愧。未来的 struggle 还有很多很多，而我在台湾生活的瞎忙，都不容许我有练英文的机会。他希望我明年能回印第安那，我预备后年再来——明年经济基础尚未建立，"Visa"可能也有麻烦；后年"Visa"可无问题，经济情形也希望好转；

至于如何好转，现在还不知道。Wilson 的回信尚未写。

衣服已全部收到，一点也没有损坏（书也已全部收到），只是 [从] 海关领东西很麻烦（未缴税）。X'mas 将届，希望 Carol 和你不要送什么礼物来，因为取东西很费时间，再则完纳关税无形中反而增加我的负担。如一定要送，请送书，顶好是高级的 paper-bound 的书，对我最为实惠。我在香港定制了两只黑色女用 handbag（真皮），预备送一只给 Carol（另一只等有什么女朋友再送），一只近乎方形，一只是偏长形，Carol 喜欢哪一种式子？请回信通知，当于下月寄出，可在 X'mas 前送到。东西是现成的，对我并不破费。

听你的推荐，看了 *The Caddy* [1]，很满意，Jerry Lewis 的确有可爱的性格，与当年和 Marie Wilson [2] 合演不同。有一天晚上，美国新闻处请客，有一个少校（major）夫人，我瞎献殷勤，妙语连珠，逗得那位太太大笑不止。我说："我在台湾大学有 Jerry Lewis 之称。"她问："Then who is your Dean Martin?"我说："We have a Dean, but his name is not Martin."

在台北认识了一个美国朋友，空军下士 D. A. Hanson，哈佛 B.A.，曾在 Yale 跟别的空军一起读国语。他生活很优裕，

---

1. *The Caddy*（《糊涂跟班》，1953），喜剧电影，诺曼·陶诺格导演，迪恩·马丁、杰瑞·刘易斯、唐娜·里德、芭芭拉·贝茨（Barbara Bates）主演，派拉蒙影业发行。
2. Marie Wilson（玛丽·威尔逊，1916—1972），美国广播、电影、电视女演员，代表电视剧作有《糊涂老友》（*My Friend Irma*，1947—1954）。

我已经在他那里喝了好几次 Martini（他们买洋酒很便宜）。他是音乐系学生，兵役期满还预备到 Yale 去进修。业余研究哲学，顶崇拜罗素、Whitehead[3] 和 James Conant[4]，反对宗教，和我思想不大投机。但是这样一个朋友，我可以去练练比较高深的英文会话。其人是 Massachusetts 人，恐怕是英国血统。

读了一遍《西游记》，不大满意。八十一难有很多是重复的，作者的想象力还不够丰富。四个 pilgrims 的 piety 都大成问题，尤其是唐僧，他遇事紧张常常哭，真显不出修道士的坚定的毅力。猪八戒的 cowardice 和 self-indulgence，很像 Falstaff。文章是散文和诗歌混合的，叙事文用散文，描写之处——人物，风景，战争——都用诗歌。中文白话恐怕不适宜于描写。《西游记》里费解之处颇多，如要课堂上讲授，恐怕很吃力。替它详详细细做篇注解，需要很多关于道教佛教方面的智识。

张和钧在台北。照片请航空寄给我收可也。一次寄恐怕信太厚，请先把 prints 寄下，底片以后再寄亦可。我在 Los Angeles 所照的 slides，可俟以后托便人带回，Indiana 的袁祖

---

3. Whitehead（Alfred Whitehead，阿尔弗雷德·怀特海，1861—1947），英国哲学家、数学家，代表作有与伯特兰·罗素合著之《数学原理》（*Principia Mathematica*）、《过程与实在》（*Process and Reality*）。

4. James Conant（詹姆斯·B. 科南特，1893—1978），美国化学家，曾任哈佛大学第二十三任校长，除了化学方面的专著以外，代表作有《两种思想的类型》（*Two Modes of Thought*）。

年寒假回来，可以交给他，但是现在不必忙。范宁生好久无信来，他以前说可能要结婚，也许头寸短少，扣住我的钱不还了。但是他有 promise 在先，我下次去信时，当再催问一番。你遗失的支票想已补发，为念。家中去信时望多代我请安。父亲不应再多劳动。玉瑛妹也是以多休息少吃力为宜。Carol 和树仁都在念中。再谈 专颂

近安

济安 顿首

十月十七日

　　Felheim 听说在生黄疸病，你如有暇，代我去探问一下如何？

300. 夏济安致夏志清

1955 年 11 月 6 日

志清弟：

又是好几天没有接到你的信。最近接范宁生的未婚妻关小姐来信，说范宁生已经病故。他的病很怪，是"血里白血球，红血球，血小板缺乏"，医生替他把脾脏割掉后，还是束手无救。范宁生是个好人，读数学，并非大天才，各种理想欲望亦很单纯，想不到还要招造物之忌，在他订婚之后，Ph.D. 在望之际，叫他撒手"归去"。我觉得做人真没有意思。What is the meaning of all this?

我近来不大为前途打算（范宁生死讯未接到前已有这个想法），台湾的生活，只算是"回债"——回前世的债。现在既无计划，又无野心，又无欲望，就这么混下去再说。这样的生活，你可想象，并不痛苦。精神很饱满，一点也不颓唐。假如多拿"自己可能做的事"同"正在做的事"来对比着想，人会苦闷得多。不论如何不如意总比"死"好多了。

我现在回忆一生顶快乐的日子是在印第安那四个月——经济不愁，工作有意思，享受各种新奇的刺激，人也非常活泼；其次快乐的是在北平的两三年——经济不愁，人也活泼。顶不快乐的恐怕是在重庆的几个月——失业，天气坏，身体也不大好。八·一三以前的南京的生活也不好。上海的生活大多使我不满意——主要的 complaint 是不自由。从北平逃出后在上海过的几个月倒还不差，那时父亲事业很顺利，我自己一人一个房间，渐渐可以享受上海的物质生活，但是好景不常〔长〕，很快就逃难了。台湾的生活本来还满意，但是美国回来后，对台湾大为不满。在纽海文两个月只能算平平——虽然和你天天在一起，但经济不宽裕，生活太单调，工作成绩也差。以后要过些什么日子？我已经说过了，现在不大去想它。

你猜我现在在看一本什么书？替人家校对 Spock[1] 育儿法的中译本。非常有趣，Spock 远比 Wordsworth 能使我对儿童发生兴趣。照书上说，婴儿到五个月大，就要对生人采取敌对态度（一四〇节），那时正逢树仁搬到 Ann Arbor，不知他的反应如何？那书上似乎反对用甘油栓来催大便，不知你和 Carol 的看法如何？

我有个朋友"刘定一"想来密歇根报名读书，请你到注册组去要一份报名表格，航空寄：

Mr. David D. Y. Liu

---

1. Spock（Benjamin Spock，本雅明·斯波克，1903—1998），美国儿科医生，代表作有《婴幼儿养育》（*Baby and Child Care*）。

No.18 Lane.145

1st section Hsin sen Road South

Taipei, Taiwan

他想寒假就来读，所以请你有便快些办，信请注册组或 graduate school 寄，不必麻烦你了。

American Essays 只译了"一眼眼"，其他工作均无法推行，*The Turn of the Screw* 已经去信宋奇那里辞掉，恐怕来不及做了，免得耽误人家的事。

父亲和玉瑛妹的身体最近怎么样了？很挂念。母亲想好。Carol 于领孩子之余，是不是还开汽车送你上学？我从她那里学到一个字：Den，你现在有你自己的 Den 了。

别的俟接到你的信后再回复。专此 敬颂

秋安

济安

十一月六日

301. 夏志清致夏济安

1955 年 11 月 8 日

济安哥：

十月十七日信收到已久，一直没工夫给你回信。来 Ann Arbor 后六七个星期，还没有看过一次电影，好像把这个瘾解〔戒〕掉了，可见我实在很忙碌（Ann Arbor 大戏院只有两家，选片恶劣，有一次想看 Ulysses，Carol 看后认为很恶劣，就没有去看；此外三家小电影院，仅在星期五、六、日营业三天）。大部分忙的时间都在读先秦诸子原文，英文译文放在 Reserve Shelf 上每人只有一二种，学生借看还不够分配，自己只好读原文。其实这门课极容易对付，课堂上讨论的都是 general ideas，为了尽责起见，自己多读读古书。诸哲中较 rich 的，自己有 system 摆得出的当推荀庄二人，实为儒道两家的大师。其他的哲学家都太简单。

PR 已出版，仅寄我两册，一册已于上星期航空寄上给你。你的姓名，在封面上同 Malraux[1] 并列，"The Jesuits Tale"又

---

1. Malraux（André Malraux，安德烈·马尔罗，1901—1976），法国小说家、理论

是开卷第一篇，是很光荣的事。全文校对方面没有什么毛病，只是 deserts 一字拼成了 desserts，是我和 editors 没用心的错误。我在书坊 order 了四册，一册预备寄胡适，三册平邮寄你，你再要多几份，可另 order。我在"近代中国思想史"课上，特别 recommend 你的小说，叫学生们有空时参考阅读一下，他们都非常被 impressed。稿费 $145 也已收到，Yale 的 check 也已补发，所以我经济情形尚稳定。范宁生的款，本不是我的，待他结婚后，随便什么时候寄给我都可以。

X'mas 届到，又要你花钱送礼物，很感不安。两只黑皮 handbag 既已定做，Carol 喜欢扁长形的式样，随时寄出即可，不必赶上耶诞节。Carol 也很忙，一直没有给你信，对你的屡次送礼，非常感谢，星期内当有信给你。我预备寄你几本 paper-bound 的书，或一厚本 A. C. Baugh[2] 主编的 *A Literary History of England*。该书 1700 页，bibliographic 很丰富，叙述极详，对教"英国文学史"一课很有帮助，假如你没有这书，似乎比较 paper-bound 书实惠。

我时间经济不充裕，极力避免瞎交际，所以一月来没有

（接上页）家，曾任法国总统府国务部长、文化部长等职，代表作有《人类的命运》(*Man's Fate*) 等。

2. A. C. Baugh（Albert C. Baugh，阿尔伯特·鲍夫，1891—1981），美国宾夕法尼亚大学教授，代表作有《英语史》(*A History of the English Language*)。在选集《英国文学史》(*A Literary History Of England*) 中，鲍夫担任"中古英语时期"(The Middle English Period, 1100—1500) 部分的写作。

交什么朋友。Felheim 还没有去看他，日内当去看他，代你问好。有一位马逢华，在台湾时同你相识，并和我们 1946 年同船北上（他还有一张全船合影的小照），同金隄、袁可嘉很熟。他在 Michigan 读经济系，同一位生长在内地、大学在澳洲读的小姐，罗久芳，关系搞得很好。我请他们和另一位中国人吃了一次饭。罗小姐人很聪明，中西礼貌皆好，马逢华能追到她，也很福气。

我课程时间排得不好，星期一、三、五，上午八时，直至下午四时都有课，所以一、三、五晚上弄得人很疲乏，只好休息，做不开什么事情。"The Birth of a Son"，还没有替你送杂志，预备先送 *Hudson Review*。张和钧和你的 slides 都没有寄出，预备今明天航邮寄上。所费想不会多，你的 slide 也免得托人带回，多麻烦了。

你搬回 58 巷，一切书籍家具想没有损坏。你生活又恢复到教书翻译的 routine，许多写英文方面的计划，不免暂时难实行。你读《西游记》，想是为写 Chinese mythology 做准备。该计划的推进要读很多书，我想不如先写了一两篇英文小说，多在美国出了名再说。你题材有的是，只要写下来，二三月一篇，一年下来也很可观了。我忙于功课，自己的计划也没工夫整理，想想很惭愧。在美国教书很容易，第一年多花些整〔准〕备工夫，第二年就不用多花脑筋了。

树仁长得很好，似较平常小孩聪明，好久没有拍照，预备在感谢〔恩〕节时拍几张照，分寄给你和父母。父亲服用维他命 B、C 后，双腿气力已渐恢复。玉瑛妹每日定服牛奶半磅，体力也较初开学时进步，望勿念。

看了一次足球，Michigan 和 Iowa 赛，非常精彩，最后半场 Michigan 来了几个长距离 passes，颇有惊人表演。上星期 Michigan 惨败于 Illinois，全国性锦标 [赛] 因此落望。相反的，Yale 今年成绩极佳，打败 Army，颇难能可贵。

上星期六由 Carol 开车去了 Detroit 一次，吃了顿中国饭，买了些做中国菜的作料。男用皮拖鞋，香港制的，仅二元一双，买了两只。Detroit 中国店中国东西应有尽有（如茶叶等），所以你以后可不必邮寄。邮寄一双拖鞋，邮费就要一二元，很不上算。程靖宇好久没信来了，近况想好。

The Caddy 恐怕是 Jerry Lewis 最好的一张片子，他的新片 *You're Never Too Young*，笑料不多，很为失望。他和 Dean Martin 精神上没有联系，搭档非常勉强，因之题材愈来愈窘乏。Jerry Lewis 要得到 due recognition，非折挡后不可。

Ann Arbor 地在湖区，下雨的时间很多，比较不方便。昨晚已经下了雪，早晨屋面上都雪白，在 New Haven，Thanksgiving 前下雪是很 rare 的。近况想好，再写了，即祝
近好

弟 志清 上

十一月八日

〔又及〕学了跳舞后，常在派对上派用场否？甚念，女友方面有什么新发展？

302. 夏济安致夏志清

1955 年 11 月 15 日

志清弟:

　　信、杂志、照片都已收到（这次邮票破费得你太多了）。
PR 收到后，我一点也不兴奋，先让侯健[1]看了，自己再看一
通，觉得写得不错。不过我觉得那位神父还是想象中[的]
人物，有点像 Jane Eyre 里的 Rochester 或 Wuthering Heights
里的 Heathcliff，只是凭我的才气，加上很狭小的经验，硬
造出这样一个"有力"的性格而已。现在该杂志已借给英千
里，并由他转借给他所认识的天主教神父们，他们的反应尚
未听到。承蒙你又去 order 了三本，谢谢，我一时也想不出
什么人要送的，也许台大外文系图[书馆]该送一本。校对
方面，有一处 despite his ego，我原文似作 despite his age，恐
是编者所改，我看不出 ego 这个字有什么好。另一处 as if 误

---

1. 侯健（1926—1990），山东人，台湾大学外文系毕业，纽约州立大学石溪分校比
　较文学博士，历任台湾大学外文系助教、讲师、教授、系主任，兼文学院院长。
　曾主编《学生英语文摘》《文学杂志》《中外文学》等。代表作有《从文学革命到
　革命文学》《中国小说比较研究》《文学与人生》等。

作 is if，还有一处讲绑匪的罪行时，我原文似作"Not only his crime, legally speaking…"，现作"Not that his crime…"，我觉得 Not only 讲得通一点。这些当然都是小问题，我绝不计较的。小便一句给划掉了。你在上海同我讨论杜思妥以夫斯基时，你说杜翁里的人物一天忙二十四小时，怎么不见大小便的？我现在把"小便"写进去了，better judgment 还是认为小便不妥。

来了台湾这么久，可说一事无成，英文除了替英千里代写一篇"大一英文读本"序，代钱校长写一篇"台大概况"序（都是应酬文章）以外，没有正式写过一个字，真是惭愧之至。但是我做人的意义早已全部寄托在写英文方面，如"The Birth of A Son"再遭 *Hudson Review* 退还，请寄纽约的 literary agent，由他们代找主顾如何？免得多费周折了。虽然精力不够，但是此志总是不懈的。写"神话"这计划暂时已放弃了。

昨天我把 *PR* 交给英千里时，他说他体弱多病，希望明年我代他做一年系主任；校长方面，希望他早日复原，假如他非请假不可，似乎也希望我去代理。这种建议多少在我意料之中，但是我早已决计不就。假如我已结婚，我的太太（不论是谁）十 [有八] 九会逼我去接受这种虚名的差使，好得〔在〕现在没有什么人能 influence 我的 decision。系主任（即使代理）在台湾是一个官，担任后社会地位立刻大为提高，但我在台湾不希罕什么社会地位，副教授在我已心满意足，我所贪求者是"国际地位"。台湾的虚名愈大，闲杂事愈多，我这一辈子可能断送在这上面。我甚至于考虑辞掉台大的职位（此事实现可能性很小，但是为抵制代理系主任起见，我可能提出辞呈，作为对策），专做 freelance 的作家与翻译家。我的野心还是很大，而且对于"出处""进退"很有研究，只是太不"实际"，太不贪图目前的名利了。明年假如有好运，我希望不是如上述的"黄袍加身"。我的名利心当很强，但是和母亲的或是钱学熙的不同。此事我未对任何别人提起过，只怕有人怂恿或议论。

　　承蒙你又提起女友的问题，又是惭愧得很，毫无作为。旧日的女友差不多已断绝干净（只有一位 Celia 还是偶然鱼雁来往，但是她正在等候"护照"中），新的路子并未开辟。我想假如我在上海，同父母在一起，他们对我独身生活的担忧，一定使我很难受。现在好在眼前关心我的人很少，我也可以自得其乐地不去想这些问题。我现在的希望：一、job 方面，只求清闲与能糊口——台大的收入不够糊口，而且现在也不大清闲；二、终究的成就，求能写作成名。婚也许仍旧要结的，但是现在连 fall in love 的勇气都丧失了，不要说是追求了。假如是 marriage for convenience，我现在希望未来的太太有很好的英文程度和文学趣味，这种人在台湾恐怕是找不到的。我既然不着急，请你也不要着急，明年我的生活多少会有点转变（这种"无稽"的信仰有时也会产生力量）。

　　我现在的经济情况还算宽裕，今天买了一本《昭明文选》

（文学史很欢迎），日内预备送给你。里面的诗大多五言，据说（宋奇就是这么主张）五言诗在中国诗中格调最高，但是我顶欣赏的是七律，希望你好好研究后，能彻底的批评一下。程靖宇忙碌如旧，我最近又替他写过一篇很恶劣的情书。

　　家里都很好，闻之甚慰。Carol 和树仁都问好，下次再详谈，专颂

近安

济安　顿首
十一月十五日

〔又及〕马逢华在台湾时同我也有来往。

303. 夏志清致夏济安

1955 年 12 月 10 日

济安哥：

　　十一月六日、十五日两信早已收到，这次回信一直没写，想使你等得望眼欲穿了。几个周末来，都想静静坐下写信给你（及其他朋友），可是一到星期六，Carol 要买菜，上laundromat，照应树仁的责任我就得担下一大半，有几次小请客，又得做几只菜，时间浪费不少，到了星期天，星期一的功课又要稍作准备，所以 week after week 时间就很快地过去了。先交代一下应办的事情："Birth of a Son"三星期前才寄 *Hudson Review*，尚无回应。*PR* 三册已于三星期前平信寄出，另一册已送 Michigan 东方系主任 Yamagiwa，所以胡适那里，还没有送，预备 X'mas 前寄上，带拜年的意思。刘定一所要的 application 想已收到，这事我办得稍迟，实[在]很对不起他，可是我想他春季来此求学，还赶得上。Felheim 上星期才出院，打电话给我，同吃了一次午饭，谈得很好，已请他十二月二十五日到我这里吃年夜饭。Felheim 暑期在日本过的，同Faulkner、Oberlin 的真立夫，及另一学者开讲美国文学。此

111

三人 intellectual 水准不齐，合在一伙，想必很滑稽的。Jelliffe 精力充沛，老妇死后，另娶菲律宾少女一名，已有两个小孩。据 Felheim 说，Faulkner 嗜酒如命，每晚偕日本朋友出游。回美国时，带了一位日本美女，她领到了 scholarship，现在 Oxford，Miss. 读书。《英国文学史》一册已 order 到，已于前三天平邮寄上，新年前或可赶上。

范宁生故世，我同他虽不相识，得讯后，也颇有感慨。你离美时，想去 St. Louis 一趟，他没有给你回音，想已发觉了自己的病症。你好友已去世的，他不是第一人，一定更会引起人已中年之感。关小姐遭此打击，在美国，adjust 比较困难，X'mas 时你可以给她封信，安慰安慰她。

你要送我一本《文选》，大为欢迎。你在暑期中 mention 过中国哲学不够 rich，我教了两个月书颇有同感。现在我在教汉代的思想，讲起来能引起学生兴趣的材料实在太少。阴阳五行之学，到宋明理学，似乎仍占重要的地位。这星期我 assign 了十几首汉朝的古诗（《古诗十九首》《孔雀东南飞》等），自己读读，觉得颇亲〔清〕新可喜，《孔雀东南飞》一诗远胜 Wordsworth 的同类诗。昨天更在课堂上讲了点屈原，课堂上有了位在课余自修 Mallarmé[1]，Valéry 的文学青年，对屈原颇感兴趣。Michigan 中文书不多，可是有两套《四部丛

---

1. Mallarmé（Stéphane Mallarmé，马拉美，1842—1898），法国诗人、批评家，象征主义运动之代表人物，代表作有《牧神的午后》（L'après-midi d'un Faune）。

刊》和《四部备要》，所以重要的古书差不多都全了。不好意思同学生抢读译本，两月来粗粗涉略的古书却已不少，没有标点的注解，读来很容易，对线装书已无畏惧之心，五经子书（除《春秋三传》外）总算生平第一次 survey 过一遍，在读书方面也算稍有成绩。屈原诗中花草名目太多，我只粗略看了一下，不能够给他一个 grade。觉得他是中国第一个 self-conscious 的 poet，对诗的 purity，及其和社会的格格不相入之处，已颇 anticipate 西欧近代诗。许多君臣的 allegory，转过来说，也可说是诗人对其"诗"或"灵感"的追求，所 embody 的 mythology，似乎还是零散的。

钱校长和英千里要你做代理主任，不知此事如何解决，甚念。在他们当然是好意，在你，增加了许多杂事应酬，当然是一个 burden。但是社会地位大增，在教育界当一名重要的出面人，在再度出国的打算上，也不免有些小帮助。在不把关系弄僵的原则下，你尽可辞却，如英、钱苦苦哀求，你委屈当一年主任也无不可。不过，受了这个差使，反而影响工作时间，减少你的收入，实在是不上算。最近你写应酬文章忙，翻译方面反而进行迟缓，你在收入方面必大受影响，甚念。

我开学以来，不断忙碌，什么问题不想，倒还算快乐（教书后，多有机会同学生接触，无形中减少了找朋友交际的需要）。其实问题还是有的，只是目前还不想去想它。寒假期中预备把功课丢开，把我那本 mss. 修改完毕，了一桩心事。

1955

我给 Yamagiwa 看了几个 chapters，他觉得由 Michigan Press
印行，不成问题。不过下星期起要在发圣诞卡时附写许多短
信，假期中不免要交际两三次，究竟有多少时间可派用场，
很难说。David Rowe 仍在台湾，他的（Army）通信处是 Box
No.10 Formosa, APO 63, San Francisco, Cal.，不知 office 在哪里，
你打听清楚后，有空可去看他一次。

电影的瘾差不多戒了，只看了一张 *Desperate Hours*[2]，没
有 *Time* 所说的那样好，下星期 Gene Kelly 的 *It's Always Fair
Weather*[3] 上演，预备去一看。MGM 将拍 Musical *High Society*[4]，
由 Crosby、Sinatra、Grace Kelly 主演，Cole Porter 的 music。

你生活想好，心目中没有对象，缺少一种 illusion，可能
生活寂寞些。女学生们想仍不断来讨教。Celia 还没有来美，
恐怕又要耽搁一年了。附上 Carol 的信，她早已写了，迟到今
日我才 [把] 它合并寄出。家中情形还好，母亲仍终日为汇款
迟到发愁，玉瑛妹服用牛奶，身体较前进步。此信到时，将
近圣诞了，祝你

---

2. *Desperate Hours*（《亡命天使》，1955），威廉·惠勒导演，亨弗莱·鲍嘉、弗雷德里
   克·马奇主演，派拉蒙影业发行。
3. *It's Always Fair Weather*（《美景良晨》，1955），金·凯利导演，金·凯利、丹·戴
   利（Dan Dailey）主演，米高梅公司发行。
4. *High Society*（《上流社会》，1956），音乐喜剧，据菲利普·百瑞（Philip Barry）
   1939 年戏剧《费城故事》（*The Philadelphia Story*）改编，查尔斯·沃特斯导演，
   平·克劳斯贝、格蕾丝·凯利、辛纳屈主演，米高梅公司发行。

新年快乐

　　　　　　　　　　弟　志清　上

　　　　　　　　　　十二月十日

　　〔又及〕树仁甚乖，新拍了一卷 kodacolor，洗出后寄上。
贺年卡如未寄出，请免寄，可省掉不少邮费。

304. 夏济安致夏志清

1955 年 12 月 11 日

志清弟：

好久没有接到来信，很是挂念。想必学校功课很是忙碌，刘定一君的报名单已收到，特托我谢谢。

我的近况没有什么可说的。"The Jesuit's Tale"的反应：Houghton Mifflin[1] 来了一封信，赞美了一番，希望能读到我的 book-length 稿子，这封信到现在还没有回复。宋奇看后也很佩服，他觉得我的 style 写长篇似乎更容易施展，我很同意他的说法。他以为写长篇是一个 risk，费数年之功，未必一定有人欣赏。这的确是一个 risk（或 gamble），我迄今还没有勇气来着手尝试，但是我觉得人生很多事情都没有什么意思，只有写作成名才是我所艳羡的。

除了写作成名之外，钱也很贪。但是小钱还不在乎，台大的收入只能够维持一个很苦的生活，不得不靠写作贴补，

---

1. Houghton Mifflin，霍顿·米夫林出版公司，创办于 1832 年，是世界著名的文学和教育出版公司，也是美国四大教育出版商之一。

写作又不得不求 immediate gains，无力从事 ambitious 的计划，"教书""翻译"加上"玩乐"，就把时间花得差不多了。

教书台大九小时，另兼东吴三小时（也是英国文学史，东吴就是苏州那个东吴，现在台北复校，但学生程度极差，教之素然无味，我为情面难却，硬拉去充教的）。

翻译这几个月内还没翻满五万字，心上是个 burden。翻译不缴卷，别的事情都不能着手。寒假里大约可以多写一点。

玩乐很简单，比以前多了一样"麻雀"。我打麻雀不会入迷（很少东西使我入迷的），从来没有打到半夜以后，最近一星期内没有打过。我觉得"麻雀"比 Bridge 好玩，这个东西用脑筋不如 Bridge 之甚，自己对自己负责，不必考虑 partner；技艺恶劣的凭运气也可以赢钱。小小的输赢，也增加游戏的刺激。关于麻雀有两点感想：一、不希望娶一个喜欢打麻雀的太太；我承认对麻雀很有兴趣，但是我的兴趣很广，外加我的 undying aspiration，打麻雀也不过偶一为之而已。但是假如太太喜欢打麻雀（打麻雀的引诱力实在很强），自己有个像样的家，有舒服的设备和可口的饮食供应，凑上两三个朋友，很容易就来上八圈，这样会把"壮志"消磨尽的。"壮志"对我还是 everything，壮志是否能实现，是另外一件事，但是我还得 nourish 它，而且防止它的损害。同时你也可以想象我很怕 settle into middle-class complacency。二、我很希望能陪父亲打打麻雀，我生平从未很起劲地陪父亲玩过，他的宴会和花酒等，我参加时脸上即使不带 sneer，也是很冷淡的。

1955

117

至于麻雀，我是连看都不看的。我现在的麻雀技术比父亲当然还差得很远，可是已经可以陪他玩玩了。但是这点"孝心"不知何日始能实现。

电影最近没有看什么好莱坞片子，因为这里所放映的我在美国大多已经看过。看了几张外国片子，都很满意：一、《地狱门》，色彩极美，京町子（Kyō）的演技卓绝，东方文弱"娴静"女子的诱惑，描摹得透彻极矣。故事的力量还嫌不够。二、*Footsteps in the Fog*[2]——Jean Simmons 很美，我认为 better than in *Young Bess*[3]。三、*The Man Between*[4]，又是一个美丽的英国少女明星 Clair Bloom[5]，眼睛明亮之至，惜鼻子略呈钩形。Carol Reed 本片手法比 *The Third Man* 稍差，但仍很精彩。四、*La Rage Au Corps*[6]——法国热情巨片，法国少女

---

2. *Footsteps in the Fog*（《雾夜情杀案》，1955），英国犯罪电影，亚瑟·卢宾（Arthur Lubin）导演，斯图尔特·格兰杰、珍·西蒙斯主演，哥伦比亚影业发行。

3. *Young Bess*（《深宫怨》，1953），彩色传记电影，乔治·西德尼导演，珍·西蒙斯、斯图尔特·格兰杰、德博拉·蔻儿主演，米高梅公司发行。剧情来自于伊丽莎白一世早期生活。

4. *The Man Between*（《谍网亡魂》，1955），英国惊悚剧，卡罗尔·里德导演，詹姆斯·梅森、卡莱尔·布鲁姆（Claire Bloom）主演，英狮影业发行。

5. 卡莱尔·布鲁姆（1931— ），英国电影、舞台剧演员，演艺生涯逾六十载，代表作有《欲望号街车》等。

6. *La Rage Au Corps*（1954，该片在美国发行时译为 *Tempest in the Flesh*；在英国发行时译为 *Fire in the Blood*），法国电影，拉尔夫·哈比（Ralph Habib）、弗朗西丝·阿努尔（Françoise Arnoul）、雷蒙德·佩里格林（Raymond Pellegrin）主演，Corona Films 发行。

Françoise Arnoul[7]青春年华，很美，演技奔放，对于热情的描写，远胜好莱坞的 prudish 和 sentimental 的作品。故事稍嫌 mechanical，不够深刻，但是即使这样子，好莱坞也拍不出来了。五、*La Reine Margot*[8]——宫闱传奇片（根据 Dumas 小说），故事等等都不比好莱坞同类巨片差，女主角 Jeanne Moreau[9] 也值得一看。——我看电影还停留在欣赏女主角阶段，但子曰：我未见好德如好色者也。

在美国不大喝牛奶，现在倒订起牛奶来了，每天喝半磅。我通常晚上精神很好，早晨较差，现在早起喝牛奶后，精神似见改善。

近况如此，再讲未来的计划与梦想。最近没有计划重游美国，我希望下次不来美国则已，要来一定手头要宽裕些，自己买辆汽车，能够 afford 中级旅馆与 Motel（很 modest 的梦想吧？），否则来了太苦。明年假如有机会去香港，我倒很想把工作调到香港去。明年大约我的财运不差，上万的美金不会有的，大约可以比过去略好些，运气好，胆子也可大些。我对于台湾很感厌倦；再则我假如在香港而经济情形不差，

---

7. 弗朗西丝·阿努尔夫（1931— ），法国女演员，活跃于 20 世纪 50 年代。

8. *La Reine Margot*（《女王玛尔戈》，1954），法国电影，让·德维尔（Jean Dréville）导演，让娜·莫罗（Jeanne Moreau）、路易·德·菲莱斯（Louis de Funès）主演，Lux 发行。

9. 让娜·莫罗（1928— ），法国女演员、歌手、编剧、导演，曾获西泽奖最佳女主角奖，代表影片有《从电梯到死刑台》（*Elevator to the Gallow*s，1958）、《祖与占》（*Jules et Jim*，1962）等。

照应上海的家，也可以方便些。这些都不算具体的计划，因为我没有托人在香港找事情，同时台大的"熟门熟路"以及人事关系之简单，也很适合我的疏懒的脾气，使得我舍不得离开。不过我自大学毕业以来，一直以为教书是理想的职业，现在这个信念刚开始有点动摇，也许这是个转变的先兆。

明年下半年（据说是在岁尾），我恐怕要生一场小病，就像一九五一年犯疟疾那样的病，不会很严重，所以请你不必着急。从相貌上和八字上看来，似乎都逃不过。结婚的问题，现在我自己真不关心，但据我的命运顾问说：明年没有可能，然而后年"必婚"。再等一二年还不好算晚吧？我现在既不追求，又不 date（一 date 就有"物议"，而我很怕"物议"。再追求一次不成，我在台湾丢不下〔起〕这个脸。我比你 vain，这种考虑你是不会有的。我相当 hard-hearted，失恋的痛苦对我影响很轻，只能使我更 hardened，可是很怕人家有意无意的讥讽。模仿 Jane Austen 的话说来，是 to expose myself once more to the derision of the world for disappointed hopes），总算"定心"得很。亏得我左右没有多少关心我的人，心思不大受到扰乱。大约我的朋友都有点怕我，我既然不喜欢讨论自己的婚姻问题，别人也不敢开口了。我现在的情形，很像旧时科举屡试不就，因此灰心仕途的士子。那种人追求某一个目的（做官）不成，却未必就此悲观，我虽婚姻不成，但假如事业顺利、收入增加，我认为还是值得庆贺的。

看了几部旧小说：《儒林外史》——作者的 comic sense 与 narrative power 都不够，看不出什么好来。《二十年目睹之怪现状》——都是片段的故事，文字有几段很精彩，叙事有劲，文章明快。《孽海花》——很有趣，以赛金花为主角，并不 sentimental，却相当 satirical（人物很多，而小说甚短，似乎没有写完，有"续孽海花"尚未看到），小说里面还描写当年柏林与圣彼德堡的情形，作者总算想象力够丰富的了。赛金花其人其事，可以成为英文 historical romance 的主角，但是好好地写，需要许多考据工作，似乎非我辈所能为。清末小说，文章大多比民国以后的好，可惜我看得太少。胡适之（还有张爱玲）极力推荐一部用苏白对白的小说《海上花列传》，我没有看过，想必的确不错。

范宁生的病先听说是 leukemia，现在又听说是 haemo-philia，微血管流血不止，昏迷而死。他于我离美之前，很坚持要看见我一次，这似乎是不祥之兆。但我哪里知道他几个星期之后就要撒手长逝呢？我没有再去 St. Louis 一次，对于死者生者，都是一个遗憾。他欠我的钱，我本来预备不要的了，不料上星期，他在美国的本家（我起初不知有其人），看见范宁生的遗书（给我的，但未发出），知道有这回事，就寄了五十元汇票来。我收到了又是一阵感触。这笔钱放在我身边，胆子也可以壮一些。

你现在家里离教室远不远？要不要 Carol 驾车来接送？

1955

121

Carol 真太辛苦了。树仁想必日益活泼。近日读吴经熊 [10] 的 *Beyond East & West*，原来吴是密大的 Alumnus（'20 的研究生），他说：

> My stay in Ann arbor was among the happiest periods of my life...There was a certain homelikeness & coziness about Ann arbor, & a warm sympathy about US people. There were also quite a number of Chinese students there, & a nice Chinese restaurant on the campus.

现在的情形想必同三十余年前无甚分别。吴的英文与思想，都是很轻巧的，像林语堂，而不像我。这本书是讲他皈依天主教的经过，没有什么深刻的道理。马逢华来信已收到，见面时请代致意，以后再回他信，并祝他恋爱成功。专颂
近安

济安 顿首

十二月十一日

〔又及〕家中近况想都好，甚念。Carol 和树仁都问好。Carol 是很关心我的人，现在没有什么好消息，恐怕使她很扫兴。谢谢她历来的关心，我一定不负她期望就是了。

---

10. 吴经熊（1899—1986），字德生，浙江宁波人，著名法学家，曾任东吴大学法学院院长、上海特区法院院长等职。1935 年参与创办著名的英文刊物《天下月刊》(*Tien Hsia Monthly*)。代表作有《超越东西方》(*Beyond East and West*)、《法律哲学研究》《正义之源泉》(*Fountain of Justice*)、《自然法与基督文明》(*The Natural Law and Christian Civilization*) 等。

305. 夏济安致夏志清

1955 年 12 月 26 日

志清弟：

前年年底，我发了个电报贺你们订婚；去年年底，我发了个电报，报道国务院决定赠予奖学金的消息。今年年底，恐怕不会再有什么喜事。希望你那本著作能早日完成，早日出版。但是只要大家平平安安，就值得庆贺的了。你们的新居，不知如何布置以庆祝耶诞节？台湾现在一年比一年"美化"，稍为像样一点的人家（如我们在上海那样），大多树 [数] 有挂灯结彩的圣诞树，墙上和柜上也成了圣诞卡的展览会，交换礼物和跳舞的风气都很盛——那些人家大多并非基督徒。

且说我怎么过圣诞的吧。廿五日到北投去玩舞厅，但未跳（无舞伴，有舞女）。廿四晚上叉马〔麻〕将，打到半夜三点始罢。地点是朋友吴鸿藻[1]家里。吴君是台北美国新闻处总编辑（华人之领袖，另有洋人编辑），其夫人也在美

---

1. 吴鸿藻（1918—1983），本名吴鲁芹，字鸿藻，上海市人，散文家。曾任教于台湾大学、台湾师范大学。

新处图书馆任职，你可以想象他家的生活相当优裕。去年（一九五四）圣诞我也是在他家过的，也是打马〔麻〕将，同桌的也是一位 Alice 孙小姐，可是我今年一点都不记得了。今年他们提醒我，我方才想起来，可是去年是输是赢，我还是想不起来。

圣诞夜约少数人在家打小牌，足见吴君夫妇是不喜热闹的。最近我知道，吴君夫妇有意撮合那位 Alice 孙小姐和我的好事，此事大家都还没有讲穿，所以我也并不紧张。

那位孙小姐相当美，年纪也轻，生活习惯似乎也不奢侈，现在美新处做编译，收入当然比台大多，假如讲"择偶条件"，应该算列入"上等"的。但我一直对她没有什么兴趣，否则怎么去年圣诞夜一起打牌，我会忘记得干干净净的呢？再则，她的中文名字我到现在还不知道，以前 did not care to know，现在则不好意思 ask。

那天晚上我还是谈笑风生，使得吴君夫妇和孙小姐，都笑个不停。昨天我不断地输，我的笑话都是挖苦自己，表示我输得多么肉痛，多么地想赢，有 Bob Hope 式的"故意做出小气"，绝没有半点 suitor 的"故作大方"。你知道我假如不存心追求，我还可以显得相当可爱。昨晚我相信，as usual，我使大家很愉快。输的钱也不多，一百七十块台币，不到五元美金，这已经是反常的大输，平常只有一两块美金的输赢，我常常还是输赢参半。

孙小姐的确是很好的女子，但她这种脸型（脸比较扁），不知怎么不能引起我的兴趣。讲人品,除了打打马〔麻〕将以外,可说没有什么缺点。性情是善良的,脾气是和顺的,而且听说她对我的才学等等,似乎相当佩服。她这样的人,不会没有人追求,但据说她都看不起那些人。本来在台湾想找像我这样的才学,外加 wit,外加人品方正的,是很不容易的。何况我假如不紧张,也颇有一点 charm。(这些话不算吹牛吧?)她去年和今年都是谢绝了别处跳舞约会,躲到吴家去打牌的。

　　但是我对孙小姐,还没有 serious design。我以前说过假如要娶 Jeanette 那样的美女,家里非得有某种程度的排场,才同她配称得上。这并不是说女子奢侈虚荣,只是说女子比男子更想有个"家"——像样的家;女子心目中有她的 decent living 的理想,这一点她是希望丈夫替她办到的。如 Jeanette 为银行经理之女,亲友都是中上阶级,都有类似董汉槎家的派头,假如她婚后生活达不到那个水准,在她就是委屈了自己。孙小姐的美比不上 Jeanette,但她的家庭环境和她的亲友我相信也是中上阶级,这点排场我就不能 afford,假如我在台大教书的话。至少做到吴君夫妇家中那点,就大非易事。假如我已 fall in love,也许考虑改行;好在现在并没 fall in love,对方和中间人所表示的,只是 hint,我落得假作痴呆。现在主动权操之在我,我不 date,也可以维持一个友谊关系(吴君和我交情很好)。假如一 date,事情也许就严重了。至少就有人 talk 了,我很怕人家讨论我的恋爱问题。现在听说有男士某君,正拼命地在追那位孙小姐,而且还找吴君夫妇帮忙，而吴君夫妇认为此公并无希望。他们现在所以不积极替我拉拢（and that is a relief to me），就是怕对不住某男士，他们预备等某男士死了心再说。所以你回信时也不必对我加以鼓励。

那位孙小姐虽然在美国新闻处做事，（我相信）她的中英文程度和我相差得都很远，在学问上是帮不了我什么忙的。她只是一个大学毕业程度相当优秀、需要一个温暖的家的善良的女子而已。

我现在对于"教书—译书"的生活很感厌倦。教书太穷，现在台湾的货币似乎比我出国前贬值了一些，以后恐怕还要贬值下去。我看台湾的财政难有根本解决办法，而公教人员的待遇只有日趋恶化。

我现在的生活靠以前在台北的存款，过得还好。吃得很讲究，买东西也不大考虑，例如有人有付〔副〕secondhand麻雀牌，要兜售，我就把它买下来了。买来了放在侯健家中，难得去用它。美钞还没有兑换过，只有初来台北那几天，住在旅馆里，兑了五元；以〔此〕后托美国人买 pipe tobacco，又用了两元。此外用的都是台币，我现在还有七八十元的美钞，放在身边，胆子也大些，有什么急用，还可以拿出来派用场。

翻译那本 Anthology，可以有二万二千元台币的酬报，我因为工作迟缓，至今一文未曾拿过。阴历年前大约可以拿到三五千块钱，如此阴历年可以过得很像样了：房子可以整修一下，买礼物送人，打牌的赌本等都有了着落。但是台币在贬值，我的缴卷日期愈晚，拿来的钱愈不值钱，所以还得要赶紧地弄。美国新闻处规定，分四期付款，年前我可以弄好四分之一，寒假里希望再弄好四分之二，剩四分之一下学期弄。

教书最大的乐趣，是"顽石点头"——尤其是女学生们的妙目会心，表示欣赏我的 learning、wit 和 insight。我教完书后总觉得很快乐，有时睡眠不足，只怕教书后要疲倦，事实上，教完书后精神总是非常之好。假如做别的事情，哪里有这样快乐的报酬呢？

顶苦的事情，是 create；那真是呕心沥血的工作，我真怕去碰它。做一个 artist，是一种 sacrifice，一种 dedication。

翻译是很机械的工作，我不大用脑筋，拿起笔来就写，此事甚枯燥，我也怕动它。

翻译成了骗钱的工作，也变成没有意思的了。翻短的东西，报酬少，就更没有意思；翻长篇巨作，则花时间太多，心上老有个 burden，一有空闲，就得去弄它，别的 serious 的创作，就没有工夫着手了。最近美国新闻处计划译 Van Wyck Brooks² 的《文学史》，煌煌〔皇皇〕数巨册，我假如一答应，就得再忙三年，这三年内别的什么事都不想干了。我如不答应，

---

2. Van Wyck Brooks（凡·布鲁克斯，1886—1963），美国文学批评家、传记学家、历史学家，代表作有《创造者与发现者：美国作家史，1800—1915》（*Makers and Finders: A History of the Writer in America, 1800-1915*）、《新英格兰的盛世，1815—1865》（*The Flowering of New England, 1815-1865*）等。

别的人能接得下来的，台北可以说没有。但是我不想做唐玄奘，与其自己来译经，不如多教人学梵文吧。

Office work 我毫无经验，我进过几次商业机关，但每次都是做大少爷，并无固定办公时间，也无固定工作。以后会不会做 office work 呢？现在很难说。但是我对于"教书—译书"的工作是有点厌倦了。

Rowe 寄了一张贺年片给我，这倒是出乎意外的。明年年初也许到他 office 去拜访他一次。

现在家用由你一人负担，但是我最近恐怕还没有力量，虽然生活很优裕（教苦书，其实单身汉也可以过得不苦，只是没有负担家庭的力量），但是余款并不多，只有等到明年了。我于日内将送你一部《诸子集成》，目录奉上，这几个钱在我不算什么，请你不要计较。请再 order 两本 PR，平寄可也（预备送 Rowe 一本）。再谈 专颂
年安

济安

十二·二十

〔又及〕："国务院"有 follow up program，预备送我两种杂志各一年，以示不忘美国之意，我预备订的是 *Atlantic* 和 *Sewanee Review*。

1956年

306. 夏志清致夏济安

1956 年元旦

济安哥：

　　十二月十一日来信已收到，接着又收到不少礼物，真是感激不止。handbag 和小鞋子，Carol 信上已谢过。小鞋子航空寄上，所费邮资就比鞋价贵得多，其实大可不必。那本《文选》，根据重刻宋版精印，我非常喜欢，把目录内容粗翻一下，发现昭明太子所 include 的东西比我想象的多：除诗赋外，贾谊《过秦论》，诸葛亮《出师表》等古文也不少。若能把《十三经注疏》《诸子集成》《文选》、四史读完，中国学问可以算有些根底了。陶潜、阮籍等诗预备读一下，有英文译本 assign 学生读，可以在课堂上讨论二三钟点。那张贺年片，的确精美无比，在美国印刷的都比不上（香港印的贺年片，精雅可称世界第一），你用了苦心选了这一张，我很 appreciate。可是同去年一样，我贺年片也没给你；结婚以前，我还买几张 ¢ 25、¢ 35 的贺年片送送女朋友，婚后闲情逸致大为减少，寄贺年片全为尽责，不求对方 response。这次圣诞寄的，是上次圣诞过后半价买的（上星期又买了些半价贺年片，下次圣诞发送）。Taste 既不够高雅，你和在 [来] 美国前所认识的熟朋友只好一概不送。*A Literary History of England* 已收到否？你既在东吴兼一堂文学史，这本书可以算很有用的。

今天元旦，两个多星期的假期也很快地过了。家里有了孩子，事情做不开，实在没 accomplish 什么。圣诞前看了钱穆的《国史大纲》，和另一本大陆出版的中国通史。从魏晋时代读起，觉得历代帝王贵族的荒淫杀人，实在令人可惊。儒佛道三教对君权的 check 极有限，人民生计缺少保障。东晋时代，大族南迁，造成了一个 aristocracy，王、谢、庾几家，出将入相，吟诗弄文，生活享受又好，在中国历史上可说是最 privileged 的 class；南北朝以后这种 aristocracy 就没有了。中国近代人的虚伪、胆怯、谦恭等习惯似乎是在宋朝养成的，以前中国人似没有这副道学面孔。

前几天读了些佛教的参考书，西洋人研究佛教都从 Pali、Sanskrit[1] 着手，对中国的 terminology 不注意，要自己瞎译，颇以为苦。西洋人看重小乘，大乘宗派复杂，面目很难弄清楚，有一本 Joseph Edkins[2] 写的 *Chinese Buddhism*（Perface 写在 1879 年），作者的中文根底很好。那批早期的 missionaries（如

---

1. 指巴利文、梵文。
2. Joseph Edkins（艾约瑟，1823—1905），字迪瑾，英国传教士、著名汉学家，著有《中国的佛教》《中西通书》等。

Legge[3] 等），热心传教，对中国学问也肯花工夫研究，虽然观点 narrow，但气魄较大。目前的中国通，偷巧的居多，没有真实学问。

上次代做系主任的事，不知如何解决，甚念。你想去香港，凭你在台湾的身价，job 当不成问题，靠了写作翻译，生活也可以宽裕些。在台大也有好处，恐怕你暂时舍不得离开。你既相信命运，这半年中看生活上有什么变化吧。

看了两张电影：MGM's *It's Always Fair Weather*，是张很轻松的歌舞片；*The Girl in the Red Velvet Swing*[4]，该片根据当年名案，可以拍得很好，可是在大王摄制之下，庸劣无比，连小报式的 sensationalism 也不敢 indulge。1955 年 Hollywood 好片子绝无仅有，无怪 Marty 被纽约影评人选为冠军了。回想起来，那张你喜欢的 *Violent Saturday* 也该挨得上十大巨片之一。

穷人过年，没有什么乐趣。我目前储蓄毫无，生活费用由 Carol 操心支配，极端节省，也只能勉强维持。未婚前我对衣服还稍有兴趣，来 Ann Arbor 以后，men's stores windows 从不停脚看看，平日除香烟外可说一个零用钱也不花。能够 afford 浪费一下，精神上也是一种舒服（这是你常体验的），

---

3. Legge（James Legge，理雅各，1815—1897），英国著名汉学家，曾任香港英华书院校长，伦敦公理会传教士，编译有《中国经典》（含《论语》《大学》《中庸》《孟子》《尚书》《诗经》《春秋左氏传》）等。

4. *The Girl in the Red Velvet Swing*（《红颜祸水》，1956），理查德·弗莱彻导演，雷·米兰德、琼·柯林斯（Joan Collins）主演，20 世纪福克斯发行。

一个钱也不能花，精神上拘束很大。树仁最近情形，Carol 信上都详告了，照片十二月初所摄，似较暑期时更胖（添印后，下次当再寄上两张）。我上学步行，从家到办公室约七分钟，每天四次，身材很 fit，体重 140 磅，较在夏季时减轻。你年假过得想好，即颂

新喜

弟　志清　上

五六年元旦

〔又及〕有 Ed. Sally & Tom Maney 给你一张贺年卡问好，并谢谢你给他们的照片，卡太重，不转寄了。Address: 3075 Dix; Lincoln Park, Michigan.

307. 夏济安致夏志清

1956 年 2 月 1 日

志清弟：

又是好久没有给你写信了。我在此近况甚佳，一切平平，毫无发展。体重恐已增加不少，但未曾称过。经济情形：现存有台币三千元（稿费），美金数十元，本想买一只 Z-Speed 高级留声机，但怕身边没有钱不方便，不敢动用。前提某小姐的事，好在大家没有讲穿，也许不了了之，也可省了我的麻烦。回国后唯一进步的，为麻雀，现在相信技巧相当高明。以前我的麻雀技术，约等于和咏南打 Bridge 时的桥牌技术，现在的麻雀技术约等于在香港时的桥牌技术。麻雀是一种冷酷而勾心斗角的游戏，技巧恶劣者，只凭乱撞或一意孤行"和"牌。现在我同这种人打麻雀（有些人打了好多年麻雀，毫无进步，停留在幼稚阶段，虽然他们也会赢钱），已经觉得没有意义，好像同那些乱叫乱打的 Bridge Players 一起打 Bridge 一样的乏味。现在生活安定，又有麻雀刺激我的学习兴趣，同 employ my faculties，所以人也相当快乐。打麻雀我相信也不会入迷，就同我的打 Bridge 一样，等到学到相当程度，也许就会兴趣减低。我们的麻雀输赢很小，所谓技巧进步者，就是没〔设〕法不使敌人"和"大牌，大家一勾心斗角，大牌更和不出来了，输赢不由得不小。最近几次，我每次只有美金几角钱的输赢。我目前的麻雀技术，比之一个月前，已经进步很多，自己觉得很欣慰。反正我绝对成不了麻雀界的Culbertson，能够学到我Bridge那点程度，就到了高原时期，很难再往上爬了。

你婚前曾对Bridge有一度兴趣。后来发觉"赌"是"色"最大的antidote，改弦易辙，很快就同Carol结婚了。我现在的结婚的prospects既不十分光明（下了决心不再追求，追求太苦，这种傻事我相信我已经outgrown了），打麻雀倒是维持我的mental balance的一法。我现在心上几乎没有什么worries，工作plus麻雀，使我很快乐。可是结婚以后，假如太太喜欢打牌，那么恐怕要废事失业，弄得家不像家了。

Baugh的《文学史》收到已经好多天，谢谢。这是本内容很充实的好书，可是文学史要教得好，需要对各时代和各家有特别的研究，单靠文学史还是不够的。宋奇忽发奇想，替我在Oxford Univ. Press order了一套Chapman[1]编的《Dr. Johnson书信集》，惶惶〔皇皇〕三巨册，定价约20美金，

---

1. Chapman（R. W. Chapman，查普曼，1881—1960），英国学者、藏书家，塞缪尔·约翰逊及简·奥斯汀著作的编辑，牛津英语辞典（OED）之参编者，其编辑的《约翰逊书信集》三卷本由牛津大学出版社于1952年初版。

而且已经把它们寄来了，弄得我啼笑皆非。有 20 美金我可以买多少书，Modern Library Giant 就可以买十多本，我可以实惠得多。现在根本不作久居打算，哪里再敢做藏书和谈名贵版本之想？

Paperback 的书，买了一本 *The Armed Vision* 和 Ransom 诗文集。Ransom 的诗我读了几首，倒很喜欢，有一度甚至想东施效颦，试写英文诗，这个念头暂时又搁下来了。Graves 的两本神话也买下来了，又读了几节，有趣是十分有趣，只是内容太丰富，人名地名太多，记不胜记，容易把头搅昏。此外，intellectual life 就没有什么可记的了。

电影的统计，1955 年台湾顶卖座的巨片是 *Land of the Pharaohs* [2]，演了三十六天；其次是福斯的 *The Untamed*；以下都是中国片和日本片。西洋电影还有一张 *Romeo & Juliet*，得列入 Box Office 十大巨片之一。论公司收入，据说还是 MGM 名列前茅，20th FOX 第二名。去年米高梅的 *The Prodigal* 和 *Neptune's Daughter* 大亏本（在台湾恐怕并不蚀本），也是罪有应得。看了一张派拉蒙（'53）的 *Living It Up* [3]，为 Martin、Lewis 和 Janet Leigh 等主演者，很满意。M 和 L 的新片 *Artists*

---

2. *Land of the Pharaohs*（《金字塔血泪史》，1955），霍德华·霍克斯导演，杰克·霍金斯（Jack Hawkins）、琼·柯林斯等主演，大陆影业出品。

3. *Living It Up*（《糊涂大国手》，1954），喜剧，诺曼·陶诺格导演，迪恩·马丁、杰瑞·里维斯、珍妮特·利主演，派拉蒙影业发行。

& *Models* [4]，*Time* 大骂，据我看来，它的情节仍很滑稽，一定值得一看的。

看见了树仁的相片，非常高兴，他的相貌之好（精神饱满，天庭饱满，地角方圆，眼睛、嘴、耳朵无一不好），实为举世所罕有。我的朋友看了这张相片，无不啧啧称赏。论他的相貌，成就恐不止是学界或 professional circles 里成名而已，应该是富贵双全的。他的前途我们还很难猜测，因为我们不知道三四十年之后世界政治将成什么样的一个局面。不过照他的相貌、"乖"和生命活力看来，将来的成就恐怕一定不得了。相貌这一门学问，不可说没有道理。我们父亲也是方面大耳的，可惜嘴角下垂，所以最近这几年并不快乐（嘴角是上翘或平整的好）。玉瑛妹的相貌显得太轻飘，幼年多病，好在家庭还富足，不大吃苦，今后的幸福就很难说了。我从北平逃离回上海那一段时间，父亲也曾把玉瑛的八字拿去批算过，批的结果不大好，父亲很不相信，他说凭她父亲和两个哥哥的现今地位，玉瑛这一辈子还会吃苦吗？想不到后来父兄都自顾不暇，玉瑛还有谁能照顾得到？母亲的好处是精力过人，她身体不强，可是那种不眠不休的精神，是世上所少有的。可惜她的下巴尖削，不够丰满。又如我的 Boss 汪，有一度还 [是]millionaire，现在他在台湾的境况，恐怕

---

4. *Artists & Models*（《糊涂大画家》,1955），弗兰克·塔许林（Frank Tashlin）导演，迪恩·马丁、杰瑞·刘易斯、多萝西·马隆主演，派拉蒙影业发行。

不如我。有人批过她〔他〕的太太的八字，说她终究要讨饭的，那时谁敢相信？将来也许不致惨到那种程度，但是 Boss 汪失掉了上海那种翻云覆雨、投机发财的社会的凭借，今后恐怕很难再往上爬。Boss 汪是小胖子，脸圆背厚，声如洪钟（我父亲很欣赏他的相貌，认为此人必发大财，所以叫我去跟他做事），只是鼻子太小，和脸部不配，这几年正走鼻运，难以发达。唐炳麟不知你见过没有？据说他的相貌之好，全在眼睛，因此在五年之内（35 到 40 岁），白手起家，成了 multimillionaire。全盛时代，在上海烜赫一时，把哈同花园一大半都买下来了，上海江西路 Metropole Hotel（"对照房子"），有他的 suites，另在郊区有巨大的花园洋房，但是眼运一过，就一蹶不振。在香港破产，亏得事前同太太离婚，太太还替他保留一座洋房。他自己现在据说在做走私生意，境况并不甚好。

你在美国维持一个中等生活，手头不能十分宽裕，我也很替你担心。我所能建议者，还是赶紧设法请入美国籍。照台湾的规定，你入了美国籍，这里还承认你的美国籍，有双重身份，在此乱世，可占些便宜。顶理想的职位，是由你或 Carol 或两人一同加入美国的国际关系机关，如 ICA、USIS 等，派到台湾来工作。台湾美国机关里的美国职员，都拿几百美金一月，住顶宽大的房子，佣仆成群，买东西大至汽车冰箱，小至唱片、coca cola 都不用付税，享受之好，美国上等家庭也不过如此。我很羡慕。假如你们在台湾的美国机关做事，可以享受一切comforts以及中国人的拍马伺候，做了两年还可多积蓄一点钱。美国机关的中国职员，也按台币发薪（照官价结美金），收入就有限了。回台湾来教书，那是很苦的，你在台大收入不会超过30美金一月，而且样样东西不趁手。像我这样一个独身汉，外面还有点外快，拿这点薪水还无所谓。假如有家庭负担，那将非拼命赚钱不可，生活就苦了。台大系主任事，最近没有下文，我是绝不愿干，因为将多任劳多任怨，而收入不会增加。

　　我从美国回来后，工作效率很差，一方面恐怕是美国紧张生活过后的relapse，一方面也是有点自暴自弃，听天由命。我最近仍旧希望变动职位（并不在进行），假如换一个地方，也许可以多发挥些精神出来。假如糊里糊涂过日子，现在也算很快乐了。专颂

近安

济安

308. 夏志清致夏济安

1956 年 2 月 7 日

济安哥：

　　收到你十二月二十六日的信后，一直要写回信，结果收到你附寄 Carol 的 Birthday Card 的信后，我的信还没有写出。单身的时候，工作时工作，看电影时看电影，事情做得开。目前，在 office 瞎忙，回家后杂事太多，写信的时间是有的，可是写信的 mood 很难培养，有空的时候，就多读些书，把写信事耽误下来了。正月一月间没有给你通信，学校方面为了大考和下学期注册事，faculty 教书方面差不多要停顿三星期（Michigan 学生太多，Yale 差不多没有寒假），下星期开始正式上课。我在这时期，得准备下学期的功课：中国思想没有什么可教，非得把佛教种种弄清楚不可；另外新开一门中西文化文学交流史（中国近代思想史已结束），十七八世纪的那段历史我不大清楚，可说毫无研究。上星期读了一本利玛窦[1]的 journal（*China in the Sixteenth Century*，Random

---

1. 利玛窦（本名 Matteo Ricci, 1552—1610），字西泰，号清江，意大利传教士，译

House 出版），很感兴趣，据他观察，明末时中国人沐浴比西洋人勤。利玛窦那辈人见了中国官长，照例跪倒磕头，protest 的意思一点也没有，不像英国 McCartney 初见乾隆那样大题小做的。

这门课比较难教，可是选课的学生已熟，他们程度不高，还是可以顺利应付下去的。此外时间，把我的书稿重打了两个 chapters，另外有三四章要修改的，改换后即可以缴 Press，由编辑们评断了。入秋以来，精神很好，可是功课太忙，自己的事，无法推进。两个星期来，差不多每天晚上两点钟入睡。

读你信上的报道，和给 Carol 的两封信，知道目前你情绪很好，生活上没有什么强烈的冲突，甚慰。你心境的愉快，在英文信上，最能看得出。那种轻松的笔调，淡淡的幽默，心境不佳时是不想写或写不出。你对麻雀大感兴趣，而进步神速，颇令人钦佩。在 Yale 时，周末经常也有牌局，我因为功课忙，经济力薄弱，从未参加；在 Michigan 朋友少，此事更谈不到了。我觉得打麻雀还是以一星期一度为佳，多打了，时间损失太多。如你所说，赌是色的 antidote。周末有了个牌局，时间过得很好，又用不到像 date 一样用心思服侍对方，所以两者比较起来，赌有百利而无一弊，从 date 所得的享受

<hr>

（接上页）著有《天主实录》《几何原本》（与徐光启合译）。下文提到的著作为利氏之日记，全名 *China in the Sixteenth Century: The Journals of Matthew Ricci, 1583–1610*，兰登书屋 1953 年初版。

却可能很 dubious。可是存了此心，追求的勇气越发没有，结婚的 goal 越发不能达到了。你描写的那位 Alice 孙，人品学问都很好，可是你既没有兴趣，勉强追求，也没有用。不过心目中看到有可爱的小姐时，我劝你还是用用干劲，不计胜负，追求一下。这是 nature 给人的 drive，多久不动用它，可能渐渐会消失的。

今天 Carol 生日，收到你两大包裹《诸子集成》，不胜感激。所选的都是好 editions，而且 text 都有句断，对我很方便。王充文学较浅，可是没有句断，读起来还是较吃力，有了句断，读来就可以流畅了。这三十种从老子到《世说新语》俱全，真是一部好书。可惜下学期教佛学、理学，暂时不会多参考它。你买这部书，一定又动用了你美金的 reserve，你经济情况目前同普通教授比起来，也好不到多少了。宋奇又替你浪费了二十元，所以以后在关于我和 Carol 有纪念性的日子，请不必再送礼物。美国散文选不知在寒假期间译了不〔多〕少？大约散文家内容较枯燥，不能像译小说一样，一口气译完。我希望你早日把该书译完，否则你的储蓄经不起日常提用，一下子就会没有了。

谢谢你又把树仁的相貌赞扬了一番。这次又附上两张，是上次一同摄的。树仁极 active，睡眠时间较少，而两眼有神，生活力的确很强。我每星期六伴 Carol 上 supermarket，所见的中西小孩的确呆顿顿〔钝钝〕的居多，相貌方面也差，没有像树仁这样引人注意、逗人欢喜的。他的将来，希望如你预测的那样好。

最近看了三张电影：*Artists & Models*，*Lieutenant Wore Skirts*[2]，*Helen of Troy*[3]。Jerry Lewis 仍很滑稽，可是故事是硬凑的，没有 The Caddy 那样的含蓄。Lieutenant 也是许多 situations 硬凑的，可是 Sheree North[4] 很美而贤淑，同在 *Living It Up* 时跳 jitterbug 不同。*Helen of Troy* 看得很满意，Achilles *Time* 称他没有肌肉，可是有些中国激烈武生派头，饰 Ulysses 的演员带些智化、欧阳春 [的] 神气，看来都颇对中国人胃口。Menelaus[5] 似太丑而肥了一点，同 Paris 的英俊强调得太过火了。第一次攻城一段，场面极伟大，Achilles 和 Hector[6] 比武一场似较草草了事，不够紧凑。我看完一遍后，想坐着再看第二遍，可是发现 dialogue 太恶劣，男女主角表情太呆板，坐了一半就走了。*Time* 列了去年十五大卖座巨片，我把 *Variety*[7] 上的统计表附上给你参考。夏天时我就预测华纳

---

2. *Lieutenant Wore Skirts*（《太太从军》，1956），弗兰克·塔许林导演，汤姆·伊维尔（Tom Ewell）、西里·诺斯（Sheree North）主演，20 世纪福克斯发行。

3. *Helen of Troy*（《木马屠城记》，1956），史诗电影，据荷马《伊利亚特》和《奥德赛》改编，罗伯特·怀斯（Robert Wise）导演，罗桑娜·博德斯塔（Rossana Podestà）、雅克·希纳斯（Jacques Sernas）主演，华纳影业发行。

4. Sheree North（西里·诺斯，1932—2005），美国演员、歌手，以作为 20 世纪福克斯影业玛丽莲·梦露之后继者而知名。

5. Menelaus，希腊神话人物，迈锡尼斯巴达（Mycenaean Sparta）国王，特洛伊战争将领。

6. Hector，希腊神话人物，特洛伊王子，特洛伊战争中的大力士。

7. *Variety*，美国综艺杂志，周刊，由 Sime Silverman 创刊于 1903 年，后有日刊发行。

生意最好，果然猜中。派拉蒙根据统计，营业方面仍很占优势。福斯〔20世纪福克斯〕、MGM 都很不振，每张影片成本就要二三百万，赚一百多万，只好算蚀本，要捞回本钱，全靠 world market。美国观众是极难服侍的，去年古装片不能叫座。*Quentin Durward*[8] 只收回了一百多万元，福斯的 *Virgin Queen*[9] 不能列名表上，最近 MGM 发行的 *Diane*[10]（Lana Turner[11]）营业更惨不忍睹。可是欧洲、亚洲对于历史巨片仍是欢迎的，对于老明星（如 T. Power，R. Taylor）仍忠心耿耿，不轻易抛弃，所以好莱坞仍能立足。美国 taste 很 unpredictable，去年 Disney 财运亨通，一张劣片 10000〔20000〕*Leagues Under the Sea*[12] 就赚了八百万，很令人想不通。

我大半这上半年又要找 job。Crump 已回来，秋季时另一位教员也要回来，Yamagiwa 虽对我很欣赏，可是选中国

8. *Quentin Durward*（全名 *The Adventures of Quentin Durward*，《铁血勤王》，1955），据司哥特（Sir Walter Scott）同名小说改编，理查德·托普导演，罗伯特·泰勒、凯·肯戴尔（Kay Kendall）主演，米高梅公司发行。

9. *Virgin Queen*（《情后顽将》，1955），历史剧情片，亨利·科斯特导演，贝蒂·戴维斯、理查德·托德、琼·柯林斯主演，20世纪福克斯发行。

10. *Diane*（《深宫绮梦》，又名《欲焰香魂》，1956），历史剧情片，大卫·米勒导演，拉娜·泰纳、比德洛·阿门德里兹主演，米高梅公司发行。

11. Lana Turner（拉娜·泰纳，1921—1995），美国女演员，16 岁签约米高梅影业，代表影片有《冷暖人家》（*Peyton Place*，1957）。

12. 20000 *Leagues Under the Sea*（《海底两万里》，又译《海底长征》，1954），冒险电影，据儒勒·凡尔纳同名小说改编，理查·弗莱彻导演，柯克·道格拉斯、詹姆斯·梅森、保罗·卢卡斯（Paul Lukas）、彼得·洛（Peter Lorre）主演，迪斯尼出品。

courses 的人极少，实没有 justification 添人。我对此事现在不敢多想它，多想后只有使人 depressed 起来，加以工作忙碌，无用的 application letters 也不想写。（去年有中文系的学校都写过，只有 Michigan 有回音，今年再来如法炮制一次，实没多大意义。）Rowe 很有意叫我到台湾来，他有什么 plans，等他回信再说。丁先生叫我去新亚教书，我还没有复信。留在美国，假如换到比 Michigan 更小的大学，对我是个耻辱。Michigan 学生程度，比起 Yale 来已差得很多，其他小 college 学生程度更可想象得到。去台湾、香港，除非有美金收入，生活家用都很难维持。而且没有弄到 citizenship，以后如何重返美国，也是值得考虑的事。此事请你不要过分代我担忧，我目前还不着急，着急也没用。

今天 Carol 生日，吃 steak、蛋糕，过得很简单。平日生活很省，有时 hamburger 一吃两三天。可是我对享受方面，几年来训练有素，期望已不太高，所以生活方面没有 complaints。家中情形如旧，张心沧夫妇已搬去新加坡，在当地英国大学教书（U. of Malaya）。汇款方面，多了些麻烦，这一月预备直接寄吴新民处。你近况想如旧，Jeanette、New Haven 跳舞学校习 Belle 处通过信否？甚念。已深夜了，即颂近安

弟　志清　上

二月七日

Hudson Review 处尚无回音，不知何故，预备把另一份原稿送 *Harper's Bazaar*[13]。

<hr>

13. *Harper's Bazaar*（《时尚芭莎》），美国女性潮流杂志，创刊于 1867 年，隶属纽约赫斯特集团（Hearst Corporation）。该刊汇聚了知名的摄影师、艺术家、设计师和作家等群体。

309. 夏济安致夏志清

1956 年 2 月 25 日

志清弟：

来信并 *PR* 两册均已收到，谢谢。匆匆阴历新年已过，学校又快上课，我到今天方才写信给你，也很抱歉。

我近来的生活，虽然还算快乐，细细一想，实在很寂寞。我现在聊可自慰的，是不用愁钱，不用愁 job，除此以外，生活没有什么意义。半年前回国的时候，我有一个机会搬到另外一个宿舍去，我决定不搬，仍住温州街 58 巷，这个决定现在看来是对的。另外一个宿舍据说十分安静（安静得常闹贼，邻居互不往来，贼容易隐蔽），工作的环境是不错，但是工作的情绪将更坏。那边住的不少是道貌岸然、虚伪敷衍的教授们，我跟他们在一起将很苦闷。温州街 58 巷所住以职员及助教为多，其中有不少是我的酒肉朋友，他们对我都很敬服（我的外号："寨主"或"师傅"，拳师傅也），没有他们，生活不知将更寂寞多少。跟这许多单身汉住在一起，单身生活才维持得下去。1948 年冬我从北平逃离到上海，离开红楼的那一群单身汉，回到家里，大感枯寂，无聊之至，连看书的兴致都丧失了。那时上海，我没有一个单身朋友（郑之骧正在准备结婚），除了兆丰别墅的家以外，可以走动的地方都很少。现在温州街 58 巷的环境是不差，我对于麻将的兴趣也是在这个环境里养成的。但是我对于麻将的兴趣始终不强，也不喜欢同外面人打（外面人可能打得很大，我们宿舍里 play for very low stakes），都是熟人，勾心斗角才有兴趣，胜利才更有"精神"上的意义，才是 triumph，钱的输赢反而成了小事。但是麻将可以研究的地方实在太少，既无 Mahjong quiz 之类的书，报上又无 Mahjong column，打到现在，我相信我再往上进步已很难。我不善于精密的推算，个性又不狠又不贪，所以难以大有成就也。我现在的朋友都是麻将朋友，为了这辈朋友，我是绝不会戒麻将的，虽然也许我对麻将的兴趣再会淡下去。不打麻将的朋友交来更无聊。我现在并不想 widen my circle of acquaintance，朋友总是这几个人，而且怕出名、怕应酬。

我现在生活最大的痛苦，恐怕是没有 drive，没有 something to look forward to，因此做人成了得过且过，但也不能成〔称〕为醉生梦死，因为心头老是很清楚，难得会如"醉"如"梦"。

你劝我不妨再追求女人。追求女人的确会提高工作热诚，和生活兴趣。但这也不过是为追求而追求而已，若为结婚为〔而〕追求，其情况是否如此，那我可不知道了。我以往的追求，既无 sensual pleasure，又根本不知男女"内心之共鸣"为何物，只是莫名其妙地瞎起劲而已。这种瞎起劲似乎很能提高人生之活力。如程靖宇之于 Ada——我预料他如决接近成功的边缘，他就要"泄气"了，他是个 incurable romantic，他所需要的不是结婚，不是家，只是一个莫名其妙的 dream love，让他去追求。程靖宇这种傻劲，我不逮远甚，虽然骨子里我相信我同他颇有类似之处。

现在使我不敢追求的顾虑是怕出丑。我很要面子，而且远比程靖宇在这方面 sensitive，追求屡次不成，已经怕"贻笑天下"，自己的地位名声，一天比一天高，更觉得丢不起这个脸了。我从小就怕人家笑，现在更怕。美国的环境胜过台湾之处很多，至少那边没有什么人会笑我的。如你所说，美国人都不管别人的私事，而且我在美国又恢复了 nobody 的身份，自己也不大怕别人笑了。"笑"包括"同情、惋惜"在内，这些都是我所怕的。（看到 *Picnic*[1] 的影评，怎么 Rosalind Russell[2] 追 Wm. Holden 不成，也会成为 scandal 的？）

所以分析到底，我在台湾的生活是空虚无聊。现在既不愿升官，又不想多赚钱，想起"前程"还有点害怕，因为"前程"没有什么可希望的了。我常常在信里提起说要更动职业，

---

1. *Picnic*（《野餐》，1955），浪漫喜剧片，据威廉·英奇（William Inge）同名戏剧改编，约书亚·罗根导演，威廉·霍尔登、金·诺瓦克（Kim Novak）、罗莎琳·拉塞尔（Rosalind Russell）主演，哥伦比亚影业发行。

2. Rosalind Russell（罗莎琳·拉塞尔，1907—1976），美国舞台剧演员，代表影片有《玫瑰舞后》（*Gypsy*，1962）。

更动职业其实是大不智之举（生活要从安定变得不安定了），但现在可能想象得到的生活上的大 stimulus，只有改变职业。在台湾大学呆〔待〕下去，可能会 lethargy 降到 lifelessness 的。

上面所讲的都是 meaning of life 的大问题，这种问题假如不去想它，人生也可比较快乐（我们宿舍里有的是醉生梦死的人，我很羡慕他们）。比起你的紧张忙碌，我的生活可以说是轻松悠闲。台大教书根本没有 office work，教文学史需要准备，但稍微看一点书，加上我原有的"常识"就可以对付学生了。闲的时候会想起两件事：一是 essays 翻译，进展仍很少（可是心里也有点恨：假如没有这桩事情束缚着，岂不是可以更轻松吗？）；另一件是上海的家，我虽然很抱歉地不在负担这个 burden，但 burden 终究还是 burden，不论 emotionally 或 financially。

我现在经济情形不差，接济家里暂时还凑不出这么多的钱，但是买些零碎的东西，却绰有余裕。体重称过一次，连西装皮鞋（不穿大衣）达 143 磅之多，事实上已恢复 139 磅的最高峰。我不希望再添了，再添非但增加心脏负担，而且西装穿上去不合身，也是得不偿失的。能够维持 135 磅到 140 磅之间，大约 physically 顶 fit，而且相貌上也显得健康而不臃肿。

你的 job 事你叫我不要操心，我不操心就是。这种事情是有命运支配的，着急也没有用，例如你去 Michigan 就好像安排得很凑巧。你对于中国学问用了这么多功，如不能再往这方面教下去，实在很可惜。顶好是能在 Yale 找到一个

permanent job，你在 Yale 人事关系顶好，如有 vacancy，他们一定会很乐于找你的。到处写信钻谋，现在还不必，可是同 Yale 的关系，顶好不要断。还有你那本书出版之后，别的学校对你也会另眼相看的；加上你在 Michigan 一年的资格，你今年谋事比起去年来可以叫得响得多，如能入籍更能便利不少。*PR* 收到后，日内我将去找 Rowe 一次。Asia Foundation 听说很有钱，假如弄出一个什么 project 来，非但你我，连很多朋友都可借光不少。

树仁的两张相片也已收到，仍是那么活泼可爱。Carol 操作〔持〕家务想仍很忙碌为念。最近所看值得一谈的电影是：Gina Lollobrigida[3] 的 *The Wayward Wife*[4]（心理谋杀片）；Silvana Pampanini[5] 的 *La Tour de Nesle*[6]（根据大仲马[7]小说，故事非常离奇残酷；）Rank 公司的喜剧 *As Long As They Are*

---

3. Gina Lollobrigida（珍娜·罗璐宝烈吉妲，1927— ），意大利女演员、摄影记者，2008 年获全美意大利裔基金会（National Italian American Foundation，简称 NIAF）终身成就奖。

4. *The Wayward Wife*（《沧桑奇女子》，1953），意大利剧情片，马里奥·索达蒂（Mario Soldati）导演，弗兰克·马里诺（Franco Mannino）作乐，珍娜·罗璐宝烈吉妲主演。

5. Silvana Pampanini（西尔瓦娜·潘帕尼尼，1925— ），意大利女演员，荣膺 1946 年意大利小姐称号，并于次年开始演艺生涯。

6. *La Tour de Nesle*（《艳后春情》，1955），历史剧，据大仲马小说改编，阿贝尔·冈斯（Abel Gance）导演，西尔瓦娜·潘帕尼尼、皮埃尔·巴塞尔（Pierre Brasseur）主演。

7. 大仲马（Alexandre Dumas，1802—1970），法国作家，代表作品有《基督山伯爵》（*The Count of Monte Cristo*）、《三个火枪手》（*The Three Musketeers*）。

Happy[8]（稍不如 *Doctor in the House*，但也很有趣，女主角 Jean Carson[9] 很像 Debbie Reynolds[10]，但比 D. R. 娇嫩；配角 Diana Dors[11] 的照片 *Time* 上已登过，长得比 Marilyn Monroe 为肥，身段很像 Jane Russell）。日本片 *Samurai*[12]（原名《宫本武藏》），五彩极鲜艳，据说日本摄影师在草上喷了绿色的漆，秋叶上喷了红色、黄色的漆，可说煞费苦心了。男主角三船敏郎[13] 犷悍无比，目露凶光，好莱坞无其匹敌（其人即 *Rashomon*[14] 中的强盗），全片故事有点像西游记前部《如来佛收孙悟空》。

你生日那一天晚上，我同 Hanson，还有另一美国人、中

8. *As Long As They Are Happy*（《满堂吉庆》，1955），英国音乐喜剧，李·汤普森（J. Lee Thompson）导演，杰克·布坎南（Jack Buchanan）、简妮特·斯科特（Janette Scott）、珍妮·卡尔森（Jeannie Carson）主演，普通影业、兰克影业发行。

9. Jean Carson（亦作 Jeannie Carson，珍妮·卡尔森，1928—），英国出生的喜剧女演员，在好莱坞星光大道留有印记。

10. Debbie Reynolds（戴比·雷诺兹，1932—），美国女演员、歌手和舞蹈演员，16 岁签约华纳唱片，代表影片有《雨中曲》（*Singin' in the Rain*，1952）。

11. Diana Dors（黛安娜·多丝，1931—1984），英国女演员，曾获伦敦音乐与戏剧艺术学院奖（London Academy of Music and Dramatic Art，简称 LAMDA）。

12. *Samurai*（《宫本武藏》，1954），日本古装剧，稻恒浩导演，八千草薰、平田昭彦、三国连太郎主演，东宝出品。1955 年美国发行。

13. 三船敏郎（1920—1997），生于山东青岛，日本演员，代表影片有《罗生门》《七武士》。

14. *Rashomon*（《罗生门》，1950），据芥川龙之介《罗生门》及《在竹林中》两部短篇小说改编，黑泽明导演，三船敏郎、森雅之、京町子主演，大映映画出品。

国人一起吃涮羊肉。家里想都好，再谈 专颂

近安

济安

二月二十五

〔又及〕Jeanette 只有圣诞卡寄来。Belle Kenny 倒寄了封富于 warm feeling 的信，附有结婚请帖，她是去年十二月结的婚，现住 New Haven。Final Issue of *PR* 她也去买了一本。新郎还在 Puerto Rico 当兵。

310. 夏志清致夏济安

1956 年 3 月 20 日

济安哥：

二月二十五日信收到了已多日，一直没有作复。一月多来，忙着准备功课，自己的事无暇 attend，谋事方面也没有多少进展，亏得终日忙碌，对 future 不大多想，似比去春这个时候，缺少对前途恐惧之感。佛教一段，三月底想可结束，这是我生平第一次对佛学下了些［工夫］研究，虽然大乘佛教的唯心论我始终不感兴趣。佛教所牵涉到人生大问题太多，在课堂上讨论起来（加上多了三位相貌很好的女生），大家都觉得津津有味。教美国大学生，非常容易，佛学我最无研究，凭了常识丰富，能对付得很好，其他 humanities 的功课，稍为加些准备，我想都能应付。中西文化交流史我也是外行，十七八世纪时的中西关系，照目前观点看来，只好算一门不着痛痒、带些玩古董性的学问。钱锺书、范纯中〔存忠〕[1]、

---

1. 范纯中，应为范存忠（1903—1987），字雪桥、雪樵，江苏崇明人，英国文学研究专家，1927 年赴美留学，1931 年获哈佛大学博士学位。曾任中央大学文学院院长、南京大学副校长等职。代表作有《中国文化在启蒙时期的英国》《英国文学论集》等。

陈受颐[2]等学英国文学的，对这一门都写了些文章。台大教授方豪[3]（想是天主教徒）写了一本《中西交通史》，这里也有。我看了不少书，除增加些常识外，并没有多少得益。把这一段历史survey完毕后，我准备来一些中西文学的比较研究，自己可以多一些长进。课堂上学生都很熟，讨论各种topics也很有趣。

我九月来生活可说很安定，功课和家务把时间全部占据，看着树仁长大，精神上很愉快，不再另需要别的寄托。电影看不看无所谓，最近看了两张：*The Court Jester*[4]和*Picnic*，都很满意，但看电影的动机是duty而非urge，好像好莱坞有了好片子，应该抽出时间去拥护一下，缺少以前那种热诚。你在台大宿舍的生活，我在Yale研究院时也经验过的。因为自己的寂寞，对朋友方面的感情特别好，谈天说笑，人变得非常和气和expansive。虽然不时有寂寞的spells，生活仍是过得很

---

2. 陈受颐（1899—1978），广东番禺人，毕业于岭南大学。1928年以论文《18世纪中国对英国文化的影响》获美国芝加哥大学博士学位。曾任北京大学史学系教授、台湾"中央研究院"院士等，参与创办夏威夷大学东方研究所，长期在南加州波摩那大学任教，著有《中国文学史略》《18世纪欧洲文学里的〈赵氏孤儿〉》《18世纪欧洲之中国园林》等。

3. 方豪（1910—1980），字杰人，历史学家，浙江杭县人，出生于基督教圣公会家庭，后改信天主教。1940年赴台，曾任台湾大学历史系教授、台湾"中央研究院"院士。代表作有《中西交通史》《中外文化交通史论丛》《中国天主教史人物传》。

4. *The Court Jester*（《金殿福星》，1955），音乐喜剧，梅尔文·弗兰克（Melvin Frank）、诺曼·帕拉马（Norman Panama）联合导演，丹尼·凯耶、格莱尼斯·约翰斯主演，派拉蒙影业发行。

好的，虽然这种生活缺少一种 ultimate satisfaction。结婚后，因为对自己的能力发生怀疑，加上有了家室后，应酬起来比较麻烦，人就变得较 withdrawn，避免无谓的人事往来。来 Ann Arbor 后，虽自信心已较恢复，但因时间不够、精神紧张，没有以前那种结淘合伙的精神。在 Yale 时，我对外国朋友说，我是 introvert，他们都不相信，以为我是一个最 exuberant 的 extrovert。其实我的 extrovert 作风只好算是一个 mask，用来遮住自己的 insecurity 和 loneliness。和你比较起来，我一向懒得找人。有许多人在一起时，我非常高兴；但没有人的时候，我往往独处斗室，或看一场电影，把时间熬过了。你目前既无为结婚而追求的决心，和许多单身汉一起生活，是比较上最可以减少精神上的寂寞的。但最好在时间上不要太受他们的支配，他们学问较差，野心也小，在造就上是不可和你相比拟的。那本美国散文选，先把它译完，有了空余的时间，再可作别的计划。

　　Carol 的信上会告诉你，她已又有喜了。对我性生活这样不 indulge 的人，这是个 irony。我是最喜欢小孩的，但在美国领大一个小孩，时间花费实在太多。而且领〔临〕盆之期在夏末秋初，那时候正是我为谋生而搬家的时候，非常不方便。在小孩们本身上讲，一对年纪相差不远的兄妹或兄弟是再好没有的，长大时不会寂寞，有照应，少受旁人欺负。但在我讲来，明年的生活一定又繁忙异常，要成名写文章的工夫一定大为 curtail，是相当不方便的。去年暑假，除了领小孩外，可说是一事无成，连冯友兰的哲学史都没有读完。我只希望今秋后 Carol 的身体转强，能一个人分担下大部分的工作。

平寄的月历一本已收到，谢谢。那位姓曾的画家是否即在上海时宋奇所大捧的那位临摹敦煌笔法的人？母亲在旧历新年时感冒发热，病了一星期，打了配尼西林后始退热。父亲现在血压略为增高，但身体很好。父亲信上老是愁钱，债务还清后，应该稍有储蓄，可是他们的生活仍是很紧的样子。母亲平时不易病倒，这次卧床两星期，也是证明她过人的精力已不能全部驾驭她的身体了。玉瑛妹仍旧安分守己，学校内成绩很好，每星期六返家，星期一晨赶回学校。

Rowe 已见过否？ Asian Foundation 如有缺，我也很想来台。目前计划渺茫，如美国无适当职位，可能想离美一年。Carol、树仁皆好，树仁活泼情形，Carol 信上有报道。你近况想好，甚念，有无同女孩子来往？程靖宇方面写了一封情书，他在 Ada 方面，有此成绩，颇出我意料。匆匆，即颂

春安

弟 志清 上

三月二十日

311. 夏济安致夏志清

1956 年 4 月 4 日

志清弟：

昨日发出寄 Carol 一信想已收到。此信比以前各信更为幽默，我自信能写出幽默文章，写来比 serious 的 Henry James 体小说容易得多。其实 Carol 的信，描写树仁的各种 antics，确是很有趣。一个婴孩可能比 Court Jester 或 Dickensian character 或 panda 更为滑稽。

树仁要添妹妹了，这是好消息，你的负担当然亦将加重。Carol 假如有做事的打算，现在又只好打消了。抚养孩子，大约第二个不会 [比] 第一个麻烦多少。你能到台湾来替 Free Asia 做事，可能有很好的待遇（我至今还没有去找过 Rowe，其懒可想）。一切在台的美国机关，据说以 Free Asia 的薪水为最优厚，别的美国机关名义上是发美金薪水（美籍公民则拿美钞），但照官价（官价也有好多种，我也弄不清楚）结算后，要打一个很大的折扣，Free Asia 是发美钞的。四五年

前 Free Asia（那时 Rowe 尚未来，有一个 Ward Smith[1] 者主持）
拟请宋奇来做"买办"，他们拟给他三百元一月，宋奇要求
四百，结果没有谈成。在台北拿三百元一月，又要套用我的
一句话了，是可以"富埒王侯"的，比我现在两处教书的总
收入要大十倍，而三十元对于我也已经够用了。如美国各处
进行无结果，或没有兴趣再进行，不妨集中精神来走 Rowe
的路子。据说 Free Asia 现有的人才不过是打字算账文牍之
流，他们所缺的是联络中国文化界的主持人才，他们所要求
宋奇者也是如此（Free Asia 在台湾没有什么工作成绩表现，
在香港则支持了好几家书店、杂志和电影公司）。这种工作
非"吃洋行饭"者所能应付，他们至今还需要这样一个人。
Free Asia 如真想推广工作，人才只嫌少，不会嫌多，你来了，
我还可以帮你很多的忙。你如决心来台（Rowe 信中怎么说?
上面种种都是传闻之谈，Rowe 自己的话才靠得住），顶好应
加紧进行"归化"工作。你入了美国籍，中国政府还承认你
是中国人，两方面都可讨便宜。台湾尚在艰苦奋斗中，有了
美国籍的保障，可以方便不少。我顶希望的是你在美国找到
事情，让我来 join 你，不要你来 join 我。

　　我自己的前途，大约不会有什么变化。回国后有一个时期，
对教书有点厌倦，很想转变。最近又去算了一次命（并不是
我要去算的，我现在很少 worries，不想求神，也不想问卜，

---

1. Ward Smith，不详。

这次是朋友拉去算的），这位算命[的]居然能够算出我是做文教工作的，而且一辈子要做 professor——这一点使我大为安慰，死心塌地，不再做改行的打算了。算命先生拿我个性细细分析，我认为说得很对，他断定我决不能做生意，钱一生也多不起来，但也不用愁没有钱花。我想这句话也比我要发多少财的预言近情得多。有一点是很多算命先生都同意，而我自己也相信的，就是我的好运尚未到临。据这位算命的说，我在四十四岁那年，要再度出国，到海外去教书，从此以后，这一辈子要在海外过活了。这句话虽亦正中下怀，说得使我心里很高兴，是句很好的恭维话，但可能性也比我要发财大得多。这两三年内假如我能声名日隆，加上你和朋友们的援引，三年之后到海外去教书，的确不无可能。关于结婚，迄今为止，没有一个算命先生说我是会一辈子独身的，大致今年结不成婚，明年可能性很大。这位预言家说，即使我到四十四岁，交过鸿运后再结婚，亦未为迟。反正我自己对结婚问题不甚关心，随他们怎么说好了。此人说我身体小时很坏，以后愈老身体愈好。

我最近体重还在增加中，现在大约已经 140 磅出头，相貌当然更面团团的福相了。最可怕的是 appetite 大好，很能吃肥肉（母亲看见了一定大为高兴）。好在我应酬还不算多，假如有当年父亲在上海那点应酬，大鱼大肉、佳肴美酒不断地吃，我不成为胖子，才是怪事。你知道我从来不 indulge myself，我也常在宿舍里吃很苦的饭，因此大约体重也不会急剧猛进，否则假如每月长一两磅，一年之后，我现有的西装全部不合身材，非得新做不可，这才是得不偿失呢。

交女友的事，毫无进展。旧日女友中，仍旧维持联系者，仅 Celia 一人。她前两个月来了一封信，忽然内有"吃豆腐"的话。她说："你既然这样喜欢美国，可是不在美国多住一个时候，莫不是在台湾有什么舍不得的人吗？"她又说："假如你在台湾结婚，我一定要来吃喜酒的。"我的回信很 dry，可是也有点挑逗的力量，我说："我结婚的事等你学成归国后再谈吧。"这一封信 silenced her，我也没有继续去挑逗。她的 Easter Card 上的话（printed）倒使我心里温暖了一个时候：

> In this busy old world /We may often appear /To neglect or forget /Even those we hold dear /But this little message /Is coming to say / "Someone is thinking of you /Everyday! "

For a Chinese girl, this is saying much. 但我也没有进一步地去挑逗。我对于求爱，已经提不起兴趣，何况我还不知道她究竟去不去美国，去了美国又要留学多久，现在瞎起劲，他日换来了失望，是很花〔划〕不来的。Celia 假如不出国，她在香港假如无更合适的男友，她也许会成为"my girl"，但这一切都很难说。我的态度是：我要她，可是不再为她伤脑筋，一切看事情怎么发展吧。

丁先生请你到香港去，这事也值得考虑。主要的是看待遇多少，少于 200 美金一月（即 1200 港币）就花〔划〕不来，虽然香港的外快收入可能很多。据我知道，那位许吉鸿小姐下学期要去香港新亚了。香港是个好地方，安定、繁荣、法治精神——这些都远胜台湾。台北还不如当年的南京，香港可比当年的上海租界，你可知所取舍矣。我的美国朋友Hanson 最近去香港玩了一次，印象甚佳，他说香港像是 New York with a Big China Town。程靖宇在香港大学教中文，那张"聘人"广告我也曾看到，他们所需要的是教国语的人才，非你所长，否则那张广告我早就寄给你，给你参考了。香港大学的待遇据说很好，他们的英文系也需要人，但是限定英国大学毕业的，我辈都不合格。

家里的经济问题，除非父亲有决心逃到香港来，否则没法解决。据香港来人谈（这不是国民党的宣传，而为父亲信里所不敢提的），上海买豆腐都要排队；任何人家收到一封信，邻里都有"责任"知道信里说些什么话，假如信出了乱子，邻里都要连带负责的。我一直以为你每月寄回家的钱太多，这是你的"愚孝"，我也没法劝阻。我以前托宋奇汇钱时，宋奇只敢 200 或 300（港币）一次的汇，他说多了反而有麻烦。宋奇的母亲也在上海，他在香港，对于大陆的情形当然知道得比我们清楚，以他的财力，也不敢多寄钱回家去。我主张你以后改寄 50 元一月即可，等到我的 essays 稿费拿到，由我来负担一年，每月 50 元，你停寄一年。若我还有别的稿费收入，以后一直由我负担下去也可。共区生活甚苦，多寄钱去是糟蹋的。父亲的债务已清，大陆的生活大家都只剩下 bare

subsistence，谈不上享受，事实确是如此，望你考虑。那里的人在受难，可是我们又有什么办法呢？专此 即颂
近安

济安 顿首

四月四日

〔又及〕*Mr. Roberts* 可以一看，不比 *Stalag 17* 差。

312. 夏济安致夏志清

1956 年 4 月 27 日

志清弟：

前上两信，想均收到。兹有奇遇，说不定一两个月之后又要和你们见面，此事甚奇，可以说是天上掉下来的机会。

明〔昨〕天师范大学的梁实秋来找我，说他们要派一个人到美国去研究英文 teaching methods，可是他们学校派不出合适的人才，找到台湾大学来了，而且找到我身上来了。条件很优厚，留美十五个月，每月 $ 200，此项津贴及学费旅费等，都由 Free Asia（that is to say，Dr. Rowe）供给。留学地点：Michigan 大学。

现在的阻碍：（一）"大使馆"及美新处恐怕要反对，因为我上次留学回来不到一年，尚未充分把"所学"贡献给台湾；（二）台湾大学不放我走，我舍台大而去师大（再回国后要去帮师大的忙了），也有点说不过去。

我自己的打算：接受这个机会。能够同你们在密歇根见面，而且 so soon，是出乎我的最乐观的希望之外的。Teaching methods 很容易，我相信略用小聪明，就可以对付得过去，多余的时间仍可选文学的课。我倒不很想读一个 M.A.（假如很容易，也不妨一读），主要的，想利用 15 个月的时间，写一部 novel（在台湾的工作效率很低）。

回国后去师大教"初级英文"，也无所谓。我对教书本已失掉热诚，教得愈浅对我愈省事。

照他们的计划，我应该在 Michigan 读两个学期，加上今年与明年的暑期班，所以要是走成的话，时间大约是在六月中旬。

我同 Rowe 尚未见过面，他这两天到阿里山旅行去了，定下星期三以后同他晤谈。他假如全力支持，我想签 "Visa" 不会有多大的困难。同时，我不希望你写信来替我鼓吹，假如真有困难，我不希望替他添麻烦。反正此事完全出乎意料之外，失败了也没有什么可惜，虽然我很想到美国来。

本来，算命的说我今年可能再去美国，我总想不出怎么会有这回事：我没有去申请任何奖学金，现在时间已经到四月底，再申请也来不及了。可是假如命运派定，莫名其妙地也会走成的。

所以假如这次走成，我的思想将更走向 determinism 的一条路。有些事情是不可以道理说明的。同时我希望你能在 Michigan 蝉联下去，我假如能来，有什么跳舞会，我们又可以一起去参加了。

近况大致如旧，出国事发展如何，当随时陆续奉告。有崔书琴先生五月初将来 Ann Arbor，想会来找你。崔先生是前北大教授，人极忠厚诚恳，值得一交。Cowboy boots 他的行李里带不下，我另行交邮政寄上了。

听见这个消息，不要太兴奋，发展还不知道呢。Carol 有身孕，身体如何，甚念。树仁下次看见我，想会叫 uncle 了。

这个好消息，等到再成熟一点告诉家里，怎么样？

再谈　专颂

近安

济安　上

四月廿七日

1956

313. 夏志清致夏济安

1956 年 5 月 5 日

济安哥：

前天接到你四月廿七日信，知道你又有机会来美，而且六月中即可动身，不觉大喜。我想此事成功可能性极大，你有 Asia Foundation 和师大支持，"大使馆"提不出理由反对；你同英千里关系如此好，他也不会 [不] 放你走的。你在台湾英文界的确已占了第一把交椅，不然梁实秋不会这样热心"举贤"的。来美国后写本小说，在美国成名，以后前途就无可限量。此次出国，费用由 Asia Foundation 供给，行动方面比较 flexible，不比上次受 State Dept. 那样的拘束。我明年在密大大约已不能继续，可是六七月间一定是在 Ann Arbor 的。相别不到一年，又能聚首，是意想不到的。密大有一个 English Language Institute[1]，相当有名，学生大多是外国英文教员到美国来学习正确发音，和准备出国的美国英文教员学些文法，发音，和教授法之类。许多日本、"高丽"，及

---

1. English Language Institute（ELI），由弗里斯（Charles C. Fries）创办于 1941 年。

南美洲教员，发音奇劣，的确需要这种训练，你我发音都相当准确，在那里可学的很少。可是 Institute 功课简单，而且程度参差，你倒可以趁此机会多写小说，或选修一两[门]英文系的课。有一位老小姐沈垚[2]，教两门低级中文，另在 Institute 教英语。她在中文班上告诉学生说，Coca Cola[3] 两字是根据中文"可口可乐"而 coin 出来的，可称滑天下之大稽。在 Institute 读，免不了要和许多外国怪人交际一番，可是由 Felhiem 介绍，你可交到很多文学青年。密大中国人很多，可惜我认识的只四五位，你在 Ann Arbor 住一年半，生活一定很愉快的。

我计划尚未定，不过大致决定明年在美教英文。Rowe 方面最近没有消息，也不好意思去催他（你想已同他会面了）。香港丁先生方面五月中可能有聘书来，我也不会去的。八九月中 Carol 要分娩，出远门绝对不可能。加上，去香港、台湾，我在美国还没有 establish 自己的声誉，心中颇有"无颜见江东父老"的感觉。要回港台，只好等在美国有了长饭碗后，回去做一年 visiting professor，倒可好好地玩一下。最近两三年来，懒散已惯，不善交际，中国人的应酬太多，我就受不住，教中国学生，也不易讨好。在密大教书一年后，自尊心

---

2. 沈垚（1914—1980？），曾于密歇根大学任教，著有《讲授第二外语英语：分类书目》(*Teaching English As a Second Language: A Classified Bibliography*)。

3. Coca Cola：中译"可口可乐"是蒋彝所译。

大增，觉得教英文课程毫无问题，美国学生的兴趣我早已摸熟，教起书来，也比较易成功。四月初去 Philadelphia 开了一次远东学会，教中国学问的 openings 简直没有，所以两三星期来努力 apply 教英文。密大英文系布告板上 job 不少，我将一一 apply。教过了一年书，一般系主任对一般中国人上课 delivery 方面的怀疑，显然已减少。有两个大学回信来说，可惜我迟 apply 了一两个星期，position 已 fill 了，态度很好。向 Yale 请求教员的比较都是好学校，难 apply；向密大请求教员的学校水准较低，有一个 Yale Ph.D.，即可相当吓人了。所以我目前不悲观，希望六月前后弄到一个 assistant professor 的资格，守一两年，再重新 invade 中国 field。纽约的 China Institute 接洽了不少黑人小大学，那些大学都很有诚意，我为原则关系，都没有理睬。

崔书琴五月十七日来 Ann Arbor，我预备当晚请他吃顿晚饭，请马逢华作陪（马的女友、罗家伦的女儿，已同另一华人订婚了，其人相貌同老许相仿）。崔来 Ann Arbor 后的节目，都由马逢华安排，我在旁招待，不很吃力。可惜 Carol 和我的牌艺大退，否则可请他打一晚 Bridge。

树仁生日，又烦你费了苦心，买了一双 cowboy boots，很过意不去。生日那天，树仁感冒未愈，没有什么庆祝，翌日拍了几张五彩照片。生日前几天树仁晚上跌被头，受凉，生平第一次有热度，服用 sulfa 性的 Gantrisin 后，把大肠的细菌也杀死，bowel 转为 loose。未病前几天便是老是用 Glycerin

催便剂，病好后大便一直正常，不必再去 Glycerin 了，也算是个好的 side effect。生日前讨到了一只小猫（Carol 学中国规矩，提〔起〕名 Mimi 咪咪），毛色黑白相兼〔间〕，才六星期大。初来时大受树仁虐待，现在已长得很胖，自卫能力很好，树仁也不敢轻易欺负他了。一切树仁详情，当由 Carol 报告。

佛学已教完，中西文化史、历史方面稍稍也已告一段落。最近两三星期内教教唐诗、理学，再把中西文学作品瞎比较一下，功课准备方面轻松得多，可惜为谋职业忙，仍毫没有空。上次提到看电影已成了 duty，引起你一番感慨，最近因功课不紧张，加上好片子不断而来，对电影的兴趣，已渐渐复活。月来所看的有 Fernandel[4] 的 *The Sheep Has Five Legs*[5]，Julie Harris 的 *I Am a Camera*[6]、*The Swan*[7]，差不多一星期一片。

---

4. Fernandel（Fernand Joseph Désiré Contandin，费尔南戴尔，1903—1971），法国演员、歌手，曾参演《环游世界 80 天》（1956 年版）。

5. *The Sheep Has Five Legs*（《五脚绵羊》，1954），法国电影，亨利·维尼尔（Henri Verneuil）导演，费尔南戴尔领衔主演，Cocinor 公司发行。

6. *I Am a Camera*（《我是一部照相机》，1955），英国喜剧电影，据克里斯托弗·伊舍伍（Christopher Isherwood）的《柏林故事》（*The Berlin Stories*）和德鲁登（John Van Druten）的同名戏剧改编，亨利·科内利乌斯（Henry Cornelius）导演，朱莉·哈里斯、劳伦斯·哈维主演，独立影业（Independent Film）、美国发行公司（Distributors Corporation of America）发行。

7. *The Swan*（《天鹅公主》，1956），据 1925 年同名电影翻拍，皆取自弗兰茨·莫尔纳（Ferenc Molnár）同名剧本，查尔斯·维多导演，格蕾丝·凯利、亚利克·基尼斯爵士（Alec Guinness）、路易斯·乔丹（Louis Jourdan）主演，米高梅公司发行。

这星期、下星期的 *Man in the Gray Flannel Suit* [8]、*Alexandra the Great* 也都要去一看。Julie Harris 演技炉火纯青，可称当今美国第一位 actress。Grace Kelly 在 *The Swan* 内，有几段做得极好，表情 range 方面显然较前扩大，她脱离好莱坞是很可惜的。

　　Celia 显然对你大有意思，她送你那张 Easter Card，很明显对你表示爱意，希望你做进一步表示。目前你又要筹备出国，我也不想多做劝告。可能你们两人今秋会在美国会面的。假如她出国不成，你临走前不妨给她一封求婚信。Celia 几年来婚事、学业都没有什么进展，可能会立刻首肯做你的终身伴侣的。你把婚事定了，再致力创作，全身轻松，效力更可大为增进。双方同意后，结婚事尽可慢慢进行。

　　家中老是为等汇款发愁，据父亲的来信，母亲为汇款事，精神上颇受了些刺激。我除去信慰问外，也无法再做别的安慰。二月初寄吴新民的 draft 至四月二十四日方到（draft 不易一时卖掉），父亲为之疑窦丛生，认为吴新民不可靠；四月中我寄给陆文渊一百八十元旅行支票，一下子卖掉，隔日电汇家中。所以这次两笔汇款差不多同时收到。父亲最近没有信来，不知一下子汇到怎〔这〕样许多钱，会不会反而替他添麻烦，也使我很不放心。以后我寄旅行支票、汇款可以按时汇到家中，父母几年来等汇款的 worry 至少可以消除了。

---

8. *Man in the Gray Flannel Suit*（《灰衣人》，1956），根据斯隆·威尔逊（Sloan Wilson）同名小说改编，南纳利·约翰逊（Nunnally Johnson）导演，格里高利·派克、詹妮弗·琼斯、弗雷德里克·马奇主演，20 世纪福克斯发行。

你近来想又是大忙，如出国事办好，又有一大批饭局。有好消息请随时报告。Carol 这次身孕，健康方面似较上次好得多，望勿念。她给你的信，一两日内另封寄出，专候好音，即颂
近安

弟 志清 上

五月五日

314. 夏济安致夏志清

1956 年 5 月 19 日

志清弟：

来信收到已有多日，你能够进入 English Dept. 教书，当然比回台湾或去香港好得多。我一直希望你能留在美国，为自私的打算，你将来可以给我的助力更大；为你自己和家着想，美国可进可退，安全上有更大的保障，事业也较易发展。留学生一返台湾，通常都把书本束诸高阁，不再有上进心了。咬紧牙关，在美国混下去，这是我对你最低限度的希望。

我自己的事情，大致还好。去美国的事情，尚未定局。同 Rowe 谈过，Rowe 觉得我是个研究学问的人（他对你十分佩服，称你是 genius，他以为弟兄应较是个性相近的，可是他看不出我的年龄比你大），弄"初级英文"如发音文法之类，也许是不合适，或者是"大材小用"。我唯唯否否，这种事本来由"师大"的人去做比较合适，我是犯不着以台大的人的身份同师大的人去抢。但是梁实秋迄今似乎还没有找到比我更合适的人，意思里还要我去，我无可无不可。总之，即使派定的是我，暑期学校是赶不上了，要入学也得要在暑假以后，那还得有两三个月耽搁（据算命的说，要走成非得过了我生日不可），现在一切手续尚未进行，假如这期间发生变化，别人把这个机会抢去，我也不会觉得可惜。我很想去美国，但是这次留美的时间（即便走成）还是太短，回国以后所做的工作很是无聊，我认为不算太理想。

这几天顶大的 worry 是台大代理系主任的事。英千里预备再隔几个星期进医院开割胃溃疡（ulcer），这是大手术。以他衰弱的身体（他还有肺病），动这样的手术，是冒了相当的危险的。所以这两天他说起话来很凄凉，又为系里的事情不放心，我若不答应代理，将更伤他的心。代理系务，我又有什么作为呢？外文系学生非常之多，每一年级都有百余人（中学毕业生不知怎么的很多报考外文系的，可是对文学有天才或真兴趣的当然很少），"乐育"这一批"英才"，不是容易的事。请教员我就一点办法都没有。拿台大这点待遇，哪里请得到人？请不到人，课程就不会扎实，这个系也就办不精彩。

假定英先生开刀进行顺利，暑假后健康大为进步，我把系务交还给他，但是暑假招生这道难关，就使我望而兴畏。本年起，台湾各大专以上学校（包括各军事学校在内，台湾的军校也给 B.S. 学位了），举行联合招生，一起有二十几校之多，台湾大学应该领袖群伦，不说出题阅卷等等工作的 condition，将要大伤主持人的脑筋，即使能把事情推给别人去办，光是敷衍出席开会（校内的招生委员会，同别校联络的会），就可忙死人了。我生平从来没有挑过这样重的担子，而且也不想挑这种担子，想到这份工作的艰苦，甚至于想脱离台大了。铤而走险，做 freelance writer & translator。

英千里做主任，还有我这样一个帮手，我要做了主任，什么帮手都没有（助教本事都太差），连一封信都要自己写，我将要瞎忙一阵，任劳任怨，终于一事无成。

英千里预备下学期把我升为 full professor（院长他们都同意），我已严词拒绝。台大的 Full Prof. 在国际学术界并无地位，又无实利（钱不会多拿多少的），我要它何用？我做 Assoc. Prof. 已经可以享受一切 Prof. 的 privilege 了。

家中为汇款事如此着急，可见家中并无积蓄，where does the money go then？我希望再过一个多月，由我来代你负担这个责任。Carol 和树仁想都好，别的再谈，专颂

近安

济安 顿首

五·十九

315. 夏志清致夏济安

1956 年 5 月 21 日

济安哥:

已久未接到来信,甚念。出国事进行如何? 如六月中出发,则目前必非常忙碌矣。Rowe 已见到否? 他对你的事情想必尽力支持的,崔书琴上星期四晚上到 Ann Arbor,星期六上午离开。他周游各 campus,同教授们讨论政治,向中国同学们 informal 地演讲一番,在我看来这种生活非常 boring & fatiguing,崔先生却很 enjoy 这 routine。Job 尚无有定落,慌张也无用。

崔书琴嘱我在他 tape recorder 上录了些音,带回给你听,我在旁人监视之下,相当 tongue tied,没说什么。一小时内即得送 Carol、树仁上飞机,不多写了,专盼好音。

弟 志清 上

五月廿一日

316. 夏志清致夏济安

1956 年 6 月 3 日

济安哥：

电报想已收到了几天，Geoffrey 的去世对你、对我们都是不可相信的 shock，Carol 和我的悲伤自不必说，希望你不要过分伤心。

树仁的死来得突然，可是故事可以推前十多天。五月廿二日（星期二），Carol 带了 Geoffrey 乘飞机去 Weathers field, Conn，省母，由邻居开车我伴她们上飞机的，动身是十二时四十五分，下午四五时安抵康州。Carol 的母亲，我们搬到 Ann Arbor 后，在九月底来过一次，结果她脾气大，left in a huff，以后她就没有来过。我那次去 Philadelphia（春假时），Carol 就有意带 Geoffrey 去康州，结果她母亲没怎样 actively encourage 她，她很 hurt，后来她母亲把飞机票的钱寄来后，她就计划要去。Carol 是很任性固执的，你在 New Haven 时也可观察得到（为那次 Mary Dukeshire 请客吃饭，她坚持要去，结果我 gave in）。她去康州，我不反对，她 deserve a rest and change；可是带 Geoffrey 去，我是反对的，因为我不放心，恐怕 Carol 一人照顾小孩，还没有经验，而且旅途劳顿，对小孩的日常 schedule 一定会 upset。可是 Carol 要回家的目的，无非把 Geoffrey 去 show off，给亲戚朋友看看树仁是怎样可爱的小孩，我希望学期完毕后，她一人去，把小孩留给我一人照料，结果终于动身了。星期四收到 Carol 的信，Geoffrey 很好，我也较放心。星期天（廿七日）我同邻居去飞机场把母子接回来，Geoffrey 除了曾在睡眠时在床上摔下一次外，没有什么伤痛，飞机上他也睡得很好。星期五 Carol 曾开车同其母、Geoffrey，去 Springfield（旅途 driving 四十五分钟一次），在朋友家吃饭后即返。星期六的节目比较 strenuous，Carol & Geoffrey 午时到 New Haven，来了个 picnic，顺便也看了一下 Nancy、Danny 和 Vincent，在女朋友家吃了晚饭，八时多返 Springfield。

星期天返家后，Geoffrey 好久不见我，当然对我非常亲热，可是一切很正常，晚上七时即入睡。Ann Arbor 天气已很热，树仁有点"作"，因天热和 emotional upset 的原故，也可谅解。星期一、二、三天气仍热，可是星期三 Geoffrey 已很乖，不是 constantly 要我的 attention 了。星期二收到你寄出的一双皮靴，给 Geoffrey 穿还是太大，我 tried 把靴穿在我的脚上，或穿在我的手上，引他大笑，这种能看出 incongruity 的幽默，表示他极端聪明。Geoffrey 已会爬扶梯，星期二（or 三）那天下午，他不肯上楼，我开始爬楼梯，他也觉得很滑稽，随后跟着爬上来了。星期二晚饭后，Carol 跟树仁在对门的屋子门廊内同邻居小孩玩耍，Geoffrey 跌了一交〔跤〕，没有哭多少，between lower lip 和 chin 有一小条红条，即与〔予〕以抹了 iodine，消毒。下唇内部似被 upper 门牙所 cut，稍有微肿，但口腔的皮肤收功很易，翌晨肿也较消了。星期三 Memorial Day 我终日在家，晚上饭后七时 Carol 提议来一个 ride，兜风了廿十几分钟，Geoffrey 很快活，但可能着了些凉，回来后换尿布、喂奶，八时入睡。

当晚我入床后已一时许（Geoffrey 睡在我们中间），三时 Geoffrey 惊醒，我发现他身上发烫，尤其头部颈部，颈部热得利〔厉〕害。我预备即把他送医院，打电话给医院，问 Emergency Service 在哪一 building，U. of Michigan 医院极大，building 极多，可是 Carol 不知轻重，不肯动身，说医院哪一 building 在夜间也摸不清楚。事实上恐怕她很累了，所以 body inertia 不让她行动。我无法 called 了小儿科医生 Brewer，他是 Geoffrey 的医生，可是是一个混蛋，clients 很多，每个都草草了地〔事〕。我见过他两次，一直不欢喜他，Carol 也不欢喜他，可是没有想更动医生。美国的私人医生，都以赚钱为目的，很少有为人类服务的热诚，他们在 office 办公八小时，看了一大批无病的病人，出诊或夜间出诊是很少的。尤其是小儿科医生，全城多少小孩每月都要来一次 check-up（由多少小儿科医生摊派），节目排得紧紧，真有病孩，反而无暇兼顾，每小孩应付几分钟，五元大洋进账，对于疫病的危险性的感觉，早已 blunted。我 called up Brewer，他当然不会半夜出诊，嘱我给树仁 aspirin & water，明晨九时再 call up 他。我当时很气愤，有想乘 taxi 的意思，可是没有 carry thru。抽了两支烟，呷了杯牛奶，吃了个 donut，给树仁 aspirin 也就入床了。树仁身体很热，呼吸也有些特别，可是他睡着八时起身，给了他一些 orange juice、aspirin、牛奶。九时再 call up Brewer，他节目很紧，叫我们九时四十五分去他 office，那时 Geoffrey 腿上，腹上已渐有红褐斑点，那时 Carol 已借到 thermometer（家里的寒热表，不久前被树仁打碎了），肛门温度为 104°（夜间一定更高）。到医生那里，他脉也不把，胸部也不敲听，温度也不量，视察了一下眼睛、耳朵、口腔（所谓 monthly check-up 也是如此，医生是美国最大的 racket），在手指上抽了一点血，研究了一下，看不到细菌，就断定是 virus（Spock 书上也说受 virus attack，温度可高至 104°）。他说那些斑点是 rash，无关紧要，只要寒热退了，病就好了。他不给 prescription，说把 Geoffrey 放在 bathtub 内，cool 一下，热度自退（中国的 quack，医道不精，可是碰到不知名的 fever，配尼西灵〔林〕、sulfa 乱打，反可见功。想到中国一般医生道地的精神，美国那些 young doctors 简直是胡来）。回家后，Geoffrey 躺在他的换尿布的床上（我没有把他放在 tub 内），可是热度不退，再 call up Brewer，他忙着，嘱 nurse 说，用软布浸酒精贴在胸背，以纸扇动，使 temp. 减低。扇了半天，热度稍微降，遂即增高，已近 105°。Carol 也慌了，因为 Geoffrey 躺在那里，毫无抵抗，非常 listless 的样子，任人把〔摆〕布。可是 Carol 最怕医生，认为未得医生许可换医生是 unethical 的。还要 call up Brewer，那时已过十二时，他已出去舒服地吃午餐，找不到。我遂逼了 Carol 送 Geoffrey 到医院，到那里已一时，在 Pediatric Clinic 里，第一位 interne 看了斑点以为是痧子，可是温度太高，不像。他找了几位医生研究结果，把 Geoffrey 送到另一楼 isolation ward，因为 Geoffrey 胸上有几点小红点，是被 infected 的症候。Geoffrey 在病室内，来了二三个 convulsions，可是他很镇静，还晓得人事。把他送到 isolation ward 八楼，医生开始做了个 blood culture，才发现血中的细菌是 meningococcus（脑膜炎为 meningitis，可是我不认得这个字，后来回家翻了大字典，看了字典上的 definition，也连〔联〕想不起"脑膜炎"，在吊丧时中国朋友才提醒我），并且抽出 spinal fluid 检查。那时医生叫我退回休息室，Carol 已下楼去注册，不久有女医生一位来找我们谈话，告诉我们 meningitis 很危险，可是有特效药，不用忧虑。我因为不知 meningitis 为何物，而且对特效药一向迷信，心中有了些 false security。三时半去看 Geoffrey，他一人在床上，双手被札〔扎〕起，不使移动，左额角上贴了不少橡皮胶，床顶上放了一大管 sulfadiazine 和营养品，由橡皮管不断地注入额部 open vein 中（橡皮胶内藏金针，直插在血管内）。Carol 和我见了此情状，不禁大哭出声。可是 Geoffrey 神志似较清醒，对我们也有些 response，陪着他到四时半，他有入睡的样子，我们即退出，那天我们一天没有吃什么东西，回家后吃了些 cold cuts、牛奶，那时我们都很乐观，觉得 sulfa 大量注入，性命一定可以救得（临走前，医生说一二天即可出院）。那天晚上事前约定同我几位学生聚餐（在中国馆子），七时汽车来接，树仁既不在，Carol 一人寂寞，我邀她一同去了，吃饭时大家还很高兴。九时同学开车到他家小坐，Carol 打电话给医院询问，知道 Geoffrey 已放入 danger list，我们由同学送回家，再开车出发，赶到医院，树仁显然已大无生气，身上斑点布满，到后来转紫褐色，全身 disfigured，想出天花也不过如此。医生们不断诊视，量他的血压、心脏，可是 Geoffrey 已无能力制造白血球，抵抗细菌，所以 sulfa 虽多注，也没有用处。我们一直守着，医生们打配尼西灵〔林〕、cortisone。只见 Geoffrey 一直衰弱下去，眼睛也睁不开，呼吸急速了半天，渐趋迟缓，额上仍有热度，小手已冰冷，二时四十五分口腔作痰声后，即呼吸停止，全身棕黑，皮肤 spots 布满，已不像你所见到的树仁。我当场痛哭，心中辛酸莫名。四时许 Carol 和我返家。

研究致死的原因，Carol 的糊涂、医生的昏庸马虎，都是大原因，可是最主要的是我丈夫气概不够，不能使 Carol 听话，争辩了半天，还是听从了 Carol 的意见。假如 Geoffrey 不去 Conn.，抵抗力不会降低，细菌无从发作（脑膜炎菌的 incubation period，两天到十天，所以 Geoffrey pick up germs 可能在 Conn，可能在 Ann Arbor）。假如当晚送医院，一时找不出病原，迟早总会发现，时间上可争取得很多，可以不致使 Geoffrey 丧命。我头脑是清醒的，intuitions 是对的，可是仍旧让树仁孤军抗战了细菌十多小时之久，毫无药石帮助。So, in a way, I killed my son. 那位医生我早知靠不住，所以也不必怪他。Carol 自己伤心万分，所以你来信也不要怪她，否则她更为伤心，但 this guilt will always live with me。

脑膜炎在美国差不多已消影绝迹，十多年来，没有多少 cases，Ann Arbor 十多年来即没有一个 case，无怪一般医生见了 symptoms 一时也想不起。假如肺炎、Scarlet Fever、Typhoid 这种病美国还多见，细菌力量也没有脑膜炎菌那样强，延迟十二小时，绝不会丧命。据说脑膜炎菌，必由 humans 传布，由口腔侵入，所以那次 Geoffrey 跌跤，也不会是细菌侵入的原因。他从何人 pick up 细菌，无法得知。星期五晨医院来了个 autopsy（得我们许可），发现 Geoffrey 抵抗力很强，至死 spinal cord 和 brain 仍没有病菌侵入（that is，suppose he recover，他不会是个残废）。下午他的确有好转现象，大约八九时许，细菌突侵入 adrenal glands，加以破裂，adrenal glands 是调节血压的，是身体过危险时增加分泌 hormone 的东西。Adrenal glands 既遭 damage，Geoffrey 血压降低，白血球不再制造，就无法 rally 了。树仁死得很惨，照他的相貌，照你算命的预测，照我们日常当心的照料，实是不可能的。可是小孩有了高 fever 后，即 unconscious，所以没有受到什么痛苦。他的病的 technical term 是 meningococcemia，是 meningococcus 所造成的 septicemia，不算脑膜炎。

Carol 和我几天来都吞服了 sulfa 丸，大约未曾被传染（邻居小孩都服 sulfa 丸）。星期五上午接洽了殡仪馆，晚上尸体在殡仪馆陈列了一下。树仁面目、手臂都涂了厚厚的 greasepaint，遮盖住他的 marks，已不像他本人，好像舞台上化装〔妆〕后被近看到的人物，头发被 trim 了，也不像生前的样子。我最怕虚文，当晚有二十个邻友来吊丧，有鲜花六盆，我不要什么 service，昨天（星期六）已由殡仪馆将尸体运 Detroit 去火葬，这星期可将骨灰的 urn 取回，久留此念。所费多少尚不知道，Carol 母寄了二百元来，不无小补。

目前两人在家对坐，触景生情，生活简单冷清，回忆十三多个月来，一番忙碌热闹，一番心血，而树仁如此聪明，其无限之前途，竟为父母遭塌〔糟蹋〕葬送，心中自然难过。不过 Carol 和我大哭数场后，今天已较 less upset，希望九、十月间落地的小孩可补充这个空虚。

我 job 方面这几天也不会努力，交了倒楣之运，前途也不多想它，照中国说法，Carol 和我福分不够，留不住 Geoffrey，也有点道理。

你的来信，我无心再读。英千里开刀后经过如何，系主任事预备接受否？希望你即来英文信安慰 Carol，她怕承认 guilt，她一承认 guilt，以后生命即将被黑暗笼罩。我承认 guilt，可是比较理智，对生活的进取心上不会发生恶影响。你的那双 boots 将永远保存，作纪念品。父母处已去信，希

望他们能 stand the blow。他们汇款两笔同时收到，近况较好，
不写了，祝
安好

弟　志清　上

六月三日星期日

317. 夏济安致夏志清

1956 年 6 月 11 日

志清弟：

接到电报后，我所发出的信，想已收到。今天又接到长信，树仁去世的详情，都已知道。你的态度很对，不要再追究责任，以免造成家庭的不愉快。这事阴差阳错，似有前定，偏偏来袭的细菌是脑膜炎，假如是他种传染病，糊里糊涂也不致送命。如我在高中三那年，患猩红热，邻居西医吕养正断定为痧子，吃些不关痛痒的药，我自己嘴里含咸橄榄，以消喉头之肿，几天之后，也好了。可是很快地病就传染给养吾与遂园，他们都不幸丧命，我自己的抵抗力也削弱，引起 T. B. 来袭，lie prostrate 者好多年。又如台大医院诊断我的恶性疟疾，也耽误了一星期之久，亏得疟疾不是 fatal 的病（发烧虽然很高），假如是脑膜炎之流，耽误了这么久，也就完了。其实我的 T. B. 假如在南京时就进行人工气胸，治疗期间可大为缩短，可是父亲相信我家的医药顾问刘松龄，打针吃药，浪费了很多钱，又不能工作。我那时真是在生死边缘挣扎，亏得我求生欲很强，后来在上海打了人工气胸，才渐渐好转，

187

那时 Streptomycin、PAS、淤硷酸、Nicotine-something 都没有发明，否则不会迁延这么久的。

你对于疾病的警觉性很高，以前不论对于玉瑛，或阿二，有什么伤风头痛，你是家里最着急也是第一个着急的人，可是你自己的头生孩子——如此可爱的孩子——竟于糊里糊涂中把他送掉，真是智者千虑，必有一失了。可是此事也有许多 adverse circumstances 凑合而成，如寒暑表打破，就是件不可相信的事，一打破，孩子就发一百零四度的高烧，而无法 detect，这不是有鬼在捉弄吗？那天晚上假如就量了温度，你们当然就把他送医院了，however great was the inertia or fatigue。

假如想到有鬼神在捉弄——ancient Chinese 和 ancient Greeks 都这么相信的，你同 Carol 也许会少难过一点，心上的 burden 可以减轻一点。台湾的医生未必负责，可是台湾买药很容易，普通人伤风感冒，都随随便便买 Aureomycin 或 Terramycin 来吃的，当然这种药是治不好伤风的，可是 complications 也不容易发生了。

树仁的死，当然是一个教训，可是你们第二个孩子出生后，做父母的假如大惊小怪，过分为他的健康担忧，也不是好现象。我刚才说过，你对于"三病六痛"，已经特别 alert，假如再过分注意，就要成了 morbid 了。Carol 虽不认错，心里恐怕也同你一样明白，她的 guilty conscience（她是个很内向的女子），也可能使她以后对抚养第二个孩子，特别感觉到紧张，我的劝告是：抚养第二个孩子时，且忘了树仁这回惨痛的经验，只当他是平常的孩子这么抚养好了。

健康的大敌是 fatigue——从我自己的经验以及树仁这回事情看来，确是如此。我上回生疟疾，也是到日月潭去旅行一次 contract 到的，加以旅行以后身心疲乏，抵抗力就减低了。只要不 over-fatigued，人身本有的抵抗力是很靠得住的。

这两天正在赶紧把 essays 译完，别的事情，毫无发展（英千里尚未去开刀），以后再谈。Carol 处我上一封信大约已经够安慰她了，今天不写了。

父母对于树仁之死，一定痛悼万分，孙子——这么可爱的孙子，渴望了这么久的孙子——他们暂时又是没有孙子的老人了。这当然更使父母觉得这几年家门的不幸，加以我也没有好消息可以安慰他们，可以 compensate for that loss 的。希望你不要因忧伤而悲观，人生 still holds many things to hope for！专颂

近安

济安　顿首

六月十一日

1956

318. 夏志清致夏济安

1956 年 6 月 30 日

济安哥：

六月十一日的信已收到。你接到电报后所发出的那封安慰我和 Carol 的信却没有收到，想必遗失了。数年来通信没有遗失过一封，这次还是第一次，很是可怪。树仁去世已是〔有〕一月了，Carol 和我生活都很正常，Carol 有时低泣几番，经我劝告后，也就停止。我头几天大哭数场后，以后没有哭过，我们都没有因忧伤而悲观，望你释念。树仁突然得病，恐怕平日一直太当心，养得太胖太健康，也有关系。假如平日多哭多闹，生些小病，身体对疾病的抵抗力反而可增高，恐不致有大病。我做父亲也算太道地，平日不让树仁哭一声，卖力远胜普通母亲。第二个孩子落地当在九月底，我要在学校担任功课，不能像去年暑假那样出空身体伴他，让 Carol 一手照顾下来，小孩的身体可锻炼得比较结实些。一切大事由我做主，我想不会再出大毛病了。Carol 一月来多有休息机会，身体比上次受胎时为好。上次那卷 Kodacolor 只拍了五张，都已洗印出来，全部寄给父母，添印好后当把五张照片都寄给你。

上星期收到家中来信，信封上字迹不是父亲或玉瑛妹的手笔，使我顿吃一惊。读信后方知是母亲托邻居写的，树仁的恶讯还没有知道，母亲预备Carol生了第二个孩子后再告诉他〔她〕。可是我对父亲的健康情形很不放心，今天收到父亲的亲笔来信，告诉我七八月的汇款已收到了，态度很好，才放了心。信内附上照片四张，三人合摄的嘱我附寄给你，你看了可知父母和玉瑛妹身体都很好，父母脸上没有增加什么老态，是很堪告慰的。父亲穿的虽是八九年前的旧西服，可是母亲和玉瑛妹的服装都很neat，在上海也算很不容易了。父亲血压还算正常，身体累了后较高，他在"老人班"学习政治，每星期一个下午，其他里弄服务也可能使他不能得到充分休息。我改用旅行支票后，虽带些冒险性质，可是汇款异常迅速，不再使父母发愁了。沪上亲友方面：云鹏好伯患脑充血，已渐复原，二婶婶的生元已结婚了。

　　你译书忙得如何，想不日即可把那本散文集缴卷了。学校方面事务忙不忙？何时开始改考卷？我最近一月来既无家务扰乱，又无学校功课，所以工作效率很好，那本书一个月内将一定可以修改完毕了。Job方面，有一在Austin, Texas的小大学请我去做Professor of English，我被头衔所flatter，去信表示有允意，隔日发现该校是个predominantly negro college，心里就不怎么痛快。可是有了一个job，也比较定心些。这星期teachers' agency接洽的学校还有好几家，所以我也不着慌，且看下文如何。陈文星给我信，谓丁先生预备来美，请你去当新亚的外语系主任，不知你预备去否？我以为香港如无特别 attractive 的 offer，还是留在台大好，在台大出国的机会还多着，反正你名誉高人一头，自己用不到计划或发愁。

Ann Arbor 暑季的生活很单调，我没有多少朋友，不交际也无所谓，但 Carol 顿感社交生活的缺乏，回忆去年暑假晚上打 Hearts 的情形，多么有趣。Carol 瞎读小说，最近看的有《宾汉》[1]，林肯恋爱史 *Love is Eternal* [2]，和 du Maurier[3] 的 *Mary Anne*，现在在读《罪与罚》。每晚我伴她打一两手 gin rummy，消遣解暑。Ann Arbor 天气热得厉害，六月份已有两三星期是温度高过 90° 的，加上附近多湖，湿度极高，相当不舒服。我为了晚上气候较凉，常常是二时半或三时入睡，但每天仍保持八小时睡眠时间，对身体没有妨碍。

看了一张 Bob Hope 的 *That Certain Feeling*[4]，非常满意。

---

1. 《宾汉》，应指美国律师廖·华莱士（Lew Wallace, 1827—1905）所著小说《宾汉：一个救世主的传奇》（*Ben-Hur: A Tale of the Christ*），该书初版于 1880 年。

2. *Love is Eternal*，全名 *Love is Eternal: A novel about Mary Todd Lincoln and Abraham Lincoln*（《爱是永恒的：一个关于玛丽·托德·林肯和亚伯拉罕·林肯的小说》），为欧文·斯通（Irving Stone, 1903—1989）的作品，初版于 1954 年。

3. du Maurier（Daphne du Maurier, 达芙妮·杜穆里埃, 1907—1989），英国小说家、剧作家，代表作有《吕贝卡》（*Rebecca*）、《牙买加客栈》（*Jamaica Inn*），作品常被搬上银幕。下文提到的 *Mary Anne*（《玛丽·安妮》），初版于 1954 年，系根据其祖母（Mary Anne Clarke）的一生创作的作品。

4. *That Certain Feeling*（《鱼水重欢》，1956），喜剧电影，梅尔文·弗兰克（Melvin Frank）导演，鲍伯·霍普、伊娃·玛丽·森特（Eva Marie Saint）、乔治·桑德斯主演，派拉蒙影业发行。

最近美国畅销书 *Search for Bridey Murphy* [5] 已由派拉蒙改拍电影，女主角是 Teresa Wright（她同那位被催眠的妇人相貌很像），记得去年你看到 *Herald Tribune* 一段关于 Teresa Wright 的访问，很感不平，特把她的近讯告上。树仁的 urn 已拿回家了，是黄铜制的，放在 Carol 的五斗厨〔橱〕台面上，和你寄来的 boots 和 X'mas card 放在一起。你近来身体想好，不要因工作太忙而受了暑热。再写了，即祝

近安

弟 志清上
六月三十日

---

5. *The Search for Bridey Murphy*（《人鬼之间》，1956），据莫瑞·伯恩斯坦（Morey Bernstein，1920—1999）同名小说改编，诺埃尔·兰利导演，特雷莎·怀特、刘易斯·海华德（Louis Hayward）主演，派拉蒙影业发行。

319. 夏济安致夏志清

1956 年 7 月 20 日

志清弟：

　　来信收到多日，因事情较忙，加以心绪不佳，迟复为歉。上次一封信，没有送到，觉得非常遗憾，那时候你同 Carol 正是顶顶悲伤亟待安慰的时候，我的信迟迟其来，一定使你们非常失望。也许那封信超重了，被邮政局当 surface mail 寄，再过一个时候，仍旧会寄到也未可知。

　　Geoffrey 的八字我又拿去同算命先生研究过，Geoffrey 在命理上亦有致死之由，不过其中道理太深奥（也许并无道理），我也不说了。总之，你们那个 family doctor，该负最大的责任。朋友们有主张你们应该写信给 Medical Association，把他告一状，使医界同仁给他一个惩罚。不过我想你同 Carol 都是忠厚人，这种辣手事情不会做的。最近看了一张电影：*Not As A Stranger* [1]，颇受感动，小说我是没有工夫看，Carol 既然大看

---

1. *Not As A Stranger*（《明月冰心照杏林》，1956），据莫顿·汤普森（Morton Thompson）同名小说改编，斯坦利·克雷默导演，奥莉薇·黛·哈佛兰、罗伯特·米彻姆、弗兰克·辛纳屈主演，联美发行。

小说，不妨买一本来看看。我的印象是：做医生真不容易，我们学文学的马马虎虎也闯不了大祸，自己一知半解害不了人，即使教书时"误人子弟"，其害也不易觉察，可是医生太容易草菅人命了。那张电影里 Robert Mitchum 演一个冷酷人物，相当成功。

我最近最大的 worry 是：该不该去香港？新亚书院找我去，我不知以前的信里有没有提起？假如没有提起，那么那时候我以为此事已经解决（我已经推辞），毋庸再提了。可是推辞无效，最妙的是：他们把我薪水提高了两次：丁乃通[2]第一封信里，答应我按钟点论薪，每星期一小时课，一月送六十元，假如每星期教十小时，一月送六百元（约合一百美金）。第二次，他们改变了钟点计薪的办法，改送八百元一月。第三次又改成为一千元一月。我从来不会 bargain，薪水都是他们自动 raise 的。（Celia 是否已去美，因久未通信，不知。）

一千元港币一月当然是相当大的诱惑，新亚据说还有单身宿舍。我在香港的生活可以比台湾宽裕得多（台北的额外稿费收入，到了香港仍旧可以有的），非但自己可以稍为舒展一点，还有余力可以接济家用。讲人事关系，他们的院长钱穆，对我如此器重，非要请我去不可，我相信可以同他相处得好。丁乃通的人也易处，他秋后又要来美，我是去代他

---

2. 丁乃通（1915—1989），浙江杭州人，英国文学教授，获哈佛大学博士学位，1955—1956 年任教于香港新亚书院。

的系主任地位的。新亚得 Yale 支持，前途应该大有发展可能。

　　我为什么至今不能决定呢？（假如决定去了，我这两天心情一定大为轻松；假如决定不去，心里一定很觉惋惜。现在是尚未决定。）原因是英千里。英千里要去割 stomach ulcer（胃溃疡），他觉得一定要把系务交给我代理，他才能放心。这并不是因为我的才具学识有过人之处，他大致看上了我的"中庸和平老成持重"这一点。我虽不能有所作为，但是我能好好的"守成"。更重要的一点，据我看来，是他觉得我对他非常尊重，我做代主任，他就成了"太上系主任"，假如换个别人，也许会把他一脚踢开。英千里今年五六十岁，英文非常之好，可是实在是个可怜人物。这么大的年纪，家人全部在大陆。他身体极弱（还有肺病），教书不大努力，常常请病假，嘴稍微馋一点，多吃了些东西（他只能吃面包、蔬菜汤等 very light food），就要病倒好几天。这次预备一劳永逸地下大决心去开刀，所冒的险非常之大。割胃非割盲肠可比，他如此衰弱的身体能不能 survive that operation，朋友中很有替他担心的。他一方面当然还为他自己的地位 worry。系主任在美国也许不算一个什么官，在台湾这种 bureaucrat 的地方，这个头衔是被人尊重的（至少书店来约写编书的要多一点）。英千里若是不做系主任，可能只成为一个教书不大努力的老教授，an almost forgotten man。他老来可说一事无成，只有这点虚名他似乎还有点恋栈。现在他坚持要把系主任让我代理，我若不受，将使他很为难。我现在还没有把要去香港的意思告诉他，免得他担心。他本来一放暑假就要去开刀的，但是拖到了现在（我又不能去催他），还没有去开（心里恐怕有点害怕），下星期大约要去开了。我预备等他手术顺利完成后，再把我的意思告诉他。

台大方面，去年所给我的是二年期的聘书，我若现在走开，也有一点麻烦。其实我在台湾，生活非常无聊。假如我在美国的半年，是我生平最 active & productive 的一个时期，那么返国后的一年，是生平 least active & productive 的一个时期——好可怕的 relapse！到香港去后，我希望能够奋发有为。

最近的生活，只算平安而已，事情都不大顺利，如去香港的事，至今不能决定。去 Michigan 研究"初级英文"的事，早已烟消云散。本来还有一个机会，我可以去日本 Nagano 参加 Stanford 大学主办的"美国文学 seminar"，住一个月，生活费用、旅费等都由 Asia Foundation 供给，如能成行，心里也可以痛快得多（去年是 Felheim 去出席）。可是我因为没有担任美国文学的课程，美国人还是不同意。结果台湾方面今年无人代表出席（台大担任美国文学的是高乐民）。

看见父母和玉瑛妹的相片，心里很高兴。至少他们身体都不错，精神也还好，但是看他们忠厚的相貌，他们也只好吃苦下去。我已经好久没有写家信了，希望到香港去后，可以多尽一点孝道。

你在美国即使暂时在小大学委屈一个时候，也只好将就

了。同 Rowe 是否常通信？他不知道有没有办法替你在 Asia
Foundation 的美国本部弄一个职位？我的 essays 还没有译完，
但是所剩也无几了。钱也还没有拿到。

　　Geoffrey 之死所引起的悲痛，想已渐渐减轻。放了暑假
之后，你可以同新婚的时候一样，陪陪 Carol 去看看电影了。
别的再谈，专颂

近安

济安　顿首

七月二十日

320. 夏济安致夏志清

1956 年 7 月 25 日

志清弟：

刚刚接到电报，吃了一惊，原来是这么一回事，倒使我哑然失笑。

我这两天真弄得啼笑皆非，不知如何是好。处境真像一个被许多男人追求的少女，不知如何选择。也有人用这么一个 horrible 的比喻：五马分尸。

香港那里恐怕去不成了，因为另外一件事情又在伤我的脑筋。我在上信里说：到密歇根来研究初级英语的建议，已经烟消云散；哪知信发出不久，就接到梁实秋的信，说 Asia Foundation 又决定送我去美国研究一年。这个 offer 初来的时候，我很高兴，隔了两个月没有下文，我已淡然处之，想不到旧话重提，而且快将成为事实了。接到那封信前，我心里已经准备去香港，现在问题变得更为复杂，因此兴致也提不起来了。去密歇根一年，当然是好事，但是附带的条件并不好：（一）学初级英文，回国后将以初级英文专家的姿态出现，欺世盗名；（二）一年不能延长；（三）还得回台湾来，

199

而我对台湾愈来愈不喜欢。

我去见 Rowe 的时候，我问他是否（一）让我到美国去研究美国文学；（二）回来后在台大教美国文学。他说 Asia Foundation 援助师范大学的英语系已定计划，不可遽尔更改。我想不接受这个 offer，但是我已答应在先，现在忽然违反前言，将 put both 梁 and Rowe in a tight spot，他们将无法向师大当局与美国 A. F. 总部交代了。我只好勉强答应，开始办理各种手续，如一切顺利，则一两个月后，我将来 Ann Arbor，不过那时恐怕你已到别的学校去教书了。

准备来美的手续正在秘密中进行，因为台大对于我的"跳槽"一定要大为不满。梁实秋知道我的苦衷，预备让我到台大开学以后再走，开学以后，系务上了轨道，我再走开，也不至于对台大有太大的影响。不过我的功课交给谁去接代呢？想起了这一点，心里总是有点惶惑。

无论如何，香港方面总不能再答应人家了。到处答应，到处失信，将来怎么做人？

我现在情感方面倒是倾向于去香港的。去香港以后还可以来美国。现在接受师大之聘前来美国，等于签订卖身文契。去香港就没有这种约束了。

语云：人逢喜事精神爽。我有这许多 offers，取舍为难，而且不免得罪人，不能面面顾全周到，反而弄得大为 depressed。最使我内疚的是我觉得对不起台湾大学。去新亚，还可以 through official channel，由新亚备文呈请"教育部"

向台大借人，我可以台大的名义，去新亚帮忙，在台大方面仍可有个交代。不过跳到师大去，算是什〔怎〕么一回事呢？

这些事情，我不愿再想，愈想愈头痛。

Rowe 听说 Geoffrey 之死，很为惋惜，他托我代为致意。他定八月一日返美，仍返 Yale 任教。他希望你能在 New England 一带做事，他借重你时可以方便一点。他说到 Texas 小大学去任教，亦无不可：开头的时候，不妨委屈一点，以后还有机会。至于"正教授"的名义，他说名高恐怕反而不好。做了一个学校的正教授，别的学校不能再请你做副教授，而他们不愿请你做正教授，你只能在原来学校做下去，熬到你写作出版成名，别的学校再来请你，恐怕要好几年。他希望你于八月初写封信到 Yale 去同他联络一下。

我这两天的心绪之乱，你也可以想象得到。不多写了，

专颂

近安

　　Carol 前均此

　　　　　　　　　　　　　济安 顿首

　　　　　　　　　　　　　七月廿五日

　　台大有个（历史系）毕业生名叫周春堤 [1]，程度不差，他正在进行密大东方系的 Assistantship，他希望你能在系主任前说两句好话。他托了我好久，我以前忘了提起了。

---

1. 周春堤（1933—2005），江西瑞金人，毕业于台湾大学历史系，后获密歇根大学博士学位，专治经济地理学领域，代表作有《地理现象与地理思想》《中国铁路史》。

321. 夏志清致夏济安

1956 年 7 月 29、30 日

济安哥：

七月二十日来信收到后，即发电报一纸，想已看到。目的在增强你去港的决心，去港有百利而无一弊，唯一的考虑就是觉得对不住英千里的重托。但英千里真为你前途着想，也应当劝你去港才对，不应当留住你使他自己增加 security 的感觉。你自美返台后，心境一直不大好，环境沉闷，缺乏 intellectual 方面的刺激，实是大原因。你去香港，有一帮对文化出版事业有兴趣的朋友，自己的精神，也可以鼓舞起来，比 stagnant 地留在台湾好得多，新亚待遇的优越，地位的响亮（丁先生去美后，想不会再来港，你的系主任是 de facto 的），还是其次的考虑。你在台大，英文系同事大家服贴〔帖〕，你的声誉已 reach 了 pinnacle，再高也高不了多少，同助教们交际交际，也不能 whet 你的 ambition，反而使自己创作欲、事业心减低。英千里的情形实实很可怜，可是你帮他忙能帮几年？最后为校务所累，你仍旧想出走的。可是新亚这样的好 offer，可遇而不可求，你再想去港，恐怕反而没有这样好的 job 在等你了。我希望开刀经过顺利，英先生身体转强，系主任自己做下去，而你早早办好去港的手续。

附上树仁遗像五张，是他生日后一星期前后拍的。因为节省开支，一卷软片都没有拍完，只有那五张。穿绿工装裤的四张，因为小病没有完全复原，神气不太好，也比较太胖些。红工装裤的那张，神气极好，表情上颇有些大人体格，已把它放大，可是不敢陈列出来，免得 Carol 日常看到后伤心。那位庸医，我也有告他一状的意思，可是自己没有实力，请律师也没有钱，这种 lawsuit 只有富人才可以 indulge 的。美国医生办事 bureaucratic 作风太重，无病的 appointments 太多，每天办公八小时，纯赚美金百余元（一刻钟一个 patient，每人五元，八小时即有 160 元进账），办公之暇，即不见病人。老年的医生，还比较有道德观念，小村庄的 country doctor 半夜出诊的想还多，唯有城市内的年青〔轻〕医生，专为自己发财着想，最要不得。Carol 被 bourgeois correctness 所压迫（一般年轻母亲都是这样），按月循例看一次医生，明知诊察不出什么毛病来，心里很舒服。医生所给的 information 其实并不比 Spock 详尽或靠得住。纽海文那位小儿科 [医生]，每个婴孩对付半小时，还算比较有良心的。

我决定去 Texas 了。今天星期日，星期三（八月一日）动身，目前又在整理行李的大忙时期。那小大学 Huston-Tillotson College，我 stalled 了一个多月，希望 meantime 有一个较好的 offer，可是很失望，一个也没有。那小大学校长长途电话来了几个，逼不得已，只好签了合同去屈就一年了。名义是教授，年薪为四千八百元，同我在 Michigan 所拿的相仿，所以待遇不算坏（其实在 Detroit 教中学，收入也有四千八百元或五千）。此事已决定，心也定了，自己也并不专在 humiliation 那点着想，教书是 communication，自己终是很高兴的，虽然黑人学生程度的恶劣可以想象得到。教英文一年后，有了资格，换学校也容易。有了 job，明年家用可照常寄出，也不用发愁了。Texas 城市都很新式，Austin 是省会，U. of Texas 也在那里，中国人一定也有几位。据那校长说，他已另聘了两位中国人（一位已婚男子，一位小姐），大约都是由 China Institute 介绍的，也还算热闹。省会医院设备一定很好，Carol 分娩时也可放心。

这次搬场，改用 trailer，由小小的 Nash 拖一部小型的 truck，比较经济，省麻烦。Carol 月份已近，我很不放心，只好当它作 vacation 式的旅行，每天开车数小时，就好好休息，绝不赶路，预备在路上耽搁六七天，反正早去也没有事。希望你对去港事早作决定。Carol 一路开车，我一定好好照顾，不使她累。一路上可能寄卡片给你，你写信可暂寄，Chih-Tsing Hsia, C/O President J. J. Seaboard, Huston-Tillotson, Austin, Texas。父母玉瑛皆好。即祝

暑安

弟 志清上

七月二十九日

Ann Arbor 六月中来，一直很凉爽。

（七月三十日）

今晨收到来信，知道你又将来美，在密大研究一年其实不如去港，做系主任。来了一年又要回台，精神一定会很颓唐，不知你[是否]能够提出已接受了新亚聘书的证据，refuse Asia Foundation 的邀请。来 Ann Arbor 玩玩也好，只要不抱什么野心，生活该是很 pleasant 的。

今晨同时收到一封 Lewis & Clark College 英文系主任的信，要我去做 instructor，4300 元一年，外加搬场费三百元，那 college 在 Portland，Washington。虽也是教会学校，但学生人头方面一定齐整得多，Washington 地方气候极好，教书一定很 pleasant。可惜我已答应 Huston Tillotson 在先，想已无法改变计划，所以我心头也很乱，等了一个多月，没有 offers，自己意志渐渐不够坚定，答应了那 Texas 的 offer，别的 offer 来，就无法接受了。

我们两人都心头很乱，不能互相安慰。Rowe 方面一定去信。周春堤事一定在 Yamagiwa[面]前代他说一声。搬场事忙，不多写了。

志清

1956

205

322. 夏济安致夏志清

1956 年 8 月 10 日

志清弟：

此信到时，你想已安抵 Texas 为念。Carol 一路开车，体力能胜任否？甚以为念。Trailer 是否新买的？新居已觅妥否？Texas 是否物价较美国北部各州为廉？Texas 天气炎热，一切望多保重。

树仁的照片亦已收到。现在看来，只是替这个孩子的不寿痛惜而已。这几张上的表情略嫌呆钝，但不寿之相，仍是一点看不出来。

你接受了 Texas 之聘约，安定一年，亦是好事。不知预定开些什么课程？系主任学问为人如何？能相处得来否？

我的问题，大约将趋解决。香港方面是不能去了。师大方面，经我屡次推辞，仍是推辞不掉，而且他们 make a great concession，原定我是去读"英语教学法"的，但我对这种东西没有兴趣，他们已经让我去读"文学"，预定读两学期加一暑校，可以拿个 M.A. 回来。这样的 offer，我无法再推辞。我自知学问根底不够，好好地读个 degree，对于自己 [的] 学问修养，一定大有裨益。（正式读 degree，在 Ann Arbor 亦不致"荡失"身体。）

去的地方仍是 Michigan（如诸事顺利定九月中走），不知那边有些什么精彩课程？有没有 Creative Writing？ Asia Foundation 负推广"美国文化"之责，我若去读美国文学，他们一定大为高兴，以后能再送我出去读 Ph.D. 亦未可知。

照 agreement，我回来后，要在师大任教三年，每月除师大给我的正式薪水以外，Asia Foundation 还给我比正式薪水约大 150% 的 subsidy。我若担任行政事务（原来规定：我回来后要去主办 English Teaching Center 的，但是我因不喜担任行政事务，这一条在合同上亦取消了），津贴另加。我留美期间，师大方面薪水照拿。

这次如能走成，实在是太奇怪了。梁实秋似乎抱了决心，非要把我从台大挖走不可，几乎什么条件都肯迁就。余下的问题，是我如何对付台湾大学了。

心仍旧相当乱，在行前一定把 essays 弄完，稿费可以用以贴补家用。我希望能够由我来负担几个月。

宋奇曾来台，我和他谈了好几次。他现在很得意（他太太在香港 Voice of America 任事），是香港一家"国际公司"的 vice president in charge of production。他自己说地位可和 Zanuck、Dore Schary 相比，事实上 Zanuck 已去独立制片了。国际公司是香港最大的一家电影公司，由星〔新〕加坡富商投资，每月经常开支达六十万港币之巨。张善琨¹现在成了一个 minor 独立制片商了。

　　我现在又是一家筹备中的《文学杂志》²的主编（宋奇倾全力支持）。我所以答应这个事情，一则想逼自己多写文章，二则China需要一家像样的文学杂志，维持国家的"文化命脉"，而我自认为最理想的编辑人。我去美后，编辑名义仍有〔由〕我挂着。我将写小说，希望你能多写几篇论文。经费可以得美国新闻处 and/or Asia Foundation 的支持，稿费不会太低。希望你第一期能写一篇"中国新文学之路"一类的文章，给孤陋寡闻的中国文坛一点指示。别的再谈，专颂

近安

济安　顿首

八·十

---

1. 张善琨（1907—1957），浙江吴兴人，曾创办新华影业公司，1946 年赴港。
2. 《文学杂志》，夏济安主编，刘守宜任经理，宋奇负责海外约稿，吴鲁芹、余光中等人亦与事其中。1956 年 9 月创刊，1960 年 8 月停刊，共发行 48 期，每半年合成一卷，共 8 卷。

323. 夏志清致夏济安

1956 年 8 月 17 日

济安哥：

　　前日接到八月十日来信，很是高兴。这次出国，条件改优，仍可同上次在 Indiana 一样读书写作，自己好好用功写小说，是最理想不过的。我想你对台大也不必有什么内疚，梁实秋既这样看重你，你在师大也一样可以有表现。只可惜我不能在密大，和你早夕见面。密大英文系主任是 Warner G. Rice[1]，老派学者有 G. B. Harrison[2]，新派有 Austin Warren，其他的教授虽不算出色，编教科书、写 paper 是很勤的。Felheim 已升任 Associate Professor，他相当红，你同他通信谈话一定可知道密大英文系详情，选课也不会上当。研究生

---

1. Warner G. Rice（华纳·莱斯，1899—1997），美国学者，哈佛大学博士，曾担任密歇根大学图书馆英语与文学主任。

2. G. B. Harrison（G. B. 哈里森，1894—1991），美国学者，莎士比亚研究专家，在企鹅出版社负责编辑莎士比亚经典，曾任皇后大学和密歇根大学教授。曾编辑《雅各布布布学刊》（*Jacobean Journals*），代表作有《莎士比亚》（*Shakespeare: the Man and His Stage and The Profession of English*）。

的 Creative Writing 一课由 Seager[3] 担任；Warren 教十七世纪英国文学和 major American writers 两课；另外一位 Davis[4] 任 American Lit 1630–1870，American Lit since 1870 两课（这是根据去年的 catalogue），可读的 courses 一定很多。不要忘了把你在 Indiana 的 credits 算作读 M.A. 的一部分。你再读三学期，一定超出 M.A. requirements 很多，不妨把法德文也考了，作读 Ph.D. 的准备。你在密大选课，如重复 Indiana 的课程，你以前的 credits 不知密大会不会承认，这一点请注意。

在 Ann Arbor 生活一定很 pleasant，由马逢华介绍，几位中国人一定很容易认识。罗家伦的女儿，读过你的 "Jesuit's Tale"，is dying to meet you。东方系的 Yamagiwa，教日文的老处女 Hide Shohara[5]，Crump，也可同他们交际交际。另一位 Donald Holzman（即教东方哲学的），在 Yale 时是我老朋友，是很可值得交朋友的。

Austin 天气炎热，工作非有冷气设备不可。买了一架大

---

3. Seager（Allan Seager，阿兰·赛格，1906—1968），小说家、短篇作者，1935—1968 年任教于密歇根大学，英语与文学教授，曾为《纽约客》(*The New Yorker*)、《亚特兰大》(*The Atlantic*) 等刊物写稿，获得过牛津大学罗德奖金（Rhodes Scholarship），代表作有短篇小说集《群芳谱》(*A Frieze of Girls: Memoirs as Fiction*)。

4. Davis（Joe Lee Davis，乔·李·戴维斯，1906—1974），美国学者，英语教授，专治 17 世纪英美文学。

5. Hide Shohara（1894—1992），日语教授，代表作有《日语口语绍介》(*Introduction to Spoken Japanese*)。

风扇，把热风转动，无际〔济〕于事。我书房还没有整理好，书还没有 unpack，这几天简直没有什么事。在家烧饭太热，每晚去 downtown cafeteria 吃一顿，晚上看过两次电影：*The Night My Number Came Up*[6]，*The Pardners*[7]。学校的系主任在生病，还没有见到，我担任的大约是高级功课，也可给自己机会 review 一下以前读过的东西。学生程度想必低劣，上课 lecture 不须多少准备。

你主编《文学杂志》，不知计划在何时出版，出版处是香港抑美国？ Format 方面是否同《天下》[8] 相仿？特约撰稿员有多少人？中国人英文写得好的不多，要维持期期精彩，是不太容易的事（读信好像是中文杂志，就比较容易办）。我一定帮忙，虽然我至今对于 publication 非常 shy，此事你来美后再谈。

宋奇任电影公司 vice president in charge of production，对

---

6. *The Night My Number Came Up*（《噩梦惊魂》，1955），英国剧情片，据空军元帅维克多·高大德之真实故事改编，莱斯利·诺曼导演，迈克尔·瑞德格拉夫（Michael Redgrave）、希拉·西姆（Sheila Sim）主演，普通影业、大陆影业发行。

7. *Pardners*（《两傻捉尸记》，1956），喜剧片，诺曼·陶诺格导演，马丁与刘易斯喜剧拍档主演，派拉蒙影业发行。

8. 《天下》，即《天下月刊》（*T'ien Hsia Monthly*），是民国时期重要的英文刊物，在现代中西文化交流史上发挥了重要作用。该刊 1935 年 8 月由南京中山文化教育馆资助在上海创刊，1941 年 8—9 月间由于太平洋战事而停刊，共发行 56 期。吴经熊任总编，温源宁为主编，林语堂、全增嘏、姚莘农（即姚克）、叶秋原等参与过编辑工作。

211

他是个极好的 challenge，可惜中国电影水准太低，一时改良不来，宋奇富于热心而缺少恒心，弄得不顺手还是要辞职的。做 studio 的 boss 我也颇有兴趣，可惜人事关系太复杂，这种 job 不是你我可以胜任的。宋奇处我已一年多未写信，实因自己生活不得意，不想多惊动旁人，在 Texas 生活定当后，可能和他 resume correspondence。

地密尔看重李丽华，内幕不详，美国中文报对此事很有些宣传。树仁照片上比较呆板，是因拍照时，他有些不舒服，不能表现出他平时活泼的姿态。照片上看来他太胖一点，平时因为他很活〔好〕动，也不觉他胖。已者已矣，平时想到他的去世，真觉得对不住他。

昨日接到胡世桢信，谓已被聘于 Detroit 的 Wayne University，九月后地址为 7521 Dexter Detroit 6，Detroit 和 Ann Arbor 很近，胡世桢又有汽车，你可以多一家人家走动走动。

家中情形很好，九、十月份的汇款已寄出了。Carol 身体很好，只是怕热，这几天也不做什么事。你何时动身？最好能在开学前赶到美国。打针和检查身体方面想不会再有问题了。专颂
暑安

弟 志清 上

八月十七日

324. 夏济安致夏志清

1956 年 9 月 1 日

志清弟：

我赴美之事已不成。有一个时候，心头烦恼已极，现在总算很太平了。我已口头答应梁实秋和 Asia Foundation 愿意去美，只剩没有签合同，假如狠一狠心，把合同签了，这几天也许正在办理出国手续了。但是没有得到台大当局同意以前我不便在任何脱离台大的档上签字。英千里是个很重情面的好人，他的同意不难获得。沈刚伯[1]（文学院院长）和钱思亮则坚决反对。我当然可以不顾他们的反对，一意孤行，径自一走了事，但那样无异表示同沈、钱决裂，我可做不出来。我的苦痛是两方面都是情面关系，我不愿得罪任何一方面。我不愿意贪图近利，同台大贸然决绝。梁实秋方面，他为了我已经开罪师大英文系全体同仁，再则他对于 Asia Foundation，也已经保证：夏某人的转入师大是没有问题的。

---

1. 沈刚伯（1896—1977），湖北宜昌人，1924 年留学英国伦敦大学，1927 年回国，在武汉大学、中山大学等校任教，1948 年去台，任台湾大学文学院院长兼历史系主任，傅斯年校长病逝后，一度主持校务，代表作有《沈刚伯先生文集》。

我若反悔不去，使他很难做人。那几天我很痛苦，也很费口舌，弄得身心疲乏，一疲乏之后更提不出勇气在师大聘书上签字了。结果我还是采用了以前解决自己恋爱问题的方法，尽量求恢复 peace of mind，没有勇气来打破现状，只好设法来维持现状：决定听从台大当局的劝告，放弃这个机会。除了怕事之外，我还有两点考虑。

（一）照 Asia Foundation 的合同（我所没有签字的），去美一年，回国以后，要在师大服务三年。想起这漫长的三年，我有点害怕，这样的出国机会我放弃了也没有什么可惜。

（二）相信命运。算命的在去年就算出我今年阴历七月有走动的可能，但是有一种力量把我拉住了；但是，这位算命的又说，七月不走，十一月还得要走。十一月还有什么机会吗？现在不知道，除了香港新亚书院的门还是替我开着的。我莫名其妙的相信：十一月可能要走。今年上半年我就不知道下半年有这样一个去 Ann Arbor 的机会。即使今年走不成，以后机会恐怕还有。

为了赴美的事，瞎吵了几个月，现在此事已置之脑后了。香港短期内也不会去。（胡世桢有信来，他听说我不去，一定也很失望的。）

接到来信知道 Texas 天气炎热，不能工作，甚念。有一样东西在热带很需要，不知 Texas 的人用不用？那就是席子。台湾这样的天气，假如床上没有席子是没法午睡的。美国习惯睡厚床，假如身上出汗，床上很黏，一定很难受。我本来想买一床席子送给你和 Carol，但是一想入秋以后，天气会渐渐转凉快，席子寄到，也许已经用不着了。（我假如自己来美，也许就顺便带来了。）假如 Texas 天气四季如夏，那么我再买来寄上还来得及。席子在台湾很便宜，请你不要客气，老实告诉我：以后几月的 Texas 的气温是否仍旧同夏天一样热。

计划中的《文学杂志》是中文的。我们还希望中国的文艺和中国民族一样，有复兴的可能。现在台湾的文坛很消沉，最可怜的是中学生，他们连好的白话文都很少 [有] 机会读到，现在大陆的作家文章是不准读的，即使如朱光潜、沈从文等作家也不例外。我们的杂志将要发表好的白话文学作品，同时想改正文坛的风气。台湾文坛现有的作品大抵不外：外强中干的反共文艺和 cheap romanticism 的东西。希望你能写些理论研究或有益于作家修养的文章——这里所谓作家的学识修养都很可怜。假如能够有系统地介绍 '20s 以后的欧美文坛发展情形，更为感激不置〔尽〕。这种东西除了你以外，别人恐怕都写不好。五四运动以后成名的作家，很多在这里都上了 Prohibitory Index，这里的文学青年除了胡适、徐志摩以外，恐怕就没有东西读了。台湾的文坛既然大体上还停留在"五四初期"的时代，我们所要做的工作，主要还是启蒙——当然我们不会再用易卜生，或拜伦、雪莱来启人之蒙。这一工作是有意义的，你假如有空，希望多多帮忙。一月一篇假如办不到，两月一篇如何？稿费可能给港币，因为香港也有人投稿的。日内就要出第一期了。

　　好久没有给 Carol 写信了，实在这两个月心情太乱了，过几天当再写信给她问候，希望她快乐。父亲母亲听见我不去美国，也很失望，请转禀他们：济安还是很乐观地相信命运。别的再谈，专颂

近安

济安 顿首
九月一日

325. 夏志清致夏济安

1956 年 9 月 23 日

济安哥：

告诉你一个喜讯：Carol 在星期二，九月十八日（旧历八月十四日）下午三时十七分生下一位女千金，提〔起〕名 Joyce Lynn，中文名字是父母起的：建一。"建"字算同乾安的子女同辈分，是母亲的意思。"建一"虽不够女性化，还不俗气，我就决定采用了。Joyce 生下时重六磅 11ozs，长 21 寸，较树仁为轻。相貌同普通的婴孩一样，没有什么特殊的地方。因为头先着地，头部被挤得狭长些，没有树仁大而圆正（因为是 breech baby 的缘故，头部可有正常发育），可是过一些时候会自动矫正的。Joyce 很乖，吃而睡，睡而吃，大便也很松软，不必用 glycerine 了。医院内拍的照片，添印后，下次寄上。

几星期来，Carol 每星期去医生 Truman Morris 处检查一次。九月十七日检查后，觉得 Carol 血压已高，婴儿发育已完整，并估计已重八磅，医生即嘱 Carol 翌晨进医院，等待生产。事实上 Carol 的分娩期当在十日以后，这种强迫生产法我大不赞成，可是为了医生的便利，减轻产妇的 burden 起见，在 Austin 的孕妇倒有一半这样生产法的。我虽不太信算命，却相信婴孩的生期时辰应由它自己决定，这样 pre-conditional 的 birth，把做父母的 thrill 减少很多，而婴儿的时辰八字也完全不可靠了（建一身重不到七磅，Carol 肚皮也不大，医生的估计是为建一的 body length 所误）。Carol 七时许进附近新建的小医院 St. Davids' Community Hospital，算是 Austin 最新式的，九时半由医生把胎水弄破，十时许开始做动，Carol 被上了麻药，不感什么痛苦。下午二时进 delivery room，十七分小孩即下地，一切进行很顺利，事后 Carol 的健康情形也很好，在医院内住了五天，今天星期天上午出院。

美国的产科医生最 concerned 的是产妇的体重，务使她生产后保持受孕前的 figure。其次是减少产妇临产前的苦痛，把她上了不少麻药，其实麻药可能影响婴儿的 intelligence，是不宜多用的。中国老娘收生后，小孩落地，大哭不已，精神很好，美国小孩下地后，都死样怪气，不大嚎哭，大半仍在睡眠状态，要过一两星期后，方才有生气，可能是受麻药的影响。美国东部很盛行 natural birth 的方法，这种方法我想对母子都是有益而无害的。

九月一日来信已收到，知道你不能赴美，相当扫兴，你瞎忙了几月，心中必更有空虚的感觉。这几星期来，想你已重 adjust 到旧环境，身体精神都好为念。你这次赴美，需返师大教书三年，不能算太理想：再度返台，心中必更为 depressed。我觉得你肯狠心一下的话，香港新亚系主任的事大可接受。在香港你可以 intellectual refugee 的资格，声〔申〕请美政府帮忙，来美后倒可以有长期居住的资格，如丁先生就是个好例子。目前你已在台大按班上课，恐怕已懒得动。可是有办法还是向台大请假去香港的好。

Michigan 气候寒湿，Texas 天气干热，我来 Austin 后不时患腹泻，因为找医生麻烦，也不去注意它。九月九日（星期日）晚饭后又腹泻，并发现有寒热，当晚请教了 Huston Tillotson 的校医，那位黑人医生较白人医生为 attentive，他给了我一些 sulfa 和止腹泻的药后，腹泻是止了，热度仍不退。翌日下午送进了医院，头二天只饮肉汤，等于绝食了两天。验大便、血、尿，都找不到细菌，最后照 X 光后，发现是 virus pneumonia，那位医生很小心，给我打了不少 antibiotics，所以星期四健康差不多已全部恢复，就离开了医院。我在美国没有病倒过（除那一次割盲肠外），可见换了新环境，再好的身体也不免被病菌 or virus 所侵。我从上海到北平，嘴角生热疮，从上海到台湾，腿部也有生湿气的现象，可见水土不服，实是致病的大原因。树仁的染到病菌，也一定是去一趟康州，把身体的抵抗力减弱的缘故。Virus pneumonia 是很轻的病症，不用医药，发烧了两三星期，病自己也会退去。我病后一切很好，望勿念（腹泻是 virus 作祟的副作用，病好后也就愈了）。我在密大后有了 blue cross 的保险，所以我这次生病、建一的生产，和上次树仁在医院时的医药费，大部都由 blue cross 代付，否则这几百块钱的额外支出，实非我所能应付。

我在黑人大学，本来担任英文学史、美文学史、the English novel、二十世纪文学四门高级课。可是学生程度恶劣，英文系学生又不多，小说和廿世纪文学竟开不成班，改任二门 freshman English 和 Advanced Composition，钟点多了二小时（共十四小时），多了改卷子的麻烦。上星期我教科书还没有拿到，在英美文学史两课上瞎 lecture 了六点钟，驾轻就熟，比在密大时自己不断看书的情形不同。那些黑人学生的英文程度，低劣得不易使人置信，freshman 远不如中国高中学生（省立 or 教会）程度，这辈人毕业后，能干什么事业，实在说不上来。我要照料小孩，功课轻松些，也可帮 Carol 不少忙。住所离学校远，要换两部公共汽车，相当麻烦（已好久没有过坐公共汽车上班的生活了），想决定学开汽车，可增加便利不少。

Partisan Review 送给你二十五元，是 Ireland 报纸转载你的小说所给的 fee（见附信），这笔款子，对你也不无小补。支票我已收下，预备另购旅行支票寄给你，你以为如何？Austin 天气仍炎热，上星期温度约在 150°，可是晚上有风，似乎不需席子。你寄包裹麻烦，暂时可不必寄席子来，如建一怕热，我会通知你寄一幅小床的席子来。我重做人父，最近几月内一定非常忙碌，对你的杂志，暂时不想帮忙，我不知道台湾读书人的兴趣何在，写出文章来也不一定讨好。你把头二期平邮寄给我后，我再写文章如何？编杂志很化〔花〕精神时间，希望你能把你的杂志好好地办起来。父亲已悉树

仁去世的消息，很为悲愤，但健康未受影响，很堪告慰。祝

近安

弟　志清　上

九月二十三日

〔又及〕过几天 Carol 会给你信，报告小孩进展情形。

326. 夏济安致夏志清

1956 年 10 月 3 日

志清弟：

接到来信，知道"建一"出世，恭喜恭喜。Carol 和你
又可以享受做父母的快乐，你们家里又可以热闹起来，抚
养婴孩你们已有经验，即使有麻烦也不会很多，何况这些
都是 pleasant duties 呢！父母和玉瑛妹因树仁去世而引起的
gloom，也可以 relieved 了。对我说来，我虽然不在交女朋友，
我也是日夕盼望夏门昌大的。

《文学杂志》创刊虽已交航邮寄上，想已收到。杂志太
薄，内容也不够充实，几篇文章都不够我的理想（weakest 是
小说），但文字大致都还净干净，风格也够得上我所要提倡
的"朴实、理智、冷静"的标准。我在台湾糊里糊涂地过了
一年，几如行尸走肉一般，这本杂志倒鼓舞起我做人的兴趣。
Here's at least something I can do and do it well. 我这点才学，
也许不会有什么大成就，但纠正中国文坛的风气，宣导优良
的文学，我是够格的了，而且可能 better than anybody else in
Taiwan today，做人要是有什么 mission，这就是我 mission 的

一部分。你来信中表示对于中国文坛的灰心，我何尝没有同感？我顶希望能够移居美国，用我的英文来 contribute to 世界文坛。但是我不知道在台湾还要住多久，在此期间，我还可以做些对国家、对后代中国人有益的工作，因此我就傻里傻气地做起文学杂志的编辑来了。这件事情，在金钱上，目前是毫无酬报（没有编辑费，我又不拿稿费），而且因为要用时间来编来写，反而影响别的地方的收入。讲到出名，我在台湾 as teacher，名誉已经是够大的了；我既然瞧不起中国文坛，当然也不屑于和现有的文人争一日之长短，to be known as a writer，而且台湾地方小、是非多，出名对于一个人可能是害多于利；我平素为人你也知道一向采取老庄明哲保身的态度，现在仍旧是怕出风头。台湾的文坛大致是由"官方"所把持，我这本风格与众不同的刊物，难免遭受有势力的人的忌视。不过，不知怎么的（恐怕受人怂恿也有关系），我觉得这里的文坛我有资格来领导，我若不出来，"如苍生何？"因这点儒家思想作怪，我就积极起来。也许是害了我，现在还不敢说，但是我今后命运应该不差，积极一点也无妨。

这种态度可获得你的同情。你如此饱学，何不分些余沥来滋养一下中国贫乏的文坛呢？我知道你很忙，我也不来催你。希望能在圣诞假期之内，替我写一篇五千字到一万字长的论文。题目任择，希望利用你对于西洋文学精深的认识，替你所知道的中国文坛的病症，"痛下药石"。不切时弊，纯粹 academic 的也欢迎。

美金稿费现在还付不出，但是宋奇等正在张罗中，可能从 Asia Foundation 拿到一笔钱，我也不希望你的 labors unrewarded。

又，宋奇托我代为向你"恳求"译这一篇文章："Cleanth Brooks：The Language of Paradox"，希望能在十二月底交卷。他对于他的那本 critical essays 寄以莫大之希望，网罗一时俊彦，梁实秋译 Babbitt，我译 T. S. Eliot & Robert，等。这种东西当然很难译，忠实地译出来，恐怕中国读者也接受不了。他希望我们用重述或夹译夹述的办法来对付，且大加 notes（如能用中国东西来引证西洋理论，尤佳）。稿费在东南亚恐怕是很高的了，三十港币（五元 US）一千字，这种事情务必请你帮忙。

这篇译文比替《文学杂志》写稿更为重要，因为 Brooks 的译文我们也可以拿来放在《杂志》里发表的。张爱玲（她已和一美国人结婚），替宋奇译的 Robert Penn Warren，《海敏〔明〕威论》，已寄来，第三期《文学杂志》上可能发表。

我自己的 essays 已译完，但是现在没有勇气拿出来重读一遍（因为不大满意），很多 notes 要加，还得写一篇序，发一发狠，再花两个星期就可缴卷，现在又搁在那里了。

最近经济情形还好。汪胖子曾向我借 150 元美金，现已还我，够我补贴一个时候的了。PR 的额外稿费，是意外收入，钱请不必寄来，寄来无用，替我订几份新杂志如何？*Kenyon*, *Partisan*, *New Yorker* 均可。*Sewanee* 也可，上次 State Dept. 送我两份杂志，我点了 *Atlantic* 和 *Sewanee* 两种，*Atlantic* 是按期寄来，*Sewanee* 变成了 MIT 所出版的 *Technical Review* 了（因杂志名单上，S 和 T 接得很近，故有此误），我收到了啼笑皆非，反正这是人家的 gift，懒得去更正。

杂志订两种即可。就是 *New Yorker* 和 *Partisan Review* 吧！余下几个钱我以后要买什么书，再说。最想买的书是：Brooks 和 Warren 的 *Understanding Fiction*。

别的再谈，专此，即颂

快乐

济安 上

十月三日

收书人的地址：

Prof. Tsi-an Hsia, Dept. of Foreign Languages and Literature, Taiwan Univ. etc.

327. 夏志清致夏济安

1956 年 11 月 5 日

济安哥：

　　十月三日的信收到已久，几星期来一直没有空给你回信，心中实感惭愧。星期一、三、五教书，功课虽不大需要准备，可是一回家，有了小孩，杂事终是不断，同去年夏天你在 New Haven 所见到的情形一样：家事 take precedence over 自己的工作，做不开什么事情来。你信上对办杂志的一团热诚，很使我兴奋，只要你自己当心身体，不要为了办杂志事，剥夺了休息和比较 lucrative 工作的时间，尽可放胆办去。第一、二期都已看到，谢谢你航空邮寄，浪费你不少邮票。你的那篇《致读者》，虽免不了有一两句公式话，是目前中国文艺工作者所应采取的 credo，文字简要，把中国近三十年来不断争辩的"艺术""人生"诸问题说得有个头绪。你的那篇《评彭歌的〈落月〉兼论现代小说》我读后大为佩服，你能在评述一篇小说时，把近代文学的倾向清楚地指点出来，并且借以纠正中国人写小说的恶习气而寄于鼓励，这是不容易的工作。你的耐心，你的诲人不倦的态度，你的清楚的说理举例，使我想起编教科书的 Brooks &Warren。我想你对中国学生和写作者的影响也一定可以和 Brooks &Warren 对美国大学生一样的重要。这种批评文多写几篇，在文坛上一定可起作用。以前夏丏尊[1]在中学生的"文章病院"上仅注意到文法和修辞，也引起我们当时的注意。你着重在 style 和 technique（五四以来，还没有过你这种 practical criticism）一定可使文学青年们大开眼界，而重择创作的路径。

你所译的《古屋杂忆》，辞〔词〕汇的丰富，当可与霍桑的原文媲美。我手边有两巨册美国文学选，把你的译文和霍桑的原文粗略地对照了一下，看到你把霍桑的长句子拆开后，重新组织，另造同样幽美的长句子，确是不容易的工作。最重要的，你把霍桑的带些"做作"性的幽默也译出来了。投稿人员除黎烈文[2]、胡适、梁实秋外，梁文星该是吴兴华，

---

1. 夏丏尊（1886—1946），名铸，字勉旃，号闷庵，别号丏尊，浙江上虞人，文学家、教育家、出版家，南社成员，1921年加入文学研究会，任职于上海开明书店编辑所。1930年创办《中学生》杂志，1933年与叶圣陶合写《文心》，代表作有《夏丏尊文集》。

2. 黎烈文（1904—1972），湖南湘潭人，作家、翻译家，1926年赴日留学，翌年转赴法国，毕业后进入巴黎大学研究院。1932年起任《申报·自由谈》主编，1946年去台，后为台湾大学文学院任外文系教授，著译颇丰，译有法国作家梅里美、法朗士、莫泊桑等人的小说，代表作有《西洋文学史》以及小说集《舟中》、散文集《崇高的女性》等。

邝文德[3]该是宋奇太太的兄弟（假如她有兄弟的话），劳幹[4]恐是台大教授，其余的都不大认识。几篇小说中，《矮篱外》有些心理描写，可是故事和 mood，仍不脱早年郁达夫自怨自叹的风格；《琼君》笔墨太省，写得长一些，应当是很好的；《耳坠》人物含糊，故事交代不清；《高老太太的周末》倒是很轻清〔清新〕可喜的作品。吴兴华可称是近代"怀古派"诗人[中]的巨匠，他的诗很有不少立得出的句子，可是他一贯借用古人的口吻说述哲理的诗篇，多看了终觉得路道狭，不管他如何亟图达到很孤高的境界，终不免带些 academic 的感觉。如你所说，《文学杂志》所载的文字都很干净，有这样许多人肯努力写文章，并且走比较谨严的路，是很可喜的事情。

"Language of Paradox"我想试译一下，可是我辞〔词〕[汇量]不大多，翻译毫无经验，译文决不可以和你的、张爱玲的并列的。Paradox 一字如何译法，我一时就想不起来，有什么切近字义的中国现有成语，请指示。我暑期在 Ann Arbor 着实写了些东西，可是搬家以后，Texas 天气炎热，工作的

---

3. 邝文德，即吴兴华。本期署名邝文德的文章是《谈黎尔克的诗》，系吴兴华于 1943 年发表于北平《中德学志》第 5 卷第 1、2 期合刊中的诗论，题目是《黎尔克的诗》。

4. 劳幹（1907—2003），字贞一，湖南长沙人，历史学家，毕业于北京大学，1949 年去台，兼任台湾大学、台湾师范大学教授，1958 年当选"中央研究院"院士，1962 年任美国加州大学教授，代表作有《秦汉史》《魏晋南北朝史》《汉代察举制度考》。

mood 就被打断，该重写的"张爱玲"的一章，还没有写完。
其实这章写好后，我这本书也可以送打字员重打，接洽出版了。
（张爱玲嫁何人？知其姓名否？）前几天接到 Criterion Books
的 Sidney Phillips 来信问我们计划编的"小说选"进行到什么
程度了，读信很感惭愧，可是我想此书是值得进行的，翻译
不比写作费精神，我们一人翻译四五篇像样的作品，不到一
年工夫，该书定可完成。林语堂所译的老故事，销路很好，
我们这本书销路也不会太坏，不比我空论中国文学吃力不讨
好的书。以后我当开给你一个该译小说的目录，你回忆中有
什么特出的小说，也可以告诉我。（你去纽约看到张歆海，
他在写小说；据 *Asian Student* 报载，他那部小说 *The Fabulous
Courtesan* 是述赛金花的故事，日内即可出版了。）我在十二
月间决定试译"Language of Paradox"，有空或者可以写篇论
文，可是我时间被家事所支配，有多少空闲时间，实在难说。

　　我在黑人大学教书已六七个星期，成绩不算坏，可是学
生程度低劣，常识缺乏，颇难教得好。"英国文学史"从
Beowulf 读起，现已讲到 Marlowe，对我完全是重温旧书，讲
解不费什么力气的。"美国文学史"不日可讲到 Freneau[5]、
Irving，早期作家我都没有研究，在讲堂上发挥清教徒的思想，

---

5. Freneau（Philip Freneau，菲利普·弗伦诺，1752—1832），美国诗人、散文家、
　编辑，作为"内战诗人"（Poet of the American Revolution）知名，毕业于普林
　斯顿大学，后供职于费城《自由人月刊》（*Freeman's Journal*），代表作有诗集《英
　国囚禁号》（*The British Prison-Ship*）。

也很容易。另两课"大一英文""高级作文"着重文法、生字、作文，添了改卷子的麻烦。大一学生有几位程度恶劣，不下于光耀中学，北大先修班的坏学生。一月来大一英文班读 Strachey[6] 的 *Florence Nightingale*，四十页的东西，这星期方可读完，速度迟缓不下于中国高中学生读"高中英文选"。学校教员程度低劣，笑话可集入大华烈士的东南风，或搜集起来，写一部 Evelyn Waugh 式的讽刺小说。美国小说对黑人大都寄以怜悯。假如写部讽刺小说，倒是《黑奴吁天录》[7] 以来破格的作品。我星期一、三、五，六时半起身，七时二十分乘公共汽车（得换车）赴校；下午四时许，乘学生便车返家。星期三、五，上午二课，下午三课，教完后人相当累。回家后行动不便，不再出门。上星期看了 *War & Peace*[8]，还是九月初以后第一次看电影，该片长而不沉闷，不像看了《飘》以后，人有疲乏之感。一级影评盛赞战争场面，其实上半部故事发展，对没有看过原著的我，也是很有兴趣的。

---

6. Strachey（Lytton Strachey，里顿·斯特拉奇，1880—1932），英国传记作家、批评家，毕业于剑桥大学，写过维多利亚、弗洛兰斯·南丁格尔（Florence Nightingale）、托马斯·阿诺德（Thomas Arnold）等人的传记，代表作有《维多利亚女王时代名人传》（*Eminent Victorians*）。后文提到的《弗洛兰斯·南丁格尔》以英国护士南丁格尔的一生为背景写作。

7. 《黑奴吁天录》，今通译《汤姆叔叔的小屋》，前者由林纾与魏易合作翻译出版。

8. *War & Peace*（《战争与和平》，1956），据托尔斯泰同名小说改编，金·维克多导演，奥黛丽·赫本、亨利·方达主演，派拉蒙影业发行。该片为第一部英语电影版本的《战争与和平》。

附上近照一张，建一太小，看不清楚，穿汗衫短裤的我倒成了照片的中心。这一卷照片拍得不大好，下次有好照片时，再寄上。你生活一定异常忙碌，希望自己保重为要。父母还念念不忘你交女朋友的事情，不知你对此事最近有没有注意？我这一年来自己为家事忙碌，好像对你的恋爱问题，不大关心。你对人生有做小说家的那种兴趣，任何女子都该是一种challenge、一个problem，对结婚不应该怕。我劝你还是在女同事、女文人间找一个较合式〔适〕的对象，你看如何？

谢谢你送我们大小床两副席子。Texas 天气已入秋，明夏也不一[定]留在此地，你实在不应当送这样的厚礼。不过伏天睡在席子上终较在 sheets 上为舒服，Carol 怕热，一定更会appreciate 你的好意。PR、*New Yorker* 已代订，*New Yorker* 将由杂志社直接寄给你。PR 我预备翻看后再寄给你，因为我最近好杂志没有机会看到。

建一想已身重九磅，饮食很正常，初落地时很瘦小，现在同树仁一样地白胖了。Carol 身体很好，劳动方面较以前为进步。我们平日毫不交际，同隐居一般。同校有林君，系Cornell 博士，生物系，研究 wasps，和 Kinsey 有同癖。他[是]福建人，一家人三代基督教徒，为人极好而乏味。他太太仍在 Cornell 做研究工作，课余无聊即往电影院钻，爱看武侠片、科学片，脑筋极简单，他对我说 "Gary Cooper、Rudolph

231

Scott [9] 的影片最好看！"我 Rudolph Scott 已十多年没见到了。

明晚总统竞选结果广播，我将收听。美国的 sports 狂我未被染着，可是每年 world series 我也稍加注意，而四年一度的总统竞选的确是最紧张、最有趣的 sports event。Ike 大约已操胜卷〔券〕，可是 watch 一州一州的 returns，仍是极令人兴奋的。再写了，祝你近好，Carol 代问好，她有空会再给你信，详述建一的近态。家中都好。

弟 志清 上
十一月五日

---

9. Rudolph Scott（鲁尔道夫·司哥特，1898—1987），美国电影演员，好莱坞星光大道有其印记。

328. 夏济安致夏志清

1956 年 11 月 28 日

志清弟：

　　已经有好久没有写信给你了，很对不起。好在杂志不断
地寄上，此信到时，你恐怕已经看见第三期了。我所以不写
信，一半是因为忙，一半是因为兴致不高。杂志的事情进行
得还算顺利，销路不好，倒是在意料之中；我除了精神之外，
不 [需] 要贴钱进去。杂志的名誉很好，销路也在增加中，我
那篇《评〈落月〉》差不多是人人叫好，我在台湾的名望当
然是更大了。可是我对于这一类的名望，已经丧失兴趣。讲
功夫，老实说台湾没有几个人能够和我比；我若不出名，心
里只是暗中好笑（并不觉得不平或难过），若是出了名，也
是"应有之义"，不值得兴奋。有时候反而觉得自己应该敛迹，
少出名，名气一大，再加人家渲染，其能不名过于实者几希。
杂志虽然凭了我这点儒家精神开创了出来，但是贯彻始终地
挺下去，却需要很大的毅力。你尝说宋奇做事有始无终，其
实我也何独不然？反对儒家精神的有我的悲观思想、道家精
神和 indolent habits。杂志办了三期，我已经相当厌倦，至于

那十几年的教书生活，我当然更觉得厌倦了。那么什么东西使我不厌倦呢？我也想不出来。我是不是对人生已经觉得厌倦了呢？我也不敢承认我已成了彻头彻尾的悲观主义者。我思想里面究竟还有积极的成分。

杂志也许妨害了我的别的有意义的工作。或者可以这样说，我也许因为不相信（下意识地）自己能做更有意义的工作，所以才把精神投放到杂志里去。

再讲杂志。我丞盼你的 contribution。"Paradox"是给宋奇的，我另外再要一篇。Paradox 这个字该如何译法，我没有意见，你不妨 suggest 几个，大家来讨论一下。到最不得已时，仿"德谟克拉西""三藐三菩提"来个音译如何？我希望你能把你那篇《张爱玲论》打一份寄来，由我来替你译成中文发表。你所要做的工作只是（一）重打一份（假如已经多一份 copy，那就更省事）；（二）把 quote 的原文抄上，因为我们这里不容易找到张爱玲的著作。我翻译很快，一天五千字没有问题，你那篇东西假如二万字长，顶多 take 我四天就够了。我翻译你的东西当然和翻译霍桑不同，也许并不忠实，主要的变动是要把你那篇原来给洋人看的东西，改成给中国人看。除了这点变动，我的翻译将不失原义。你对于张爱玲一定有宝贵的意见，不介绍给中国读者是太可惜了。假如你同意，请将稿子航空寄下，不需什么 editing，有什么地方该扩充，有什么地方该删节，你只消在 margin 上注一笔，我一定照办不误。（张爱玲的丈夫的名字，宋奇只在信上写了一个看不大清楚的姓，我已忘记了。）

我讲了不少关于厌倦的话，但从我所发表的文章上，你恐怕看不出我有什么厌倦的痕迹。我的文气还是很畅达，vigor 也许不够，但多少还能表现一点 zest，所以你不必替我 worry。我是个和文字有缘的人，写起文章来总是很有劲，惟其有劲，写完后很疲倦，事后又怕再执笔。我之所以不能成为职业作家，和这种恐惧感大有关系。写作的时候，人是进入一种兴奋的出神状态。有许多人在听音乐、看打球、参加政治性集会，或者谈恋爱的时候，可以达到这种出神状态，我对于那些东西，大约都以平淡态度对付；但是用心写作的时候，我可以有类似的 feeling。但是我不喜欢任何种类的 exaltation 或 ecstasy（这点是值得心理学家研究的），我所冀求的 mood 是 serenity，but in my case，serenity comes so often close to depression。

写文章大约不一定要吃力。或者说写各式文章吃力的程度不等。你有意要写一部以黑人为主的幽默小说，我拍掌称善。我相信写幽默的东西要比 Henry James 派心理小说容易得多。心理小说有个很明白的 norm，作者不断地苦思修改，的确渐渐可以接近这个 norm，而率尔操觚的确不容易产生好东西。幽默小说无定法，写得好可以很幽默，写得不好大不了是 flat，或违反好的 taste，或使读者看不出其幽默所在。我没有写过幽默小说，但是我们编 *20th century Fox Follies*（据 *Newsweek* 说 Fox 与华纳有合并传说）的经验，以及我乱写游戏文章的经验，写幽默东西本身就是一种乐趣，写的时候很快乐，写完后也很快乐，发表快乐，不发表也快乐。我总想有一次试写幽默作品 [的机会]。你的那本 negro humor 我相信一定比《中国近代文艺研究》容易写，甚至于不需要很周密的 planning，day to day record 就可能有它的可爱之处。如想 sell，那么请不要忘了 humor plus pathos 的公式。你写那种东西，尽可以消遣方式出之，就像给你那位犹太朋友一 page 长写一句或是程靖宇的 Ada 方式可也。每天乱写一点，日积月累也可能成一本书。有一点我不大放心，我不知道你耳朵录音的本事如何。那些黑人的错误蹩脚英文，要如实记下来恐怕很不容易。方言和奇怪的语言本身就是一种滑稽，狄更斯和王无能[1]都了解这一点。你如有录音的本领，我相信你一定能把握黑人英文中的 essence，而得到幽默的效果。我很鼓励你做这件工作，你在 Texas 教低级学生，安知不是上帝安排好了让你写这部小说的呢？在美国不奋斗不能出头（此所以我不大敢来美国，尽管我是这样喜欢美国），但是靠学术论文来打天下，我看是太吃力了。现成有这样好的题材，不写是太可惜了。

讲起录音，崔先生替你录的音，我早已听见，以前忘了提起。你的话说得毫不 impressive，这是我们的个性使然，谁

---

1. 王无能（约 1890—1938），原名念祖，江苏苏州人，为文明戏丑角演员，1920 年以后以"独脚戏"形式演出，自编自演的节目有《宁波空城计》等。

要叫我录了音寄给你来听，我相信我也没有话好讲的。我们都不是 demonstration 一型的人。在崔先生同一根音带上，别人讲的话都很"可观"。我真佩服那些人慢条斯理的精神，以及（in some cases）字正腔圆的国语。那些人写起信来，恐怕就没有什么话好说了。我为了好玩，也录过几句话，我自己听自己的声音，觉得语气快而短促，忽高忽低，好像是听见你在说话。不过最近我讲话愈来愈慢了，这是在 lecture room 中训练出来的。

承蒙你又提起女朋友的事，现在是真正的乏善足陈，一个女朋友都没有，原有的都给我断绝了。好在台北关心我的人很少，敢向我（在这方面）开玩笑的人也不多，我这种没有女人的生活，似乎过得也很正常。我所以常打马〔麻〕将，因为做人不可没有社交生活，普通社交不免谈话，谈话不离女人，一打马〔麻〕将，大家就省得开口。不打马〔麻〕将时，见了面也有马〔麻〕将可谈。这样做人就很快乐了。关于女朋友的事，我不是没有用过心思，现在我对于这方面已经提不起兴致。How alarming! 婚大约十〔有八〕九是糊里糊涂结的，我本来就不大糊涂，现在更不糊涂了。可是语云：人强不如命强，我真有一天糊里糊涂地结婚也说不定。这事的实现大约先要满足一个条件：我很 prosperous，有用不完的钱，有自己的房屋，甚至汽车。（这不算是奢望，照我的才能学识，可能得到这种报酬。台湾拿 US ＄200 一月的人有的是，这种人也没有什么了不起。可是我要是能拿这么多，我的生活就

237

完全改观了。）并不是说，我怕物质生活没有保障才不结婚。我要指出的是：我所过的生活一向都算是清苦的，一旦稍稍有钱，可能会兴高采烈，乃至得意忘形，人在那个 mood 之中，有人提起做媒结婚，我可能会糊里糊涂地欣然同意。那时候 immediate wants 都已满足，不结婚似乎人生也欠缺了些什么。但是现在叫我追求，甚至和女朋友做普通的来往，我都没有劲。婚可能还会结，但"求"是不"追"的了。

《近代中国短篇小说选》我当然很愿意同你一起翻译，但是我不知道明年有多少时间可以供我支配（今年文债太多），希望能够实现。在我记忆中的短篇小说，好的不多（或者说，我根本没有看过几部短篇小说集），施蛰存的《将军的头》倒是很别致的。编这本书，有两种着手方法。一是 representation 法，把各派各家都放进去，每人选一两篇。还有一种方法，专译某一类型的小说（如 Martha Foley [2] 所选，大致是轻柔一类的）。如采取第二种方法，我觉得该着重多东方味道如 Rashoman 那一类的。照第一种方法，编的工作较容易，我们心目中似乎早已有一张大同小异的作家名单，问题是译他们什么作品。照第二种方法，编起来稍吃力，因为有名的作家不一定列入，无名作家的好作品我们也得去搜集发掘。台湾的"文献"并不比在美国多，但是我可以设法

---

2. Martha Foley（玛莎·福利，1897—1977），1931 年与其丈夫惠特·班纳特（Whit Burnett）创办《故事》（*Story*）杂志，该杂志发现了塞林格（J. D. Salinger）、田纳西·威廉斯（Tennessee Williams）、理查德·赖特（Richard Wright）等人。

去找。张爱玲的《金锁记》无论从哪一角度看，都该列入的。我心中有点偏向第二种方法，左派 naturalism 的东西似乎不值得我们再去推波助澜地加以宣扬。在美国的生意眼，似乎也以多带东方神秘味道的好，至少那是 what the American readers expect of us。

你的照片表现得很健壮，看见了很高兴。建一看不大清楚，她还小，相貌很难说。据研究相面的朋友看见了建一 two days old 的照片后说，她的两只耳朵如是之大，该是大贵之相。（我没有替建一去算命，这也是中国传统习惯，女孩子的命不算也好。以后我如自己算命，也许顺便替她一算。）小孩子的相貌很难说，这两期 *Time* 和 *Newsweek* 常有英国 Prince Charles[3] 的相片，这个小王子的相貌其实同普通英国小孩子没有什么分别。中国人讲究天庭饱满，Prince Charles 的头发压得很紧，*Time* 似乎还有读者去投函 complain 呢。

电影我现在看得也没有以前多。昨天去看了 *Bus Stop*[4]，不大满意。梦露（Chinese for Monroe）的演技的确大有进步，可是我不知道 William Inge[5] 在文坛上究竟有些什么地位。他这部戏除了卖弄性感（on both sides），再加上一点 sentiments

---

3. Prince Charles（查尔斯王子，1948—），伊丽莎白二世之继任人。
4. *Bus Stop*（《巴士站》，1956），浪漫喜剧电影，约书亚·罗根导演，玛丽莲·梦露、唐·穆雷（Don Murray）主演，20 世纪福克斯发行。
5. William Inge（威廉·英奇，1913—1973），美国剧作家、小说家，曾获普利策奖，代表作有《狂餐》（*Picnic*）。

外，似乎毫无深刻动人之处。*Man With the Golden Arm*[6] 很好，但是 Eleanor Parker 的演技过火使我厌恶（她的 *Interrupted Melody* 亦然）。同样一部 Frank Sinatra 演赌徒的戏，我倒比较喜欢 *Guys & Dolls*[7]。Jennifer Jones 在 *Splendored Thing* 中的演技使我们击节称赏，但她在 *Man in the Gray Flannel Suit* 演技拙劣（很 strained），使我失望。这几个月来所看的电影，顶满意的恐怕是英国喜剧 *To Paris with Love*[8]，Alec Guinness[9] 妙不可言，演一个中年风流男子，真叫中年人看了心服。相形之下，*The Swan* 是部呆钝的戏。好莱坞这几个月推出巨片甚多，台湾还没有见到。我对银幕美人渐渐一个个地丧失兴趣，Jean Simmons 还是始终拥护的。英国喜剧 *Doctor At Sea*[10]（*At Home*

---

6. *Man With the Golden Arm*（《金臂人》，1955），剧情片／黑色电影，据纳尔逊·艾格林（Nelson Algren）同名小说改编，奥托·普雷明格导演，辛那屈、埃琳诺·帕克主演，联合艺术发行。

7. *Guys & Dolls*（《红男绿女》，1955），音乐剧，据1950年同名百老汇音乐剧改编，约瑟夫·曼凯维奇导演，马龙·白兰度、珍·西蒙斯、辛那屈、薇薇安·布莱恩（Vivian Blaine）主演，米高梅公司发行。

8. *To Paris with Love*（《巴黎艳迹》，一译《花都满春色》，1955），英国喜剧电影，罗伯特·汉墨（Robert Hamer）导演，亚历克·吉尼斯（Alec Guinness）、奥迪尔·维萨（Odile Versois）主演，双城影业出品。

9. Alec Guinness（亚历克·吉尼斯，1914—2000），英国演员，代表作有《远大前程》（*Great Expectations*，1946）、《雾都孤儿》（*Oliver Twist*，1948）、《桂河大桥》（*The Bridge on the River Kwai*，1957）等。

10. *Doctor At Sea*（《春色无边满绿波》，1955），据理查德·高登（Richard Gordon）同名小说改编，拉尔夫·托马斯导演，德克·博加德、碧姬·芭铎（Brigitte Bardot）主演，兰克影业公司、共和影业发行。

的续集）中的小美女 Brigitte Bardot[11] 倒是美得使人透不过气来。

 Partisan Review 你先看后再寄来，很好。再定订一份 *Kenyon Review* 如何？你也可以先看。这种杂志我不一定会仔细读它，可是我想托 USIS 去接洽，请得 *New Yorker*、*Atlantic*、P. R.、K. R. 的中文翻译权，里面如有好文章，可以翻译了在《文学杂志》上发表。翻译权请得后，那么不但是新的，以前所发表过的文章也可以随时拿来翻译了。

 父亲母亲前暂时没有话告禀，他们愈关心我的婚姻，我愈没有话说了。别的再谈，专颂
近安

济安 顿首

十一月二十八日

 席子已买好，但是因为事情忙，没有工夫去投寄，同时天气渐入深秋。我猜想你们也许用不着了，因此就没有寄。可是我不知道 Texas 的天气，假如四季如夏，那么你们也许还用得着。请于回信中告诉我一声 Texas 的冬天的天气。东西已经买好，放在我这里没有用，请不要客气。如仍需要，当即立刻寄上。

---

11. Brigitte Bardot（碧姬·芭铎，1934— ），法国演员、歌手、模特，代表影片有《玛丽娅万岁》（*Viva Maria!*，1965）。

1957年

329. 夏济安致夏志清

1957 年 1 月 23 日

志清弟：

好久没有收到你的信，甚是挂念。我自从耶诞节寄了一张卡片，也没有写过一封信，真是懒惰得岂有此理。席子寄上，想已收到。你们寄来的卡上，没有你的字，这些日子又没有接到你的信，更使我挂念。近况如何？务请函告。

我近来生活平常，但是做人兴致总是不高，只是等待好运气的降临。"兴致不高"者，就是 future 对我没有什么意义，I have nothing to strive after。现在书照教（教书的态度愈来愈轻松、潇洒），杂志照编，但是这种工作出发点是"责任感"，是被动的，对于这些工作（可说是任何工作），我已经缺乏热诚。外表上，我的精神还是饱满的，社会上许多精神饱满的人，内心恐怕也像我一样，热诚已经丧失。结婚恐怕也不是一个补救的办法，我假如早结了婚，我不相信现在我做人会更起劲。追求则不同。追求的时候，虽然多苦闷，但是感性特别敏锐，莫名其妙地想浪费精力。现在则怕动，怕多用脑力体力，人也变得懒，没有劲。结婚无非增加一种责任，但责任太多，也容易使人疲倦衰老，而我已经说过，做人尽责还不是人生第一意义，当然不尽责更坏。追求时的紧张不安，并不是做人的正常状态，人也不可能常在这种浪漫的心境中。浪漫的心境本是一种向往，假如再向往这种"向往"，做人也太空虚了。

现在电影也不大看，主要原因是懒得出门。从台湾大学到 downtown 西门町，没有多少路，对我好像是出一次远门。阳历年初，梁实秋 renew 上次的 offer，希望我考虑于半年后接受他的聘约，我听见了也不起劲。美国是想去的，但是顶好自己在什么地方 make 10G，在美国住上三年五载，安心读书作文。梁实秋的 offer 不过是送我去美国一年，回来后在师大教三年书；我怕这三年，宁可不要那一年。当然对梁实秋，我没有把话说得那么死。

台湾现在的气象是一片繁荣享乐，鼓舞升平。打牌的人愈来愈多，买电器冰箱的人家也愈来愈多。各人把住宅都整修得漂漂亮亮。什么卧薪尝胆，这里简直看不到一点痕迹。连军人都吃得面孔紫气腾腾，军校学生和少尉以上的军官穿的都是 U.S. Aid 的呢制服，英俊潇洒，一洗当年瘪三丘八的寒酸凶横相。这种现象我是看不惯的，台湾虽好，到底不是上海，不是美国。我是极力主张"反攻大陆"的，这里的人下意识中已经"直把杭州当汴州"，不想回去了。我是光棍，我觉得与其在台湾小享乐地终老，不如四海流浪。何况我在台湾不过做一个教员，教员总是穷的，要过小享乐的生活，也比不上人家。

最近 Holiday on Ice 来台献艺（没有 Sonja Henie），票价相当高，但是八千人的场地，场场客满，看过的人大约有几十万。台北以外各县都有人坐了火车来看的。San Francisco Ballet 来台表演三场，票价更高，也是场场客满。台湾的人似乎比当年上海人更舍得花钱，更富于艺术修养。

《文学杂志》第五期已经出版。这一期有张爱玲的小说《五四遗事》（原文在 *Reporter* 杂志发表）一篇，这是宋奇去拉来的。张爱玲把文字和题材控制得都很好，与《文学杂志》so far 发表过的小说大不相同。可惜你那篇《张爱玲论》没有寄来，不能同时发表。我在这里再催你一次。张心沧的 *Courtesy & Allegory* 的 F. Q.，已由他的姐姐张心仪（嫁一个工程师，她 in her own right 也是一个作家，有好几篇小说在英国发表）送了一本给梁实秋。梁读后大为佩服，希望你能写一篇书评，梁对你久已敬仰，因为 Rowe 把你说得太好了。你如有这本书，请费神评它一下如何？

台北新开了一家电影院，名字叫"新生"，专演派拉蒙巨片，开幕第一炮是 *The Court Jester*，第二炮是 *To Catch A Thief*[1]。这些都是老片子，但是派拉蒙的片子，在台北久已不上映，积压得已经太多了。那家戏院据说有远东最大的银幕，演

---

1. *To Catch A Thief*（《捉贼记》，1955），浪漫惊悚片，据大卫·道奇（David Dodge）1952 年同名小说改编，希区柯克导演，加里·格兰特、格蕾丝·凯利主演，派拉蒙影业发行。

Vista Vision 顶适合。我去看了 *Jester*，很满意，远胜 Bob Hope 的 *Casanova*²。Foyer 所挂的明星照片不多，马丁路易之外，有 Jane Wyman、Charlton Heston³ 等，还有一个金发美女，左颊上有一颗痣，不知是不是 June Haver。此外似乎还有 Cary Grant。*War & Peace*、*Ten Com.* 的影子都还没见，但是 *High Society* 似乎在阴历年就要上演了。MGM 的 Dore Schary 已下台，但是根据 *Time*，去年 MGM 卖座状况还不太惨。不知 *Variety* 的详细报道如何？

别的再谈，等着你的信。专颂

近安

济安 顿首

元月二十三日

又及：父母亲大人和玉瑛妹想都好。

Dearest Carol   January 23, 1957

Thanks very much for the X'mas card from you all. I especially enjoy little Joyce's lovely note. I was reading Whitehead's dialogues. Guess what the philosopher says about Joyce's literary

---

2. *Casanova*（*Casanova's Big Night*,《冒牌剑侠》, 1954），诺曼·Z. 麦克李欧导演，鲍伯·霍普、琼·芳登主演，派拉蒙影业发行。

3. Charlton Heston（查尔顿·赫斯顿, 1923—2008），美国演员、政治活动家，代表影片有《十诫》（*Dekalog: The Ten Commandments and The Decalogue*, 1956）、《历劫佳人》（*Touch of Evil*, 1958）等。

talents? "As with novels, so with letters. Women write better letters than men. They put in what we want to know, how people felt about things, how they lived, what they ate & wore, what they worried about." Hereby I want to make a little additional note to Mrs. Y. R. Chao's Cooking Book[4]. About Chiao-tsu（饺子）. Don't boil them. Put in the Chiao-tsu, when the water boils. Cover the lid, and wait till the water boils again. Then pour in a little cold water. Cover the lid again, and pour in cold water when the water boils. You have to pour in cold water three or four times, before the Chiao-tsu are well cooked. Take the Chiao-tsu out when the water boils for the last time. Enjoy your Chinese New Year with the real Chiao-tsu as the Peiping cook does it .

Affectionately,

Tsi-an

---

4. 指杨步伟的《中国食谱》(*How to Cook and Eat in Chinese*)。杨步伟（1889—1981），南京人。1912 年担任崇实女子中学校长，1919 年获得东京帝国大学医科博士学位，1921 年与著名语言学家赵元任先生结为伉俪。著有《一个女人的自传》《杂记赵家》《中国妇女历代变化史》等。

330. 夏志清致夏济安

1957 年 1 月 28 日

济安哥：

今天收到来信，很感惭愧。上次收到信后，回信早应该写，过后收到台湾席子一套，照例更应复信道谢。当时不即写信者，是希望把《张爱玲论》早日打完，交了文债，再写信，心里可以痛快得多。结果迟到今日（大年夜），文章还没有缴出，信也没有写，实在对你不住。我一直很挂念你，正同你关怀我一样。两个多月来，为教书照顾家务忙着，除教书技术大有进步外，一无什么长进（起初以为大一文法读本不容易教，教了一学期下来，颇得黑[人]学生爱戴）。你两次来信都说对生活近况不满意，因为教书和编杂志都是不够challenging 的工作，不能使你燃起野心的热火、创作的欲望；而台湾一时也看不到有什么值得 engage 你精力的工作，精神反而懒散起来。我两年来为家务所累，每天做好丈夫、好父亲，而自己的野心和创作能力，因为久不运用，转而成为一种 guilty，倒过来 paralyze 我。以儒教伦常作人格评判的标准，我可算得是好 son、brother、husband、father、friend，可是自己对自己不满意，心头总不会很痛快（儒家对做人道义的 duties 发挥已详，而对自己满足创造欲应有的责任心这一点，似不多注意。或者，《易经》"君子以自强不息"是指这一方面的）。在上海时，地方狭小，家里情形很乱，可是母亲视"男女分工"的道理为天经地义，我们读书的时间，从不受到干涉，有时受到干涉，我以"凶横"态度，乱叫几声，自己也不以为奇。在美国"男主外，女主内"的 principle 已被工业化社会和 gadgetry 所打倒（许多作家都痛骂美国男子被女子所占有，很有些道理），代替它的是 *McCall's* [1] 杂志在广告上一直标榜着的"togetherness"。所谓 togetherness 者，当然是丈夫帮妻子忙，太太除在社交上稍有帮忙外，在事业上不可能有多大的帮助。所以 Gregory Peck 在 *Man in Gray Flannel Suit* 所感到的冲突，中国做生意、办事业的人是感[受]不到的：如何 reconcile 自己的事业性和每天工作八小时后把其余时间给太太、孩子支配的家庭责任性。中国女子（欣赏美国家庭杂志的新法女子当然不同了）以往无不在"丈夫的事业"的大前提下，把自己的要求缩小下来：要好的人，如母亲一样，自己克勤克俭，尽力"帮夫"；比较带堕落性的，既得不到丈夫的 attention，也就不理家务，以打牌、听绍兴戏换到些不太兴奋的小享受。比较讲来，中国女子是"吃苦"的，

---

1. *McCall's*，美国女性月刊，创刊于 1873 年，最初名为 *The Queen*，1897 年更名为 *McCall's Magazine—The Queen of Fashion*。

而在美国"吃苦"的是男人，因为女子野心不大，有丈夫伴着，有足够钱花，就应该很满足了。在美国教育界，年青〔轻〕人又要以微薄的薪金养一个家，又要做研究写文章，生活实在是不容易。比较有成就的，不是 cruel 的，就是暂时咬紧牙关，硬着心肠的人。依我的计算，在美国养大两个年龄相仿的小孩，做丈夫的非得腾出五足年宝贵的时间不可，但是除非是满足于"每天工作八小时"的人，谁能 afford 这许多时间？我因为 Carol 很能安贫吃苦，还没有做到 do it yourself 式，空下来做木匠、做花园匠的丈夫。可是照料小孩，有时做一两只中国菜，时间的消耗实在可怕。星期二、四两天，我不出去教书，可是 Carol 安排好了 shopping、洗衣、看医生种种节目。我不会开车，大部分时间就花在 Joyce 身上，到晚上可以做工作的时候，黑〔人〕学生程度虽低劣，"压生"总得准备一下，卷子总得改，把晚上时间全部耗去。隔日六时半起身，又得在学校花一整天。如此周而复始，很少有自己的时间。所以四月来的成绩是 Joyce 愈长愈聪明，相貌也愈长愈好。你看到了附上的照片，Joyce 的相貌雪白清秀，已同上次附上的小照大不相同，你必定大会高兴。这一卷照片成绩很好，另有三张添印好后即寄上。照片是阳历新年时所摄的。

圣诞假期初，寄了不少信，在老师朋友面前，把一年间树仁去世，换 job 的情形，总得好好交代一声。过后请同事林氏夫妇吃了一次饭（林太太已放弃了 Cornell 的 job，目前也在同校教书）；林氏夫妇回请了一次，时间过得很快，一下子就开学了。《张爱玲》简直没有动，上星期大考期间打了十多页，我想三四天内一定可以缴卷。我这篇文章不能同《五四遗事》同时登出，很是遗憾，但是我相信这次我一定可以缴卷。此外我计划写一篇评中国近代小说的文章，我写中文比英文快得多，经你稍加润饰一下后，一定可以很像样。Brooks 那篇 "Paradox"，专讨论 "The Canonization" 一首诗，照我目前眼光看来，所论诸点，已是些老套，不够 exciting；加上我译诗毫无经验，一定要遗〔贻〕笑大方，如宋奇一定要把此文选入，我想还是由你代译罢。我情愿给《文学杂志》再写一篇文章。

　　台湾席三幅〔张〕已收到，席织得极精致，Carol 见了极为喜欢。在美国夏天，不论在 Texas 与否，席子是很需要的。你这次为了赶新年的 deadline，特由航空寄上，花了不少邮资，其实大可不必，平邮寄也是迟早收到。你的诚意，Carol 和我都非常感谢，可是以后可节省的地方还是节省的好。贺年片非常高雅，至今我还是供在写字台上，日本和香港的贺年片，都较美国贺年片 "上等" 得多。New Yorker 和 PR 都已代订，PR Winter Issue 已收到，不日即可寄出（预备同一本 Trilling：A Gathering of Fugitives 一起寄上，Trilling 此书所存的都是些介绍新书的小文，但仍可一看）。KR 年关时经济拮〔据〕，还没有代订，不日代订一份 Swanee Review（SR 学术性文章似较 KR 为多）如何？《纽约客》已由杂志直接寄，不知你已看到否？这学期我把 "美国文学" 让给另一人，教一门"廿世纪文学",自己温温旧书,可以多得益些。那位教"美国文学"的老黑人,出了几本关于 Negro folklore 的书,是全校唯一有研究成绩的人。他最近印了一本什么书,共三四百本,他寄了一本给 Ike,一本给英后。上星期他沾沾自喜地 show 我一封华盛顿英国大使馆代皇后道谢的信,这种笑料实在很有趣,是普通写小说的人想象不到的。其他校长、校务主任在托名"民主"下,笨拙专制的情形,也很可令人发笑。在一片同情黑人声中,写一本讽刺黑人的小说是应该的。其实在我看到留美华人读书恋爱的种种,何尝也不是一部好小说?我写小说的雄心不强,可是我觉得写小说不难,只要凡事凡物,抓到一个扼要的新鲜的观点,抱着"疾虚妄"的精神,不论讽刺或"内心"的小说,都值得尝试。

电影我也不常看,非 must see 的电影不看。晚近看的有 *Friendly Persuasion*[2]、*Baby Doll*[3]、*La Strada*[4]、*Lust for Life*[5] 四

---

2. *Friendly Persuasion*(《四海一家》, 1956),美国内战电影,据杰丝敏·韦斯特(Jessamyn West)1945 年同名小说改编,威廉·惠勒导演,古柏、多萝西·麦姬尔主演,联合艺术出品,联合艺术、米高梅公司发行。

3. *Baby Doll*(《娇娃春情》, 1956),黑色喜剧片,据田纳西·威廉斯剧本《27 辆载满棉花的货车》(*27 Wagons Full of Cotton*)改编,伊利亚·卡赞导演,卡尔·马尔登、卡罗尔·贝克(Carroll Baker)、埃里·瓦拉赫(Eli Wallach)主演,华纳影业发行。

4. *La Strada*(《大路》, 1954),意大利剧情片,费里尼(Federico Fellini)导演,安东尼·奎恩(Anthony Quinn)、茱莉艾塔·玛西娜(Giulietta Masina)主演,创思特(Trans-Lux)发行。

5. *Lust for Life*(《凡·高传》, 1956),传记电影,据欧文·斯通(Irving Stone)1934

片。*Friendly Persuasion* 是极动人的影片，笑料也很多，不知何故 *Time* critic 不喜欢它。*Lust for Life* 中 Kirk Douglas[6] 精〔演〕技很精粹，想是今年度 Oscar 的得奖人。*Baby Doll* 故事本身 tasteless，Carroll Baker[7] 的确值得 watch。两月前看了 *Giant*[8]，我对 George Stevens 一向很崇拜，可是 *Giant* 我认为是 flop，全片前后不调和。后部强调"种族偏见"主题，在我看来颇为勉强，James Dean 演技过火得 disgusting。可是美国影评一直认 *Giant* 为十大巨片冠军 or 亚军，颇令人费解。*Guys & Dolls* 在暑期中看过，很满意，对 Brando 唱歌几段时的表情功架，尤为击节叹赏。（Esp. 他掷豆子那一段）Brigitte Bardot 在 *Helen of Troy* 中任配角，你离美前曾留给我几本 *Esquire*，其中一册有全幅 Bardot 大照片，当时我看了，觉得她美丽夺人，可惜杂志已丢了，否则可把照片剪下来寄给你。

　　MGM 1955 年营业恶劣，Dore Schary 下台，恐怕也是那年被攻击开始。去年 MGM 接洽好了几个独立制片人，*Guys*

　　年同名传记小说改编，文森特·明奈利（Vincente Minnelli）导演，柯克·道格拉斯（Kirk Douglas）、安东尼·奎恩、詹姆斯·唐纳德（James Donald）主演，米高梅公司发行。

6. Kirk Douglas（柯克·道格拉斯，1916— ），美国演员、出品人、导演，1981 年获颁总统自由勋章，2002 年获得国家荣誉奖章，代表影片有《凡·高传》等。

7. Carroll Baker（卡罗尔·贝克，1931— ），美国演员，代表影片有《娇娃春情》（*Baby Doll*，1956）、《巨人》（*Giant*，1956）。

8. *Giant*（《巨人》，1956），剧情片。乔治·史蒂文斯导演，据艾德娜·费勃（Edna Ferber）同名小说改编，伊丽莎白·泰勒、洛克·哈德森、詹姆斯·迪恩、卡罗尔·贝克主演，华纳影业发行。

& *Dolls* 和 *High Society*（Sol Siegel[9]）营业极佳，不过本厂出品，营业都是平平。公司台柱现除 Glenn Ford[10]、Ava Gardner、Stewart Granger[11] 三人，Rbt. Taylor、Lana Turner 想都已被解约了。派拉蒙去年三大导演连〔联〕袂脱离，George Stevens 独立制片，Billy Wilder 和 Wm Wyler 帮 Allied Artists（即前 Monogram）服务（Billy Wilder's next：*Love in the Afternoon*[12]，Gary Cooper，Audrey Hepburn，M. Chevalier 是刘别谦式的喜剧），艺术水准大受影响，*W & P*、《十诫》后恐怕没有什么特殊巨片了。Wallis 有一张 *Lancaster*，[与]Kirk Douglas 合作的硬性西部巨片，倒是值得拭目而待的。WB 公司自己专拍 Natalie Wood[13]、Tab Hunter[14] 合演劣片，靠代经发行的巨片赚钱。大王独立制片后，明年初的福斯影片也很少特出的。最近 TV 每天有三大巨片放映（MGM、RXO、Fox，WB 都已把 backlog 出租 or 卖掉），有空 watch TV，实在用不到再上

---

9. Sol Siegel（Sol C. Siegel，索尔·西格尔，1903—1982），美国记者、电影出品人。

10. Glenn Ford（格伦·福特，1916—2006），出生于加拿大，美国演员，代表影片有《富贵满华堂》（*Pocketful of Miracles*，1961）。

11. Stewart Granger（斯图尔特·格兰杰，1913—1993），英国电影演员，代表影片有《茅舍春色》（*The Little Hut*，1957）。

12. *Love in the Afternoon*（《巴黎春恋》，1957），浪漫喜剧片，根据瑞士作家克劳德·阿内（Claude Anet）小说《阿瑞安娜，俄国少女》（*Ariane, jeune fille russe*）改编，比利·怀尔德导演，古柏、奥黛丽·赫本、莫里斯·希佛莱主演，联合艺术发行。

13. Natalie Wood（娜塔莉·伍德，1938—1981），美国演员，代表影片有《玫瑰舞后》（*Gypsy*，1962）、《三十四街奇迹》（*Miracle on 34th Street*，1947）、《青春梦里人》（*Splendor in the Grass*，1961）等。

14. Tab Hunter（泰布·亨特，1931— ），美国演员、歌手。

电影院。

你精神不振，我也无法劝告，如能有对象，追求一下也是办法，否则除努力编杂志外，还是在创作方面努力为是。第五期《文学杂志》篇幅较厚实，内容也很好，有许多长期连载的，下几期编起来不大吃力。我月前教过 *Henry IV*，梁实秋的译本很想看一下。莎翁剧本中一语双关的"粗话"极多，希望梁能把它们译出。如 Act III，Scene III 末了几段话：

Prince：I have procured thee, Jack, a charge of foot.

Falstaff: I would it had been of horse (whores). Where shall I find one that can steal (urinate; by extension 性交？) well？O for a fine thief (a young sheep, therefore a gore), of the age of two-and-twenty, or thereabouts; I am heinously unprovided.

这是我从 Yale 教授 Kökeritz 所著 *Shakespeare's Pronunciation* 中看到的。

张心沧的 *Allegory & Courtesy in Spencer* 文字极为谨严，干净老练，确为我所不能及。

《镜花缘》三章的翻译也很花了苦心。两 chapters 述中西文学（从 allegory 出发）的异同和中西文化（从 courtesy 出发）的异同，虽是经过苦思而写成的，但有些见解仍是前人所说过的（如钱锺书的"为什么中国没有悲剧"[15]，《天下》

---

15. 指钱锺书的论文 "Tragedy in Old Chinese Drama"（《中国古代戏曲中的悲剧》），载《天下月刊》1935 年第 1 期。

杂志），或太为笼统，不够精到。他对 Spencer 的 Book Ⅵ, F. Q. 的确花了不少功夫，那篇论 courtesy 的长文，读后很令人佩服。我有机会再读的时候，当把此书介绍一下。

父母亲近况很好，去年我改用旅行支票后，汇款不脱期，父母的情绪大为 relaxed，不再为衣食愁了。今天晚上一定可以过一个好好的大除夕。记得去年此时，你有吴某人介绍女朋友给你，不知这个新年会和她重见面否？祝
新年快乐

弟 志清 上
一月二十八日

Carol、Joyce 近况皆好，Joyce 身重已十五磅出头，相貌同树仁同一类型，聪明或有过之。

331. 夏济安致夏志清

1957 年 3 月 8 日

志清弟：

又是好久没有给你信，很是抱歉。上次那封长信里说《张爱玲论》三四天后到，我想等三四天再写回信吧。《张论》迄今未到，回信也一直耽搁到今天。我这封信不是来催你稿子的，只是《张论》鼓吹了好久，连张爱玲自己都写信来说，希望读到你的批评。我起初以为你英文稿子是现成的，寄来我替你翻译一下，就可以应用。现在看样子你是自己动手在写中文的了，你又这样地忙碌，我不敢催促。让我再给你一个月的宽限，第七期（定三月廿日出版）的稿子大致已经编好，第八期（定四月廿日出版）希望发表三篇讨论小说的文章，一篇是你的，一篇是宋奇的论 Evelyn Waugh 并选译 *Brideshead Revisited*，还有台大一个学生[1]翻译 *Flowering Judas* 及

---

1. 《文学杂志》第八期（第二卷第二期）出版于 1957 年 4 月 20 日，刊有郑骞、居浩然、余光中、高干、林以亮（宋奇）等人的作品，以及梁实秋译《亨利四世》（上篇之二）。文中提到的学生翻译，系作者名为文孙的《一篇现代小说中象征技巧的分析——试论 K. A. Porter's "Flowering Judas"》。

comments。这样第八期可能很精彩。希望《张论》能够于四月初寄出。

第六期的杂志想已收到。周弃子[2]《说诗赘语》文字很老辣，可惜发挥得还不够透彻，我读后很多话要说，可惜我也没法说得透彻，只是想把洋人顶浅近的智识介绍给中国人。题目是《诗与批评》，这几天话老是在脑中盘旋，可能很快就要写下来。我自己不写诗，对诗又没有什么研究，写也写不好。不过这种常识浅近话也该介绍到中国来。我已经出了题目叫宋奇写一篇《新诗的 Apology》。（我那篇东西也许要改题目：《白话文与新诗》。）

来信所讲生活情形，我读了[有]很多感触。Carol 是个贤妻良母，在美国女子中算是顶好的了；只是她和中国的新派女子一样，生在女权发达的社会，要想同我们母亲那样"克己"是办不到的。中国的大家庭有一点好处：长辈的榜样，小辈从小就在观摩。女孩子很早就知道该怎么做媳妇，怎么做婆婆。大家庭里的小孩子都是 apprentices，实习如何做家庭里的"人"；practical ethics 在中国发展得算是顶彻底的了。中国的新式女子则很可怕；她和美国女子一样地对于人生有种种 claims，但是中国女子似乎更 ambitious 得多。美国社会稳定，士农工商大多能安居乐业，女子不一定希望丈夫怎么出人头地。可是中国（现在台湾仍旧如此）似乎只有做官是

---

2. 周弃子（1912—1984），名学藩，字弃子，以字行，别署药庐，亦署未埋庵，湖北大冶人，有散文及诗集行世，代表作有《未埋庵短书》。

出路，中国旧式女子"盼夫做官，望子成龙"的野心本来就不小，现在女权高张〔涨〕，她们变得更 clamorous 了。要娶个好太太是不容易的。根据基督教的看法，人生本来就没法完美；做人就是不断地 adjustment，在不完美之中勉强得到一点快乐；或者大家糊里糊涂过日子，得过且过，少研究问题，少比较，不责备别人，也不责备自己。

你信里讲起 The Man in the Gray Flannel Suit，我还可以补充两个例子。一个是福斯的 Hilda Crane [3]，那个女人（Jean Simmons）嫁了一个好丈夫，可是她还怪丈夫只顾事业，不顾家庭。另一个是 Tea & Sympathy [4]：D. Kerr 两次向她丈夫申诉得不到丈夫的爱，弄得全片格调卑俗。丈夫怎么样才算爱妻子呢？这得看妻子的要求有多大了。假如妻子要 monopolize 丈夫的 time、attention、society，这个丈夫也太难做人了。I. Babbitt [5] 的教训似乎还有点用处。

---

3. *Hilda Crane*（全名 *The Many Loves of Hilda Crane*，《兰闺怨》，1956），剧情片，据参孙·拉法叶尔逊（Samson Raphaelson）剧本改编，菲利普·邓恩（Philip Dunne）导演，珍·西蒙斯、盖伊·麦迪逊（Guy Madison）主演，20 世纪福克斯发行。

4. *Tea & Sympathy*（《巫山春色》，1956），据罗伯特·安德森（Robert Anderson）1951 年同名小说改编，文森特·明奈利导演，黛博拉·蔻儿、约翰·蔻儿主演，米高梅公司发行。

5. Irving Babbitt（欧文·白璧德，1865—1933），美国著名的文学评论家和新人文主义的领军人物，主张文学应恢复以"适度性"为核心的人文主义传统，相信伦理道德是人类行为的基础。白璧德毕业于哈佛大学，长期在哈佛大学任教，曾培养过吴宓、陈寅恪等中国弟子。代表作有《文学与美国大学》《新拉奥孔》《鲁索与浪漫主义》等。

我在台北的朋友的太太，还是旧式的多。刘守宜的太太没有什么社会地位，丈夫的应酬，她难得参加；丈夫通宵打牌，她还要起来弄点心。侯健新婚不久，他娶了个初中毕业生（山东同乡）——teenager，侯健完全独裁，听说有时还打太太——how shocking！吴鸿藻的太太，比较新式，也在 USIS 做事，但是没有什么 ambition，侍候丈夫也算周到的。因为吴太太比较新式，应酬也是夫妻一同出马的时候多。本来中国人的宴会大多是 stag party，只有喜庆等事，才是全家出动。现在台湾的 party，也沾染洋风，夫妻一同出席的多，反而弄得大家客气，减少很多 conviviality，饭也吃得不痛快。

　　中国的社会正在变动中，我只好说是个 observer，要适应新社会很难。你愿意写文章，不妨有兴写几篇 essay，就讨论中美社会习俗，反正你肚子宽，可以傍〔旁〕征博引，一定可以说得很有趣，见解之透辟，那是没有问题的。台湾人对于美国的向往，比之伊莉莎白时代的英国人向往意大利，有过之无不及。这种 essays，我相信写起来并不吃力，可是在台湾是大受欢迎的。论近代小说，你一定大有话说，问题是你将如何处理那些 leftists。台湾多忌讳，那种人的名字恐怕都不大好 mention。

　　附上剪报一则，内定的"留美专家"中有你。推荐人是梁实秋、崔书琴等，希望你考虑。这是一次好机会。可能把 Carol、Joyce 都一起带回来玩一两个月，办法当然还没有决定，他们希望我先同你私人接洽，然后再来 official invitation。回

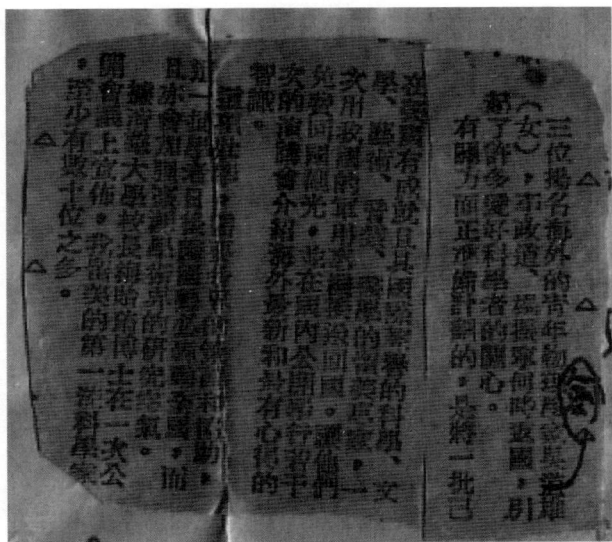

来的好处是免费旅行，住头等旅馆（台湾的 Grand Hotel，在圆山，动物园的大桥过去，那是够得上国际水准的，只差没有 air-conditioning。好几块美金一天，宋奇来台北就住在那边），免费吃饭。坏处是那种免费观光没有 privacy，来一个月恐怕要忙一个月，天天有人请吃饭，排定了节目参观——军事基地、工厂、农场等等，并且要准备好几个 lectures，不知你愿意不愿意这样 strenuous 的过一两个月，时间大约是在暑假中。我对主办人所表示的态度是：假如可以把太太小孩一起带来，一起招待，我可代为邀请。还有一件重要的事情：暑假后在美国的 job，顶好先弄妥了，否则到了台湾再在美国接洽事情，恐怕并不方便。我当然很希望同你们再见，但是我希望还是让我到美国去看你们。最如意的打算：你们先来，然后我们同机飞返美国。你在黑人大学既然有办法，不知道可以不可以替我弄一个 teaching job？你自己再跳到 better schools 去？宋奇的老师 Shaddick，以前在燕京的，现在 Cornell，听说曾经邀请过宋奇。宋奇不能去，我下次去信当同他谈谈这件事情，让他荐贤自代。

其实我也不忙着去美国。我不大为未来打算，不过去美国还是我所剩下的少数 desires 之一。我在台湾的名气当然因编杂志而更大了，我却并不因此感到快乐、骄傲或感激。我对自己不满意，因此也更看不起台湾。在美国我可能人变得积极起来。我现在心理上也没有准备重去美国。据算命[的]说，我今年可能搬家，但不致大出门。明年将大动，其跋涉之远，与环境之变更，将和 1946 年从昆明到北平一样。那时候我将要对台湾说 good-bye。这种预言当然是姑妄听之，但是今年走动的可能性的确不大。

"Language of Paradox" 我来翻译也好。Paradox 袁可嘉曾译作"矛盾"，他以前介绍"新批评"的文章，我最近在旧杂志上翻到几篇。不过我最近怕动笔，不知哪一天可以译得好也。发起狠来是很快的，但是心上只是重重 depression，做什么事情都没有劲。

前面这几段是陆续写好的，写好了又没有寄。今天精神比较好，可以少说些丧气的话。你信里还不断提起我[的]婚姻问题。这件事我是采取听天由命的态度，因为这件事采取了这种态度，连带很多别的事，都采取这种态度了。人变得消极者在此。现在我不想追求任何人；即使看中了什么人，也不致再有勇气去追。这跟年龄有关系；再则，怕坍台。我在台北，也算小有社会地位，不能像程靖宇那样不要脸地以浪漫文人自居。做了杂志编者，我的名气更大。我大约还够不上是一头 lion，但是即使是 lion，也是一头 reluctant lion。我现在积欠人家的信很多，杂志是穷杂志，我用不起秘书，但是那许多读者、作者来的信，叫我一一答复，我是吃不消的。因此有许多信没有回复（不写回信已养成习惯了）。我若以出名为乐，现在大可发挥精神（近来身体不坏，人大约已成小胖子），多写信，多交际，多多指导青年。但是我以出名为苦，编杂志也叫不得已而为之。赴宴吃饭我也认为是件苦事。现在不大喝酒，怕有害健康，事实上，我喝了酒精神必好。今天所以精神好，也是昨晚喝了酒的缘故。精神坏的时候，想打牌，但是牌愈打神思愈恍惚（打的时候是聚精会神，头脑清楚）。人类最大的敌人恐怕是 ennui，为了驱逐这个魔鬼，人发明了烟、茶、酒、鸦片，以及各种 games。我的牌瘾其实不深，我可以说从来没有发起一次牌局，邀人来参加。我只是被动地让人来拉。这也得怪环境的不良。在台湾的环境下，人大多穷极无聊，大部分人的消沉比我有过之无不及。我至少还有点 ambition，还想实现点什么理想，至今我没有服输，脊骨随时可以挺得起来。但是大多数的人是在混日子。反攻大陆遥遥无日，做人好像都觉得没有什么意思。这种 vitiating influence 普通人是不觉得的；假如谁肯用心去想一想，再同美国的生活（或者以前在大陆的生活）比一比，就会发现台湾实在是个 lotus eaters 所住的岛。孔子曰：唯上智与下愚不移。普通人来到这岛上，就泄了气了。

　　台湾的好处是：人情还算厚，同乡同学同事之间多照应，胜过冷酷的香港与美国；还有一点好处是：读书人莫名其妙地受到尊敬。因为受到尊敬，而且少真才实学之士互相 compete，一般读书人只要挂起读书人的招牌，不要做太坏的事情，闹太大的笑话，混口饭吃吃，招摇撞骗是很容易的。说来，当然也是台湾文化水准低。像我这样，即使两三年不读书，人家也不容易赶得上。我还算是个肯要好的人，有时还躲在房间里自怨自艾，普通人还不沾沾自喜，指〔望〕着自己的名字吃饭吗？这样一个环境下，不结婚我看还是好的。结了婚，志气恐怕更消沉。我只要换一个环境，可以立刻戒赌，但是假如女人喜欢了马〔麻〕将，情形就不同了。假如我结了婚，有幢小房子，经济还能对付，台湾的小菜又便宜，礼拜天来了几个人就凑上一桌或两桌马〔麻〕将，假如太太亦好此道（这是很可能的），这个家庭可能很有点小快乐，但是丈夫的事业休矣。这里的 girls 不打牌的，可能喜欢跳舞，这也是我所反对的。在台湾谈得投机的人很少，马〔麻〕将成了唯一交际工具，人不能离群独处，这就是我的苦闷所在。我已经好久没有 touch 到照相机，人怕动，亦怕旅行。

骑脚踏车很少超过十五分钟的，十五分钟以上的交通，就坐三轮车了。我假如在台湾，这种生活的 mode，可能好多年不变。

　　Joyce 的相片看见了，很聪明而美丽。Carol 那里以后再写吧。父母亲那里，我因为没有女朋友，又不寄钱回去，自己觉得很不孝，没有话说。祝

好

济安

三月八日

　　〔又及〕*New Yorker* 已经收到了。最近纽约似乎一张 MGM 的片子都没有。

332. 夏志清致夏济安

1957 年 4 月 11 日

济安哥：

　　三月八日的来信收到后，我想等把《张爱玲论》寄出后再写回信。想不到今天已是四月十一日，文稿还没有寄出，想你编排四月份的《文学》一定在等着我的文章，只好先写信再寄文章。我自己感到惭愧，你的失望自不必说。《张爱玲》英文稿，上次寄出信后，重打了一遍，凡三十余页，接着我想把《秧歌》好好评判一下，预期一二日工夫即可写完。不料三月中 Carol 母亲来访，事前 Carol "洒扫庭柱〔除〕"，她忙我也伴着小孩忙。Carol 去 New Orleans 接她母亲（she was vacationing），我在家守了两天；Carol 母亲在 Austin 虽仅住了五天，我牺牲时间却有两个星期。两个月来，Joyce 种了牛痘，打了预防 polio 的针，晚上很 wakeful，打字即易惊动她，好几个晚上只好把打字的计划放弃。这种种，都不是以 excuse 我不缴文稿，只说明我不易定下心来放出二三天工夫写文章的困难。《张爱玲》一定可赶上五月份《文学》，可是几个月来使你和你的朋友们失望，我实在心中不好意思。

上次信上你提起有人推荐我来台湾玩一两个月，这事我也该给你个答复了。我算不上什么"留美专家"，假如目前我在有名大学有个很好的位置，也还可以冒充算数，可是我目前既在小大学守着，我想你也知道我对这个 invitation 是不会答应的。同船或同飞机，同几十个中国专家交际，我就感到吃不消，回台后演讲参观必是更大的苦痛。Carol 对中国 food 的瘾比我大得多（不时想起她在纽约、华盛顿吃过的中国菜，请客式的 banquet 更使她神往），将来自己有钱我很想到台北或香港住一个夏天，可是这种享受现在还谈不上。我想同你重聚，但是正如你所说，还是你到美国来看我的好。黑人大学对我看重的原〔缘〕故是我 Ph.D. 的 degree；那些小大学 faculty 程度太差，大多只有一个 M.A.，而酬报太薄，有了 Ph.D. 的黑人就想钻到较好的大学去，留不住人。你没有 advanced degrees，所以在黑人大学我也无法帮忙。Huston Tillotson 目前有教育博士一名（黑人）；另外 Ph.D. 三位，都是去年新招来的，其中一位是 U. of Texas 德文系主任的太太，Wisconsin Ph.D.，比较见过世面，我在学校时常谈话的也就是她一人。黑人学校，规矩很严，一星期有两个 chapel，教员上课时不准抽烟，我 chapel 经常不去，上课时照常抽烟，不让我的 integrity 受到教会学校的侵犯。

　　你见到梁实秋、崔书琴时，请代谢他们推荐我来台的好意。崔书琴上星期寄了我一些他翻印的中共文献，也请一并道谢。我这学期教了门"廿世纪文学"，本来预备选读 Shaw、

Joyce、Hemingway、Faulkner、Yeats、Eliot 六人，可是学生程度低劣，教了两个多月，只 cover 了 Shaw, *Dubliner*、*Portrait of the Artist* 至今还没有读完。"英国文学史"课上，自己重温了十八世纪，前天读 Smart, *A Song to David*，觉得 Smart 同 Hopkins 有很多相似处。你又教书又编杂志，一定很忙。三月份杂志上拜读了《白话文与新诗》很为满意，对上半节讨论白话文的种种，更为佩服。有几点都是你以前口头或在信上讲过的（如林语堂的"依"字），现在入了文，更可看到你对中国近几十年来文字演变观察的精确，和对白话文辩护的合理。我对中国 poetics 毫无研究，读诗也是偶一为之，从没有老先生指导。我觉得中国最好的诗还是《诗经》，因为那些诗篇，虽然 metrics 极 simple，句法也不脱一般歌谣的重复性，达到的境界却极高，自成一个世界，衬托出一个极高的文化。最重要的原因恐怕是《诗经》中表现的喜怒哀乐，少受到个别诗人的 manipulation，看不到后来诗人自怨自艾，对"自然""闺怨""怀古""贫穷""不得志"种种 themes 的 stock responses。屈原 impress me very much，虽然我只粗要地读了他一下，他的好处大约是他运用 mythology，使个人情感达到一种 impersonal 的境界。陶潜写过几首极好的诗，但把他的诗全部读了，就不免觉得他兴趣的狭小，少数 themes 的多 repetition，"诗人人格"不够引人入胜。以后的诗人不〔大〕概都犯这个毛病，文字技巧的卓越和想象的丰富都受缚于一个 conventionalized personality。李白和杜甫相比，我喜欢李白，因为李白的为人的确充满了 Taoist 的喜悦，能够超出个人的烦恼来 dramatize 他所想象的人情景物。杜甫，相反的，不能够 transcend 他自己的喜怒好恶。他的几首有名的"离别"诗，内容也仅是 humanitarianism，境界并不比 Wordsworth 早年的诗高。他的同情心、爱国热诚，和所描写乱离之苦，容易被近代中国人欣赏，所以他的名誉日高一日，俨然是中国第一大诗人了。我这里不讨论他文字上所表现的功力，只是说他的诗 as a whole 并不能引起我极大的兴趣。盛唐以后，"鬼才"李贺我认为是了不起的天才，他气魄的伟大有胜于李杜，意象的奇离有胜于李温。李商隐的诗太 ambiguous，调门也较低，实在比不上李贺的那样句句惊人。

以上所写的，不能算批评，只是算在 Michigan 那一年胡乱读了诗后应付外国学生的心得。初期提倡新诗的人攻击旧诗 stylized phraseology，其实旧诗所 stylize 的不仅是字汇，而是 emotions and 读者心目中所有的一个定型诗人的品格。写新诗的人不仅要打破旧 phraseology 和 feelings 的 mold，并且应给读者一个新鲜的诗人的 image（"浪漫派""革命派""象征派"所给人的诗人的 image 仍是个旧的 stock figure）。中国旧诗超不出 stylized emotions，实在是中国文字宜于抒情，而不宜于 drama，使〔是〕几千年来诗人们只向抒情方面发展的结果。我想元明的好的剧曲本质上还是 lyrical 的，京剧和一切地方戏的词句不是 lyrical 即是 narrative（如《四郎探母》的第一段独白和《奇冤报》的反二簧大段），真到情节紧张的关口，反而大部靠道白、动作来表达了。新诗容易模仿活人说话口气语调，按理想虽不能达到 Donne 式的紧凑的词句按〔安〕排，至少也可以学到 Eliot 在《鸡尾酒会》中道白的competence。旧诗词句的铿锵，大半靠文法上 elliptical 的结构，每个字都着着实实，富于重要性。新诗添了"的了呢吗"，无疑冲淡了文字的 intensity。假如把"的了呢吗"取消，靠一些美丽的 images 撑场面，结果即是不中不西的假象征派诗。所以我和你意见相同：新诗的主要任务是争取文字的美。白话描写风景，总脱不了文言的老调，把许多现成的 phrases 堆积起来。所以我觉得白话诗要写得漂亮，最好暂时放弃旧诗所占领的领土，而另辟新径，不同它竞争。我对 Pope 是极佩服的，觉得用白话文可以写出很漂亮的 heroic couplets。我们可以写说理诗、讽刺诗，和朋友交换政治意见、读书心得的 epistle 体诗。我想这种诗，着重社会风俗、人情道德，可以写得好。而且着重理知〔智〕，不受到"爱情""风景"老调的束缚，尽可让诗人在字句上用功夫，把白话磨练成极漂亮的文字。最主要的当然还是写诗人的 intelligence，诗人不聪明，什么也写不好。而我说的聪明不是利用 private 联想，或东抓西凑几个 striking images 卞之琳式的小聪明，而是洞察世情、脑筋灵活，在事物间看得出新的关系的聪明。旧诗的缺点，恐怕也是这种聪明的 evidence 太不够了。

瞎写了这许多，恐怕你会怪我为什么不把我的意见整理一下，为《文学杂志》写几篇文章？文章是想写的，但是我目前也不想给你空头支票，使你空欢喜。你 suggest 我写几篇美国报道的文章，我想我写这种文章起来，一定可以抓住美国生活 tragic 或 pathetic 的要处，不像林语堂、乔志高[1]那样地抓住些美国文化表面上可爱的东西来胡〔糊〕人。我目前的计划是把《张爱玲论》打完后，我的《中国近代小说史》也算告一段落，修改一下，即可把稿子托人打几份，送 Yale U. Press（可是打字费相当可观），也算了一桩心事。此外我不时收到 teachers agency 介绍 jobs 的 notices，看到有较好的学校，就写几封 application letters 去，不像去年急〔饥〕不择食地到处乱写。可能有好的 offer，即离开 Austin，否则"换汤不换药"，搬场麻烦，还是休息一年，明年再动的好。Austin 目前气候极可爱，夏天则非装冷气设备不可，否则不能工作。

你编了七期《文学杂志》，成绩很好，是可以自引为骄傲的。你不想找女友，我也无法劝勉你在这方面努力。可是如有女孩子慕名找到你身上来，不要先存戒心，还是给她一个机会的好。马〔麻〕将没有坏处，只是它把你应该花在女孩子身上的时间，都侵占了。可是你暂时不找女友，那也是

---

1. 乔志高（1912—2008），原名高克毅，笔名乔志高，作家、翻译家。生于美国密执安州，三岁时到中国，毕业于燕京大学，获美国密苏里大学、哥伦比亚大学硕士学位。曾任旧金山《华美周报》主笔、美国之音中文广播主编、香港中文大学翻译研究中心研究员。1973 年与宋淇共同创办英文刊物《译丛》（Renditions），向世界介绍中文文学，并任编辑。中英文著作有《纽约客谈》《一言难尽》《湾区华夏》等，译作有《大亨小传》《天使，望故乡》等。

relax 最好的方法。我昨天读 *Life of Johnson*，Johnson 中年以后，每天下午四时离家，深晚〔夜〕二时返家，他的寂寞也实在可怕。我生活非常 tranquil，平时不用一个钱，除抽烟外一无嗜好，每天三餐吃极简单的饭，一无社交生活，这种生活你一定过不惯。因为朋友没有，每星期三的 *N.Y. Times and Sunday Times*，星期四的 *Time*，星期五的 *Life*，都变成代替 conversation 的朋友（*Time* 瞎捧 Ike，它的政治新闻，我已不大爱看）。Carol 一无社交生活，也是亏得她的，因为我一星期教书三天，终算有个 diversion。目前 TV、各公司旧片抛出，每星期巨片如林，如家有 TV set，必定要浪费我不少时间，所以 TV set 也不准备买。最近看了三张电影 *Ten Commandments*，*Richard III*，*The Rainmaker*[2]。《十诫》上半部叙述摩西少年时期，完全好莱坞式虚构，入情入理，我认为较下半部更为 entertaining。下半部摩西同法老斗法，如用赵如泉[3] or《封神榜》《彭公案》的 approach，可更令人满意，而 DeMille 改用 solemn approach，硬把野蛮的耶和华改成新式上帝，同旧约的 spirit 不调和。但场面伟大，神怪镜头很多，是很值得一看的。该片叫座力极强！每〔最〕近九星期来，according to *Variety*，每星期都是 Box Office 首席巨片，

---

2. *The Rainmaker*（《雨缘》，1956），根据理查德·纳什（Richard Nash）同名小说改编，约瑟夫·安东尼（Joseph Anthony）导演，伯特·兰卡斯特、奥黛丽·赫本主演，派拉蒙影业发行。

3. 赵如泉（1881—1961），老生演员，江苏镇江人，工武生。

一两年内即可打破"*GWTW*"卖座记录。*Richard III* 因为莎翁剧本恶劣，Olivier 反而有"做戏"的机会。我想京剧演技的 tradition 如此有登峰造极的发展，也是剧本恶劣硬逼出来的结果。剧本恶劣，actors 得自己 interpret，用声调，用手势 squeeze out the last drop of dramatic essence。近代话剧、编剧人想得周到，actors 不需 invention，演技方面也自然没有师生相授的 tradition 了。*The Rainmaker* 同许多话剧改编的电影一样，minor characters 都很 lifelike，看来很热闹，而 hero & heroine 则要硬 fit playwright 的 philosophy，反而不大自然。美国卅年时代，马列主义还很盛行，所以舞台剧很多表演 class struggle 和穷人的苦生活的。最近十年来，马列主义已不流行，playwright 的唯一教条好像是 "Don't miss out on life"。*Glass Menagerie*[4]、*Streetcar*、*Little Sheba*[5]、*Bus Stop*、*Picnic* 中，悲剧性的人物如 V. Leigh 在 *Streetcar*，Shirley Booth[6] 在 *Sheba* 都是不敢面对生活，性生活不快活的人，而值得赞美的都是旷男怨女一见面就打得火热的人物。所谓 life 就是 sexual life，所谓 evil 就是 caution、prudence、fear。这种哲学实在把生活太简单化

---

4. *Glass Menagerie*（《荆钗恨》，1950），剧情片，据 1944 年田纳西·威廉斯同名剧作改编，埃尔文·拉帕尔（Irving Rapper）导演，简·惠曼、柯克·道格拉斯主演，华纳影业发行。

5. *Little Sheba*，即 *Come Back, Little Sheba*（《兰闺春怨》）。

6. Shirley Booth（雪莉·布思，1898—1992），美国舞台、电影及电视女演员，代表作有《兰闺春怨》。

了，而事实上也是大部分美国人所奉守的信条。所谓 Positive Thinking，就是这种哲学再加一个上帝而已。

　　附上 Joyce 照片两张，是同上次寄给你的那张同时摄的。Joyce 长得很像 Geoffrey，而较 Geoffrey 更为聪明。家中情形很好，过年时备了糟鸡、糟鱼。糟的东西我近十年没有吃过，读信后很口馋。玉瑛妹近视深度已达 250，这是我所想不到的，大概是近年来在黯淡灯光下读书的结果，但是她在照片上还看不出近视的样子（已配了眼镜）。最近 pocket size books 研究文学的好书不少，我预备买四五本寄给你。纽约 *Times* 影评专家"老气人"Bosley Crowther[7] 最近出版了一本 *The Lion's Share*，是讲 M.G.M 几十年来的演变史，虽然定价五元，我想买来一读，看完后再寄给你。你近况想好，甚念。维他命丸仍服用否？眼睛仍流水否？自己身体要保重。深夜了，不再写了。《张爱玲论》一星期内当可寄出，即颂

近安

弟　志清　顿首

四月十一日

---

7. Bosley Crowther（博斯利·克劳瑟，1905—1981），美国记者、作家，为《纽约时报》撰写影评长达 27 年之久。20 世纪五六十年代，他是外语片的坚定支持者。《最大的份额》（*The Lion's Share*）是其代表作之一。

333. 夏济安致夏志清

1957 年 5 月 1 日

志清弟：

　　长信收到多日，我这么久没有写回信给你，是很抱歉的。那几天我又写了一篇文章：《对于新诗的一点意见》，是为《自由中国》五四专号征文而作。《自由中国》是胡适所创办，我不便对五四运动有任何"微辞"，只好站在"新"的立场说话。我文章开头抄了你的信约二千字——这是你的名字第一次在台湾的报刊上出现，后面加了约三千字的"发挥"。你的关于新诗的意见，我完全赞成。我们虽然有提倡"新古典主义"的嫌疑，其实我们的主张比胡适等五四时代的理论家更新，更着重"白话"。我们的意见可能是对梁文星（吴兴华）的一个 rebuke，但是吴兴华（还有宋奇）曾写过 heroic couplets，中国做这种尝试的除了他们二人以外，恐怕就没有人了。Pope 式的诗对于中国读者是太陌生了，问题恐怕是在翻译方面。译莎士比亚或浪漫派的诗，不论译文多么拙劣，原来的热情和哲理，多少可以带过来一点。可是 Pope 的诗是 what oft was thought, but ne'er so well expressed，道理并不高深，

1957

但是 expression 就大成问题。译得不漂亮，读者要觉得索然无味；译得漂亮，白话文这个工具恐怕还不大够。你所介绍的四大本 Pope 全集，台大图书馆有，我也曾经借来读过一部分（去美之前）。心得很少，但是我相信 Pope 的传统，远溯至罗马，拉丁文里这类的好诗想必更多，而且更 original。最近一期 *Time* 里介绍 Ovid 的"爱情"诗，其精彩（更接近人生，更活泼）想必胜过 Pope。

你关于旧诗的意见，很大胆，但是这种 revaluation 的工作是不容易做的；我们对于旧诗的技巧可以说一无研究，对于技巧，假如没有意见，或者说得不中肯，是很难使老先生们心服的。几千年来的旧诗，题材尽管贫乏，技巧上却时有改革。中国诗最后一个大师恐怕是黄山谷[1]，他是个 conscious artist，存心在技巧上别创一格，袭用唐人的形式，可是在句法上走唐人未走过的路子。他是深深觉得唐人传统加在他身上的压力（正如杜甫觉得六朝传统的压力），他的努力是值得新诗人注意的（当然他的兴趣也不广）。从清末到今天，黄山谷的 followers 人数之多不在杜甫之下。一篇像样的黄山谷论（或是杜甫论）是不容易写的。杜甫本身的成就是另一回事，杜甫给后人的坏影响却是没有疑问的。你恐怕是中国第一个对杜甫的影响提出怀疑的人，单就这一点，我想你的

---

1. 黄山谷，即黄庭坚（1045—1105），字鲁直，号山谷道人，北宋诗人、书法家，洪州分宁（今江西修水）人。

信有发表的价值。

我最近的心情可以说是愉快的。没有什么worries，没有什么anxiety，人气色很好，体重也许已经到了145磅。脑筋里的幻想也大多是快乐的。例如我两次提到"再回去？那绝不可能"。我想用化名写首新诗，题目就叫《再回去……》，是首parody，讽刺自己。中国新诗人有这种sense of humor的，恐怕不多。只是人太懒，许多灵感都让它产生而又消逝了。懒人的脑筋总比较fertile，不容易exhausted，Coleridge就是个例子。我相信我现在的脑筋很灵活，这从我的文章里可以看出来的。那篇《对[于]新诗……》，其实我还有很多话可以说，但是我每篇文章都是逼到离缴卷期很近才动笔，写完了很少有工夫去修改补充。我的作文态度还是中学生"壁报作家"的态度。真要用心作文，人太苦，似乎花〔划〕不来。好在说理或批评，对于我很容易，创作（不论小说或诗）才是苦事。

信写了又停，到了今天，《自由中国》已经出版了，杂志另函航空寄上。你将看出来：我除了替你的"经"做"传"之外，没有什么补充意见。我另外的工作，是避免替我们找麻烦；我们的意见（如怀疑"情感"的地位，劝新诗人走prosaic的路子等）在中国可能被认为太偏激，有引起笔战的危险。我既然没有征求你的同意，把信发表了，只好尽量替你把话说婉转了，尽量迁就现有的意见，少去刺激人。这样一篇文章我相信可能有健康的影响。

1957

你暂时不能来台湾，台湾当局的邀请只好代你去婉谢了。我去美国也没有什么机会，其实我最近"心君泰然"，很少梦想"憧景〔憬〕"。我相信美国我定会再去，时间早晚我不大在乎。最近看了一张电影 *Desperate Hours* [2]，编剧把马治的家设在 Indianapolis 的近郊，倒引起我的一点情感。印第安那州的生活，可以说是美国安静的家庭生活的代表——居然别人也有此感，我很高兴。Par. 另一张巨片 *The Man Who Knew Too Much* [3]，在台北卖座好得不得了，连映廿余天，那支 *Will be, Will be* 成了家喻户晓的名歌，连牙牙学语的小孩都会唱。中国人的 box office 反应和美国不全一样，好莱坞的 producers 应当觉得很奇怪的。最近一年内台北最卖座的电影，除 *The Man* 以外，当推 Sophia Loren [4] 的 *Woman of the River* [5]，—— 一

2. *The Desperate Hours*（《危急时刻》，1955），据约瑟夫·海斯（Joseph Hayes）同名小说及剧本改编，威廉·惠勒导演，亨弗莱·鲍嘉、弗雷德里克·马奇主演，派拉蒙影业发行。

3. *The Man Who Knew Too Much*（《擒凶记》，1956），推理惊悚片，希区柯克导演，史都华、多丽丝·戴主演，派拉蒙影业发行。

4. Sophia Loren（索菲亚·罗兰，1934— ），意大利女演员，以童星出道，代表影片有《战地两女性》（*Two Women*）等。

5. *The Woman of the River*（原名 *La Fille du fleuve*，《河娘泪》，1954），马里奥·索尔达蒂（Mario Soldati）导演，索菲亚·罗兰、杰拉德·欧利（Gérard Oury）主演，Basilio Franchina for Excelsa Films（Rome）/ Les Films de Centaur（Paris）出品。

部英语对白的意大利五彩片，Ponti[6]、Laurentis[7] 监制，也演了廿几天。再说 *The Man Who Knew Too Much* 吧，那个 J. Stewart 所演的医生也是家住 Indianapolis 的，派拉蒙公司对于印第安那似乎特别有好感。

最近所看的满意的电影不少。*The Teahouse of the August Moon* [8] 很好，Kyo 之美尤其令我响〔向〕往。她比在日本片里更美，她平常是有"二下巴"的，但是这张片子里一点也看不出来。我又有一点幻想：我希望台湾大学外文系能把那部戏排演一次，由我来演 Sakini 那玩世不恭的角色（就是 Marlon Brando），我想这该是平生的一桩快事。这又是我的愉快的心境下所产生的一点幻想。最近有好几张关于 Rock 'n' Roll 的电影，可惜我一张也没去看。

过现在这样愉快的独身生活，反而把"找女朋友"看成自寻烦恼的事。照现在的情形，我一时恐怕很难去找女朋友，尽管算命先生有别种预测。假如我有"闲"，有"钱"，再

---

6. Ponti（Carlo Ponti 卡洛·庞蒂，1912—2007），知名法国、意大利电影出品人，毕业于米兰大学（université de Milan），索菲亚·罗兰之夫。

7. Laurentis（Dino De Laurentiis，劳伦蒂斯，1919—2010），意大利电影出品人，参与了近五百部电影的制作，曾与卡洛·庞蒂成立电影制作公司，2001 年获颁美国电影艺术与科学学院欧文·G·塔尔贝格纪念奖（Irving G. Thalberg Memorial Award）。

8. *Tea House of the August Moon*（《中秋月茶座》，1956），据 1951 年斯莱德（Vern J. Sneider）同名小说改编之戏剧改编，丹尼尔·曼导演，马龙·白兰度、格伦·福特、京町子主演，米高梅公司发行。

加"苦闷"，精神必然会转到女朋友那条路上去；但是我现在相当忙，钱刚刚够用（假如把那部 essays 缴了卷，当然立刻大为宽裕，但是反正宋奇还没有缴卷，大家都还没有缴，我又松懈下来了），人又并不苦闷，因此只好暂时过 self-contented 的生活了。

你那篇《张爱玲论》，宣传已久（口头），很多人在引领〔颈〕以待。别的文章也欢迎，例如"抒情的"与"戏剧的"，我在《对于新诗……》一文中也想加以发挥的，但是一写就得写几千字，而且自觉学问不够，还是暂时不去动它吧。这种分别在西洋文学里是很浅近的常识，在中国却是极新的意见了。你假如肯写这样一篇浅文章，我们很表欢迎。再如"诗"与"散文"的区别，我那篇文章里也没有发挥；题目又是浅近的，写起来却又需要很多的学问。假如你对于我那篇《对于新诗……》还觉得满意，希望就这两点再作文加以发挥，以补我不足，如何？

做了杂志的编辑，积欠的信债很多，我没有拿破伦〔仑〕或狄更斯（这是从你寄来的 Trilling 那书里看来的，谢谢！）那样的精神，很多信都没有复，真是自觉惭愧。程靖宇和宋奇那里都好久没有去信了。马逢华来了一封信，我定一两天内回复他，此外还预备送他一套杂志，难得他如此捧场鼓励。他在《自由中国》上写过一篇纪念沈从文的文章，很好。

Joyce 想必越长越漂亮了。Carol 想吃中国菜，这点欲望，恐怕暂时不能满足。说起中国菜，我于月前曾请过你的学生

Jason B. Alter[9]吃过一次饭，不妨描写一下，以引起你们的"口水"。我请的是 Mr. & Mrs. Alter，Dean Hanson，和他的女友（未婚妻）黄秀峰[10]（台湾人，教 ballet 的）。先在 Hanson 那里喝 cocktail，我喝了 Gin Martini 和 Vodka Martini 各一杯，饭后又喝了一杯 Scotch（这点酒对我似乎不起什么作用）。饭是在一家叫做状元楼（January Rest.）的馆子，那天点的菜不多，计：清炒虾仁，糟醋黄鱼，炒二冬（冬菇和冬笋），烤全鸭和鸭骨汤。Mrs. Alter 似乎只能吃烤鸭，但是 Hanson 吃得拖里拖拉，糟醋黄鱼里的浓汤，他都一勺一勺地喝（他已经被训练得到享赏红烧蹄膀的程度）。每一盘剩菜，他都不让搬走，非要"捞光"不可（Alter 现在到处兼课，生活很忙，下学期起，受 Asia Foundation 之聘，在师范大学教课，可以比较安定一点了）。那晚五个人吃，花了大约只有五元美金，酒是 Hanson 供给的。Hanson 和 Alter 是哈佛的同学，我所以把他们请在一起。Alter 来台湾已久，最近才来找我。他描写 Geoffrey 病危那一晚的情形，我为之低徊久之。

玉瑛妹眼睛近视，也是没有法子的事。近视当然要妨害一个少女的美，但是在今日上海那种地方，女孩子长得不美一点，也许反而是幸福。父母的近况都很好，我闻之甚慰，我的近况除了没有女友一点以外，相信也该使两位老人家听

---

9. Jason B. Alter，不详。
10. 黄秀峰，台湾第一代芭蕾舞蹈家，曾在日本随法国芭蕾舞者学习芭蕾。

见了高兴的。承你问起我眼睛流水一点，此事你不提，我倒也许忘了。流偶然还流，但不严重。至要原因恐怕还是睡眠不够，晚上睡得很甜，只是早晨醒得太早，醒了又想起床，生就劳碌命，也是无可奈何的。最近已经好久没有牙患，Fluoride 的牙膏其好（台湾也会做），它大约真有坚固牙磁的作用，我谨在此推荐。

　　总之，最近我的生活很平稳，偶然瞎写篇文章，也可维持精神生活的朝气。关于你，我希望能早日找到一个 secure job。那本书能在 Yale U. Press 出版，是很大的光荣，对于你将来的事业有很大的帮助。Carol 也会更快乐一点了。别的再谈，专颂

近安

济安 顿首

五月一日

334. 夏济安致夏志清

1957 年 5 月 5 日

志清弟：

前信发出后，又耽搁了几天，才把杂志寄出，甚歉。你对于旧诗的意见，发表后我老是怕有人来责问，昨天遇见台大文学院长沈刚伯，他说他对于你的意见，完全同意。他说：杜甫这个人多笨呢！他的散文（如他的诗的长标题）都往往不适的。李贺是了不起，他 quote 了"天若有情天亦老"等好几句，认为确是气魄伟大，有创造性。他这种意见，平常恐怕亦不敢发表的，读了你那几段，大有知音之感，对于你的钦佩，那亦不用说了。

昨天有个好消息，R 氏基金 Director of Humanities Dr. Charles B. Fahs[1] 来台参观，钱校长预备保荐我由洛克斐勒基金资助我去美研究一——二年。Fahs 对我似乎还满意，他最注

---

1. Charles B. Fahs（Charles Burton Fahs，查尔斯·伯顿·法斯，1929—1979），教育家、日本及远东问题专家，1946—1948 年任洛克菲勒基金会人文分会（the Division of Humanities）助理（assistant director），1949 年任联合助理（associate director），1950—1962 年任执行人（director）。

意 creative writing，我偏巧弄这一行的，外加又编了一个 little magazine；如总部通过，我想该没有什么问题。不过时间恐怕要耽搁两三个月再见分晓。一星期前，我说去美没有什么苗头，想不到现在又有走动的可能了。

台湾钻求去美的人多得不得了，可是走成的很少，偏偏我的机会特别多（我没有钻），你说有没有命运呢？

发展当随时报道。Carol、Joyce 前均问好，父母亲大人玉瑛妹前均一并请安问好。专颂

近安

济安 顿首

五月五日

〔又及〕你的 job 事有何好消息否？

335. 夏志清致夏济安

1957 年 5 月 21 日

济安哥：

五月份两信都已收到，知道你可以再度赴美，很是高兴。Fahs 是 Rockefeller Foundation Division & Humanities 的 Director，势力极大，每年夏季到远东游历一次，资助学者们来美考察游历。前两三年中国的考古专家李济[1]即是由洛氏奖金资助出国的，他到 New Heaven 时，我曾见到他一面。我以前请到 Rockefeller Fellowship，也是经 Fahs interview 过的，他每年还给我贺年片一张。我的书尚未出版，相当惭愧，不过你的 case 同我的不同，你是台湾有名的学者文人，加上你有一篇小说在 PR 上发表，更可 impress Fahs（他本人想是研究日本的）。你和 Fahs 想已见过面，钱校长既已推荐你，这次

---

1. 李济（1896—1979），字受之，后改济之，湖北钟祥人，考古学家和人类学家。1918 年公费留美，1923 年获哈佛大学博士学位。返国后受聘于清华大学，任国学研究院讲师。1928—1937 年，主持了著名的河南安阳殷墟发掘。1949 年赴台，曾任台湾大学教授、"中研院"院士、史语所所长等。代表作有《西阴村史前遗存》《殷墟器物甲编·陶器上辑》《李济考古学论文集》《安阳》等。

出国手续上想很简单。如有好消息，请随时报告。

　　Carol 的信是上星期一写的，时隔一周，我们这里情形亦大有发展，如一切进行顺利，月内即可离开 Austin，重返东部。上星期五收到一封信，from Wilmer Trauger[2]，chairman，Eng Dept.，State University Teacher College at Potsdam，N.Y.。信上说他去 Yale 看到我的 folder，对我的 record 颇为满意，问我有意去他的学校教书否？他列了 Assistant 和 Associate Professor 的 starting salaries，我回信谓愿意到他的学校服务，希望能有 Associate Professor 的 work。今天 Trauger 长途电话来同我谈了一阵，appointment 想已没有问题，rank 也可照我所开的 Associate Professor。几天内得到正式聘书后，我们即可计划离开 Austin，逃过 Texas 炎热的夏天。在黑人大学教了一年书，想不到有机会不求而来，Carol 和我大为欢喜，你闻讯想必亦高兴非凡。你来美后可留在东部，我们可常有机会见面。该师范大学为 New York University Branch Colleges 之一，地点 Potsdam，在 Canada 边境，附近大城为 Syracuse。Campus 四十余 acres，房子都是新建的。师范学校学生多女生，教她们欣赏英国文学也是桩乐事。Teachers College 地位虽不高，可是州立学校，比低级私立或教会学校要好得多。加上 salary 为 $ 6000，summer school 另加，我寄出家用一千元后，

---

2. Wilmer Trauger（Wilmer Kohl Trauger，威尔默·科尔·特劳杰，1898—1991），1927—1964 年任纽约州立大学波茨坦分校英语系教授兼主任。著有教材《小学的语言艺术》(*Language Arts in Elementary Schools*)。

可剩五千元余款，不像近几年来这样的贫苦了。Carol 可以享受小布尔乔亚生活的乐趣，添购各种 home appliances。

上次 Carol 母亲来 Austin，看到我们的 Nash 破旧得实在不像样，答应资助二千元，让我们买一部新汽车。一千元早已寄上，所以我们在星期六去 Ford dealer 处看看，结果成交，买了一部 Fairlane club sedan。该车 list price ＄2800，旧车算 ＄200，实价 ＄2100，相当便宜（Ford 在 Texas 有厂，所以价格较 Plymouth、Chry，低廉）。该车为黄白两色车，如图相当美观，有 V-8 engine，马力 190 匹，惟为 standard shift。Fordomatic 同样的车需 ＄2300，Carol 为贪便宜起见，即 settle for standard。反正我也不想学车，Carol 已开惯 standard，所以没有多大关系。该车明天可以 deliver，以后两三年该车 style 想仍可立得出，a very sound investment。今年 GM style 方面太保守，营业不振，Chrysler 公司五种汽车皆极美观，营业最盛。惟 Ford 为 No.1 best seller，式样很 neat，买了必不吃亏。（Bosley Crowther，Lion's Share 已看过，不日寄出。）

《张爱玲论》已于月初寄出，想已收到。文字上有几处有毛病，不及修改，你译述后想看不出来。全文中段介绍两篇小说，带介绍性质，quote 太多，对中国读者不适合，你可随便译。论《秧歌》一段尚称满意，你译该文，要花不少时间，实在很不敢当，不知该文能赶得上五月份《文学》否？《自由中国》也已看到，你所抄的那一段，见解方面（关于中国诗），似嫌太大胆，并有不妥之处，不过经你发挥了一大段，倒已入情入理，可以供中国写新诗的人"三思"了。我给周班候过几篇小品，这次你把我的信刊登了，发现 style 还不差，虽然字汇不大，而利用不大的字汇，另有一种洁净的 style，自己读了，非常高兴。你近况想好，此信写得匆匆，一切隔几天再同你长谈。去年丧子屈就小学校，运道不好，今年看来风头转了，重返东部，不再有被 exiled 的感觉。Carol、Joyce皆好，即颂

暑安

弟 志清 上

五月二十一日

336. 夏志清致夏济安

1957 年 6 月 18 日

济安哥：

上次寄出信及文稿，想已安收。希望在走前看到你的信，今天信箱内没有你的信，你近况如何，颇为挂念。我们准[备]明晨（六月十九日，星期二）动身，卡洛初试新车，长距离旅行必较上两次搬家为舒服些，预计下星期二可抵达Potsdam。到后当有平安信报告一切。昨日书籍行李已由搬场公司卡车搬走，星期六即可运到 Potsdam，行李重一千六百磅（！），运费不贵，只算三百元（前次 New Heaven 至 Ann Arbor 搬家，书籍行李由邮寄及 Railway Express 代运，也花了近二百元），而省手脚不少。路上开销约计二十余元一天，到 Potsdam 后，只好动用 Carol 的储蓄过日子，反正九月开始，我的收入即可大有增加了。下次来信可寄 c/o Dr. Wilmer K. Trauger, 9 Broad Street, Potsdam, N.Y.，找到房屋后，再给你固定地址。你出国事办得怎样？有无确定消息？不要为办杂

志，把自己弄得太苦了。Carol 身体很好，匆匆，即祝

暑安

弟　志清　上

六月十八日

337. 夏济安致夏志清

1957 年 6 月 16 日

志清弟：

花了两天工夫，翻了一万几千字，把你的《张论》译了四节（《秧歌》预备下一个月译了）。你的文章很硬，我的比较软（或 fluent）的中文实难以表达。有许多字如 sensibility，image 等，中文照字面译，读者恐不一定能完全领会。即使这种简单的形容词如 skillful，moral 等，中文恐怕都没有相当的字眼。你所假定的读者程度比一般中国读者的程度为高，这篇文章发表后，恐怕要程度相当好的人读了才会得益。当然，我翻译的粗疏，不能曲达原文的精致之处，也要使你精确透辟的见解，逊色不少。你这篇文章确是好文章，连我读了都深感得益。你的 moral preoccupation（这两个字好像是你所喜欢用的，但我不知道中文该怎么说）非常之强，中国像你这样的批评家，实在还没有见过。美国当代也不过寥寥数人而已。你写作的苦心，痕迹随处可见。若专为《文学杂志》下这么大的工夫，我这个 obligation 是太大了，心里很不安。这篇文章做你书里的一章，恰恰合适，希望能在那本书里再读到这篇《张爱玲论》——以及其他一定同样精彩的别的文章。

　　我这几个礼拜很忙。Essays 已经缴了 16 万字，还剩 4 万字（都是作者介绍，不是 Essays 本身了），过几天也要缴去。六月底是美国 fiscal year 结束的日子，我已经拖了两个六月底，今年不好意思再拖了，只好硬了头皮弄完它。那时可以收到一大笔钱。5/24 那天台北忽然发生反美暴动（现已风平浪静，融洽如初；台北的治安秩序在远东本来很有名的，那次事情真出人意外。*Time* 的描写似乎太轻淡了一点，总之，此事更加强我对此地的反感），"美国大使馆""新闻处"都遭捣毁，文件损失很多，可是我翻译 essays 的合同倒还给他们找出来了。合同丢了，我的 labor 可能白费；没有丢，似乎上帝非要叫我赶完不可，我因此只好发奋了。译完自己的 essays，接着还要译宋奇委托的 Rahv[1] 之文。另外 T. S. Eliot, C. Brooks 两文，我已另外找学生去翻。我自己的 essays 里，也有学生帮忙的东西，paid all of my own pocket。别人的翻译，我全不相信，虽然自己也译不好。现在事情太忙，只好找捉刀人了。预计到六月底止，我将很忙。Carol 那封亲切的信，也只好到七月初再写回信，敬〔请〕向她致意。Joyce 的活泼，使我很高兴。你们的新车，你的新 job，都是喜讯。我只有希望你们从 Ford 升到 Edsel，升到 Mercury，升到 Lincoln，升到 Continental；

---

1. Philip Rahv（菲利普·拉夫，1908—1973），美国文学批评家、散文家，任 *Partisan Review* 编辑，代表作有散文集《意象与理念》（*Image and Idea*）、《文学与政治论集》（*Essays in Literature and Politics*）。

从 Assis. Prof. 升到 Assoc. Prof.，升到 Prof.，从 Potsdam 升到 Washington Square。我自己出国的事，还没有消息，听说 Fahs 还在旅行，没有回到纽约。他对我很满意，回纽约后想可开始办理这件事。这几天我太忙，没有心思管这些事。

前天"政府"的 Information Bureau 来封信说，他们的 *China Yearbook* 里 Who's Who，要把我的名字收进去，希望我供给传记材料。我想不到自己已经这样出名了。我不预备合作，名字在那种地方发表似乎令我很难为情。名登 Who's Who，再晚几年也不迟。

父母玉瑛妹想都好。下个月我在这儿有钱，在香港有钱，想可以分一些你的负担了。再谈，祝

近安

济安

六月十六日

N.Y. 之行如有定期，请即函告。

338. 夏济安致夏志清

1957 年 7 月 3 日

志清弟:

这许多日子没有写信给你们，害你等候，甚为抱歉。主要原因恐怕是这几天我又在消极的 mood 中，提不起精神来写信。说不快乐，并没有什么不快乐。只是觉得这样做人没有什么意思。Essays 已缴卷，但是领钱还有问题——至少要隔相当时候。我要去 fight，未始不可，但是懒得去 fight；命中有这笔钱，不 fight 过些时候也会送来的。Fahs 的事也没有信息，我也没有写信去问他下落如何。我厌倦 fight，厌倦钻营。前信所说起的"好事"，暂时都还没有着落，心里似乎稍觉空虚，假如 Fahs 的信明天忽然来了，我也许又会兴奋一下。做人靠兴奋来支撑，终非健全。但是自己没有坚强的 backbone，因此亦容易消极，做事也很难提起劲来。宋奇的身体"弱不禁风"，但是他的斗志是很旺盛的。

《文学杂志》编满一年后，也想辞掉。杂志给我的麻烦不大，但是我讨厌糊里糊涂得来的"文坛领袖"的地位。其实我辞掉了，别人谁来接（even such veterans as 梁实秋）我都不放心，但是我只好不管。只怕临时狠不下这条心，摆脱不了这个圈套。我理想的生活（假如不出国）是搬离温州街，住到郊外去，埋首英文创作。我讨厌现在所有的朋友们，虽然他们对我都很好。我有我的 amiable extroverted 的一面，但是我恐怕是个 misanthropy，只有写作，才可 turn my misanthropy into account。我现在的朋友，我认为都太 worldly，而且不知不觉地拖我往 worldly 这条路上走。因此有时候很想念范宁生。

我虽然恨现在这种生活 pattern，但是很可能的，这种 pattern 还会持续很多年。

你的《张爱玲的短篇小说》发表了，大家都说好（杂志社也许把书寄 Texas 去了，明天我再寄一本到 N.Y. 来）。尤其使我得意的是：没有一个人看出来是翻译的。假如没有什么曲解之处，我这个翻译家倒真是代你创作了。有一位周弃子（他是个写旧诗的旧文学家，现任"总统府"秘书，但是脑筋很新，在台湾也算是一个 critic），平素最服膺张爱玲，搜集张爱玲的传记资料有年，他也准备写一篇论张爱玲，在《自由中国》发表。据他说张确能作画，张的先人恐怕是守马尾闹笑话的张珮纶（李鸿章的女婿，《孽海花》中人物）。你从西洋小说理论的观点来分析张的作品，他是佩服而自叹弗能的（他不懂英文），但是他可以供给你很多材料，希望你能写一本书论张爱玲。他是主张推张爱玲出去竞选 Nobel Prize 的，好在张爱玲的年纪还轻，得 Nobel Prize 他年非无可能。

　　《爱情·社会·小说》的忽然寄来，使我喜出望外。若早到两天，也许把这篇东西先"推"出去了。现在决定把它于七月号发表，《评〈秧歌〉》于八月号发表。你这篇东西所论及的是小说家的基本态度，而较为浅显，可以使一般文学青年得益。《张论》同许多批评名著一样，讨论的是某一个作家，所涉及的是某一个 genre（小说）全盘的问题。但是浅学之流，恐怕只看得出你在 appraise 或 praise 某一个作家，而看不出你的"小说论"。这篇文章就比较 explicit 了。文中 *Roman de la Rose*[1]（没有 romantic adventures，只是 abstractions），恐怕不好算 Romance，已代删去，不知你意思如何？居浩然[2]是"党国元老"居正[3]之子（曾留美学社会学），钱锺书在清华的同班同学，脑筋相当新而开明，对于你的善意的批评，我相信他会 accept with a good grace 的。这种文章你写起来不大费事，假如兴致好，不妨多写（《自由中国》向你拉稿，由我转告），写了相当数目后，可以出本专集，在台湾出版。《文学杂志》如继

---

1. *Roman de la Rose*，中世纪法国诗歌，宫廷文学之代表。
2. 居浩然（1917—1983），居正长子，毕业于清华大学。1945 年任陆军大学编译科长，1949 年去台，任淡江英语专科学校（淡江大学前身）校长，后任澳大利亚墨尔本大学教授。代表作有《十论》《东西文化及其军事哲学》。
3. 居正（1876—1951），字觉生，湖北广济人，1906 年留学日本，后加入同盟会、共进会。曾任中华民国南京临时政府内务部次长、参议院议员、国民党党务部主任，总统府内务部长、南京司法院院长、最高法院院长等职。代表作有《清党实录》《梅川日记》。

续出版，当然需要稿，我即使不担任编务，在道义上总要支持它的。

《文学杂志》确有停刊之虞。这种 little magazine 销路不会好，本来每期由 USIS 购买二千本，作为基本订户。经过 May 24 那次 riot 后，美国人态度大为冷淡，一切中国人的杂志，概不支援。现在《文学杂志》只靠自己卖钱维持，这是很吃力的。原来已经很艰苦（我不拿编辑费，很多人不拿稿费），"美援"再断绝，我怕前途不乐观。发行人刘守宜同钱学熙相仿，"干劲"很大，预备再硬挺一年。我不赞成。刘守宜因为这本杂志名誉很好，可以使他的 ego 满足，我可没有什么 ego to be satisfied。杂志停办了对于中国文坛是一个损失，对于我个人并无什么损失。

我暑假想做的工作：整理我的《译注近代英美文选》。这本集子，我已经花了几年工夫。本来每月一篇，发表在 *Student's English Digest* 上，四五多年来，已经积有 printed page 达二百页以上。我预备这本书成为我的"处女作"。我在台湾的名气起初是建立在每月一篇的"译注"上的。

还预备把"Un Cœur Simple"译出来，发在《文学杂志》上。这篇小说我一向喜欢，经你推荐后，我更觉得有发表价值。翻译对我很省事。

讲起香港的电影术语，你实在是隔膜了。"阿飞"这个名词倒是上海于 1949[年] 左右流行的，就是 juvenile delin-

1957

quent，台湾是"太保"（或十三太保）。*Blackboard Jungle*[4]在香港不知译成什么，恐怕是《流氓学生》（台湾禁映）。James Dean、Natalie Wood 的一张什么东西，是《阿飞正传》[5]，*Somebody Up There Likes Me*[6]是《霸王阿飞》。后来不知谁把 Rock 'n' Roll 译成"阿飞舞"，台湾亦叫"阿飞舞"，大约喜欢这种舞的，都是阿飞之流。"阿飞"的 genuine gender 是"飞女"——"太妹"。Ginger Rogers 在 20th Fox 有一张黑白 cinema scope 片，香港译作《飞女怀春》[7]。Elvis Presley[8]有一个中国外号叫做"猫王"，不知是什么出典。Jane Russell 在香港的外号是"大哺乳动物"。"尊荣"是广东人的读音，广东人的译名很奇怪，如奇勒基宝（Gable），云尊信（Van Johnson），夏蕙兰（Olivia de Havilland），高脚七、矮冬瓜（Abbott and Costello[9]），史超（或作"钊"）域（James Stewart——

---

4. *Blackboard Jungle*（《黑板丛林》，1955），社会问题剧，据埃文·亨特（Evan Hunter）同名小说改编，理查德·布鲁克斯导演，格伦·福特、安妮·弗兰西斯、刘易斯·卡尔亨主演，米高梅公司发行。

5. 《阿飞正传》（*Rebel Without a Cause*，1955），剧情片，尼古拉斯·雷导演，詹姆斯·迪恩、娜塔利·伍德主演，华纳影业发行。

6. *Somebody Up There Likes Me*（《回头是岸》，1956），传记影片，罗伯特·怀斯导演，保罗·纽曼（Paul Newman）、皮耶尔·安杰利主演，米高梅公司发行。该片讲述了拳击运动员洛基·葛瑞加诺（Rocky Graziano）的故事。

7. 《飞女怀春》（*Teenage Rebel*，1956），剧情片，爱德芒德·古尔丁（Edmund Goulding）导演，金格尔·罗杰丝、迈克尔·伦尼主演，20世纪福克斯发行。

8. Elvis Presley（埃尔维斯·普里斯利，1935—1977），美国歌手、演员，20世纪流行乐坛天王级人物，人称"猫王"，1954年涉足乐坛。

9. 阿伯特和科斯特罗（Abbott and Costello），是由威廉·阿伯特（William Abbott,

Buick 是"标域"），等。Ernest Borgnine 译成轩尼斯鲍宁也是很奇怪的。台湾的电影广告，大致还用上海人的译法，但是"肉弹""喷火女郎"等也屡见不鲜了。

最近所看的最好的电影是（两三年来最好的电影）*La Strada*（*The Road*），我郑重推荐，意义非常深刻。还有一张 *Boy on a Golden Dolphin*[10]，虽然故事俗套，但是（1）Sophia Loren（2）希腊风景（3）Clifton Webb[11] 的派头场值得一看。以前 *Life*、*Time* 瞎捧 Loren，我心中不服，Loren 长得鼻尖嘴尖脸尖眼稍尖，岂可与雍容华贵的 Gina 相比？看了 *Woman of the River* 以及这张 Boy 以后，我觉得 Loren 确有其魅力：她的 character 中有一个野劲，为全球任何女星所不及，你将会觉得她的美甚至超过 Gina——不亦怪哉？

一路去 Potsdam 想甚辛苦，现在想已住定，甚念。Carol 又长途跋涉了一次，过些日子当即去信慰问。Joyce 一路想很乖，你们能逃过 Texas 的夏天，实是福气。

1897—1974）和卢·科斯特洛（Lou Costello，1906—1959）组成的美国喜剧组合，知名于 20 世纪 40 年代及 50 年代早期。

10. *Boy on a Golden Dolphin*（应为 *Boy on a Dolphin*，《爱琴海夺宝记》，1957），让·尼古拉斯科导演，艾伦·拉德、克里夫顿·韦伯、索菲亚·罗兰主演，20 世纪福克斯发行。

11. Clifton Webb（克里夫顿·韦伯，1889—1966），美国演员、歌手，代表作影片有《绝代佳人》（*Laura*，1944）、《刀锋》（*The Razor's Edge*，1946）、《妙人奇遇》（*Sitting Pretty*，1948）等。

1957

父母亲那里的钱，暂时还寄不出去，很惭愧。去信时暂时可不必提。专此即颂
暑安

　　　　　　　　　　　　　　　　　　　济安　顿首
　　　　　　　　　　　　　　　　　　　七月三日

339. 夏志清致夏济安

1957 年 7 月 5 日

济安哥：

近两月来，一直没有接到你的信，很是挂念，不知你最近身体如何，出国事办得怎样了，希望一两日内即可看到你从 Austin 或 Trauger 处转来的信。我们长征搬家忙了三个星期，总算一家三口都很安全健康，路上没有出毛病，我很担忧汽车旅行使建一疲劳过度而受到细菌的侵袭，结果她一路很高兴快活，至今在 Potsdam 停下来已八九天，除不断便秘（树仁的老毛病）外，身体极好，想不会出什么花样了。我们六月十九日（星期三）出发，下午经过 Dallas，没有看到城中心，当晚在 Oklahoma 留宿。每天动身约十时或九时半，晚上六七时即停在 motel，亏得新汽车马力足、速度快，每天平均可走四百 miles 左右。第二天留宿 Missouri，地段是当年 Jesse James hideout 的地方，也算是一个名胜；第三天经过你所喜欢的 Indiana，留宿在 Indianapolis 的城外；星期六赶到 Pittsburgh，留宿在我犹太朋友家里；星期天休息一天；星期一北上，下午经过一段 New York Thruway，该公路设计得很好，只要不是酩酊大醉，实在不会出毛病，晚上留宿在Rochester；星期二下午经过 Syracuse 后北上，下午三时即抵Potsdam。

　　一路上 Indiana 以前，风景都很好，Carol 可以加足速度开车（average 60，65，70MPH）。Indiana 以后城市较多，traffic也较拥挤。一般讲来，西南部的人较 friendly，东部的人较distant，相貌衣饰也较差。住惯了 Austin，一般女人都很身段苗条、服饰华丽；到了 Potsdam，看到了女子，未到中年，即已发胖，衣服 drab，毫无引人之处。男女皆脸色 sallow，与Texas 的健康情形大不相同。店铺房屋也较旧式，ranch style的房子简直很少见到。New England、New York 开发太早，至今不易把一般小城市 modernize，Potsdam 既无特殊工商业，守旧情形自当更为触目（New Haven 市长努力把 New Havendowntown 区革新，很得 *Time* 的称赞）。Potsdam technically算是一个 village，人口约八千左右。大街有 Market St，MainSt，Elm St. 等几条，有两家大学（另一家是 Clarkson Collegeof Technology），两爿 drugstores，AP supermarket、Sears、Montgomery Ward 等店，两家电影院（一家夏季休业）和一家 drive-in theatre。小电影院换片太勤，以后好片子必当 miss很多。我们一到 Potsdam 后即去找英文系主任 Trauger，他是哈佛 Ph.D.，年近六十，人很和气，热心帮忙，两日内即给我们找了一个 apartment（二楼），处在 Main Street 末梢，隔一块荒地即是 campus，极为方便。冬天时冰雪满地，我从家到校只要几分钟，可不受到严寒的威胁。最冷时，温度可能降至零度下四十度，较北京、Ann Arbor 更冷得厉害。Address 是 107 Main Street，Potsdam。

Apt 是 unfurnished，Carol 几年来跟了我受苦，现在可稍为安定一下，居然动用她的储蓄，买了两件 sofa（Kroehler）、席梦思 Beautyrest 床榻、bedroom set 一套三件，second-hand（but quite new）冰箱、电灶等物，大办家具，用去了七百多元。Apt 有一个较像样的摆设，精神极好。计划中要买 washer dryer，TV set。我几次搬场，对一切没有多大用处的杂物，已痛恨入骨，不过这次由搬场公司代运，没有多花我心计包扎邮寄。以后搬家，自当如法炮制，大件家具由搬运公司代运，也不必费什么力气。

Teachers College 学生约有八九百，教职员们都很和蔼可亲，大家不弄什么学问，没有大大学的紧张空气。我不日要在 summer school 演讲一次，讲些中国文化，酬劳费一百元，算是供我旅费上的补助。我教书都是小班，这次要在 auditorium 演讲，倒是新经验。

Potsdam 离加拿大仅二三十哩，今天天气很好，我们开车去加拿大边境吃一次中国饭。加拿大生活水准同美国相仿，生活程度也很高，目前美国 inflations 厉害，美金一元只值加拿大 95 分。我们到的是 Cornwall 小城，满街都是美国汽车，风俗习惯上都看不出和美国有什么分别。

暑期已过了一个月，这里生活很安静，我计划把书全部弄好，校好字后缴出，此外没有什么计划。Carol 脱离了黑人的 contamination，为安排小家庭努力，精神上很痛快。建一智慧日开，讨人欢喜，每到任何 restaurant，她必是受人注目的中心，因为其他小孩，相较之下，都显得呆板也。父母处搬场期间也没有消息，想近况很好。你最近情形，希望详告，杂志也可寄到我新的地址来。我初到 Potsdam 时，大发"风症〔疹〕块"，伤满全身，一日夜后即消退，目前对 Potsdam 气候已很习惯。专候回音，即颂

近安

弟 志清 上

七月五日

340. 夏志清致夏济安

1957 年 7 月 13 日

济安哥：

这星期看到你两封信，昨天又接到了有我文章的《文学杂志》，心中很是高兴。你对我的《张论》，极加赞美，很 flatter 我的 ego，事实上，读了你的译文后，我觉得这样着实地 appraise 一个作家的评文，在五四以来，还是罕见的。张爱玲自己的反应怎样，我想过些日子，她会写信告诉你的。我的 moral preoccupation 想是受了 Leavis 的影响，Leavis 对诗、小说方面都严肃老实说话，不为文坛 fashions 所左右，一直是我所佩服的，你以前信上也说过对 Leavis 的喜欢。你的译笔丰盛流畅，我实在没有权利掠美，而且你仅花两天工夫，即能把全文大半译出，速度实在令人吃惊。我把译文和原文比较之后，发现你有时加添的一两句文字，实在是应该的，很为感激。如我提及 color 而轻轻略过，logic 上有问题，你 supply 了一个例子，文章就顺利得多。大体讲来，在叙事方面，你的中文胜于英文，普通说理文字，二者相仿，只有三四句刁难长句，中文翻译时，非把它们拆开重新组织不可，似不如原文紧凑，不过你翻译的苦心，我实在是 appreciate 的。有两处地方，我觉得是需要纠正的。第六页末段，我讲的是张爱玲喜欢编故事，画人物。原文"drawing""sketch"是 primary meaning，该属于 art，secondary meaning 在文学上也可通用，你大约因为没有看到《流言》原书（书中有不少插画），想不到我在讲绘画，而引起的错误。改正时把两处"描写人物"改为"描绘人物"，把"整篇人物素描"改为"整幅人物素描"即可。同页第一段，我因为不知道《传奇》何时初版，所以说《短篇小说集》是根据"一九四九《传奇》增大本"重印的。一九四七年的那版本可能是第四版或第五版，初版想是 1944 年，你可以问一问周弃子，问题即可解决，下期勘误时，把一九四九改为一九四四 or[一九] 四三即可。我不大有文章发表，把你的译文读了几遍，自己很 childish 的得意。写文章最大的 reward 恐怕是看到它以书报形态出现。（寄文字时附上的许多 clippings，也请你寄回，我可以用 scotch tape 把它们黏在原书上。）

你把散文集缴了卷，何以不能立刻拿到酬劳费，我不知此事真相，不能发表意见，不过按 contract 可以力争的地方，你还是应当力争的好，拿到一大笔钱，自己手面上可以活络得多。Fahs 对你极感兴趣，不过按道理，洛氏基金是接到 formal application 后，才能 hand out 钱，你不写信去问他，他恐怕不会自动问你要不要出国。何况 Fahs 每夏旅行远东，向他接洽的人很多，他没有书面凭据，不能办事，即使他对你有特别好感。所以我劝你写封信给 Fahs，remind him of his promise，重申出国的决心（或者请钱校长代为写信，比较 formal。这样推荐出国是校方的意见，一定可被照准）。他拿到这封信，和他 division 内的人商榷，此事即可推动了。Fahs 的 address 是：Dr. Charles B. Fahs, Director, Division of Humanities, the R. Foundations, 49 W. 49th st, New York 20, N.Y。我想你还是怎〔这〕样办好，免得自己 indulge in a black mood。

《文学杂志》如要停刊，的确是很可惜的事，USIS 不肯出钱支持，气量实在太小。不过你要把编辑的职务辞掉，我是赞同的。拉稿不算，每月排印校对就要花你很多时间，此事最好由你的得力助手代任，让刘守宜想办法筹款，再硬挺一年如何？你名誉已够高，编杂志不上算，每一两期写一篇文章，把吃力不讨好的编辑事务放在别人肩上，自己更可腾出时间创作。

你的《译注近代英美文选》即可出版，甚喜。这本书对有志研究英文的中国学生一定大有益处，你几年来在这方面花的工夫，也是值得的。上半年 World Public Company 送了我一本 *Webster's New World Dictionary of the American Language*，该字典搜集美国俗语成语最多。你在美时曾被 puzzle 的 phrase "double take"，该字典在 jacket 封底特别提出标榜，表示搜集成语的丰富。这本字典我可以送一本给你作参考。寄 Austin 的《文学》，我已叫 Carol 去信向 Austin 隔壁邻居索取。

星期三晨 Joyce 突然发烧，看了医生，没有开药，下午午睡醒来，热度高至 104 度。Carol 大慌，再去医生处，发现喉部红肿，医生 prescribe terramycin，服用后睡了一日热度稍退，星期五晚上额部已不烫，今天（星期六）热度已正常。我们受了两天虚惊，总算没有出什么乱子，很算侥幸。Joyce 身内有了 antibodies，以后抵抗力必可增强。她的病大约是 strep throat，该 streptococcus 侵犯喉部也。Potsdam 唯一的孩儿科医生是我英文系同事的太太，将来有什么病痛，必可得可道地诊治。Potsdam 也有一所小医院，所以地方虽小，我们的健康你可以不必担忧。

　　Elvis Presley 称"猫王"，大约是欢喜 jazz 的人通称 cats，Presley 既是"阿飞舞"的大头目，当得住"猫王"的称号。*La Strada* 在 Austin 时我也看过，的确非常深刻。还有一张外国好片子，叫 *Diabolique*[1]，故事恐怖紧张实远胜 Hitchcock，到台后，你非看不可。*The Gold of Naples*[2] 我也已看过，其中

---

1. *Diabolique*（*Les Diaboliques*，《浴室情杀案》，1955），法国黑白心理惊悚片，据皮埃尔·布瓦诺（Pierre Boileau）和托马斯·纳西雅克（Thomas Narcejac）合著小说 *Celle qui n'était plus*（*She Who Was No More*）改编，亨利-乔治·布鲁佐（Henri-Georges Clouzot）导演，西蒙·西涅莱（Simone Signoret）、薇拉·克鲁佐（Véra Clouzot）、保罗·莫里斯（Paul Meurisse）、查尔斯·文恩（Charles Vanel）主演，Cinédis、UMPO 发行。

2. *The Gold of Naples*（《那不勒斯的黄金》，1954），意大利多段式电影（anthology film），维托里奥·德·西卡（Vittorio De Sica）导演，肖瓦娜·曼加诺（Silvana Mangano）、索菲亚·罗兰主演，派拉蒙影业发行。

有一段 Sophia Loren 饰卖 pizza 的小家碧玉，想看她的人很多，我看了此片，对 Loren 的印象也大为转变，和你有同感。临走前看了 *Gunfight at the O.K. Corral* [3]，Kirk Douglas 饰一名怪侠，嗜酒如命，呛咳不止，随时可以一命归天。这个角色起得很好，非常滑稽，有一段简直是 *Lust for Life* 的 parody，值得一看。

　　Potsdam 的报纸一星期出一份，*N.Y. Times* 及纽约其他大报涨价至一角一份（*Sunday Times* 35 ¢，唯纽约周围一百方哩 [4] 内仍售原价）。我们这几天不大看报，消息仅靠 *Time* 及 *Sunday Times* 维持，生活情形和 Thoreau 在 Walden 时相仿佛。你要搬出宿舍，也是好事，不知郊外同学校距离多远？

　　你 mood 不好，我也无法安慰，只希望万事顺利，不论在美在台，你可以有安心英文创作的时间。洛氏奖金事办成，能出来一两年当然最好。父母亲最近没有消息。我暑期经济方面靠 Carol 维持，入秋以后，我薪金增加，应付家用已不成问题，所以你不要老是为不寄家用而感到不安。你领到稿费，还是自己买些书籍衣服享受一下吧！再谈了，即祝
暑安

弟 志清 顿首

七月十三日

---

3. *Gunfight at the O.K. Corral*（《龙虎双侠》，1957），约翰·斯特奇斯（John Sturges）导演，兰卡斯特、柯克·道格拉斯、朗达·弗莱明、约翰·爱尔兰、丹尼斯·霍珀（Dennis Hopper）主演，派拉蒙影业发行。

4. 即英里。——编辑注

"*Roman de la Rose*"可能引起误解，删去很好。*Roman de la Rose*的心理描写，anticipate 近代小说，是 C. S. Lewis 的主张，见他的 *Allegory of Love*。

周弃子的张爱玲一文发表后，请把那一期《自由中国》寄给我，平邮即可。

341. 夏济安致夏志清

1957 年 8 月 13 日

志清弟：

又是好久没有写信给你，很是抱歉。暑假里按理说应该空闲一点，但是招生考试阅卷等事，也忙掉好多天。最近比较重要一点的事情是张心沧夫妇的访台和崔书琴之逝世。心沧夫妇还是那样子：心沧的老实和丁念庄的活泼。他们住在姐姐家里（房子很漂亮，园地开阔），我去过一次。他们的女儿满口英文（戴眼镜，黑而不美），我怕英文说不过她，根本不理她。盛庆琜[1]（爱丁堡同学）请客我去了，《文学杂志》社又专诚〔程〕请了他们一次（quite a feast），一共同他们见了三次面。张心沧困于油腻，曾病了一两天，后来到日月潭去旅行，悄悄地走了。他们送了我一只麂皮的 tobacco pouch。

崔书琴之死该是一种 shock，得的病是 encephalitis（大脑

---

1. 盛庆琜（1919— ），字子东，浙江嘉兴人，父盛蒋旨为晚清翰林。1941 年毕业于上海交通大学，1949 年与查小婉结婚后去台，曾任台湾大学教授、台湾交通大学工学院院长等，后入加拿大籍。

炎），不到廿四小时就发高烧，糊里糊涂地死了。抽脊髓检验知道是脑炎，但此病根源是一种 virus，无药可救。崔先生死前几个月据说很不快乐，这是中国智〔知〕识分子从政的悲剧。崔先生虽是哈佛 Ph.D.，其实是个笨人，笨人有他的愚忠，忠不为人所谅解，自己又不知知难而退，心力交瘁，郁郁少欢，糊里糊涂地死掉了。崔太太对于政府很 bitter，认为崔先生假如安心做教授，少 worry，少辛苦，不会死得这么早。据我看来，崔先生在"党内"根本没有"同志"（有人志虽同，但是明哲保身，耍滑头，不敢做他 [的] 同志），甚至可以和他谈得投机的人恐怕都没有。他又是个赤心热血的人，反对人家消极，反对一般智〔知〕识分子对于政府的不合作或批评的态度，他倒是个彻头彻尾的儒家。可是中国人在中国假如没有道家精神，恐怕连身都不能保。儒家是忧天悯人的，不会快乐。快乐的道家也不多，因为从古以来，很少有纯粹的道家。魏晋清谈的人都不是纯粹的道家。

　　Fahs 那里，我没有去信，也没有同钱校长谈过此事，足见我消极得厉害（其实我的胡说八道的 high spirits 和 pranks，仍未减少，张心沧当会告诉你的）。以后碰见钱校长，当 casually 地谈起此事，不想专为此事去拜访他。凡是一切"好事"，我都不想追求，只等它们 fall into my lap。Essays 的钱大约可以拿得到，但是恐怕还要等候。

　　上一期的 *Newsweek* 报道：脱离中国大陆现在很容易。据这里人所知道的，情形确是如此。听说上海汇西路有一家旅行社，专门办理出境事情。亿中银行的汪仲仁听说预备去香港。父母亲要去香港根本没有什么问题，玉瑛妹也许有点困难。你去信时，不妨婉转陈辞，探询此事的可能性，并加以鼓励。到了香港再来台湾，便容易了。只怕父亲也同我一样，inertia太大，抱着听天由命的心理。此事关于我们一家的幸福者甚大，希望你注意。

《爱情·社会·小说》一文反响极好。英千里说：他心里藏了几十年的话，都给你说出来了。过两个月如有空，我出一个题目给你做如何？题目是 F. R. Leavis，这位批评家中国恐怕还很少人知道，但是无疑是值得介绍的。别的再谈，专颂暑安

济安 顿首

八月十三日

〔又及〕胡适创办的《自由中国》向你拉稿，你不妨写些有关美国社会生活的文章。

宿舍暂时不动。这两天要译《评〈秧歌〉》了，clippings下次寄还。

关于 Fahs 的事情，听说 R. Foundation 现〔先〕在美国找一教授到台大来任教，抵我的缺，然后再请我出去，现在他们在美国找人中。

342. 夏济安致夏志清

1957 年 10 月 14 日

志清弟：

又是好几个星期没有写信给你了。近来日子仍是在糊里糊涂中渡〔度〕过。钱校长现在美，行前他说要替我办妥我出国在美国方面的手续。计划大致是由洛氏基金出钱，台大文学院和 Seattle Washington Univ. 合作，我将是二校交换教授的第一位。此事大致实现不难，但对我不起什么兴奋作用。我有时候想想，什么东西能够给我兴奋？大约有两件事：一、世界大战爆发，二、发一票财。

最近不是没有做事情。《文学杂志》三卷一期那篇文章，你想已看到了。这篇文章原来想是驳劳干的（他似乎很注意"思想"的"新"），但是下笔之时不好意思骂他，反而弄得文章格格不吐。我的写法，还是从〔以〕Practitioner（小说）的立场为出发点，理论上没有多少建树。Leavis 提了一下，预备等你来发挥。稍为给你修正的是：我认为儒家对于 human nature 的认识，并不浅薄；而且它的道德不限于实用道德。儒家有成为法利赛人的可能，但是基督教、佛教里面何尝没有这种人？严肃的儒家信徒，可能成为好的小说家。即使不相信儒教，而深深地受到儒教思想浸淫的人（这种人比前一种人为多），更可能成为好的小说家。说来说去，还是因为我自己是个深受儒家思想浸淫的人，而我自认是有写小说的 potentialities。我自己也觉得：因为自己是个中国人，多少受过一点传统的儒家的训练，写出来的小说可以和外国人的不一样，虽然可以异曲同工地好。

朋友们对于此文的反响（包括居浩然）是：要证明你这个 point，只有你自己写一部小说来给我们看看。

此外还编了一本 170 页的《匈牙利作家看匈牙利革命》。这本书原稿由 USIS 供给，我找了十二个人来翻译。译书连杂志三卷二期都已出版。这一次为了 USIS 要把那本《匈牙利》在 10/23（匈牙利的周年纪念）前赶运到外埠各地，提前出版。那几天相当忙。我忘了告诉你，USIS 又恢复买我们的杂志了。

身上压的事情仍有不少。宋奇那里的几篇文章仍未缴卷，T. S. Elliot 与 C. Brooks 两文，都已由学生译出。Eliot 一文而且已改好，日内拟寄香港，只是该文第二节的那段引诗出处和第三节前的那一句希腊文的意义和出处，希望你代查赐告。Brooks 一文，改了一半，后一半碰到 Donne 的那首诗，不知如何译法，一搁又搁了几个礼拜。现在已找了另外一位合译诗的学生，托他代译。这篇东西希望于最短期内缴卷。Rahv 那篇文章预备自己来，迄今尚未动手。

317

讲起《文学杂志》的 contributions，於梨华[1]是台大的毕业生，现在 Princeton 图书馆工作，恐已结婚，其丈夫为 Princeton 的一个物理学家。此人在台大时，我不认识，当然她的很多同学，我是认识的。她在 freshman 时，英文甄别考试不及格，被强迫转到历史系去（那时还是傅斯年做校长，所以有这种甄别的制度，现在外文系学生程度的好坏，是没有人管的了）。她在 UCLA 得到 Sam Goldwyn 氏奖金，有专电拍到台北来，报上把她的名字译成"李华亚"，我参详了半天，一想一定是於梨华，就写信去向她约稿。她现在已成这里的名作家，《自由中国》上有她好几篇文章。她写作颇勤，似乎有野心要在美国以写作成名。台大外文系不收容她，似乎给了她最大的刺激。宋奇对她很赏识，要把她的那篇《小琳达》搬上银幕（如何改编，你如有意见，亦请告知），我居间介绍，她已答应。但是回音，我还没有告诉宋奇，因为我的译文没有弄好，不好意思给他写信。宋奇这个 studio，电影倒拍了不少，我很痛苦地也看了好几部。所以痛苦者，实在拍得不行之故也。中国电影的声光等等是有进步了，但是谈不上 style，模仿好莱坞的 hackneyed tricks，令人生厌。Tempo 大致都很慢，很低估观众的 intellect。李丽华现在美国以叁万美金的代价再〔在〕和 Victor Mature 拍一部以美国大

---

1. 於梨华（1931— ），浙江宁波镇海县人，作家。1949 年去台，台湾大学历史系毕业后赴美留学。后曾任教于纽约州立大学奥尔巴尼分校等学校，代表作有长篇小说《梦回青河》《又见棕榈，又见棕榈》等。

兵和中国村妇恋爱为题材的影片，想必也是一张低级电影。片中李丽华临死时，Mature 要去 kiss 她，李丽华忽然跳起来，说道："你嘴里都是洋葱味！"根据合同，李丽华是不许被人 kiss 的。这种事情居然也有电报拍到台北来，而宋奇的电影公司宣传部就把李丽华称作"拒吻影后"，真正可笑之至。李丽华已和一曾为小生，现在编导、小生兼做的严俊[2] 订婚。他俩的婚约也很滑稽，李丽华似乎很不热心，严俊则热心而痛苦。严俊也在美国，他俩即将结婚，然后环球旅行去。

　　昨天写到这里，你寄来的两包书收到了，很是感谢。这些书对我都很有用，我大致都已翻了一下。《米高梅传》已经翻阅了一半以上，看看过去的那些人的事迹，不胜沧桑之感。无声片时代的许多尤物，我连名字都不知道，想不到 Hedda Hopper[3] 以前也是美艳明星。你替这本书起的 sub-title：*All Mayer's Folly*，我为之拍案叫绝。应该送给 *Time*，他们会很欣赏你这种 wit 的。当然 Mayer's Folly 之外，你也不得不承认 Mayer's Luck 的。假如有全份的旧新闻报本埠附刊作为参考，我倒想把这本书译成中文的。

---

2. 严俊（1931—1978），香港著名演员，生于南京，曾加入上海剧艺社，后去港，1978 年在美国长岛去世，代表作有话剧《李自成之死》，电影《荡妇心》（1949）、《一代妖姬》（1950）、《花街》（1950）。

3. Hedda Hopper（赫达·霍珀，1885—1966），美国女演员、专栏作家，曾在《洛杉矶时报》（*Los Angeles Times*）开设个人专栏（Hedda Hopper's Hollywood）。

最近看的电影最满意的是 *Men in War*[4]，紧张深刻之至，好莱坞应该引以为荣。*The Solid Gold Cadillac*[5]是部很聪明的喜剧。还有一张日本片《胜利者》[6]（*Shori Sha*），假如在美发行，可以一看。题材是 boxing 和 ballet，好莱坞的老调，但是彩色技巧等等，胜过很多欧美电影，看了不由你不佩服。

《文学杂志》另外一位 contributor 余光中是台大毕业生，他恐怕是台湾对于英美诗少数有研究的人之一，现在俨然是台湾第一诗人了。他写的诗我不大佩服，但是译诗很好，可惜你没有见过。我那篇《香港》预备等 Eliot 逝世之后再发表，这首诗写得怎么样，我自己也不记得了。原稿大约锁在箱子里，懒得去找。在香港那时候，不知怎么的居然有这么大的创作 urge。前几个月，我接到你论新诗的信以后，又想写一首诗，完全照你的理想做去。题目是《运动员自白》，一个短跑家，百米跑十一秒几，台湾称第一，可是不能入选到澳洲去参加 Olympics。他很多怨言，对于其余那些入选做代表

---

4. *Men in War*（《孤军突围战》，1957），战争片，据凡·凡·帕拉格（Van Van Praag）的小说《永无宁日》（*Day Without End*，后更名为 *Combat*）改编，安东尼·曼导演，罗伯特·瑞安（Robert Ryan）、奥尔多·雷（Aldo Ray）主演，联美发行。

5. *The Solid Gold Cadillac*（《金车玉人》，1956），理查德·奎因导演，朱迪·霍利德（Judy Holliday）、保罗·道格拉斯、乔治·伯恩斯（George Burns）主演，哥伦比亚影业发行。

6. 《胜利者》（英文名应为 *Shori-sha*，1957），井上梅次（Umeji Inoue）导演，石原裕次郎（Yûjirô Ishihara）、三桥达也（Tatsuya Mihashi）、南田洋子（Yôko Minamida）主演，日活株式会社（Nikkatsu）出品。

的人也看不起（他们都不能得分）。这首诗可以写得很漂亮，对于各种运动，可以有 epigram 式的评语。但是想到写作的吃力，一直还没有动手。这一类的诗如多写，的确可以如你所说的一新白话诗的面目。

总之，现在脑筋还是很活泼，只是做事没有劲。最近又拉了一桩生意，拉的时候是一阵子兴奋，贯彻起来恐怕又很费力。N. J.（Rutherford）有一家 Fairleigh Dickinson U.（1941 年创办）要出一种 *Literary Review*，预备介绍各国文学。中国文学部门，他们写信到台大来请求帮忙，台大能替他们编一期中国文学专号的人，除我之外，恐怕也没有人了。他们需要：（1）三四千字的专文一篇，论述近二十五年来的中国文学（这当然由我来写）；（2）短篇小说，sketches 等若干篇，这要找人帮忙；（3）诗若干首。他们要出好几国的文学专号（日本、印度、英国等），我的那一期，稍迟送去也无妨。我是答应下来了，现在又有点后悔。他们又不出稿费。无论如何，过些时候，再想想该怎么办吧。

这一期《文学杂志》，徐尹秋[7]（徐訏[8]之子）的小说，你

---

7. 徐尹秋，徐訏大儿子，曾在《文学杂志》发表《困惑》《菊子》《重逢》《像》等小说。

8. 徐訏（1908—1980），浙江慈溪人。现代作家，以写作传奇小说且高产而著称。曾创办《天地人》《读物》《笔端》等刊物，曾创办创垦出版社，任教于浸会学院。代表作有《鬼恋》《精神病患者的悲歌》《风萧萧》《江湖行》等，有《徐訏文集》行世。

看够不够得上国际水准？

　　日内可能搬家，新居有十二个榻榻米，两间，一间可以做 study，bedroom，一间可做 living room，比现在所住的要宽畅得多。但是我懒得很，想起搬家就害怕。新居离温州街只数步之遥，可是环境比较幽静。信寄温州街 58 巷，或台大外文系，或《文学杂志》社都可以，搬定了再告诉你。

　　玉瑛妹的信看到了。家里情形确是不差，倒是玉瑛妹所用的 terminology 我看了很不舒服。父母希望我能早日出国，我又何尝不想呢？ Clippings（张爱玲文）另附上。余续谈，

专颂

近安

　　Carol、Joyce 前均问好

济安 顿首
十月十四日

343. 夏志清致夏济安

1957 年 11 月 10 日

济安哥：

十月十四日来信收到已久，上两星期一直为改卷子忙，无暇作复，你所需要 Eliot 文的两个注脚，不能及早寄上，深感不安。引诗一段为，Cyril Tourneur[1]，*The Revenger's Tragedy*[2] 三幕四景，主角 Vendice[3]（报复者）所说的一段话。Vendice 的 betrothed 戏未开场已被 The Duke 所淫杀，Vendice 主在报复，设计谋害 Duke 父子一家老小。在 Act III，Vendice 把 betrothed 的 skull 化妆为美女，在它嘴唇上放了毒药，Duke 上了圈套，接吻而亡。Eliot 所 quote 一段中的"thee"即指 skull 而言。Eliot 所 comment 的 beauty 和 ugliness 两种情感显然为

---

1. Cyri Tourneur（西里尔·特纳，？—1626），英国外交家、剧作家，代表作有《无神论者的悲剧》（*The Atheist's Tragedy*）。
2. *The Revenger's Tragedy*（《复仇者的悲剧》），是一部雅各布宾时期的复仇悲剧。过去认为该作是西里尔·特纳所著，最新研究表明该作应该为托马斯·米德尔顿（Thomas Middleton，1580—1627）所作，该剧 1606 年首演，1607 年首次出版。
3. 通常作"Vindice"。——编辑注

Vendice contemplate skull 时所有的感触（我这里没有 Tourneur 的剧集，台大 memorial edition 想一定有的）。那句希腊文出于早期希腊哲人 Anaxagoras[4]（quoted in 希腊文字典），Fragment 8，大意是 "The mind is in like manner something more divine and impassive"。Stallman, *Critiques & Essays in Criticism*[5] 书中一定把 "Tradition & the Individual Talent" 作注，可惜这里图书馆未备此书。这句希腊文是我托同事 Patience Haggard[6]（Rider Haggard[7] 的远亲）翻译的，想没有走样，你不放心可向哲学系同事请教一下。学校买书经费尚充足，开学以来，由我 recommend 所买的书（一半已到）已超过四百元，二百元是关于英文文学的。大半是两三年来所出版学术批评性的好书，二百元是东方中国文哲方面的书，系主任希望我明年开一个 Great Books of the East 的 course。

你明年能去 Seattle 任交换教授是极光荣的事，希望钱校

---

4. Anaxagoras（阿那克萨戈拉，约 510B.C.—约 428B.C.），前苏格拉底时期古希腊哲学家，原子论哲学的创始人。

5. Stallman（Robert Wooster Stallman，罗伯特·伍斯特·斯塔尔曼，1911—1982），美国批评家、学者，《评论与批评论集》（*Critiques and Essays in Criticism*）是其所选编的英美现代批评家的文选，由布鲁克斯（Cleanth Brooks）作序。

6. Patience Haggard（Clara Patience Haggard，克莱拉·哈格德，1892—1987），古典学学者，代表作为其出版于 1930 年的博士论文 *The Secretaries of the Athenian Boule in the fifth century B.C.*。

7. Rider Haggard（Sir Henry Rider Haggard，亨利·哈格德爵士，1856—1925），英国冒险小说家，代表作有《所罗门王宝藏》（*King Solomon's Mines*）、《她》（*She: A History of Adventure*）。

长能把此事及早办妥，洛氏基金出钱慷慨，你在美国住一阵，换换环境，放下杂务，可以安心创作，总比守在台湾好。你答应为 *Literary Review* 编一个中国文学专号，也是好事，虽然不免要使你忙碌一阵。你那篇论文写起来想是很容易的，诗和小说的创作和翻译倒需要几个好好的帮手。我的 mss. 还没有托人打字（开学以来，工作推动就不大容易），如果出版期拖延，也可抽一两章在那期专号上发表一下。

你那篇《旧文化与新小说》写得很好，可说是近代中国（or 中国）第一篇 define 儒家 esthetics 的文章。当时读后，我很有意写一篇文章把你的意见发挥，可惜为杂务所扰，没有写下来。我那篇《爱情·社会·小说》是急就章，文中有一两处自相矛盾的地方，是应该修正的。中国思想和文学间的关系也并没有说清楚。我虽然比较偏爱以"性恶论"为出发点的文学（西洋以"性善论"为根据的近代文学都逃不出 Rousseau 的影响，而 Rousseau 和孔孟当然是两回事；这一期 *Time* 书评 R. West 的 *The Corner of The Castle* 也以性善性恶作讨论文章的主题），但绝不否认儒家对道德问题认识之深刻中肯处。值得注意的是中国文人的不会活用儒家道德而衬托出人生全面真相。Eliot 曾把 Elizabethan Tragedy 和 Restoration 以后的 heroic drama 不同处讨论得透彻：heroic drama 即是把忠孝节义抽象化、机械化运用的文学作品；悲剧则甚相反，把道德问题具体化，表现出来的东西。所以中国小说戏剧上忠奸立判的人物，可能是儒家伦理机械化的反映，而并不能 invalidate 儒家思想的真价值，也不足以代表儒家的 moral intensity。所以中国文学在道德方面的 shallowness，本身还是文学上传统和学术的问题。《儒林外史》的思想虽颇被劳干赞扬，而归根结蒂只是名士式的"琴棋书画"这个公式，并不能算是代表儒家精神。旧小说中真正表现儒家精神的悲剧式的人物，我觉得是诸葛亮、贾政、贾母。普通人捧曹雪芹，看不起高鹗，其实红楼梦后半部所表现贾母的 tragic dignity，实是高鹗的功劳。诸葛亮的"知其不可而为之"的精神，是儒家的真精神。他所以成为中国的 most beloved hero，不是没有道理的。以上所写的，有空再写文章发挥。胡适捧《水浒》，抑《三国志》，我一直不心服，我觉得《三国志》deserves more serious attention。

《文学杂志》连续刊载了不少研究中国旧文学的好文章，这些文章都抱着虚心的批评态度，不管写文章的人批评修养怎么样，他们认真的精神是值得佩服的。这种"新批评"想是得力于你的鼓励和督促，也是你一年来办杂志的荣耀。徐尹秋的《重逢》题材和 style 都近似 Joyce 的 *A Little Cloud*，是一篇写得很用心的小说，我想是够得上国际水准的。国际水准其实并不高，尤其是 drama 方面，可说一无人才。我们都看轻曹禺，其实 Tennessee Williams 的恶劣程度不在曹禺之下，他的东西搬上舞台银幕还算像样，把原文一读（新近读

了他的 *Glass Menagerie*），实在一无所是。Arthur Miller[8] 想是左倾的庸俗作家，O'Neill 也是脑筋昏乱，不能算是大家。最近英国流行的 Angry Younger Writers，我都没有看过，想来也不会太高明的。

New Yorker 已代你续订了一年，因为价格便宜，自己也订了一年。这一期有 Truman Capote[9] 写的 Marlon Brando 的 profile，写得极好，把 Brando 的个性亲切地表达出来。前几年读过一篇海明威的 profile，也极有趣。可惜 profile 文章太长，多读了耽搁正事，浪费时间太多。L. B. Mayer 逝世，*Time* 上已有报道。在 Hollywood 举行的 funeral service，J. MacDonald 唱悼歌曲，S. Tracy 读悼辞（根据 *Variety* 报道），其他 Mayer 所造成的大明星很少出席，情形很惨，MacDonald、Tracy 的忠心耿耿倒是很令人感动的。

我在这里任大一英文一班，大二英文两班（文学选读），和选修课 Major English Poets。平时功课不需多大准备，但改卷子很忙，尤其是每星期改大一作文三十篇，花费时间不少。美国的师范学校，女生占大半，Potsdam 也不出此例。男生

---

8. Arthur Miller（阿瑟·米勒，1915—2005），美国剧作家、散文家，也创作电影剧本，曾获得普利策奖、美国报界奖、纽约剧评奖、（美国）国家剧评奖等多项大奖。代表作有《我的儿子们》（*All My Sons*）、《推销员之死》（*Death of a Salesman*）、《萨勒姆的女巫》（即《炼狱》，*The Crucible*）、《桥上观景》（*A View from the Bridge*）等。

9. Truman Capote（杜鲁门·卡波特，1924—1984），美国作家、剧作家、演员，代表作有《蒂凡尼的早餐》（*Breakfast at Tiffany's*）、《冷血》（*In Cold Blood*）等。

有志在中小学教书的，大抵有自志〔知〕之明，自己智力太低，读文理工科一定读不好，只好挑三百六十行的末行。女生程度较好，看不起男生，找 dates 都去找同镇的 Clarkson 工科大学的学生。Clarkson 学生较 Potsdam 多，Potsdam 的女生很多都同 Clarkson Boys 结婚，读了四年教育理论后，转而为工程师的太太，生活倒很正常。相反的，同 Potsdam 男生谈恋爱，结婚后两人教苦书，苦乐大不相同。此地女学生以英国种、爱尔兰种占大多数，相貌还可以。我教书时穿插笑料很多，颇自得其乐。

建一周岁时拍了一卷软片，并附上四张，借此可以看到 Joyce、Carol 和我的近态。Joyce 很早已会自动行走，极端聪敏，一般两岁的孩子恐怕也比不上她。她平日主意很多，会自己 amuse 自己。言语方面会说 "da" "ma" "bye bye" "hot" 等常用字，其他 cute 情形，Carol 即将作书详细报道。

雷震[10]处 promised 了文章，一直没有写，很不好意思。见面时请代致歉意。我希望在十一月底前写一篇关于文学的文章寄给你，由你转给他。上次计划写一篇骂 liberalism 的文章，牵涉太广，一直没有落笔。事实上，《自由中国》标榜自由，

---

10. 雷震（1897—1979），字儆寰，浙江长兴人。毕业于京都帝国大学法学院。曾任国民党中央监察委员、国民党参政会副秘书长、"国大"代表、"总统府国策顾问"等职。1949 年 8 月，与胡适、杭立武等人创办《自由中国》半月刊。曾因批评蒋介石和台湾当局，入狱十年。代表作有《雷震论文集》《舆论与民主政治》《我的母亲》等。

对国民党专政表示不满，希望培养一个反对党而促进政治的澄清的这种态度，也是深受美国 liberalism 的影响的。

在《远东季刊》bibliography 上看到张爱玲在香港（Union Press）新出的英文小说：*Naked Earth*。不知此书是否是《赤地之恋》的译本？可向宋奇处打听一下。我同宋奇好久没有通信，目前也不想 resume correspondence。你手边有此书，可寄一本来给我看看。假如仅是《赤地之恋》的译本，也不必了。

Potsdam 今天开始下雪，天气已转寒。我不开车，晚上在黑暗街道走路，不大方便，电影也不常看。开学后看过 *12 Angry Men*[11]、*The Sun Also Rises*[12]、*Love in the Afternoon* 三片，都很满意。明天预备看 *The Pride & the Passion*[13]。Potsdam 有两家大学，而电影生意仍极清淡，坐在电影院，seats 一大半都是空着的，颇给人凄凉之感。好莱坞电影事业的前途实在非常黯淡。

你想已搬入新居，有两间房间，宽畅得多，可少受同事闲人的打扰。你的英文 prose 选注不知已出版否？出版后请

---

11. *12 Angry Men*（《十二怒汉》，1957），黑色电影，据雷基纳德·罗斯（Reginald Rose，1920—2002）同名剧本改编，西德尼·吕美特（Sidney Lumet）导演，亨利·方达、马丁·鲍尔萨姆（Martin Balsam）主演，联美公司发行。

12. *The Sun Also Rises*（《太阳照常升起》，1957），据海明威同名小说改编，亨利·金导演，泰隆·鲍华、艾娃·加德纳、梅尔·费勒主演，20 世纪福克斯发行。

13. *The Pride & the Passion*（《气壮山河》，1957），战争片，据弗斯特（C. S. Forester，1899—1966）小说《枪》（*The Gun*）改编，斯坦利·克雷默（Stanley Kramer）导演，加里·格兰特、辛纳屈、索菲亚·罗兰主演，联美公司发行。

寄一本给我。我近来生活很正常，只是自己可支配的时间太少。Carol 新买了洗衣自干机，X'mas 时 contemplate 买 TV Set，生活似较前两年为安逸。父母想看看你的近态，如有照片，可寄两三张给我。玉瑛妹这学期读俄文外，重温英文，回家次数较多。近况想好，专颂

撰安

弟 志清 上

十一月十日

344. 夏济安致夏志清

1957 年 11 月 22 日

志清弟：

长信收到，很是快慰。《文学杂志》缺稿，我又花了两天时间写了篇《两首坏诗》。该文只是摘译洋人的话，我自己没有什么意见。无论如何，它总算是以前《自由中国》那篇《我对于中国新诗意见》的补充。

这篇文章写起来很省事，可是 Brooks 论 Well Wrought Urn，我到现在还没有弄好。我很有野心把 Donne 的诗译好，可是又是懒得动它。谢谢你关于 T. S. Eliot 那文中两点指示。

这期的杂志，我请你注意一篇小说《周末》。原来是一个学生投稿，故事是狄安娜·窦萍式的，讲一个妙龄少女如何消除误会，使她的父亲和他的老爱人结合。我本来想替她修改，后来因为时间不够，索性另拿稿纸来重写一遍。这篇东西花了我两个钟头，你好久没有看见我的小说，这篇东西虽然是篇游戏文章，你想必也会发现它的 wit 和 brilliance。这篇东西（就算照现在这个样子）还有很明显的缺点，就是那个女孩子显得 unfeeling；假如那女孩子要机灵一点，要 sentimental

一点，而故事还要维持现在这样的"残酷"，那么我得大费手脚，绝非两小时内可以把它写完的。写论文自由发表意见，对我是很容易的，容易得和写信一样。真正来篇小说，要够得上我的标准，那是拼命的玩意。

来信所谈儒家文化与诸葛亮、贾母等，我希望你能在有空的时候写成文章。Eliot 所论 tragedy 与 heroic drama 一点，真是一针见血之谈。我得要指出 novel 与 romance 的不同。基督教的文化固然产生了 Tolstoy、Dostoevsky、Geo. Eliot[1]等小说家，但是它在中世纪时候也产生了无数的卷帙繁重的romances。这些 romances 价值高的恐怕不多。它们和 novel的区别，正如 heroic drama 和 tragedy 的分别一样：一个是活的，一个是机械化公式化的。居浩然说："中国没有文学。"实在是太大胆的话。中国也有无数的 romances，计分下列各种类型：（1）才子佳人——起源恐是唐代，唐以前我还没有发现过像《会真记》这样的故事；（2）武侠；（3）神仙；（4）历史演义——包括薛家将、杨家将等 cycles；（5）公案等。中国的"旧小说"，够得上 novel 标准的，只有《红楼梦》一部（石堂——刘守宜——发现《水浒传》的对白是"台词"式的，各人一律的；《红楼梦》的对白是各人各样

---

1. Geo. Eliot（George Eliot，乔治·艾略特，原名 Mary Ann Evans，1819—1880），英国小说家，代表作有《亚当·彼得》（*Adam Bede*）、《弗洛斯河上的磨坊》（*The Mill on the Floss*）、《织工马南传》（*Silas Marner*）、《米德尔马契》（*Middlemarch*）、《丹尼尔·德农达》（*Daniel Deronda*）。

的）；坏的 novel 也有，如《儒林外史》（此书也有 romantic ending）。写 romance 的人，根本不想"反映现实"。才子佳人式的恋爱故事，可能和中国人真正的恋爱方式，不大有关联，但是这种故事，可以叫人听之不倦，那也就达到了"通俗文学"的目的。

你以前曾说《三国演义》对于中国文学的影响，约等于荷马的对于希腊。我看《三国》《水浒》《西游记》的地位，大约和 Sir Thomas Malory[2] 的 *Le Morte d'Arthur* 相仿：它们都是各种 legends 的总结集。先有许多 legends（胡适在这方面做了很多考证），此种 legends 经过百年以上的时间，越积越多，然后再有人来编集。这本编集的成果当然还有它的影响，如 Malory 之影响 Tennyson、Morris 等，但是情形与荷马对于希腊悲剧家的影响还不一样。

中国研究中西文学比较的，常常不注重 romance，而且忽略它的存在。拿 novel 的标准来评 romance，当然会使人觉得后者的幼稚可笑。但是 romance 的作用，就是能支配社会上很多人士的 imagination。中国人对于"关公""张生与崔莺莺""孙悟空"的想法，固然是建立在那些本小说和戏曲之上，但是也建立在许多别种 legends 及那些人物的故事的 retelling 上。我们的祖母不识字，但她可头头是道地欣赏那些人的故

---

2. Sir Thomas Malory（托马斯·马洛里爵士，出生于 1415—1418 年间，逝世于 1471 年），英国作家，代表作即为《亚瑟王之死》（*Le Morte d'Arthur*）。

事，就像今日一般浅薄之人欣赏 Hollywood 的所 retell 的"文艺名著"一样。Novel 非精读原书，不易欣赏其好处。我们如强调《红楼梦》中的宝玉黛玉恋爱故事（这一部分我们的祖母也能欣赏），就是使 novel 成为 romance 化。写实最细的 *Pride & Prejudice*，当然很容易的也可以成为 Darcy 与 Elizabeth 二人才子佳人恋爱的浪漫史。

Romance 的特色是它的人物与故事对于 popular imagination 的 hold。它的形式是不重要的。因此中世纪的 romance，忽诗忽散文，并无一定。中国的才子佳人故事，可能成为"小说"的形式，也可能成为戏剧、弹词、大鼓等等。听这故事的人，并不会注意它们的形式。他们所注意的只是"内容"。

Romance 当然有好有坏。最近看见陈寅恪的《论再生缘》，他认为这部长达百万言的弹词，可以和荷马相比。他说：

"世人往往震矜〔惊〕于天竺希腊及西洋史诗之名，而不知吾国亦有此体。外国史诗中宗教哲学之思想，其精深博大，虽远胜于吾国弹词之所言，然止就文体立论，实未有差异。弹词之书，其文词之卑劣者，固不足论。若其佳者，如再生缘之文，则在吾国自是长篇七言排律之佳诗。在外国亦与诸长篇史诗，至少同一文体。寅恪四十年前尝读希腊梵文诸史诗原文，颇怪其文体与弹词不异。然当时尚不免拘于俗见，复未能取再生缘之书，以供参证，故慭不敢发。荏苒数十年，迟至暮齿，始为之一吐，亦不顾当世及后来通人之讪笑也。"

（这篇文章是台湾大学翻印的。你要，我可以寄上。）

《再生缘》想必是弹词中的佼佼者，但是能够和荷马相比吗？我没有读过《再生缘》，也没有读过荷马的原文，不敢说。但我猜想，一定比不上：（1）《再生缘》的故事是俗套，一定没有 epic 所必需的 dignity 和 grandeur；（2）《再生缘》的故事进行一定缓慢，一个 episode 又一个地讲下去，堆成了一百万字；（3）它的"七言排律"节奏虽以〔亦〕多变化，气势一定不够，美可能美，但是乃是 mincing pretty 那一种美。

　　陈寅恪读过 epic，但是他可能没有读过 romance。可能他以为西洋长篇叙事诗只有 epic 一种，不知 romance 的卷帙可能更为繁重，两种类更多不胜计也。至少他只提 epic，不提 romance，贸贸然就拿《再生缘》与 epic 相提并论，我是不服的。再则他以为 epic 的重要性是它的"宗教哲学思想"，而不知它的"形式"就和弹词大不相同（印度的 epic 不知是怎么样，不敢论）。陈寅恪算是中国第一个通人，可是他对于文学的智识，似乎还是偏。

　　西洋从 romance 进步到 novel，需要很多时间。中国如要产生 novel，恐亦须稍等。《二十年目睹之怪现状》[3]等黑幕小说，英国伊丽莎白时代亦有，euphemistic romance 更像中国的骈文才子佳人小说。研究中国这么一大堆 romance，倒是很有趣的，亦可能写出一部厚厚实实的研究报告。我认为小说最重要的

3.《二十年目睹之怪现状》，[清] 吴趼人（1866—1910）著，为晚晴谴责小说之代表作。

还是形式问题，长篇的先不必说，单拿短篇而论，我刚刚提起的那篇《周末》，就可能有三种写法：

一、照原来那样，是标准的美国"true romance""true confession"体小说（此类小说中国报上亦常登）；

二、照现在发表那样：简短、泼辣、残酷——我心目中是在学莫泊桑；

三、照我想写的那样：subtle，隐藏的讽刺与悲哀——我心目中的榜样是契诃夫或亨利·詹姆士。（假如那〔哪〕个学生存心想学 Chekhov 或 Henry James，就不可能写出 true confession 体的小说，是不是？）

契诃夫（或莫泊桑，甚至 O. Henry）创造了某种形式，使得讲故事的人（故事总有人要讲的）知道用什么样形式来讲是最为合式，他们的功劳实在不亚于首创绝句或律诗或 sonnet 之人。Novel 的形式问题，当然比短篇小说要复杂。但是除了少数杰出的天才，能独创一格以外，其余的人都在那里模仿。Novel 因为因素繁多，模仿的人不易见痕迹。描写风景，大约 romance 有一套，大小说家有他自己的一套，对白亦然，心理描写亦然，故事的发展亦然。中国人的小说所以不行，因为他们太容易用 romance 的方式来讲他的故事。此外一般读者喜欢 romance，亦是使作者不容易写好小说的一个原因。Oedipus 的故事总算是最有代表性的希腊悲剧了，但是中世纪亦有人把它写成 romance 的。故事与 the way it is told 之间，恐怕有很密切的关系。（Dryden 的 Cleopatra 和莎翁的 Cleopatra 呢？）近代批评家注重 form，非为无故，但是 novel 的 form 是太难确定了。The way it is told 的范围是很大的。Dryden 所 conceive 的 character 性格不复杂，不深刻，是不是同他诗的形式有关系？ Or is it because Dryden is a lesser genius than Shakespeare？ 我不知道。我想知道的是：假如采取某种诗的形式，某种 story-telling 的形式，作者是否就不容易 conceive 深刻复杂的性格？但是 Chaucer 的 Troilus 呢？

问题是：好的形式有有意与无意的 parody。有意的 parody 是滑稽（如 Max Beerbohm[4] 之模仿 Henry James），无意的 parody 如 Beaumont Fletcher[5] 之对于莎士比亚。要讨论形式问题，不得不牵涉到 parody 的问题。

写到这里，我怕我越来越不能自圆其说了。上面这许多话，我只想指出这一点，中国过去这许多"小说"，大多是 romance。The novel is yet to be created。中国过去的社会近似中世纪欧洲社会，也许有点关系。但是中国过去的文学的 lyric 贡献为最大，中世纪欧洲好的 lyric 就很少。

我这些乱七八糟的意见，suggestions、surmises，对于你

---

4. Max Beerbohm（马克思·比尔博姆，1872—1956），英国散文家、讽刺作家，他的作品时常模仿著名作家，如亨利·詹姆斯、约瑟夫·康拉德等，代表作有《朱雷卡·布多森》（*Zuleika Dobson*）等。

5. 指英国剧作家 Francis Beaumont（弗朗西斯·鲍蒙特，1584—1616）和 John Fletcher（约翰·弗雷彻，1579—1625），他们的作品在英国詹姆士一世统治时期联合署名。

的 forthcoming article，也许有点用处。

我没有搬家。考虑了好几天，发现自己缺乏搬家所需要的精力与财力——把新房子布置得像样（如把榻榻米改铺地板），很需要一笔钱。再则，新房子那边安静得可怕，这里的胡闹朋友多，做人可以快乐一点。

你忙得连读 *New Yorker* 的长文章的时间都没有，闻之甚为同情。我的空闲比你多得多。但是时间不知道怎么过去的，最近对于看电影都丧失兴趣，写文章只是 hectic 的一股劲。

你送我的 Baugh 文学史与 Wellek & Warren 的概论，都是渊博之作，看了只有使我绝望：这辈子弄学问是没有希望的了。自己买了一本 Gilbert Highet[6] 的 *The Classical Tradition*，更证实了这个绝望。Wellek 最近在 *Yale Review* 评 David Daiches 的 *Critical Approaches to Literature*，说 Daiches 学问不够，一点不错。关于 "Lucy" Poems，Baugh 文学史中有这么一句话："Coleridge's idea that the poems reflect W's love for Dorothy must certainly be rejected. "（p.1142）这句话能不能答复 Bateson？

寄来照片都已看到，照得很好，家里很整齐漂亮，外景也很美。Joyce 的确很聪明，眼睛似乎能说话（似乎也很倔强）。Carol 和你还同以前差不多，你们的新汽车很漂亮——

---

6. Gilbert Highet（吉尔伯特·海厄特，1906—1978），美国古典学者、作家、文学史家，曾任教于哥伦比亚大学，著作等身，代表作有《荷马概论》(*An Outline of Homer*)、《古典传统》(*The Classical Tradition: Greek and Roman Influences on Western Literature*) 等。

我常常做洋房汽车的 daydream，这种梦大约是不难实现的。我好久没照相，Leica 里有的是软片，但一搁是几个月，照了一次常照不完，又忘了冲洗，软片常在镜箱里霉掉。父母要看我的照片，过些日子可以寄上。我现在的脸容同以前差不多，如有不同，大约是脸更圆，头发更少，气色更好。做人没有ambition，也没有计划，只是按照上帝所规定的做而已。例如办《文学杂志》，对我可说没有好处，而且可以说和我做人不求出风头的原则不合，但是毕竟办成了，而且还要办下去。你不能说这不是上帝的意思吧？

Dickinson 大学如不来催我，我那期中国文学专号也许就不编了。去 Seattle 等等，现在都无眉目。我也不大去想这种事情。再谈，专颂
近安

济安 顿首
十一月廿二日

Carol 前均此。等她的 charming 报道寄来后，再给她写信吧。

张爱玲的新小说情形不详，有便当去问宋奇。

Clippings 另封附上，与此信同时发出。

1958年

345. 夏志清致夏济安

1958 年 1 月 29 日

济安哥：

　　已两个多月没有给你信，实在很不应该。圣诞假期刚开始，我即被伤风所困倒，做不开什么事情，只寄了你一张 perfunctory 贺年片。两个月来，Joyce 也伤过一次风，患了一次腹泻，把我弄得很紧张，对付学校功课改卷子外就没有自己的时间。Joyce 身体很好，惟同事子女间，都有小毛小病，每出门应酬一次，Joyce 即被传染，令我愤恨不已。你寄来的 *Chinese Festivals* 和 Cook Book 各一册，在圣诞前一日收到，很感谢你的盛意。其实这种东西，不关紧要，尽可平邮寄出。你为了要赶上年节，把它们航空寄出，耗费了不少，很使我不好意思。你出国时带来的那本食谱，内容极充实，我离 Austin 前，割爱送给了丁乃通太太（她每天煮中国饭，在国内时没有上〔下〕厨的经验）。你最近寄出的那本食谱，所以对我仍是很有用的。丁先生现在 Texas 边境墨西哥学生小大学任教；陈文星拿到 Ph.D. 后，尚无 job，现在远东餐馆，暂充 waiter。相形之下，我的境况实在比他们好得多了。

《文学杂志》最近三期，都已看到，内容编得很好：做了编辑先生，每期要汇集八十页左右的文字，实在不是一件容易的事。你的那篇《周末》，读后令人叫绝。只花两小时，就能写出这样干净利落的小说，更使我吃惊。你少女心境的描写和轻快而残酷的调子，很近乎 Katherine Mansfield[1]，虽然她的作品我看得不多（大多数莫泊桑的小说，好像在结构上是有头有尾的）。你 mood 好，不妨都〔多〕写几篇短篇，对中国文坛也可有些直接贡献。我 visual memory 极差，今生想不会写小说，半年来没有好好地讲过中文，对 conversational Chinese 的处理，更是 beyond my power。但美国文坛水准极低，假如命运不济，暂时离不开小大学的环境，用英文写小说对我也可能是一件诱惑，一件比较对得起自己的工作。

　　《两首坏诗》说理清楚，虽然大部分是根据 *Understanding Poetry* 的，对中国的读者和诗人，都应该 [是] 起很大作用的文章。我入秋以来，还没有缴过什么卷，很感惭愧。介绍 Leavis 那篇文章，写起来一定很容易，此外批评家 Blackmur、Yvor Winters 中国读者比较生疏，也值得介绍。所苦者即是抽不出两三个"出空身体"的晚上，把文章写下来（Eliot 的新文集，我也预备写一篇批判性的介绍）。至于

---

1. Katherine Manthfield（凯瑟琳·曼斯菲尔德，原名 Kathleen Mansfield Murry，1888—1923），生于新西兰，后移居英国，短篇小说作家，与劳伦斯、伍尔夫长期保持友谊关系，代表作有《花园酒会》(*The Garden Party*)、《芦荟》(*The Aloe*) 等。

那篇述论儒家文化和中国文学的关系的文字，经你一说，我反[而]感[觉]学问不够，无从着手了。你所指出 novel 和 romance 的分别，实在[是]重新估价旧小说的一个 critical concept。硬以近代小说的眼光去看旧小说，绝大多数一定不合格，而显得幼稚，但以 romance 的眼光去看待它们，可说的话一定较多。最重要的工作，当然是把中国所有小说剧本，全部看一遍，而断定哪几部东西还能引起我们的兴趣。我们的 taste 虽然不能算超人一等，但总经过西洋文学的熏陶的，比普通人可以严正一点。我旧小说看得不多，而且都在出国前看的，印象已较淡薄。要写像样的文章，非重读不可。在 Michigan 时，读英译本《西游记》和《好逑传》，都很感兴趣。Waley[2] 译《西游记》，仅译小半部，假如把八十[一]个灾难全部译出了，读者必会有"重复"和"机械化"的感觉。《好逑传》讲某美女如何保持她的贞操，不为奸人所惑，作者把各种奸人的 strategies[讲]述得头头是道，也颇能引人入胜。《好逑传》作者 taste 和 Richardson 有相似处，它在十八世纪即被译成英文，也不纯出 accient（a good topic for learned paper）。《好逑传》种种天真处，可能因时迁景移，而反是我们觉到 charming。但作者对中国旧社会的道德标准，的确是有坚决自信的，而这种自信，在编这故事方面，无疑是有

---

2. Waley（Arthur Waley，亚瑟·威利，1889—1966），英国汉学家、翻译家，代表译作有 *The Tale of Genji*（《源氏物语》）、*Analects of Confucius*（《论语》）、*The Way and its Power*（《道德经》）等。

助于想象的（左派作品的恶劣，无疑是由于作者想象受到限制）。说到这里，不由使我觉到儒释道三教 shape 旧文学无比的重要性。大凡你所提及的 romances 及元明戏曲都是不自觉地反映旧道德的作品。我们生在动荡的时代，创作的先决条件是道德自觉性（即你在《旧文化与新文学》中所说的善恶的判别），作者责任太重，创作工作便显得艰难，好作品也不容易问世了。

你两月来情形想好，甚念。新年期间，应酬想一定很忙。Potsdam 今年不比去年冷，最冷的晨晚也不过零下十度而已。最近几天大雪纷飞，气候在三十度左右，除驶车困难外，别的没有什么不方便。Carol 的信和 Joyce 的照片想都已看到，Joyce 已能自己喂自己，平日在家做"捉迷藏"等游戏。此次附照仍是和贺年卡同时摄的。国内鸡猪肉已 ration，家中情形甚好，每次玉瑛妹返家，鸡、鸭、肉、鱼都可以吃得到，母亲几月来在经济方面没有 worry，就 worry 你的婚事。亟思看到你的近照，希望该照片下次来信可以附到。一个人结婚后，学术方面的浪费大得可怕，所以我目前也不劝你结婚。不过有合适的小姐，还是放胆追求较好，借以充实情感生活，而精神上有所寄托。

父亲最近来信，谓徐季杰已于十一月间中风逝世，父亲这一辈长辈，情形已很凋零。小白兔[3]研究科学一如昔日，去年嫁了一个 scientist，婚后丈夫即去苏联留学，也可算得上一名 new elite。小白马[4]尚未结婚。陈见山肺部有病，想是 T.B.。尤家第八子现在兰州任什么主任，也算是比较像样的人才。

我们生活过得很平淡，假期间［丝］毫没有什么举动。我教书很起劲，同事关系也维持得很好。同事们大抵是 middlebrow，视 *N.Y. Times* Books Reviews 及 *Yale Reviews* 为经典，把 Brooks Atkinson[5] 及 Bosley Crowther 的意见看得很重。这星期学期终了，freshman 强逼去 New York City 旅行一周，看戏、opera，参观 N.Y.，museums 之类，许多教授都兴高采烈地随往。我对 Broadway 已毫无兴趣，觉得他们的举动很可笑。电影最近不常看，较好的有 Maria Schell[6] 的 *The Last Bridge*[7] 和 Sophia Loren 的 *Woman of the River*；后者不见经传，倒是感人极深的影片（screenplay by Moravia[8]，Columbia，

---

3. 小白兔，学名晓白，徐祖藩之女，化学专家，中国科学院院士，丈夫胡克源为无机化学专家。

4. 小白马，徐晓白的妹妹，是夏志清的表妹。

5. Brooks Atkinson（布鲁克斯·阿特金森，1894—1984），美国戏剧批评家，1925—1960 年任职于《纽约时报》，曾获普利策奖。

6. Maria Schell（玛利亚·雪儿，1926—2005），奥地利 / 瑞士演员，1956 年获威尼斯电影节沃尔皮奖（Volpi Cup）。

7. *The Last Bridge*（《最后的桥》，1954），奥地利战争片，海尔穆特·考特纳（Helmut Käutner）导演，玛利亚·雪儿主演。

8. Moravia（Alberto Moravia，阿尔伯特·摩罗维亚，1907—1990），意大利小说家、专栏作家。代表作有《冷漠的人》（*Gli indifferenti*）。

release 1957），后半部 Loren 的小儿子死了，不禁触景生情，泪流不止。隔日 Carol 去看，也哭了一场。Sophia Loren 在 *Pride & Passion* 中，呆板不堪，在意大利影片中倒很自然。*Time* 提及 Salinger[9] 的 *The Catcher in the Rye*，为美国大学生间红书之一。我看后觉得很满意，作者笔调雅致，用第一人身叙事，自成一格，值得一读。答应赠你的书，还没有买，特选几本好的 paper backs 后（Irving Howe[10] 的 *Politics & the Novel* 已有纸版本）暨 Eliot 新文集一并寄上。（秋季号的 *PR* 也还没寄出。）

下学期开一门 Great Books of the East，想趁机会读几本日本小说，日本战后小说，极受美国重视，连 Allen Tate 等都加以赞美，不知究竟好不好。彭歌[11] 对这些小说，有什么意见？不多写了，希望不久缴出文章一篇。《自由中国》那里，一直没有写东西，请向雷震表歉意。吴鲁芹的《鸡尾酒会》，特由挂号寄出，盛情可感，见到他时请万分道谢，并 praise

---

9. Salinger（J. D. Salinger，塞林格，1919—2010），美国作家。代表作有《麦田里的守望者》（*The Catcher in the Rye*，一译《麦田捕手》）、《九故事》（*Nine Stories*）、《弗兰妮与祖伊》（*Franny and Zooey*）等。

10. Irving Howe（欧文·豪，1920—1993），犹太裔美国人，文学与社会批评家。代表作有《政治与小说》（*Politics and the Novel*）、《超越新左派》（*Beyond the New Left*）等。

11. 彭歌（1926— ），本名姚朋，曾在台湾政治大学、台湾大学等大学任教，任《台湾新生报》总编辑，"中央日报社"社长，主编《自由谈》，2013 年获星云华人世界终身成就奖。代表作有《在天之涯》《一夜乡心》。

他的 wit & common sense。专颂

近安

弟　志清　上

一月廿九日

1958

346. 夏济安致夏志清

1958 年 2 月 1 日

志清弟：

又是好久没有写信给你，很是抱歉。今天是阴历年初一，宿舍里人都走空了，我一人生了一个炭炉，烤火去阴寒（台北的天气是 lousy，冬天我常常穿皮袍子的），怡然自得。

年底的 mood 所以尚好者，因为学校把我升为正教授。这件事 would mean so much to 钱学熙，对我倒无所谓。我自己是反对升级的，因为按世界标准，我做 assoc. Prof. 已经是勉强的了；再则，我总想出国深造，以 full Prof. 的头衔到外国去读书，总有点说不过去。但是钱校长他们想笼络人才，把我升了等，我可以死心塌地为台大服务。我拿他们没有办法。

做到正教授，在中国学术界算是爬到顶了。假如中国太平，也可以快快乐乐地做人。但是情形如此之糟，前途又很不光明，我这个头衔又有多少价值呢？

上帝给人的恩典，常常并不是人所顶需要的。假如上帝的礼物可以交换，我宁可放弃这个头衔，交换别的。

升了级有一点好处：补发半年以来我所应得的薪津，使我在年底拿到近乎 US$50 的台币，手头较为宽裕。

USIS 的翻译稿费还没有发，我也不去催询。发总是要发的，只是钱已经退回华盛顿，再要请领，美国的 red tape 也繁复得可怕。

我还有一桩心事，就是《文学杂志》。Vol.3 No.6 已于年前出版。办这个东西，我于物质方面一无好处，而且以台湾现有的写作人才，实在很难维持高水平的杂志。本来想于下一期起辞职不干（当然杂志可能就关门），忽然徐訏在《自由中国》发表了一篇长文《论〈红楼梦〉的艺术价值和小说的对白》，现在所看到只是第一部，至少还要两三期才能刊完，此事刺激了我：（一）《文学杂志》的意见是受人重视的；（二）他的长文可能换来别人的文章，至少有两三期《文学杂志》不愁没有好的论文。徐訏的文章的副标题是《就教于劳干石堂二位先生》，劳干所说《红楼梦》的思想不行，我们是都不满意的（我的那篇《旧文化与新小说》事实上也驳斥了他）。但是社会上确有劳干这种对于文学的批评法，使这种观点明朗化后而加以驳斥，也是好事。徐訏的态度倒是和平合理的。他对于小说的对白有什么意见，我们还没有看到。徐訏以几万字的一篇文章来讨论这个问题，一定受到文坛的重视（《自由中国》的销路比《文学杂志》大十倍）。《文学杂志》假如因此热闹起来，那么做编辑虽苦，心里也有点安慰。我相信你对于《红楼梦》可能有一篇文章。宋奇是想写一本书来讨论《红楼梦》的。他有几篇文章在《今日世界》发表，不知你曾看到否？那几篇文章所 touch 到的都是琐碎之处，他对于高鹗的批评，也使我们不服。但是他的主要论点是反对胡适等等认《红楼梦》为自传的看法（艺术创作绝不可能是生活的 one-to-one reproduction），这倒是一件很大的贡献，可以一新中国读书人的耳目。我自己预备于最近期内写一篇《中西小说杂论》，发挥以前我所说的 romance 与 novel 之论点。（你不妨见到了我的文章再动笔。）

这一期《文学杂志》有两篇关于《儒林外史》的文章，你读了一定很感兴趣的。第一篇许世瑛[1]的，代表胡适、劳干之流的看法。许本人也是教授，他的来稿使我很窘。他把《儒林外史》如此地赞美，而我又不同意[他]的看法。我因此叫刘守宜另写一篇（文中作者伪装成一中学教员），他旧小说读得很熟，写这样一篇文章很容易。恰巧徐訏也是反对《儒林外史》的（大致真正喜欢小说的人，都不会喜欢《儒林外史》）。这两篇文章一起刊出，表示《文学杂志》态度的大公，正反意见都加采纳，又表示《文学杂志》对于小说的看法，并不这么外行。

你所赞美的《好逑传》我也读过（一名《第二才子风月传》），确是一本好书。短短的才十六回，但是结构完整，

---

1. 许世瑛（1910—1972），字诗英，绍兴人，许寿裳长子。本科毕业于清华大学中国文学系本科，毕业后考入清华大学国学研究院。1946 年冬去台，任教于台湾师范学院。代表作有《中国文法讲话》《常用虚字用法浅释》《论语二十篇句法研究》《中国目录学史》。

每一部门均经仔细设计。水冰心应该是中国文学中一个很可爱的女主角。十八世纪欧洲人对于中国和东方的兴趣，钱锺书曾有文论及之。

　　详细地阅读中国杂七杂八的小说、弹词、剧本、唱本等，应该是很有趣的，但是你在美国恐怕做不到。美国恐怕没有这么多书。台湾书是还找得到，但是我恐怕没有这么多功夫。胡适所极力推荐的《海上花列传》，我相信是本好书，可惜我没有看过。鲁迅的《中国小说史略》里面，很有些精彩的意见（我看见过别人的 quote），最近在写《中西小说杂论》，我想借来看一遍。

　　《太平广记》[2] 卷八十六中有一则短故事，我认为可以写成很好的 ballad，今引述于后。

　　　　掩耳道士（出《野人闲话》）

　　　　利州南门外，乃商贾交易之所。一旦有道士，羽衣褴褛，于稠人中卖葫芦子种。云："一二年间，甚有用处。每一苗，只生一颗，盘地而成。"兼以白土画样于地以示人，其模甚大。逾时竟无买者，皆云狂人，不足可听。道士又以两手掩耳急走，言："风水之声，何太甚耶？"巷陌孩童，竞相随而笑侮之，时呼为"掩耳道士"。至来年秋，

2.《太平广记》，宋太平兴国二年，李昉等人奉宋太宗之令集体编撰，全书共五百卷。

嘉陵江水一夕泛涨，漂数百家。水方渺湎，众人遥见道士，在水上坐一大瓢，出手掩耳。大叫"风水之声，何太甚耶？"泛泛而去，莫知所之。

这篇东西，非但结构好，而且 unheeded warning 也是 universal theme。The prophet on 葫芦，在 flooded city 中漂浮而过，也是一个很好的 image。这个材料我相信可以 modernize，洋人一定也会欣赏。

《太平广记》卷帙繁重，但是类此的故事不多。《子不语》[3] 中有几则很有趣的故事，其中有一个关于求雨 and sex 的关系，T. S. Eliot 一定很想知道的。要在中国这些"闲书"里披沙淘金，不是你在美国这种忙人所能胜任的。但是真在这方面下功夫，写文章的题材必多，而且容易出名成专家。

你有兴趣写小说，我很高兴。只是写小说太吃力，使人精疲力竭。专心于此，什么事情都会忽略。人将要变成半疯的了。我之所以不敢尝试，实在是怕。决心做"作家"，人好像 worship a new god（而且是 a jealous god），把全付精神幸福都献上去，实在太可怕了。我现在假如有上海那种生活环境，不愁吃住，责任简单，也许会全神贯注地来从事 novel 的写作。现在我是个社交相当忙，而且生活并不优裕的人，不敢下此决心。Trilling 论 E. M. Foster 的 Aunt 一段，我认

3.《子不语》，又名《新齐谐》，[清] 袁枚著，书名取自《论语》"子不语怪、力、乱、神"。

为很对。假如我现在有一两万美金，我就到美国来读书。挂个名去做 graduate student，同时全力写作。这点希望虽然很 modest，但是上帝也不一定会使之实现。我现在唯一觉得自慰的是：mood 仍旧 fertile，身心双方没有疲乏之感，要写东西随时可写，只是下不了决心。

电影看过 Maria Schell 的 *Gervaise*[4]，非常满意。残酷的故事，Schell 美而能演戏。我认为她胜过 I. Bergman 与 V. Leigh 等。*Time* 说她有 over-acting 的倾向，我看不出来。腰身似乎也不粗。你所推荐的 Norman Wisdom，我看了他的一张 *Top of the World*[5]，看后笑痛肚子。*Giant* 我觉得还不错，J. Dean 成了和 Jerry Lewis 差不多的丑角了，是本片最大的失败。George Stevens 的手法，有独创之处。他的长处是画面处理得干净，人物、光线、道具等安排得都很好。他的电影很有 pictorial beauty，似乎"静"胜于"动"。他看人看物，大致都有一个新的角度（画家的，不是道德家的），对于电影自有其贡献。

附上照片两张，一张是面团团的，父母亲看了想会喜欢。一张有 cynical 的表情，至少你可以知道：我最近的生活并

---

4. *Gervaise*（《不堪回首话当年》，1956），法国电影，雷纳·克里曼（René Clément）导演，玛利亚·雪儿、弗朗西斯·皮埃尔（François Périer）主演，Les Films Corona 发行。

5. *Top of the World*（应为 *Up in the World*，《傻人捉贼》，1956），约翰·卡斯泰尔导演，诺曼·温斯顿、莫林·斯旺森（Maureen Swanson）、杰瑞·德斯蒙特（Jerry Desmonde）主演，兰克电影公司出品。

不 dull。

你们寄来的照片，都看到了。Joyce 真是个可爱的女孩子，她的相貌是小孩子，而且是女小孩子的样子。Geoffrey 太"大人气"，似乎不像是个小孩子。你们看 Sophia Loren 的《河娘泪》（台北 1956 年，Box Office 第一名）还要流泪，足见丧子之痛。希望日子久后，能够冲淡。Joyce 如此可爱，Geoffrey 之损失不妨忘记了罢。生死之事，操在上帝手里，谁都没有办法的。

Joyce 一定很好玩，可惜我不能陪她玩。大除夕晚上，我在吴鲁芹家过的。那天有一家美国人：Tellford——Idaho 人，讲一口 broken English，凡是该用 has、had、there is、there were 等处，他都用 have 一个字；太太是福气样子，Texas 人，英文就好得多。带来了三个孩子：大的女儿 Sandra，十一岁；次男 Steve，七八岁；幼男 Philip，四岁。我饭后大为"骨头轻"，逗得他们大笑。我替他们开饼干盒子。美国饼干打开后有纸，我就吃纸，大叫："British cookies are lousy! Tasteless!"吃纸的神气大约可和 J. Lewis 媲美。洋人问起你的小孩子，Mrs. Tellford 说：大约长的是黑头发，蓝眼睛；我说是的："Confucius's hair, Aristotle's eyes."此种 wise cracking 也可与 Groucho Marx 相比。可惜我的 comic genius 在中国很少有表演的机会。那三个小孩初来时很乖，每句答复人的话都跟一个 sir 或 madam。后来被我把空气弄热闹了，他们也就活泼起来了。

Carol 的信下次再回吧。我可惜不能来逗 Joyce 欢笑，

Carol must also regret it。另函寄上蓝荫鼎[6]的《美国之行》画册，我认为他的画可以和 French masters 相比，这本书是 USIS 送的，我只出了寄费。蓝荫鼎在图书上的造就，远胜过台湾的一辈小说家和诗人。所以如此者，画家必须经过一段严格的训练。技巧有了底子，然后谈得上天才的发挥，这里的小说家和诗人大多只凭天才直[觉]写，作品所以太多 crude。我对台湾一无好感，but I am proud of 蓝荫鼎。他是学 Dufy 而成功的，中国小说家有谁学洋人任何一个 master 而像样的？

最近看了几本张恨水的小说，此人是个 genius。他能把一个 scene 写活，这一点台湾的作家就无人能及。他的 limitations 与 deficiencies 是很明显的，但是他有耳朵，有眼睛，有 imagination。你那本书不把他讨论一下，很是可惜。至少他是一个 greater & better artist than 吴敬梓。

Catcher in the Rye 看了几页，英文非常精彩。你又送我很多书，很感谢。

《文学杂志》我至少还要编六期，你的文章慢慢来好了。不必忙。专此 即颂
新年快乐

济安 顿首

戊戌初一，初三续完

---

6. 蓝荫鼎（1903—1979），水彩画家，生于台湾宜兰县，祖籍福建漳州。1923 年赴日学习水彩画，师从石川钦一郎，曾入选英国皇家水彩协会会员。除水彩画外，还著有《宗教与艺术》《艺术与人生》等。

父母亲玉瑛妹前请代为叩安问好。

〔又及〕《自由中国》航空寄上。

347. 夏志清致夏济安

1958 年 3 月 21 日

济安哥：

上次寄上文章时，附了一封短简，不能算是复信。上星期收到《文学杂志》四卷一期，看到自己的文章，心中很高兴。事前收到雷震来信，抄了你给他信的一部分，继续逼稿。《美国自由主义》这篇文章只好写给他。《自由中国》空嚷自由，反对"政府"，作风我很看不惯，实在不情愿为它写文章。我对 MacArthur、"蒋总统"等少数个性坚强的人物，至今极为佩服，而这种人物是一定不会为空嚷自由、宪政、民权的报界所会了解的。我近两年来订了一份 *National Review*[1]，是 Rowe 的朋友，一帮保守分子办的，杂志水平虽不高，它的观点我极赞同：美国 liberal 分子操纵舆论，dictate 外交内政，造成求和平、贪享乐的各种恶劣现象。上星期在医生

---

1. *National Review*（《国家评论》），由美国媒体人、作家、保守主义政治评论家，小威廉·法兰克·巴克利（William Frank Buckley Jr., 1925—2008）创办于 1955年的半月刊，是美国拥有广泛读者群和影响力的保守派刊物。

reception room 看了一篇 Leslie Fiedler[2] 的文章（最近 *Esquire* 文章似乎很精彩），内称 F. R. Leavis 为英国的 last puritan，这个 phrase 我觉得用得很切当。我那篇《文学·思想·智慧》puritan 气味极浓，你一向同情支持士大夫阶级，实在也有些清教徒的气质（我常用"道德""残酷"二 phrases，实是我倾向 Puritanism 的铁证）。以前为周班侯写文章，我用"严束"二字作笔名，可见我这个倾向由来已久。其实我极喜嘻嘻哈哈瞎幽默的人，唯谈起文学来，却非一本正经不可。"哲学"和"智慧"的不同处，Eliot 在"Goethe as the sage"一文中曾提醒过我，我本想在文中一提的，后来觉得对《自由中国》读者不适合，把写的半段划掉了，以后有机会再 acknowledge 这个 debt。

上次信上提及我的 ulcer，必使你很挂念。我写文章的那星期精神、身体极好，以后两星期不断地饥饿，体重减轻，使我很慌张。发现有 ulcer 后我就不吃油腻生硬，但按照常识，cream 和牛奶是仍服用的。经检查后，发现肝部增大，bile 制造过多，有近于黄胆病的现象。最近两星期来只饮 skimmed milk，油腻 cream 的东西一概不碰，饥饿现象立即消除，身体

---

2. Leslie Fiedler（莱斯利·费德勒，1917—2003），美国批评家、学者，威斯康星大学文学博士，曾参加二战，战后任教于哈佛大学。著有《美国小说中的情爱与死亡》（*Love and Death in the American Novel*）、《美国小说中的犹太人》（*The Jew in the American Novel*）、《论神话与文学》（*No! In Thunder: Essays on Myth and Literature*）、《什么是文学》（*What was Literature? Class Culture and Mass Society*）等。

也很正常，虽然仍不能恢复到原有体重（我重135、134磅，较前轻了五六磅）。我近来的 diet 单调异常：早晨 oatmeal；lunch，干牛肉 sandwich；dinner，roast beef or turkey，粥，cooked vegetables；临睡前再吃 oatmeal。我不大贪嘴，这种 diet 对我也无所谓。Ulcer 情形已大有好转，我想半年后，饮食一定可以正常化。马逢华来信说，1949[年]，他犯了急性 gastric ulcer，吃了要吐，并吐出带有酸性咖啡色小血块，他吃了半年粥，至今没有复发。我多吃粥、oatmeal，也是根据这个道理。美国疗养 ulcer，平常日饮牛乳，其实牛奶此物不易消化，不如 gruel 好。中国人一日三餐，有粥有饭，虽油腻甚重，也不妨事，ulcer cases 较少得多。我来美以后，多吃 orange juice、salad、protein 的东西，也可以说是 ulcer 原因之一。我每日服三种药，一种 pink pills，是减少胃酸产量的；一种奶白色的液体，是 coat 胃肠的表面的；一种 tranquilizer 叫 Sparine，服用后人果然性平气和，工作效力也好，有百利而无一弊。我对药品一向有迷信，你如工作太紧张，不妨也买些 tranquilizers 试试看，的确有好处。*Time* 载日本"tranki"服用的人很多，我想台湾此种药品也随时可买得到。两月来医药费花了一百五十元，亏得 N.Y. State 公务员保险制度连普通医药费也被 cover，所以自己只出了六七十元。今年夏季我请到了一笔 Research Foundation of State University of N.Y. 的 summer fellowship，七百五十元（名额只十人）。每年夏季都由 Carol 贴钱支持一家，今年夏季至少可以自食其力了。我的 project 仍是选译那本 anthology，目前东方学问吃香，加上我学历较 State U. 普通教授好得多，所以一请就请到了。我对此 project 虽兴趣已减，但身处小地方，research facilities 不够，只有翻译工作仍可胜任。你暑期有空，仍请你一同合作。此事待我那本《中国近代小说史》出版有面〔眉〕目后，再同你商议。最近搁了两月，一直没有托人打字，春假中想把此事正式推动。

你做编辑的生活，想 frustrations 一定很多。刘守宜先生不知是什么出身，他那篇论《红楼梦》对白的文章写得很好，那篇《儒林外史》指出了该小说不少滑稽可笑之处，写得很有见地。《儒林外史》我大半已忘了，只记得最后一章吴敬梓描摹了一个爱好琴棋书画的人，作为热中官场人的对照。"琴棋书画"即劳干所谓的"庸俗思想"，同时也指出吴敬梓缺少一个真正儒家的 positive ideal。他讽刺没有力量，和他"琴棋书画"的态度也不无关系。我很想写一篇谈讽刺文学的文章，以指正许世瑛等认为讽刺文学真正可以"改变当前社会上的顽靡窳败之风"的天真态度，和徐訏认为讽刺一定不如悲剧的错误态度。最伟大的讽刺当然比不上最伟大的悲剧，但真正好 [的] 讽刺文学实在也难能可贵，其价值也要比普通庸俗悲剧高得多。我 promise 你的文章已很多，希望最近再花三个晚上寄一篇文章给你。你那篇论"小说"和"Romance"的文章写得如何了，你几年来旧小说看得不少，应当可写本专书。我记忆不佳，读小说非 take notes 不可，以作备忘之用，所以读起来相当慢。那篇文章所述及的《源氏物语》，的确是一部好书，而且无疑是世界小说 [史]上第一部（chronologically speaking）伟大小说。我所读的仅是 Anchor Books 所专载的第一部，其余五册由图书馆代买后再读。

上次寄来两张小照，神态很好，甚喜。父亲处一月多没有去信，今明天写信时当把照片寄上。上次父亲来信，述及猪肉配给（每十天一次，每人四两或半斤）及玉瑛妹乡村劳动一二次事，很使我难过。玉瑛妹下半年希望能在上海附近工作。希望有一日玉瑛妹能逃出来，她实在是我们一家受苦最深的人。

最近看了 *Gervaise*，*Paths of Glory*[3]，甚为满意。*Raintree County*[4]、*A Farewell to Arms*[5] 两大巨片我因为一般影评不佳，都没有去看，实在已取消了我"影迷"的资格。*Sayonara*[6] 影评

3. *Paths of Glory*（《光荣之路》，1957），反战片，据亨弗莱·科布（Humphrey Cobb，1899—1944）同名小说改编，斯坦利·库布里克（Stanley Kubrick）导演，柯克·道格拉斯、阿道夫·门吉欧（Adolphe Menjou）主演，联美公司发行。

4. *Raintree County*（《战国佳人》，1957），据罗斯·洛克里奇（Ross Lockridge, Jr，1914—1948）同名小说改编，爱德华·迪麦特雷克导演，蒙哥马利·克利夫特、伊丽莎白·泰勒主演，米高梅公司发行。

5. *A Farewell to Arms*（《战地春梦》，1957），据海明威同名小说改编，查尔斯·维多导演，洛克·哈德森、詹妮弗·琼斯主演，20 世纪福克斯发行。

6. *Sayonara*（《樱花恋》，1957），据詹姆斯·米切纳（James Michener）小说改编，约书亚·罗根导演，马龙·白兰度、里卡多·蒙特尔班（Ricardo Montalban）、詹姆斯·加纳（James Garner）、玛莎·斯考特（Martha Scott）主演，华纳影业发行。

同样恶劣，但因日本景物和 Brando 的关系，去看了它，结果令人恶心。影片冗长、镜头呆板、故事劣等，实和中国《红泪影》[7]《姊妹花》[8]时代的影片相仿。女主角[是]美国日本人，貌丑异常，服装举止一无所取，岂可和 Kyō 相比？ Joshua Logan 导演 *Picnic*，颇有些聪明，不知何故，此片竟如此恶劣。美国 popular 作家如 Michener[9] 之类实在比礼拜六派作家还要不如。张恨水我没有读过，很是遗憾，但 "一·二八" 在上海时我看过一部李涵秋[10]的《广陵潮》，当时看得很津津有味，可惜以后对这类小说一直没有看过。

我最近脑筋极灵活，教书时笑话层出不穷，极受学生爱戴。可惜信上不能多举例。有一次 family party，有女太太 complain 有感冒的现象，我问她是不是 Asian flu（那时 flu 正盛行）。她说不是，因为症象极轻，我回答道："I know what it is; it's Asia minor flu." 当时在场全体为我的 wit 所震惊。有一次向一位稍有文学修养的女学生说笑话："Yours is the face that will launch a thousand satellites." 最近苦于积雪不

7.《红泪影》(1941)，郑小秋导演，胡枫、舒适主演，金星影片公司制作。

8.《姊妹花》(1934)，郑正秋导演，郑小秋、谭志远主演，明星影片公司发行。

9. Michener（James Michener，詹姆斯·米切纳，1907—1997），美国作家，创作了逾四十部作品，曾获普利策小说奖等，多部作品被改编为百老汇的音乐剧或电影，代表作有《南太平洋故事》(*Tales of the South Pacific*)、《夏威夷》(*Hawaii*)、《春之火》(*The Fires of Spring*) 等。

10. 李涵秋（1874—1923），名应漳，以字行，别署沁香阁主、韵花馆主等，江苏江都人，是"鸳鸯蝴蝶派"代表人物之一，代表作有《双花记》《广陵潮》等。

溶〔融〕，套了 Shelley 的名句，挖苦 Potsdam 的气候："If Easter comes, can spring be far behind?"一星期来此地气候已转暖，街上有小孩白相，群犬出现，很给人一种亲热之感。美国小城镇可惜没有鸡，否则"鸡犬之声"不绝，倒也有一种"桃花源"的境界。前星期到附近 St. Lawrence U. 听了一次 Randall Jarrell[11] 的演讲，讲的即是 *Time* 不久前所转载的"instant literature"，听后很满意。不久前 Potsdam 有 Ogden Nash[12] 来幽默演讲，事后我写了一段 doggerel："With verve & dash, Ogden Nash serve a mishmash of poetic hash. His muse is cash"，以博学生一笑。我心境很轻快，和服用 tranquilizer 很有关系。我取笑一位 Irish 男学生，称他为 shamrock 'n' roll kid，那日是 St. Patrick Day。Shamrock 'n' roll kid 有资格放入 *Time*。

Joyce 非常聪明，对耳、目、口鼻以〔已〕能辨别，而称呼之。Carol 心境也很好，她畅销书看得不少，电影也看得较我多。最近我们加入了 RCA[13] 唱片 club，收到了裴〔贝〕多芬的九

---

11. Randall Jarrell（兰德尔·杰瑞尔，1914—1965），美国诗人、文学批评家、儿童文学作家，代表作有《华盛顿公园里的女人》(*The Woman at the Washington Zoo*)、《学院小照》(*Pictures from an Institution*)、《失落的世界》(*The Lost World*) 等。

12. Ogden Nash（奥格登·纳什，1902—1971），美国诗人，其诗作以韵律怪异、轻松幽默著称，代表作有《自由旋转》(*Free Wheeling*)、《面熟》(*The Face Is Familiar*)、《只除了你和我》(*Everyone but Thee and Me*)、《总有另一个风车》(*There's Always Another Windmill*) 等。

13. RCA，应指 Radio Corporation of America。

大交响曲，在 Carol 的旧唱机上开唱。不久以后 Carol 计划买一架 TV-Record player combination。美国最近不景气，教书先生饭碗倒很稳，看到旁人失业，自己一〔亦〕可出口气。我代你买了 Blackmur，*Form & Value in Modern Poetry*；Irving Howe，*Politics & the Novel*；Rahv，*Image & Idea*；R. Chase，*The American Novel & Its Translation*，是四本 pocket books 中的头挑好书，对你一定很有用，明天预备和 *PR*，或其他 pamphlets 寄上。蓝荫鼎《美国之行》，所载水彩画的确可和 French masters 相比，而他速度惊人，的确令我佩服。他的 *Chinese Festivals* 对中国人面部把握好像不够。不多写了，希望你健康快乐。两星期前收到程靖宇信，谓他接到 Geoffrey 不幸消息那天，正是 Ada 订婚之日，他痛哭了一场，最近颓唐不振作。宋奇想在编一本《美国近代诗选》。

Happy Easter！

弟 志清 上

三月廿一日

348. 夏济安致夏志清

1958 年 4 月 11 日

志清弟：

　　来信收到，ulcer（中文是十二指肠溃疡）一时没有大危险，但是难以痊愈，吃东西时时要小心，总是件痛苦的事。这一期 *Time* 上有专家主张有胃溃疡的人应该不断的吃东西，以吸收分泌过多的胃酸，在理论上亦说得过去。但是不在专家指导之下，谁敢尝试呢？ Ulcer 的来源还是神经控制失常，你吃 tranquilizer 亦好；上一期 *Time* 上还说俄国人还预备炼药把人化为超人呢。中国的儒释道三家的修养功夫，无非教人如何控制神经，达到 Norman Vincent Peale[1] 所谓的 Power of Mind。二十世纪的人是要用药物来安定神经，改造神经了。我身体虽一向很弱，但我对身体其实很不关心，糊里糊涂不去管它，也不大生病。我最大的长处是多休息，上了两堂课，常常休息两小时不止，躺在床上，瞎看闲书，因此脑筋很少

---

1. Norman Vincent Peale（诺曼·文森特·皮尔，1898—1993），作家，代表作有《积极思考的力量》(*The Power of Positive Thinking*)。

有疲倦的时候。一切毛病的来源大约都是 fatigue，一疲倦，身体抵抗力就减弱，身体机能也失常。继续疲倦，小病可能就生根成大病。我的懒惰习惯早已养成，少负责，少紧张，这样可能有延年益寿之效。你做事太认真，疲劳的机会比我多得多；你知道躁急易怒的害处，但是你的"良心"不允许你"拆烂污"，身体总难十分康健，于 ulcer 是有害的。我现在体重大约已到 150 磅（已好久未量，这是据别人估计），健康情形很正常，唯一的遗憾是早晨醒得太早，假如早晨能够糊里糊涂睡到九、十点钟（假如那天没有功课），精神还要健旺得多。现在早晨总是神思恍惚，早饭都不太想吃，有几天只喝一杯牛奶就够了。上午如上课，中午便吃得很多；上午如无课，中午吃得也很清淡。晚上胃口大开，精神也来了，十二点钟睡觉是常事。总之，一切任其自然，不想吃就不吃，想吃就多吃。晚饭常常吃得很晚，把肚子饿够了，才去大吃一顿。有人吃饭有定时、有定量，我是做不到的。照我现在的胃口，吃三碗饭绝无问题，母亲看见了一定非常高兴。但是我在家里胃口一定不好，一则因为家里零食准备得太多；再则，不按照我的时间吃饭，我还是吃不下的。我很相信胃口的重要。吃饭时如有 zest（吃得多，吃得快），做事就有劲，做人也有精神。吃饭若是只为营养，敷衍了事，精神就坏。有时胃口不好，我就绝食。这点你是做不到的。一则你不吃东西，Carol 就要着急；再则，你事情比我多，比我忙，怕不吃东西做不动事情，自己非得硬塞些东西下去不可。我没有什么必须做的事情，少吃一顿饭多休息也不致伤身体。我的办法是 unorthodox 的，但是我相信对于健康（尤其是肠胃）是有益的。总之，我有多年 invalid 的经验，现在很知道如何去应付这个"臭皮囊"。但是我也不敢自夸。身体好坏还不是命运做主？人如倒霉，生起怪病来，什么卫生方法都没有用。我现在常吃的药只是 vitamin B complex；另一种是伤风特效药——我为人敏感，一打喷嚏就吃它一颗，这种"反过敏性反应"的药对我倒很有效。此外我不想吃药提精神，因为假如精神不好，这就是 nature 给你的 warning，我就少工作或不工作以应付之。这只有懒人如我者才能应用，像你这样勤快、肯负责任的人是做不来的。我现在大体上是精神饱满的，但是手边该做而未做的事（包括未复的信），不知有多少。现在不大做劳力的事，骑脚踏车只骑十五分钟的路程，再远的地方就坐 bus 或三轮车了。

　　你这篇文章在台湾的反应很好。你讲别种艺术作品，也能给人智慧，我这一点还体会不到，我对于艺术作品只有 aesthetic 的看法。你的态度的确严肃，文艺作品要达到你的标准，太难了。我是有时不顾内容只要有漂亮的文句就会满意的。当然所谓"漂亮"的标准也有变动，例如 Daphne du Maurier 式的文句，在上海时也许可以使我满意或赞叹，现在看来，毫无新奇之处，只好算是坏句子了。现在读 *Time* 从来不觉其文笔之好，只是内容有趣而已。*New Yorker* 的 urbanity

还是使我佩服。最近 *Atlantic* 上有 Thurber[2] 的 "Ross 回忆"[3]，Ross 此人硬是把 *New Yorker* 逼上这个标准，是不容易的。Thurber 当时投稿二十余篇（？）后，方才录取一篇，足见即使在 *New Yorker* 草创之时，他们取稿的标准就非常之严格。我这个编辑和 Ross 不好比：第一、我是个 reluctant 的编辑，随时预备不干；第二、懒惰，投稿都不大看的，在出版前几天，草草地凑几篇文章发表。《文学杂志》做不到 *New Yorker* 的标准（白话文要像英文这样老练目前就是不可能的），更高的标准更不必谈了，我们只有一个消极的标准，反对 effusions。刘守宜是学 "教育" 的，不懂英文，生平只精读几部中国旧小说，与若干西洋小说之翻译，哲学方面也有一点训练，他的喜欢 hard、dry 的文章，倒和我志同道合。你对美国文坛不满，不知道台湾文坛比起美国来，还要低几等。彭歌是这里的第一流小说作家，他和很多流行作家都是在肉麻地歌颂爱情。这种东西《文学杂志》里是很少的。*Time* 每

---

2. Thurber（James G. Thurber，詹姆士·瑟伯，1894—1961），美国漫画家、作家，1926 年开始为《纽约客》杂志撰稿，1927 年进入《纽约客》编辑部，和 E. B. 怀特一起确立了《纽约客》诙谐、辛辣的文风，即所谓 "《纽约客》文风"。瑟伯一生创作了大量的散文、随笔、寓言故事、回忆录以及大量插图、封面。代表著作有《瑟伯小说选》(*James Thurber: 92 Stories*)、《瑟伯文章及漫画》(*Thurber: Writings and Drawings*)、《和罗斯在一起的年头》(*The Years With Rose*)、《瑟伯嘉年华》(*The Thuber Carnival*) 等。

3. 该文原名 The Years with Ross，发表于《亚特兰大月刊》(*The Atlantic Monthly*，July 1958)。Ross（Harold Ross，哈罗德·罗斯，1892—1951），美国专栏作家，《纽约客》杂志创始人，并任该杂志主编。

期介绍两三本小说，这些东西台湾就没有人写得出（香港亦然），我们作家的想象力和美国相比之下，是异常地贫乏。Craftsmanship 也很差。美国的通俗小说，即以侦探小说为例，大多银行家还写得像个银行家，舞会还写得像个舞会，这点起码"写实"的功夫，台湾的作家就缺乏。我对于中国文坛的前途是很悲观的，这样一个悲观的人来办《文学杂志》，也是命运的讽刺。

想写篇文章讨论《红楼梦》，颇有几句话可说，只是第三遍《红楼梦》还没有读完，还不敢落笔。《红楼梦》我只读过两遍，一次是在"大一"那年，一次是在香港，第三遍读得很仔细，因此很慢。我所要讲的，还是有关 technique 的问题为多。

《自由中国》那里你暂时可不必投稿。雷震（六十几岁，你给他的信，自称为"弟"，使我大吃一惊），是个身材高大、精力饱满之人，很有政治野心，他要搜罗天下英才，以资号召。我上次在美国之时，他也每月一封信催我写稿，我没有理他。他有一张名单，他按时写信向个人索稿，这对于他是 routine，并不一定有多少诚意。你的政治主张和他不合，更不一定要投稿。照我看来，你假如精力有余，不妨每两三个月替《文学杂志》写一篇；反正《文学杂志》的寿命不会长（我的消极作风，又美国人的 patronage 随时可停）。《文学杂志》停刊后，你的文学批评文章不妨寄给《自由中国》。讨论 liberalism 这种文章是吃力不讨好的，雷震他们（还有殷

371

海光，即殷福生）奉罗素为教主，以 liberalism 为教条，我看了也不大满意。他们是代表台湾文化的浅薄的另外一方面。可是台湾假如没有他们那本杂志，台湾的思想界将更形单调了。

我对于目前情况，其实很不满意。主要是因为看不见 culture，没有 future。好在我做人糊里糊涂，还可以嘻嘻哈哈。我很能了解 Henry James，T. S. Eliot，James Joyce 等为什么要做 expatriates。孔子都说过："道不行，乘桴浮于海。"我假如感觉再敏锐一点，生活将更痛苦。If there is ever a Waste Land, here it is. 不过升了正教授之后，我读书稍微用功一点了。

你加入唱片会，是件好事。Toscanini[4] 的九支 Beethoven 交响乐，的确引诱力很大。我从美国带回了十几张唱片，一直因为没有多余的钱，买不起留声机，不能听它。去年年底拿到的 arrears，我拿来买了一架 record player（日本 3-speed motor，Philips pickup arm），才花了约廿几美金。发声是借用 radio，我的 radio 声音很好，但是用来听唱片，觉得力量不够。已经托了一个业余研究 electronics 的朋友，在装 HiFi Amplifier，预计 6-watt output，8″、2″ 喇叭各一。此人很忙，大约下星期可以装好，还得花二三十元美金。合计五十

---

4. Toscanini（Arturo Toscanini，阿图罗·托斯卡尼尼，1867—1957），意大利指挥家，19 世纪末和 20 世纪初最负盛名的音乐家之一，曾在米兰的拉·斯卡拉歌剧院、纽约大都会歌剧院、纽约爱乐乐团、美国 NBC 交响乐团等担任过音乐总监。

美金，可以有一架 HiFi 唱机。台湾是人工便宜，cabinet 便宜，同样的东西，在美国总要卖到一百元以上吧。台湾现在有很大的唱片 pirate 工业，12″ LP 一张只需六角美金，声音也许稍差，但是我们还够不上 tone purist，稍差也听不出来的。我不预备多买唱片，据书上讲，研究音乐最好的方法，就是把某些名曲多听，听到能背得出的程度，自能了解其好处。我就想来背几支曲子。Beethoven 的 5th symphony 我已经多少能够背一点，而且 immensely enjoy it 的（Beethoven 的 2nd 与 4th 都很好听，9th 就不大懂）。我的音乐修养真可怜，现在能欣赏的作曲家只有 Beethoven、Mozart、Schubert 等少数人而已。Brahms[5] 就听不懂。所以不懂者，因为 Brahms 没有明显地 musical phrase，不易找出其主题。Wagner 似乎是步 Brahms 的后尘的。再则，其 harmony 似乎很复杂，melody 亦不明显。Bach 亦听不懂，似乎不大好听，其奥妙之处一点也不了解；当然我相信如把 Bach 的一支曲子背熟之后，找出它的头绪，可以欣赏它的结构。去年某期 *Atlantic* 介绍一种唱片，共五张，售 $45（好贵的价钱），是 New Jersey 的一个小地方出品，*National Catalogue* 中不载。据说这五张唱片详细地介绍 Symphony Orchestra，选了很多名曲的片段作为说明，是欣赏

5. Brahms（Johannes Brahms，约翰内斯·勃拉姆斯，1833—1897），德国作曲家、钢琴家，其重要作品有《第一交响曲》《d 小调第一钢琴协奏曲》《D 大调小提琴协奏曲》《德意志安魂曲》等。

音乐最好的入门，内容丰富，超过 Britten[6] 的那支《Orchestra 入门》，你若是有兴趣，不妨留意一下。或者到什么 Record Library 借来听听（我很想学钢琴，把耳朵从头训练起）。

胡适今天返台，我还没有见到。胡适现在是 Academic Sinica 的院长，但是此间有些 rightists 对他很不满，另外有一批 demagogues 要利用他（就像 Cassius[7] 等的利用 Brutus[8] 一样），他自己又喜欢管闲事，回来了一定很不快活的。

上海的情形一定很可怕。我不大做梦，现在大约一年要做几次噩梦，梦里是回到大陆去了，害怕得很。父亲有一个时候转告香港的朋友（听张和钧说）说要逃到香港来，后来不知怎么没有下文了。出境恐怕还是不容易。我平常不大想家，但是下意识里还有很大的恐惧，所以有噩梦。假如父亲出不来，只有等第三次大战了。我现在有点徼〔侥〕幸的希望：美国经济萧条如不改善，民主党上台后可能以战争来刺激经济的繁荣。最近 Acheson[9] 著书（*Power of Diplomacy*,

---

6. Britten（Benjamin Britten，本杰明·布里顿，1913—1976），英国作曲家、指挥家、钢琴家，其重要作品有《彼得·格莱姆斯》《战争安魂曲》《春天交响曲》《大提琴交响曲》等。

7. Cassius（Gaius Cassius Longinus，盖乌斯·卡西乌斯·隆吉努斯，约 85B.C.—约 42B.C.），罗马政治家。

8. Brutus（Marcus Junius Brutus，马尔库斯·尤尼乌斯·布鲁图，约 85B.C.—约 42B.C.），罗马政治家。

9. Acheson（Dean Acheson，迪恩·艾奇逊，1893—1971），美国州议员、律师，1949—1953 年杜鲁门总统执政期间任美国国务卿，参与"马歇尔计划"（Marshall Plan）的制定。

Harvard Univ. Press，过去我们对 Acheson 是有反感的）评论 Dulles[10]，我觉得 Acheson 所说的外交政策比 Dulles 的 sound。但是他似乎没有什么办法。你假如要给《自由中国》写稿，不妨读读 Acheson 的书（还有 Kennan[11] 的），这种文章不牵涉中国政治，写来想不难。艾森豪[威尔]结束朝鲜战争，制止英法打埃及，不干涉 Indonesia，都是使这里的人失望的。想到这些问题，心里就难过，因此也不大想它。

谢谢你又送我这些好书（以前那一包还没有到）。最近买了一本 Wimsatt & Brooks：*Literary Criticism*（Knopf），放在手边随时参考，不想读完它。

听来信的口气，你下学期大约还在 Potsdam，能够住安定了也好。Joyce 一天比一天活泼，让她在安定的环境长大，很好。Carol 已经够辛苦了，每年暑假开汽车搬家，更苦了。我现在的人生观大约是懒人的人生观，对于台大虽然不满，一时也不想动。只是等"转运"而已。

---

10. Dulles（John F. Dulles，杜勒斯，1888—1959），1953—1959 年艾森豪威尔总统执政期间任美国国务卿。

11. Kennan（George F. Kennan，乔治·凯南，1904—2005），美国外交家、历史学家，是"马歇尔计划"的设计者之一，遏制政策（policy of containment）的创始人，普利策奖获得者。代表作有《苏联行为的根源》（*The Sources of Soviet Conduct*）、《美国外交：1900—1950》（*American Diplomacy, 1900-1950*）、《美国外交政策的现实》（*Realities of American Foreign Policy*）、《俄国退出战争》（*Russia Leaves the War*）等。

再谈　专颂

近安

济安　顿首

四月十一日

Carol Joyce 均此。

父母亲大人前代请安，玉瑛妹问好。

349. 夏志清致夏济安

1958 年 6 月 10 日

济安哥:

四月十一日信收到后，已近两月，还没有给你覆信。这次的懒惰和 ulcer 不无关系，今天把学期分数缴出，清静地坐在 office 里，可以好好地写一封信。我上次给你信时，精神还好，ulcer 调养得也很平服，但接着体重减轻，腹中不断饥饿，并不时有腹泻，弄得百病丛生。我疑心是服药后所引起的不良反应，但医生坚决否认他给我的药会引起这些恶劣反应的。他疑心我的 ulcer 一定转劣，此外 liver 和 gall bladder 也出了毛病，所以有 jaundice 的症象。有一次去照 X 光检查 gall bladder，我在医生 conference room 查看医书，看到我在服用的某种药品的确是可以 cause diarrhea 的；隔一星期，在 *New Yorker* 上看到那篇论 tranquilizers 的长文，发现某几种 tranquilizers 的确可以 cause jaundice 的。我对那位医生的信心早已全部丧失，即另找在附近小城较 competent 的内科医生。他只是 confirm 我的发现，嘱停服 tranquilizer 和服用另一种 anti-acid 的药水（我自己已在这样做），所以一月多来身体舒服得多，虽然吃东西不当心，仍可能有腹泻的危险。据这位新医生说，我的 ulcer 业已痊愈。下星期见他后可能再照一次 X 光以断定 ulcer 的是否已完全平服〔复〕。我一向有方士一样的对药石的迷信，可是一生来碰到庸医不少，吃的苦头也不少，这次我对那些 anti-acid 的药品很怀疑，却想不到 cause trouble 最多的是 Sparine（tranquilizer）。以后当少服药，自己好好调养，虽然"多休息"这个条件是做不到的，我每天照顾 Joyce 的时间太多，工作的时间实在很少。普通人孩子几个，照样工作如常，很是〔使〕我佩服。我心肠较软，Joyce 一有伤风病痛现象，神经就紧张不堪，毫不能 relax。美国母亲都很 callous，让小孩自己玩，accident 不断，跌伤、断骨之事到处皆是（这种情形在中国是罕见的）。我以为做人子的既不应损伤肌肤（曾子的孝），做人父的更不应让自己的子女有病痛损伤的情形。这 ideal 当然是达不到的，但对我这是一个 obsession，比任何一切工作都重要。我这样地对自己的小孩爱护无微不至，时间实在浪费太多，为自己事业上稍有成就起见，只好不再生育。但 Joyce 长得已很大，有时已很有寂寞之感，最好她自己有弟妹伴她玩，想到这事，也使我很难过。

我有 ulcer 以来，不吃油腻，所以至今油腻的东西吃了就要腹泻，这和吃长素的人见了荤腥就要起恶心一样。这种情形，如我的 ulcer 真已平服〔复〕，是可以慢慢调正〔整〕的。我体重保持 130 磅左右，比你轻了 20 磅，但最近精神很好，饭菜的单调对我也无所谓。一切声色之娱我都不大介意。最近好电影很多，此地换片甚勤，有时电影看得多了，自己就 hate 自己（最近最满意的影片是 *Witness for the Prosecution*[1]）。美国人都吃 tranquilizers，或多看 N. Y. Peale 之类的书，无非是想把 anxiety 和 guilt feeling 忘掉。我觉得 guilt 和 anxiety 是 human condition 必有条件，有了这两样东西，做人才有劲，做事才有劲，虽然最好的情形当然是能够真正修身而 transcend guilt、anxiety、anger。我 Aldous Huxley 的东西看得很多，愈看愈佩服，他所说的话，我差不多全部同意。他实在是当今最 intelligent & wise 的作家，Eliot 讨论社会问题，免不了受到教会的束缚，远不如他，虽然他们两人对 modern problems 的 opinion 是相同的。

我对别种艺术作品也能给人智能一事，实在一无确信，也毫无 personal 经验。但据说 Bach 和贝多芬晚年的 quartets 的确可以 transport 人到一个更高世界（贝多芬的 quartets，实在难以欣赏），只是我们了解的程度还不够。Visual arts 当以美为主要考虑，但图画的取材和画家的 intelligence 和严肃性仍是批判图画的必要 criteria。我写了《文学·智慧》那文

---

1. *Witness for the Prosecution*（《控方证人》，1957），据阿加莎·克里斯蒂（Agatha Christie，1890—1976）的戏剧改编，比利·怀尔德导演，泰隆·鲍华、玛琳·黛德丽、查尔斯·劳顿主演，联美公司发行。

后，看到 Anthony West[2] 在 *New Yorker* 上的一篇论 Baudelaire 的长文，把 Baudelaire 写得一钱不值，很使我有汗流浃背之感。最近看了些 Baudelaire 英译的诗，才觉得我说的话，还不能算不中肯。但以后自己不知道的东西，在文章中，还是少谈为妙。*New Yorker* 的文章的确好，即是 TV section 也保持极高水平。Dwight MacDonald[3] 认为 Gregory Peck 的 *The Gunfighter*[4] 是最佳的 western，此片给我的印象极深刻，实在有胜于 *High Noon*[5]，不知你曾看过否？

你的论《红楼梦》长文，下期《文学杂志》想可发表（最近两期《文学杂志》都已收到，谢谢）。我所讲关于《红楼梦》诸点，实在是笼统的，因为要好好批评，非精读细读该书不可。最近 Columbia 王际真 C. C. Wang[6] 的和根据 Franz

---

2. Anthony West（安东尼·韦斯特，1914—1987），英国作家、文学批评家，20世纪50—70年代为《纽约客》写评论文章，代表作有《韦尔斯传》(*H. G. Wells: Aspects of a Life*)、《古物》(*The Vintage*)、《伊丽莎白的英格兰》(*Elizabethan England*)。

3. Dwight MacDonald（德怀特·麦克唐纳德，1906—1982），美国作家、编辑、评论家，代表作有《对人民的责任》(*The Responsibility of Peoples, and Other Essays in Political Criticism*)、《反对美国大众文化》(*Against The American Grain: Essays on the Effects of Mass Culture*)。

4. *The Gunfighter*（《霸王血债》，1950），西部片，亨利·金导演，格利高里·派克、卡尔·马尔登、简·帕克（Jean Parker）主演，20世纪福克斯发行。

5. *High Noon*（《正午》，1952），西部片，弗雷德·津尼曼导演，古柏、托马斯·米切尔（Thomas Mitchell）、格蕾丝·凯利主演，联美公司发行。

6. 王际真（Chi-Chen Wang，1899—2001），字稚臣，原籍山东恒台县，清华大学毕业后被保送至美国威斯康星大学学习，曾受聘于纽约艺术博物馆，任教于哥

Kuhn[7] 德文重译的两种英文《红楼梦》（abridged）在美国出版，你有兴可以写一篇讨论《红楼梦》的英文文章在美国 *PR* 或 *Hudson Review* 发表。我也有兴此举，可惜没有时间。你最近把《红楼梦》重读一遍一定可以写一篇极像样的文章（不知 USIS 有没有这两种译本，如没有，我可以寄给你，我已有了一种）。《红楼梦》naive 和沉闷之处当然是有的，它的 allegory & symbolism 不能在全书内作有计划的表现，也可说是缺点。中段曹雪芹大谈诗词，把 action 弄慢了，反不如后半部紧凑。我把我那本书弄定后，一定在暑假内为《文学杂志》写两篇文章。台湾有没有较好版本的几本著名旧小说？胡适新式标点的即可。如有可寄给我，所费多少，我可以开旅行支票给你。

你 Indiana U. 学分还缺多少，才可以拿到 M.A.？如只缺一篇论文，何妨同 Indiana 接洽一下，把它弄完了。我觉得在美国小大学教书也比在台湾教书写〔惬〕意，因为美国学生和气，女生美貌，交际少，自己时间多，可以多有研究创作的时间。有了 degree，同小大学接洽一下，能自己出国也是好的。陈文星这半年在 New Haven Albertus Magnus 天主教大学教书，成绩很好，最近已升任为该校正教授兼政治系主

伦比亚大学。编译有《现代中国小说选》（*Contemporary Chinese Stories*）、《战时中国小说》（*Stories of China at War*）、《中国传统话本故事》（*Traditional Chinese Tales*）等。

7. Franz Kuhn（弗兰兹·库恩，1884—1961），德国律师、翻译家，将大量中国小说译成德文，代表性译作有《红楼梦》。

任，虽然年薪仅＄4580元。有了 M.A.，小大学教书不十分困难。你有志出国，我觉得这是一个办法。你在 *PR* 已有一篇文学〔章〕发表，资格已极好，我在这里也可以为你想办法，State University 分校极多，总会有空额的。你在台湾住得厌倦，把 M.A. 弄完了，也是一个出路。

《自由中国》我没有缴稿。最近一期，大呼"科学""民主"，重振五四精神，时隔四十年，一般智识分子，仍是毫无进步，是很可悲的。胡适想已会面，他看到你把《文学杂志》办得很好，一定会很把你器重的。他自己弄政治，一定两面不讨好，还是多弄他的 research，可以多有些真正贡献。

这个暑假，玉瑛妹要去农村劳役一个月，希望她能受得住。暑期后分派职业，希望她能在上海附近教书。前几期 *Time*，载大陆捕杀麻雀一事，很使我有些感触。大陆目前犬猫绝迹，鸟类也杀了不少，真可算是 Waste Land 了。父母身体都好。Carol、Joyce 和我一月来都有些伤风，我不能多服 vitamin C（酸性），所以对 colds 的抵抗力无形削弱。气候还不太温暖，雨水很多，很使我失望。Carol 生活如常，我们唱片不常听，因为旧的 record player 坏了，新的还没有买。你近况想好，甚念。母亲为你婚姻事，仍是非常 concerned，一年来汇款顺利，你的婚姻成了她的唯一 worry 了。马逢华那里，《文学杂志》可以每期平邮寄两份去，因为罗家伦的女儿对该刊也很爱护，希望自己有一份（罗久芳⁸文学修养不差，也可向她索稿）。不多写了，今晚预备去看 *Desire Under the Elms*⁹。祝

康健

弟 志清 上
六月十日

---

8. 罗久芳（1934— ），毕业于悉尼大学，后入美国密歇根大学深造。20世纪70年代开始整理其父手稿，有《罗家伦先生文存补遗》等面世。

9. *Desire Under the Elms*（《孽种情花》，一译《榆树下的欲望》，1958），据尤金·奥尼尔同名剧作改编，德尔伯特·曼（Delbert Mann）导演，索菲亚·罗兰、安东尼·博金斯（Anthony Perkins）、伯尔·艾夫斯（Burl Ives）主演，派拉蒙影业发行。

350. 夏济安致夏志清

1958 年 6 月 23 日

志清弟：

　　来信收到，正在写一封长信，尚未写完。兹有要事相告，特先发出此短信。

　　R. Foundation 已决定派我去美，留 Seattle, Washington U. 半年，时期虽短，但报酬之高，吓坏人。计旅费两千，生活费用四千，共六千。

　　Carol 和你一定都很喜欢听见这个消息的。Joyce 前亦不妨告知，if she understands what you mean。启程之期，假如成行，总还得隔三个多月。专此，即颂

近安

济安

六月二十三日

　　长信明天续寄

351. 夏济安致夏志清

1958 年 6 月 24 日

志清弟：

接来信，知近来身体不好，甚为悬念。我们近来精神都不大好，因此信写得都很少。*New Yorker* 论药一文在你信到之前，刚刚看完。Miltown 这个字，以前在 *Time* 里似乎看到，想不到近年有这么大一个 fad。你的基本信念，还是"人定胜天"，所以对医药有如此大的信仰。我的倾向是全部相信"天"，天不一定慈悲（可能是不慈悲的），但是轮回因果可能是有的。我相信我死后还要投胎做人，死只是对人间的小别。我是一个不愿出世的佛教徒，我愿多做几世人再成佛。中国知识分子有我这种信仰的，现在也不多了。对付你的病痛，只有忍耐。据我知道 ulcer 是没有药可医的，文明人的病，大多有关 internal organ，生理发生变态（如胃液分泌忽然增加），药很难对付。细菌的病，如 T.B.，现在是大多不足为患了。血压高就麻烦得多。我但愿你的 ulcer 不恶化，就是上上大吉。不必操之过急，想吃药把它治好。你的 ulcer 想必由来已久，或者说，病根早就种下，现在被发现而已。而

ulcer 之起源，和心理紧张有关；如何能使心理长期的解除紧张，这是你该注意的。解除心理的紧张，我不相信药石有效。虽然药石可能使人"觉得"心理紧张解除了。生命的神秘如海——借用牛顿的比喻——医药的成就，即使到了 20 世纪，还不过是海滩上捡来几块贝壳而已。我的态度比你的"神秘"，你的还是比较 positivist。上帝永远留下几样 scourges 给人类的，Gone are PLAGUE、CHOLERA、TYPHUS、T.B.，etc. etc.，可是我认为心脏病、cancer、leukemia 等，将永远不能被征服；即使被征服，也会有新的疑难杂症来代替它们。相信医药还是人的 presumptuousness 的一种表现。我这种对于progress 的怀疑，是中国人的，Chesterton[1]、Belloc[2] 等可能也有这种想法。不知道 Eliot 对于医药有什么看法。我在台湾，每天可以病倒，或者生了一种什么病忽然被发现了。现在所以还算健康的缘故，我不敢自诩是注意营养摄生的效果，

1. Chesterton（G. K. Chesterton，切斯特顿，1874—1936），英国作家、评论家、诗人、剧作家、新闻记者和插图画家，出生于伦敦，毕业于伦敦大学，曾在出版社工作，并长期为《伦敦画刊》撰稿，还创办刊物，倡导"分产主义"。代表著作有《何谓正统》（*Orthodoxy*）、《罗伯特·布朗宁》（*Robert Browning*）、《飞翔的客栈》（*The Flying Inn*）、《布朗神父》（*Father Brown*）、《约翰逊博士的审判》（*The Judgment of Dr. Johnso*）等。

2. Belloc（Hilaire Belloc，西莱尔·贝洛克，1870—1953），英国作家、历史学家，出生于法国，1895 年毕业于牛津大学，1902 年加入英国国籍。代表著作有《长短诗》（*Verse and Sonnets*）、《通往罗马的路》（*The Path to Rome*）、《英格兰历史》（*History of England*，四卷）、《最后动员》（*The Last Rally*）、《伊丽莎白：时势造英雄》（*Elizabeth: Creature of Circumstance*）等。

我只是感谢上帝。但是上帝明天可能变成不仁慈的，那么我只有忍受而已。在你的人生观中，人生似乎还有 positive 的 happiness 可以追求；我是把人看作待宰割的羔羊的（Pope 的 *Essay on Man* 中也用过同样的比喻）。我这种人生观，即使错误，但是根深蒂固，也改不掉了。

我给你的 advice：把身体看得轻一点。这话并不是说：不妨糟蹋身体。而是说：不要太对于自己的身体敏感，忘记它。你的责任很重，family，career 等等，都需要你操心，实在也没有余力来 worry about your own health 了。这种态度很难培养，我初得 T.B. 几年，脾气很暴躁，攒家生〔什〕都攒过的。那何尝不是对于命运的一种愤恨的抗议？好不容易现在养得很少疾言厉色了。这个 formula 我试之有效，我敬以之送给你。其它一切摄生方法，你知道的应该比我还要多，我也不必说了。

美国是个好地方，但是生活太紧张。台湾只有一点可取，它是 lotus-eaters 之岛。有上进之心的人，眼看自己消沉下去，有时不免也要怨怼，也要愤恨。但是它可以使血压降低，使胃液分泌正常，因为在这里可以糊里糊涂过日子。大陆"沦陷"，大家要想的问题太多，索性不去想它，算了。生活虽不如美国舒服（夏天就热得可怕），但是容易混饭吃。而且混饭吃的人，不露锋芒，人缘也好，有另外一种舒服。我的朋友中，劳干是甘心做 lotus-eater 的，他做人全法老庄。我对于老庄一道，也略有心得，有时可以和他谈得很投机。但是我还想奋发有为，不愿意糊里糊涂地活下去。我现在的苦闷就是这一点。劳干似乎很快乐，但是他真的快乐不快乐，我也不知道。

我这两三年来的运气，一直不大好，最近也许有转运的可能。但是我也并不 eager 要转运。The genii has come to love his bottle-prison? 或者是他在生气了？

近年的收获是虚名。但是名既是虚，收获必也不实。我理想的生活，是有钱而无名。今年的运气，偏是有名而无钱。并不是真穷，但是交女朋友的钱就没有。四五年前我在台湾也"风流"过一阵，那时主要的提高我兴致的事，就是好像钱用不完似的。HK USIS 的稿费很多，在台湾乱花——照相、date、近郊旅行等，我都 could well afford。近年就一直没有如此宽裕过。台北的 USIS 一直欠我一万九千元台币，由于办事人的颟顸，这笔钱据说还要半年后再〔才〕拿得到。半年后也许我用不着这笔钱。我乐天知命，也不去催询。钱在我手里，可能用完；放在他们那里，只是承受利息（我是不会去放利的）和台币 depreciation 的损失。这笔钱若该是我的，就逃不了（我在香港还有 US＄150 的稿费）。还有一点使我不快乐的，是《文学杂志》。去年年底我写信给马逢华，就表示预备不干。现在又快拖了半年了。我不满意的是发行人刘守宜，但是在私人交情上，我又同情他。按理说，《文学杂志》得 USIS 的支持，每月不论卖多少，还可略有盈余（除掉一切必要开支）。我这个编辑，既不拿稿费，又不拿办公费，总算可以说是个

example of self-sacrifice 了。但是刘守宜太穷（他场面是大的，上海时很阔，现在已经紧缩至不可再紧缩），《文学杂志》的稿费已经欠了快半年了。这笔稿费我认为也是我的债。我本来希望在六月底拿到 USIS 所欠我的稿费，发还《文学杂志》欠人的稿费。然后登报声明和《文学杂志》脱离一切关系。但是我的稿费拿不到，我这一项"慷慨豪举"也表演不出来。只好闷在心里，再熬下去。我现在对于《文学杂志》的兴趣，已经丧失殆尽。多出一期，我的负债就增加。我的脸又嫩，没法和刘守宜摊牌（父亲和人合作做买卖，也吃脸嫩的亏，我是明知故犯）。外面不知内幕的，认为拿了 US Aid（《文学杂志》是台北现在唯一拿 US Aid 的杂志，after 去年的 May Riot 的杂志）不发稿费，是大不应该的。我如揭发内幕，突然损害刘守宜的名誉，他的 credit 受了影响，在商场上将更"兜不转"。我又只好表现我的 exemplary patience 了。

明年会计年度，USIS 将继续支持《文学杂志》，这对于我是个很坏的消息。我希望美援停止，杂志关门，然后可以开始清理债务。数目并不大，因为稿费项下有很多篇是不必付稿费的。可是美国人还欣赏这本杂志，我有什么办法呢？我所以还做下去，也是因为美国人的资助对于刘守宜的经济状况小有裨益，我站在朋友立场，不好意思做"坑人"的事。我不能主动地请美国人停止美援。我如留在台湾，《文学杂志》的编务将如何摆脱，这是很伤脑筋的事。

刘守宜为人有很大的 vanity。《文学杂志》外面名誉很好，使他的社会地位随而提高，这是使他很感到自我陶醉的（他不懂英文，也没看见过以前 *Criterion* 杂志[3] 有多么整齐的阵容，多高的水平）。《文学杂志》如关门，他只是一家不赚钱（一年只出四五本书）的小书店的老板（明华书局），不会受人尊敬。他现在同一般作家酬酢颇多，自鸣得意。把自备三轮车的后座漆了"文学杂志"四个大字，招摇过市——那部车我是不愿意坐的。他在上海糊里糊涂地豪华过一个时候，挥金如土，几乎顿顿在馆子里吃饭（签名付账，上海那时有这种派头的人不少，连张和钧这种人也办得到的），夜夜在舞厅或"会乐里"。现在他幻想着这种"黄金时代"还会来临，但是环顾目前台湾环境，外省人都是一天不如一天，哪里有谁再阔得起来？他有一种近乎疯狂的乐观主义，但是这种乐观主义也有动人的力量。他一乐观，我的悲观的话就说不出口了。汪荣源也有同样的乐观和动人的力量，我拿他们是没有办法的。人家的气焰就能压制住我的。但是刘守宜的根本 weakness，还是他的士大夫习气。据我观察，他不会penny pinching，也不知如何 unscrupulous。他有大计划，乐于表现"派头"，但是他就不知道如何赚钱。*Time* 有一期上的

---

3. *Criterion*（*The Criterion*，《标准》），英国著名文学杂志，由 T. S. 艾略特创办于 1922 年，休刊于 1939 年。该刊集中了维吉尼亚·伍尔夫、艾兹拉·庞德、E. M. 福斯特、叶芝、赫伯特·里德、W. H. 奥登等一大批著名作家和批评家，产生了广泛的影响。艾略特的著名长诗《荒原》，即发表于《标准》杂志的创刊号上。

cover story 是 *GETTY*，Getty[4] 那人多狠，多括精！刘守宜就不会狠，不会括精（汪荣源 is，in this respect，a much better business man）。所以我有时也可怜他，但是我们俩的合作只是使我痛苦，我希望以后永远不要再和他合作。我同刘守宜，或我同汪荣源的合作的故事，可以写成一部好的小说。

　　前面说，我最近有转运的可能。刚刚接到新亚书院的信，下学期请我去教书（担任的 courses：翻译、Victorian Age、批评——都是我比较擅长的），一星期十小时，每月 800 元港币。我是准备答应下来的。此事进行了有一个多月，今天始成定局。去香港的好处，一是换环境，二是可以多拿些钱。800 元不算多，但是比这里好得多，而且香港可以多赚些外快。现在深知金钱之可贵，到香港去一定要好好地赚钱。想程靖宇从 1951 年文坛成名开始，每月稿费连教书薪水，收入可达二千元港币。他按理说，每月用 500 已够，储蓄 1500，一年可得三千美金，这许多年来，一两万美金已经在手，可以过一个独立的生活了。但是他不知金钱来处〔之〕不易，瞎浪费，现在可能毫无积蓄。他私生活浪漫，声名甚臭，普通学校是不会欢迎这种教授的。以后只好靠卖文为生，而卖文又是多么苦的生活。

---

4. Getty（J. Paul Getty，保罗·盖蒂，1892—1976），美国实业家，盖蒂石油公司（Getty Oil Company）创始人。文中所提是为 1958 年 2 月 24 号出版的 *Time* 杂志。

写到前面，又停住了。昨天心绪很乱，曾发出一短信，想已寄到。R氏基金的事，谈了有一年半了，昨天要最后决定，我本已不把此事放在心上考虑，故已准备答应新亚。这次R.方面谈妥，要我决定，我曾再三坚辞。R.方面引诱虽大，但在新亚方面屡次失信，我以后再也休想到香港去见人了。但是校方非叫我去不可，待遇之厚，打破所有grant的记〔纪〕录：两千旅费，另四千用半年。我不去，全台大的一切穷富教授要打破头来抢的。我是Fahs所指定的人，我去别人没有话说，我不去，学校方面将感觉到大为困难。我又不好向校长和Dean（沈刚伯）说明我已准备去港。他们只以为这又是我的modesty和"与世无争"哲学的表现。穷人暴富，可能不祥，台湾的Lottery，最高prize也不过五千。但是校方如此盛意，我如坚拒，别人也不能了解。现在只好预备写信给新亚，回掉那边，准备来美了。

一个饿肚皮的人，忽然一顿有两处宴会可吃。命运有时候就是这么作弄人。

去Seattle最明显的缺点，是时期只有半年，如再去Indiana半年，我只需继续我上次所定的计划；但这次去W. U.，不知定什么研究计划。而且我这次的身份，是代表台大的文学院，又是Full Prof.，不好意思再去上课读学分，不知道去做什么。联络工作（包括give parties）是要做的，因为R.氏基金要sponsor台大和W. U.的合作，我在那边可能和校方领导人物和名教授联络。我如去成，也需要give几个lectures，反正我对于中国旧小说，已略有底子，这方面的 lecture，一个月读一篇也许还办得到。此外我不知道要做些什么事了。W. U. 的英文系课程，似乎也没有什么我可以旁听的。要正式选课则不好意思。

你信里所说的到 Indiana U. 去读 M.A.，未始不是一个好方法。我原定计划，是到香港去赚钱储蓄，等到省了一两千元钱，自费去 I. U.，拿一个很容易的 M.A.，但是现在这个计划当然行不通了。

希望 R. 氏基金能够让我在美国多住半年，反正我的钱半年是用不完的。

上月陈世骧返国，他是 Berkeley 的教授，教 Chinese，我们谈得很投机（他很欣赏我那篇《香港》）。他利用新的批评方法，研究中国旧诗，其有新发现，自不待言。他在台湾的大为 lionized，是可以想象得到的。他的成功和李田意目前的地位，给我一个很大的启发：我们为什么不改行？在英国文学方面努力，吃辛吃苦，在美国的地位仍只可排到一百名以外，弄中国东西，大约很快就可以出人头地，成为 foremost scholar。我即使到 I. U. 去拿一个很容易的 M.A.（in English），以后还应该改行。

我最近倒有个研究计划，预备写一本书，名叫《风花雪月》，可是此书得花一年功夫才写得完，在 W. U. 只住半年是写不完的。此书副标题是 *The World of Chinese Romance*，内容分十章或十二章，一月写一章，将不吃力。

最近看《拍案惊奇》，此书与《今古奇观》相仿，并没有什么了不起。但是我发现中国小说很明显地假定两种秩序：

（一）Social order——伦理的正常（伦常）与乖谬。勤苦的书生中状元。Innocent love 与淫妇。清官与贪官。小姐与丫鬟。忠仆。侠客。

（二）Cosmic order——命运。投胎；冤冤相报。从玉皇大帝到城隍土地的 hierarchy。求观音必有灵效。动植物成妖。枉死者有冤鬼，冤鬼必能自己报仇。

我的书可以就上面的这些 topics 发挥。此书将有很精彩的一章：On 相思病。西洋 romance 里似乎无相思病。相思病是心理影响生理的一个极端例子，实际的 medical cases 恐怕不多（研究这一点，我该有 Ellis[5] 那样大的学问），但是中国人是"相信"它有的。《西厢记》张生之病因得莺莺之信，霍然而愈。《牡丹亭》的杜丽娘因生相思病而死。《红楼梦》里的贾瑞害的是"单思病"，情形又不同。害相思病的人，的确因忧思成疾，而其病又因 wish 之 fulfillment 而可很快的痊愈。也有人因"相思"而得"痨瘵"的，那就不容易好了。我认为这种病只存在于中国的 romance 中，这一点如〔就〕得很大的学问来补充——包括中医、希腊罗马以及欧洲中世纪的医学、近代 psychoanalysis、欧洲的 romance 与民间传说等，

---

5. Ellis（Havelock Ellis，霭理士，1859—1939），英国心理学家、作家，代表作有《性心理学》（*Studies in the Psychology of Sex*）。

单此一题目即可写成一部专书。

　　如能在美国安心住一年，写完这部《风花雪月》，挑几个 chapters 在 W. U. 宣读，这样子我在美国的学术界也许能立得住足。但是将来如何，还得看命运了。

　　我那篇《红楼梦》还没有写。暑假里也许把它写出来。Pantheon 那本那从德文重译的《红楼梦》，台大图书馆已买来。翻译这种书是吃力不讨好的，我还没有拿英译本仔细校对，但是我不相信能译得好。你如暑期有暇，不妨拿两本英译本读一遍，写篇书评。与其寄给 *PR* 或 *Hudson R.*，不如寄给 *New Yorker*；我相信他们也会欢迎的，而稿费可以多得多。我没有功夫仔细读那两本英译本，我如谈《红楼梦》，也只是拿整个的中国 romance 的观点来谈的。（《文学杂志》对我虽是累赘，但是我的虚名还是主要靠它，我似乎又该感谢。）

　　我于行前将大买中国旧小说，一定都买双份，寄一份给你。我要走，还得经过 medical exam 这一关，此事 will take no less than 3 months，所以一时还走不掉。Medical exam 应该没有什么问题，但是心上总有点怕，而且白耽搁时间。如身体本来全部健康，现在就可开始办出国手续了。母亲关心我的婚事，但是上帝如何安排，我怎么能知道呢？专颂

近安

　　Carol、Joyce 前均此

济安 顿首
六月廿四日

1958

352. 夏志清致夏济安

1958 年 6 月 28 日

济安哥：

　　今天星期六，我还是到办公室来做些事，在家里日间一些事也做不开。半小时前 Carol 送来了你的两封信，读后知道你可以拿到一大笔钱到 U. of W. 去讲学半年，大为高兴。上次拿 State Dept.[的] 钱出国是学生身份，这次是教授身份，所以待遇好，地位也不同了。我以前在 R. 基金领到一笔钱，也是向 Fahs 接洽，你这次出国也是他的功劳，他可说是我们的 benefactor。在 New Haven 最后一年我看到过李济 Li Chi，他也是拿了 R. [的] 钱到 Seattle 去讲学的。他是中国古史研究一大权威，这次 R. 基金聘你出国，可见你的地位已和李济相仿。李济的 lectures 已经出版，我曾看到书评，他已返台或仍在美国，我不大清楚，但当时他如想留在美国教书，一定是很容易的。我想你讲了一个 series lectures 后，U. of W. 方面一定另有机构负责把你的演讲稿出版的。所以你这次出国，一方面有了名（Visiting Professor），一方面又出了本书，在美国学术界就可以很有些办法了。我想你有了六千元，在美国至少可以熬一年，好好接洽 jobs（最好能在 Seattle 留下）。最下的办法是把春季学期的时间在 Indiana 把学位读完了，但你既有华大教授之名，此举似大可不必。总之，此次出国，情形和上次不同，R. 基金也不会和 State Dept. 一样地逼你回台湾的。新亚书院的 offer 也很好，香港也比台湾安全得多，你在美国不能久留，暂时去新亚教书也比重返台大好得多。你来美后希望能飞来 Potsdam 看看我们，我们来 Seattle，经济、时间都不许可。

有好消息告诉你，我的 ulcer 已 healed 了。我停止服 tranquilizer 后，身体就一直好转，前星期医生嘱我再去照一次 X 光，confirm 他认为 ulcer 已痊愈的诊断。结果不出他所料。我现在饮食仍旧很当心，但身体一切都很正常，精神也很好，望你勿念。我想半年之后，当可饮食如常。目前油腻的东西还是不敢碰。我两三年来英文 style 不断进步，所以我那本书也不断修改。最近两星期又重打了四个 chapters。最近工作效率较高，对自己的英文也很得意。文章可以修改的地方仍旧有，但我预备重写一个 chapter 后，把全书缴出，了一桩大心事。以我目前写英文的速度，以后写书很容易。《中国近代小说选》这本书我不大感兴趣，我既请到了钱，又多了一笔债，希望明年夏季可以赶成。以后预备写一本研究几部旧小说的书，我们在文学研究上做同一方面的努力，倒也可算是文坛佳话。你预备代我买旧小说，很是感谢。你暑期间在未领到旅费前，如手头不宽裕，我可以寄旅行支票给你，请不必客气。

《文学杂志》已收到，陈世骧那篇《八阵图》也已拜读。该文可以同意的地方很多，但也有些地方我觉得是不妥的。把"tragic & sublime"和"beautiful & lyrical"对立，实在是他露马脚的地方。《八阵图》明明是一首 lyric，硬把它和希腊悲剧一起相提并论，也有些不伦不类。其实"beautiful"和"sublime"都是文学批评上不必需要的 terms，而好的 lyrics 也多少带一些陈世骧所谓的 tragic 之感的。时间、空间那种 demolish 人生功业的感觉，差不多是 present in all lyrical poetry （莎翁 sonnets；Landor[1]，*Rose Aylmer*；Marvell，*Coy Mistress*），不一定是中国诗的特征，虽然中国诗人对这一点特别敏感。而这种"人"与"时"和"人"与"地"相对照的感觉，用 Brooks 的 irony 来说明已非常 adequate，不别借用 tragedy 的大帽子。Tragedy postulates an action，而抒情诗的 action 大多是 implied；最多是 tragic & dramatic irony，而不是 tragedy 本身。最后一句"遗恨失吞吴"比较费解，而陈世骧解释它也最含糊。"失"这个 verb，相当 ambiguous，究竟何指，我至今还不大清楚。在美国弄中国东西的而对西洋批评有些研究的另有一位 Achilles Fang[2]，他在哈佛，不知你听见过他的名

---

1. Landor（Walter Savage Landor，沃尔特·兰多，1775—1864），英国作家、诗人，代表作有《假想对话录》（*Imaginary Conversations*）、《罗斯·爱尔默》（*Rose Aylmer*）。
2. Achilles Fang（方志彤，1910—1995），学者、翻译家，生于朝鲜，后在中国接受教育，毕业于清华大学，曾任《华裔学志》的编辑。1947 年赴美，1958 年以

字否？其他的人批评方面差不多都毫无研究，写的东西都非常可怜，我们要击倒他们，实在是很容易的。陈世骧我曾在Berkeley见过一面，不知他真实学问如何？他写的英文文章，我都没有见过（except 他的《近代中国诗》序）。

你计划那部《风花雪月》，确是一部〔项〕极有意义而有趣的工作，能把中国小说内的 themes 和 motives 叙述讨论一下，给读小说的人也有一个头绪。最近哈佛的 John Bishop[3] 出版了一本纸面书 *The Colloquial Short Story in China*，一半是翻译，一半是批评，想不太高明，但你有机会也可参看一下。讲到相思病（Chaucer 的 Troilus 也可算是患相思病的），使我觉到 Oriental fiction 大抵给 psychic power 一种 objective reality or validity。你提到的"冤魂不散"，也是关于这一类的。大抵不论"爱""恨""冤〔怨〕""妒"，到了相高〔当〕厉害的程度，即可离人身而独立，去影响到所恨或所爱的报方。*Tale of Genji* 把冤〔怨〕恨可以使对方得病、着魔、致死这一点描写得很真切。芥川龙之介[4]对这一点也很相信，同时他无疑受了 Poe 的影响。Poe 的主要点即是人的

研究庞德《诗章》的论文获哈佛大学比较文学博士学位，后长期任教于哈佛大学。译作有《资治通鉴》（选译）、《文赋》等

3. John Bishop（John L. Bishop，约翰·毕晓普，1913—1974），学者，长于中国白话小说、古典诗歌研究。代表作品有《三言研究》（*The Colloquial Short Story In China: A Study of the San-Yen Collections*）、《十八世纪欧洲之下的中国戏剧》（*A Chinese Drama in Eighteenth Century Europe*）。

4. 芥川龙之介（1892—1927），日本小说家，代表作有《罗生门》《河童》等。

will 可以超生死，而 imposes itself on 所恨所爱的对象。你讨论鬼故事 [的] 时候，也不妨拿 Poe 来作借镜。According to Tate，这种 will 的表现，实在是 Romanticism 的最大特征。

刘守宜扣留稿费大不应该。其实发稿费当是 publisher 的责任而不是 editor 的责任，所以这事你不必牵挂在心上，更不应自挖〔掏〕腰包。何不当面向刘守宜提醒一下，看他有什么 excuses。人家可能也疑心你用 USIS 给的经费，影响你的名誉，此事非同他力争一下不可。

谢谢你嘱保重身体的规劝。我离开家庭后在 Yale 做 bachelor 时，也同你一样地和颜悦色的。但自己有了家，正和 [在] 上海和母亲住在一起时，总免不了有些 irritations（主要原因是 Joyce 一有病痛，我就 upset，脾气也变坏）。但一去办公，就照样地和颜悦色。所以 Caroline Gordon[5] 说得好，最深刻的小说总是脱离不了家庭背景的。我手边有卡片，不妨抄录给你：

> The primary aim of the fiction writer is to make his readers feel what a contemporary critic has called "primitive astonishments", and I do not know where the fiction is to find these astonishments if not in the family circle—that microcosm

5. Caroline Gordon（卡罗琳·戈登，1895—1981），美国小说家、批评家，曾获古根海姆奖（Guggenheim Fellowship）、欧亨利奖（O. Henry Award）。代表作有《卡罗琳·戈登小说集》（*The Collected Stories of Caroline Gordon*）、《如何读小说》（*How to Read a Novel*）等。

which, coming into being through the union, as it were, of two alien worlds, the masculine & the feminine consciousness, institute an inexhaustible reversion of drama, since it reflects the agonize & blisses resultant on the union of two lovers & the rebellions of sons & daughters against their fathers & mothers & the yearnings of fathers & mothers even their children, in an innumerable variety and complications.

家庭生活把人捆扰在许多情感 ties 里面，虽是小说创作最好的材料，实在也是修道生活最大的阻碍。

不多写了，Carol、Joyce 都好，最近天气理想，室内不再需要暖气了。上次那包书已收到否？Eliot: *On Poetry & Poets* 一直没有买了寄你，现在似乎多此一举了。希望 health 检查顺利通过。你以前检查过，人头还熟，想不会出毛病的。最近看了 *Vertigo*[6]；Brigitte Bardot 报章上到处有文章，他的电影我还没有看过（except for *Helen of Troy*）。祝一切顺利，一路顺风。

弟 志清 上

六月廿八日

---

6. *Vertigo*（《迷魂记》，1958），心理悬疑剧，据布瓦诺 - 纳斯雅克（Boileau-Narcejac）的小说《生者与死者》（*D'entre les morts*）改编，希区柯克导演，史都华、金·诺瓦克主演，派拉蒙影业发行。

353. 夏志清致夏济安

1958 年 8 月 12 日

济安哥：

　　已是十二点钟，不预备多写。你六月底来了两封信后，一直没有音讯，不知出国手续办得怎么样了？何时启程？体格检查已通过否？一切都在念中。想不日即可看到你的信，报告一切。

　　好久没有拍照了，最近拍了一卷，成绩尚满意，寄你三张，可看到 Joyce 近态（七月二十四日所摄）。我在照片上的确较前瘦得多，父母看到后，必定要 worry。他们不知道我有 ulcer，我信上只好瞎说一阵，说最近少吃油腻，所以比以前瘦。但两星期来体重已增加了一两磅，我想不久即可达到 135 磅的标准。Ulcer 的确已痊愈了，胃肠很舒服，吃东西也较随便，虽然两种 anti-acid 的药仍是服用的。

　　这个暑假生活过得很刻板，把 mss 从头至尾重打了一遍。上次信上说，预备修改了几章后，即可缴卷，但最近英文进步，自己看得不满意，觉得非重打不可（因为粗看校对，不容易找错处）。这星期重打《张爱玲》，发现生硬句子不少，

idiom 用错的地方也有几处。这些毛病，你在翻译时想都一定看到的。我对写英文一直没有同你一样地下过真功夫，最近总算把 academic-style 弄得稍微像样了。日前在 *New Yorker* 看到 C. Y. Lee[1] 那篇故事（他是联大出身，不知你当时听到〔说〕过他否？），文字是 familiar style，但写得很轻松幽默。这种 style 你是摸熟的，写起来一定要比 C. Y. Lee 漂亮得多。但 C. Y. Lee 的小说 *The Flower Drum Song*，已被 Rodgers-Hammerstein[2] 改变〔编〕为歌剧，秋季搬上 Broadway。假如成功的话，再搬上银幕，C. Y. Lee 的收入一定可观。你来美后，有空也不妨写几篇幽默的、回忆式的故事，寄给 *New Yorker*，一切会受到欢迎的。数月前，*New Yorker* 另有一篇写共产党捉狗的故事，你想也看到（我 *New Yorker* 所载的小说，一年来只看了四五篇）。

上星期看了 *Around the World in 80 Days*[3]，一无情节，沉闷

---

1. C. Y. Lee（黎锦扬，1917— ），华裔美国作家，早年就读于山东大学和西南联合大学，1944 年赴美国留学，毕业于耶鲁大学，后定居美国。在黎家八兄弟中排行老八。代表作品有《花鼓歌》（*The Flower Drum Song*）、《情人角》（*Lover's Point*）、《处女市》（*The Virgin Market*）、《金山姑娘》（*The Land of the Golden Mountain*）等英文小说。

2. Rodgers-Hammerstein 指理查德·罗杰斯（Richard Rodgers，1902—1979）和奥斯卡·汉默斯坦（Oscar Hammerstein II，1895—1960），他们是百老汇最著名的音乐剧创作搭档，代表作品有家喻户晓的《音乐之声》。

3. *Around the World in 80 Days*（《八十天环游世界》，1958），彩色史诗冒险电影，据儒勒·凡尔纳（Jules Verne）同名小说改编，迈克尔·安德森（Michael Anderson）导演，康丁弗朗斯（Cantinflas）、大卫·尼文（David Niven）主演，联美发行。陶德（Michael Todd）为该片制片人。

不堪。看过的人都摇头不止，但大家仍硬着头皮去看，因为该片声誉太好了。Mike Todd[4] 噱头大，报界人缘极好，所以大家一致予以好评，纽约卖座至今不衰。你看过 Jules Verne[5] 的 *20000 Leagues Under the Sea*，认为恶劣不堪，*Around the World* 恐怕还比不上该片，因为它仅是 glorified travelogue 而已。美国 Cinerama 生意已较前清淡，三四个月前 Roxy Theater 把戏院内部拆造，把原有座位减少了一半，装了 cinemiracle 的银幕，献映 *Windjammer*[6]，结果营业惨淡，恐怕不能维持多久了。以后换片都成问题。相反的 Paramount Theatre，变成了福斯巨片的大本营，生意兴旺。

《文学杂志》Henry James 专号编得很好。Henry James 晚年的三大小说，我只看了一部（*The Wings of the Dove*），不甚满意，觉得远不如 *The Portrait of a Lady*。你是看过 *The Ambassadors* 的，不知用的是什么版本。最近 Yvor Winters 在他的新书 *The Function of Criticism* 上指出一个笑话：

---

4. Mike Todd（即 Michael Todd，迈克·陶德，1909—1958），美国戏剧、电影制片人，以制作《八十天环游世界》知名。

5. Jules Verne（儒勒·凡尔纳，1828—1905），法国小说家、诗人，以冒险小说知名于世，代表作有《地心游记》（*Journey to the Center of the Earth*）、《海底两万里》（*Twenty Thousand Leagues Under the Sea*）、《八十天环游世界》（*Around the World in Eighty Days*）。

6. *Windjammer*（*Windjammer: The Voyage of the Christian Radich*，《大帆船：克里斯蒂安·拉迪奇号旅行记》，1958），纪录片，Louis de Rochemont III 导演，Louis de Rochemont 担任制片人。

In volume 22, No. 3, of *American Literatures*, there appears a paper by Robert E. Young, entitled "An Error in *The Ambassadors*". The paper demonstrates to a certainty that chapters 28 and 29 of *The Ambassadors* are printed in reverse order, and that James himself in revising the work of the New York edition did not correct the error...Young's point that the error should not have occurred, that, once it had occurred, it should not have been so hard to detect, and, if it was so hard to detect, that there was a flaw in the author's method.

你有书，不妨把这两章重读一下。四五十年来，多少大批评家却看不出因两章位置交换而引起 plot 上的不连贯的地方，实在是个笑话，但 James 文字本身也得负一大部分责任的。不多写了。两月来一直没有空，没有为《文学杂志》写文章，很感惭愧。Carol、Joyce 都好，Joyce 照片上看来非常可爱活泼。匆匆 即祝

暑安

弟 志清 上

八月十二日

1958

354. 夏济安致夏志清

1958 年 8 月 14 日

近况甚佳，行期未定，长信明日寄出。

今日寄出中国小说两包，内：

《水浒》《宣和遗事》《醒世姻缘》《镜花缘》《二十年目睹之怪现状》《官场现形记》《平妖传》《斩鬼传》《拍案惊奇》《今古奇观》《聊斋志异》《老残游记》。

USIS 的稿费已收到，最近手头很宽裕。中国书很便宜（这些书总值不到六元美金），我还可以买很多书寄上，支票绝对不需要，请不 [必] 寄来。

Carol、Joyce 均问好。

济安

八月十四日

355. 夏济安致夏志清

1958 年 8 月 19 日

志清弟：

前天寄出我的论韦应物文章一篇（庆祝于右任八十岁的论文，题目是人家出的。我临时请"专家"介绍参考书而写成的），想已收到。中国旧小说两包是平信寄的，稍迟想亦可寄到。目录里漏了一本《九命奇冤》。这一类的书我还可以寄出几大包，你不妨 suggest some titles。

八月八日星期五是立秋，也是我阳历的生日，那天美国新闻处把一万九千元（台币）一张支票寄出，八月九日收到。我所以把这些日子记下，因为中国的阴阳五行干支算命的说法，恐怕真有道理。钱是早该给我了，但是不到那个时候不来的。

钱我自己留下四千，手头可大宽裕。一万五给刘守宜借去了，他真穷，我拿他没有办法。他答应两星期为期，一定归还。他还总要还我的，未必准时而已。我脸嫩耳软，但是心比父亲的心狠毒些（父亲是脸嫩耳软加心慈，请问如何能经商而不吃亏？），这点请你放心。钱是丢不了的，因为 $ 15000

对于我是笔大数目，我有了这笔钱，可以一年不做事；对于刘守宜则是笔小数目，这点钱绝弥补不了他的亏空。他也是个聪明人，他 value my friendship much more than ＄15000，不还我这笔钱，要丢了我这个朋友，在他是很花〔划〕不来的事。

　　还有一点，使我相信可能要转运。英千里那天跟我谈，忽然要替我做媒。对方叫做侯小兰（？），是侯美兰的妹妹。侯美兰是台大国文系毕业生，长得很美（其美较之 Jeanette 有过之无不及，又 Jeanette 已于 Chicago 嫁人），她是嫁了人了，我同这位美兰不过见了两三次面，想不到在伊人心中留下这么好的印象。她要把她妹妹说给我，也是她的主意，是她来托英先生做介绍人的。这使我很感激，因为 it shows 她自己 at that time might have taken me——这是我所从来没有想过的。侯美兰的美不是我的 type，据说她妹妹更美，age 22，学历——台大法学院三年级（借读生），明年毕业。姐姐的 intellect 绝对不高，妹妹的听说亦不高，然而是 domestic type 云。英先生预备请她们姊妹花和我吃一次饭，日期未定，我也不去催他。照命运看来，也许要过了阴历生日之后。此事未必成功，然而有个美人在一起玩玩，心里可以舒快些。此事千万暂时不要告诉父亲母亲，因为引起了老人的 false hopes，以后再是一场空，未免太残酷了。交女朋友要有钱去配合，返美以后三年，一直穷到现在，现在手头有钱，即使要结婚，也可对付一下，date 是一定能够 afford 的。以前有个时候瞎风流一阵（虽然毫无实惠），还不是靠 USIS 的稿费撑腰？

胆子一壮，也许会同以前一样，多交几个女友亦未可知。侯家有父母在堂（父亲是广东客家人，母亲是北平人，the girls speak perfect Mandarin, being brought up in Peiping），假如她们全家 OK，the girl 也喜欢我，那么我也许不顾我自己怎么想法（stop thinking, that's the way to marriage, & happy marriage too），糊里糊涂结婚也可能。反正有上帝的安排，不成也无所谓。

出国事恐怕要拖延至寒假了，倒不是为了女人的事。原因之一，医生潘树人[1]是管体格检查的，他和我很好，现在在 Duke Univ.，近期内返国（八月底或九月初）。我的体格检查之事，交给他办，可以放心。他是熟手，and he knows my case perfectly，别的医生可能找麻烦。原因之二，R. 基金给我的工作是 research & teaching，若真要 teaching，我要好好地准备一下，写几篇 lectures，现在尚未动手。前两礼拜忙招生考试的事。原因之三，暑假走，要寒假回来；寒假走，暑假回来。暑假那时多机会，我可以去 Indiana 读批评，也可以去 Oxford，或者可能延长一年，若是寒假结束，活动的机会就少了。

R. 基金的规定是八月一日开始，一年之内在美国住半年。所以寒假走是与规定无妨的。你同 Carol、Joyce 也许等着要

---

1. 潘树人（1924—1992），江西上饶县人，"国防医学院"医科毕业，后于该校任教，1957 年赴美国杜克大学医学院进修，曾任亚东医院院长、"国防医学院"院长等。

见我，但是缓几个月也无妨。你们最希望的，of course，是我在这里婚姻告了定局再走。这也并不是不可能的。我所希望的，是在海外打出一个局面，say goodbye to Taiwan。

你指出的 Poe 与中国 romance 间的相似之处，对我大有用处。这方面我还得好好看书。欧洲中世纪文学我也所知太少，Chaucer 的 *Troilus*[2]，和 Lewis 的 *Allegory of Love* 等都没有看过。真要海外扬名，也不是容易的事。

讲起相思病，中国人是主张"心病还需心药医"。我以前看到你所介绍的新出的《Pope 全集》第四卷 p.117（John Butt 编）有这么一条小注：

> Ass's Milk: Ass's milk was commonly prescribed as a tonic. Gay alludes to its uses by "grave physicians" for repairing "The love-risk maid and dwindling bean."

Grierson[3] 所编的《Donne 全集》批注中，其中奇奇怪怪的知识更多，这里面关于相思病的事情一定有不少（即便"Canonization"那一篇吧），此书我以前约略读过，现在应该拿它好好地读一读。

这几天报上也许报道台湾海峡紧张的消息，事实上，台湾的人心镇定得令人难 [以置] 信。台湾的 living standard，比

---

2. 指乔叟的叙事诗《特洛伊罗斯与克丽西达》（*Troilus and Criseyde*）。——编辑注
3. Grierson（Herbert J. C. Grierson，赫伯尔特·格里尔森，1866—1960），苏格兰学者、批评家，编辑出版《约翰·邓恩诗集》（*The Poems of John Donne 2 vols.*）、《英语圣经》（*The English Bible*）。

你我所知道的上海 living standard 还要高。大家吃得都很好，肉类鱼虾恐怕是家家天天不断的；穿也穿得很像样，穷公务员都有几身西装（和重庆那时候的褴褛样子大不相同）；大家玩也玩得很起劲，西门町一带闲荡的人真多，较之上海大世界八仙桥一带有过之无不及。主要的原因，恐怕是这里的人都成了 hedonies，很少人 live for the future，也不储蓄，钱到手就花。汽车虽有 license 的限制，不能和过去上海那样普及，但看来也有不少。电气〔器〕冰箱有的人家的确很多。不要管报上怎么说，台湾是一片歌舞升平，嗅不到半点火药味。大家都忘了 there is a war，这里报上屡次提到"进入紧急状态"云云，似乎没有人加以理会。真正代表台湾的繁华的，该是酒家，可是我没有去见识过。

你的 ulcer 渐渐痊愈，闻之甚慰。英文更进一步，尤其是了不得的成就。暑假日长，可以把那本书写完，可以了一件心事，开始新的 project。以你的智力与 taste 与对西方文学的深切的了解，改弄中国文学，一定大有成就。陈世骧的学问比我好得多（不论东方的，亦是西方的），但是思想（我的虽然也不行）未必比我好多少。假如我有他那种安定的环境，至少也可以有他那点成就。这种吹牛的话，当然只可以对你说，对别人是绝对不说的。他为人极好，很热心，他在美国，根蒂较深，想必可以帮你的忙，我希望你和他交个朋友。他记得你，你去 Berkeley 那时，汤先生也在，他说他和你约略谈过。他说，中国青年人去美国的他见过很多，从来没有看见过有你那样的 erudition 的。他在台湾的几天真苦：天热而应酬多，而他还得衣冠楚楚，始终笑容满面。你若回台，也将遭遇同样的 lionization 之苦。当然，胡适在台湾比他更苦：应酬更多，要见与见他的人也更多。他在台大的四篇演讲，第一篇我得益最深，诗的 rhythm 我从来没有得人传授，听他的 [演] 讲有些地方可以开我茅塞。第二篇是讨论"诗"这个字在中文里的意思，我没有去听（临时忘了），大约用 Empson 讨论 Complex Words 的方法。第三篇你已经看到。第四篇使我很失望，他讲的是宋代文艺思想——主要是禅宗的，他所讲的都是老生常谈。照我看来，禅宗思想反对文字，其实是对诗的一种 challenge 与威胁，当时诗人如何去 rescue 诗——一种文字艺术，那才是最重要的问题。宋代文艺思想当时受到何种批评，以后受到何种批评，我们廿世纪的人该如何去批评它——这些他都没有提到。He was not critical enough.

《香港——一九五〇》那首诗已去排印，日内出版。就新诗而论，这首诗是空前的（如此地洗尽"抒情滥调"，如此地 anti-romantic，如此有意的深奥），也可能是绝后的。因为据我看来，新诗大约是完了。我假如有 Horace、Pope 那种"出口成诗"之才，还可以救它一救，可是我大约不会再写第二首了。

美国暂时不能来，请你们不要失望。只要运气好，where I am or shall be（在美居住延长的可能性很小，因又是 exchange visitor 也），大约没有什么重要。

再谈 祝

近安

　　　　　　　　　　　　　　　济安

　　　　　　　　　　　　　八月十九日

　　父亲母亲和玉瑛妹前，只要告诉他们我平安，心境愉快
就是了。

356. 夏志清致夏济安

1958 年 9 月 23 日

济安哥：

八月十九日信早已收到，知道你近况很好，手头宽裕，并有美女出主意，托英千里把她的妹妹介绍给你（信到时想已和侯氏姊妹见过了几次了），的确运道好转，甚喜。希望出国前和侯小兰订了婚，或者结了婚带她一起来美，蜜月半年，享享人生的乐趣。你信上所提及不多考虑，糊里糊涂让命运摆布而结婚的想法，很对。我们年龄已长，十年前痴想心爱女子的 passion 已难为培养（除非我们有歌德那样的丰富的精力），只好退而求其次，学 Henry James 的 Strether 那样去 live，免得虚度光阴，把自己情感生活上的种种需要徒然压制，种种 potentialities 徒然削弱。侯小姐既是貌美年轻而又贤淑的女子，我想你同她结合一定会很幸福的。你热情可能不够（因为对方不是你自己看中的），但温柔有余。为了发扬自己这些温柔体贴功夫，结婚想是值得的，何妨对方早已被你才学为人倾倒了呢？下次信上希望有好消息可以报告。

几星期来，台湾海峡情形紧张，不知台北一般人生活有没有感到恐慌的威胁。你离台迟了，但我想年底的时候还不会有世界大战的危险。美国对远东较近东一向比较"关心"，但 Ike 较 Truman 更没有魄力，否则同 Korea War 一样的小战争早已可以发动了。Dulles 虽一向亲近台湾，但他是好好先生，自己没有权，做不开什么事。美国和中共谈判的结果恐怕是金门诸小岛的中立化，这对台湾的 prestige 一定是很大的打击。你只能看到 *NY*、*Sunday Times*、*Time*、*New Yorker* 的时局报道，实在看不到美国内在的危机。美国对共产政权处处安抚屈服。最近 Jenner[1] 告老退出政坛，Knowland 竞选卡州州长之职，一定落选无疑。从此保守派共和党的势力削弱殆尽，将一蹶不振，而 Eisenhower republicanism 和民主党两股势力实在是一脉相通，梦想世界和平而仅以经济援助政策去应对共产党势力的扩展的。《自由中国》上的文章，动不动教训国民党，美国如何自由进步。其实美国（私人行为不讲）一无自由可言，一般受教育的人大抵 parrot *N.Y. Times* 或更左报章的意见，假如你要彻底反共，旁人必觉得你是个 McCarthy[2] 式的怪物。所以我在学校里和同事们绝对不 [谈] 政治，因为他们的思想完全被 liberal press 所支配，无从谈起（你在 Indiana 也吃过 liberal 份子的苦），相反

---

1. Jenner（William E. Jenner，威廉·詹纳，1908—1985），美国共和党员，印第安纳州参议员，毕业于印第安那大学法学院。

2. McCarthy（Joseph McCarthy，约瑟夫·麦卡锡），美国政治家、共和党员，威斯康星州参议员。

的，学生们比较纯洁，他们对我的看法还可以同情。几年前 Freda Utley[3] 写过一本 *China Story*，expose *New York Times*、*Herald Tribune* 等报章杂志操纵舆论的事。林语堂战前和抗战初期在美国很红，后来美国亲苏，林语堂写的书就得不到 reviewers 捧场，销路不振。今年林语堂出版了一本《武则天传》(*Lady Wu: A True Story*)，此书在美国竟找不到出版人，而在英国出版，书评我只在 *Journal of Asian Studies*（即 *Far Eastern Quarterly*）看到一段，亦可谓相当凄惨。林语堂算不上大作家，但总比赛珍珠好得多，而赛珍珠的 *Letter From Peking* 出版后照样不胫而走，林语堂已十多年未上 best-seller list，老境必定很不得意。

家里有信来，玉瑛派往福建龙溪，想已启程矣。龙溪和台湾仅隔一个海峡，她同班派至福建的有七十人之多。福建地方当然要比西北边疆宜人得多，但愿战争扩大后，玉瑛妹受不到什么轰炸的危险。父母没有玉瑛妹在旁，生活将更寂寞，玉瑛妹一人出门，我们也很不放心。父母老年虽然衣食俱全，未受到任何经济上的困迫，但是精神上的寂寞，实在也是很可悲的。

《香港——一九五〇》重新拜读，的确如你所说是首

---

3. Freda Utley（弗里达·厄特利，1898—1978），英国作家、政治活动家。除了《中国故事》(*China Story*)，还著有《战时中国》(*China at War*)、《失落的梦》(*The Dream We Lost: The Soviet Union Then and Now*)、《一个自由主义者的奥德赛：回忆录》(*Odyssey of a Liberal: Memoirs*) 等。

空前绝后的中国诗，这首诗思路的紧凑、涵义的复杂深刻，读了你的《后记》，使人得到更清晰的感觉。此外另一特点，是如你所说的"念起来舒服"，许多句子读来非常有劲，和一般拖泥带水的白话诗是不同的。这和你套用旧诗和句子简短不无关系。你仿 Eliot，不特神似，其实貌似的地方也很多。你的那局象棋，正好应对 *Waste Land* 的"A game of chess"，而上海人和广东人斗智的情形，可直接推至 Middleton[4] "*Woman Beware Woman*"中精彩下棋的一景（Middleton 另有 *A Game at Chess* 一剧，我没有读过）。Middleton 的两大悲剧 *The Changeling* 和 *Woman Beware Woman*，不知你读过否，实在是可以和莎翁抗鼎的作品。Elizabeth drama 好多年没有读，自己很觉惭愧，但莎翁和他同时人我仍觉得是英国文学史上最伟大的作家。

《韦应物》一文早已看到，在研究中国诗的文章中，应该是很严正很精彩的一篇。所举韦诗和六朝诗及陶渊明的异同处，都是你自己的见解，是相当精彩的。唐诗和我们平日说话虽离太远，文字的好坏，相当难批评（英诗大抵和普通 idiom 相离不远，批评 style 好坏，总有一个凭借），你比较陶诗、韦诗 mood 的高低，其最后 criterion 还是哲学的。要凭文学本身说明为什么韦诗不如陶诗，即是更困难的工作了。*Journal*

---

4. Middleton（Thomas Middleton，托马斯·米德尔顿，1580—1627），英国雅各布宾时期剧作家、诗人，与约翰·弗雷彻（John Fletcher）、本·琼森（Ben Jonson）齐名。

of Asian Studies 最近一期（八月份）有 Mote[5] 氏一篇文章报告台湾出版界情形，把《文学杂志》颇赞美了一阵，不知该刊台大可看到否？

书两大包已于上星期收到，感激不止。书一无损坏。最近"世界"重印了这样许多书，对文化人服务的功劳实在不小。我钱是要还你的，但最近我手头并不十分宽裕，以后再寄支票给你吧。刘守宜欠的钱已还了否？我预备先看已有英译本的小说，所以坊间如有《三国演义》，请寄我一册。《红楼梦》我自己已有一册，但无新式标点，版本不算好，你如看到有现成的新式标点版本，寄上一部也可，但请不必觅旧书。此外寄上《西游记》《儒林外史》两种，那么我的小说 collection 也算相当完整了。你以前寄给我那本《文选》，非常有用，但我唐宋的诗手边没有参考，如有唐宋诗的选集（没有较好的，《唐诗三百首》即可），也请你寄上一册。此外我要的书是《诗经》和《英汉综合字典》；我中文生疏，字汇不够，如有一本综合字典，则写起文章来，方便得多，此书你如买不到，也无所谓。买书要很费你不少时间，真是很

---

5. 指 Mote 的文章 "Recent Publication in Taiwan"。Mote（Frederick W. Mote，牟复礼，1922—2005），美国汉学家，普林斯顿大学教授。二战中到中国，战后入金陵大学历史系学习，1948 年毕业。返国后，在西雅图华盛顿大学继续学习中国史，获博士学位，后长期任教于普林斯顿大学。代表著作有《中国思想基础》（*Intellectual Foundations of China*）、《剑桥中国史》（*The Cambridge History of China*）第七卷、《帝制中国》（*Imperial China: 900–1800*）等。

不好意思。

又，我书稿上译了一段茅盾的《子夜》，其中有一句"那部名贵的太上感应篇浸透了雨水，夹贡纸上的朱丝栏也都开始漶化"（p.529）。"夹贡纸""朱丝栏"两辞〔词〕我译得很含糊，是自己瞎猜的。究竟作何解，请指示。

学校开学已十天，自己太 popular，学生比上学期多了一倍，徒增加改卷的麻烦，相当不上算。书稿日内即可送出打字，这暑假过得很单调，但多练写英文总是有益的。建一上星期二周岁生日，我们给了她不少玩具（including 三轮脚踏车），她会说的句子已很多，名称颜色已都能辨别，照中国算法，她已是三岁了，平日不讨手脚，伴她玩很是有趣。我 ulcer 已痊愈，体重也增加。Carol 近况亦好。不多写了，即祝

近好

弟 志清 上

九月二十三日

〔又及〕月前上一信，附照片三张，想已看到。

357. 夏济安致夏志清

1958 年 10 月 13 日

志清弟：

好久没有写信给你，实在因为没有什么好消息可以奉告。某小姐还没有见过，英千里说过一次，没有说第二次。为什么没开头就没有下文了？我不知道，也不想知道。此事我本来付诸命运，也许命中本不该有此事，我何必关心？不见此人也好，见了也许要心乱了。我现在在台湾的地位，很不容易交女朋友。虽然很多人关心我的婚姻问题，但是我假如忽然 date 了一个女人，必受人之注意，当不亚于孀居的 Elizabeth Taylor 忽然偕男友出现于好莱坞的公众场所。

听系里的一个助教说，英先生最近要请我吃饭。这里面恐怕有文章。事情恐怕还要发生，但是请不要太乐观。

这几个星期乱看了一些旧小说，没有什么心得。中国旧小说好的实在太少，《野叟曝言》[1]《花月痕》[2]等都看不下去，

1.《野叟曝言》，清代小说，夏敬渠著。——编辑注
2.《花月痕》，清代小说，魏秀仁著。——编辑注

遑论研究?《三侠五义》[3]作者的智力并不比当年共舞台[4]等连台戏的编剧者为高。有一部《隋唐演义》,也是罗贯中著的,倒有点《三国演义》的魄力与 imagination。大部分根据正史,也同《三国演义》相仿。我们小时所看的《隋唐》讲李元霸等十八条好汉,不知道是谁写的。研究中国旧小说,考证每书的版本、年代、作者等的确是很麻烦的事。罗书中根本无李元霸其人,亦无裴元庆、伍云召、雄阔海、老将杨林等。前面三分之一的 hero 是秦琼,写得很好。隋末与汉末不同,汉太弱,群雄割据之形势早已形成。隋末的中国还相当统一,要乱不大容易。秦琼在隋先做警官,后做军官,不一定要造反。我以前希望中国小说家根据《孟子》"天将降大任于斯人也……"写一个英雄的落魄与挣扎。《隋唐演义》里的秦琼就是这样一个人,"当铜卖马"等落魄情节写了好几回,写得很好。秦琼受人奚落,直想杀人,可是不忍下手。《水浒》里的英雄只有林冲似乎有这种涵养,但是林冲所受的折磨,并不多。林冲只是强盗,秦琼后成唐朝开国大将,毕竟气度不同也。

这本书一直写到唐明皇之死为止,中间还有武则天等大事(薛仁贵出现两三次,很不重要),占时太长,结构松懈。主要的 plot:武则天是李密投胎,杨贵妃是隋炀帝投胎。我

3.《三侠五义》,清代长篇侠义公案小说,石玉昆著。——编辑注
4. 指上海共舞台,20 世纪 30 年代上海四大京剧舞台之一。——编辑注

们小时候所看到那本，也讲因果报应，单雄信转世为盖苏文，盖苏文转世 [为] 杨藩（樊梨花的未婚夫），杨藩转世 [为] 薛刚，隋唐之后接薛家将。单雄信是个悲剧人物，罗贯中写他却还不够。单雄信可能写得跟关公一样地有声有色。

有一件事情普通是不大受人注意的：《水浒传》里的人物在民间不大受人崇拜。帮会里所推崇的是桃园三结义，next to them 是瓦岗寨的英雄（徐茂公、秦叔宝、程咬金等）。隋唐人物曾经深深地 hold 民间的 imagination，可是这本书却不大有人讲起。秦叔宝和单雄信的悲剧性的关系，是很感动人的。《水浒》一百单八将的下场众说纷纭，成不了一个有力的 legend（《水浒传》作者的智力，其实也不算成熟）。

台湾海峡的局势这几天又趋平静，美国人不坚决反共，假如第二次大战时，罗斯福多听丘吉尔的话，俄国不会如此猖獗。这几天假如我在美国，向美国人及一些所谓"中立国"人宣传金门、马祖之重要，也是很吃力的事。"新任驻美大使"叶公超 [5]（George Yeh），曾任北大、联大教授，听说学问很好。我不认识他，你有机会不妨同他联络。这个人是官员中头脑清楚的一个，在台湾的声望很高。但处境如此，"叶大使"未必能改变美国一般人的谬见也。

---

5. 叶公超（1904—1981），原名崇智，字公超，后以字行，广东番禺人。曾任北京大学、清华大学、西南联大教授，"国民政府外交部长""驻美大使""总统府资政"等职；并参与创办新月书店，主编《学文》杂志等。代表作有《介绍中国》《中国古代文化生活》《叶公超批评集》《叶公超散文集》等。

台湾海峡的局势暂趋平静，玉瑛妹暂时可以安全，她在福建，我在台湾，这使我想起"四郎探母"。大陆的生活越来越苦，农村现建立一种"公社"（commune）制，废除家族为单位的农户制，农民住在公共宿舍，在饭厅吃饭。这种问题我不愿意多想，想了伤心。上海是都市，一时之间恐怕还不容易彻底。父亲母亲他们不过也是过一天算一天而已。

　　C. Y. Lee 名叫黎锦光（？）⁶ 我不认识他。他在 *New Yorker* 的文章已读过，我很佩服。我恐怕写不出来。*New Yorker* 的文章另有一功，我虽然一期也不过读它的一小半，但发觉它存心在提倡一种 style。只有你所推荐的那篇介绍几本编电影的书的一文是例外，那篇文章很硬，态度也 arrogant，和平常的潇洒作风不同。类似 C. Y. Lee 的文章，以〔好〕像也有人写过印度、波斯、日本、法国等地的怪事（那篇《麻将与狗》写得功夫比 Lee 又高一筹）。你有兴趣，不妨把 Shibrurkar 追求湖南美女的故事写下，这样一个故事似乎天生就是为了要给 *New Yorker* 发表的。我的性情中其实 bitter 的成分很多，不大会幽默。我的野心最近似乎是想做历史家。到美国后，假如有充分的历史资料，得到有力人士的支持，我很希望能在美国住两三年，完成一部大书。我想达到的 style 标准，还是

<hr>

6. C. Y. Lee，即黎锦扬，花鼓歌的作者。

Gibbon[7]、Macaulay[8]之流，不想同林语堂较一日之短长。总之，我的兴趣还是太驳杂，不能集中精神，可能弄得一事无成。我脑筋里想写的书有不少，可能一本也写不出来。就我的能力说来，写历史比写小说容易。写小说不一定逼得出来，写历史只要花死工夫一定可以写出一部"巨著"。写这样一部大历史，人也就不虚此生了。（还想写一本 *Chinese Gods*，考证中国的神。）

"夹贡纸"我猜想是厚的宣纸（宣是安徽宣城），中国有名的土产是需要供给皇帝的，"贡纸"是可以 good enough 给皇帝用的，"夹"是说其厚度，意同"夹衫""夹衣"之"夹"。"朱丝栏"即红线的格子。我没有去请教专家，相信猜得没有什么大错。今天寄出书一包：《三国》《红楼》《儒林》《西游》四种。《隋唐演义》等书，以后再寄（另《二刻拍案惊奇》三册，那比《初刻》精彩，白话亦另有一功）。中国旧小说当年在苏州、上海、北平不算一回事的，在台湾就很难觅到。金圣叹批的《三国演义》，我很想一看，但不知哪里有。你所要的别的书，以后当陆续寄上。我去美国以

---

7. Gibbon（Edward Gibbon，爱德华·吉本，1737—1794），英国历史学家、下议院议员，代表作有《罗马帝国衰亡史》(*The History of the Decline and Fall of the Roman Empire*)。

8. Macaulay（Thomas B. Macaulay，托马斯·麦考莱，1800—1859），英国历史学家、辉格党（Whig）成员，代表作有《詹姆斯二世即位后之英国史》(*The History of England from the Accession of James the Second*)。

前，一定会寄出很多书。我还想寄些元曲、明清人传奇、笔记小说等给你；《诗经》、唐诗、宋词、字典等当然也要寄。希望你不要跟我算钱。照我的意思，顶好再买一部《二十四史》送上。例如研究《三国演义》，顶好拿《三国志》正史对比着看，否则的话，显不出罗贯中的想象力和组织能力。《隋唐演义》也该和正史对照着看的。研究中国东西所需要的参考书太多，不知何从下手。例如唐、宋、元、明、清五个朝代的白话文学的发展就是个好题目。清朝人的白话，材料最多，唐朝人的白话只有敦煌几个手卷，研究都不难。宋、元、明三朝的白话就很难研究。胡适之没有注意：《三国演义》中的张飞的说话是用白话（或者较粗俗的话）的，其余各人，说话大多冠冕堂皇，只好用"浅近文言"。京戏和苏州说书，碰到正派（正生、正旦、正净）人（或大花面）（老旦、小生）也是用"浅近文言"说话的；只有丑、彩旦、花旦、二花面〔脸〕（副净）才是用"白话"说的。《水浒传》里，宋江、吴用、卢俊义等的说话，都比较"文"，和鲁达、李逵等显然不同。中国的正生、正旦那套 artificial 说话方法，无疑限制了中国戏曲和小说的人物的传真性。《三国演义》里"老生"太多，作者不得不创造各种老生的不同性格。有些劣等小说或弹词戏曲，很容易使人物成为 types：小生（才子），青衣（佳人），老生（在朝之忠臣或在野之员外），老旦（安人），外（老家人——忠仆）等（西洋 opera 亦然）。这种人的说话，作者根本不想使它"写实"，读者或听众也不求其写实。其他丑角等"不正"人物，也可能定型的。如苏州说书里的"嗡鼻头""吊嘴""山东人""无锡人"等。两个丫鬟的 typical 对白："啊唷，阿姐啊！""哪哼，妹子？"《三侠五义》里对于山西人的说话，大有兴趣，那是因为北平人喜欢取笑山西人说话，就如同苏州人喜欢取笑无锡人说话一样，与作者的 auditory imagination 关系不大。胡适之赞美《醒世姻缘》里的山东土话，其实那书里的话很不够"土"；近代作家也有存心学山东话的，那才是真心的"土"。我想证明一点：中国的白话文一直不是一件优良的工具，负担不起重大的任务。中国旧小说作者，都不得不借用文言、诗、词、骈文、赋等，以充实内容。《水浒传》的最早本子也附有很多的诗，一百五十回本。纯白话的小说如《儒林外史》《儿女英雄传》《三侠五义》等（甚至今本《水浒》）都嫌内容贫乏，language 限制了作者的想象力。《红楼梦》是不注意人物的 type 的，但是它全书的成功，得力于文言之处很多。另有一部奇书，《海上花列传》（可惜我没有读过，世界书局没有翻印），此书的作者用苏州话来"写实"，恐怕是真正有 auditory imagination 的人。五四以来的白话，超脱了舞台的白话，说书人的白话，算是有了新生命，但仍很幼稚。胡适之当时提倡白话，但是他不知道"他所认识的白话"之幼稚。曹操、刘备、诸葛亮等之需要用文言来说话，就同 Hamlet、Othello 之需要用 blank verse 来说话一样。白话顶多能使若干小人物活龙活现而已，至于 symbolic use of language，过去的白话文是未曾梦想到的。

这个 theme 可能写篇文章来发挥。胡适的《白话文学史》下册（那是要真正接触到"白话文学"的时期了）至今未写，我若有他那点材料，根据刚才的观点，一定写得比他精彩得多。但是我如此严厉地批评胡适与他所喜欢的那种白话将使他很伤心，因此又不忍写。

如无意外事件发生，我还预备寒假中赴美。照片都已经看到，建一很乖，你是瘦了一点，现在想已完全恢复健康，为念。你不得不用心工作，工作总是有害身体的。Carol 前问好。专颂

近安

济安　启
十月十三日

358. 夏志清致夏济安

1958 年 12 月 15 日

济安哥：

你十月十三日的信放在我的桌上已近两月，至今方写复信，实在是暑假以来一直忙碌异常，很少有自己的时间。今天已十二月十五日，许多朋友处一年一度的贺年信还没有写，加上积卷甚多，不知如何应付。你近况想好，出国已定了日子否？《文学杂志》在你留美时〔期〕间，将托何人代编？英千里处那顿饭已吃了否？一切都在念中。我开学后仍为文稿忙碌了一阵，至十一月初始请两位 typists 打了三份，正文约四百七十页（notes、bibliography、附注中文名字等节目尚未整理好，寒假内准备做这部分工作）。感谢节那星期，趁 Carol 返家访母，我们一同驶车返 New Haven 附近小村庄，留 Conn. 四天。我在 New Haven 时间比较多，把文稿缴给了 Rowe，和 Brooks、Pottle 等教授见了面，和 Brooks 在研究院附近的 Mory's 吃了一顿午饭，谈得很欢。New Haven 没有

变什么样，只是 Prospect St. 新添了那一所 Saarinen[1] designed
的 Hockey Stadium。Howard Johnson 已易手三次，研究院附
近的那一幢 High School Building 已拆掉了。Liggetts，理发院
那一批熟人想一定还记得我，所以我没有去和他们瞎招呼。
图书馆里仍旧是几位老妇人守门。许多中国人仍是老样子，
李田意编《清华学报》，很是得意。他去日本弄到了一批材
料，可是他对文艺批评研究功夫不够，不会有什么新发现。
陈文星在女学校教书，心境也很好，他在纽约碰到你的女学
生，都盛赞你的学问。远东楼已搬在〔到〕Chapel Street，
在 Howe St. 附近，是阿邹盖的房子，很有东方味。我这次返
New Haven，一方面心头充满了 nostalgia，一方面因为自己尚
未成名，有些做贼心虚，不想多和人见面。但见了熟人和教授，
心头总是很愉快的。返 Potsdam 后一直改卷子忙，一月多来
只看了一张电影 *Home Before Dark*[2]，还算满意。Thanksgiving
那一 week，missed *The Big Country*[3]。

　　我这本书，批评态度不够严肃，appreciation 成分较多，
但这样像样的批评书，在英美研究东方文学的学者还没有写

---

1. Saarinen（Eero Saarinen，埃罗·莎里林，1910—1961），芬兰裔美国建筑师、设
   计师。

2. *Home Before Dark*（《苦恋》，1958），据艾琳·巴森（Eileen Bassing）小说改编，
   梅尔文·勒罗伊导演，珍·西蒙斯、朗达·弗莱明主演，华纳影业发行。

3. *The Big Country*（《山河血泪美人恩》，1958），史诗西部片，威廉·惠勒导演，格利
   高里·派克、珍·西蒙斯主演，联美公司发行。

过，所以该是本很重要的书。加上我对中国旧小说的 illusion 渐渐减少，中国新文学还是值得重视的。很想挑几个 chapters 在杂志上发表，但又要打字麻烦太多，决定先有了出版合同后再在杂志上发表一部分。

最近几封信上你写下来的关于中国旧小说 [的]observations, insights 极多，假如写给中国人看，一下子可以写很多篇精彩的文章。写给 unprepared 的洋人看，你得耐心开导，东证〔征〕西引，写成一本 literate and intelligible 的书，还得费不少工夫。我希望你在华大真正开讲一个 lecture series，这样一逼之下，可以把书及早写成。而且 lecture 文体和 research paper 稍有不同，note 可以尽量减少，generalization 不必一定要有根据，写作可以顺利得多。你上次信上说的"白话""道白"和"conversation"间之种种关系，说得很对，胡适对文学的认识一向幼稚，有了一肚子的学问，只有在考据方面有些贡献，实在是很可惜的。他武断蒲松龄是《醒世姻缘》的作者，我也觉得没有确切的证据。

《文学杂志》最近两期都已收到了，你把 Pasternak[4] 宣传一下，也是好事。於梨华的短篇还没有读，不过她在《自由

----

4. Pasternak（Boris Leonidovich Pasternak，帕斯捷尔纳克，1890—1960），苏联作家、诗人、翻译家。凭借长篇小说《日瓦戈医生》(Doctor Zhivago) 获 1958 年诺贝尔文学奖。代表作除《日瓦戈医生》外，还有诗集《云雾中的双子座星》(Twin in the Clouds)、《生活，我的姐妹》(My Sister, Life) 等，还翻译过莎士比亚、歌德、席勒等人的大量作品。

中国》连载的《也是秋天》，倒看完了。该小说起初两章描写中国人在美生活，题材还算新鲜，可以〔是〕小说技巧方面毫无训练，后来越写越坏，变成一部很拙劣的庸俗小说。於梨华急于创作，文艺方面的修养实在还不够。

书第二包已收到，十分感谢。我在小地方，无法做research，所以《二十五史》等巨著，实在用不到，请你不要reckless把它买下来。我所计划的那部书，是把现成已有英文本的几本中国旧小说，带介绍性地评述一下，看它们究竟文艺价值如何。明年可能先把《红楼梦》重读一遍，把那两本译文也读了，写一篇文章。Anthony West虽然不懂中文，他的那篇review比一般中国人写的研究还要高明些。我在以前两篇文章上，可能把《红楼梦》估价太高，只有重读一遍后再可作决定。

我们这里情形很好。Joyce已能说较复杂的句子，同她讲话已很方便。你见了她一定会非常高兴的。Carol也安分守己地做一位贤妻良母。领到了一只半岁的狸猫，Joyce有一个淘伴，也可减少一些Potsdam冬季的寂寞。

父母处情形如旧。玉瑛妹一个人吃苦，在福建教书、种田、捡矿石，住的地方还是用洋油灯，抽水马桶更谈不到。希望她身体能支持得下〔住〕，她平日服用维他命丸和奶粉（是上海寄去的），以补营养的不足。

我体重已恢复，饮食正常，虽然anti-acid的药片仍是经常服用的。教书时仍是笑句如珠，只是学生太多，改卷太忙，自己看书的时间极少。C. S. Lewis[的] *Allegory of Love* 已有纸装本，买了两册，一册你来美后寄给你。你同侯小姐的事有什么发展，请告知。如能赴美前，订一个婚，最好。宋奇处想常通信？刘守宜处那笔款子已还给了你否？不多写了，祝自己保重，暑假期如期赴美。

A Marry X'mas & A Happy New Year！

弟 志清 上

十二月十五日

359. 夏济安致夏志清

1958 年 12 月 24 日

志清弟：

好久没有接到你的信，甚为悬念，不知健康情形如何？我也好久没信，但是你可以想象，我的近况无甚变动。出国的事情悬着，如诸事顺利，希望能在一月底成行。

家里的情形我也挂念。大陆现在那套"公社"制度，你在 *Time* 等杂志报章里一定读到。Huxley 的 *Brave New World revisited* 你想已读到，公社之情形，当以〔已〕超过这辈预言家的 the most horrible fantasy。

以前讲起过的某小姐，已经见过。我发觉她一点不美，身材是高的，皮肤是白皙的，如此而已。眼睛里所表现的全是 dullness（眼大无神，表示没有"内心生活"to speak of），嘴与下巴一带，一点没有"福相"。我见后毫无兴趣，已经把我的反应告诉英先生了。我和某小姐是在英先生生日 party 上见面的，人不少，所以一点不露痕迹。

最近胡适亦做过一次生日，一辈趋炎附势之人的肉麻样子，令人很好笑（如抢着要跟他合拍一个照等事）。在胡适

433

的生日会上，碰见罗家伦。我从来没有同他讲过话，他倒跟我很热络。他现在是台湾 PEN club 的主席，他应该觉得手下缺乏年轻的帮手。

胡适提起 Simon & Schuster[1] 拟编一本 *Great Short Stories of Asia*，问他要三四篇中国小说。原则上是不要大陆的作家，台湾拿得出的作品实在不多。据你看来，《文学杂志》的小说 so far 有没有一两篇够格的？我的意思是请张爱玲写一两篇，我的那篇"Jesuit"还是值得入选的，anybody else？你如有兴趣干这件事，我可以请胡先生来 authorize，你来代编。

这几个月不知怎么过去的，我什么东西也没有写。旧小说是看了些，ideas 也有不少，但是都还没有写，看来要到美国之后才写了。我要写的东西太多了。最近忽然又想起"敌伪时期"的上海，那种凶杀嫖赌的情形，较之 roaring 20's 的芝加哥有过之无不及。此外当然该写抗战初期上海人的士气高昂以及以后愈演愈烈的通货膨胀。想到这个题目，忽然又想好好地写一本《上海史》。足见我对于上海的 nostalgia 不小。

Nov. *Atlantic* 月刊上 Weeks 的"谈话"说起美国人近来最大的读书兴趣是想 catch up with the past。写历史书该是大有出路的。我在这方面可写的题目很多，只是学问不够，而且研究与写作都是极花时间的，如能安定下来，应该写几部重

---

1. Simon & Schuster（西蒙与舒斯特公司）是美国规模最大的图书出版公司，1924 年由理查德·西蒙（Richard L. Simon）和林肯·舒斯特（M. Lincoln Schuster）两人在纽约创办，出版各种文学作品、社科类图书、教材、音像制品、软件等。

头的书。

想写的小说也有几篇。这几天又想到一篇好文章的题目：我在桃坞中学的生活。古老的苏州配上圣公会的教会学校，应该是有趣而且 colorful 的。我的 vocabulary 大约亦对付得了。这篇文章如投 *New Yorker*，十之八九有录取的希望。这种文章似乎很对 *New Yorker* 的胃口。

C. Y. Lee 名黎锦扬，他是黎锦晖[2]（[写]《麻雀与小孩》）的弟弟，其兄弟有若干位，黎锦熙[3]亦是他的哥哥。*Flower Drum Song* 与 *Suzie Wong* 分别上了 *Time & Life* 的封面，怎么不叫人歆羡。还有 Bergman 的 *Sixth Happiness*[4]（《六福客栈》）想必已经轰动欧美。美国最近似乎继 Buck、Lin[5]后，又来一阵东方的热浪，你如把握时机，或许可以多弄几个钱。

电影看了 *12 Angry Men*，我认为是平生所见的 finest film。

2. 黎锦晖（1891—1967），字均荃，湖南湘潭人，音乐教育学家、儿童文学家，在黎家八兄弟中排行老二。先后创作《麻雀与小孩》等 12 部儿童歌舞剧与《老虎叫门》等 24 首儿童歌舞表演曲，代表作有《黎锦晖儿童歌舞音乐全集》等。

3. 黎锦熙（1890—1978），字劭西等，湖南湘潭人，语言文字学家、词典编纂家，在黎家八兄弟中排行老大。曾任北京女子师范大学、湖南大学、北京师范大学教授、中国科学院首任学部委员，代表作有《新著国语文法》《中华新韵》《国语新文字论》等。

4. *Sixth Happiness*（*The Inn of the Sixth Happiness*，《六福客栈》，1958），据格蕾蒂斯·艾伟德（Gladys Aylward，1902—1970）的真实故事改编，马克·罗布森导演，英格丽·褒曼、库尔特·尤尔根斯（Curd Jurgens）、罗伯特·多纳特主演，20 世纪福克斯发行。

5. 指赛珍珠和林语堂。

我称之为第八艺术的 declaration of independence。请想想看这样一个故事如何能写成小说，如何能搬上舞台？这个故事只有电影才拍得好，而且这张电影是把它拍好了。

日本电影好的很多，将来到了美国之后，我所 miss 的东西 [中] 日本电影将是很重要的一桩。我喜欢日本女明星，喜欢日本的生活方式，很想做日本人。

最近精神和气色都很不差，附上近影一张可资参考。文艺青年向我来讨教的很多，我倒真有点诲人不倦的精神，肚子里似乎真有点东西可传授给他们似的。上 [课] 堂讲书似乎愈讲愈精彩。我暂时假定在台湾不会耽 [搁] 很久，先把肚子里一套东西传授给这里的青年们亦好。自觉精神好，因此自信运气也在转好。

宋奇最近又进医院去动了一次大手术，他干电影 production 的事情，实在太伤精神。电影界都是些流氓，宋奇似乎又很 enjoy 和流氓们"斗"。他肝火旺而精神伤，我倒很替他的前途担忧的。

《文学杂志》仍旧使我不愉快。常常想同刘守宜闹翻，但是看见他那样可怜，又于心不忍。文艺青年们那种起劲的样子，亦是使我不忍心的。我的 policy 是拖着，等到有一天拍拍屁股可以走了，就算了。

最近一期（Dec.）《文学杂志》登一篇 Arthur Miller 的 [译] 文章（原载 Harper's 八月号），我觉得 Miller 此人的思想还是了不起的。他对于戏剧的看法，实在和你没有什么差别，我不知道你为什么对于美国现代戏剧有如此的偏见？T. Williams 我也看过一些，觉得他英文非常之好。*Streetcar* 一剧我在多年前看过，我记得看的时候曾为其英文着迷。故事与人物虽然丑恶，英文倒是能使人口颊生芳的。Broadway 老是写父子二代的冲突，Miller 亦表不满。但是 Broadway 对于人生的看法，无疑比 Hollywood 残酷得多。你一向对于文学的要求是残酷，不知对 Broadway 有何不满？Broadway 有些戏我相信很有趣。有一出戏已演了一年多：*West Side Story*[6]，我一直想看，其中"武打"场面想可和我们的平剧媲美。此戏不一定深刻，但一定很有趣。*Flower Drum Song* 之类，大约像大舞台等的"时装京戏"（《侠盗就是我》《万世流芳》）（林则徐 &《卖糖歌》）等。*Suzie Wong* 想必很俗气，虽然我对于阮兰丝（France Nuyen）[7]很有点好感，但是美国 serious drama 中应该有点好东西。

我比你崇拜美国。美国的建筑我很喜欢，纽约造什么新房子我都很关心的。好像以前在上海兰心、Roxy（大华）、Majestic（美琪）戏院的落成一样。美国的汽车我也关心。'59 的 Ford 的确 elegant，该得法国人的奖。'59 Ford 其实很像 '57 的，你们那次选的真有眼光。Chevy 今年样子太怪，后形为鬼怪之脸。两翼如两把刀似的，给我以冷酷流血的联想。'58、

---

6. *West Side Story*（《西区故事》），据莎士比亚《罗密欧与朱丽叶》改编，伯恩斯坦（Leonard Bernstein）作曲，桑德海姆（Stephen Sondheim）作词。

7. 阮兰丝（France Nuyen，1939— ），越南裔法国女演员，初次登陆百老汇的作品即为 *West Side Story*，后亦参演 *The World of Suzie Wong*（《苏丝黄的世界》）。

'59 的 Cadillac 有几种屁股上翘了两把尖刀，也使我害怕。汽车亦该是 something of fondle，放了这种"尖血血"的东西在上面，谁敢摸呢？Chrysler 的 imagination 不够，样子怪而三年不变，是很危险的，Edsel 台湾还没来过，'58 的生意很惨，'59 的生意不知怎么样，它的新面目广告上还没出现。

　　Carol 和 Joyce 想都安好，我希望很快地能和你们见面。今天是 X'mas Eve，可能有人来约我打麻将，此外别无消遣之法。对于单身人，过节是没有什么意义的。你们想必过节很快乐。专祝

Happy New Year！

济安　启

十二月廿四日

　　〔又及〕前航空寄上我译的《美国散文选》一册，想已收到。

1959年

360. 夏志清致夏济安

1959 年 1 月 2 日

济安哥：

昨天大除夕，收到你的来信和照片，很是快慰。我们这里过节，没有什么举动，我平日和同事也不大来往，倒是 school in session 的时候，学生们不时请我们去参加他们的 social functions，可以调剂平日生活的刻板。你照片上神气很好，眼镜似乎又换了一副了，脸部很丰满，是应当走好运的样子。星期天拍了一卷黑白照，兹寄上四张，可以看到我们小家庭快乐的样子。Joyce 非常活泼，照片上也看得出。Joyce 骑着的木马，是我们给她 [的] 圣诞礼物之一。

某小姐皮肤白皙，眼大无神，不对你口胃，也无法勉强。我看在 Seattle，美国美女一定很多（那种地方多北欧种），有兴不妨瞎追一阵如何？在 Seattle 你手边钱较宽裕，又没有人监视你的行动，尽可浪漫一阵，碰运气，能够结个婚，也可在美国住下，过你的创作生活，不必再返台了。

Simon & Schuster 的 *Great Short Stories of Asia*，我觉得把你的那篇 "Jesuit's Tale" 和张爱玲（自己译 or 写）一两篇即

够了。该书题看似不限廿世纪，中国旧小说短篇都很幽雅，但如看到故事方面有特别引人入胜的，也不妨选译一两篇。《文学杂志》的短篇，我没有全看，所以不能下意见，你认为最精彩的，可以托人翻译一两篇。最近日本小说在美国很流行，我看了四五种，实在不大好（有一本 *Sound of Waves*[1]，幼稚得和五四初期小说相仿，居然有人把它翻译），Tanizaki[2] 可以一看，他的 *Some Prefer Nettles* 写得还有些功夫。他的 *The Makioka Sisters*（*Thin Snow*）是日本近年唯一巨著，我还没有读，想是不错的。芥川龙之介的短篇的确自有一功，可和 Poe、Gogol 相比拟。美国 taste 都是人云亦云，由几位 arbiters of public taste 决定，谈不上什么标准。*By Love Possessed*[3] 很别扭，我看了一两页，没有兴读下去。*Lolita* 我是看了，下半部相当沉闷，觉得不 deserve 许多杂志的 ecstatic praise。所以你的选译工作，尽管放胆去做，绝不会贻笑大方的。何况你的那篇和张爱玲的小说的确是很精彩的。

最近收到你两大包书，一包小说上信已提到了（是圣诞

---

1. *The Sound of Waves*（《潮骚》），日本作家三岛由纪夫（Yukio Mishima，1925—1970）的作品。

2. Tanizaki（Jun'ichirō Tanizaki，谷崎润一郎，1886—1965），日本唯美派作家，代表作品有《刺青》（*Shisei*）、《春琴抄》（*Shunkinshō*）、《细雪》（*Sasameyuki*）。文中提到的 *Some Prefer Nettles* 系《蓼喰う虫》（*Tade kuu mushi*），*The Makioka Sisters* 系《细雪》的英译本。

3. *By Love Possessed*（《情铸》），美国小说家詹姆斯·古德·科森斯（James Gould Cozzens，1903—1978）的作品。

节一星期发出的，想已看到）；另一包诗词，《楚辞》和《文心雕龙》也非常有用，十分感谢。可惜我中文根底太差，不知什么时候可以把这些书好好地读一番。林语堂的《平心论高鹗》也读过了，他的见解很公允，很说到些我们要说的话（关于《红楼梦》下半部的精彩），他所取笑的俞平伯的见解，实在是荒谬不堪。我再〔最〕近读王际真的节译本（in Anchor series），同时读些原文，觉得自己可说的话很多。《红楼梦》的 narrative technique 不外乎"表"exposition 和"景"scene 两种：书中表太多，但是处理"景"的地方，很有些惊人的表现。假如全书不用表，全用 scenic method，那真正是了不起了。你的《美国散文选》上册也已收到，这本书花了你不少时间，我还没有仔细看，看了些"作者介绍"，写得都很扼要公允，没有可异议的地方。

我在美国戏看得不少〔多〕，实在没有资格批评 Broadway。（以上元旦所写，当晚看了 *The Geisha Boy*[4]，有好几处可以捧腹大笑。女主角 Nobu McCarthy[5] 是日本美女，长得非常清秀，曾上过 *Life*。）Arthur Miller 因为他过去是左倾作家，所以一直没有读过他。他的 *Death of a Salesman*，曾看过 screen version，是一部好戏。*The Crucible* 是攻击所谓麦克瑟

---

4. *The Geisha Boy*（《艺妓男孩》，1958），喜剧，弗兰克·塔许林导演，杰瑞·里维斯、苏珊娜·普莱薛特（Suzanne Pleshette）主演，派拉蒙影业发行。

5. Nobu McCarthy（诺布·麦卡锡，1934—2005），日裔加拿大演员、导演，代表作有《清洗》（*The Wash*，1985）。

式的 witch hunt，恐怕不太高明。他的那篇演讲，在未收到你信前已在《文学杂志》上读了，的确是篇好文章。*The Diary of Anne Frank*[6] 我看过（改 freshman 卷子，有时学生写 book reports，自己也得看书），所以我更能欣赏 Miller 的评语。但该剧读起来虽无味，在舞台上由 Susan Strasberg[7] 演出，一定是很动人的（George Stevens 把剧本搬上银幕，当更见深刻）。这是我对 Broadway 不满意之一点：普通剧本在舞台上演出，可能很 effective，读起来就觉得一无是处，clichés 太多。T. Williams 的 *Streetcar*，我在数年前看电影后读了一遍，显得 flat，可能换个时候读，会觉得文字很美。但剧本终了，把 Blanche 拖进疯人疗养院，这种结局，不能算是悲剧的结局，这种残酷，也不是我需要的残酷。Williams 以 Brando 式的粗人为好汉（*Rose Tattoo*[8]、*Baby Doll* 中的男主角都是 Sicilian 人），观点和曹禺的原始的《北京人》相仿（《北京人》可以和 Williams 的剧本一比）。此外 Williams 的 self-pity（如 *Cat on*

---

6. *The Diary of Anne Frank*（《安妮日记》，1955），舞台剧，据安妮·弗兰克（Anne Frank，1929—1945）的日记 *The Diary of a Young Girl* 改编。安妮生于德国，犹太人，死于大屠杀。

7. Susan Strasberg（苏珊·斯塔斯伯格，1938—1999），美国演员，代表作有《安妮日记》、《零点地带》（*Kapò*，1960）等。

8. *Rose Tattoo*（《玫瑰梦》，1955），据田纳西·威廉斯同名剧本改编，丹尼尔·曼导演，伯特·兰卡斯特（Burt Lancaster）、安娜·麦兰妮（Anna Magnani）主演，派拉蒙影业发行。

Hot Tin Roof [9] 中的男主角）也太过火，不免给人 adolescent 的感觉。我觉得 Freud defeats tragic purpose，因为 Freud 所需要的，即是美国普通人所需要的，well-adjusted personality，而这种 personality 的形成精神，是把人最高贵、最好胜的野心欲望全部 relinquish，即是把 tragic elements 放弃掉。我读过美国剧本中，觉得 *Desire under the Elms* 最是了不起。O'Neill 另外一本早期剧本 *Beyond the Horizon*，文字紧凑，情节紧张，但结局不免 sentimental，就远不如 *Desire under the Elms*。廿世纪 drama 我最欢喜的一种是 Synge [10] 的 *Playboy of the Western world*，其 irony 之 rich，实在很少剧本可以和它媲美。而其文字之美，更是独树一帜（在 Texas 时，我听过一次全剧唱片，由 Irish actors 读的，听完后，有好几天，我说话装学 Irish brogue）。Eric Bentley 算是美国当今最有地位的 drama critic，他也不欢喜近年的剧本，我看过他一两本书，你有空也可以参看一下。Bentley 除掉几位公认的大师外，Chekov、Shaw、O'Neill（both

---

9. *Cat on Hot Tin Roof*（《豪门巧妇》，又译《热铁皮屋顶上的猫》，1958），剧情片，据田纳西·威廉斯同名小说改编，理查德·布鲁克斯导演，伊丽莎白·泰勒、保罗·纽曼、伯尔·艾夫斯主演，米高梅公司发行。

10. Synge（John M. Synge，约翰·辛格，1871—1909），爱尔兰剧作家、诗人，爱尔兰文学复兴之关键人物，代表作有《花花公子奇行录》（*The Playboy of the Western World*）等。

with reservations），很称道 Pirandello[11] 和德国的 Brecht[12]，这两人我都没有读过。

在纽约和 New Haven 看过几出戏中，我很少有满意的。我正经戏看得很少，musical 倒看得较多。著名演员中，只有 Shirley Booth 值得我佩服，我看过她的 musical *A Tree Grows in Brooklyn*，她一出场，台下观众立刻感受到她的 gaiety 和 mirth。Booth 新片 *The Matchmaker*[13]，非常轻松。另一女主角 Shirley MacLaine[14]，winsome & charming，使我刮目相看，她以前在 Jerry Lewis 片子和 *Around the World* 出现，并没有受我注意。此外，我看过的大明星有 Martin & Lewis、the Oliviers、Audrey Hepburn、Leslie Caron，百老汇经常出演的大角儿都没有看过。

今年 *Time* List 的十大巨片，我一张也没有看过。有些是

<hr>

11. Pirandello（Luigi Pirandello，路伊吉·皮兰德娄，1867—1936），意大利剧作家、诗人、小说家，曾获 1934 年诺贝尔文学奖。代表作有戏剧《六个寻找作者的角色》（*Six Characters In Search of an Author*）、《亨利四世》（*Henry IV*）、《各行其是》（*Each In His Own Way*）等，以及小说《已故的帕斯加尔》（*The Late Mattia Pascal*）等。

12. Brecht（Bertolt Brecht，贝尔托·布莱希特，1898—1956），德国诗人、剧作家、导演，代表作有《伽利略传》（*Life of Galileo*）、《大胆妈妈和她的孩子们》（*Mother Courage and Her Children*）、《四川好人》（*The Good Person of Szechwan*）。

13. The Matchmaker（《红娘》，1958），喜剧，约瑟夫·安东尼导演，雪莉·布思、安东尼·博金斯、雪莉·麦克雷恩（Shirley MacLaine）主演，派拉蒙影业发行。

14. Shirley MacLaine（雪莉·麦克雷恩，1934—　），美国演员，曾多次获奥斯卡奖、金球奖等，代表影片有《怪尸案》（*The Trouble with Harry*，1955）、《魂断情天》（*Some Came Running*，1958）、《母女情深》（*Terms of Endearment*，1983）。

事忙错过了（如 *Hot Spell*[15]），有些是不愿意看（如 *Defiant One*[16]），一半还没有来 Potsdam。今年看过最满意的电影是《红与黑》[17]，在爱情片中它可与 *A Place in the Sun* 异曲同工，而两片作风是完全不同的。Gérard Philipe[18]，以前看过他的 *Devil in the Flesh*，那时他年龄还轻，并不如何特出，*Red & Black* 中演技老到，很少别的男演员可与他比。饰贵族女郎的女演员（意大利名字）也精彩之至。该片 analyses passion，完全法国作风，好莱坞绝对拍不出。另外一张好片子是 *Witness for the Prosecution* 是 courtroom drama 中最 entertaining 的一张。*12 Angry Men* 是去年看的，的确看得聚精会神，不能松一口气。该片导演 Sidney Lumet[19]TV 出身，他和 Stanley Kubrick[20]（*Paths*

---

15. *Hot Spell*（《狂热的吸引力》，1958），剧情片，丹尼尔·曼导演，雪莉·布思、安东尼·奎恩、雪莉·麦克雷恩主演，派拉蒙影业发行。

16. *Defiant One*（*The Defiant Ones*，《逃狱惊魂》，1958），黑色电影，斯坦利·克雷默导演，托尼·柯蒂斯（Tony Curtis）、西德尼·波蒂埃（Sidney Poitier）主演，联美公司发行。

17. 《红与黑》（*Red and Black*，1954），法国剧情片，克劳特·乌当-拉哈导演，杰拉·菲利普、达尼埃尔·达里尤主演，美国发行公司（Distributors Corporation of America，1958）发行。

18. Gérard Philipe（杰拉·菲利普，1922—1959），法国演员，1944—1959 年间出演了三十多部电影，是世界影坛最优秀的演员之一，代表影片有《白痴》（*The Idiot*，1946）、《情魔》（*Devil in the Flesh*，1947）、《魔鬼与美》（*Beauty and the Devil*，1949）、《红与黑》（*Le Rouge et le Noir*，1954）等。

19. Sidney Lumet（西德尼·吕美特，1924—2011），美国导演、制作人，代表影片有《十二怒汉》、《黄金万两》（*Dog Day Afternoon*，1975）、《电视台风云》（*Network*，1976）、《裁决》（*The Verdict*，1982）等。

20. Stanley Kubrick（斯坦利·库布里克，1928—1999），美国导演、出品人，代表

of Glory）是好莱坞最重要的新人。

我对美国的新建筑也很有兴趣，在 Ann Arbor 时曾看过 GM Institute of Research，是 Saarinen 的杰作，上次返 New Haven 也看到 Saarinen 新建的 Hockey Stadium（*Time* 上有照片）。此外纽约新建的大 Office Buildings 也注意过，虽没有亲眼见到。美国汽车界把 public spoil 了，结果生意并不能改善，以前 Ford T Model 十年不改样子，demand 极大，和现在 Volkswagen 一样。目前美国汽车公司非每年换 design 不可，而 design 不受欢迎，营业反而恶劣。去年 Chevy Gull Wing Style 很受欢迎，59 年的 model 街上很少见到，大约也是后部 design 太怪，不能获得 public 的 approval。Chrysler 的 Forward Look 初上市时，何等受人欢迎，最近两年没有什么变动，public 就对它的出品冷淡了。今年的 Edsel 和去年的差不多，似乎较去年的好看些。今年 Rumbler 生意大好，我对该车，因为 Carol 驶过几年，颇有恶感。

今天父亲有信来，说玉瑛妹健康情形很好（见附照），她那里乡下地方已公社化了，照片上看不出特别 haggard 的样子，使我稍放心。玉瑛妹挂名教书，劳动了三个月，至十二月初方开始上课。宋奇身体恶劣，我也为他担忧，这次动手术是不是胃肠部分抑肺部？你要给 *New Yorker* 写的文章，有

（接上页）影片有《2001 太空漫游》（*2001: A Space Odyssey*，1968）、《发条橙》（*A Clockwork Orange*，1971）、《闪灵》（*The Shining*，1980）、《大开眼戒》（*Eyes Wide Shut*，1999）等。

兴来就把文章写下来，这一期有一篇日本女郎的文章，文字平淡，一点也不幽默，居然被登出。不多写了，即祝

新年快乐，早日"出国"！

弟 志清 上

一，二，一九五九

〔又及〕你寄上精美的日本贺年片，还没有向你道谢，Potsdam 买不到精美的贺年片，所以没有寄给你，很是抱憾。

361. 夏济安致夏志清

1959 年 2 月 1 日

志清弟：

赴美手续仍在办理中，政府的 red tape 很多，办事多耽搁。如诸事顺利，阴历年前（Feb.8 是中国新年）恐怕还走不成。

Seattle 给我的头衔是 Visiting Professor，现在行期迫近，愈想愈害怕。去做研究生，我相信可有很好的成绩表现。做 V. P.，很可能替台大丢脸。

Carol 的脚样尺寸，我又忘记了（记性太坏，请原谅），有便请告知。如能成行，别的不买，鞋子带两双是不十分麻烦的。

我的房间乱得很，整理无此精神，预备托一个朋友住进来，替我看管。现在人愈变愈懒，一星期不洗澡也无所谓。人从瘦子变胖，可以从两极端来体会人生。以前是不能吃东西，现在顶欣赏的是一顿好晚饭。以前是看见公共汽车就挤，现在是宁可多站一会，等较空的车来了再上去。

元月二日的信收到，你们全家的照片显得都很快乐。

Joyce 很会逗人的样子。玉瑛妹的神气很正常，使我很放心。现附上我的近印〔照〕一张（给胡适祝寿），神采飞扬，我很少有这种 unguarded 的表现，看看很得意。想另外那一张（把胡先生剪掉），寄到上海去，父母看见了一定也很高兴的。

最近生活还是同以前差不多。女友的事，不断地有人介绍，有些人（如教"家政"home economy 的等），我听见了就没有兴趣；我同程靖宇相仿，还是比较 romantic 的。最近有人说起一个人，我倒比较有兴趣。此人姓孟，是孟夫子家的后人（她父亲是"孟子奉祀官"，like 孔德成），长相是对我口味的——intelligent looking, from a photograph。年龄据说顶多 26（因为是在台湾的什么师范学校毕业的），现任某幼儿园的园长。她的缺点是：是个 divorcee，这点我其实也不大在乎。看样子能说得投机，至少此人是 sophisticated 的。演过话剧，《红楼梦》里的李纨！因此有人说她长得薄命相。教育受得不多，恐怕反而不像台大 girls 那样的"心比天高"。此人男人见得多，我如有这样一个女友，生活有时候也可以得到一点调剂。Wise man 的头脑，有时候也需要 wise girl 来刺激一下。介绍人方面很怕我去了美国不回来——这一切当然目前都谈不到（他们想得太远了）。最近期内也许要见一面，叫我追求，我承认是没有这股子劲了。台湾男女社交机会太少；我怕 date（懒！），mixed party 又不容易有，所以要在最短期间内产生奇迹，是不可能的事。不过我是喜欢有这么一个女友的。

说起程靖宇（他很想念你，希望有空去一封信，地址：九龙，Kowloon，弥敦道 Nathan Road，安乐大厦七楼 B），他追日本的 chorus girl "静波" 还是很起劲。X'mas，静波送他很多东西，他得意非凡。我年来看了很多日本电影，对日本好感极深。我所喜欢的日本女明星也有好几位，虽然她们所说的话，除了 Ha-i=yes 与 Ari-a-to 之外，我一字不懂。但是昨天看了 *Escapade in Japan*[1]（RKO Radio 出品，在台湾归 MGM 发行），发现其中日女无一漂亮，地方也土里土气，对日本的好感一落千丈（还是美国好）。*Sayonara* 没有看，看了恐怕反感更深。

Anthony West 评《红楼梦》的文章已看过，的确写得很好。有些话我说不出来。大致 Kuhu & Wang 都没有把神话部分翻译出来，我要讨论《红楼梦》，只好避重就轻，就神话部分多多发挥，不过这部〔项〕工作也很难。因为我自己对这一点还不十分了解。旧小说中有一部《西游补》[2]，是本很奇怪的书。全书是孙悟空受鲭鱼（情）精之迷所做的梦；全书情节紧接孙悟空三借芭蕉扇之后，孙悟空在罗刹女的肚子里停留一个时候。这个还加上孙悟空所看见的男男女女（他把他们打死了）在他的下意识 [里] 发生作用，他做了一连串奇怪的梦，要讲到中国的 literature of sub-conscious，此书可算代表作（书过几天寄上）。曹雪芹可能受此书的影响（此书成

---

1. *Escapade in Japan*（《日本逃亡记》, 1957），美国冒险电影，亚瑟·卢宾导演，特蕾莎·怀特、卡梅伦·米切尔主演，RKO 出品。
2. 《西游补》，明末董说著，凡十六回。

于明朝），因为此书也是一部 study of love & lust，其中有"小月王"（情）与"杀青大元帅"等。如能好好地写篇文章讨论《西游补》，西洋的高级刊物可能要登。但是此事不易，至少我还没有把全书想通。

有一期《文学杂志》有一篇小说《华月庐的秋天》[3]，其中有一半是我所写的。原稿是篇荒唐的 fantasy（一般青年人的 imagination 如此奄无生气，是很值得悲哀的），我给添了写实的部分。结果有很妙 [的] 讽刺效果。Structurally，中国五四以后的小说能比得上它的不多。不深刻，但是俏皮。我一开头所描写的三个人：一个是求出洋的男生，一个是很多男人追求的女生，一个是家在广东的台湾人。出洋，恋爱，家——这些都是那个青年所没有的，也决定了他的 daydreams 的路子。大致可说是模仿 Walt Mitty[4]。《文学杂志》所登的好小说不多，这一篇是我跟那个 contributor 开玩笑的作品，特请你注意。於梨华写作虽很勤，但是观察不深。大约是没有什么希望的。

我最近小说看得很少。有一篇 Charles G. Finney[5] 的 *The*

3.《华月庐的秋天》，署名璇儇，载《文学杂志》第五卷第二期，第76—94页，1958年10月出版。

4. Walt Mitty（沃尔特·米蒂），是詹姆士·瑟伯的小说《沃尔特·米蒂的秘密生活》（*The Secret Life of Walter Mitty*）中的人物。

5. Charles G. Finney（查尔斯·芬尼，1905—1984），美国新闻编辑、奇幻小说家，代表作有《劳医师的马戏团》（*The Circus of Dr. Lao*）。

Circus of Dr. Lao 是怪诞异常的作品（Bantan Books 中有）。Finney 在近几个月的 Harper's 中也有一篇短篇小说，就没有什么了不起。Dr. Lao 可以说尽想入非非之能事。*New Yorker* 里的东西也没有篇篇看。其中有些文章似乎太长，调子太慢，句法也不够精彩。

最近一期《文学杂志》中有我的一篇文章，评论《隋唐演义》里的一回。无甚深意发挥，但是对于一般中国人，也许有点用处。这篇文章原来是一篇计划中的长文章《中国旧小说的文字》中的一节。我想说的话是：一，好的文章和文言白话的问题无甚关系；二，中国旧小说中的白话是不够用的。这样一个 theme 拿出来，可能要 hurt 胡适；而且写起来太吃力，暂时不写也罢。你对于《红楼梦》预备什么时候写？一定有很宝贵的意见。你在 Yale U. P. 出的书叫什么名字？大约什么时候可以出版？

台大英文系毫无精彩，我也没有办法使它精彩。国文系恐略胜一筹，至少他们请了不少 visiting professors。前年有李方桂，去年有陈世骧，现在有施友忠[6]与赵元任。施友忠也是在 Seattle 的，据说他已把《文心雕龙》译成英文，这个工作倒是很可怕的。施友忠和陈世骧的相貌都很好，"堂堂一〔仪〕表"——都比我好，所以运气也比我好。我在美国长住，自

---

6. 施友忠（Shih, Vincent Yu-chung, 1902—2001），福建福州人，1945—1973 年任教于华盛顿大学，代表译作有 *The Literary Mind and the Carving of Dragons*（《文心雕龙》）。

信成就不会比他们错〔差〕。施友忠似乎城府较深，没有陈世骧爽朗可爱，我也没有同他深谈。

曾经托一个人（不认识的）在美国寄出 calendar 一本，不知收到否？出国期近，如有进展，当随时函告。专此 敬祝合家新年快乐

济安 启

二月一日

〔又及〕宋奇仍住医院，据说要把全身病根一一清除，医院希望 [他] 以后可以成为好人了。

362. 夏志清致夏济安

1959 年 2 月 17 日

济安哥：

二月一日来信收到已好几天，看到你和胡适合照上神采飞扬的情形，实在非常高兴。这张照片不特应寄给家中，且因〔应〕把它放大，挂在你的 office 内，可日常看到它。这封信到时，你可能已抵美了，所以不预备多写。美国大学春季学期业已开学，希望你二月底前可赶到 Seattle。（*New Yorker* 这年期满后，我没有给你代订，因为台湾和美国 postal rate 不同，代订时颇有些周折，你抵美后，我再给你代订如何？）Visiting Professor 这个头衔我觉得你当之绰然有余，你我在美国大大学当英文教授是毫无资格，在中文系，你的成绩已是远超一般名教授了。在美国，专攻一门学问，或专心译书的人有的是，而眼界较广、有真正批判能力的实在少得很。你的 *Lecture on Chinese Fictions* 应当是本 germinal 的好书。我希望你不要太顾面子，把胡适的意见，看得太重，因为他的 critical super-structure 不拆除，新的见解难以成立。

我的书题名《中国现代小说史》（*A History of Modern Chinese*

Fiction），只是把所看到的小说家重新整理讨论一下而已。二三年来，一直注重 style，内容见解方面都无从重新考虑，批评态度一般讲来，也比较宽和，所以不能算是一本理想的书。我把正文缴出后，许多 note、bibliography、中文人名书名等，apparatus 都没有弄好，现在忙着弄这些东西，加上手边材料不够，一定弄得不讨好，颇乏兴趣。Rowe 已把正文的一部分传看了，反应想不看〔差〕，现在他催我的 notes，出版事，想把 notes 交出后，即可有定夺。目前又在瞎忙，所以，《红楼梦》中文原文无法看完，只好隔一阵再弄它。寒假期间看了 *Flower Drum Song* 和 *Lover's Point* 两部小说，前者很拙劣（虽然故事要比 Rodger Hammerstein 的 musical 高明得多）；后者相当动人，文字写得也很好，讲 Monterey 教中文的人和日本馆子女招待谈恋爱的故事，情节方面显然是带自传性的。C. Y. Lee 描写旧金山酒吧间情形，颇有些特别之处。他可能和旧金山一辈作家是好朋友。

《华月庐的秋天》已拜读，该文经你一改，改得真好，在技巧方面的确五四以来很少作品是可与它相比的。写中文小说对你是轻而易举的一桩工作，你自己应该写几篇（如有空的话），虽然改人家的文章，凭人家的主题，改头换面，推 clichés 而出新，也是极有趣的工作。自己写小说，可能过分郑重其事，顾虑太多，写起来反不能怎样得心应手，落笔成章。你的那篇评中国旧小说写作技巧的文章，不特介绍给一般读者一部冷门小说，而在文章作法方面的确提出不少宝

1959

贵意见。

施友忠未闻其名，他的英文名字 Vincent Shih 倒是听到过的。——在杂志广告上看到他评译《文心雕龙》的广告——以前英人 Hughes[1] 译过《文赋》，*The Art of Letters*，想是类似的作品。Seattle 的英文系主任是 Robert. B. Heilman[2]，以前和 Brooks 合编过 *Understanding Drama*，并出过一两部评莎翁名剧的专书，你应该和他谈得来。Seattle 东方系有一位教西藏文，Sanskrit 的张琨，他是李方桂的 protégé，以前在 Yale 读过五六年，那时同我友谊还不错。

Carol 的脚样尺寸是 70（或七号），她把以前的两双的确已穿破了，所以你带给她一两双，她的确会觉得很 grateful。你临行事忙，此事不办也可。Calendar 早已收到，当时很奇怪，以为你已飞到美国了，但事后一想，料定是托人带来的。该 calendar 印刷很精美，谢谢。

孟小姐已见过否？她的生相既不错，人又活泼，可以和

---

1. Hughes（E.R. Hughes，修中诚，1883—1956），美国汉学家，主要研究中国哲学和宗教，代表作有《中国宗教》（*Religion in China*）、《古典时代的中国哲学》（*Chinese Philosophy in Classical Times*）等，译有冯友兰的《中国哲学精神》（*The Spirit of Chinese Philosophy*）、陆机的《文赋》（*The Art of Letters*）等。

2. Robert. B. Heilman（罗伯特·赫尔曼，1906—2004），美国教育家、作家，1935 年获哈佛大学博士学位，曾任教于路易斯安那州立大学（Louisiana State University），后任华盛顿大学英文系主任长达 20 年之久。他编过大量颇有影响的文选和教材，与布鲁克斯（Cleanth Brooks）合编过《理解戏剧》（*Understanding Drama*），主要论文收入《南方联结》（*The Southern Connection*）和《操控小说》（*The Workings of Fiction*）两本文集。

她做朋友。她是 divorcee，date 时候空气一定可以很和谐，不会有一般中国小姐那样的拘谨。我希望你和她多来往，出国后多写些幽默信给她，借以维持情感，这桩工作你一定会有兴趣做的。程靖宇处去秋我曾给他一信（to the old address），有空当再写，他和静波能维持友谊，我很高兴。日本女子比较能 appreciate 男人用情之专，是比中国女子多情的。不多写了，Carol、Joyce 皆好，祝一路顺风，早抵美国！

弟 志清 上

二月十七日

363. 夏济安致夏志清

1959 年 3 月 18 日

志清弟:

昨日已签"visa",本想拍一电报通知,但身边台币不够,还是以信代替。想你们已是望穿秋水了。

行期尚未定,但不出一星期之内,请不必写回信。

这次耽搁时间之长,出乎意料之外。主要原因是我做了一个"保人",我作保的时候,图章随便一盖,后来已忘了此事。我保的那人现在也在美国读书,他是兵役年龄,过了一年没有回台湾来。我若不走,他们亦不查问,我要走,他们不许换保人,后来我到"教育部"去奔走(那个人自己那时都不知道我在替他出这么大的力),那个人批准延长在美国居留。其间奔走,很费时间。侥幸很快地批准,我才可以出境。

体检没有大问题,但有小问题。原因倒不是我的身体变坏了,而是美国入境限制已加紧,我不知道。因此我认为是一无问题的事,亦多耽搁了几天。

昨天批准后,去看了一张日本电影:《再会吧,

Raboul！》[1]。Raboul 是 南 [太] 平 洋 一 个 岛， 日 本 于 第二 次 大 战 大 败 前， 困 守 孤 岛， 面 临 DOOM， 片 中 描 写 DESPAIR，十 分 精 确。这 是 我 所 看 过 的 最 好 的 日 本 片 子，以 后 几 个 月 内，不 大 容 易 看 到 日 本 片 子 了。见 面 不 远，不 多 写 了。Carol 的 鞋 子，一 定 带 上。Carol 和 Joyce 前 都 问 好，如 去 信 禀 父 母 时，请 不 要 提 R. 奖 金 事，怕 有 人 敲 诈，只 说 我 又 要 来 留 学 了。

　　专颂

近安

济安

3/18

1.《再会吧, Raboul！》（1954），本多猪四郎（Ishirô Honda）导演，池部良（RyōIkebe）、三国莲太郎（RentarōMikuni）主演，东宝公司发行。

364. 夏济安致夏志清

1959 年 3 月 25 日

志清弟：

　　檀香山所发电报并台北签"visa"后所发之信，想均已收到。我于 24 日下午抵 S.F.，住了一家小旅馆，$1.50 一天。今日（25）下午坐 UAL DC6B 安抵 Seattle，现住此旅馆，每天房金六元（三天住下来就够台大一个月薪水了），可谓豪华极矣（Downtown 当然有更豪华的旅馆）。此旅馆乃钱校长所suggest，我也姑且一试。现尚未与学校当局接洽，三二日后拟迁入公寓或学校之宿舍。Seattle 似乎比 San Francisco 更整齐，市区已去绕了一周，旅馆自谓 off the campus，我还没有去学校看过。这次来美国，当然没有上次兴奋刺激。Honolulu 很多旅客买、写风景明信片，我竟不屑一顾。S.F. 之不能刺激人依旧。我在 Seattle 的计划尚未定，希望能延长，此次所签之"visa"较上次为宽，上面说填了 Form I-S-39 即可申请延长云。我这次是问人借了 $100 作为零用来美的（刘守宜的钱已还我，作为机票款，为省钱坐了一家小航空公司的飞机，Trans Ocean），R. 基金的钱一个尚未拿。明后天当可拿到一部分，我希望能省吃俭用（据说有 $80 一月，管吃管住的公寓），把此款扩张到一年或甚至两年之用。因为计划未定，心里并不十分高兴。再则做访问教授兼台大的"亲善大使"总没有做学生那样快乐。我在 U. of W. 的计划大致是不开课，要开课也要到 summer session，据说 Visiting Profs 大多在暑假开课的，先在这里摸清了门路再说。华大下周（Easter 后）起 Spring Quarter 开始，六月中旬该 Quarter 结束，有两个星期的短假，届时我将东来纽约看你们。我住处找定后，当再有信给你。你暂时不必寄回信，回信中希望多替我的计划出主意。房间中生有水汀[1]，洗了个热水澡，遍体舒适。不能即刻和你和 Carol、Joyce 见面，甚为遗憾。再谈 祝

近安

济安

3/25

---

1. 水汀，方言，指暖气。——编辑注

365. 夏济安致夏志清

1959 年 3 月 26 日

志清弟：

　　前天寄上一信，想到已收。华盛顿大学的人已经见了几位，谈得很投机的是历史系主任 Pressly[1]（他也是台大一华大合作的委员会主席），Pr 是 Ten. 州人，他跟我大谈，当年 T. 州 Vanderbilt 大学的人才，所谓 southern critics，如 Ransom、Tate 等都是在 Vanderbilt 的。英文系主任 Heilman 和 Cleanth Brooks 是旧友，莎氏专家，也是 New Critic，我们谈了五分钟话——此人尚待征服。李方桂是个非常和善的人，他的学生张琨也是你的老朋友（他非常佩服你，赞不绝口），现在在"东方系"身居要职。李方桂自己买了地皮造房子，儿子入了 U. S. Army，像这样在美国才算混得出头了。张琨跟他的关系，好像父子一般，有人拖〔托〕他，他也容易往上审〔蹿〕了。Seattle State 一名 University District，很像 Bloomington，只是

---

1. Pressly（Thomas Pressly，托马斯·普雷斯利，1919—2012），美国内战史专家，创建了历史研究基金（Thomas and Cameron Pressly Endowed Prize Fund）。

Bl. 和 In-polis 之间距离较远，Seattle State 和 Seattle Downtown 距离较近而已。学校附近三家小电影院，一家 Kress、一家 Penney's 银行、Men's Shop、Book Store，美国各地想必差不多。华大就我所见者和 I. U. 差不多，campus 很多树，地形高高低低的起伏。不同者，I. U. 新建筑物似乎多，新建筑物都很宏伟，因为 I. 州出产大石头（limestone?），华大的建筑物据我所见到的都是 19 世纪的，总之，幽静、整齐、清洁，I. U. 和 U. W. 是都具备的。

房子还没有找到，这里的房租似乎不便宜。

回信请暂寄 c/o Pr. Kun Chang（张琨转），Thomson Hall, U. Of W., Seattle State, W.。这两天应酬较忙，很多事情也没有想。快乐的做人法，是吃饱睡足，高兴看看书写写文章，到时看运气如何，是否回台湾，要回就回。硬是要在美国钻门路打天下，是很吃力的。再谈，专祝

Happy Easter

Carol、Joyce 前均问好。

济安 上

三月廿六日

1959

366. 夏志清致夏济安

1959 年 4 月 2 日

济安哥：

　　收到你临行前发出一信后，上星期三又接到了电报，Carol 和我都大为高兴。星期四我们动身到 New Haven 去（趁 Easter 假期把我的 notes 和 bibliography 全部整理好），所以一直到昨天（星期三）晚上回来后，才看到你的两封信，知道你在 Seattle 情形很好，和同事们大都很讲得来，想交际应酬忙过一阵后，即可好好地安心工作了。这次"visa"签得较宽，最是好消息，希望你在华盛顿住上一年半载后。在美国找个 job，长期住下去。六月初东来当可畅谈一番，但希望不要因旅途用费而把你的 budget 打破了。（《文学杂志》编辑事，将由何人代理？）

　　我这次返新港，Carol、Joyce 住在娘家，我于星期四、五在 Yale Library 足足工作了两天，星期日去纽约，星期一在哥伦比亚工作了一天，把所缺的 reference 差不多全部找到了。星期二把此项东西交给 Yale Press 一位 editor，他也是 Yale 英文系出身，我和他谈得很投机。我的 mss，so far，readers 都极为称赞，这星期这位 editor 可收到另外一位读者的报告，下星期书的出版与否，Yale U. Press 即可作决定。据我看来，该书在 Yale 出版的希望有十分之八九，所以心里很高兴，下星期 Yale Press 有好消息通知给我后，我再给你信。此次返 [新] 港（New Haven），只见了李田意、陈文星两人，陈文星在追纽约 Fordham 读书的一位小姐，你的学生张婉华，不知你还记得起她否？李田意忙于赶一篇 paper，预备在 *Oriental Society* 一读。Rowe 又去远东，四月初才能返港，Pottle 没有看到，Brooks 家住得远，又适假期，所以没有去看他。

此次去纽约，还是上次和你去一次后的第一次，百老汇，42 号街一带，还是老样子，一点没有新鲜的刺激。Rockefeller center 有一幢 Time & Life Bldg，业将完成（52 号街一带的低级 cabarets 都给拆掉了），此外没有什么变化。我去纽约是找 references，所以星期日那天无事可做，相当寂寞，住在 Sloane house，看到那些异国学生，实在看不上眼。在 Paramount 看了 *The Sound & The Fury* [1]，很满意（Radio City 的 *Green Mansions* [2] 排队太长，没有兴趣去看。在 New Haven 看

---

1. *The Sound & The Fury*（《喧哗与骚动》，1959），据威廉·福克纳同名小说改编，马丁·里特（Martin Ritt）导演，尤尔·伯连纳（Yul Brynner）、乔安娜·伍德沃德（Joanne Woodward）、玛格丽特·莱顿（Margaret Leighton）主演，20 世纪福克斯发行。
2. *Green Mansions*（《翠谷香魂》，1959），浪漫冒险片，据威廉·亨利·哈德逊（William Henry Hudson）同名小说改编，梅尔·费勒导演，安东尼·博金斯、奥黛丽·赫本主演，米高梅公司发行。

了 *Some Like It Hot* [3]，very wacky）。在百老汇有许多戏是可以一看的，中国菜馆也可去吃一两顿，但我没有这种 tourist 的 mood，什么地方也没有去。

上次感谢〔恩〕节回来，Potsdam 已开始大雪，这次回来，雪已融化绝迹，总算春季已到 Potsdam 了，这里的冬天就这么长。

你住处已找到否？工作和教书的计划已同人谈过否？最理想的 plan 还是 give 一个 lecture series，这样可以逼自己按时把文章写出来。此事你可以同 Graduate Dean 和 Pressly 谈一谈。因为这种 lecture 容易出版，而 research 方面又不要花多少细功夫，对你最是方便有利。你一年来中国旧小说已看得不少，把你的 inspirations、observations 写下来，一定是本好书。Crump 弄中国小说十多年，因为中文理解力程度太差，一无贡献；李田意在弄明代《三言》小说版本的考据，他的 critical equipment 也是极差的，写不出什么惊人的文章。你写这本书实在是在美国 establish 自己最好的方法。

胡世桢有信来，问你出国情形。他现住 7414 Rosemary Rd, Dearborn 6, Michigan，可去信问好。他在 Wayne U. 教书，今夏要去 California Lockheed 厂服务一暑假。昨天看到父亲的信，也问及你出国的事，你想已去信报道平安了（712 弄 197

---

3. *Some Like It Hot*（《热情如火》，1959），喜剧片，比利·怀尔德导演，玛丽莲·梦露、托尼·柯蒂斯（Tony Curtis）、杰克·莱蒙（Jack Lemmon）主演，联美公司发行。

号）。信内附上玉瑛妹近照两帧，体格似较前结实，现在寄你一张，你也可以放心。不久前 Joyce 拍过一张小照，兹一并寄上。此照装在镜框后，可放在你写字台上。

张琨跟李方桂的关系，的确如父子一般。张琨读书很努力，可是不太 bright，所以对前辈学人，非常看重，关系弄得很好。张琨外表非常诚恳，心地也算是良善的。他有北方人一般的客套和应对功夫，但有空找找他谈谈，仍是很愉快的。李方桂我同他不熟，只知道他太太唱青衣是相当好的。

Joyce 住在好婆家，我相当不放心，这次她只有些 stomach upset，没有其他病痛，还是很侥幸的。我这学期 assign 大二学生写一篇小说报告（choices：*Bovary*、*Portrait of Young Man*、*Secret Agent*、*Light in August*），卷子缴进来了，自己也得把 *Light in August*、*Secret Agent* 重读一遍，所以不打算多写了。Carol 开车很累，下次再给你 [写] 罢。你带给她鞋子，她是非常高兴的。隔几天再给你信。此信是用 Parker 61" 所写的，笔尖为 51" 相仿佛，该笔是 Carol 给我的生日礼物。即颂
平安快乐

弟 志清 上
四月二日

469

367. 夏济安致夏志清

1959 年 4 月 2 日

志清弟：

　　张琨那里不知道有没有你的信。我现在搬入 Terry Hall No.123，这是华大男生宿舍，lounge、饭厅等很像 I. U. 的 Rogers Center，只是 Terry Hall 甚高大，再则本科生与研究生住在一起，人很杂，不像 Rogers Center 专住研究生也。饭厅里吃饭的，大多是些美国男青年，强壮稚气，看看有点讨厌。研究生里还可能有些有趣的怪物，慢慢地也许会找到几个朋友。昨天认识了一个研究日本史的 John Barnett，他也喜欢看日本电影，还要带我去看日本电影，Seattle 只有星期六日有一家戏院专演日本电影，据说很远。只是他老叫我 sir，使我很难受。做教授真没有做学生舒服。

　　今天去见 Merrill Davis，他是教 Faulkner 的，我预备去旁听。他从 *Soldiers' Pay*、*Mosquitoes* 等教起，本星期要讨论 20's 时的 New Orleans，我一无准备，明天去瞎听听。下个星期讨论 *Soldier's Pay* 与 *Mosquitoes*。两个半月要读不少东西。（4/2 记：已上过一课，讲的是 F. 的诗（早期）。有个女生是 Indiana

South Bend 的人，已同她寒暄过。）

这几天读了 *Daedalus*[1] 的神话专号，contributors 中还以 Harry Levin 稍见精彩。撰文的许多专家，似乎没有一个懂得中国神话的。又在读 *White Goddess* [2]——很 pedantic，似乎没有什么道理。Frazer[3] 的 *The Golden Bough* 英文非常漂亮，思路也清楚。Joseph Campbell[4] 的 *The Hero With A Thousand Faces*，也不见精彩。文章故意卖弄修辞技巧，思想似乎太倚赖 Freud。Campbell 要出一部（in 4 vols）的研究神话的大书，我相信不会有什么精彩。

在美国要做的事情太多，现在一样也没有开始。想先把研究中国小说的东西写出来。不过一下子显不出成绩来。小

---

1. *Daedalus*，是美国艺术与科学学院创办于 1955 年的著名学术期刊。1958 年起，开始作为美国艺术与科学学院学刊出版季刊，由麻省理工学院出版社出版，每期均有一个关于艺术、科学和人文主题的论辑。

2. *The White Goddess*（《白色女神》）是英国诗人、小说家、评论家罗伯特·格雷夫斯（Robert Graves，1895—1985）的作品，主要研究诗歌的神话来源。格雷夫斯一生共出版一百四十多部著作，代表作有《向一切告别》(*Good-Bye to All That*)、《克劳狄乌斯自传》(*I, Claudius*)、《克劳狄乌斯封神记》(*Claudius the God*) 等。

3. Frazer（James George Frazer，弗雷泽，1854—1941），英国人类学家、民族学家、宗教史学家，英国科学院院士，兼任法国科学院、普鲁士科学院、荷兰科学院院士和牛津大学、巴黎大学等著名学府的名誉教授，在人类学、神话学及比较宗教领域卓有建树。1914 年受封为爵士。代表作为人类学研究巨著《金枝》(*The Golden Bough: A Study in Comparative Religion*，后改名为 *The Golden Bough: A Study in Magic and Religion*)。

4. Joseph Campbell（约瑟夫·坎贝尔，1904—1987），美国神话学家、作家，代表作有《千面英雄》(*The Hero with a Thousand Faces*)、《上帝的面具》(*The Masks of God*)。下文提到的四卷本，即为《上帝的面具》。

说暂时不会写。

我刚来的几天，没有同学校当局讨论钱的问题（他们以为钱在台大）。今天 Pressly 才打长途电话给 Fahs 联络，明天等他的回电。我问侯健借的 $100，快要用完了，身边只剩几块钱。如纽约的钱一下汇不过来，还要问 U. W. 借一两百块钱渡〔度〕此周末。已问 Taylor[5]（远东系）借了两百元。

Terry Hall 的房租是 60 元一月，吃饭买饭票，$0.50、$0.60、$1.10 for 早、午、晚 respectively。学生连吃住在一起不过七十几元，我住的是 guest room（不和学生们在一起较安静），不可以包饭，只好零吃，开支稍大。Seattle 有 room with board，较省钱。但是学校当局希望我住在这里，我先住一个月再说。这几天没有钱，房租还没有付。这里可以欠，住到别的地方去也办不到。Washington 州酒（啤酒除外）是政府公卖的，喝酒不易。学校附近一哩内不许卖任何酒，China Town（有很多黑人及各种下等人）内也不许卖酒，所以喝酒很不易。But that is good to both my purse and blood pressure. 酒还是少喝的好，年龄已经不对了。

---

5. Taylor（George E. Taylor，乔治·泰勒，1905—2000），生于英国，后移民美国。英国伯明翰大学博士。1928 年到美国，20 世纪 30 年代曾在南京、北平等地任教，并研究中国历史。1939 年被聘为华盛顿大学教授，后长期担任远东系主任。第二次世界大战中，曾出任美国战时情报局副局长，负责太平洋事务。代表作有《为北方中国而奋斗》(*The Struggle for North China*)、《现代世界中的远东》(*The Far East in the Modern World*) 等。

很希望看见你的信。六月里到纽约可以好好地同你和Carol 话话家常，并陪 Joyce 玩了。父亲那里希望代为先去信请安。玉瑛妹是否仍在福建？念念。胡世桢、马逢华等处都尚未去信。再谈 即颂

近安

济安 启

4/2

〔又及〕Fahs 回电报说，要等钱校长的电报才付钱。

368. 夏济安致夏志清

1959 年 4 月 4 日

志清弟：

昨天（星期六）参加了一个有趣的会，早晨九点多（会是八点开始的，我迟到）忙到半夜十二点。亏得我精神很好，应付裕如。会场白天在 Thomson Hall，张琨把你的信交给我，听见你的书将出版，很高兴，看见玉瑛妹和 Joyce 的照片，亦使我很快乐。这些等一下再谈，先谈那个有趣的会。

此会叫做 American Oriental Society，Western Branch 的年会，主要负责的人是 U. W. 与 Berkeley，这次 UCLA 派了一个阿拉伯文专家 Kawar[1] 来，Stanford 根本没有派人来。U. W. 与 Berkeley 合作表演，看看那些洋人讲演中国学问，我又是 amused，又是 bemused。

---

1. Irfan Kawar（伊尔凡·卡瓦尔，1926— ），近东研究专家，普林斯顿大学阿拉伯伊斯兰研究博士，代表作有《14 世纪拜占庭与阿拉伯之关系》（*Byzantium and the Arabs in the Fourth Century*)、《15 世纪拜占庭与阿拉伯之关系》（*Byzantium and the Arabs in the Fifth Century*)，并担任了部分多卷本《16 世纪拜占庭与阿拉伯之关系》（*Byzantium and the Arabs in the Sixth Century*）的写作。

上午读论文，没有一篇精彩的，有三篇我该有兴趣的（别的我根本不懂讲的是些什么，如张琨所讲的西藏史）：

Hellmut Wilhelm[2]（U. W.）: A Note On Li Fang（李昉）and *The T. P. K. C*（《太平广记》）；

Richard F. S. Yang[3]（U. W. 杨富森）：《从〈长恨歌〉到〈梧桐雨〉到〈长生殿〉》；

Richard G. Irwin[4]（Berkeley）: Internal Evidence for a Reappraisal of《水浒传》Texts。

W 主要讲的是《太平广记》编著者的考证（这种东西我们查查历史，一两个钟头都查出来了），对于书的内容没有提什么。我对 W 说，我对于《太》略有研究，以后找个机会再谈。W 人很和气，讲话德国音很重，是短小的短发蓬松的那种德国人，不是 goose step 的那种德国人。

杨富森是燕京毕业的，身材高大，一口好北平话，人是笑容满面，crew-cut，他应该是教"国语"的，叫他写论文，

---

2. Hellmut Wilhelm（卫德明，1905—1990），德国汉学家，汉学家卫礼贤（Richard Wilhelm，1873—1930）之子，以治中国文学及历史著称，曾在北京大学和华盛顿大学任教。代表作有《〈易经〉八讲》（*Change: Eight Lectures on the I-Ching*）、《〈易经〉中之三才》（*Heaven, Earth, and Man in the Book of Changes: Seven Eranos Lectures*）等。

3. Richard F. S. Yang（杨富森，1918— ），华裔汉学家，编译了大量剧作及小说选，代表作有《元杂剧四种》（*Four Plays of the Yuan Drama*）等。

4. Richard Gregg Irwin（理查德·欧文，1909—? ），曾任伯克利加州大学东亚图书馆副馆长。著有《中国小说的演进：〈水浒传〉》（*The Evolution of Chinese Novel: Shui-hu-chuan*）。

恐怕一辈子没有受过这种训练。他这篇东西，我不准备都可以讲得比他精彩些。既无考证，又无文学批评，只是介绍一些皮毛给洋人，而且，great、romantic 这种字瞎用。

Irwin 没有来，派了一个代表代读。讲了半天，不知所云。他所讲的版本都是 1600 年以前的，什么容与堂本、袁无涯本、钟伯敬本，对我陌生之至。我想不到对于《水浒传》会这样陌生的。这位 Irwin 听说靠《水浒传》得的 Ph.D.，一辈子吃《水浒传》吃定了。我后来对 W. 说，听得不知所云，W. 偷偷说，to be frank，他也毫无兴致。

中午在 cafeteria 聚餐。聚完餐他们开会讨论会务，我没有出席，我去看五篇文章，是五个专家写的五篇论文，讲的是 Nature in Poetry，等一下要讨论的。

Nature in Chinese Poetry ——陈世骧

Nature in Japanese Poetry ——Mills[5]（Berkeley）

Nature in Indian Poetry ——Bharati[6]（U. W.）

5. Douglas Mills（道格拉斯·米尔斯），美国日本学家，译作有《宇治拾遗物语》（*A Collection of Tales from Uji: A Study and Translation of Uji Shūi Monogatari*）。

6. Agehananda Bharati（巴拉蒂，1923—1991），美国东南亚人类学家。出生于奥地利，犹太人，原名利奥波德·费舍尔（Leopold Fischer）。毕业于维也纳大学，曾任教于德里大学、东京大学。1956 年赴美，在华盛顿大学从事研究，1968 入籍美国，后受聘于雪城大学（Syracuse University），担任讲座教授。著有《密宗传统》（*The Tantric Tradition*）、《自传：赭色长袍》（*The Ochre Robe: An Autobiography*）等。

Nature in Tibetan Poetry ——Wylie[7]（U. W.）

Nature in Arabic Poetry ——Kawar（UCLA）

陈世骧讲得没有什么新意（其实这个题目很难说得出什么新意来的），别人所写的我看得也糊里糊涂。谁出个题目叫我写：*Nature in English Poetry*，我能不能得 60 分，亦是很成问题的。

我看完后，再进去听 Presidential Address。讲的是 *Marvels of The West*（主席也是 Berkeley 的，没有来，由人代读），好像讲的是古代东方人所认识的西方的神奇。读完后，大家讨论。有个魁梧的美国人 Schafer[8]（也是 Berkeley 的）提出意见，印度人叫中国"震旦"，Thunder Dawn，恐怕与中国之在东方有关。我忍不住了（上午我已忍得很厉害），说道，如此说来，中国人以前称印度为"身毒"，意思是 Body Poison 了？这个 Schafer 后来一直没有理过我。

接着是瞎讨论，Symposium。问题主要是落在陈世骧身

---

7. Wylie（Turrell V. Wylie，特瑞尔·韦力，1927—1984），美国藏学家、汉学家，创建了华盛顿大学藏学研究计划，并以创造一种音译藏语拼法（Wylie-Transliteration）而著称，代表作有《西藏在内亚中的角色》(*Tibet's Role in Inner Asia*)。

8. Schafer（Edward Hetzel Schafer，薛爱华，1913—1991），美国汉学家，哈佛大学东方语言博士，长期任教于加州大学伯克利分校，对唐代诗歌和道教的研究影响较大。代表作有《女神：唐代文学中的龙女与雨女》(*The Divine Woman; Oregon Ladies and Rain Mmdens in T'ang Literature*)、《朱雀：唐代的南方景象》(*The Vermilion Bird; T'ang Images of the South*) 等。

上，其次是日本诗。陈世骧应付得还好，问题问得大多没有意思，我很想发表一段高见（肚子里已经在拟稿），可是看见大家七张八嘴〔七嘴八舌〕，我就忍住了。不开口有不开口的好处；开口也许丢人，也许震惊全场。陈世骧主要讲的是 Anthropomorphic 与 Interpenetration of Man & Nature，关于这些，我没有更多的意见。我想讲的是 Nature 如何成为一种八股，这个也许可以引起各国写诗的人的兴趣。否则的话，像他们那样讨论，很容易成为 religion & metaphysics 的讨论会的，而且所讨论的又大多是浮泛幼稚得很。不是"天地""自然""道"那种大问题，就是"中国诗人描写马吗？"——这是那个阿拉伯专家问的。

那个印度专家 Bharati 是奥国人，后来皈依印度教，姓印度姓，所以面孔一点不像印度人（同 Elizabeth Taylor 皈依犹太教相仿）。他的英文是五个人里讲得最漂亮的，音调铿锵，句子段落分明。可惜生意清淡，大家对于印度诗不发生兴趣。

开完会去张琨家聚餐，Buffet（这是会里请客的）。先是 Bourbon，又是 wine，我喝了不少。可是酒喝多了，英文似乎愈讲愈漂亮了。一紧张，就 tongue-tied，一个字想不出，别的字都蟄住了。可是骨头一轻松，漂亮的字句源源而来。会里有几个东方系的学生，我把他们视作"无物"，用英文欺侮他们。我说我在台湾是："Elvis Presley, Groucho Marx, Confucius rolled into one."（可惜该系没有女生。）

会里有几个人可以一记：

高去寻[9]——"中央研究院"来的考古的专家。Ford Founda-tion 代表 Berkeley，U. of Chicago、Columbia、Harvard 四大学联合请来的。他访问九个月，每月一千元，外加旅费 $6000，其数目之大，吓得倒人。这个人很老实，山东人，一脸乡下人样子，跟我谈得很投机，他把美国汉学家内幕，拆穿很多（等一下再谈）。他的最大的痛苦是不会讲英文，他现在住 Berkeley，而 B. 的那些外国汉学家都不屑讲中文的；那边没有人跟他谈话，除了陈世骧与 Frankel，他寂寞之至。天天看 TV，他还要去 U. of Chicago、哈佛等地，他很希望把我拖去做翻译，他知道我也没有什么特别任务的。他开了一天会，其痛苦可想。我问他，既然如此，台北的"大使馆"怎么给你签证的？他说，那个副"领事"只问他一句话："你预备哪天走？"这句他听得懂，也答得出来的。

　　McKinnon[10]——U. of W 的日本专家，人长得很英俊，像 James Mason。他母亲是日本人，可是 [他] 看不出混血的样子来。外表虽英俊，讲话慢吞吞的，一讲就像做文章，eh eh 的很多，我听得不耐烦（James Mason 英文讲得多有劲！）。

---

9. 高去寻（1909—1991），字晓梅，河北安新人，考古学家，毕业于北京大学历史系，曾参加殷墟第十二次发掘。历任台北"中央研究院"历史语言研究所研究员、"中央研究院"院士、历史语言研究所所长等，代表作有辑补其师梁思永之《侯家庄》等。

10. McKinnon（Richard N. McKinnon，麦金农，1922—1994），美国教授，出生于日本，哈佛大学日本文学博士，曾担任环太平洋研究所（Pacific Rim Institute）的负责人。

人恐怕有点笨。

Douglas Mills——伦敦大学来的日本专家，在 Berkeley。我最近对于英国发音大有兴趣，这 [位] 是英国人，自然而然地把我吸引过去了。我是个 Alec Guinness Fan，最近在台北看了 *The Sheriff of Fractured Jaw*[11] 与 *Around the World in 80 Days*，对于 Kenneth Moore[12] 与 David Niven[13] 的英文都很欣赏。我生平有若干种梦想，英文讲得像 Dr. Johnson（或者较近的例子，大侦探 Nero Wolfe）一样，是我所向往的。此事很难，李赋宁已试之于先矣。这位 Mills 人很和善，脸红红的，连头颈都是红的，长得有些 [像]Alec Guinness。（以前在 Indiana，外国学生自治会的主席是个英国人，长得像 T. S. Eliot，可惜忘了他姓什么了。）我对于日本所知很少，但是也可以跟两位"专家"瞎扯一阵。

我告诉陈世骧你的书快出版了，他也很高兴。我问他（他已是 B. 的正教授了），可以不可以给你找一个好一点的差使。他说很不巧，B. 要找一个教 modern 中国文学的人，后来找了

11. *The Sheriff of Fractured Jaw*（《治安官》，1958），英国／美国西部喜剧片，拉乌尔·沃尔什导演，肯尼斯·摩尔（Kenneth More）、简·曼斯菲尔德（Jayne Mansfield）主演，20 世纪福克斯发行。

12. Kenneth Moore（肯尼斯·摩尔，1914—1982），英国电影、舞台演员，代表作有《房里的医生》（*Doctor in the House*，1955）。

13. David Niven（大卫·尼文，1910—1983），英国演员、小说家，代表影片有《平步青云》（一译《人鬼恋》，*A Matter of Life and Death*，1946）、《鸳鸯谱》（*Separate Tables*，1958）。

一个英国人。他说以后有机会再留意。他对于你现在这样的工作的 load，也很表同情。如教高级中国文学的课，可以轻松得多。陈世骧和我很好，他也知道，他在那里讲中国诗，我是他唯一值得敬畏的听众。我们已约好五月的一个周末，我去 Berkeley 玩几天。他太太十分漂亮，广东人，讲得一口好北平话，可惜没有孩子。他们买了一部 '59 的 Rambler，这次是开车来的。

关于 B. 请了英国人教 Modern Chinese Literature 的事，据高去寻讲，情形没有这么简单。高去寻看见了我，话多得不得了，实在苦闷已久，不能怪他。他说 B. 的中文系（远东系？）主任是个白俄，现已入美籍，他反对再请中国人教中国东西。此人已 20 年没有发表 paper，自己不行，很怕被中国人看不起。赵元任曾说：在哈佛受白俄的气（哈佛的系主任也是个白俄），在 Berkeley 又受白俄的气。Frankel 的中文现在讲得很好，对于中国东西的研究也不在那些洋人之下，可是 B. 永远不请他教书，只替他在 Foundation 请求些钱，做些研究。Foundation 的钱请不到，他就失业。他秋后要去 Stanford 做 Assistant Prof.，他说，宁可做 Assis. Prof. 慢慢地升，总比在 B. 随时有失业之险好一些（Frankel 这次没有来）。

陈世骧说，B. 的近东系只有一个系主任，下面没有教授副教授，那些讲师升不上去，系主任也不向外面去请人。

美国大学的 Campus Politics，我本来也略有所闻。这些事情我比你应付得好，我较 shrewd。而且对于中国所谓黄老阴

481

柔处世一道，较有研究。一个人如太 brilliant，而名气不足以服众，有时也吃亏。最好是像张琨那样安分守己，谨慎从事，不露锋芒。他在 U. W. 已是 Asso. Prof.。在美国，朋友能帮忙的很少，自己要打天下，是很吃力的，但是，世事一切成功，还靠运气，人力是占很少的成份〔分〕。

例如我在 U. W. 的 Lecture Series，我是存心可以一鸣惊人的。虽然我只有 notes，还没有写下来。但是 Pressly 第二天就吞吞吐吐地说（我没有提，这是我的乖觉处，他先提的。我在这里表示什么都不在乎），此事暂时缓缓如何？我连声说可以。学校当局宁可请个人来养着（反正用的是 R. 基金的钱），开课他们是很慎重的。我在台北就听见劳干他们讲，外人开课，Summer Session 较有希望。当然我可能在 Summer School 开课，不过这点 U.W. 当局还没有同我讲定，大约要看看我这两个月为人如何。

这里的 Far Eastern 系主任 Taylor 是个搞政治的，外表显得很精明而有自信，内心可能糊涂。以前跟 Lattimore、Fairbanks 在一起，McCarthy 巨棒一挥，他就成了"反共"的人。据说他有野心，要把他的系办好了，同哈佛一争短长。当然他需要人才扶助。他心目中的人才除学问能力（而且要专门人才，我的吃亏处是"不专"）之外，还要对他和对 U.W. 的忠心，这些都要慢慢表现出来的。两三个月也许不够。

副主任 Michael[14]、中文教授 Wilhelm 都是德国人，讲英文都有 accent，都像 Franz Lehár[15] 歌剧中的 character actor，都很和善。这两个人我可以相处，慢慢地可以使他们相信我。如有他们二人帮忙，在 U.W. 也许可以开课。

总之，对于我自觉"无缘"的人，暂时先避不见面，如英文系主任 Heilman，及 Taylor 等。我给他们的 first impression 可能不好，英文先说得吞吞吐吐。如不能制造好印象，则宁可避免制造坏印象。对于自觉"有缘"的人，如 Pressly，如英文系的 Davis，如 Michael 与 Wilhelm，则不妨多接近。他们先对我已有好印象，我可以随时显些本事给他们看看。我不善于急攻，我善于设伏与包围。当然，现在叫我来追求女人，办法可以比以前高明多了。我已有自知之明，知道自己的长处和短处，而且可以设计一套配合我的长处的策略，可惜年纪已经不是追求的年纪，而且对于追求已没有什么兴趣，这个，以后再看缘分吧。

U. W. 给了我一间 office，在英文系。原来的人 Redford 到土耳其去了，房子空着。Redford 留了一些书，很多是研究短

---

14. Franz Michael（弗朗兹·迈克尔，1907—1992），生于德国，第二次世界大战时，曾任教于浙江大学。1939 年赴美，在 John Hopkins 大学教书，后转赴华盛顿大学教授西藏与中国历史。

15. 弗朗兹·莱哈尔（Franz Lehár，1870—1948），奥地利轻歌剧作曲家，一生共创作近四十部作品。1905 年，弗朗兹的轻歌剧《风流寡妇》（The Merry Widow）在维也纳连续上演五百场，使其一举成名，成为继约翰·施特劳斯之后最受欢迎的轻歌剧作曲家之一。

篇小说的（很侥幸地找到一本 *Soldier's Pay*，这本书不易买到。Heilman 也编过一本短篇小说，这种教授写不出专书，编教科书总还有办法），还有些研究 Prose、Drama 等的书。此人大约只开些基本课程的。Office 很清静，有打字机，有字典。坏处是在一座 Annex 的木屋里，没有厕所，没有地方喝水。真要在那里埋头写作，我还得去买一个水瓶和一套纸杯（厕所可以走出去用）。我在台大并无 office，英文系先生太多，分配不过来，我是不欢喜麻烦人的。其实我在 Men's Hall 的房间也很清静，也可以工作。不过在洋人看来，要工作总得去 office。卧室是睡觉之用的，要休息去 Lounge。我没有这种生活习惯。

在宿舍里有一天晚上写了几百字的小说："The Visiting Professor"。这几百字未必可用，会不会往下写，尚不一定。如和 Wilhelm 谈过后，也许就把小说搁下，改写批评论文了。人的精力有限。同时写 fiction & Non Fiction，而且都要精彩，真不容易。*New Yorker* 真有些好文章，我现在顶佩服的是 Kenneth Tynan[16] 的戏剧评论：干净，清楚，老练。McCarter[17] 的电影评论不如远甚。

《文学杂志》暂托侯健代理。陈世骧的那篇论文，我已

---

16. Kenneth Tynan（肯尼斯·泰南，1927—1980），英国戏剧评论家、作家，常在《观察者》（*The Observer*）、《纽约客》等报刊上发表文章。

17. Jeremy McCarter，美国著名作家、导演、制片，曾任《新闻周刊》（*Newsweek*）评论员。

得他同意，寄台湾去托人翻译发表。《文学杂志》我虽厌恨之，但是在美国，我也可以利用之以抬高我的身份。

　　Joyce 的小毛病想已痊愈。Carol 那里过两天再写吧。父母亲那里也预备过一两天再写了。也许今天晚上写一下，下午要去看电影。欠的信太多，还有胡世桢、马逢华他们呢。

再谈　专颂

近安

济安　启

四月四日

369. 夏志清致夏济安

1959 年 4 月 12 日

济安哥：

今天（星期一）收到 Rowe 的信，知道 Yale Press 已答应出版我的书了。这是一个好消息，想你也代我高兴。Yale Press 的信日内即可到，他们可能要叫我把文字改动一下，但这事费不了多少时间。关于我的 ideas 和判断方面，当然我不会改。Yale 信到后，再告诉你详情。（收到《文学杂志》精装四册，谢谢了。）

今晚 Carol 出主意到馆子上吃了一顿饭，饭后我去听了 Joseph Szigeti[1] 演奏的 violin（Corelli[2]、Bach、Schubert、Ravel[3]、Stravinsky[4]）。回家后给马逢华写了封信（X'mas 后还没有给

---

1. Joseph Szigeti（约瑟夫·西盖蒂, 1892—1973），美籍匈牙利小提琴家，被称为"小提琴家中的思想家"。
2. Corelli（Arcangelo Corelli, 阿尔坎格罗·科莱里, 1653—1713），意大利巴洛克时期小提琴家、作曲家。
3. Ravel（Maurice Ravel, 莫里斯·拉威尔, 1875—1937），法国作曲家、钢琴家、指挥家，印象派作曲家最杰出的代表之一。
4. Stravinsky（Igor Stravinsky, 斯特拉文斯基, 1882—1971），俄国作曲家、钢琴家、指挥家。

过他信），现在夜已深了，不多写了。明晚预备去看 *Green Mansions*，该片 Carol 看后认为极恶劣，但我 Hepburn 的片子是看全的，所以仍要去拥护一下。你这几天生活情形如何？
匆匆 即颂

近安

弟 志清 上

四月十二日

〔又及〕星期六，学校 Fraternity 上演 musical *Li'l Abner*[5]，看后大为满意，出我意料。

---

5. 根据美国漫画家 Al Capp（艾尔·坎普，1909—1979）的系列漫画《莱尔·阿布纳》（*Li'l Abner*）改编而成的音乐剧。1956 年 11 月在百老汇首演，连演近七百场，大获成功。夏志清所看的是 1959 年派拉蒙影业出品的电影版《莱尔·阿布纳》。

370. 夏济安致夏志清

1959 年 4 月 15 日

志清弟：

来信刚刚到，晚饭后反正无聊，回你一封，你假如没有空，慢慢再回亦好。

先得告诉你，R. 氏已经汇了两千元，Taylor 的 200 元已还掉，现存银行 1600（savings account）——I've never been so rich。这 2000 可以算是三四月份的津贴，以后大约每月都可以收到一千。钱是 c/o 华大的，我要等六个月钱领足后，才可以离开华大瞎跑，另定计划。六个月以后的计划，以后再跟你讨论吧。这个 Quarter（六月十三日）结束以后，我仍想东来一游。下月初拟去 Berkeley 住几天。我现在很省吃俭用，很少买东西。六个月以后假如有四千多存款，可以做些事情。看样子，我现在比你有钱；你假如需要，我随时可以汇给你，绝不吝啬。希望你也不要客气。

上星期天（前天），去很远的地方，看了两张日本电影，快乐得不得了——这是我来美后最快乐的一天。日本电影大约可以满足我梦想、浪漫的一方面，这方面我通常是忽略的。

不一定要好的日本电影，只要马马虎虎的就可以。看见日本明星（大多是熟面孔），好像是旧友重逢一般。我做人总算还有这点 irrational 地方，所以人还正常。那戏院很小，只限 sat、sun 晚七时后演日片，Double Feature。在那里遇见一个美国青年，他有个（日女）女友在东京，他说他逢日片必看，没有一星期漏过。我已同他约好，每星期天晚上驾车接我同去。他说好莱坞片子他不要看了，没有 kick。现在是天天辛苦，等星期天——以前在北平看京戏都没有这样起劲。

　　研究 Faulkner 非我所愿。华大 500 号的美国文学课程只此一只，还有只 Emerson，是 400 号的。我既来参加 American Studies Program，不好意思不去听。结果很苦。Novel 一只一只地压下来，读又非读得仔细不可，否则上课没有意见发挥。我是恃强好胜的人，现在虽然是旁听身份，仍想在记忆力和理解力方面压倒美国学生。看样子这两个月里只好专门对付 F.，没有余力从事写作和中国小说研究了。为了要使华大满意，且可骗 R. 氏的钱，先吃苦两个月再说。为我自己写作的利益起见，我只要练英文就可以。可是 F. 氏的英文对我毫无帮助，美的地方太美，怪的地方太怪，他的小说的技巧，我大致也知道，我不想学他。现在唯一能稍觉安慰的是，一、我的谦虚；二、我的脑力和美国 graduate student 仍可一较短长。忙于弄 Faulkner，总比在台湾的闲与瞎忙好些。我倒很想翻译 F. 成中文，他的黑人的话我想译成苏州话，可是我又想根本 give up 中国。不回台湾，我这个"专家"是一文不值的。

"The Visiting Professor"没有往下写。这个题目到底该什么写法，我还不知道。牵涉的 emotional 问题太多，如大陆与台湾、中国在美学生等，材料安排都很费周折的。非有几个月的空时间去对付不可。真要写英文是很费力的，我在 New Haven 写"Jesuit"的时候，五千字写了一个月，而且那个月什么正经书都看不进。每天用心写了三五百字，脑筋就非松散不可了。这篇东西是那天无聊灵机一动想写的，将来真正空下来，要写什么东西，还没有定。

我所以主张你教中文，为的是看见美国人教中国学问的，实在太不象话。希望有人出来整顿一下。其实台大的中文系亦是死气沉沉，大一国文读的是《孟子》与《史记》。假如有一天大一国文改读《红楼梦》，那些先生还不知道该怎么教呢。相形之下，美国的英文系有生气得多。U. W. 有个好教授 Theodore Roethke[1]（读如 Rětki），是有名[的]诗人，我本也想去听他的课，但是他这学期没有开课。听说他最近得了四个 prizes，唯人患神经病，情形之严重犹如 Swift 云。英文系总还有些教授能够指导学生去思想，培养 taste 和了解人生；中文系（这里和台湾一样）的人硬是认为中文是死东西了。（英文系研究生大读 Faulkner，台湾的一些教授们恐怕不能

---

1. Roethke（Theodore Roethke，西奥多·罗特克，1908—1963），美国诗人，1954年获普利策奖，两次获得国会图书奖，代表作有《醒着》（*The Waking*）、《随风消息》（*Words for the Wind*）、《遥远的田野》（*The Far Field*）等。

想象。）

很抱歉的，家里的信还没有写。要写，有两桩大事，都无从下笔：我最关心的是家里的安全；父母所关心的是我的婚姻。再则，共产党知道不知道我曾在台湾呢？我是不是该说我是某月某日到美国的呢？会不会引起麻烦？单是说我平安很好，也嫌太空虚了。总之，写信到上海去，对我是极大的 emotional strain，我的性格不够坚强，忍受不了。你看，该怎么写？希望六月里，我们合照几张相，我那时可能气色很好，白白胖胖的，父母亲看见了也许就高兴了。玉瑛妹教俄文，想必也很苦。我看见中国人全家在美国的，总很妒忌。

胡世桢那里今天才去信，他是极力主张我长住在美国的。这点能否办得到，我也不知道。我怕同他讨论，所以也不去信。结果是他的信先来。我去 Dearborn 还是 Palo Alto 见他，由他决定。

张婉华是我的高足，扁扁黑黑胖胖的脸（戴眼镜），成绩很好，讲英文口齿也清楚。她能嫁给陈文星，应该很幸福的了。恐怕她还要多方刁难，这种事情她的老师也是无能为力的。再谈，专祝

近安

济安

4/15

371. 夏志清致夏济安

1959 年 4 月 27 日

济安哥：

上次听到 Yale Press accept 我的稿子的消息后，曾上一短信，想已看到。上星期 Carol 曾复你一封信，报告一些家常，想亦已过目。我在 Potsdam 的确是可算是最 popular 的 teacher，与学生间应酬之多，超于常人。所教过的学生，我不特都能叫出她们的 first names，并且她们的恋爱生活和男朋友等也略知一二。普通教员教过一个学生后，连他的姓名也记不住。我这点 politician 的功夫，大概和我记电影明星的名字一样，比普通人稍高一筹。你给 Carol 的信英文写得极好，我两年来和那位犹太朋友通信较稀，所以幽默信已好久未写，有时也技痒。你给我的信也看到了。你平日读读 Faulkner，周末看看日本电影，生活还算有趣，但有空到同事 offices 去走动走动，我想他们也一定很欢迎的。有谈得投机的美国女郎，和她们谈谈文学电影，也可增加一些生趣。

Yale Press 请的那一位 outside reader 写的报告，我已看到大部分，此人左倾异常（想是 Fairbank，Yale Press 还

没有 disclose 他的名字）。虽然他不得不承认我这本书是
"to the best of my knowledge, the best work on mod. Chin.
Lit. in any language, including Chin. & Jap"。他所提出［的］
许多意见，我是无法赞同的，所以也不预备采纳（我把该
report 寄给 Rowe 看，Rowe 看后大怒，称该读者为"Fellow
Traveler"）。但该读者提出两点意见，我的〔是〕预备接受
的：一是我把 1954—57 年中共文坛的大事述得太略，我预
备向 Yale 图〔书〕馆借书看，把这一段叙述 expand 一下。
二是我把台湾文坛情形一字未提，这个缺陷，实是应该补足
的。我《文学杂志》虽是常看（《文学杂志》和你在 note 中
提到过多次），台湾文坛情形仍不大清楚，所以我想请你写
一段台湾文坛报告（to 1957），我预备把你的这篇文章当作
appendix，由你序〔署〕名发表，你以为如何。这篇文章你
写来轻而易举，即把你在《文学杂志》上所发的几篇 editorial
内的意见发挥一下即可。你可把诗、戏剧、散文情形稍为讲
一下，多讲一些小说，你不好意思得罪人，把小说不满意处
可笼统讨论一下，然后把几位多写小说或有希望的小说家的
姓名、作品、特点简括一述即可（你的朋友们，有人在美国
书上提到他们的名字，一定会很高兴的）。这篇文章，我想
打字 double space 十页至十五页即可。我文稿还有增减的地方，
所以此事不必急，随时兴来花一个周末即可。我附上我书的
最后一章，总述近代中国小说，其中所讨论几点，可供你作
参考，我的文体非常 academic，你可能不习惯，所以请不必

求同一，即按你写英文 [的] 写法即可。你仅〔尽〕可凭你《文学杂志》编者的资格，把文坛的情形直爽地说一下。台湾初期想没有什么作家，此段情形你不熟悉，仅〔尽〕可略过。最后你可 enumerate 一下有什么中国文坛是真正进步了的 promising signs。我寄上的一章，不知在《文学杂志》上发表妥当不妥当？如可以发表，你可寄给侯健，嘱他请人翻译一下也无不可。Yale 要把文稿退还一份给我，所以原稿我不需要。

你不写家信，父母亲一定要失望的，何不用"澍元"的名字写信回家，以避麻烦？婚姻事可只字不提，抵美日期也只说在三月里即可。信上可多说在华大平日起居的生活情形，这些话父母是最爱听的，而一写至少三四页。你信上说要买 TV Set 给我们，多 watch TV，养成恶习惯，对我，对 Carol、Joyce，都无益处，请你不要买。你有余钱，可寄一两月份家用，你以为如何。父母看到你寄钱回家，一定会异常高兴的。我这暑期，没有请到 summer fellowship，又不教暑期学校（七八两月，学校不发薪水），所以经济方面非常勉强，你寄一部分家用，我们手边可宽裕得多。

我看了 *Green Mansions*（劣片）后还没什〔怎〕么看过电影。上星期五六两大 parties，Carol 和我都有些伤风，仍旧参加了。星期六我吞了五片 antibiotic capsules，在 party 上吃〔喝〕了五六杯 Rye & Ginger Ale，没有什么醉意。我 ulcer 想是完全平复了，饮 high ball 完全不感到 bad effect，唯 martini 等

cocktails，酒力太强，还是不敢碰。

你最近写些什么东西？我想你最好把你研究旧小说的心得，整理出来，一章一章地写成一部书。写完一章，即可发表，李方桂等和东方杂志的编辑们一定很熟，可能发表不困难（这种 journals，被美国年轻"专家"包办，可能积稿甚多，但水平是相当低的）。写完书后，你可在华大 Press 接洽出版，或寄到我这里来，由 Yale 出版。Rowe 为人忠心耿耿，自己学问虽然不够，帮人家的忙，是大热心的。但他也看得出文章的好坏，他曾看过柳无忌的 mss，*On Confucian Philosophy*，看后认为该书滑天下之大稽。柳无忌前年出版过一本《孔子传》（内容和那本 Pelican Book 相仿佛）由 Philosophical Library 出版。老人 Waley 特地写篇 review 在 *Far Eastern Quarterly* 发表，加以痛击。所以柳无忌式的写投机书，不特对事业毫无帮忙，而且也名誉扫地（他仍在 Areas Files 工作，很不得志）。不多写了，即颂

近安

弟 志清 上
四月廿七日

〔又及〕附上信一封。最近一期《文学杂志》收到，陈世骧的文章，下次再谈。

张歆海最近写过一本题为 *One World* 之类的书，瞎讲东西哲学，未见 review 过。

372. 夏济安致夏志清

1959 年 5 月 5 日

志清弟：

　　三封信都没有回，很是抱歉。这一封信又只预备写两页。Carol 的信很有趣，下次一起回吧。你的书出版已定，我听了非常高兴。最后一章已拜读，文章确是有劲。我已写信给侯健，告诉他有这样一篇稿子，非常精彩，可是内容是讨论鲁、茅、巴等人的作品，这种详细讨论台湾尚未之前见（丁玲是受"整"之人，讨论她还有 excuse ），《文学杂志》敢不敢登？这些人的作品台湾是 banned 的，一篇讨论文章会不会引起一般青年读者的好奇心，甚至 clamor 想看他们的作品了？让他决定了（他会跟人讨论），我再寄去。我暂时还舍不得放它走，而且我还想自己来译；别人译，恐怕把你的意思走样——你的英文是很 un-Chinese 的。关于 appendix 事，我是技痒之至。在台湾时，*China Year Book* 至少在最近两年，年年约我写《文坛情况》，我总是婉谢的，我怕得罪人。到了美国，说话是大自由了，但是回台湾总又怕人骂。我决计写，但是一个人名也不 mention（否则，提了甲乙丙，不提丁，丁就要把我恨死了，又如甲占三行，乙占一行，乙也要不服的），只是讨论一般的 trends。文章很可以卖弄一下，意见力求"杀辣"；不含糊地捧人，事实上也无一可捧之人；我的图画将是很 gloomy 的。这篇东西假如写成，将不止是 appendix，而像是 epilogue，因为我们还得往前面看：台湾的文坛究竟可以给我们多少希望？假如言之成理，台湾的人们想不会把我痛恨。关于大陆最近的文坛情形，香港有本《祖国周刊》（台湾也不容易见到）时有精彩报道。如去年老舍写了篇讽刺性很强的剧本（《龙须沟》？），最近几期（在 U.W. 圕里只看得到六月份的，"最近"指三月）有两篇讨论鲁迅与周扬[1]交恶的旧事，与"中共"的翻老账。我预备明天写信给程靖宇（他又搬家了，新址未定，暂由报馆转），托他买几套合订本送给你。他买了一本钱锺书的《宋诗概论》[2]，已寄给你。

家用我先汇上 \$200。来美后，只领到 R. 氏 \$2000，那是旅费（当然用不完的，假如不到欧洲去玩）。薪水与生活费用的发放尚在"公文旅行"（red tape）中（等钱校长去信）。照合同，\$4050 分六个月发，手里该是十分宽裕的。但既然尚未开始领取，我还不能假定一定领得到。领不到也许是不可

---

1. 周扬（1908—1989），原名周运宜，字起应，湖南益阳人，理论家、翻译家、文艺活动家，中国科学院哲学社会科学学部委员。长期从事中国共产党文化宣传方面的领导工作。曾任中共中央宣传部副部长、文化部副部长，中国社会科学院副院长，中国文联主席、党组书记等职，有《周扬文集》行世。

2. 应该是钱锺书的《宋诗选注》，人民文学出版社，1958 年初版。

能的，但是钱未到手，我还不敢打"如意算盘"，作种种花费的打算也。家用你负担了这么多年，实是难得；好容易我有意外收入，理该贴补。我暂时预备寄四个月的；以后看我计划如何，再说。如留在美国，或去英国读书，用钱自当节省，因为以后收入没有把握了。如回台湾，则我可以再多寄几个月也无妨，因为去台湾反正是苦日子，钱多也没有什么用也。你于家信中，也不必提我的钱；因为数目太少，提了反而增加我的惭愧。家信我今、明日一定写。

TV 我难得去看，但是看了也很好玩。最近有一天看了十分钟 Gable 与 Garbo 的旧片。昨晚演 *Ruggles of Red Gap*[3]，我要读书，来不及看。即使去看，不知道美国学生是不是开到那个 channel。有一次看了卅分钟 Gary Moore[4] 的节目，约了丑女 Joan Davis[5] 表演，倒也很有趣。"蛋皮丝"分演 Brunette、Blonde、Redhead 三种女人角色。我想大陆如不像现在这样，上海 TV 一定盛行，wise girl 如童芷苓等一定可以更吃香了。

前几天遇见 Taylor，他问我最近想不想 lecture？他说来

---

3. *Ruggles of Red Gap*（《风雨血痕 / 宠仆趣史》，一译《平等真义》，1935），喜剧片，莱奥·麦卡雷导演，查尔斯·劳顿、丽拉·海厄姆斯（Leila Hyams）主演，派拉蒙影业发行。

4. 盖瑞·摩尔（Garry Moore，1915—1993），美国娱乐、游戏节目的电台和电视主持人，曾主持著名的娱乐节目《盖瑞·摩尔秀》（*The Garry Moore Show*）、游戏节目《我有一个秘密》（*I've Got a Secret*）以及《真心话大冒险》（*To Tell the Truth*）。

5. Joan Davis（琼·戴维斯，1907—1961），美国喜剧演员，以电视剧《我娶了琼》（*I Married Joan*）知名。

态度很随便，而且旁边还有别人，我说"不"。我预备同他长谈一下，不 lecture 则已，要来就是一个 series。但是此事总得在 Faulkner 之后（六月以后）；既然读了 F.，我就不想 lecture，否则人天天不得空，太紧张了。在 Faulkner 班上，我将读一篇 paper：《东方人看 F.》。据 Davis 说，在那本 *F. at Nagano*（日本出版）里，那些日本人所提的问题，不像是东方人所提的，他希望我以东方 guest 的身份，以东方人所见，贡献于全班同学，这样一篇 paper，不可能有什么精彩意见（但是可以玩弄文字）。我且勉强一试吧。

附上剪报两张。本来可以写封信给 Carol，瞎讨论一下。但是我相信 Aunt Mayme 就够挖苦的了。可怜的"华大"美女呀！（美女是有，恐怕选不出来。）

别的下信再谈。Carol 和 Joyce 想都好。专颂
近安

济安 启

五月五日

〔又及〕最近看了 Anchor 的新书 *The Ancient City*（其实是旧书，新翻版），大感兴趣，又想研究中国上古的宗教了。中国上古的宗教似乎还没有好好的一本书介绍呢。

373. 夏志清致夏济安

1959 年 5 月 7 日

济安哥：

　　已近三星期没有接到你的信，深为挂念。在台湾时，你我一两月不通信，我倒也不介意，知道你在台北的生活是很平稳的。抵美后，你来信很勤，最近没有信来，倒颇使我worry：不知你身体如何，有没有病痛，或者受了什么闲气，心境不好。我和 Carol 寄上的信想都已看到了，我最近在读自己的文稿，觉得文字谨严，实在不想改动它，至多加一些新材料而已。我托你写的东西，你事忙，写得简短一些即可。

　　接到父亲信，对你大加称赞："酝酿甚久之访问教授，居然实现，足见这几年济安之努力，其奋斗精神，令人可钦，望其好自为之。"他说你不和家中通讯，也无所谓，你的消息由我转达即可。

　　陈世骧处已去玩过否？陈文星来信，问及张小姐的成绩及家庭背景。你如有所知，可告诉我。我最近生活很刻板，

前晚看了 *Compulsion*[1]，前半部拍得很好，Diane Varsi[2] 头发换了式样，并不太美。匆匆，专候回音，即祝

康健

弟 志清 上

五月七日

----

1. *Compulsion*（《凶手学生》，1959），犯罪剧情片，据迈耶·莱文同名小说改编，理查德·弗莱彻导演，奥逊·威尔斯、黛安·瓦西（Diane Varsi）主演，20世纪福克斯发行。
2. Diane Varsi（戴安·瓦西，1938—1992），美国演员，代表影片有《冷暖人间》（*Peyton Place*，1957）、《狂野街头》（*Wild in the Streets*，1968）。

374. 夏济安致夏志清

1959 年 5 月 11 日

志清弟：

上午接到来信，知道你为我的近况担忧，很是抱歉。我最近其实信写了不少，有许多有趣的事情，如听 Senator Humphrey[1] 演讲、参加中国人的婚礼等，本来都可以告诉你的，都在给台湾的朋友的信中写掉了，不愿再 repeat。婚礼那天碰见于善元（五月二日），他已结婚，太太也来观礼的，我没有注意。新郎名徐宝理（Paul Hsü，naturally），在 U. W. 得了数学系 Ph.D.，现在 Boeing（中国人在那里做事情的很多）做事，其人年岁应该与我相仿，本在台北教中学，来西雅图后，读到 Ph.D.，再请人在台北介绍女朋友，通信订婚。新娘来美不易，虽然也是大学生，是师范大学毕业的，耽搁了一年，再设法先去巴黎，在巴黎签了三个月的 visa，来美结婚。

我们的 Faulkner 课相当花我时间，要说收获则很少。那

---

1. Senator Humphrey，指 Hubert Humphrey Jr.（小休伯特·汉弗莱，1911—1978），曾两度出任明尼苏达州的参议员，1965—1969 年出任美国副总统。

种 seminar，教授的意见，宝贵的不多。学生瞎讨论也无多大道理（以前在 Indiana 也复如此）。唯一好处是定了一个 schedule，你可以按步〔部〕就班地看书。这种 schedule 其实我自己也会定，只是不肯这样做而已。要论实惠，上课不如看书远甚。这个星期还要瞎讨论四堂课，下星期开始，没有 assignment，由那些学生一个个宣读论文（一共有十余人），读完了当然还有瞎讨论，然而我可以比较轻松一点。平常上课，我总想发人之未发，或者 quote 一些人家没有读到的东西。Davis 教授的记性平平，如讨论 *Sound & Fury* 中 Quentin section "my little sister death"，他竟忘了 *Kenyon Review* 那篇文章中所指出的 "Songs of Solomon" allusion，我提醒他了，他很感激。我其实也没有什么新奇的意见，要超过美国一般读书人还容易，要超过美国一些好的 critics，是大不容易的。我根本不作此想。

这几天脑筋里在酝酿一篇 novel，已经画了一张表。主要是讲几个京戏的演员（生、旦、净、丑），拿他们来象征中国文化与社会的衰落（如"苍凉"的代表"忠义"的老生，事实上都是拖清水鼻涕的鸦片烟鬼）。前几天的想法，还比较松——以轻松的笔调，随时挖苦。今天忽然想到一种紧张的 dramatic 的写法，模仿 Browning 的 *The Ring & The Book*（或 "Jesuit's Tale" 的扩大）：共产党要"清算"唱戏的人，各人大坦白，然后说出各种可笑可悲可耻的事。这样一部小说不难写，因为我肚子里收藏的材料已有不少；内容是很新

503

奇的，写出来也许有人要看。这也许是名利双收的快捷方式，可是得拼命写。等到 Faulkner 讨论告一个段落，maybe next week，就开始。暑假就在 Seattle（听说很 cool）埋头写作了。Lectures 如写成，顶多只好算个三等 scholar；如小说创作成名，像 Maugham 那样，再来讨论中国旧小说，读者也许就多了。

我在 U. W.，不急求有功，但求无过，大不了没没〔默默〕无闻。我在台北的风头太健，我是很想再恢复没没〔默默〕无闻的快慰的。这里有几个人大约是佩服我的：一个是历史系的 Pressly，我们谈得很投机。他是 Tennessee 人，他对于"南方"的怀念，不亚于我对于中国大陆的怀念（他教的功课是 civil war）。他喜欢看英国电影，我告诉他：日本电影的对于我，如同 Anglican Church 之对于 T. S. Eliot，出发点还是 Nostalgia，他认为是知音。还有一位俄文教授，名 Erlich[2]（波兰人），讲英文，舌头很"弯"，他于四年前就拜读了我的"Jesuit's Tale"，特别要认识我，我们吃过一次午饭，谈得很是莫逆。英文系有位 David Weiss，是想引 Jung[3]、神话、东方宗教等

---

2. Victor Erlich（维克多·埃尔里希，1914—2007），斯拉夫语言文学专家，出生于俄罗斯，在波兰成长，1942 年赴美，入哥伦比亚大学，获语言学博士。在华盛顿大学创办俄国研究系，1961 年受聘于耶鲁大学，二度出任斯拉夫语言文学系主任。著有《俄国形式主义》(*Russian Formalism: History-Doctrine*)、《动荡世纪的孩子》(*Child of Turbulent Century*) 等。

3. Jung（Carl Gustav Jung，卡尔·荣格，1875—1961），瑞士心理学家、心理治疗师，分析心理学的创始人，提出了"集体无意识""原型"等精神分析理论的

以入英文文学批评的，他承认非常 admire 我那篇小说，认为有 Dostoevskian complexity。这三个人谈得顶投机。此外的人也许对我有 admiration，唯程度不等，也很难说。Heilman 和 Taylor 等则可能不知道我是干什么的。李方桂也许很佩服我的 wit；但是他的学问，我虽然十分佩服，但是不能欣赏，难有深交。我看见生人总是自我介绍："A Big Frog in A SMALL POND"，大家一笑置之而已。我做人幽默感愈来愈强，即看事情愈来愈透彻，所以和人相处（这一套本来是我的专长，可惜父亲不知道）很容易。我的做人方针，宁退不进；宁可和人疏远，不愿"讨人厌"。

近来身体总算很好，在台湾也许缺乏运动，而且常打麻将。到了美国，两条腿天天走个不停，那是最好的运动。伤身体的事情一件不做（多读书了眼睛要酸），酒也难得喝。到美国来一共喝过四次，一次在地理教授 Murphey[4]（他上学期在台北）家里，喝的是 California Wine；一次就是 Oriental Society 的酒会，喝的是 Bourbon（Jim Beam 牌子）；自己则

重要概念，对现代心理学研究产生了深远影响。代表作有《心理分析理论》(*The Theory of Psychoanalysis*)、《无意识心理学》(*Psychology of the Unconscious*)、《心理类型》(*Psychological Types*)等。

4. Murphey（Rhoads Murphey，罗兹·墨菲，1919—2012），美国学者。第二次世界大战期间曾参加英国友人救护车队，到过中国西南各省。1948 年获哈佛大学国际关系博士，任教于西雅图华盛顿大学，1964 年任密歇根大学东亚地理教授。代表作有《上海：理解现代中国的钥匙》(*Shanghai: Key to Modern China*)、《旁观者：印度和中国的西方人》(*The Outsider: Westerners in India and China*)。

于最近两个星期看日本电影之前，喝了一杯 sake（烫过的）。以后也许每星期喝一杯 sake，这是很淡的酒，但很醇，比绍兴酒和 sherry 都要淡。其实我对于美国酒略有研究，我会 prepare Martini（very dry），with only a dash of vermouth，大约可喝三杯，到了美国来，还没有尝过。

有一个时期想学开汽车，宿舍附近就有一家驾驶学校，七元一小时，大约七—十小时可以毕业。曾经考虑了很久，决定不学。我常有机会坐别人的车子，发现我对于 traffic signs 的警觉力很差。大约眼镜亮度不合，需要重配了。再则，路上 distract 的东西太多，别人的漂亮汽车一定会把我的视线吸引过去的。我又常常 absent-minded，在台北骑脚踏车有过几次把人撞倒。我骑脚踏车总算有几十年经验了，但是一不小心，还会闯祸——侥幸还是小祸，道声歉就算了事。你大约猜想得到，我最喜欢的还是坐两个人的 sports car，可是一辈子还没有坐过。即使学会了开车，要买 sports car，恐怕还是买不起，顶多花两三百块钱买一部 '50 左右的老爷车而已。

刚到西雅图，很 miss N.Y. Times。最近几个星期才找到一个地方有卖的，星期天的，星期五到，50 ¢ 一份。要看的东西实在太多，这么一大堆报纸怎么看法呢？你可能不知道，我对于报上的棒球新闻，是必读的。在台北看过一次——只有一次，特别请了一位台湾学生带我去的，台湾一个队和日本一个队比赛。棒球很和中国武侠小说中的武功相近，很讲究技巧。在西雅图只看过一次，U. W. 对 Washington State College，那天阴风凄凄，我坐得很冷，而且两队"武功"都很差，pitcher 老是犯错，三个 bases 的人，一个一个走进 home base，并无可看。看了两个 innings，我就回来了。但是报上倒很热闹，我也是替 Yankees 担心的一个人。Seattle 没有 Major League Team，我还没有去看过。这里的学生似乎对于棒球都无兴趣。他们说，西雅图有山有海有湖，好玩的地方多的是，何必看棒球？这里的 favorite sports 是 skiing 和 boating；这种玩意都是拿人性命开玩笑的，我不敢尝试。每个星期天，似乎都有翻船淹死人的消息，岂不可怕？

我很能了解你为何没有时间读 New Yorker。我在台湾可以大看杂志，这里似乎反而抽不出时间来了。最近一期 New Yorker（May 2），有一篇巴黎通讯，描写花卉展览会，文章里生字很多，我也不及细读。台湾的 orchids 常常送到海外去展览，有一种"美龄兰"还在美国得过奖。我假如搜集些材料，New Yorker 是可能登的。不是替台湾的 orchids 辩护（Nero Wolfe 探案里讲到兰花的地方，我是不知所云的）。

电影看了不少，最满意的还是 Some Like It Hot。有一张瑞典片，The Seventh Veil（有人写作 Seventh Seal [5]，电影院广告似乎两个名字都用），各报影评大捧，我特地摸路前去。

---

5. The Seventh Seal（《第七封印》）是瑞典大导演英格玛·伯格曼的 1957 年执导的剧情科幻名片，亦译作 The Seventh Veil（《第七层面纱》）。夏济安看的是 The Seventh Seal，女主角是比比·安德森（Bibi Andersson, 1935— ）。

摄影是极美，但是 allegory 的意义似尚嫌浅薄。女主角不知叫什么名字，可以说是各国影星中容貌最像 Grace Kelly 的一个了。女主角演的人叫 Mary，她的丈夫叫 Joseph（戏班里的 juggler），她抱了个小孩子名叫 Michael，他们三个人，算是代表 innocence & faith，也暗射 holy family；别人一一为"死"抓去，他们一家 safe，我不知道 why？前星期有一天在报上看到 Max Shulman[6] 为 Marlboro 香烟做的广告（那是幽默文字的 column，连续发表的），大讽刺外国电影，法片、意片、日片都各举一例。我想寄给你看，你看了一定佩服，觉得滑稽。可是我先拿给别人看，别人看了没有还我，因此无法寄上。

　　我还听过一次 concert。西雅图交响乐团指挥名叫 Milton Katims[7]，不知道在美国排到第几把交椅。音乐好坏我不知道（在我听来，they are equally good），可是 Katims 是个幽默家，他喜欢随便说笑话的。那天有个节目是"诗配音乐"，Eliot 的 *Practical Cats*，由 Katims 太太朗诵，英国某作曲家作曲，交响团演出。那天演奏很有趣，像是 Marx Bros. 的

6. Max Shulman（马克斯·舒尔曼，1919—1988），美国作家，他的小说、电影、电视剧大都以多比·吉利斯（Dobie Gillis）为主人公，并以此知名。其创作常常以大学为背景，专注于年轻人的生活。他的幽默专栏"关于校园"（*On Campus*）同时发表于三百多家大学报纸。代表作有《男孩们，团结到旗帜周围！》（*Rally Round the Flag, Boys!*）、《多比·吉利斯的爱情故事》（*The Many Loves of Dobie Gillis*）、《学府趣事》（*The Affairs of Dobie Gillis*）等。

7. Milton Katims（弥尔顿·凯蒂斯，1909—2006），美国小提琴家、指挥家，执掌西雅图交响剧团长达 22 年（1954—1976）之久。

[A] *Night At The Opera*。有家 Prudential 保险公司来做广告，替乐队 TV 广播，有西装笔挺之人还来读 commercial。据说还是 stereophonic 的广播，乐队左右各有音波分别进去。Commercial 弄了一个钟头，Katims 刚刚 relieved，说道：这真是 hysteria-phonic 了。纽约有些小乐队，指挥人恐怕也喜欢和台下人拉交情，说说笑话的。

Diane Varsi 我看过三次，一次是 *P. P.*[8]，还有两次是 *10 North Frederick*[9]，和唐茂莱的西部片[10]。我并不认为她很美，只是觉得她清秀，聪明，性格刚强有趣。讲起 B. B. 在 May 2 的 *New Yorker* 里（前面 Talk of the Town），说起有人出五千元钱，买了一部 B. B. 旧片的 copy，在美国各地放映，赚了两百万！这个生意可惜不是我做的，否则我们的生活问题都解决了。我认为 Gia Scala[11] 很美，最先看见她是在环球的一张

---

8. *P. P.*（*Peyton Place*，《冷暖人间》，1957），剧情片，据格雷斯·麦泰莉（Grace Metalious，1929— ）同名小说改编，马克·罗布森、拉娜·特纳（Lana Turner）、戴安·瓦西主演，20 世纪福克斯发行。

9. *10 North Frederick*（即 *Ten North Frederick*，《费雷德利克北区十号》，1958），据约翰·奥哈拉（John O'Hara，1905—1970）同名小说改编，菲利普·邓恩、贾利·古柏、戴安·瓦西主演，20 世纪福克斯发行。

10. 指《万里追踪》（*From Hell to Texas*，1958）。

11. Gia Scala（吉雅·斯卡拉，1934—1972），美国演员、模特，出生于英国利物浦，在意大利西西里成长，后加入美国国籍。参演过多部电影及电视剧，代表作有《敌后英雄》（*The Two-Headed Spy*，1958）等。

《影城四美》[12]（其中 Julie Adams[13] 很难看），后来在 MGM 的 *Don't Go Near The Water*[14]（很滑稽），最近又在一张间谍片 *The Two-Headed Spy*[15][看到她]。东方美人，可惜你没有看见过一个叫做"司叶子"[16] 的日本明星。宋奇手下，也有几个美人。

上星期周末陪台北来的吴鲁芹太太，很是辛苦。本星期五，Taylor 要开一个鸡尾酒会，他要去英国，算是话别。要去 Berkeley，只有等下星期的周末了。吴太太是个漂亮的"智识"太太（在台北 USIS Library 做事），我在台北常到她家去吃饭、玩，在这里非好好招待不可。但是我在这里没有家，又没有车，招待很是不易。星期六和 Murphey 一家驾车出去；星期天又叨光 Moore 一家，中午在 Moore 家吃午饭，下午驾

12.《影城四美》(*Four Girls in Town*, 1957)，杰克·谢尔（Jack Sher）导演，乔治·纳达尔（George Nader）、朱莉·亚当斯（Julie Adams）、吉雅·斯卡拉主演，环球国际发行。

13. Julie Adams（朱莉·亚当斯，1926—），美国演员，代表影片有《辉煌的胜利》(*Bright Victory*, 1951)、《密西西比赌徒》(*The Mississippi Gambler*, 1953)、《本森少校的私人战争》(*The Private War of Major Benson*, 1955)等。

14. *Don't Go Near The Water*（《离水远点儿》，1957），喜剧片，据威廉·布林克利（William Brinkley）同名小说改编，格伦·福特、吉雅·斯卡拉主演，米高梅公司发行。

15. *The Two-Headed Spy*（《敌后英雄》，1958），谍战惊悚片，安德利·德·托夫（Andre De Toth）导演，杰克·霍金斯（Jack Hawkins）、吉雅·斯卡拉主演，哥伦比亚影业发行。

16. 司叶子（Tsukasa Yōko，1934—），日本演员，代表作有《纪之川》(*Kinokawa*, 1966)、《社长行状记》(*Shachô gyôjôki*, 1966)等。

车出去，晚上我请客吃 sukiyaki，看日本电影。Moore 是中文系学生，明后年可得 Ph.D.，他这种 Ph.D. 得来，我真是不服，因为他的中文恐怕远不如我的法文；我如得法文 Ph.D.，将是天下一大笑话。他太太是日本人，在 U. W. 图书馆做事，为人似乎等还保留日本女人的三从四德。Moore 自己倒还有幽默感，并不把自己看得了不起。他是研究中文 linguistics 的，他中文虽不行，但是他的一套至少我不懂。他在家里穿 kimono（太太穿西服），家里铺了 Tatami，糊纸窗，"日本风"的 feel 在美国总算传得很可怕了。

那篇文章（《台湾文坛》）我一定写，请你限定一个时间，不要客气，文章不逼是难产的。上星期写了一封 2 页的信，附支票 $200 一张，想已收到。父母亲那里我已去信，是 Air Letter，很短。极力写正楷，算是对"简字"[的] 一种抗议。信内开头几句，还是文言，后来仍旧写了白话。我没有提钱的事，希望你也不要提。

这样一封长信，应该够我赎罪的了。可是 Carol 那里还欠一封信，预备过三四天再写了。请向她和 Joyce 问好。

张小姐家里应该不错，台北的女孩子家庭环境至少都是小布尔乔亚以上的。其情形只要拿北平别墅的邻居情形猜测可也。她成绩是很好，但那是靠不住的。她可能有 85—90 那样高的分数，进了美国大学，可不一定拿得到 A。她英文程度好，人肯用功，长得不美，似乎有点 ambition。她姿色只

有两分半，能嫁给陈文星（于善元还问起他）应该很觉得满足了。再谈，专颂

近安

济安 启

五月十一日

375. 夏志清致夏济安

1959 年 5 月 18 日

济安哥：

上次那封短信寄出后，当天即收到你的挂号信。当时很后悔，觉得我那封信是不应当发出的。三四天前又看到了你的六页长信，看得很有兴趣，但你正经事很多，特地花这许多时间写信给我，我也感到不安的。二百元支票一纸已收到了，谢谢。父母以前常有意叫你寄钱回家，孝敬他们，我想下次汇款，还是明说是你寄给他们的钱，虽然偶一为之，父母一定会非常高兴的，你以为如何。你答应再寄二百元，我想这可以不必了，你自己钱只拿到了一少部分，自己在美国也要做一两年的计划，有钱还是自己留着的好。有了你两百元的接济，我想我们小家庭的暑期生活也可安然度过了。如真正不够用，再向你开口如何？这两封信你没有提到东部之行，从 Seattle 到 Potsdam，路费一定相当贵，搭学生便车，也是太 exhausting，不上算。飞机 road trip 要花多少钱，你问过否？你暂时不能 afford 这 extravagance，我觉得还是留在 Seattle 的好。暑期中有机会，随时可以来此地，不必亟亟立即赶来。

我们极希望看到你，尤其 Joyce 你可同她大玩一下，但经济打算也是很重要的，此事请你自己作定夺。六月五、六、七日，Carol 要去 Holyoke 参加 reunion，所以那个周末，我要单独照顾 Joyce，一定忙得异常。你如要来此地，六月的第二星期 & after-week 比较理想。

这一两个星期，我比较空闲，因为向哥伦比亚借材料，尚未寄到，文稿修改事也无法动手，只有等着。有空虽可多看些书，但心不在焉，也相当不痛快。你那篇《台湾文坛评介》，我请你写完 Faulkner 报告后即写如何？你大计划很多，这篇小东西，你写来一定很容易，花时间并不多，不如先把它写了。你一定有很多精彩意见，把它们一气吐出，也是乐事。最近信上，你提到要写一部长篇，题材取得很好，你如有冲劲，不妨开始写，看你 mood 和速度如何，再预计该书何时可以写完。但写长篇可能是吃力不讨好的事，为你在美前途打算，还是先写学术文章的好。一篇文章，不论头等和三等，总是一篇文章，可以引起学术界注意（而且在美国，中国学问的研究是如此幼稚，你的文章是无法列入三等的），因之找事也方便些。小说可能是 hit，可能不受人注意，花费时间精力，所能得到的 immediate compensation，是难于预见估计的，所以我劝你先写文章（or 短篇小说，寄给高级 review or *New Yorker*），后写小说，你以为如何？写文章，现成材料很多，你可以先写一两篇关于中国短篇小说的 themes，或 techniques 的文章。"中共"出版过一本短篇集 *The Courtesan's Jewel*

Box（《怒沉》）[1]，五月份 *Journal of Asian Studies* 有 Howard Levy[2] 的 review，John Bishop 两年前出版过一本 *The Colloquial Short Story*（Harvard Press），同时他在 *Journal of A. S.* 写过一篇 "The Limitations of Chinese Fiction（？）"，你把那些东西看了，即可借题发挥，写一篇很好的文章。Bishop 那篇文章毛病很多，我都可以驳他，可惜自己中国小说看得太少，无法动笔。U. of W. 如让你 give lectures，这种文章即可照样读出，用不到再写 lectures，一举双得。

沈从文《长河》（小说）中有一个乡下人欺骗另一乡下人说一个军队机关枪、机关炮、六子连、七子针、十三太保，什么都有。这一段文章我翻译的时候，把"六子连、七子针"音译了，现在想改意译，不知如何译法。"六子连、七子针"，可能是武侠小说的术话，你武侠小说看得比我多，你如知道这两个 terms 的意义，请告诉我。

前昨两晚上读了 *Princess de Clèves*[3]，颇为 impressed。这种

1. 即 *The Courtesan's Jewel Box: Chinese Stories of the Xth-XVIIth Centuries*（《杜十娘怒沉百宝箱：10—17 世纪中国小说选》），杨宪益、戴乃迭译，外文出版社，1957 年版。

2. Howard Levy（Howard S. Levy，霍华德·列维，1923—？），编译了四卷本《白居易诗选》（*Selected Poems of Bai Ju-yi*），文中提到的书评为 "Yang, The Courtesan's Jewel Box"。

3. *Princess de Clèves*（*La Princesse de Clèves*，《克莱夫王妃》），法国小说，据称为 Madame de La Fayette（拉法叶夫人，1634—1693）所写。拉法叶夫人，法国小说家，出身于巴黎望族，受过良好教育，《克莱夫王妃》开心理小说之先河，被奉为法国小说的经典之作。

小说，文字干净利落，而 define 情感的 shifting states 极为清楚，最是难能可贵。（Martin Turnell[4] *The Novel in France*（Vintage）不知你看过否？该书列 la Fayette、Laclos[5]、Constant[6]、Stendhal、Balzac、Flaubert、Proust 为法国七大小说家。Turnell 以前是 Leavis 的同道人，他的书和 *The Great Tradition* 似有同样价值。）相反的，Faulkner 式的拖泥带水的小说，实在是次等的 art（*Sound & The Fury* 除外）。我不久前重读 *Light in August*，就不感到第一次读该书的那样引人入胜。Hightower 这个角色，生活于过去之中，实在写得太坏，不能给人 real 的感觉。*de Clèves* 和 *Tale of Genji* 有许多相似处，题材都是 court life，虽然《源氏物语》较 *de Clèves* 更精彩。（Waley 以下，critics 都把 *Genji* 和 *Proust* 作比较，现在我想是不通的，*Proust* 在技巧、文字上和《源氏物语》当然是不同的。）我忽然想到英国的旧小说如 *Arcadia*，在某些方面一定和《红楼梦》很相似：青年男女吟诗谈爱的节目，所以很想把 *Arcadia* 一读。比较文学实在是最难弄的东西，要好好研究一个国家的小说，非把世上公认的 classic 小说都看过不可，否则在 perspective 方面

---

4. Martin Turnell（马丁·特纳尔，1908—1979），美国学者，代表作有《法国小说》（*The Novel in France*）、《法国小说的艺术》（*The Art of French Fiction*）、《法国小说的兴起》（*The Rise of the French Novel*）。

5. Laclos（Pierre Choderlos de Laclos，皮埃尔·肖德洛·德·拉克洛，1741—1803），法国小说家，代表作有《危险关系》（*Les Liaisons dangereuses*）。

6. Constant（Benjamin Constant，本雅明·贡斯当，1767—1830），瑞士—法国（Swiss-French）政治活动家、作家，代表作有《阿道尔夫》（*Adolphe*）。

总有欠缺处。其他冷门小说如 *Don Quixote*、*Wilhelm Meister* [7] 我们都应当读过。

我近年来电影看得少，所以那些年轻美女，都不大注意（在学校内现成美女虽不多，但天天和女学生在一起，好莱坞的 starlets 对我的 attraction 渐渐减少）。你讲起的 Lee Remick[8]，我在 [The] *Long Hot Summer* [9] 看到过一次，Gia Scala 仅在广告上看到她的样子，现在已记不清楚了。近年来女明星最值得赞赏的是 Shirley Maclaine，她在 *Matchmaker*、*Some Came Running*[10] 两片中，起〔演〕的角色不同，而有异曲同工之妙（尤其是 *Matchmaker*，她的 charm 是 so ingratiating）。从 Rochelle Hudson 到现在，福斯公司不断提拔美女，博得你的好感，你实在可写封信去谢谢 Buddy Adler[11]。我 *Variety* 仍每星期粗略看一次，仅注意影片的生意经而已。最近 MGM 似有复兴的希望，Paramount 自大导演联袂脱离后，好片子绝

---

7. *Don Quixote*、*Wilhelm Meister* 指《堂吉诃德》（塞万提斯）、《威廉·迈斯特》（歌德）。

8. Lee Remick（丽·莱米克，1935—1991），美国演员，代表影片有《桃色血案》（*Anatomy of a Murder*，1959）、《醉乡情断》（*Days of Wine and Roses*，1962）、《凶兆》（*The Omen*，1976）。

9. *The Long Hot Summer*（《夏日春情》，1958），马丁·里特（Martin Ritt）导演，保罗·纽曼、乔安娜·伍德沃德（Joanne Woodward）主演，20 世纪福克斯发行。

10. *Some Came Running*（《魂断情天》，1958），文森特·明奈利导演，辛纳屈、迪恩·马丁、雪莉·麦克雷恩主演，米高梅公司发行。

11. Buddy Adler（巴迪·艾德勒，1909—1960），美国电影制片人，20 世纪福克斯前制片经理。

少，而且 Crosby、Hope 等都已自己制片，盛况已不如从前了。Wm Holden 和 Par 订有长期合同，但他拒绝拍片，去年上法庭，结果 Holden 胜利。Audrey Hepburn 和 Hitchcock 在 Par 有新片。Hepburn 也是长期合同的，但三年来，一直在外拍片。Par 真正可派用场的明星仅 Jerry Lewis、Sophia Loren 二人而已（Hal Wallis 明星倒不少）。

你兴趣还是极广，我现在兴趣较狭。*Sunday Times* 我只看 Book Review、Magazine、First section、Review of the week、娱乐版五种，其他一概不过目。运动消息已好久未看，所以今春 Yankee 打败了，这消息还是我第一次听到。Baseball 的 coverage，我仍看不懂。*New Yorker* 上最近倒看了些东西。Liebling[12] 的讲法国 food 我看了首尾两个 installments。我觉得他分析 food 退步的原因很对：穷人生活好转了，学徒制无形打消，一切手工艺术大大退化；大家注重 health，大腹贾渐渐减少，普通人对吃也不讲究了。有一篇 Peter Taylor[13] 的小说，想读未读，现在已找不到了。最近两期 Cerf 的 Profile 也读了。

Potsdam 的音乐系相当有名，星期天听了 300 chorus 唱

---

12. Liebling（A. J. Liebling，利布林，1904—1963），美国专栏作家，自 1935 年起直至去世长期为《纽约客》撰稿，代表作有《落叶归根》(*Back Where I Came From*)、《印第安电话亭》(*The Telephone Booth Indian*)。

13. Peter Taylor（彼得·泰勒，1917—1994），美国作家，曾获普利策奖和福克纳奖，代表作有《古老的森林及其他故事》(*The Old Forest and Other Stories*)、《召唤孟菲斯》(*A Summons to Memphis*) 等。

Bach B Minor Mass，Robert Shaw[14] 指导，大为满意。Robert Shaw conduct 完毕，满头大汗，Shaw 是 bachelor，女学生对他都有好感。

　　Taylor 去英后，东方系何人负责？张琨常见到否？上星期给程靖宇、宋奇写了信。张心沧有信来，下学年重返 Cambridge，当 lectures in Chinese studies，以后想可以一帆风顺了，是值得欣贺的好消息。张心沧和英国派的 sinologist 关系打得很好。我性情似比他更孤高，和美国的 sinologist 一无来往。不多写了，Carol、Joyce 近况皆好。即祝

近安

弟 志清 上

五月十八日

---

14. Robert Shaw（罗伯特·肖，1916—1999），美国指挥家，曾 14 次获格莱美奖。

376. 夏济安致夏志清

1959 年 5 月 22 日

志清弟：

昨日收到来信，甚为快慰。要说的话太多，先说起来，如说不完，下次再谈。

《台湾文坛》我定明后天开始写，希望于一个星期或十天内完工。如要文章写得好，in my case, at least, 先要把 emotions down up；然后以蓄积之势，一鼓作气而完。关于台湾的前途与现状，我是十分关心，而且想之再三的。我的一篇最好的文章（尚未动手的），是《蒋介石论》。我也许该写《毛泽东论》，但是对于毛，我认识不够，而且毛的未来发展，我还看不准。蒋年岁比毛大，想来已无甚前途，可以替他下个"定论"了。

关于台湾与之前的中国大陆，我自认为是"权威"。并不是我曾经在图书馆里研究过有关中国的经济、社会、军事、文化等问题，I have lived it。关于此种问题，我有说不完的话，只要到图书馆去 verify 一下 dates，把 details 补充一下，我是最合适的 *Tragedy of China* 的作者。可是现在我和台湾的关系还没有完全切断，人虽在美国，仍旧不能畅所欲言。

曾经有几天，我借来了一大叠共方英文宣传刊物 *People's China*，very fascinating reading。他们的英文并不高明，论 elegance 与 sophistication，不如 *N.Y. Times* 远甚。他们的英文只是 correct，但是 persuasive in a native way。文章风格每期文章篇篇一样，期期一样，you could hear the echoes of "Tokyo Rose"。总之，只是宣传；同样是 journalism，*N.Y. Times* 的作者还假定读者是 thinking animals。（Girls 相貌颇有长得清秀的。如今年三月份 *China Reconstructs* 的封面女郎，相貌极好。那是一个女飞行员，可是长相又是聪明，又是有福气的。）

最使我痛苦的是大陆有些人以中国固有文化继承人自居。共产党对于京戏以及各种地方戏（昆曲大约真是复活了），国画、陶瓷、木刻等艺术，大约的确很注重的。中医在大陆，真的扬眉吐气了，可是傅斯年——五四健将——说：他是宁可病痛而死，也不找中医的。其忠于"科学"之热诚可佩，其狭仄可笑。俄国人生了病，都有远道赶到中国来就医的。大陆还拍了部电影《李时珍传》[1]，赵丹[2]（或者是梅熹[3]）主演。李时珍大约是于神农氏之后，的确"尝过百草"的实验科学家。

---

1. 《李时珍传》，沈浮导演，赵丹、舒适、仲星火主演，上海电影制片厂出品。
2. 赵丹（1915—1980），原名赵凤翔，祖籍山东肥城，生于江苏扬州，长于江苏南通，代表影片有《十字街头》（1937）、《马路天使》（1937）、《李时珍》（1956）、《林则徐》（1958）。
3. 梅熹（1914—1983），导演、演员，代表作有《木兰从军》（1939）。

中国古代的天文家、数学家、工程家（你知道不知道谁是北平天坛的设计者？）都受到大捧而特捧。民间艺术的确进入了庙堂，"公社"（commune）里有"穆桂英队"——那些做工特别卖力的女人的组合，a select club。共方一张电影《梁山伯与祝英台》[4]（五彩，绍兴戏改编，袁雪芬主演，唱绍兴调，据说没有"政治尾巴"），在香港打破一切卖座记录，演了一两年（过去上海有没有电影连演一两年的？），而绍兴调对于广东人应该没有什么吸引力。（*Time* 曾经报道过，共方电影在东南亚受到欢迎的情形。）齐白石可能真的很受到优待，for the communists could afford to do it。

在台湾，则"政府"方面空虚地提倡复古，"草山"改名"阳明山"，但是中国人对于王阳明的兴趣，还不如美国人的对于 Zen。老百姓醉心"美国化"，结果不中不西，在文化方面毫无表现。台湾一年大约拍三四部电影，有一次推举了一部叫《养女湖》[5]的送到日本去参加 film festival。据说，有一位评判员主张：这种电影都敢来与人竞争，勇气可嘉，应该赐以"最佳勇气之奖"。

共产党在文化方面，在哲学及文艺批评方面，是不会有什么贡献的。在台湾我曾经在一本"北大"的 journal 里（像我这种文化人是可以借阅或订购共方刊物的，但是我懒得去

4.《梁山伯与祝英台》（1953），越剧电影，桑弧、黄沙导演，袁雪芬、范瑞娟主演，上海电影制片厂出品。

5.《养女湖》（1957），据繁露（1918—2008）同名作品改编，房勉导演，曹健主演。

麻烦，从来不去借，但是别人有去借的），看到一篇钱学熙的文章，恐怕有两三万字长。我看了几段，发现看不下去。内容是从马克思—毛泽东思想讨论 Balzac。题目很大，没有讲是讨论 Balzac 的，但是里面尽是 Balzac。文章生硬得很，思想很可能是不通，对于 Balzac 的研究，想必一无贡献。钱学熙一直需要一个权威来支持他，现在当然是"得其所哉"了。钱学熙过去不大看小说，Balzac 大约也是新近看的。总之，他现在做人"往上爬"有了出路，做学问则引经据典有了更大的方便，他可能很快乐。别的较为 sensitive 的学者（even 卞之琳）可能在麻痹之余，仍会感到痛苦的。

共产党那种拼命的精神，我是非常 admire 的。大约有一种悲剧性的力量在驱使中国人拼命往前冲，结果可能导致毁灭（如 Hitler 的德国），也可能疯狂的力量用完，渐趋 sober（如 post-Stalin 的俄国）。我们只好做个冷眼旁观的人，痛苦的是，我们不能完全 detached。我们不但是 directly concerned，而且是 somehow involved 的。

相形之下，台湾是个温暖的、腐烂的沼泽。你是相当崇拜蒋介石的，我也相信蒋介石的 character 有令人可敬之处，但他的 intellect 太差，太缺乏 imagination。台湾的情形如此腐败，但他想起自己的 character 的坚强，可能还很沾沾自喜，他常自比 Jesus crucified。美国的《白皮书》发表后，政府里有人主张中方应该答辩，蒋说：耶稣受人控告的时候，他没有说什么话。——What magnanimity! What stupidity! Morality

而缺乏 imagination， 大约必成 sterility——that is Chiang's case。再则，蒋的才具有限，台湾地方较小，但他精力应该略为退化，恰巧合适，the shoe fits the foot，他管理得应该自己觉得很满意。

我想到回台湾，就觉得可怕。并不是有人要 persecute me，而是台湾对我太好了。这种温暖的人情，我觉得可怕，因为它是一种 corrupting influence；我将成为虚伪到底，neglect or cheat the Holy Ghost（如你在文章中所说的），结果一事无成。这是我这几年来最耿耿于怀的问题，但是一直没有畅所欲言。只有天真的美国人会劝我回去，"整理家园"。我也许有各种梦想，但是我从来不想做一个 Hebrew prophet，或 Cassandra。在台湾我很有资格去管闲事，一不小心，就会成一个"民主人士"。做"民主人士"在台湾也没有什么危险，蒋是很 tolerant 的，以前北平昆明那许多人瞎闹，蒋都不十分关心。只是这么一来，我自己将抵抗不住"时代的潮流"了。说起"文坛"，很多人寄期望于我，我可能成为"文坛领袖"，但是我是极怕出风头惹麻烦的人。即使能够没没〔默默〕无闻地过日子，那许多麻将朋友、聊天朋友，也无法摆脱。大家无聊，想消磨时间，我何能"特立独行"？台湾的地方太小，人则增加，人和人又都很亲热，privacy 差不多是谈不到的。

我一直想去英国。你说起张心沧要去 Cambridge，那是最好的机会。他在东方系，我就转入东方系也可，希望他能帮我一点小忙，我只求弄一个名义，不一定剑桥，任何学校都可以。学生也好，旁听生也好，有了名义，我可以在 Seattle 英国领事馆申请 Affidavit（英国和台湾没有交往），去英国住一两年。我在这里的 savings 到英国去用，也许可以多用一个时候，因为英国的生活比较便宜。不知张心沧什么时候到那边去？现在还不急，慢慢地托他想办法好了。在美国久居，恐怕不易，因为我对 R. 基金和台大都有 obligation，赖在这里不走（他们可以时时来催赶的），我心中也不安。台大对我如此优厚，当然希望我回去，有更大的贡献给台大。英国和台湾既无交往，我在那边可以把台湾忘了。将来从英国回美国，也比 [从] 台湾来美国，容易得多。

说起写作计划，我暂时还是想写 novel。那部《生旦净丑》我已想好了几章，非常可怕。开头不用大清算，还是老实地按 chronological order 来写。下月我想就开始写，到那时计划改变，也说不定。这当然是 gamble，但是自信运气不错，值得一试。写小说成名，大多有关运气。假如能到英国去做学生（我希望做学生，不希望做 visiting professor，我对任何人都这么说，我是 sincere 的。因为如做学生，我可能成为头等学生；作为教授，实在自信太缺乏也），我也许放弃写小说，按步〔部〕就班照学校的 schedule 读书写论文了。假如到英国（或欧洲任何一国）去做"寓公"，那么小说可以继续写；写了没人要，还可以回台湾去"教苦书"。即使今年就回台湾，我希望在那里小说还可以继续写。美国的中文系打进去

1959

不容易（我的一套 lecture series 假如写成，我的学术地位恐怕仍难建立），如 U. W.，李方桂、张琨是 linguistic 一派，对于我们的东西，不会欣赏。另外好几位德、奥学者，我不知道他们程度如何，只是正统德奥学派，其注重"专家"自不待言。他们人都很和气，但是我很难向他们启口："我虽然是读英文系的，但是我对于中文的研究，也很不错呀！"我可以在这里开讲一次（作为试验性质亦可）say《红楼梦》，但是谁来听呢？当然几十个人是凑得出来的，因为我人缘很好，认识的人也日多，不至于小猫三只四只的。但是我很怀疑那些中文系学生听了会欣赏。他们宁可希望胡适之来讲"曹雪芹的生平考"的。美国的英文系被那些 critics 硬生生地打出了天下，使老牌教授们不得不服，如印第安纳的 Work 认为我不能去旁听 School of Letters，是很大的损失。Romance系、Classical 系，都出了些头脑清楚、肯思想的学者。但是中文系呢？中文系教授对于中文，还是看作埃及文、巴比伦文的（英国的 Waley 的 critical sense 当然不错。他的 scholarship我还是怀疑的）。那些 graduate students 本来程度就不行，被那些教授训练得更是木头木脑，中国文学和它对于人生的relevance，他们是联想不起来的。美国人研究中文的（教授、学生都算在内，including 你时常提起的"仁〔润〕璞先生"），不知有几个人能读《红楼梦》原文，有我们读 Jane Austen 英文小说那样的舒服的？他们对于原文都糊里糊涂，和他们讨论里面的深奥的道理，实在不亚于"对牛弹琴"（这一句话不一定是说牛的笨，牛 maybe not accustomed to music）那样的 waste。风气当然挽救得过来的，可是至少我目前还不是这样一个人。来信说起研究 comparative literature 之难，真是至理明言。必须对于 world literature 的"巨著"，有充分认识，而且要像 Waley 那样，兼做翻译工作（外国人读中文，总是难读得好的），然后可以使中国文学的研究在美国生根。我很想"游戏人间"式地到英国去读中文系，并不是我对于中国文学真有什么研究，至少我从初小一年级到高中三年级，背国文没有断过，背了十二年的书（古文），看了不知多少 millions of words 的书，这种国文程度，自信绝非洋人所能及，中国的年轻一代，也没法赶得上的。侥幸我的英文根底不坏，和英国人比，也不至于十分 handicapped。这样去读书，你觉得是不是很有趣的？（我梦想中的英雄是隐居于菜园种菜的怪侠。可是现在在 Seattle 成了台北镖行派到美国来的镖客了。）你希望我在 Seattle 就发挥我对于中国小说的研究（事实上，我的研究也不多），现在看来，时机还没有成熟，再等两年也不妨。

我在英文系的朋友倒多起来了。那些年轻 teachers（也有 Ph.D.'s 在内）有个 lunch club，今天 Weiss 邀我去参加。我谈笑风生，他们希望我常常参加。我居然大胆地批评 Davis 的 Faulkner 课——我当然声明这与 Davis 的学问人格无关，我是很尊重 Davis 的，这只是制度问题。我说那些学生写的 papers，有的研究 20's 的历史背景；有的研究 F. 氏小说中的女人；有的［研究］F. 氏小说中的 Puritanism 或 Paganism，其中的 Negro；或是历年来批评家对于 F. 氏态度的变迁（想不到我的认识 Empson，是一种 asset，在 Indiana，在这里，都有人问起 Empson）——可是 F. 氏小说是不是都好的？究竟 aesthetically 他的小说成败如何，是不是值得从社会心理、历史、宗教、哲学这样多方面来研究呢？而且牵涉的范围愈广，所讲的东西愈浅薄，如 psycho analysis，英文系学生或教授顶多只会引用一些皮毛而已。总之，这种论文我并不认为是 intellect 最好的训练。听的人年岁比较轻，我才敢如此大放厥辞〔词〕。他们似有同感。他们教大一、大二英文的，倒是用 critical approach 的。你拿 *Princess de Clève* 和 F. 相比，实在是提出一个严重的问题：novel 的 crisis。Barzun 的 *House of Intellect* 我还没有看，想必和你有同样的见解。

我又说，我最近去图书馆借了 *Scrutiny* 的合订本，1933—1934[年] 间，F. R. Leavis 曾评过 *Light in August*，书评题目是"Dostoevsky or Dickens？"，L. 氏认为 F. 氏想学 Dost. 不成；学 Dickens 倒还像。这种文章的意见比较宝贵。可是我可以大大地翻阅英国旧杂志、报纸（*Criterion* 里可能也有评），写一篇《英国人于 30's 对于 F. 氏的意见》，花两三个月也可以写成，可能别人还没有做过同样的题目，我的东西可能略有价值。但是我得要读很多无聊的东西了。这究竟对我有什么好处呢？

我最近买了本 *The Importance of Scrutiny*（Grove），还没好

好地看。书后面有 1932—1948[年] 的总目录，发现了 Leavis 那篇书评，我才去借的。借来的是 Micro-Film，这种东西我还是第一次用。我同意 *Sound & Fury* 是 F. 最好的小说。要讲的话太多，下次再谈。我定六月中去 Berkeley，希望那时胡世桢已搬去 Palo Alto。东部之行，到八月里再说吧，如何？西部赶到东部，一来一回太辛苦了，花费也太多。八月里来了，索性从纽约去英国了。即使英国不能久住，过境旅行总是可以的。如必须回台湾，我也可以畅游欧洲一番。沈从文小说里的名称，恐怕是 firearms，武侠小说中从未见过。"六子连"想是西部电影里的 six-shooters。那封英文信想已收到。Carol、Joyce 前均此。专颂

近安

济安

五月二十二日

377. 夏志清致夏济安

1959 年 6 月 8 日

济安哥:

英文信及五月廿二日信收到已多日,上星期学校大考,加上周末,Carol 去 Holyoke 参加校友会,我伴着 Joyce 玩了三天,一点空也没有。昨天把分数交出,开始把书 revise 一下,所添的材料大都是关于胡风的(我从哥伦比亚借来了 1955 年的《文艺报》和《人民文学》,1956、1957 is to follow),觉得他的 case 非常重要。他的大胆进攻和计划的失策,实在是相当惊人的。共 [产] 党对胡风最后的判断是他是国民党派来的内奸。不知台湾当时有没有承认胡风是国民党的人?你在这方面有没有听到些什么?《人民日报》把胡风及其朋友的私信发表了百余条 items,是非常珍贵的文件。你台湾文坛写得想差不多了,我看到 1956、1957[年] 的 "中共"杂志后,revision 工作即可告一段落。钱锺书的《宋诗选注》选了不少民间疾苦的诗,强调官吏压迫人民,可能因之引起大风波。钱锺书在序上还引了毛泽东的文字。钱的序和 each poet 前的介绍都是极好的诗评文章。书中还引了几条 Latin

和德文的东西。十多年来，钱锺书看不到西洋新书，心头的难过自不必说。

你决计写《生旦净丑》，好极，希望你能一鼓作气，把它趁早写完。我觉得你的文字和 Conrad 很接近，平日都读 Conrad，文气一定大盛，写作也可顺手得多，你以为如何？（Faulkner 也是学 Conrad 的。）我觉得 Faulkner、Joyce 等所介绍的新技巧，你可以一概不理，而用 elaborate and 漂亮的英文句子作大段心理描写，最是上策。最近英美小说并没有什么 established style，各人写各人的，前两天把 *New Yorker* 上的 Salinger[的] 长文 "Seymour: An Introduction" 看了，给人 garrulous 的感觉，实在看不出什么好处。Salinger 的 *Glass Family* 的故事，我都没有看过，他这次用的 familiar style，好像要抓住 reader 的 confidence，但结果因材料贫乏，padding 太多，给人仅是失败的硬滑稽的感觉。最近美国人 crazy about Zen（Seymour 也是参禅的），实在表示对西方文化自信心的丧失。Zen breeds happy-go-lucky 式的野人，对西洋文学上最精彩的 moral struggle 方面的表现，就只好全部否定。真正要修道，还得走佛家小乘苦修的路。禅宗的路是非常危险的。

张心沧处信已替你写了，希望早日有回音。心沧自己要十月中才去剑桥，但他在剑桥教过书，所以人头熟，可以写信的人很多。你忧虑中国的前途，我近年来一直忧虑美国的前途。Lewis Strauss[1] 这样真正爱国的人才，被 senators 磨折得如此（Clare Luce[2] 的事更是荒唐），将来真有才学的人，还谁肯替政府做事？美国一般人希望同苏联有谅解，建立一个妥协的和平，他们并非不反共，但痛恨 anti-communist，因为后者抓住他们的痒处，使他们良心不安。所以在美国最时髦的人是所谓 anti-anti-communist（即讨厌一切视苏联为敌人的人）。在纽约，苏联 imported 来的歌舞节目特别受欢迎，就是这个道理（其实苏联的 ballet 哪里比得 [上] 纽约的 city ballet？）；Van Cliburn[3] 成为轰动一时的 hero，也是这个道理。这种和苏联 cultural exchange 的节目，愈来愈多，我想到即要恶心。美国如此，英国当然更差。这种被捧的文化巨人如罗素、Toynbee[4] 之辈，都是主张 stop atomic tests，向苏联亲善或投降

---

1. Lewis Strauss（里维斯·斯特劳斯，1896—1974），犹太裔美国商人、海军军官，曾在研发原子能核武器中起过重要作用。1959 年，艾森豪威尔提名斯特劳斯担任美国商务部长，被参议院否决。

2. Clare Luce（Clare Boothe Luce，克莱尔·鲁斯，1903—1987），美国政治家、记者、剧作家，曾为美国国会女议员（1943—1947）和美国驻意大利大使（1953—1957），其丈夫是著名出版人、《时代》杂志创始人亨利·鲁斯（Henry Luce，1898—1967），代表作有《女人》(*The Women*)、《清晨的孩子》(*Child of the Morning*)、《轻轻带上门》(*Slam the Door Softly*) 等。

3. Van Cliburn（范·克莱本，1934—2013），美国钢琴家，4 岁开始登台演出，1958 年参加柴科夫斯基国际钢琴比赛，获一等奖，蜚声国际乐坛。1978 年宣布退出乐坛，1987 年应里根总统之邀，在白宫为戈尔巴乔夫的到来重登乐坛。2003 年获（美国）总统自由勋章。

4. Toynbee（Arnold J. Toynbee，汤因比，1889—1975），英国历史学家，代表作有十二卷本《历史研究》(*A Study of History*)。

之人。《自由中国》还是把罗素捧成上帝一般，实在令人好笑。你去英国，当然管不到这些，在古老的书院内，尽可埋头创作，但想想二次大战以来，欧美白种人的到处退步退却，实在是文化史上最可悲的一页。目前报章上常有 Asian-African 连在一起的 phrase，好像东方人把白种人赶走后，倒反而和黑人平等起来了，这个 phrase 引起我很大的反感。

寄上一张照片，Carol 身上爬的是两只小猫（一只已死掉了）。三位女生今年毕业。那位中国女郎名叫 Liz Sing，去冬是 Ice carnival queen，即要去香港去玩两个月（她的男朋友 is H.K. 伟伦纱厂的小开，伟伦新近得到百万元的 orders from U.S.，from Robert Hall、M. Ward[5]），所以请她吃顿饭。Liz 走后，在 Potsdam 我中国女郎就一个也看不到了。

"中共"英文杂志我以前也看过一阵，最近已好久没见到了。上海生活的贫苦，*N.Y. Times* 上也时有记载。这种事实，父亲信上当然是不提的。父亲给你一封复信，兹附上。父亲血压高，体力已大不如昔了。

已深晚了，你的英文信 Carol 当于日内作复。Leslie Caron 我最喜欢[的]还是她在 *An American in Paris* 中的样子，她拍了 *Lili* 后，MGM typecast 她，所以已没有以前活泼了。她的最劣片是 *Gaby* [6]，《梦〔魂〕断蓝桥》的重摄，我是给 Carol

---

5. Robert Hall、M. Ward，应指美国两家厂商。

6. *Gaby*（《盖比》, 1956），剧情片，是舍伍德（Robert E. Sherwood, 1896—1955）著名剧作《魂断蓝桥》（*Waterloo Bridge*）的第三个电影版本，柯蒂斯·伯恩哈特导

拉了去看的。希佛莱的确可爱，*Love in the Afternoon* 想你也看过。我在 New Haven 看过一张希佛莱 J. M. D. 的《红楼艳史》（*One Hour With You*），据电影书上讲是刘别谦的杰作，的确名不虚传，全片轻松 and gay，回味无穷。不多写了。California 已去过否？即颂

近安

弟 志清 上

六月八日

（接上页）演，莱斯利·卡伦、塞德里克·哈德威克（Cedric Hardwicke）主演，米高梅公司发行。

378. 夏济安致夏志清

1959 年 6 月 8 日

志清弟：

多日未接来信，希望于下星期一、二见到来信，因为我星期二（June 9）中午要飞加州。已在 International Houses, Berkeley 4, Cal. 定好房间，可能有两星期之逗留。在六月 20 日之前，你发的信可寄该处。胡世桢已去 Palo Alto，他太太小孩要 14 日到。

令我欣慰而又令我心乱的是 R. 基金，已把钱全部汇来（公文旅行了好几次）。钱来得太迟，而且我那时还不知道，钱什么时候来，或者来多少。如早知会此时全部寄来，我可能修改旅行计划，六月里就赶到东部，也许不回到 Seattle 去了。现在我身边有五千多块钱（五千存银行），生平从来没有这样豪富过。这点钱可以派派用场，希望能够去得成英国，或在欧洲任何一国住一年以上。如回台湾，我的存款的 bulk 要移交给你。在台湾瞎用用完是很可惜的，而且东借西借，也会借完。这次 Olympics 把台湾排斥于国际体育界，实是 a straw in the wind。美国承认"中共"，恐怕是早晚间的事。

因为美国如在大陆设大使、领事馆，对于美国并无什么损害。据我观察，美国老百姓厌战之心，十分强烈，承认"中共"在他们认为是避免战争之一法。明年竞选总统，假如有谁以这一点号召，可能会得老百姓之拥护。我和美国人私下谈话，替他们（美国人）着想，他们主张承认也不无道理。我临走之前，凡是好朋友都劝我不要回去的。我回去，对于他们将是 surprise。这笔钱是天赐的，我将如何运用？有时候未免要在这方面用些脑筋。

文章还没有写完，很抱歉。起了好几个头，都不满意，现在算是写好了几页，到 Berkeley 去续完之，如何？文章一开始，我就有多讲台湾（政治、社会等），而少讲文学的趋势。讲台湾，我的话很多；讲台湾的文坛，话似乎很少。现在要注意的是：控制自己，少讲自己想多讲的，发挥自己知道得并不多的。说话轻重，更难顾及，我尽是替老蒋说好话，但是说话的口气，我是不像要回台湾的。

在 Seattle 两个多月，稍觉安慰的是英文系交到几个朋友。先是 Benjamin Hoover[1]，加大 Ph.D.，教十八世纪，他是个和

---

1. Benjamin Hoover（本杰明·胡佛，1921—？），与 Thomas Kaminski 合编牛津版《约翰逊集》之《议会辩论》（*Debates in Parliament*）册，该集于 2012 年出版，代表作有《约翰逊议会报告研究》（*Samuel Johnson's Parliamentary Reporting: Debates in the Senate of Lilliput*）等。

善好人。由他牵引到 David Weiss，再牵到 Donald Taylor[2]，再加入他们的午餐俱乐部。

Weiss 是犹太人，对于 psycho-analysis 恐怕真有点研究。他的一个 uncle 是个 Practicing Psychoanalyst，他在这方面书看得很多，英文系教授很少能及得上他的。他在最近一期 *Northwest Review*（Oregon）[3] 上写了一篇论《文学批评与 p-a.》，态度还是根据 common sense，并不故意卖弄，倒是可取的。我们认识不久之后，他带我到 campus 上〔里〕他认为最美的一角：herb-garden。他说这是根据 16 世纪英国花园设计的，一面走，一面摘各种草药，让我嗅闻。它们的名字，他历历如数家珍，还说：这见之于什么人的诗，这见之于什么书。我握了一手各种草药，味道都带一点辛辣的，实在辨别不出来。这方面的智识，我实在太欠缺了，很是惭愧（尤其想起共产党所拍的《李时珍传》电影）。Ephedra（麻黄）、Mandrake 等，名字听说过，但是没有见过。Poppy 也没有见过。他对于东方神秘东西（eg. 如何制造木乃伊等）很有兴趣。读过 *Monkey*，但是不知道《红楼梦》。我把王译介

---

2. Donald Taylor（唐纳德·泰勒，1924—2010），生于波兰，1950 年获加州大学博士学位，后任教于西北大学、华盛顿大学、俄勒冈大学等校，代表作有《托马斯·查特尔顿的艺术》(*Thomas Chatterton's Art : Experiments in Imagined History*) 等。

3. *Northwest Review*（《西北评论》）是隶属于俄勒冈大学创意写作计划的一份文学刊物，持续出版五十多年，2011 年因经济原因而停刊。终刊号是向美国诗人查尔斯·赖特（Charles Wright）致敬的专号。

绍给他，他读后很赞美。但对于中国人的把人性命看得不值钱，很觉惊奇（《红楼梦》里要死多少人）。当然，曹雪芹能够把这种冷酷写下来，仍是高手笔法。他说他最怕死（中国人的残酷，当然不如 Nazis）。我坐过他的车几次（老爷车 station wagon），他一开车就怨命，甚至说 Damn。我说我的 brother 决不学开车，他很赞美你的 wise。他太太在 U. W. Press 做事，似乎也很贤慧，小家庭一子一女，似乎很快乐。他会做中国菜，用黄糖（brown sugar）不用白糖，可说已经得到中国红烧的三昧了。这里的 coop 买书可"分红"（bonus）（退 1/10 的发票钱），我问他可分多少。他说欠了一屁股的债（credit），死了才算完，还谈什么分红？我从来没有问他哪里得的 degree，他的 rank 是 Assistant Prof.。

　　Donald Taylor 是个瘦小苍白、different 的人，看名字，大约不是犹太人，他也是 Berkeley 加大的 Ph.D.，论文是［写］Chatterton，他说没有什么道理。他现在在教 writing，写过几篇 short stories，发表于 *Antioch Review*[4]；他给我看过两篇，一篇发表于 *Charm*，写师生关系，很好；另一篇讲痴书生追美女，发表于 *Northwest Review*，我看不行，老实对他说了。他说：这篇东西已经退了二十次，改了二十次，实在心力交瘁，无法再改了。他现在和一家书店签了合同，要编一部儿童读物，

---

4. *The Antioch Review*（《安迪亚克评论》）是美国著名的文学杂志，1941 年创办于俄亥俄的安迪亚克学院（Antioch College），主要发表名作家或新作家的小说、散文和诗歌。

《东方故事》。我是一肚子的中国故事，讲了好几只给他听了。他要教暑期学校，暑假里还来不及写。他请过我去听一次Opera：Handel[5] 的 *Julius Caesar*，和 Menotti[6] 的 *The Unicorn*，*The Gorgon & The Manticore*（此字英文系无人识得）。H. 氏的戏，有点像京戏（Pompey 为 Ptolemy 所杀，Pompey 之子 Sextus 要报仇，Caesar 兵困 Alexandria，Cleopatra 巧救 Caesar），但没有京戏热闹，也没有京戏那样的"扣人心弦"。Menotti 是个新人，他的戏是 Mime 加合唱，我不大欣赏。他太太一起去的，她是个瘦小的人，配他正合适。

Weiss 我看倒真是个赤心忠良的人。我讲了一只〔个〕故事《火烧红莲寺里的天堂》给 Taylor 听，希望他编进去，Orwell（可惜已死）、Koestler[7]、Auden、Spender[8] 等如知道，一定要大欣赏的。Weiss 也认为是 perfect political fable，但是

---

5. Handel（George Frideric Handel，乔治·弗雷德里克·亨德尔，1685—1759），英国巴洛克时期的作曲家，生于德国，以创作歌剧（operas）、神剧（oratorios）、颂歌（anthems）及管风琴协奏曲（organ concertos）而知名。

6. Menotti（Gian Carlo Menotti，吉雅·卡罗尔·梅罗蒂，1911—2007），意大利—美国作曲家、剧作家，曾获普利策奖，代表作有《领事》（*The Consul*）、《布里克街圣人》（*The Saint of Bleecker Street*）等。

7. Koestler（Arthur Koestler，阿瑟·克勒斯特，1905—1983），匈牙利—犹太小说家、哲学家、政治活动家，代表作有《正午的黑暗》（*Darkness at Noon*）、《无形铭》（*The Invisible Writing*）、《机器中的精灵》（*The Ghost in the Machine*）。

8. Spender（Stephen Spender，史蒂芬·斯彭德，1909—1995），英国诗人、小说家、散文家，1965 年被美国国会图书馆（United States Library of Congress）授予"桂冠诗人"（Poet Laureate Consultant in Poetry）称号。

他私下责备我为什么我自己不写。他说你把故事让给人，我不能称赞你的 selflessness，只能批评你的 laziness。他说他自己有时候也把 plot 让给人的。我后来一想，的确不错，我为什么不在暑假中把这个故事写下来呢？这个故事写起来很省事，*Partisan Review* 和 Spender 的 *Encounter* 都可能要登的。Taylor 不能怪我失信，因为我还可以至少送给他好几只〔个〕故事，作为补偿。这个故事我认为有改编为诗剧（like J. B.）或 Opera 的可能，这样不是可以拿到更多的 Royalties 吗？

Davis 和我也不错。最使他佩服的是我拿 Kierkegaard[9] 的哲学解释 Joe Christmas 的性格，我说（其实 I am not convinced myself，只是卖弄小聪明而已）*Light in August* 里写的是三种基督徒：Lena——the innocent，Hightower——the Church，& Joe C.——the existentialist。有一次，他引某篇文章研究 *Sound & Fury* 的，说 Benjy、Quentin、Jason 是代表 Id、Ego、Super-ego，有学生不服，D. 说这种看法很有用。我就说了：据我看来，Jason 代表 Jung 的 Persona，Quentin 代表 Jung 的 shadow，我稍加发挥。可是我说我不知道 Benjy，Jung 将何以称之。D. 对于我的看法很欣赏，他说 Benjy 是 collective unconscious.

Faulkner 班上的论文，我都听了。写得顶好的我认为是 Justus 的《*Absalom, Absalom* 中的 Epic Qualities》（大意如此）。

---

9. Kierkegaard（Søren Kierkegaard，索伦·克尔恺郭尔，1813—1855），丹麦哲学家、神学家、诗人、社会批评家，被认为是存在主义第一位哲学家，代表作有《非此即彼》（*Either/Or: A Fragment of Life*）。

这位 Justus 本学期学分已读完，只是预备考德文，写 Ph.D. 论文了。他的导师是 D.，D. 认为他这篇 term paper 可以作为博士论文的核心。我去同 Justus 讨论，我说 Thomas Sutpen 的去 Haiti，回美国就是 Mona myth（Joseph Campbell：*The Hero With a Thousand Faces*）里的 *Departure Initiation Return* 三部曲。Justus 很为感激，预备把这个 idea 写进博士论文中去。

我这点哲学心理分析，和神话研究的皮毛，在英文系居然可以骗人（我还发挥过 *Light in August* 中的 fertility rites 的可能性）。这种 ideas 写下来，也许可以成为文章，但是我自己都不服。我对于 Faulkner 的 approach，其实最有把握的还是文章 textual analysis，可惜班上不大注意，无从发挥。班上十几个人，只有 Justus 一篇是分析（*Absalom, Absalom* 的）style 的（我认为 *Absalom, Absalom* 是次于 S. & F. 的 Masterpiece，其他的都不过尔尔），显得出真功夫。但是 *Absalom, Absalom* 哪里写坏了，他似乎也不注意，只是赞美而已，其态度大约和 Stein[10] 的赞美 Milton 相仿。我比较注意小说技巧和文章风格，班上则 take it for granted：F. 是 Master，他东西的好坏可以不必管，只要研究 hidden meaning 就是了。对于 hidden meaning 我很能发挥，但是真正的批评我认为还是 Dr.

---

10. 应指 Arnold S. Stein（阿诺德·斯坦因，1915—2002），批评家、作家，弥尔顿研究专家。代表作有《呈现的艺术：诗人与〈失乐园〉》（*The Art of Presence: The Poet and Paradise Lost*）、《回应的文体：论〈失乐园〉》（*Answerable Style: Essays on Paradise Lost*）等。

Johnson's method 是正当的。

我那些奇怪的理论，没有同 Weiss 他们讨论。但是关于我那篇"Jesuit's Tale"，我曾发挥一些妙论。我撒了一个谎，我说那篇东西是有严格的设计的，大约根据太极图 光明与黑暗的 dual principle。第一节的 theme 是白天，light，——reason；superficial witty talk，但是内伏"黑子"，神父的隐痛；第二节的 theme 是黑夜——黑暗的过去，但是中有"光明"；神父认为是光明的，反而导致他更大的痛苦。其中两个主角，一个是 ineffectual Chinese intellectual，逍遥自在；一个是为中国而受苦的外国神父。看太极图，光明侵入黑暗，黑暗也侵入光明——这是我的精心结构。他们想不到，我对于 New Criticism 还有如此修养。其实这个 structural principle 是我和他们谈话的时候，灵感忽降，偶而触机想出来的，这几年来（甚至在写的时候）从来没有想到过。我只想讲一个故事而已。假如真有这样一个 conscious design，小说恐怕反而不好写了。但是，无疑的，I am my own best critic，可惜我作品太少，否则我可以化名来评我自己的小说，发挥我的 ingenuity。

以上是星期六写的。今天星期一，正忙于 packing。我真恨搬家，搬一次要花多少力气做无聊的事。一部分行李存宿舍的 Locker，一部分带走。过些日子又要带回来。回来了还要寻房间：Terry Hall 暑假要关门的，我得寻个 Apt.，60 元一月大约寻得到一个 Apt.，假如附有厨房，自己做菜，也许可以便宜得多。在 Seattle 住了一两个月又要大旅行，又要 packing，想起来真可怕。你这几年跑了不少地方，难得 Carol 会开车，帮你不少忙。但是长途跋涉，辛苦也可想而知。Seattle 的 Permanent Address 是 c/o Professor Thomas J. Pressly, Dept. of History, U. of W., Seattle 5，录下作为参考。

昨天星期天，我遭失窃。下午三点半，我去洗澡（shower），顶多花了十分钟，洗澡间就在我房间斜对门，回来看见房门开了，我很惊奇。我记得是锁上的，钥匙带去洗澡间的。裤子放在床上，赶紧去摸，皮夹子已经不翼而飞。皮夹子是程靖宇送的，内有现钞 $220，旅行支票 $80。我为了要旅行，所以身边有这么多钱。旅行支票已经去挂失，现钞 220 大约是追不回来的了。这笔损失对于我并不大，所以不十分难过，请你不要替我难过。宿舍管理员找了警察来，已经备案。我不存希望破案，只当是买了汽车（或者是去学跳舞）。有一个时候，我是想买车的，买了车可能闯更大的祸。宿舍方面的人也很难过，怕美国留个坏印象；我说台湾小偷更多，只是看谁倒霉而已。我明天要走，这个星期六，宿舍里的人要全部搬空，案子当然更难破了。我住在一楼，没有学生；住客很少，我常常一个人占一个 wing。我吃饭是买饭票子的，常常要掏皮夹子出来。皮夹子放在什么地方，当然看见的人很多，很不幸的是偏偏身边有这么多 cash。当然，我可以多

543

买些旅行支票，但是这种东西用起来很麻烦（Dick Powell[11]、Robert Taylor 都劝人买 T. C.；报上有一条小新闻，你恐怕没有注意：John Wayne 拒绝为旅行支票做广告，他说他身边常带几千块钱 cash）。我的 80 元 T. C. 是预备买飞机票的，旅行社 accept T. C. 当然是天经地义的事。此外 cash 预备带到 California 去用。今天再去 draw 了 300，飞机票已买，钱大部分都是 T. C.，请你释念。现在存款还有 4700，生活绝不致受影响。我自己不大难过，美国人同情的很多，倒使我很窘。当然不破财更好。那小偷可能知道我很快就要回房间，同时看见皮夹子里有这么多钱，喜出望外，所以别的东西什么都没有偷。皮夹里除了借书证外，我不记得有什么重要的文件。

很抱歉，信里带来了这样一条不愉快的消息，希望你不要替我难过。感谢上帝，我还是经得起一偷的。否则的话，信里也许有更多有趣的事。希望明天早晨能看到你的信。这封信预备今天晚上寄走了。

Carol、Joyce 想都好。我的家信寄走后，没有见到回信，我也有点担忧。不知道我那封信是不是该写的，虽然你相信我信里的话一定十分 prudent。专颂

近安

济安 启

六月八日

---

11. Dick Powell（迪克·鲍威尔，1904—1963），美国歌手、演员、制片人、导演，代表影片有《盖世霸王》(*The Conqueror*, 1956)。

379. 夏济安致夏志清

1959 年 6 月 13 日

志清弟：

在 Berkeley 已经住了四晚，今天刚才写信，很抱歉。星期一（六月八日）发出一信，想已收到。好久没有接到你的信，很挂念。新迁地址，Seattle 如有信转来，还得等一些时候。

Int. House 三元钱一天，房间没有 Yale Graduate Hall 的那么大，可以说很贵的了。I House 房子很旧，和 Terry Hall（都是 Aluminum、玻璃、Vinyl 等）的光亮新鲜相比，好像不属于同一个国家的。现在已经住惯，暗一点似乎也静一点。里面有一个四方的 enclosed yard，好像苏州的天井，或北平的院子，yard 里有大树，地上松松地厚厚地铺了碎石子，在那里小坐，倒是一种清福——好久没有享受到了。

加州天气真好，太阳亮极，没有什么风，温度上下不大。长住在这里身体一定有益。Berkeley Campus 不大，现在有好几幢大楼在造。讲 campus 的美和大，Indiana 似乎是杰出的一个。但是 Berk. 有钱，前途是未可限量的。地方小，人多，特别显出熙熙攘攘的朝气。

这两天 I. House 很清静，学期已经结束，学生大多搬走，暑期的学生大部分还没有搬来。这里有男生部和女生部，在一起吃饭，可是这几天饭厅关门。我在这里只住几天，即使在饭厅里也不会和女生们有什么来往的。

这里有三个老朋友：陈世骧、Frankel 和胡世桢，都已见到。有了熟人，我反而没有精神多交新朋友了。

陈世骧人极热心，星期四晚上他为 Spender 践行，特别打了电报，写了 special delivery 的信，催我来 Berkeley。Spender 人是很和善的，红脸、白发，[穿] 藏青哔叽西装、黄皮鞋，讲英文时，末尾的 t，似有 ts 音，如 Eliot 他读为 Eliots。我初次和人见面，不容易给人好印象，因此宁可不给人什么印象。他日内要到美国各地去演讲，月底回英国。我说我希望到 Encounter 的 London Office 去见他。

那天先在陈的家里吃酒，然后大家开车去 S.F. 的 China Town 去吃晚饭。我和 Spender 太太坐一车，Ruth Diamant[1] 开的车。S. 太太（年龄大约三十岁，还有点 school-girlish）是英国美女的样子（轮廓），眼睛是凹的，这种凹的眼睛要细而清才好看：线条清楚，有一种秀气，她的眼睛似乎太大，破坏了轮廓；同时显出情绪的不稳定，照中国人"相书"说来，不够福相。Diamant 是个老太婆，在小 college 教英文，可是

---

1. Ruth Witt-Diamant（罗斯·戴梦特，1896—1987），1931 年起任旧金山州立大学教授，1954 年创立旧金山诗歌中心（SFSU Poetry Center），并任主任。退休后长期在东京大学讲授英国诗歌，与德川家族成员相善。

是 S.F. 的 Poetry Center 的负责人，一路上她们瞎谈文坛掌故。我只好提起 Roethke，她们就大讲 Teddy，隔了好几分钟，我才想起来：Teddy 就是 Roethke。Diamant 在她的会里，请了很多名人来演讲，文坛大明星认识的很多。S 太太讲 Auden、Sitwell、Tate 等掌故很多，我可是没有听见什么。你猜什么缘故？汽车正进入一座大桥，在桥上又开了好久好久的时间。我以为那就是 Golden Gate，很是 excited，大明星的名字的吸引力竟不如一座桥。我可是又不敢讲，我是第一次过这座桥（这次我飞 Oakland，转 Berkeley）。后来才知道那是 Bay Bridge，不是 Golden Gate。

晚饭在"上海楼"，陈世骧叫了整桌的菜，才 30 元，很便宜。有烤鸭、冬瓜壳蒸的燕窝莲心汤（洋人从未见过）等，丰盛得很。希望 Carol 能够吃到一次这样的 banquet。China town 还有枇杷卖。

客人还有青年诗人 Leonard Nathan[2] 夫妇。Nathan 在加大读 Ph.D.（似已读满学分），在 junior college 教英文，诗在 *Hudson Review*、*Commentary* 等发表过，且有诗集一本。他留 mustaches，没有留 beard。人倒是 extraverted 一路，讲话很有

---

2. Leonard Nathan（莱昂纳德·纳森，1924—2007），美国诗人、评论家。1961 年获得加州大学博士学位，任加州大学伯克利分校教授，曾获美国艺术和文学学会诗歌奖、（美国）国家图书奖等奖项。代表作有《化身》（*The Likeness: Poems out of India*）、《回复》（*Returning Your Call*）、《继续》（*Carrying On: New and Selected Poems*）等。

劲。他的诗据说是 competent，讲究形式的一派。我两边坐的是 Nathan 太太和 Diamant，所谈的大多和文学无关。还有一对 Popper（？）夫妇，弯舌头，大约是德国犹太人（不是教授）。在美国发了财，现已退休，可以 patronize 文人了。

饭吃得还是很愉快。我到的那一天，就在陈家吃的晚饭，今天晚上（星期六）还要去吃饭，打 Bridge。陈世骧算是欣赏我的一个人，我很感激。他称我"济安"，so does his wife。他信里还叫我住在他家里，已经是很亲密的朋友了。他是很不赞成胡适的——学问、思想、做人都叫人不满意。

傅汉斯改行学中文，但是他说在红楼的时候，我教过他中文。这个我可想不起来了。他讲得一口好北平话，但是刚刚在看《三国演义》，看了没有多少，他说这本书 wonderful。他太太很苍老，眼睛无神（好像眼睛刚害过病似的），除了人似乎还"细气"之外，看不出是过去的美女。他们见到我，就建议我在美国长住。Hans 尤其希望我能去 Stanford，他说我可以帮他很大的忙。Stanford 下学期起刚成立中文系的研究部，正要大扩充。系主任姓陈，原来在 Stanford 得的英文 degree。得学位后，在 Stanford 教了中文二十年，不断地升官，现在且主持中文研究工作了。傅要去教第三年、第四年中文。我说：你不妨去问问有没有 research project，让我来参加一份，不一定要薪水，有了名义，我也许可以想法去申请延长"护照"与"visa"。

胡世桢一见面就说我胖了，他说可能我要比他更胖了。

他现在不到150lb，我和他顶多相差十磅。胡世桢是喜欢用"智"的。我说："你未来之前，我就猜你的车是什么样子的，第一，不会是 sports car，第二，不会是 '59 的，把这两个除掉，大约是 dependable 的 popular priced three，颜色不鲜艳，不很新。"果然是一部 dark olive 的 Plymouth，他花了四百元钱在 S.F. 买的。他在 Detroit 的那部 Plymouth 还要旧。

我又和他大谈金融股票等。*Time* 的 Business 栏，*N.Y. Time* 的 Finance Pages 我是都看的，这方面，还有一点智识。他很惊讶，他说他订了几年 *Wall Street Journal*，问我有没有订。他买了好几种股票。——他的兴趣我可以猜想得到。

他太太小孩明天（星期天）飞来。等他的家弄定当后，我可以常去。只是 Palo Alto 离 Berkeley 相当远，要开一个多钟头的车（S.F. 在二者之间），要他接送，我很过意不去。

这里有这许多熟人，我也不必再去找 Schorer，Bronson[3]（？）等英文系大明星了。I. House 四五个 blocks 之内没有电影院，这是缺点。

交际之外，空下的时间就写《台湾文坛》，还是在琢磨开头几个 paragraphs。写文章非得把人钻进去不可。这几天算是"深入"了，在 Seattle 时，人还是太浮。希望在 Berkeley 把它写完。回 Seattle 后，找一个 Apt.，埋头写作。

---

3. Bronson（B. H. Bronson，布朗森，1903—1986），耶鲁大学博士，18 世纪文学与文化研究专家，代表作有《追寻乔叟》(*In Search of Chaucer*)、《约翰逊论莎士比亚》(*Johnson on Shakespeare*) 等。

在这里找了一个 Notary Public，填了一张 Affidavit，寄 America Express。$80 想可补回，其余的钱丢了就算了。

S.F. 一带，香烟机器还是 25¢ 一包。这个价钱在全美国已经很少，如 Seattle Terry Hall 宿舍的机器就要 30¢。我几乎已把香烟戒掉，一个月抽不满一包。但是 Pipe 抽得很凶，香烟实在没有什么味道。在台湾偶然还抽过 cigar，在美国只抽过一支，Seattle 的 Lunch Club 里的一个朋友送的。自己没有买过：好的太贵；坏的，抽了像"妄自尊大"的黑人。加州的 Senate 已在讨论香烟每包加 3¢ 的税。

再谈。希望最近能看到你的信。Carol 和 Joyce 想都好。

专颂

近安

济安 启

六月十三日

380. 夏志清致夏济安

1959 年 6 月 15 日

济安哥：

你发信的那一天，我写了封信给你，可惜信到时，你早已到了加州了。你等了我两三星期的回信，结果临走前没有看到，很使我感到不安。前两星期我忙着看卷子，把写信事就搁起来了。你去 Berkeley，看到陈世骧后，想一定谈得很欢。San Francisco Chinatown 这一次你应当多研究一下，中国美女的 striptease 也应当一看（*Time* 载 Belgium 国王看跳舞，大为神往）。C. Y. Lee 的小说，旧金山描写很多，那些酒吧间，很使我神往，你也应当去那里坐坐。旧金山现在是 Beatnik 文人的中心，你能乘〔趁〕便和那些下等文人谈谈，也是很有趣的。

你被窃了 220 元，是相当令人可懊伤的事，虽然数目不大，也可供一两月之食宿费。这次被人偷了，以后还待多当心为要。我在 Yale 宿舍，洗澡，房门也不锁上，从无偷窃之事。从 New Haven 搬到 Ann Arbor 时，遗失了一张支票，写信给 Yale 补寄了一张，所以毫无损失。（两三次搬场时，曾丢了一两本中国纸本书。）

你报道的许多 U. W. 学生教授，都很有趣。Faulkner 那班上 bright 学生想极少，目前美国 graduate students 大多自己没有意见，只是摸熟教授心理后，写报告、论文而已。我在 Yale 那时的同学，bright 也不多，最 bright 的一位是 Hugh Kenner[1]（和我 Old English 同班），他写了 Pound、Joyce、Lewis 等不少书，他是 Pound 的忠实信徒，文章落手很快，可惜文字较乱。我同他没有什么交情。Yale 研究生较我早几年成名 [的] 是 R. Ellmann 和 Feidelson，后者虽在 Yale 教书，[但] 我不认识。上 seminars 时，学生读 paper，也是沉闷非凡。你对于 myth，心理分析方面大有研究，使我也很佩服，我在这一方面，书看得太少了，只是略知皮毛而已。*Golden Bough*，Jung、Freud 的原著，都没有看过。大多人用心理分析或 myth terms 来解释文学的，仅是做"文章游戏"而已（你分析自己的小说那一段说法，即是明证）。但用 myth 也有极严肃 approach 的，如 Fiedler。Fiedler 和《文学杂志》翻译的那篇文章性质同类的文章，去年写了好几篇，刊在 *New Republic*（？）上，我很想一看。上星期翻看了 *Contemporary Literary*

---

1. Hugh Kenner（休·肯纳，1923—2003），加拿大文学学者、评论家、教授，代表作有《切斯特顿之悖论》（*Paradox in Chesterton*）、《埃兹拉庞德的诗学》（*The Poetry of Ezra Pound*）、《詹姆斯·乔伊斯》（*James Joyce: Critique in Progress*）等。

Scholarship: A Critical Review，ed. L. Leary[2] 一书，其中 Fiedler 写的那篇 "American Literature" 最为精彩，可以一读。（Leavis 的门徒 Marius Bewley[3]，*The Complex Fate*，是断定美国 great tradition 的书，这书我已在校 order 了，尚未看到。）

上半年我定做了一套博士装（每年租一次，花七元，相当不上算），仅花了六十元，用的是最便宜的料子。美国大学唯哈佛、耶鲁可有红色 gown 和 blue gown，本来我想 order 一身全 blue 的，但一想太招人注目，不大好意思，仍做了黑色的。昨天学校毕业典礼，看到那些学生离校后，或在小学教书，或去结婚，前途是注定默默无闻的，很为她们难过。大四我教过的人数很少，下一年的毕业生我教过三分之二以上，她们走时，我更当为她们难过。她们大学四年，虽然没有学到什么，生活在嘻嘻哈哈中，的确是她们的黄金时代，以后生活上有什么 promise，实在很难说。这里的学生，事实上只读三年半，半年是所谓 cadet teaching，分派各处教书。大一、大二，大半是必修课，读些英文、地理、历

---

2. L. Leary（Lewis Gaston Leary，路易斯·利里，1906—1990），美国学者，曾任教于迈阿密大学、杜克大学、哥伦比亚大学等学校，代表作有《马克吐温》（*Mark Twain*）、《尼萨尼尔·图克的文学生涯，1750—1807》（*The Literary Career of Nathaniel Tucker, 1750–1807*）等。

3. Marius Bewley（马吕斯·比利，1916—1973），美国批评家，《哈德逊评论》（*The Hudson Review*）编辑。代表作有《复杂的运命》（*The Complex Fate*）、《古怪的设计》（*The Eccentric Design*）、《面具与镜子》（*Masks and Mirrors*）等。

史、生物，及我们在初高中读的数学（三角、几何、代数）之类（音乐系比较专门，杂课较少），到了大四还要必修一门《美国教育史》，这种功课，读了有什么益处，实在很难说。比较 bright 的学生，我都鼓励她们转学，但她们在 social occasions 上衣服可以穿得很入时，家中大多是较穷困的，所以很少有转学的。毕业时和她们的家长握手，看看他们相貌不扬，大抵是中下阶级的人，他们能把〔使〕子女读完四年不缴 tuition 的大学，已是很了不起的大事了。这里的英文系教授，平日看些报章杂志和红极一时的书外，不再看什么书。他们特别注重的是 *N.Y. Times* Book Review Section 和 *Saturday Review*，后者似乎是 *Bible*，期期都看。*Saturday Review* 我在沪江时已看不入眼，现在当然更不去看它。Norman Cousins[4] 的脑筋昏乱，想你也听说过（他的地位相当于英国的罗素，是 external 的 liberal）。所以我同同事们实在很少可以正经讨论学问的，正〔真〕心话反而对学生们前多说说。

　　你有了四五千存款，最好是投资，买股票。你以前对这一项稍有研究，但目前美国大公司的股票在市场上的价值已

---

4. Norman Cousins（诺曼·卡森斯，1915—1990），美国政治专栏作家、教授，1934 年加入《纽约晚邮报》（*New York Evening Post*），后加入《星期六文学评论》（*Saturday Review of Literature*，该杂志后更名为 *Saturday Review*，即《星期六评论》），并长期担任主编。著有《衰颓的现代人》（*Modern Man Is Obsolete*）、《谁为人类言说？》（*Who Speaks for Man?*）、《人类的选择》（*Human Options: An Autobiographical Notebook*）等。

抬得太高，所以不大好买，赚钱也无把握。Ike 初上台时，买了 blue chips，现在都涨了数倍了。你有兴趣，可研究每日市场行情，*Wall Street Journal*，再同 broker 研究一下，还可以买到好的股票。*Time* 前几期讲到一个研究股票的怪人，已成 millionaire。他的 policy 是初涨时买进，稍跌时抛出。我想胡世桢做了多少年教授，凭他的数学脑筋，一定买了不少股票，你见面时可和他谈谈此事。（胡世桢家藏武侠小说甚多，在这方面也可和他多谈谈。）

《火烧红莲寺》吸引了你已二十多年了，你把蛇之舌天堂写出来，一定可得到 Kafka 出〔的〕奇特效果。《台湾文坛》你返 Seattle 后再写不迟。你不必太费功力，只要把你办杂志时所有的感想，写出来就可以了。

学校结束了，电影院选片恶劣，电影已好久未看。上信附上父亲给你的信，你那封信还没有看到，告诉你一声，可以使你放心。玉瑛妹在争取暑假返家一次，希望上司能准许她。玉瑛妹去福建后，我也不便和她通信，她一个人瞎吃苦、瞎奋斗，我们无法挽救，实在在很对不住她。不多写了，希望你好好地玩两个星期。即颂

旅安

弟 志清 上
六月十五日

381. 夏济安致夏志清

1959 年 6 月 16 日

志清弟：

　　十日的信，已从Seattle转来，怕你挂念，即刻写这封回信。

　　父亲的信使我很难过。他一向写字很端整〔正〕，近年腕力显得差了，笔力大不如前。眼睛一定也老花了。母亲虽多小病痛，倒是我家强健的一员。她一向睡眠时间之少，真是amazing，不肯休息，还要不断地找事情做。她是得天独厚的tireless，实不平凡。六月十五 *Time* 的 Medicine 有论《女性荷尔蒙与心脏病》一文，如未见到，不妨翻出一看。我是fatalist，我相信将来必得高血压病；从 T.B. 到 High Blood Pressure，人生就是这么一个 cycle。昨天我在陈世骧家里一量体重，已达到150（连皮鞋、西装裤），无论如何，已是140以外的了，使我吃了一惊。我"护照"上的体重自己查过，没有记载，我记得不到140，大约137，在美国可能增加了十磅。我并不worry，我有高血压的体型，但是我比父亲当年清闲得多，甚至比你都闲。常有充分休息，心上很少牵挂，这样也许对于心脏和血压都大有裨益的。以后就得看命运的安排了。如责任增加，而我又无法规避，心脏的负担必定也加重。如能享一辈子清福，成为道家隐遁之人，一定可以善自养生。我很羡慕一般美国人讲话的轻与慢，尤其是那种魁梧之人，说话 gentle 得很。这种人内在的力量实很充足，他们能控制自己。我在美国，常和生人接触，觉得自己的讲话，常太 excited；听人讲话，自己又 fidgety，总之，修养还是不行。

　　哥伦比亚的 Borman[1] 这几天在 Berkeley，我没有见到。他在编中国近代名人传，陈世骧已经把你的名字、介绍给他。鲁迅、徐志摩等都已有人写了；陈也许要写周作人，大约还有好几个人可以留给你写的。陈世骧在美国学术界很有一点办法，可以帮我们很大的忙。他说 Modern Chinese Studies 近年在美国最受注意，你那本书出版后，加大可以请你来参加 conference，给几个讲演。Berkeley 天气真好，晴朗干燥，天青，太阳有劲，多参天古木，不冷不热，不会出汗，又没有风，能在这里长住，于身心健康必定有益。我不愿意再去麻烦陈世骧，因为他太热心了。我说：我的"护照"延长很成问题，不预备在美国长住。他说：有一种办法，可以延长 visa，不一定要延长"护照"的。——什么办法，我没有问；看我命

1. Howard L. Boorman（包华德，1920—2008），美国伊利诺伊州人，毕业于威斯康星大学。第二次世界大战期间，曾在海军服役，担任日文翻译员。战后奉派至天津接受日本投降。1955 年迁居纽约，在哥伦比亚大学主持编著《中华民国人物传记辞典，1967—1971》(*Biographical Dictionary of Republic China, 1967—1971*)，任范德堡大学教授。

运如何，再看他如何出力了。

《生旦净丑》这几天在脑筋里不大出现。我和陈世骧谈过《风花雪月》的计划，他很赞成。我说这得要在美国或英国住一年（至少），方才能写成。

他非但佩服你 [的] 学问，而且也欣赏你的为人。他见过你两次，印象是你很天真、sweet，很能自得其乐。和钱锺书那种恃才傲物，不可一世之概大不相同云。

在 Berkeley 看过一场电影：*Room at the Top*[2]。（故事结构）很像 *A Place in the Sun*，并不比 *Place* 好。青年往上爬，大约是 naturalist 小说一个很重要的 theme，另外一个是少女堕落史。（Laurence Harvey[3] → Montgomery Clift[4] → Simone Signoret[5] → Shelley Winters[6]；Heather Sears[7] → Elizabeth Taylor）编故事的人的 imagination 大约是 conditioned 的，总可以找出

---

2. *Room at the Top*（《金屋泪》, 1959），杰克·克莱顿（Jack Clayton）导演，劳伦斯·哈维（Laurence Harvey）、西蒙·西涅莱（Simone Signoret）主演，Continental Distributing 发行。

3. Laurence Harvey（劳伦斯·哈维，1928—1973），生于立陶宛，演员，代表影片有《金屋泪》。

4. Montgomery Clift（蒙哥马利·克利夫特，1920—1966），美国演员，代表影片有《红河》。

5. Simone Signoret（西蒙·西涅莱，1921—1985），法国演员，第一个获得奥斯卡金像奖的演员，代表影片有《金屋泪》。

6. Shelley Winters（谢利·温特斯，1920—2006），美国演员，代表作有《安妮·弗兰克的日记》（*The Diary of Anne Frank*，1959）、《再生缘》（*A Patch of Blue*，1965）。

7. Heather Sears（海瑟·西尔斯，1935—1994），英国舞台剧演员。

故事的 pattern；别出心裁的故事，大非容易。

在 Seattle 看过一次 double feature 法国电影，很满意。
Diabolique 恐怕很出名，其实只是个"巧"——小聪明。论全片，
不如 *Witness for the Prosecution*。另外一部 *Rififi*[8]，倒是生平见
过的最好的警匪片之一。写流氓的侠义，很动人。

我刚到 Seattle 那天，就看到 Downtown 在演 *Alias Jesse
James*[9]，但是影评从未见过，对于 Hope 又有点失望，不敢去看。
后来看见 *Time* 的评 [论]，再去看二轮，大为满意。最后结尾
新奇得很，其实只是模仿《封神榜》的"三教大会万仙阵"，
把仙人菩萨都请出来了。中国的低级历史演义（杨家将、薛
家将等）常用这个办法来解决困难——Deus ex Machina。但
是 Hope 本片的设想还是很新奇的。Seattle 的报不注重影评（San
Francisco 亦然），常有 *Time* 没评过的片子出现，不敢去看。
如 *Warlock*[10]，*Rio Bravo*[11]，*Pork Chop Hill*[12] 等，Seattle 都演过了，

---

8. *Rififi*（《男人的争斗》，1955），朱尔斯·达辛（Jules Dassin）导演，吉恩·塞维斯
（Jean Servais）、罗伯特·何森（Robert Hossein）主演，百代公司（Pathé）发行。

9. *Alias Jesse James*（《糊涂劫车案》，1959），诺曼·Z. 麦克李欧导演，鲍伯·霍普、
朗达·弗莱明主演，联合艺术发行。

10. *Warlock*（《沃洛克》，1959），爱德华·迪麦特雷克（Edward Dmytryk）导演，亨
利·方达（Henry Fonda）、理查德·威德马克（Richard Widmark）、安东尼·奎
恩（Anthony Quinn）主演，20 世纪福克斯发行。

11. *Rio Bravo*（《赤胆屠龙》，1959），霍德华·霍克斯（Howard Hawks）导演，约
翰·韦恩、迪恩·马丁（Dean Martin）主演，华纳影业发行。

12. *Pork Chop Hill*（《猪排山》，1959），路易斯·迈尔斯通（Lewis Milestone）导演，
格利高里·派克、雷普·汤恩（Rip Torn）主演，联合艺术发行。

Time 才有评［论］。

你还在补写胡风的东西，我这篇东西，再缓几天缴，想也不妨。总想在本星期内赶出来。胡风此人之有 Moral Courage，我在台湾也略有知道（主要是看香港的报和杂志）。他这个人和台湾是绝不相干的。他绝不会寄希望于台湾，台湾的政治领袖（文化界）也绝没有［人］能了解胡风的重要的远见。他只是可怜地孤军奋斗而已。"国民政府"和三种中国人的关系都弄不好，其前途实不乐观。一、在台湾的中国人——"渡死日"，对"政府"什么 program 都不感兴趣；二、大陆的——当年的劣政，很多人还记得；对于大陆上的人，台湾没有什么能号召的；三、华侨——最近星〔新〕加坡的选举，对于台湾的打击很大，华侨可能很多人向往共产党的"图强"。

照片收到，你们精神都很好。那位中国小姐是像广东美人。加大的 girls 似乎比华大的漂亮，International House 里似乎就有几位美人。加州的特点是年轻活泼，但是我在这里只好作壁上观而已。

现在要去吃午饭。我在 Berkeley 还有几天耽搁，本星期六要和胡世桢全家去找地方游山玩水。下星期一要和陈家去 Yosemite 住几天，据说 Yosemite 风景真好。我对 nature 一直没有什么兴趣，但是大家起劲，我也会随和的。

信可暂寄 C/O Professor S. H. Chen, 929 Ramona Ave. Albany 6, California。

Carol、Joyce 前均问好。给父母亲的信下次再回吧。专复

敬颂

近安

济安 启

六月十六日

382. 夏济安致夏志清

1959 年 6 月 18 日

志清弟:

文章已写完，总算松了一口气。想找个打字的，找不到；叫我全篇来重打，我是没有这个精神了。挑几页涂改较多的重打吧。

全文约 15 页，星期一（20 日）可寄出。害你久等，非常抱歉。

收到你那封托查 ref. 信以后，知道你一下子还不会完工，我又把文章重新写一遍。句子大部分现成的已经有了，只是连贯得不大好。事实总是这么一些，但是它们该 prove 什么 point 呢？这就是我横改竖改的原因之一。

我现在主要的 tone 是 ironical。我的文章和你的判然不同：你能直说真理，正面地、有条有理地来；我似乎只会旁敲侧敲，多 hint，而少说理。

现在这样写法，各段间的连贯似乎还不够好（有些话如讨论老蒋之不懂文学、胡适之功过、白话文学之前途等，写不好，都删去了）。我太注意"一气呵成"了。但是不想再改。

句子小毛病一定很多，这只有拜托你多多修改了。

下星期再写封长信详谈。Carol 和 Joyce 前都问好。专此
敬颂

近安

济安 启

六月十八日

383. 夏济安致夏志清

1959 年 6 月 30 日

志清弟:

　　文章差不多已写完,心上觉得很轻松。在 Seattle 先开了两个头,都写不下去。一是讲 1949 大陆上的人逃到台湾来,彼此的心情(他们的和台湾人[的]);二是讲蒋介石如何在大陆宽容作家、文人。这两个头把我"别僵"了好久,如真想写一部中国近代史,这些东西都该写,而且很可以运用一些 rhetoric(如上海人逛台湾旧货店,收买日本人留下的东西等)。在 Berkeley 把这些东西都丢掉,专写台湾的文坛(没有什么 rhetoric),一天打两三个 pages,很不吃力。总共可以有你所 assign 的十四页那么长。下星期一要去 Yosemite,在那里把它稍加修改,可以誊清打完。今天星期六胡世桢要带我去 Golden Gate Park,晚上去陈家,明天要去傅汉斯家。

　　China Town 去过好几次,但是自己没有车,又懒得去坐 bus,总是别人带去,因此毫无 adventure 可言。据我的印象,China Town 像是小型的香港,广东人在这里一定很快乐,有家属、有亲戚,什么东西都买得到,可以保持他们的生活方式。

鲜鱼在水里游的，美国任何supermarket恐怕都没有；有"五花"猪肉；有新鲜大白萝卜；有枇杷；有全份的香港《星岛日报》《华侨日报》；有广东戏，有广东电影。这里的黑人似乎也很快乐，没有什么自卑感。S.F. 一带人种一定很杂，中国人比较多，和美国人相处得很好。China Town 满街是步行的人，逛街的风气好比香港或台北。

　　写了文章，看书就成消遣。最近没有看什么书，带来了一本 *Essays Today*（Books、Harcourt、Brace），所选的大部分是 *Harper's Atlantic Reporter Commentary* 里的文章，Herbert Gold[1]（此人小说不知如何？）一篇 "The Age of Happy Problems"，大骂 "togetherness" 等，态度和你的对于美国家庭生活看法相仿。还有 Malcolm Cowley[2] 一篇，大骂美国社会学家的"英文"（jargon）。这些作者比较都是开明的人。你来信对于美国前途很抱悲观，我觉得你很可以在美国成为 essayist，批评美国文明，和美国文化界的怪现状。我相信很多杂志欢迎这种文章。Jacques Barzun 的 *House of Intellect* 能成为 bestseller（我一

1. Herbert Gold（赫伯特·戈尔德，1924—），美国小说家，代表作有《父亲们》（*Fathers: A Novel in the Form of a Memoir*）、《我最后的两千年》（*My Last Two Thousand Years*）、《他／她》（*He/She*）、《苟活于世》（*Still Alive!: A Temporary Condition*）。

2. Malcolm Cowley（马尔科姆·考利，1898—1989），美国作家、文学评论家，20世纪20年代曾旅居法国，成为"迷惘的一代"的一员，后长期担任《新共和》杂志的编辑，编辑出版了海明威、福克纳、霍桑等重要作家的作品选集。著有《蓝色的朱利亚塔》（*Blue Juniata*）、《流放者归来》（*Exile's Return*）、《文学传统》（*The Literary Tradition*）等。

直想看，但是还没有看），是出乎我意料之外的。我在美国住久了，也许也会开始批评美国；现在我只是二进大观园的刘老老，你快成为焦大了。林语堂的一度的红，大约和他的批评美国的机器文明和忙有关。他因此成为 philosopher。你可以有更深刻的批评。这几年来，欧洲常有人著书批评美国；中国可是好久没有人写这种东西了。你的《中国近代小说》完稿后，不妨写几篇这一类的 essay。这种东西在你写来一定不难，但是名利双收的机会比较多。

我回 Seattle 后，没有什么正式工作，可以好好地闭门写作了。写东西其实是很快乐的；心有所专，不大想出去玩，用钱也可以省一点（在 Berkeley 钱用得很省，吃饭常有人请，自己不买东西）。我的毛病是没有养成写作的习惯，心情浮动，时间浪费。每天如能写 500 字，应该并不吃力，日积月累，也可以有很多现成稿子在手边了。我相信研究中国东西（不论历史或小说或神话）是成名捷径，novel 还得搁一搁。

Yosemite 游毕，可能在那边坐飞机飞 S.F. 转 Seattle，可能坐车回 Berkeley。来信暂由陈世骧转可也。Carol、Joyce 前都问好 专颂

近安

济安 启
六月三十日

384. 夏志清致夏济安

1959 年 6 月 25 日

济安哥：

去 Berkeley 后三封信都已看到，你在那处玩兴很好，我很高兴。Yosemite Carol 是去过的，的确是好风景地，California 多的是参天大树，在 Yosemite 那地方想也可看到的。我一直过的单调的生活，倒也惯了，不过有时也想换过〔个〕地方走走。明天我们预备去 Montreal 一天，吃两顿饭回来（中[国]菜、法国菜），Montreal 离 Potsdam 仅三小时，但我们从已〔未〕去过。去过两次加拿大，停在边境小城 Cornwall 两三点钟，就回来了。去加拿大后 Carol 当可写信给你报告些情形。

谢谢你为了写"台湾文坛"，花了你不少时间，文章当然是一定精彩的。我最近英文写得快了，但是毛病的是，打字很顺手，打完后，结构造句总有不够紧凑的地方，要修改，只好全部重打，这样写文章，也是相当费时间的。我因为有了胡风的新材料，把一章重写，把胡风当作毛泽东的主要"对敌"，这样 parallel 式叙述，比较有紧〔劲〕些。打了两次，差不多可以完工了。我教了二年大一英文（黑人程度太差，不好算数），觉得对自己英文也很有帮助，修改美国人 colloquial 式英文错误，更可使我看出 colloquial 和 high informal or formal 式文体用字之不同。其实，大一英文教科书上所讲的修辞学，也是很有道理的，但做学生的（我以前也如此）当然不能领会，自己写文章吃过苦头后才能领会。大一英文不容易教，恐怕这是一大缘故。你教英文近二十年，文法修辞各方面的道理当然是摸得清清楚楚了。

我寄 Int. House 的信，想已看到。张心沧处常无回音。你能够去英国，当然是好事，但是最好还是留在美国，英国学术界自成一个系统，我们看的都是美国书报，对英国观点可能看不顺眼。Hans Frankel、陈世骧都答应帮你忙，但在美国人人事忙，你只给人家一个 hint，可能不发生什么效力的，所以要托事，最好是再三陈述自己的需要，人家帮忙起来，也可热心一些。我看 Frankel 所谈之事，大有希望，在他未去 Stanford 前，最好叮嘱一声，返 Seattle 后，再写封信 remind 他，比较妥当些。你做事，当然要有报酬，所以你报酬不计的话，也可不必说。延长 visa 的办法，最好也请陈世骧说明一下。此外加州，Seattle 有可帮忙的人（如 Pressly），也应该和他们谈谈。

陈世骧对我印象很好，我应该感谢他。他说同我见过两次面，我只记得和汤先生同时见过他一次，第二次就不记得了。我现在自己还没有说话地位，所以不想找什么人，书出版后，当和他通通信。Frankel 夫妇我在某次远东年会上见到过，他的太太的确是"老呆"了。Frankel 曾教过你 Latin，你教他中文，可能是交换性质的。Frankel 现任 *Journal of Asia Studies* 的副编辑，你有些文章的计划，可和他谈谈。

美国把销路不好的书，列在 remainder list 上，廉价发售，你如看 *N.Y. Times* 的 Marboro 大幅广告，大抵也已注意到。我今日去邮购了 Hugh Kenner，*Dublin's Joyce*，仅二元不到，Freeman 的 *Memoir*，原价甚贵，早已列入在 remainder list，买〔卖〕不完，这次 Marboro 的广告，看到 Simone Beauvoir[1] 的混账书 *The Long March*，原价 7.50，now 2.50（？），我心头很高兴。柳无忌的《孔子传》早已列入 remainder，张心沧的书销路不佳，在一家书店（import 英国书的）的 sales 也见到其名，Leavis 的 *Lawrence* 也入过 remainder。把书廉价销售对 author 的 pride 大有损伤，这是把书缴给 commercial firms 出版的一大缺点。Yale、哈佛的 presses 则从不把 stock 廉价卖出，这对我也是一个安慰。

我在 essays 方面，可以写，但是我的观点保守反动，写出去 *National Review*（最近销路增善，已稍可和 *New Republic*、*Nation* 对抗了）一定欢迎，但对我的名誉并不增加，只会受

---

1. Simone Beauvoir（Simone de Beauvoir，西蒙·德·波伏娃，1908—1986），法国作家、存在主义哲学家、女性主义者，代表作有《第二性》（*The Second Sex*）等。1955 年 9 月，她和萨特接受中国政府的邀请，联袂访问中国两个月，回国后写作了《长征》（*The Long March*）一书，出版于 1957 年。

到大部分人的攻击。这种文章只有等书出版后，有了好的 reviews 再写。那时稍有名誉，人家也不敢攻击，我很想写一篇"In Defence of the West"，把西方人自暴自弃，把自己文化根底拆掉，瞎研究东方和苏联文化的态度，指正一下。在美国人一般的态度，文化没有高下之分，什么文化都要研究，结果是 relativism 昌盛，自己文化的优点也不再顾得到。美国人最热心 cultivate 的 virtue 是 tolerance，什么东西都可以容忍，可以接受，所以把黑人抬高当然是好的，和苏联谈判更是保卫和平的大事。美国人唯一不肯 tolerate 的人，大概仅是 Hitler 而已。老蒋、Franco[2] 之类名誉也极坏。此外美国人看不起自己，爱听国外辱骂美国的话（这当然是 intellectuals only），喜买舶来品。目前欧洲小汽车盛行，Potsdam 两个大学的教授买这种小汽车的也不少，这种汽车在大城市驶用很经济实惠，parking 容易，修理也方便。在穷乡僻村的 Potsdam，半年有雪，即普通美国的经济汽车（six cylinders）也不大实用，非有大马力的 V8 不可，这种小汽车在严冬驶用起来，一定毛病很多（即 Jaguar 也仅是 six cylinders，附近没有 service station），何况在 Potsdam parking 根本不成问题，大汽车稳重，大风大雪都挡得住。小汽车在公路上驶行，速度稍快，车身即摇摆不定（我们以前 [的]Nash 即有此病），

---

2. Franco（Francisco Franco，弗朗西斯科·佛朗哥，1892—1975），西班牙将军、独裁者，1936 年发动西班牙内战，自 1939 年开始到 1975 年独裁统治西班牙长达 36 年。其死后胡安·卡洛斯登上王位，实行民主改革，西班牙才结束独裁统治。

absorb 路上的颠簸也差得很。但那些买小汽车的人当然是学时髦，以高级 snob 自居，实在是不智之甚。美国人民当然是世上最 friendly 的，但其 tolerate evil 的作风，实在令人费解。Hoffa[3] 审判了数年，结果仍是逍遥自在。Strauss 的 nomination 不能通过，更令人切齿。在一般人看来（尤其是大学教授），Oppenheimer[4] 是 hero、是 martyr，Strauss 当然是一位头号 villain 了。

前天看了 *Ask Any Girl*[5]，全片极 trite。Potsdam 仅有一家电影院，一家 drive-in，所以很多片子积着，我还没有看到，如 *Alias J. James*。暑期大学放假后，影院为生意经起见，大映恐怖巨片（for high school students），令人却步。你同 Spender 一同吃饭，此人我未见过。Emlyn Williams[6] 来此地读

3. Hoffa（Jimmy Hoffa，吉米·霍法，1913—1975），美国卡车司机工会主席和美国工人运动的领袖，他领导下的卡车司机国际兄弟会（IBT）工会曾是全美最大的工会组织。1957 年以后，美国国会参议院特别委员会不断对霍法的违法活动等提起诉讼，但久拖不决。一直到 1964 年，霍法才因贿赂陪审团和欺骗罪而被判刑。1971 年底，尼克松总统赦免了霍法，条件是他以后 10 年不能以任何方式参与工会组织。1975 年，霍法神秘失踪。

4. Oppenheimer（J. Robert Oppenheimer，罗伯特·奥本海默，1904—1967），美国理论物理学家，加州大学伯克利分校教授、曼哈顿计划的领导者。1945 年主导制造出世界上第一颗原子弹，被誉为"原子弹之父"。

5. *Ask Any Girl*（《凤求凰》，1959），喜剧片，查尔斯·沃特斯（Charles Walters）导演，大卫·尼文（David Niven）、雪莉·麦克雷恩（Shirley Maclaine）、罗德·泰勒（Rod Taylor）主演，米高梅公司出品。

6. Emlyn Williams（埃姆林·威廉姆斯，1905—1987），英国威尔士戏剧家、演员，代表影片有《夜幕必须降临》（*Night Must Fall*，1935）等。

D. Thomas，他的结尾的 t，也是 ts 音。Auden 挂名牛津 Prof. of Poetry，一直住在纽约，不知何故。不多谈了，祝

旅安

弟 志清 上

〔又及〕世桢兄嫂前代问好。下半年罗家伦女儿（罗久芳）的丈夫张桂生[7]（Michigan 地理博士）去 Wayne U. 任教，世桢可招待他们一下。

---

7. 张桂生（1922—），地理学家，河南人，毕业于中央大学，1955 年获得密歇根大学博士学位，1959 年到韦恩州立大学任教，1966 年转任华盛顿大学地理系教授。是夏志清在密歇根大学的好友。

385. 夏济安致夏志清

1959 年 6 月 26 日

志清弟：

连日奔波，昨天回到 Seattle，暂住宿舍，Lander Hall Room 271，也许长住到离 Seattle 为止，也说不定。住在这里，一月房租涨到 75，饭票也涨价了，但是住在这里省事，外面不一定有合适的房子。我又懒得动。

Yosemite 真是天下奇观，平信寄上风景画片一迭，想已收到。陈世骧先说那里比之黄山、华山等有过之无不及，我不大相信，虽然我黄山、华山等都没上过。我以为山水都没有什么意思，美国更不会有什么好山水。我在那里住了两晚，只看了一角，认为是其雄奇之处，超过想象。这许多挺拔的（高几千尺）巨岩，配上无数的松树，粗一看就觉得伟大。里面角落里，幽深的地方也很多。

我们住在松林的 tent 里，居然并不很冷（我没有带大衣，初到时怕冻坏了）。Valley 大约拔海四千尺，在万松群山包围之中，其清凉自不待言，但是南加州已经热到九十几、一百另〔零〕几度了，冷热相抵，恰好温和。

第二天爬了三个钟头的山，去探一个小瀑布（Vernal Fall）的源，这种劳苦的事，已经多少年没有做了，居然还应付得了。但是那地方上去，另外有个瀑布（Nevada Fall）的源，那地方再上去还有若干山峰（Domes）。小路上去，走一百多哩，可到美国最高的山峰，Mount Whitney。我可没有这个精神了。

　　Yosemite 游人相当多，但是地方这么大（看见过野鹿一头、野熊一头），人也不会显得多的。陈世骧是托 AAA 去定的营账。看了 Yosemite，我倒很想去看看 Yellowstone，和它一较长短。但是去 Yellowstone，没有人开车，没有人领路，只有包给 Greyhound，由他们设计、供应一切了。

　　回到 Seattle，虽然也是晴天，总觉得阳光比较黯淡。Yosemite 那么高的山，竟然也没有什么云的。加州就是青天大太阳，旧金山附近终年维持七十几度，真是难能可贵。

　　上星期六同胡世桢一家去游 Muir Woods，印象也很深。胡世桢下学期可能去 UCLA 做 Visiting Professor。

　　今天还得休息一天，明天可以上正轨工作了。旅行总是劳苦，使精神浮动。真要集中精神工作，不可旅行。但是 Yosemite 之游，使我对于山水发生好感，也是想不到的。我一直自以为喜欢都市生活，懒得动，如 Dr. Johnson 一般。但是在 Yosemite 长住，应该和在纽约市长住一样地、不断地有 discoveries。

　　希望能在 Lander Hall 住下去，短期内不要再搬家了。住定了再写封长信给你（照了很多相片，洗出后当挑几张好的寄上）。

　　Carol 和 Joyce 想都好，她们对于名胜山水想必一定很向往的。专此 敬颂

近安

　　　　　　　　　　　　　　　　　济安　启

　　　　　　　　　　　　　　　　　六月廿六日

386. 夏济安致夏志清

1959 年 7 月 4 日

志清弟：

　　连日未曾接到来信，为念。房子决定不搬，仍住宿舍，省得麻烦。我从加州回来后，连日仍忙于应酬，要到下星期方才有空。台北来了个吴相湘[1]，我正在陪他参观、游览。吴相湘是研究中国近代史的，年纪不过四十几岁，北大毕业，这次是第一次到美国来，英文几乎不会讲，但是他的受欢迎的程度，使我羡妒。哥伦比亚、哈佛、U. W. 抢着要他的人，因为他有 access to 中国政府（包括"满清"）的档案，他的研究工作极为美国研究中国近代史的人所重视。他写过两本书：《晚清宫廷实录》和《紫禁城秘谭》，我曾读过，的确很有趣。他现在在研究"二次革命"（蔡锷反对袁世凯）；《宋教仁传》，他已写完，可能在 U. W. Press 出版（in Chinese？

---

1. 吴相湘（1912—2007），湖南常德人，北京大学历史系毕业，后赴台在台湾大学任教。代表作有《宋教仁传》《现代史事论丛》《现代史事论述》《晚清宫廷与人物》等。

由人翻译，作者算是他和 Michael[2] 两个）。他是湖南人，有霸才，自视很高，不像我见了美国人（初次）有种 apologetic 的神气，美国人也把他捧得很高。他在台北组织了一个"研究 group"，伸手向 foundations 要钱，已经要了些，可能讨得更多。我和他相处得很好，至少我可以做他的 interpreter。

U. W. 暑期学校来了两位有趣的访问教授，一位是 Dick Walker[3]，一位是胡昌度[4]。胡昌度（和他的太太）讲上海话，我和他谈得很投机（张琨为人比较阴沉，读书很用功，兴趣较狭，似乎没有什么话好谈似的）。我在 Yale 见过他，我已想不起来，他倒记得我。昨天刚想起来，你带我到他的在 New Haven 的 office 去参观他的什么 studies 工作。他曾在 Newport 的一家 N.Y. State College 教了两年苦书，下学年开始总算给他打进 Columbia 了。Walker 去过台湾好几次，今年正月也在那里，但是我从没有和他谈过，现在可以和他瞎谈谈了。他最近替 *New Leader*[5] 编了一本 supplement，介绍 commune 的

2. 即 Franz Michael。

3. Richard Louis "Dixie" Walker（吴克，1922—2003），美国学者、政治家。耶鲁大学博士，曾在麦克阿瑟元帅下任中文翻译官。曾任耶鲁大学历史系教授、华盛顿大学访问教授，1961 年至南卡罗莱纳大学创办国际研究所，1981—1986 年任美驻韩大使。

4. 胡昌度（1920—2012），祖籍安徽，华盛顿州立大学历史学博士，哥伦大学教育学院教授。

5. *The New Leader*（《新领袖》）是 1924 年创刊于纽约的政治与文化杂志，由美国劳工会议出版，2006 年终刊。

情形，根据大陆出来的信。听你所讲美国 anti-anti-communist 的情形，Walker 此人勇气倒不小。

陪吴相湘瞎交际，对我也有一点好处，即我可以跟 Far East 系的人来往较密。Taylor 在英国，Michael（他是副主任，权很大，因为 Taylor 的学问据说不如他）和我谈得很融洽。他不知我究竟所做何事（他以为我是个 poet），但是 Erlich 在他面前很称赞我，Erlich 是他所佩服之人（"He is a good judge."）。现在先建立些好的关系，以后也许有用。Erlich 到 Indiana School of Letters 去讲学去了，我只知道他要出门，不知道他要去 Indiana。Walker 现在就用 Erlich 的 office。

在 China Town 一家无线电器材、五金、钟表店的里面发现些新的旧书，都是三四十年前出版的书，每种用纸包好，用毛笔写上书名，平放在书架上。纸包上都是灰尘，不知多少年没有人碰它们了。看到那些书，觉得好像中国的历史就停摆在那个时候。吴相湘在 S.F. 的 China Town 曾买到《陈独秀文集》及其他书集。在这家铺子，他很高兴地买到《建设》杂志合订本（国民党在北伐以前的 organ，可能还是 Pre-Chiang）、《朱执信文集》《吴稚辉〔晖〕文集》《直奉大战记》《江浙大战记》……。我买了《歇浦潮》《海上繁华梦》《上海春秋》等民国初年的"黑幕小说"。正在看《歇浦潮》，很有趣，中文也很平稳。这种书的缺点是：作者对道德没有什么新的认识，只是暗中在摇头叹息"人心不古"；他们对于经济、社会变迁，也没有什么认识，只是觉得在"变"，他们不知道，也不 care to know 为什么有这个"变"。他们自命揭穿"黑幕"，其实注意的只是表面。他们的长处是对于 mores 大感兴趣，当时人的服装、生活情形、物价等记录得很详细，可能也很正确。我小时候游大世界、新世界，坐电梯似乎都要出钱的，如不在《歇浦潮》见到我也想不起来了。书中不断地挖苦人的势利、吝啬、懦怯、好色等弱点，那些作者大约都有讽刺的天才。

我有时想过要写一部《上海史》，看了这些书使我的心又活起来。这将是部煌煌〔皇皇〕巨著，不知要花多少年月才写得完。参考书之多，也可以将我吓倒的。《歇浦潮》从民国元年讲起，那时还没有大世界、新世界，也没有永安、先施。上海的城墙也还没有拆，正分保城、拆城两派，城里的地主是希望拆城的，希望地皮涨价。以后的变迁还多得很。清末的上海在别的小说里也有描写。如查当时的报纸——大报、小报，好玩的东西更多得很。这个题目自是繁重的，但我研究起来有 love，但不知何时能着手耳。

你在你这部书完工后，不知有何新计划，我想不妨溯源而上，写清末民初的小说。桃花坞新桥弄曾藏有清末的杂志《绣像小说》，我小时曾看过（还有梁启超编的《大中华杂志》等），想不到现在这些书的珍贵，几乎可以和宋版书相比了。这样写，再往上推，还有好几部书可以写，出齐了将成一整套的《中国小说史》，你的 authority 的地位也确立了。你在 Potsdam 吃亏看不到很多中国书，也没有很多钱去 order 大陆出的新翻版书和 studies（大陆近年出的书，内容不必说，数量是可怕的，据说每年的出版物总目录就是很厚的一本书）。现在不妨就现有的材料，开始做准备工作。我看见你这部书的两章（张爱玲和结论），发现你很注意小说的时代背景。现在你看不到很多的旧小说，不妨先从历史研究起，多注意各时代的情形，将来写小说研究时，总是有用的。Waley 在 *Atlantic* 写过一篇《林纾的翻译小说》（去年），其实我们都可能写得比他好。English literature 是你的 love，你不知有没有精神去"兼爱"。这一个月来，同陈世骧、吴相湘等来往，愈发觉得研究中国东西之重要。

昨天又认识一个青年，名叫 Larry Thompson，是 Yale 读 Slavonic languages，现在 U. W. 教俄文。他说跟你很熟（在 Ann Arbor 和你在一起），和我谈得也很投机。

远东系有个女秘书，名叫 Shirley Simmons，人没有名字那么美。可是她是第一个我可以表现谈笑风生的女孩子，自从我来到美国以后。明天我们要去爬山（Michael、The Walkers 等），山是 Rainier，终年积雪，是 ski 胜地。爬起来辛苦可想。Simmons 还说可以带我去参观 Seattle 有名的 Sea Fair（有 hydroplane——即装飞机引擎的快船——速度比赛），我决不定要去不去。

总之，这几天瞎忙一阵，静不下心来写文章。下星期吴相湘走了，希望能好好工作。其实人什么时候静，什么时候多动乱，也是八字注定的；我并不因这几天的不工作而怨命。

但是想到时间过得这么快，九月以后出处如何，尚不可知，心中不免有点害怕。我是 resigned to fate 的，只等天上掉机会下来，如天上没有机会掉下来，我如回台湾，也不会自叹命薄。这次在 Seattle，虽然学问长进不多，但是人头给我轧熟了，对于将来终是有用处。如回台湾，还得好好工作。像吴相湘那样，写过几部书，而且还是用中文写的，在美国就这样吃香。我的智力和一般 cultural background，无疑是胜过他的，只是用功不专，以致没有什么表现。只是靠我的 wit 和 pleasant personality，和人相处得还好，单是这样，当然是不够的。

下星期再写吧。Carol 前代问好，Joyce 想必更乖了。下月我一定东来。专颂

近安

济安 启

七月四日

387. 夏济安致夏志清

1959 年 7 月 6 日

志清弟：

刚刚收到陈世骧处转来 6/24 、6/29（父亲信及张心沧信）两函，赶快复一封。

最重大的消息是"政府"已经允许我"护照"延长一年，这样我可以留在美国，不必去英国了。U. C. 或 Stanford（或甚至 U. W.）那里如有研究工作（尚未正式去函接洽），"visa"延长据说很容易。最不济我亦可去 Indiana 继续读 creative writing 的 M.A.。U. W. 方面我朋友最多，但是 U. W. 与台大水乳交融，为了台大的面子，他们也许不敢留我。U. W. 预备请二三十个台湾的学者，十二月到 U. W. 来开会讨论中美文化合作。

此事我还瞒着吴相湘，他是想在台大创霸业的，我回去对他帮助最大（我有我的人事关系——至少我可以找出一批人来帮他翻译），他也许不赞成我留在美国。预备明天等他飞纽约后，我再去办理"护照"延长之事。

张心沧还以为我要继续研究英文，我想我如不改行，在海外难有出路。在美国如不弄 creative writing，即弄中国学问，这件事我是决定的了。

他提起新亚的事，我最近接到钱穆之信（我尚未回信，宋奇那里也好久没有信了），他下学期又要约我去。他的学校最近又得到补助，我的月薪可达 2000 港币（三百余美金），实在诱惑很大。但是台大如此培植我，我去 rival college，台大绝不答应。除非台湾政治起变化，钱校长下台。此事并非不可能，钱思亮（胡适、梅贻琦……）这一批人的靠山是陈诚，陈诚想取老蒋而代之，老蒋可是还想蝉联，如明年老蒋再做"总统"，陈诚可能要垮，那时钱校长的地位难保，也许来个国民党嫡系做校长。那时我脱离台大，至少在钱校长和钱派人面前容易说话。陈诚现在成为台湾 liberals 的众望所归之人，好像戊戌政变时的光绪皇帝。

U. C. 最近成立了一个 Center of Modern Chinese Studies，研究共产党，陈世骧是主持之人，我也许可以去做一个研究员，如有 job，我想不会没有 pay，200 元钱一月也好。美国政府最近在 National Defense Education 项目下（各基金会也在瞎起劲），拨了很多钱研究近代中国，U. C., U. W. 的美国研究生，很多拿到 2000 一年的 fellowship。研究近代中国，和核物理、Electronics Rockets 等，都成了国防科学了。

胡世桢下学期可能在 UCLA 做 Visiting Prof.，他说他今年 Income Tax 付了 2400 元，收入想必不少。

昨天 Rainier 那边下雨，没有去爬那个大山，另外爬了个小山，并不很吃力，请释念。七月四日晚上看了放焰火。

这两天心很乱，父亲那里的信过两天再写吧。张心沧那边希望代谢谢他，如有研究中文的机会，我还是预备去的。

Carol、Joyce 前均问好，Joyce 的玩具我早已答应要买，父母亲可以释念。我现在的计划是先设法在美国住下来，看大局的变化，你听见了想必也很高兴的。专此 敬颂

近安

济安 启

七月六日

〔又及〕我在 Berkeley 一家书店看见 Columbia U. Press 的书在大批廉价出售。

388. 夏志清致夏济安

1959 年 7 月 7 日

济安哥：

返 Seattle 后的两封信都已看到了，你去 Yosemite 玩了一阵，眼界大开，也是好事。我到美国后什么名胜区，都没有去过，最近也没有 vacation 的心境，明夏 Joyce 长大了，或可开车到各处走走。你在 Berkeley 时，我曾寄你两封信，一封是寄 I-House 的，一封由陈世骧转，不知已过目否？此外转寄陈世骧处父亲给你的信和张心沧给我的复信，想陈世骧会转寄给你的。父母亲因你寄家用，大为高兴，你回信可寄给我，由我转上。张心沧的信颇 discouraging，认为去爱丁堡做英文系研究生，还有希望，其他大学位置极难安插，即 apply 做学生也太迟了。我觉得还是留在美国的好，西部研究中国东西的 projects 很多，安插一下想是可能的。你在陈世骧、Frankel 处应写信去催问，问他们有什么可帮忙之处。Seattle 远东系的朋友，也应当好好探问一下，Michael 可和他正式谈谈，他或可有办法。你交际功夫很好，吃亏在脸皮嫩，关于自己的事，不肯多提到，像胡昌度之类，都是很有冲劲的，所以相当有办法。我在小地方，无法帮忙，英文系主任要找一个教哲学的教授，你是很可以胜任的。但 Potsdam 一小半学生是读音乐的，教哲学的授 aesthetics 时，对音乐（also art）要有了解，而你我音乐都是外行，所以你的 qualifications，不够理想，我也没有同系主任多谈。去英国 or 欧洲大陆游历一下当然很好，但住久了，钱用完了，找事较在美国更是困难。英国教育界自成一系，即在香港大学、Malaya 大学教书，也非有英国 degree 不可，其他人很难插得进，所以最近一个月内应加紧找工作（U. C. 附设小大学很多，向陈世骧处问问，或可找到一个英文系或远东系的职位）。如果真没有办法，只好暂返台湾，将来卷土重来，或者你觉得香港好，去新亚教书也好（张心沧信上也提及新亚）。

Dick Walker（他同宋奇认识）我同他不熟，他因为反共过火，所以被逼离 Yale（内幕我不清楚），去 South California 自立天下了（他可能是 International Relations 系主任）。Yale 是比较守旧的，尚且如此，哈佛一向左倾，更不必谈。下半年 Yale 向 Stanford 挖人，请了 Arthur & Mary Wright[1]（replace

---

1. Arthur & Mary Wright 指 Arthur F. Wright 和 Mary Wright。Arthur F. Wright（芮沃寿，1913—1976），美国学者、汉学家，耶鲁大学教授，以研究佛教著称。20 世纪 40 年代曾两度以哈佛燕京学社研究生的身份到北京进修，1947 年获哈佛大学博士。代表作有《1941—1945 年北平的汉学研究》、《中国历史上的佛教》（*Studies in Chinese Buddhism*）、《儒教和中国文化》（*Confucianism and Chinese civilization*）等。Mary C. Wright（芮玛丽，1917—1970），美国汉学家、历史学家，耶鲁大学教授，以研究清史著称，代表作有《同治中兴》（*The Last Stand of Chinese*

Walker）来。Arthur Wright 研究中国历史哲学之类，Mary Wright 则是大大左倾的人物，我在 Yale 听到消息，大为惊讶。Yale 有位教授，南方人，和 Brooks、Rowe 都是好朋友，但思想左倾，常常发表文章，至今在政治系还是当 Assoc. Prof.，升不上去。他是 Willmoore Kendall[2]，学问比 Rowe 好了不知多少。近一年来，Ike 颇能压得住那一批只想乱花钱的 Liberal Democrats，所以保守势力渐有抬头希望。但 Rockefeller 如被选总统，他的作风，当和 Roosevelt、Truman 一般无二。

你几月来认识人头之多，比我在 Yale 几年还多。Larry Thompson 的确是和我相当熟的（他在 Ann Arbor，我根本不知道），他是否是 pale blond、features 很细小的？他是专弄 Indo-China 的，他何时改行俄文，我却不知道。问他是不是 translator of 康有为的《大同书》？

在美国能在大大学有长饭碗后，和同事们互相结帮，什么事都弄得开。文章不论好坏，都可以登出。在小大学，什么事都不好弄。大大学的英文系教授，多半有些真才学，远东系的则人以地贵的占大多数。吴相湘此人从未听见过，足见美国大学对 modern Chinese history 的确是重视的。

我把《近代小说史》修改完毕后（暑期以来，重写了两章，

Conservatism: The T'ung-Chih Restoration, 1862–1874)、《革命中的中国：第一阶段，1900—1913 年》（*China in Revolution: The First Phase, 1900-1913*）等。

2. Willmoore Kendall（威尔摩尔·肯达尔，1909—1967），美国保守党作家、政治哲学家，代表作有《保守的肯定》（*The Conservative Affirmation*）等。

已弄得差不多了），还是想把中国几部有名的旧小说，简括地介绍、评断一下，这样材料比较 manageable，不必多看杂书闲书，研究方面的书籍，除重要的外，一概不理，反而在研究西洋小说方面多借用新的 perspectives。清末民初的小说我简直没有看过，真要把中国旧小说好好作个 survey 和批评，只有你可以胜任，我学问不够，耐心也不够，虽然这种工作还是吃力不讨好的。我觉得你"风花雪月"入手的方法最好，总述中国小说的 themes，写得简短，也容易显精彩。

我们这里生活如常，很少变化。看了一张 *It Happened to Jane*[3]（Doris Day[4]），曾得 *Time* 好评，结果全片一无是处，可发笑的地方简直没有。最近 U. A. 庆祝四十周纪念，在 *Variety* 上有特刊，U. A. 阵容坚强，的确已是影业领袖了。派拉蒙最近改组，换了制片主任（Jacob Karp, Y. F. Freeman[5] 已太老了），拼命在想拉人马，能拉到几个人，实在难说，因为几位有数的大导演（Wyler、Wilder、Stevens）都是最近脱离 Par. 的，未必肯重返。20th Fox *The Diary of Anne Frank* 营业不好，最

---

3. *It Happened to Jane*（《刁蛮娘子》，1959），浪漫喜剧片，理查德·奎因（Richard Quine）导演，杰克·莱蒙（Jack Lemmon）、多丽丝·戴（Doris Day）主演，哥伦比亚影业发行。

4. Doris Day（多丽丝·戴，1924—），美国演员、歌手，代表影片有《枕边细语》（*Pillow Talk*，1959）。

5. Y. Frank Freeman（1890—1969），1910 年毕业于乔治亚理工学院，1938 年任派拉蒙影业副总裁兼任制片主任，制作了许多名片，如《郎心如铁》《罗马假日》《十诫》等。

近把片子改短，popular prices 映出，也是出人意料之外。

　　你下月来东部，很好，希望你动身前，可以安定下来，好好地工作几个星期。Carol 昨天来信，想已看到。Joyce 活泼爱讲话，你见到她后，一定可和她玩得很好。Shirley Simmons 曾和她单独 date 过否？美国人爬山，非常惊险，少参加为妙。即颂

近安

弟　志清　上

七月七日

389. 夏济安致夏志清

1959 年 7 月 14 日

志清弟：

来信刚刚收到。那些 references 一定代为一查，查得出与否，可没有把握。

星期天去 Mount Rainier，山高 14000 呎以上，车子只好开到 5500 呎，但是已经有几呎深的雪，没有融化。太阳很大，所以单穿 shirt，也不觉冷。没有爬山。

香港友联书报公司来了一个史诚之[1]（他是研究部主任，他和吴相湘都是来 Los Angeles 开一个"苏俄中共问题研究会"的），我昨天又去陪了他一个下午。友联公司规模很大，研究中国共产党设有专门机构，藏书五万种，雇有研究人员卅余，他们的英文资料（10 元美金一月订阅费），美国学者颇有订购者。你那个东西托友联代查，想可查出，但是往返要花时间，

---

1. 史诚之，香港友联出版社和友联研究所创始人之一，也是首任社长与所长，在友联社下属的《祖国周刊》等刊物发表了大量关于大陆的评论，著有《历史转折与中国前途》《论中国军事发展》等。史诚之与陈世骧关系甚笃，是其遗嘱证人之一，撰有《桃李成蹊南山皓——悼陈世骧教授》。

最好能在 U. W. 查到。

史诚之希望我在美国办一个中文的文艺性杂志，在美国编，在香港印。我对于编文艺性杂志，已缺乏兴趣。我建议友联和 U. C. Berkeley 的 Center of Modern Chinese Studies（陈世骧是主任）合办一个学术性刊物：*Modern Chinese Studies*，收中英文的论文稿子和书评，不登文艺创作。这样可替陈世骧立功，向 Foundation 也容易请求补助。美国似乎还缺乏一个专门研究"中共"的刊物。此事我还要和史诚之详谈一下，然后再写信给陈世骧。我若能弄到这一个编辑职位，job 问题也解决了。

我的"护照"已经延长到 Feb.'61，你想已知道。如无 job，回到 Indiana 去读 Creative Writing 的 M.A.，倒可以埋头写小说了。

《台湾文坛》返 Seattle 后，一直没有去理会，今天又在弄了，再不写好，真有点难为情。好在所剩无几，只是英文写不好，不胜惭愧。你的快全部脱稿，我的想总赶得上的。

这几天把《文坛》赶完，再写信给 Carol 吧，她的信很有趣，Montreal 我也想去玩的。Joyce 想好。父亲的信也过几天再复。
专复 敬颂
近安

济安 启
七月十四日

390. 夏济安致夏志清

1959 年 7 月 15 日

志清弟：

昨天去图书馆查了，很抱歉的只查到老舍的：

C.《火葬》，新丰出版公司，上海，January 1946。

quote ① p. vi

② p. viii

日文的也已代问专家：

E. 渡边 Watanabe

晶子—Akiko（a poetess？）

千代子—Chiyoko

另外三本，在 Union Catalogue 中有，不知你们学校的图书馆可否转借。如不能，请即复示（或打电报来），由我去转借，不过这样更要花时间了。

A. 《张天翼文集》　　　　　　U. C. Berkeley

（U. W. 图的张氏短篇集中，　　东 120484 CUE 56805

找不到《出走以后》）

B. 《现代中国文学作家》　　　　　Columbia

　　　　　　　　　　　　　　　5219.9/8545 C51-2082

D. 《生活在英雄们的中间》　　　　Harvard

　　　　　　　　　　　　　　　4292.27/4444 C54-5290

　　《今日世界》U.W. 圕中有的很少，只可托史诚之向香港友联的图书馆去翻寻钞〔抄〕录寄来。史某尚未找到，见到后当即托他不误。

　　想不到写本 scholarly work，有这么多的麻烦。恐你悬念，先草草覆信。别的再谈　专颂

近安

　　Carol、Joyce 前均此候安

　　　　　　　　　　　　　　　　　济安　启

　　　　　　　　　　　　　　　　　七月十五日

文
景
——————
Horizon

社 科 新 知　文 艺 新 潮

夏志清夏济安书信集（卷三：1955~1959）
王洞　主编　季进　编

出 品 人：姚映然
特约编辑：傅春晖　刘雨嘉
责任编辑：李　頔
营销编辑：胡珍珍
装帧设计：宁成春

出　　　品：北京世纪文景文化传播有限责任公司
　　　　　　（北京朝阳区东土城路8号林达大厦A座4A　100013）
出版发行：上海人民出版社
印　　　刷：北京盛通印刷股份有限公司

开 本：890×1240mm　1/32
印 张：19.75　字 数：260，000
2019年1月第1版　　2019年1月第1次印刷
定 价：138.00元
ISBN：978-7-208-15541-1 / I · 1784

图书在版编目（CIP）数据

夏志清夏济安书信集. 卷三, 1955~1959 / 王洞主
编；季进编. -- 上海：上海人民出版社, 2018
ISBN 978-7-208-15541-1

Ⅰ. ①夏… Ⅱ. ①王… ②季… Ⅲ. ①夏志清（
1921-2013）-书信集②夏济安（1916-1965）-书信集
Ⅳ. ①K825.6

中国版本图书馆CIP数据核字(2018)第257977号

本书如有印装错误，请致电本社更换　010-52187586